中华传世藏书

【图文珍藏版】

中国孤本小说

马松源⊙主编

线装书局

目 录

《五凤吟》

《五色石》

《狐狸缘全传》

中华传世藏书

中国孤本小说

目录

中华传世藏书

中国孤本小说

目录

五凤吟

〔清〕云阳嗤嗤道人 撰

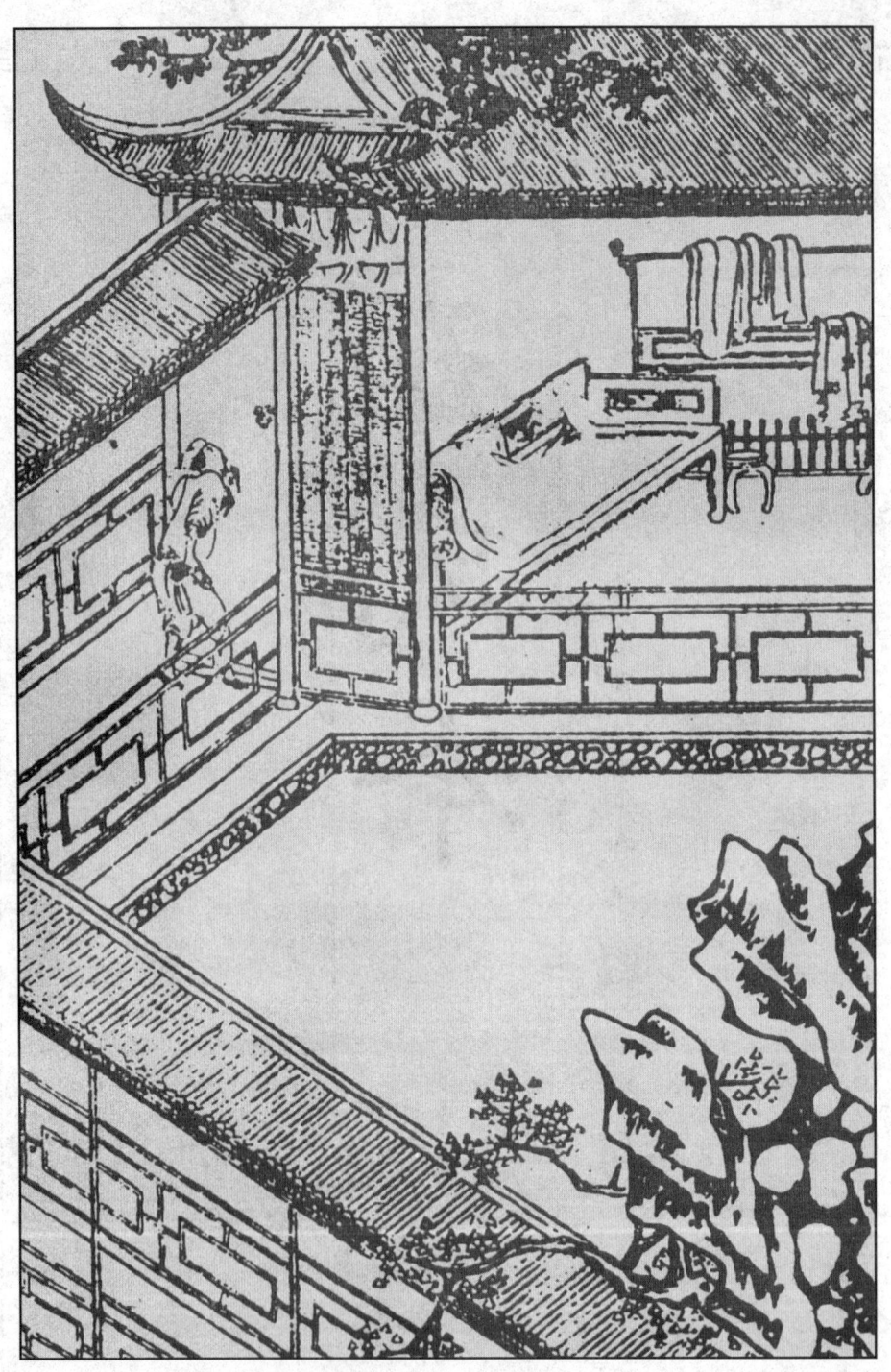

第一回　闹圣会义士感恩

词曰：

　　燕赵士，流落在他乡。翰墨场中乔寄迹，风尘队里受凄惶，穷途实可伤。

　　嵇康辈，青眼识贤良。排难解纷多义气，黄金结客少年场，施报两相忘。

右调《梦江南》

　　话说嘉靖年间，浙江宁波府定海县城外养贤村，有个乡宦姓祝，名廷芳，号瑞庵。原任太常寺正卿，因劾奏严嵩罢归林下。平日居官清介，囊内空虚，与夫人和氏年俱六旬，仅生一子，名琼，字琪生，年始十六。文章诗赋无不称心，人都道他是潘卫再世，班马重生。祝公夫妇尤酷爱之，常欲替他议亲。他便正色道："夫妇，五伦之首。有夫妇而后有父子，有父子而后有君臣、兄弟、朋友。所以圣王图治先端内则。圣经设教则曰：宜尔室家、乐尔妻孥。可见婚姻是第一件大事。若草草成就，恐怕有才的未必有貌，有貌的未必有才，有才貌的未必端庄自好、贞静自持。一有差错，那时听其自然恐伤性，弃而去之又伤伦。与其悔之于终，何如慎之于始？"琪生这一篇话，意中隐隐有个非才貌兼全、德容并美者不可。祝公见他说出许多正道理，又有许多大议论，也莫可奈何，便道："小小年纪就如此难为人事。"以后虽有几家大家来扳亲，俱索付之不允。琪生却惟以读书为事，与本县两个著名的秀才互相砥砺，一个姓郑，一个姓平。那姓郑的名伟，字飞英，家计寒凉，为人义侠。那姓平的名襄成，字君赞，家私饶裕，却身材矮小满面黑麻，做人又极尖利。众人起他一个诨名，叫作枣核钉。三人会文作课，杯酒往来，殆无虚日。

一日，正是二月中旬。三人文字才完，就循馆中陋规，每人一壶一菜，坐而谈今论古。琪生道："在家读书终有俗累，闻知北乡青莲庵多有空房，甚是幽雅，可以避尘。我们何不租它几间坐坐。一则可以谢绝繁华，二则你我可以朝夕互相资益。二兄以为何如?"飞英踊跃道："此举大妙，明日何不即行? 但苦无一人为之先容耳。"君赞笑道："此事不劳二兄费心，小弟可以一力承当。那庵中大士前琉璃灯油，舍妹月月供奉。这住持与小弟极厚，明日待小弟自去问他借房，想来无有不肯，断无要房金之理。"飞英道："不然。盟兄虽与他相知，小弟二人与他从不识面，却不好叨他。况僧家利心最重，暂借则可，久寓则厌，倒是送些房金为妙。"琪生道："飞兄说得有理。"君赞听说，也觉随机便，道："也是，也是。"当晚散去不题。次日三人去见和尚，议定房金，即移书箱、剑匣进庵读书，颇觉幽静自在。

过了几时，又是四月初八，庵中做浴佛会。郑、平二人以家中有事回去，琪生独住庵内。至半夜，和尚们就乒乒乓乓擅铙打钹，擂鼓鸣钟，一直至晓。琪生哪曾合眼，只得清早起来，蹀至后殿去避喧。这些人都在前边吵闹，后殿寂无一人，琪生才觉耳根清静。看了一会，诗兴偶发，见桌上有笔砚，随手拈起，就在壁上信笔题《浴佛胜事》一绝：

> 西方有水浴莲花，何用尘几洗释迦。
> 普渡众生归觉路，忍教化体涉河沙。

题毕，吟咏再四，投笔行至前殿。举眼见一老者，气度轩举，领着一绝色女子在佛前拈香。琪生一见，就如观音出现，意欲向前细看，却做从人乱嚷，只得远远立着。那女子听得家人口中喊骂，回头一看，与琪生恰好打个照面，随吩咐家人道："不得无礼骂人。"琪生一发着魔。只见那老者与女子拜完了佛，一齐拥着到后殿来，琪生也紧紧赶着老者同女子四下闲玩。抬头见壁上诗句墨迹未干，拭目玩之，赞道："好诗! 好诗!"对女子道："不但诗做得好，只这笔字，龙蛇竞秀，断非寻常俗子手笔。"女子也啧啧赞道："诗句清新俊逸，笔势飞舞劲拔，有凌云之气，果非庸品。"老者因问小沙弥道："这壁间诗句还是谁人题的?"小沙弥尚未答应，琪生正在门傍探望，听得这一问，便如轰雷贯耳，先声答道："晚生拙笔，贻笑大方。"

老者听得外边声，连忙迎将出来，见琪生状貌不凡，愈加起敬。两人就在门首对揖。老者道："尊兄尊姓大号?"琪生道："晚生姓祝，贱字琪生。敢问老丈尊姓贵表、尊府何

处?"老者道:"老夫姓邹,贱字泽清,住在蒲村。原来兄是瑞庵先生令郎,闻名久矣,今日始觌台颜。幸甚! 幸甚!"两人正在交谈,忽君赞闯来。他原是认得邹公的,叙过礼,就立着接谈。一会,邹公别了二人,领着女子去。二人就闪在一边偷看女子,临行兀是秋波回顾。琪生待邹公行未数步,随即跟出来,未逾出限,耳边忽听得一声响亮,低头看时,却是黄灿灿的一枝金凤头钗,慌忙拾起笼入袖中。出门外一望轿已去远,徘徊半晌,直望不见轿影方才回转,心中暗喜道:"妙人! 妙人! 方才嚷家人时节,我看来不是无心人,如今这凤钗分明是有意贻我。难道我的姻缘却在这里? 叫我如何消受。"忽又转念道:"今日之遇虽属奇缘,但我与她非亲非故,何能见她诉我衷肠? 这番相思又索空害了。"一头走一头想,就如出神的一般,只管半猜半疑。

却说那君赞亦因看见女子,竟软瘫了一般,只碍着与邹公相与,不便跟出来,恐怕邹公看见不雅,遂坐在后殿门限上,虚空摹拟。不防琪生低着头,一直撞进门来,将他冲了一个翻筋斗,倒把琪生吓了一跳。慌忙扶起,两下相视大笑。君赞道:"弟知飞兄不在,恐兄寂寞,所以匆匆赶来,不意遇见有缘人。此是生平一快。"琪生道:"适间邹老是何等人?"君赞道:"他讳廉,曾领乡荐,做过一任县尹,为人迂腐不会做官,坏了回来。闻知他有一令媛,适才所见想必就是。谁道世间有此尤物,真令我心醉欲死。"二人正在雌黄,忽闻殿外甚喧嚷,忙跑出来。只见山门外三四十人围着一个汉子,也有上前去剥他衣服的,也有口里乱骂不敢动手的,再没一个人劝解。

琪生定睛看那汉子,只见面如锅底,河目海口,赤髯满腮,虽受众侮却面不改容,神情自若。因问他人道:"是什缘故?"中间一人道:"那汉子赌输了钱,思量白赖,故此众人剥他衣服,要他还分。"琪生道:"这也事小。怎没人替他分解?"那人道:"相公不要管罢。这干人俱是无赖光棍,惹他则甚。"君赞也道:"我们进去罢,不必管他闲事。"琪生正色道:"凡人在急迫之际,不见则已,见而不救于心何安?"遂走进前分开众人道:"不要乱打。他该你们多少钱俱在我身上。你们只着两个随我进来。"遂一手携着那汉子同进书房,也不问他名姓,也不问他住居,但取出一包银子,约有十二三两,也不去称,打开与众人道:"此银是这位兄该列位的,请收了罢。"众人接着银子,眉欢眼笑谢一声,一哄而散。

琪生对那汉子道:"我看足下一表人才,怎么不图上进,却与这班人为伍,非兄所为。"那汉子从容答道:"咱本是山西太原人,姓焦,名熊,字伏马,绰号红须。幼习武艺,旧年进京指望图个出身。闻知严嵩弄权,遂转过来,不想到此盘费用尽。遇见这些人赌钱,指望落场赢它几贯,做些盘缠。谁想反输与他,受这些个人的凌辱。咱要打他又没理,咱要还分又没钱。亏得相公替咱还他,实是难为了。"因问相公姓甚名谁,琪生就与他说却姓名,又取三两银子送他作路费。红须也不推辞,接在手中,也不等琪生送他,举手一拱叫声

"承情了",竟大踏步而去。

君赞埋怨道:"这样歹人盟兄也将礼貌待他,又白白花去若干银子。可惜可惜。"琪生笑道:"人各有志,各尽其心而已。若能扩而充之,即是义侠。岂可惜小费哉。"两人说了一会,却又讲到美人身上。你夸她妩媚,我赞她娉婷;你说她体态不同,我说她姿容过别。直摹写到晚,各归书房。不知后来如何,且听下回分解。

第二回　题佛赞梅香沾惠

词曰：

　　佳人纤手调丹粉，图成大士。何限相思恨，无端片偈心相印，杨枝洒作莲花信。

　　侍儿衔命来三径，柳嫩花柔，风雨浑无定。连城返赵苍苔冷，残红褪却余香蕴。

　　　　　　　　　　　　　　　　　　右调《蝶恋花》

　　说这君赞别了琪生到自己书房，思思想想，丑态尽露，自不必说。这琪生亦忽忽如有所失，日日拿着凤钗，鼻儿上嗅一回，怀儿中搂一回，或作诗以消闷，或作词以致思，日里做衣衬，夜间当枕头，一刻不离释。读书也无心去读，饭也不想去吃，只是出神称鬼的，不在话下。

　　且说这邹泽清，年及五旬，夫人戴氏已亡。只生一女，小字雪娥，年方十六，貌似毛施，才同郗卫，尤精于丹青。家中一切大小事务俱是她掌管。邹公慎于择婿，尚未见聘。房中有两个贴身丫鬟，一个唤轻烟，年十七岁，一个唤素梅，年十六岁，俱知文墨，而素梅又得小姐心传，亦善丹青。二人容貌俱是婢中翘楚。雪娥待以心腹，二人亦深体小姐之意。

　　那日雪蛾自庵中遇见琪生，心生爱慕，至晚卸妆方知遗失凤钗。次早着人去寻不见，一发心中不快。轻烟与素梅亦知小姐心事，向小姐道："小姐胸中事料不瞒我二人，我二人即使粉骨碎身，亦不敢有负小姐。但为小姐思量，此事实为渺茫，思之无益，徒自苦耳，还劝小姐保重身体为上。"雪娥道："你二人是我心腹，我岂瞒你。我常操心砺志，处己恒严，既不肯越礼又焉肯自苦？只是终身大事也非等闲，与其后悔，无宁预谋。"说罢唏嘘似欲坠泪。

轻烟见小姐愁闷不解，便去捧过笔砚道："小姐，我与你做首诗儿消遣罢。"雪娥道："我愁肠百结满怀怨苦，写出来未免益增惆怅，写它则甚。"素梅又道："小姐既不作诗，我与你画幅美人玩耍何如？"雪娥道："我已红颜命薄，何苦又添纸上凄凉？就是描得体态好处，总是愁魔笔墨，俱成孽障，着手伤心，纵多泪痕耳，画它何用。"二人见小姐执性，竟没法处。

雪娥手托香腮闷闷地坐了一会，忽长叹道："我今生为女流，当使来世脱离苦海。"遂叫素梅去取一幅白绫来。少顷白绫取到，雪娥展放桌上，取笔轻描淡写，图成一幅大士，与轻烟着人送去裱来。又吩咐二人道："如老爷问时，只说是小姐自幼许得心愿。"

轻烟捧着大士出来，适遇邹公，问道："是什物件？"轻烟道："是小姐自幼许得的大士心愿，今日才图完的。"邹公取来展开一看，见端严活泼，就如大士现身。遂拿着圣像笑嘻嘻地走进女儿房中道："孩儿这幅大士果然画得好。"雪娥笑道："孩儿不过了心愿而已，待裱成了，送与爹爹题赞。"邹公笑道："不是我夸你说，若据你这笔墨，虽古丹青名公，当不在我儿之上。若是题赞，必须一个写作俱佳的名儒方可下笔。不然，岂不涂抹坏了。只是如今哪里去寻写作俱佳的人？"遂踌躇半晌，忽大笑道："有了，有了。前日在庵中题诗的人，写作俱佳，除非得他来才好。裱成之时待我请他来一题。"雪娥道："凭爹爹主意。"邹公点首，竟报着圣像笑嘻嘻出去，就着人送去裱褙。不两日裱得好了，请将回来，邹公就备礼着人去请琪生。琪生正在庵中抚钗思想，但恨无门可进，一见请帖就喜得抓耳挠腮。正是：凤衔丹记至，人报好音来。遂急急装束齐整同来人至邹家。邹公迎将进去，各叙寒温毕。邹公道："适有一事相恳，先生既惠然前来，真令篷荜增辉矣。"琪生道："不知何事，乃蒙宠召？"邹公道："昨日小女偶画成一幅大士，殊觉可观，恨无一赞。老夫熟计，除非先生妙笔赞题，方成胜事。"琪生道："晚生菲才，恐污令媛妙笔，老先生还该别选高人捉笔才是。"邹公道："老夫前已领教，休得过谦。"就起身来请过大士展开。琪生向前细看，极口称赞道："灵心慧笔，真令大士九天生色，收夏何能。"遂欣然提笔在手不假思索，一挥而就：

> 圣像端严，远过瑶宫仙女；神像整肃，殊胜蟾窟姮娥。慧眼常窥苦海，隐隐现于笔端；婆心欲渡恒河，跃跃形诸楮上。洵慈悲之大士，真救苦之世尊。只字拜扬休美，实切皈依，片言歌咏隆光，用由瞻仰。沐手敬题谨舒忱悃。
>
> 弟子祝琼拜跋

琪生之意句句题赞大士，却句句关着小姐。邹公哪里意会得到，待他题完，极口称赞，即

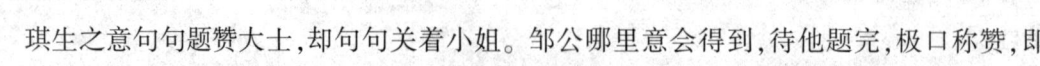

捧着大士对琪生道："还有小酌，屈先生少坐，老夫即来奉陪。"遂走向女儿房中道："孩儿你看题得如何？"

雪娥看完，默知其意，赞道："写作俱工，令人可敬。"遂吩咐素梅将大士挂起。邹公出来陪琪生饮酒，问及琪生年庚家世，见他谈吐如流，心甚爱慕，竟舍不得放他回去的意思，因道："先生在青莲庵读书，可有高僧接谈否？"琪生道："庵中倒也幽静，只是僧家行径可憎。幸有同馆郑、平二兄朝夕谈心，庶不寂寞。"邹公道："庵中养静固好，薪水之事未免分心，诚恐荤素不便，毕竟不是长法。据老夫管见，恐先生未肯俯从，反觉冒渎。"琪生道："老先生云天高见，开人茅塞，晚生万无不遵之理。"邹公道："舍间后园颇有书房可坐，至于供给亦是甚便的。"琪生谢道："虽蒙厚爱，但无故叨扰，于心不安。"邹公欣然便道："你我既称通家，何必作此客态，明日即当遣使奉迎。"琪生暗喜，连应道："领命，领命！"至晚告别。邹公尚恐女儿不悦，当晚对女儿道："我老人家，终日兀坐甚是寂寞。今见祝生，倾盖投机，我意欲请他到园中读书，借他做个伴侣，已约他明日过来。你道何如？"雪娥听说喜出望外，应道："爹爹处事自有主意，何必更问孩儿。"二人商议已定，只待次日去请琪生。

再说琪生当晚回庵就与郑、平二人说之。飞英倒替琪生欢喜，只有君赞心中快快。闲话休题。

次早，邹家来接。琪生即归家告知父母，回到庵中遂别了飞英、君赞，带一个十四岁的书童并书籍，径到邹家。邹公倒屣相迎，携手同至书房，已收拾得干干净净。自然邹公时常出来，与琪生讲诗论文，各相倾倒。只是琪生，心不在书中滋味，一段精神全注在雪娥小姐身上，却恨无一线可通。

一日午后，素梅奉小姐之命到书房来请邹公。邹公不在，只见琪生将一只凤钗看过又看，想过又想，恋恋不舍，少顷，竟放在胸前。素梅认得是小姐的物，好生诧异，急跳将转来，对小姐道："奇哉！怪哉！方才到书房请老爷，老爷却不在，只见祝相公也有一只凤钗，后来放在怀中，恰似小姐前日失去的一般。"雪娥道："果然奇怪，怎么落在他手里？须设个法儿去讨来便好。"轻烟在旁笑道："可见祝相公是个情种。把凤钗放在怀内，是时时将小姐捧在怀内一般。"雪娥深喜，默然不答。轻烟又道："若要凤钗不难，待人静后老爷睡了，就要素梅进去取讨。若果是小姐的，他自然送还。"雪娥道："有理。"

等至人静黄昏，素梅来到书房门首，只见琪生反着手在那里踱来踱去，若有所思。素梅站在门外不敢进去。琪生转身看见一个美貌女子，疑是绛仙谪凡，便深深作揖，道："婵娟何事惠临？"素梅含羞答道："我家小姐前日在庵中失去一钗，我辈尽遭捶楚。闻知相公拾得，特求返赵。"

琪生大惊道:"你怎知在我处?"素梅道:"适才亲眼见的。"琪生涎着脸笑道:"钗是有一支在此,须得你家小姐当面来讨,方好奉还。"素梅道:"妾身有事,乞相公将凤钗还我罢。"琪生又笑道:"你即身上有事,我就替你做了去。"素梅见他只管调情弄舌,渐渐有些涉邪,就转身要走,早被琪生上前一把搂住,道:"姐姐爱杀我也。若不赐片刻之欢,我死也,我死也。"素梅苦挣不得脱身,红了脸道:"相公尊重,人来撞见,你我俱不好看。"琪生道:"夜阑人静,书童正在睡乡,还有何人。"一面说一面将她按倒簟茵之上。素梅料难脱身,口中只说"小姐害我,小姐害我",只得听他所为。有词为证:

月挂柳梢头,为金钗,出画楼。相思整日魂销久,甜言相诱,香肩漫楼。咬牙闭目,厮承受,没来由。风狂雨骤,担着许多忧。

右调《黄莺儿》

素梅原是处子,未经风雨,几至失声。琪生虽略略见意,素梅已是难忍。事毕,腥红已染罗襦矣。素梅道:"君不嫌下体,采妾元红。愿君勿忘今日,妾有死无恨。"琪生笑道:"只愿你情长,我决不负汝。"素梅发誓道:"我若不情长,狗彘不食妾余。"琪生道:"情长就是,何必设誓。"又搂了半晌。素梅道:"久则生疑,快放我去。后边时日甚长,何须在此一刻。"琪生遂放手。

素梅将衣裙整一整好,同琪生进书房来。琪生灯下看她,一发可爱。素梅道:"快将钗与我去罢。"琪生试她道:"你方才说小姐害你,分明是小姐令你来取的,怎又瞒我?"素梅微笑。琪生愈加盘问。素梅才把真情与他说知,又笑道:"我好歹撮合你们成就。只是不可恋新忘旧。"琪生大喜道:"你今日之情我已生死不忘,况肯与我撮合其事乎。"因向素梅求计。素梅道:"你做一首诗,同凤钗与我带来,自有妙计。"琪生忙题诗一首,取出凤钗,一齐交付,又嘱她道:"得空即来,切勿饶我望眼将穿。"遂携手送至角门。不知雪娥见诗如何,且听下回分解。

第三回　做春梦惊散鸾俦

词曰：

山盟海誓，携手同心，喜孜孜，笑把牙床近。魂销胆又销，今宵才得鸳鸯趣。

绣带含羞解，香肌着意亲。恨乔奴，何事虚惊，又打断我风流佳兴。

右调《忆娥眉》

说这素梅拿着诗与凤钗进来递与小姐，又说祝相公许多思慕之意。雪娥且不看钗，先将诗打开一看。却是七言绝句一首：

主人不解赠相思，可念萧郎肠断诗。

空抱凤钗凭寄恨，从教花月笑人痴。

雪娥爱卿妆次　　薄命生祝琼泣笔题

雪娥看到"空抱凤钗凭寄恨"这一句，长叹一声。轻烟在傍道："据他诗意，未知小姐一片苦心。礼无往而不答。小姐何不步他韵，也做一首回他，使他晓得，岂不是好？"雪娥道："我是一个闺中弱女，怎便轻露纸笔。"素梅道："小姐差矣，既要订终身之约，何惜片纸？若恐无名，则说谢他还钗亦可。"

雪娥情不能制，又被二人说动机关，就也依来韵和诗一首，仍着素梅送去。素梅依旧出来，门已局闭，只得回来，到次晚才得送去。琪生拆开一看，见是和韵：

梦魂不解为谁思，闷倚阑干待月时。

愁积凤钗归欲断，几回无语意先痴。

琪君才人文几　　弱质女邹雪娥端肃和

11

琪生读毕,狂喜异常,遂起身搂着素梅道:"这道优旨,卿之力也!这番该谢月老了。"又欲与她云雨。素梅道:"昨晚创苦,今日颇觉狼狈,俟消停两日,自当如命。君且强忍,以待完肤。"琪生见她坚托,也不相强。又制一词,折做同心方胜儿,递与素梅道:"与我多多拜上小姐。此恩此德已铭肺腑,但得使我亲睹芳容,面陈寸衷方好。若再迟迟,恐多死灰焦骨,不获剖肝露胆,虽在九泉之下,不能无恨于小姐矣。"素梅笑道:"好不识羞!哪见要老婆的是这等猴急?你若不遇我时,就急死了?看谁来睬你。"琪生笑道:"你须快些与我方便。那时你也得自在受用。"素梅啐了一口,径往内来见小姐,将词呈上。雪娥一看,却是短词:

> 时叹凤雏归去,今衔恩却飞来,试却盈盈泪眼,翻悲成爱。　　　度日胜如年,时挂相思债。知否凄凉态,早渡佳期,莫待枯飞。

右调《泣相思》

雪娥爱卿妆次　　　沐恩生祝琼拜书

雪娥看罢,钟情愈痴,不觉潜然泪下。素梅、轻烟齐声道:"小姐,你两下既已心许,徒托纸笔空言,有何益处?不若约他来当面一决也好。"雪娥道:"羞人答答的,这却如何使得。"二人又道:"佳人才子配合,是世间美事。小姐你是个明达的人,怎不思反经从权,效那卓文君故事,也成一段风流佳话。若拘于礼法之中,不过一村姑之所为耳,何足道哉。当面失却才子,徒贻后悔,窃为小姐不取也。"雪娥呻吟不语。二人见如此光景,亦没摆布。看看雪娥日觉消瘦,精神愈惫。

那琪生虽得素梅时来救急,无奈心有小姐,戏眼将枯。就是有素梅传消递息,诗词往来终是虚文,两下愈急愈苦。一日,素梅到馆,琪生求她设计。素梅道:"我窥小姐之意,未必不欲急成,只是碍着我们不便,所以欲避嫌疑,不好来约你。今我将内里角门夜间虚掩。你竟闯将进来,则一箭而中矣。"琪生喜道:"既如此,就是今晚。"素梅道:"她今日水米不曾粘牙,恹恹而睡,哪有精神对付你,料然不济。还是迟一日的好。"二人说完话,又行些不可知的事,方才分手。

到次晚,恰好邹公不出来。琪生老早催书童睡了,一路悄悄走将进去。果然角门不关,轻轻推开。望见里面有灯,想必就是小姐卧房,战战兢兢走到门口一张,里面并无一人,想道:"奇怪,莫非差了?"因急急复转身,只见角门外一个人点着纸灯走将来。琪生大惊,暗自叫苦不迭,正没个躲处,遂潜身伏在竹架边。偷眼一观,来的却是一个标致丫鬟。

暗想道："素梅曾说小姐房中还有一个贴身丫鬟，名唤轻烟。莫非就是她？倒好个人儿。"让她过去，遂大着胆，从背后悄悄走上搭着她肩，问道："你可是轻烟姐姐么？"

轻烟蓦然见个人走来，着实吓了一吓，忙推道："是谁？"及回头看时，却认得是琪生，已有三分怜爱。便道："你是祝相公，到这里来何干？这是我小姐卧房，岂是你进来得的。"琪生见说果是轻烟，便来搂她。轻烟待要跑时，灯已打熄，被琪生紧紧抱住。轻烟道："休无礼！我喊将起来，想你怎么做人。"琪生兴不能遏，说道："就有人来，宁可同死，决不空回。"竟按倒行强。轻烟道："这事也得人心愿意着。怎就硬做？"琪生笑道："爱卿情切，不得不然。"一面就去扯裙扯裤。轻烟缠得气力全无，着他道："快些放手。小姐来了。"琪生笑道："不妨，正要她看我们行事。"轻烟哀求道："待我明日到你书房里来罢。此时决不能奉命。"琪生也不答应，只是歪缠。轻烟没奈何，道："随便从你，只是这路口，恐人撞见不雅。我与你到角门外空房里去。"琪生才放她起来，紧紧捏

着她手，同往角门外。轻烟又待要跑，被琪生抱向空房深处，姿意狂荡。正是：

未向午门朝凤阙，先来花底序鸳斑。

原来轻烟年虽十七，尚未经破。一段娇啼婉转，令人魂销。琪生两试含葩，其乐非常。云雨已毕，琪生见她愁容可掬，愈加怜爱，搂在怀中，悄悄问道："小姐怎么不在房中？"轻烟道："老爷见她连日瘦损，懒吃茶饭，特意请她过去，劝她吃些晚膳。想此时将散了。放我去罢。"琪生还要温存。片晌，忽听得邹公一路说话出来，却是亲送女儿回房安歇。轻烟忙推开琪生，一溜而走去了。吓得琪生没命地跑到书房，忙将门闭上，还喘息不定，道："几乎做出来。"又想道："料今晚又不济事。"竟上床睡了。

到次日，闻知邹公在小姐房中，又不曾进去。一连十数日，毫无空隙。琪生急得无计可施，只是长吁短叹。一日薄暮，正在无聊之际，只见素梅笑嘻嘻地来，道："失贺！失

贺！"琪生道："事尚未成，何喜可贺？"素梅道："又来瞒我。新得妙人，焉敢不贺？"琪生料是晓得轻烟之事，便含糊答应道："不要取笑，且说正话。今晚何如？"

素梅道："我正为此事而来。老爷连日劳倦，已睡多时。你竟进来不妨。"素梅说完先去，琪生随即也就进去。到房门口张看，只见小姐云鬟半拖，星眸不展，隐几而卧。素梅与轻烟在灯下抹牌。二人见琪生进来，便掩口而笑。琪生走向前，轻轻搂抱小姐，以脸偎香腮。雪娥梦中惊觉，见是琪生，吓了一跳，羞得满面通红，忙要立起身来。琪生抱住不放，道："小姐不必避嫌。小生为小姐，魂思梦想，废寝忘餐。又蒙小姐投我以诗，终身之约，不言而喻，情之所钟，正在此时耳。何必作此儿女之态耶？"轻烟、素梅亦劝道："小姐，你二人终身大事，在此一刻。我二人又是小姐心腹，并无外人得知。何必再三疑虑，只管推阻，虚以良夕。"雪娥含羞说道："妾之心事非图淫欲，只为慕才使然。故不惜自媒越礼，多露贻讯，君如不信，请观妾容。然犹恐一朝订约，异日负盟，令妾有白头之叹。君亦当虑耳。"

琪生听到此处，就立起身来，携着小姐手道："小姐慧思。我两人何不就在灯前月下，明心见性，誓同衾穴。何如？"遂双双在阶前同发一誓起来。雪娥拔下凤钗，向琪生道："当初原是它为媒，你还拿去，以为后日合欢之验。"又题诗一首，赠予琪生道：

> 既许多才入绣闱，芳心浑似絮沾泥。
> 春山倩得张郎画，不比临流捉叶题。

琪君良人　　辱爱妾邹氏雪娥敛衽书

琪生将诗玩索一遍，然后将凤钗与诗收讫，也题诗一首答道：

> 感卿金凤结同心，有日于归理瑟琴。
> 从此嫦娥不孤零，共期偕老慰知音。

雪卿可人唱随　　沐恩夫祝琼题赠。

雪娥也收了。琪生又将小姐搂着同坐，情兴难遏，意欲求欢，连催小姐去睡。雪娥羞涩道："夫妻之间，以情为重，何必图此片刻欢娱。"琪生刻不能待，竟搂着小姐到床前，与她脱衣解带。雪娥怕羞，将脸倚在怀内，凭他去脱。琪生先替小姐脱去外衣，解开内裤，已露酥胸，鸡头嫩剥，伸手去拈弄。滑腻如丝，情兴愈浓，忙将自己巾帻除去，卸下外衣。正待脱小衣，忽闻外边一片声乱叫相公。吓得他四人魂不附体，雪娥忙对琪生道："你快出

去,另日再来罢。"琪生慌慌张张,巾也没工夫戴,就拿在手中,挟着衣服,拖着鞋子,飞奔出来。轻烟忙将角门闩上。

琪生奔到书房,原来是书童睡醒起来撒尿,看见房门大开,就去床上一摸,不见相公,只说还在外边步月。时乃十月中旬,月色皎然,乃走至外边,四下一看并不见影。叫了两声,又不应,寻又不见。一时就害怕起来,因此大声喊叫。琪生回来听见这个缘故,心中恨极,着实狠打一个半死,道:"我去外边出恭,自然进来。你怎么半夜三更大惊小怪,惊吓人?好生可恶!今后若再如此,活活打死!"正在嚷骂,邹公着人出来查问。琪生回道:"我起来解手,被书童梦魇惊吓,在此打他。"那人见说,也就进去。琪生就吩咐书童快睡,自己却假意在门外闲踱,心中甚急,好不难过。闻得人俱安静,书童哭了一会也就睡去。不放心又摸进去。谁知角门已闩。轻轻敲了两下,并无人应。低头垂手而回,跌脚苦道:"一天好事,到手功名被这蠢奴才弄坏!"愈思愈恨,走向前将书童打上几下。书童惊醒,不知又为何事。琪生无计可施,只得涕泣登床。偏睡不稳,细细摹拟,只管思量,只管懊恼,情极不过,又下床来,将书童踢上几脚。半夜之间,就将书童打有一二十顿,这是哪里说起。登时自己气得身上寒一会、热一会,病将起来。只这一病,大有关碍。谁知同林鸟,分开各自飞。且听下回分解。

第四回　活遭瘟请尝稀味

诗曰：

> 风流尝尽风流味，始信其中别有香。
> 五味调来滋味美，饥宜单占饿中会。

说琪生好事将成，为书童惊散。一夜直到天明，眼也不曾合一合。早起来，就觉头眩，意欲再去复睡片时，只见轻烟拿着一帖进馆。琪生展看，却是一首小词：

> 刘郎误入桃源洞，惊起鸳鸯梦。今宵诉出，百般愁。觌面儿教人知重，灯前说誓月下盟心，直恁多情种。
> 携云握雨颠鸾凤，好事多磨弄。忽分开连理枝头，残更挨尽心如痛。想是缘悭，料应薄幸，不为妒花风。

右调《一丛花》

良人心鉴　　辱爱妾邹雪娥敛衽制

琪生把玩，喜动颜色，对轻烟道："昨晚心胆皆为蠢奴惊破。临后进来门却已关，几乎把我急杀。今早起来身子颇觉不爽。又承小姐召唤，今晚赴约。贤卿须来迎我一迎。"

轻烟道："我们吓得只是发战，老早把门闩好在里面，担着一把冷汗，哪里晓得这样的事。"一头说，一头将手去摸琪生额上，道："有些微热。不要到风地里去，须保重身体要紧。我去报与小姐知道。"琪生道："我这会头目昏黑，不及回书。烦姐姐代言鄙意，说今晚相会，总容面呈罢。"轻烟点头，急急而去。

琪生才打发轻烟进去，转身书房，愈觉天旋地转，眼目昏黑，立脚不住，忙到床边倒身睡下，将帖压在枕下。不一时浑身发热，寒战不已。邹公闻知，忙来候问，延医看视。药

还未服，只见素梅、轻烟二人齐至问候，手中拿着两个纸包道："小姐闻知相公有恙，令我二人前来致意相公，教千万不可烦躁，耐心调理，少不得有时，相公今晚不能去也罢。若有空时，小姐自己出来看你。俟你玉体少安自然来相约，今日切勿走动。这是十两银子，送你为药饵之用，这是二两人参，恐怕用着。又教相公看要什物件，可对我们说，好送来。她如今亲自站在角门口候信。你可有什话说？"琪生感激不尽，泣道："蒙小姐与姐姐这番挂念恩情，我何以报答。与我多多拜上小姐，说我无大病，已觉渐好，教她不要焦心，减损花容。少刻若能平复，晚上还要进来，再容当面拜谢，致呈款曲。若缺什物件，自来取讨，不劳费心。小姐自己珍重，方慰我心。"轻烟就将参银放在琪生床里，素梅又替琪生盖好被。二人磨磨蹭蹭，百般疼热，恨不能身替。怕有人来，含着眼泪致嘱而去。

琪生刚欲合眼，适郑飞英同平君赞二人来探望。见琪生病卧，就坐在床边问安。邹公也出来相陪。琪生见二人至，心中欢喜，勉强扶病坐起。平君赞就去拿枕头，替他撑腰，忽见枕下一帖，露出爱妾两字来，就当心暗暗取来放在袖中。与琪生谈了一会，推起身小解，悄悄一看，妒念陡生，暗想道："这女子怎么被他弄上手？大奇！大奇！然而当日原是我两人同见，焉知她不属意于我？你却独自到手，教我空想。殊为可恨！"就心内筹算。在外踱了一会，进来约飞英同去。邹公因二人路远，意欲留客。君赞道："只是晚生还有不得已之事，未曾料理。容日后来取扰罢。"琪生亦苦苦款留。飞英也道："我们与祝兄久阔，又未竟谈，且祝兄抱恙，不忍遽回。又蒙贤主人爱客，我们明日去罢。"君赞道："小弟原该奉陪，但有一舍亲赴选，明日起程，不得不一饯耳。"琪生恃在知己，便取笑道："盟兄怎么只在热灶添火，不肯冷灶增柴，这等势利？"邹公与飞英大笑。君赞闻言，如刀钻入肺腑，仇恨切骨，勉强陪笑道："不是这等说。小弟还要修一封书，寄进京去候个朋友，不专为一饯而行。再不然，可留飞英兄伴兄一谈，小弟明日再来把臂如何？"飞英道："既是平兄有正事，不可误他。小弟在此，明日回罢。"君赞随即别却三人，悻悻而去。

琪生原无大病，因连日辛苦，又受了些寒，吃了些惊，着了些气，一时发作。医生用些表散药服了，就渐渐略好。那枕下帖子，是昏瞆时所放，竟影也记不得。虽不能作巫山之想，却因身体尚未全愈，小姐又吩咐今晚不要进去，遂与飞英谈心，倒也没有挂碍。飞英直至次早方回。雪娥诸人时常偷隙问安，自不必说。

且说君赞在路上切齿恨道："这穷鬼畜生！我因你有些才学，所以与你相好。你倒独占美人。我不怪你也就够了，你反当面讥诮我势利，剥我面皮。亏得我还有些家私，难道反不如你这穷鬼，倒要去奉承人不成？好生无礼，好生轻薄，可恨可恶。须摆布他一遭。那个好女子，可惜是这穷鬼独占。我怎地设个法去亲近一番，死亦瞑目。"心内左思右想，再无计策。固又取出诗帖展玩，一发兴动。正是一极计生，忽然点头道："必须如此如此，

使他迅雷不及掩耳，万无不妥。"赶至家中，做起一张揭贴，央人誊清，放在身边。

次日又到琪生馆中，君赞假作惊慌之状，道："昨日失陪，负罪不浅。今日特来报兄一大祸事，作速计较。"就袖中取出揭帖，递与他看。琪生接过一看，写道：

揭为淫厕宫墙，污蔑纪纲，大伤风化秽法事。今有恶衿祝琼，虽读孔圣之书，单越先王之礼，不思捉笔跳龙门，惯为钻穴，哪想占鳌扳月桂，惟解偷香。正是卖俏班头，宣淫领袖。邹氏翁里中仁德，为怜才而招席。祝姓子，人中禽兽，拍假馆以吞凤。既已升堂，复入乃室。不止窥穴，又逾其墙。搂处子，邹翁女也。彼丈夫祝姓子钦。乞其不足，更有不可知者。又顾之他扶之，何必问焉。彼施此受，在女子犹宽其责。先强后从，于士人更何其诛。几属同人，鸣鼓而攻犹晚；合里人民，鼎烹而食何伤？于是谨修短揭，遍告合城，共殛淫衿，以肃闺化。是揭。

琪生不看则已，一看就惊得面如土色，半日不能言语，气得发昏，汗如雨下。君赞道："此一张是我看见，故此揭来，外边不知还有多少哩。此事非同儿戏，关系两家的身家性命。盟兄快些筹画要紧。小弟告别。"琪生扯住说道："兄且不要去。为今之计，何以策我！"君赞道："此事邹老想未必知。若得知时，怎肯与兄甘休？我想别无计较，千着万着，走为上着。乘他未知快些走罢，此是妙计。"

琪生道："若是走时，家里是藏不得。还是到哪里躲避好？"君赞道："既没处去，且到我家去住几天，再作区处。"琪生再不细详其理，一味恐惧，遂弄得没主意。就悄悄带了书童，急跟君赞到家。君赞就安他在外面书房内住下。

琪生暗想，"遭这祸是哪个起的？这揭帖又没名姓。我这事神儿不知，外边人怎么晓得？就是晓得，与他何因，便出帖揭我？"再摸头不着。又想道："我也罢了，只是害了小姐与轻烟、素梅三人性命。岂不教我痛杀，不如死休。"又反自解道："莫忙，且听消息何如。"思来想去不觉大哭。到次日，就打发书童回家安慰父母，因吩咐道："如老爷奶奶问时，只说相公是因个朋友有要紧事，约往象山县去，不得回家面说，却叫小的来说。你也不必来了，切不可说我在这里。万一邹家有人来问，也是如此答应，不可有误。"书童应声而去。

不说琪生在平宅。且说邹家不见琪生主仆二人，好生惊异，只道有要紧事到象山去了。邹公也就不问，不在话下。

单说君赞用调虎离山之计，将琪生藏在自己家里，私自想道："这畜生虽然调开，只是我怎么到邹家与小姐相会？就是相会怎能使她必从？"想一想，道："有了。我不若抚她情诗。到明日晚上，竟悄悄进她房中，若顺我就罢，若不从时，我将此帖挟制她，不怕她不从。岂不妙哉？"于是备酒到书房，与琪生同饮，慢慢试探他的事情，往来的路径门户。琪生是个忠厚人，见他患难相救，信为好人，遂尽情告诉，一毫不瞒。君赞甚是洋洋得意。正合着两句古语道：

> "画虎画皮难画骨　知人知面不知心。"

次日，君赞出城，到蒲村先寻了着脚之所。到晚，带着情诗往邹家后园来。时值十月下旬，没有月色。君赞为人，素性畏鬼。这日为色所迷，大着胆前来。才转过几家门首，忽闻背后悉索之声。却是自家衣服上挂了一根刺枝子，拖在地上响。他哪里晓得？天又黑，暗听得背后响，回头又不见人，登时毛发皆竖。还强挣扎往前行走，响声渐渐紧急，他心中更怕，道："古怪！"及站住听时，又不响了。及移步走时又响起来，吓得浑身汗如雨下，被风一吹，一连打了十几个喷嚏，一发着忙，将自己额上连连拍几下道："啐！啐！"假意发狠，卷手露臂，道："是什邪鬼？收来近吾！我是不怕的。"口虽如此说，却心慌意乱，不管是路不是路，一味乱走。脚底下却七高八低的，愈走得快，愈响得高，俨然竟像有个人赶来一般。他初时还勉强挣挫，脚步不过略放快些，到后来听得背后响声越狠，只不离他，就熬不过怕，只得没命地飞跑起来。谁想这件东西偏也作怪：待他跑时，这东西在他脚上身上乱撞乱打。他见如此光景，认定是个鬼来迷他，只顾奔命，口中乱喊："菩萨爷爷救我！"心虚胆战，不料一个倒栽葱，跌在粪窖里。幸喜粪只得半窖，只齐颈项淹着，浑身屎浸，臭不可言。地窖又深，不能上来。欲待喊叫，开口就淌进屎来，连气也伸不得一口。拼命挨至天晓，幸一个人来出恭，才看见，即去叫些人来捞起。

　　君赞站在地上，满头满脸屎块只是往下滚来，还有两只大袖，满满盛着，一毫未动。连连把巾除丢地下，将衣服脱下，到河边去洗脸洗身上，却没有裤子换，下身就不能洗。远近人来看的，何止一二百人。看了笑个不止，惧怕腌臜，谁来管他。起先粪浸之时，粪是暖的，故不觉冷，如今经水一洗，寒冷异常。登时发起战来，青头紫脸，形状一发难看。正在危急之际，邹公领着家人，拿衣服来与他洗换。原来邹公家住在前边，有个小厮也来观看，认得是君赞，回去做笑话报与邹公。邹公就忙来救他。见君赞恶状难堪，忙问其故。君赞又羞又恼，答道："昨夜为鬼所逐，失脚跌下去的。"邹公笑道："哪里有这事。"吩咐家人："快将平相公衣服拿去河中洗净。"家人去取衣服，却提起一根大刺针条子来。邹公大笑道："我说哪里有鬼逐人之理，原来是这件物事。平兄为它吃了苦也。"君赞方才明

白，又气又苦，又好笑。

邹公遂同君赞到家，重新沐浴更衣，因而留宿。君赞暗思道："我为小姐吃此大苦，他怎知道，幸喜就在他家宿歇，真是缘法辐辏。但只是没有情诗，就没了把柄，怎么处？"又道："罢罢！左右是破相了，好歹走他一遭。万一做出来不妥时，就恶失了这老者，也不为稀罕，难道我有什事求他不成？若是侥幸妥贴，也不枉我这一番苦楚。"

算计已定。直到晚上，待邹公进内，人已静悄，他却寻路一般，也到角门口。角门关得紧紧。他就将门弹了两下。恰好素梅在阶沿上玩耍，听得门响，走来问道："是谁？"君赞道："我是琪生。"素梅一时懵懂不察，闻得是祝郎，正在渴想之时，忙将门开了。上前一看，陌生不像，便又问道："你是哪个？"君赞道："实不相瞒，我是平君赞，来见小姐的。"

素梅怒道："该死胡说。还不走你娘路，去葬你的粪坑！"君赞见骂得切实，顿足道："葬你粪坑！这句话骂得我刻毒，骂得我狠。我也哪里寻这样一句毒的回她才好。"便道："你这偷琪生的精！休得口强，有把柄在我手里。好好叫小姐出来便罢。不然，我若恼起来，叫你们俱不得干净。"素梅见他话里有来历，便道："你既要见小姐，且站在门外，待我通知，再来接你。"君赞见她口软，以为中计，料道必妥贴，点头簸脑道："我在此立等，你去说来。"素梅依旧将门关上，跑来对小姐道："祝郎不知有什破绽落在早间那个平臭驴眼里。他公然来硬做，好生无状。怎么回他？"雪娥吓得啼哭起来。轻烟也急得没法，想一想，生个急智，对小姐道："说不得了，我有一计在此，万一事声张，我与素梅自去承当，决不累小姐。"雪娥拭泪道："你有何计？"轻烟道："小姐不要管我，也不要则声，只凭我与素梅做来便见。管叫他又做落汤鸡回去。"因走向素梅耳边道："如此如此。"素梅笑道："好计。我去招他来。"轻烟待素梅出来，就将外门闭紧。

素梅走去复开角门，抱怨道："我为你去说不打紧，倒将我一顿肥骂。"君赞道："她难道不怕死？"素梅道："你这人，原来是个活现世报。哪里有外人欲见小姐，倒教丫头去明说的理？纵欲相见，也避嫌疑，自然不肯。"君赞被她一句提醒，便笑道："好个伶俐好人，说得是。待我自去看她如何？"就走进门来。素梅将角门仍旧关好，同他到外门口。君赞就去轻轻一推，哪里推得动？问素梅道："怎么得进去？"素梅低低说道："旁边墙上有个雪洞。你从那里进去，甚便。"素梅就领他到洞边。君赞见雪洞甚小，只好容一身。里面却明幌幌地点着灯。君赞道："也罢。我从这里进去，你须撮我一撮。"素梅当真将他身子撮起，君赞遂探头钻入雪洞。将及半截身子之时，素梅咳嗽一声。里面轻烟早将他头发揪

在手中，外面下半截身子又被素梅捺住。君赞两只手又紧紧地挤在雪洞里。内外齐齐往下发狠捺住，几乎连肚肠俱磕出来，君赞两头受亏，疼不可忍。正待要叫喊，只见轻烟一手揪发，一手拿着一把又大又尖的快剪子，在他脸上刺一下道："你若则则声儿，我立时截断你的咽喉子！"君赞连忙道："我再不敢则声，千万莫动剪子！只求略放松些，我肠子已压出。"又叫道："外边的好奶奶，我的脚筋已被磕断，再不放松时，我的屎就压出来了。"一会又哀求道："二位奶奶，我从今再不敢放肆，求饶我罢。我浑身疼死也。"疼得叫苦连天，将"娘娘""奶奶"无般不叫。雪娥在旁倒转怒为笑。轻烟数说骂上一会，问道："你说把柄在哪里？"君赞道："其实有诗一首。昨日被压得烂，一时没有。"轻烟与素梅不信，将他遍身乱搜，果然没有。轻烟道："你怎么敢进来无状？好好实说我就饶你。若有半字糊涂，只是㨭死你便罢。"君赞不肯实说。轻烟与素梅就尽力齐往下只一捺，君赞疼得话也说不出来。轻烟将他脸上又是一剪子。君赞骨节将苏，头面甚痛，只是要命。遂将得诗做揭帖、吓他逃走、自己进来缘由直招。三人也暗自吃惊，又问道："闻祝相公往象山去了，可是为此事躲避么？"君赞道："正是。"轻烟又叫小姐将笔砚接过来，又取一张纸放在他面前，却将绳一根从雪洞内塞过去，叫素梅将他两脚捆紧，又带住一只在手，又将一根绳扣在他颈项，一头系在脚上，然后将他一只右手㨭出，对他道："你好好写一张伏状与我，饶你罢。"

君赞见她手段，不敢违拗，忙拈笔问道："还是怎样写？"轻烟道："我说与你写。"君赞依着写道：

> 立伏状。罪衿平襄成于四月初八日在青莲庵遇见邹清泽家小姐，遂起淫心，妄生奸计。不合诬邹氏与同窗祝琪生有染，遂假作揭帖，飞造秽言，色藏祸胎，挑起衅端，欲使两下兴戈，自得渔翁之利。不料奸谋不遂，恶念复萌。又不合于本年十月二十九日，黄夜穴入绣房，意在强奸。邹氏不从，大喊救人，竟为家人捉住，决要送官惩恶。是恶再三恳求保全功名，以待自新，故蒙赦免，眷恶廉脏。此情是实，只字不虚。恐后到官无凭，立此伏状存案。
> 　　嘉靖三十一年十月二十九日立伏状罪衿平襄成

写完又叫打上手印。轻烟交与小姐收好。却笑对君赞道："死罪饶你，活罪却饶不得。待老娘来伏事你。"遂将他头发剪得精光，又一手扯过净桶，取碗屎，将他耳、眼、口、鼻、舌俱塞得满满，把黑墨替他打一个花脸。然后把绳解开放他，就往外一推，跌在墙下。素梅还怕他放赖，匆匆跑过来，相帮轻烟掇着净桶出来，一人一只碗，把屎照君赞没头没脸乱浇

将来。君赞被推出雪洞，正跌得昏天黑地，遍身疼痛，见她二人来浇屎，急急抱头跑出角门，如飞而去。

　　轻烟二人闩上角门，一路笑将进来，雪娥也微微含笑。三人进房议论，又愁祝郎不知此信，未免留滞象山。怎地寄信与他，叫他回来？三人愁心自不必细说。闲话略过，且听下回分解。

第五回　爱情郎使人挑担

词曰：

　　喜得情人见面，娇羞倒在郎怀。获持一点待媒谐，又恐郎难等待。　教妾柔心费尽，游蜂何处安排。权将窃玉付墙梅，聊代半宵恩爱。

右调《西江月》

　　说这君赞，又弄了一身臭屎出来，这一遭身上倒少，口内却多，竟有些些赏鉴在肚里。跌足恨道："活遭瘟！连日怎么惯行的是屎运。"这样美味，其实难尝。幸而房中有灯，又有一壶茶。取些漱了口，脱却外衣，揾却头脸与身上。一壶香茶用得精光，身上还只是稀臭。心内想道："天明邹老出来，见我这样断发文身，成何体面，就有许多不妙。不若乘此时走了罢。"遂逾垣而去。天已微明，急急回来。到得家里无顿入内，竟入书房，重新气倒椅上。合家大惊。

　　琪生也才起来，闻知这无气像就进书房来看视，却远远望见两个女人在里面。那一个年少的，真正是天姿国色，美艳非常。那女子脸正向外，见琪生进来，也偷看几眼。琪生魂迷意恋，欲要停步细观，却不好意思，只得退出来。心中暗道："今日又遇着相思债主也。"你道那二女子是谁？原来君赞父母双亡，家中只一妻一妹。那个年长些的，是君赞妻陈氏，也有六七分容貌，却是一个醋葫芦、色婆婆。君赞畏之如虎。那个年少的，正是君赞妹子，字婉如，年方十六，生得倾城倾国，妩媚无比。樱桃一点，金莲三寸，那一双俏眼如凝秋水，真令人魂销。女工自不必说，更做得好诗，弹得好琴。父母在时，也曾许过人家。不曾过门，丈夫就死了，竟做个望门寡。哥哥要将她许人家，她立志不从，定要守孝三年，方才议亲，故此尚未许人。房中有个贴心丫鬟，名唤绛玉，年十八岁，虽不比小姐容貌，却也是千中选一的妙人，也会做几句诗。心美机巧，事事可人。君赞时时羡慕，曾一日去偷她。她假意许他道："你在书房中守我，待小姐睡了就来，却不可点灯。点灯我

就不来。"君赞连应道："我不点灯就是。你须快来。"遂扬扬先去。这绛玉眼泪汪汪走去，一五一十告诉陈氏。陈氏就要发作，绛玉止道："大娘不要性急，我有一计。如今到书馆如此而行。"陈氏大喜道："此计甚好。"遂到书房，绛玉也随在背后。天色乌黑，君赞正在胆战心惊地害怕，惟恐鬼来。听得脚步响，慌问道："是谁?"绛玉在陈氏背后应道："是我来也。"君赞喜极，跑上前将陈氏竟搂在怀内，摩来摸去，口内无般不叫。陈氏只不则声。君赞伸手摸着她下体，道："好件东西。我大娘怎如得你的这等又肥又软。"陈氏也不则声。君赞弄得欲火如焚，就去脱她裤子。陈氏猛地大喊一声，君赞竟吓了一跌。被陈氏一把头发揪在手，便拳打脚踢，大骂道："我把你这没廉耻的枣核钉! 做得好事! 平日也是我，今日也是我，怎么今日就这般有兴得隙，又这等赞得有趣。难道换了一个不成? 怎又道：'大娘不如你的又肥又软。'你却不活活见鬼，活活羞死!"说完又是一顿打。绛玉恨他不过，乘黑暗中向前将两个拳头在他背上如擂鼓一般，狠命地擂了半日。他哪里知道?

只说是陈氏打他。疼不过，喊道："你今日怎么有许多拳头在我后心乱打? 我好疼也。"陈氏又气又好笑，君赞只是哀求，幸亏妹子出来解劝方罢。自此君赞遇见绛玉，反把头低着，相也不敢相她一相。岂不好笑?

前话休题，再说君赞气倒椅上。众人不知其故，见他头发一根也没了，满脸黄的黄、黑的黑，竟像个活鬼，大为惊骇。又见满身稀臭，俱是烂屎，污秽触人。就替他换下衣服，取水洗澡。陈氏问他缘故，只不答应。君赞连吃了两番哑苦，胸中着了臭物，吃了惊，又被轻烟二人两头捺上捺下，闪了腰胯，就染成一病。寒热齐来，骨节酸痛，睡在书房不题。

一日，琪生欲到书房去看君赞。刚刚跨出房门，恰好与婉如撞个满怀，几乎将婉如撞了一跌，还亏琪生手快，连连扯住。原来婉如独自一人，也要到书房去看哥哥。因这条路是必由之地，要到书房定要打从琪生门首经过。婉如才到门口，恰值琪生出门，故此两身相撞。琪生扯住婉如，遂作揖道："不知观音降临，有失回避。得罪，得罪。"婉如原晓得琪生是哥哥朋友，今见是他，回嗔变羞，也还了一礼，微微一笑，跑向书房去了。

琪生直望她进了书房，才复进房来。欢喜道："妙极！妙极！看她那娇滴滴身子，一段柔媚之态，羞涩之容。爱杀！爱杀！我祝琪生何幸，今日却撞在她绵软的怀里，粘她些香气？我好造化也。"又想道："看她方才光景，甚是有情。她如今少不得回去。待我题诗一首，等她过时，从窗眼丢出，打动她一番，看她怎样。只不知她可识字否？不如将凤钗包在里面更好。"不一会，婉如果至，才到窗前，就掉下一个纸包来。婉如只说是自己东西，遂拾在手中，又怕撞着琪生，忙走不迭。琪生见她拾了去，快活不过。

说这婉如走进房中，捏着纸包道："这是什么东西？"打开一看，是一支凤钗，"不知是哪个的？"又见纸包内有字，上写绝句一首：

> 梦魂才得傍阳台，神女惊从何处来？
> 欲寄相思难措笔，美人着意凤头钗。

婉如看完，知是琪生有心丢出的。暗道："那生才貌两全，自是风流情种。我想哥哥见如此才人不与我留心择婿，我后来不知如何结局？我好苦也。"不觉泪下。又想道："或者也已有聘亲了，哥哥故不着意？"正在猜疑，恰好绛玉走至面前。婉如忙收不及，已为看见。绛玉问道："小姐是哪里来的钗子？把我看看。"婉如料瞒不过，遂递予她。绛玉先看凤钗道："果是好支钗子。"及再看诗，暗吃一惊，笑道："是哪个做的？"婉如就将撞见琪生，拾到缘由告诉她。绛玉见小姐面有泪容，宽慰道："这是狂生常态。小姐置之不理便罢，何必介怀。"婉如道："这个不足介意。我所虑者，哥哥如此光景，恐我终身无结果耳。"绛玉已晓得小姐心事，便道："琪生既有情于小姐，又有才貌，若配成一对，真是郎才女貌，却不是好？"婉如道："这事非你我所论。权在大相公。"绛玉道："大相公哪知小姐心事？恐日后许一个俗子，悔之晚矣！小姐何不写个字儿，叫琪生央媒来与大相公求亲？他是大相公好友，自然一说就允。"婉如道："疯丫头，若如此乃是自献了！岂不愧死。"婉如说完长叹一声，竟往床上和衣睡倒。绛玉将凤钗与诗就替小姐收在拜匣内，不题。

再说琪生又过数天，见婉如小姐并无动静，又不得一见，惆怅不已。心中又挂念雪娥三人，忽想道："我在此好几天，并不闻外边一些信息，想已没事。平兄又病倒，我只管在此扰他，甚不过意。不若明日回去，再作道理。"再又想道："我的美人呀，我怎地舍得丢你回去？"遂一日郁郁不乐，连房门也不出，一直睡到日落西山。起来独自一人，闷闷地坐了一会，连晚饭也不吃，竟关门上床。头方着枕，心事就来。一会挂牵父母，一会思想雪娥三人情份，一会又想到婉如可意。翻来覆去，再睡不着。坐起一会，睡倒一会，心神不宁，五内乱搅。不一时，月光照窗，满室雪亮，遂起来开门步月。只见天籁无声，清风淅淅，口

内低低念道："小姐，小姐，你此时想应睡了。怎知我祝琪生尚在此捣床碾枕，望眼将穿？凤钗信息几时到手？"因走下阶，对月欷嘘。独自立上一会，信步闲行。见对面一门未关，探头去张，却是小小三间客座，遂踱进去闲玩。侧首又是一条小路，走到路尽头，又有一门，也不关。进去看时，只见花木阴浓，盆景砌叠。正看之时，忽闻琴声响亮。侧耳听之，其音出自花架之后，遂悄悄随声而行。转过花架边，远远见两个女子，在明月之下，一个弹琴，一个侍立。琪生轻轻移步，躲在花架前细看，原来就是小姐与绛玉。琪生在月下，见小姐花容，映得如粉一般，俨然是瑶宫仙女临凡。登时一点欲心如火，按捺不住。恰好绛玉进去取茶，琪生思道："难得今日这个机会。从此一失，后会难期。乘此时拼命向前与她一决，也免得相思。"就色胆包身，上前抱住婉如，道："小姐好忍心人也。"把婉如一吓，回头见是琪生，半嗔半喜道："你好大胆，还不出去。"遂将手来推拒。琪生紧紧不放，恳道："小姐，我自睹芳容之后，整日度月如年，想得肝肠欲断，日日郁郁待死。我又未娶，你又未嫁，正好做一对夫妻。你怎薄情至此？"婉如道："你既读书，怎不达礼？前日以情诗挑逗，今日又黑夜闯入内室，行此无礼之事。是何道理？快些出去！"琪生跪下哀求道："小姐若如此拒绝，负我深情，我不如死在小姐面前还强似想杀！看小姐于心何忍。"婉如不觉动情，将他扶起，道："痴子！君既有心，妾岂无意？只是无媒苟合，非你我所行之事。你何不归家央媒与我哥哥求亲，自然遂愿。"

琪生道："恐令兄不从，奈何？"婉如道："妾既许君，死生无二。若不信时，我与你就指月为盟。"琪生遂搂着小姐交拜而起。琪生笑道："既为夫妇，当尽夫妇之礼。我与你且先婚后娶，未为不善。"因向前搂抱求欢。婉如正色道："妾以君情重，故以身相许。何故顿生淫念，视妾为何如人耶？快快出去。倘丫头们撞见，你我名节俱丧，何以见人。"琪生又恳道："既蒙以身相许，早晚即是一样，万望曲从，活我残生。"就伸手去摸她下体。婉如怒道："原来你是一个好色之徒！婚姻百年大事，安可草草。待过门之日，自有良辰。若今日苟合，则君为穴隙之夫，妾作淫奔之女，岂不贻笑于人？即妾欲从君，君亦何取？幸毋及乱。若再强我，有死而已。"琪生情极哀告道："我千难万难，拼命进来，指望卿有恋心，快然好合。谁知今又变卦，我即空返，卿亦何安？此番出去，不是想死，定是害死，那时虽悔何及，卿即欲见我一面，除非九泉之下矣。"说罢泣涕如雨，悲不能胜。婉如亦将手搂着琪生哭道："妾非草木，岂无欲心。今日强忍亦是为君守他日之信，以作合卺之验耳。不为君罪妾之深也。妾心碎裂，实不自安，亦不忍得看你这番光景。如之奈何？"低头一想，笑道："妾寻一替身来，君能免妾否？"琪生笑道："且看替身容貌何如。若果替得过，就罢。"婉如遂呼绛玉。

原来绛玉拿茶走至角门，见小姐与琪生搂抱说话，遂不敢惊她，却将身躲在内里，张

望多时。今闻呼唤方走出来,掩口而笑。婉如指着绛玉向琪生笑道:"此婢权代妾身何如?"琪生见她生得标致,笑道:"只是便宜了我。"遂将绛玉一把搂在怀内。绛玉羞得两片胭脂上脸,便力拒。无奈婉如向绛玉道:"养军千日,用在一朝。你权代劳,休阻他兴,今后他自看顾你。"绛玉道:"羞答答的,小姐的担子,怎么把予我挑?苦乐未免不均。"婉如又笑道:"未知其乐,焉知其苦,你顺从他了罢。"绛玉躲避无地,被琪生抱进房中,无所不至。正是:

> 他人种瓜我先吃,且图落得嘴儿胡。

哪知绛玉又是一个处子。只因年长,不似素梅、轻烟苦楚。那些莺啼娇转,花碎柔声,狎妮之态不想可知。

二人事完,扫去落红,并肩携手出来。见婉如立在阶前玩月。琪生向前将两手捧着她鬓脸,在香腮上轻轻咬上一口,笑道:"却作局外人,无乃太苦乎?"婉如也笑道:"妾享清虚之福,笑你们红尘攘攘之为苦耳。"因见绛玉鬓发凌乱,脸尚有红色,就带笑替她整鬓,道:"你为我乱鬓,喘息尚存,从今却是妇人,实苦了你也。"绛玉含羞微笑。琪生应道:"她还感你,要酬谢我等,怎说苦她?"绛玉笑道:"方才先在地上,那般猴急的涎脸,救急的眼泪,好不羞。不是你大动秦庭之哭,正好没人睬你哩。"婉如大笑。三人正说笑得热闹,忽闻鸡声乱鸣,开开欲晓。婉如遂同绛玉送琪生出来。琪生对婉如道:"卿既守志,我亦不强。只是夜夜待我进来谈笑何如?"婉如笑道:"若能忘情于容,虽日夜坐怀何妨。"齐送至门首,三人分别。

看官你道他家门如何不关,就让琪生摸进来?这有个缘故。君赞妻子陈氏,酷好动动,是一夜少不得的。只因丈夫病倒,火焰发作,其物未免作怪,抓又抓不得,烫又烫不得,没法处治。遂仰扳了一个极有胆量、极有气力、最不怕死的家人,唤作莽儿,这夜也为其物虫咬。直待丫头众人睡尽,故此开门延客。正是一人有福,携带一屋。琪生恰好暗遇着这机会。婉儿的房却住在侧首,与陈氏同门不同火,也因睡不着,故此弹琴消闷。哪知琪生又遇着巧,也是缘法使然。这琪生别了婉如、绛玉,进入房中竟忘闭门,解衣就睡。一觉未醒,早有一人推他,道:"好大胆,亏你怎么睡得安稳?"琪生吓得不知何事。且听下回分解。

第六回　招刺客外戚吞刀

诗曰：

> 本待欲擒山上虎，谁知错射暗中獐。
>
> 刀头误染冤魂血，半夜铮铮铁也伤。

却说琪生正睡得齁齁的，忽一人进来推道："好大胆！日已三竿，这时还睡！"琪生惊醒，见是绛玉，笑道："我在此养精蓄锐，以备夜战。"绛玉把眼一偢道："你若只管睡觉，恐动人捉贼。还不快些起来，小姐有帖在此。怕有人至，我去也。"遂将帖子丢在床上，匆匆而去。琪生起来开看，却是绝句诗一首，道：

> 妾常不解凄凉味，自遇知心不耐孤。
>
> 情逐难飞眉黛损，莫将幽恨付东隅。

祝君才郎文几　　弱妾平氏婉如泣笔

琪生看完道："哪知她也是高才，一发可爱。"遂珍藏拜匣。用完早膳，走到君赞处问安。君赞病已渐渐好了。他是个极深心、极有作为的人，待琪生全不露一些不悦的圭角，还是满面春风，更比以前愈加亲热，胸中却另有主张，如剑戟麟甲相似，真是险不过的人。二人谈了半日，琪生依旧回房，也不思想回去了。

至晚却又依路进去。这遭却有绛玉接应，一发是轻车熟路。行至角门，早见婉如倚门而待。两人携手相搀，并肩而坐，在月下畅谈。婉如倚在琪生怀中，绛玉傍坐，三人嘲笑，欢不可言。婉如偶问道："你既未完亲，那凤钗是哪里的？却又带在身边。"琪生陪笑道："我不瞒你，你却不要着恼。"遂将遇邹小姐三人始末说出。又道："若日后娶时自不分大小，你不必介意。"婉如笑道："我非妒妇，何须着慌。只要你心放公平为主。"琪生接着

她道："好个贤惠夫人，小生顶戴不起。"婉如又笑道："我不妒则不悍，何必又作此惧内之状。"绛玉也叹道："如今得陇就望蜀，已自顶戴小姐不起，到后日吃一看二之时，看你顶戴得哪一个起？"婉如与琪生大笑。琪生顿得情兴勃发，料婉如决不肯从，只是连连打呵欠，以目注视绛玉微笑。绛玉低头不语，以手拈弄裙带。婉如已知二人心事，含笑对琪生道："醉翁之意不在酒。你若体倦，到我房中略睡睡，起来与你作诗玩耍。若要茶吃，我教绛玉送来。"琪生会意，就笑容可掬地进小姐房，见铺饰精洁，脂粉袭人。又见牙床翠被，锦衾绣枕，香气扑鼻，温而又软。一发兴动，遂倒身睡在小姐床上，连要茶吃。外边小姐唤绛玉送茶进来，琪生就捉她做成串对儿了。两人事完就起身整衣出来。婉如迎着笑道："你们一枕未阑，我已八句草就。"遂复同琪生、绛玉到房取纸笔写出道：

题　月

云开空万里，咫尺月团圆。鸟逐分光起，花还浸雨眠。

冰人分白简，玉女弄丝鞭。谁识嫦娥意，清高梦不全。

琪生赏玩，鼓掌大赞道："好灵心慧手，笔下若有神助。句句是咏月，却字字是双关，全无一点脂粉气。既关自己待冰人，又寓绛姐先伴我，却又以月为题主，竟关着三件。才情何以至此？"绛玉也接过来，看见诗中寓意可怜，自不过意，向小姐道："我不善作诗，也以月为题，胡乱诌几句俗话，博小姐与祝相公笑笑。"也写道：

有星不见月，也足照人行。若待团圆夜，方知月更明。

婉如与琪生看了赞道："倒也亏她，更难为她这点苦心。"琪生拍着绛玉肩背笑道："这小星之位自然是稳的，不必挂心。"三人齐笑。琪生也取笔作一首月诗寓意道：

皎皎凝秋水，涓涓骨里清。冰清不碍色，玉洁又生情。

鸟渡枝头白，鱼穿水底明。团圆应转眼，可怜听琴声。

婉如与绛玉同看，赞不绝口。道："君之才，仙才也。其映带题面，含蓄情景，句句出人意表，字字令人心服，自非凡人所及。"

三人做完诗，婉如又取琴在月下弹与琪生听。音韵铿锵，袅袅如诉，闻之心醉神怡，令人欲歌欲泣。琪生听得快活，就睡在琴旁，以头枕在绛玉腿上，以手放在小姐身上，屏

气息声，细聆奥妙。及至曲终，犹余音清扬，沁人情性。婉如弹罢，拂弦笑道："郎君一手分我多少心思。"琪生嘿然笑道："我兀乐以忘忧，竟不知尚有一手久碍于卿之佳境。"绛玉又笑道："你倒未必忘忧，只忘了我这个枕头酸麻了。"三人齐笑个不住，就取酒吃，行令说笑，好不兴头，房中虽还有两个丫头，俱在后面厢房宿歇，尚隔许多房子，门又反扣，哪里听见？任凭他三人百般狎妮、调笑、谑混，有谁知道？琪生饮得半酣，将二人左右一边一个搂着，口授而饮，连小姐的金莲也搬起来捏捏摸摸，玩耍一番。婉如也不拒他，凭他摩顶放踵。自己也村一会、雅一会的相调，只不肯及乱。琪生只拿着绛玉盛水。三人一直玩至鸡鸣方散。

自此无一夜不在一处共乐。渐渐胆大，绛玉连日里敢还常到琪生房中取乐。一连多少天，倒也要得安稳。

谁想乐极悲生。君赞病已大好，不过坐在书房调理头发。一日正午时候，偶然有事进内，走至琪生门口，听见里面有人说话，就打窗眼一望：只见琪生与绛玉搂抱做一堆，只差那一点不曾连接。君赞大怒，也不惊破他，连连暗回书房，恨道："这小畜生，如此无礼。前番当面讥诮我势利，今朝背地奸我丫鬟。此恨怎消？且此人不死，邹氏难从。"越想越恼，发恨道："恨小非君子，无毒不丈夫。"就眉头一蹙，计上心头。

晚间吃酒时，对琪生说道："小弟不幸为病所苦，一向未曾料理到盟兄身上，负罪良多。料知己自能原情。我今日替盟兄细细揆审，邹家此时不见动静，必定是不知，没事也不见得。然而不可不信，亦不可全信。明晚盟兄何不悄悄私到邹小姐处，讨个实信，倒也安稳。省得只管牵肠挂肚，睡在忧苦场中。一则令尊令堂不知盟兄下落，二则邹小姐三人必盼望盟兄。或至相思成疾，反而小弟做了盟兄的罪人了。"琪生也道有理，心中感激，满口应承，谢之不尽。夜阑各散。

君赞私唤莽儿到书房，取出一锭银子，对他道："我家中只有你膂力甚大，心粗胆壮，为人忠心可托。我有一件事要你去做，今儿赏你这锭银子。若做得干净时，我自抬举你管两个庄房，还娶标致妻子与你。"莽儿道："相公差遣焉敢不去，何必赏银？不知是何事？求相公说明，虽赴汤蹈火也要做了来。"君赞道："好！好！我说你有忠心，果然不差。叵耐祝家这小畜生，竟与绛玉小贱人有奸。我欲置之死地，但家中不便下手。他日日在我家思想邹小姐，我诱他明晚去私会小姐。你到明晚可悄悄闪进邹家后园，将他一刀杀了，急急回来，人鬼不知，除此一害。如万一有什话说，我自料理，你放心去做就是。只是不可走漏风声，此为上着。"莽儿见君赞一顿褒奖，花盆好不会顷，又为利心所动，慨然应允而去。

次日，君赞待琪生动身出门后，就去向妹子尽情说绛玉如此没廉耻。婉如闻言，几乎

吓傻，只得假骂道："这贱人该死。"君赞也不由妹子做主，就去叫绛玉来，骂道："我道你贞节可嘉，原来只会偷外汉！"遂剥下衣服，打一个半死，也不由她分辩，立刻就唤王婆婆来领去卖她。婉如心如刀割，再三劝哥哥恕她，不要卖出，恐惹人笑话。君赞立意要卖，怒道："这样贱人还要护她！岂不替你妆幌子？连你闺女体面也没有了。你若房中没人伏事，宁可另讨一个。"婉如气得不好则声。

顷刻媒婆来领绛玉。绛玉大哭，暗向小姐泣道："谁知祝郎才动脚我就遭殃。小姐若会他时，可与我多多致意，我虽出去，决不负他，当以死相报。切勿相忘，教他访着媒婆，便知我下落，须速来探个信息。我死亦瞑目。"遂痛哭一场，分手而别。恰好一个过路官儿，正寻美女要送严嵩。媒婆送去，一看中意，两下说明，即日成交，就带人去。这事虽在同时，还在琪生之后，按下不题。

却说琪生听君赞言语有理，当晚酒散就进去与婉如、绛玉二哭别。二人一夜恓恓惶惶，你嘱咐，我叮咛，眼泪何曾得干。天明只得痛哭分别，出来又去别却君赞。君赞送出门，嘱道："这是盟兄自己的事，紧在今晚，早去为是。小弟明日洗耳专听佳音。"两下拱手而别。琪生在路想道："家中父母一向不知消息，两个老人家不知怎么心焦。总之今日尚早，不免先到家中，安慰见父母，又可先访访外边动静，再去不迟。"打算已定，竟奔家来。父母一见，如获珍宝。两个老人家问长问短，哪里说得尽头。时已过午，琪生一心要去，便道："孩儿还要去会个朋友，明日方得回来。"祝公道："才走到家如何又要出门？有事亦在明日去罢。"琪生道："有紧要事，约在今日。"老夫人道："是何事这等紧要？"琪生一时没法子回答。夫人道："料没什大事，迟日去不妨。"琪生执意不肯。祝公与夫人齐发怒道："你在外许多日子，信也没个寄来。教我两人提心吊胆，悬悬而望。你难道没有读过书，说父母在，不远游，游必有方。你何曾学他半句？你今日归家，正该在我父母面前谈谈说说，过他三日五日再出门去未迟。怎坐未暖席又想要去？可知你全不把父母放在心上，竟做了狼心野性。这书读他何用！我又要你儿子何用！"千不孝，万不孝，忤逆的骂将起来。琪生见父母发怒，只得坐下道："孩儿不去就是。"遂郁郁在家不题。

单说邹泽清在家，日日盼望琪生不至。这日才到一个内亲，却是夫人戴氏的堂侄，名戴方城。父亲戴松，是个科甲。是严嵩门下第一位鹰犬，现任户部侍郎。这方城因姑娘在时，常来玩耍，见表妹标致，心上想慕。因表妹年幼，不好启齿。后来姑妈又死，一向不曾来往。近日因父亲与他议亲，他就老着脸要父亲写书向姑夫求亲。父亲道："路途遥远，往返不便。既是内亲，不妨你将我书自去面求。万一允时，就赘在那里，亦无不可。"故此特到邹家。邹公心中原有招琪生之念，只待他到馆面订。今见内侄来求，心上就犹豫不决，且安顿在后园住下。

恰好这晚莽儿进园行刺，悄悄越墙而过，行至园中，伏着等候。这晚是云朦月暗，方城偶出书房，门外小解。莽儿恍恍见个戴巾的走来，只道是琪生，心忙意乱，认定决是琪生，走上前照头尽力一刀，劈做两开，遂急急跳墙回家献功。

那戴家家人见相公半日不进房，忽听得外边"扑"的一声响。其声甚是古怪，忙点烛笼来照，四下一望，哪有个相公的影？才低下头来，只是一个血人倒在地上。仔细一看，不是别人，却就是他贵主人，吓得大声喊叫。惊得邹公连忙出来，看见这件物事，吓倒在地，没做理会。戴家人连夜县堂击鼓的击鼓，打点进点，报信的报信。数日之间，戴家告下谋财害命的状来，将邹公拘在县里。一拷六问，严刑拷打，备尽苦楚。雪娥在家日夜啼哭，自己是女子，不能出力。幸亏轻烟母舅吴宗是本县牢头禁子，央他去求分上，打点衙门。往戴家求情，戴家哪里肯听，定要问他抵偿。好不可怜！

话分两头，再说君赞这枣核钉。当晚见莽儿回来，报说事已做妥。好生欢喜，赏了莽儿些银子，自己却一夜算计道："我虽吃尽若干苦恼，受了丫头之气，但那日邹小姐并不曾出一恶言。虽然有情于我，却怎地弄得她到手？"思量一夜，并无半条计策。到次日，老早着人打听邹家消息，方知杀差了。又惊又恼道："那畜生又不曾除得，反害却邹老与小姐。怎么处？"一连几日，放心不下。遂将巾帻包好新样头发，自己要到县前访信。出门忽撞见一个大汉，项上带着麻绳、铁索，许多人围送过去。君赞问人，说是才拿住的有名强盗，叫作冯铁头。君赞闻知，陡然一计上心。急回家取了若干银子，到县前弄个手段，竟要买嘱那强盗来扳害琪生做窝家。

不知琪生此番性命何如，再听下回分解。

第七回　遭贪酷屈打成招

词曰：

　　生死从来有命，无缘空想娇娥，千方百计起干戈，再将大盗扳他。　　恰遇剥皮县令，纵然铁汉才过。书生漫无生活计，暂时且受煎磨。

右调《西江月》

　　且说平君赞虽恨莽儿杀差了对头，又不好声张此事，难为莽儿。闷闷不乐，蹀进蹀出，再想不出一个弄杀琪生之计。且自出门走走，恰好遇着两个捕人锁着一班强盗走过。不觉计上心来，便想买盗扳答琪生。遂尾着强盗，到了县前。扯过捕人，寻个僻静去处，问这盗首姓什么。捕人道："在下也不知道他什么名字，人都叫他冯铁头。相公问他何干？"君赞便将心事对他说明，许他重谢。

　　捕人转身便与冯铁头商量道："你今一见过官来，衙门内有许多使费、监内有许多常例要分。我看你身无半文，也须生发些用用，方不受苦哩。"冯铁头道："纵如此，咱又无亲戚在此，钱银从何措备？只好拼命罢了。"捕人道："我倒为你生发一路在此。你若依我行去，只用一二句话，吃也有，银子也有。"冯铁头道："好个慈悲的差公。咱在江湖上，人也杀过多少，何难没两句话？你请说来。"捕人便将扳害祝琪生做窝家的事教他道："官府如夹打你的时节，你便一口供出他来。你的衙门使费，监中用度，都在我身上，一文都不要你费心。"冯铁头道："多承感情，敢不领教？"捕人见已应允，就往复君赞道："强盗已说妥了，须得百金方好了事。你若要处个死情死意，县里太爷也须用一注，方能上下夹攻，不怕他不招认。"君赞道："此番自然要处他一个死，断不可放虎归山。"一面拿出银百两，与捕人看看，道："占堂冯铁头果然招出祝琪生，琪生一到官，你便来取此银子罢。"

　　一面收拾二十名长夫，顷烦一最用事的书房钱有灵送与孙知县，要他不可因琪生是乡绅之子，又是秀才，轻轻发落，必须置之死地。却好孙知县是有名的赃官，又贪又酷，百

姓送他一个大号，叫"孙剥皮"。凡告状人寻着他，不但咬他一口，直到剥他的皮，方才住手。至于强盗所扳，极是顺理的事，一招一夫，怕他不招。自得了采头，遂立刻出签，拿窝盗犯生祝琪生听审。

差人忙到祝家门上问："祝相公可在家么？"管门的道："你是哪里来的？要见相公做恁事？"差人便道："我们是本县大爷差来的，不知何事请相公立刻过去一会。"祝公闻言，对儿子道："来得诧异，我与县尊素不往来，又非季考之期，名帖也不见一个，忽然来请？还须容个明白方行。"奈外边两个差人催得甚紧。琪生对父亲道："谅无大事。待孩儿去走走就回。"随即出来，与二人同行。那差人也并不要祝家一盅茶吃。看官你道天下有这等不要钱的公差么？只因枣核钉已送过差人十两银子，说道"不要得祝家分文，决要立时带他落地，不可被他知风逃脱"的缘故，所以即刻骗到县中。恰好孙剥皮坐堂听审，一面叫监里取出冯铁头来，与琪生对质。

琪生初意走上堂来，正要与县尊行礼，及至跪将下去，差人忙禀"犯生带到！"知县泰然不理，反将案桌一拍，道："好个诗礼之家！如此清平世界，何故窝藏大盗？"琪生闻言，犹如晴天霹雳："不知此话从哪里来的？生员闭户读书，老父休养在家，平素不交面上可疑之人。老父母此言必有差误……"道犹未了，只见牢中早带出冯铁头来。剥皮便道："这不是你窝的人？差与不差，你自问他。"琪生遂向冯铁头乱嚷道："我从不与你识面，是哪一年、哪一月窝你的？好没良心伤天理！必是名姓相同，扳差是实。"

冯铁头道："一些不差。你假不认得咱，咱却真认得你。满县多少人家，咱何不扳别人，独来扳你？你自去想一想，必有缘故。请招了罢。"剥皮见琪生不招，便道："不动刑是决不招的。且带起收监，待我申过学院，革退衣巾再审。"立时申文革去秀才，重提细审。

此审竟不问虚实，先打三十大板，然后连问："招也不招？"琪生打得死而复生，哭诉道："毫无踪影之事，如何招得？"剥皮又不许他再开口，便叫夹起来。立时双夹棍一百敲，已是昏跪在地下了。看官，你道一个幼弱书生，如何当得如此极刑，自然招了。剥皮便叫立刻图招，同冯铁头一齐监候不题。

且说祝公见儿子屈打成招，正在愤急之际，适值郑飞英来望，说及此事，大为不平，道："太平之世，岂为盗贼横扳，吾辈受屈之理？明日待小侄约些学中朋友，吵到县中去，问那孙剥皮，如何昏聩至此？我辈可以鱼肉，小民一发死了。老伯不必忧虑。"一径别了祝公，先去见平君赞。说及琪生被盗扳之事，"吾兄可闻得么？"君赞道："怎不知道？但别的讼事可为祝兄出办，若说到窝盗二字，当今极重的盗案，断管不得的。那问官倘若说道'你来讲情，分明是一伙的'，如何是好？"

飞英道："祝兄是被盗所扳，又非图财害命真正强盗，保举何害？"君赞道："窝家更不

可保。倘若强盗见我们出头强保，他怀恨在心，不叫同伙的来打劫我们，便再来扳起我来，不是当耍的。只可送些酒食进监里去问候他，便是我辈相与之情了。兄请细思之。"郑飞英见他言语甚淡，便立起身道："小弟一时不平，且为吾辈面上，不可坏了体统，已约了通学朋友，动一公举呈子。吾兄不来，恐为众友所笑。"君赞道："小的来是决来的，但不可把贱名假呈头。近日功令最恼的是公呈头儿，况且祝兄已自认了，公呈恐未必济事。"飞英道："呈头自然是我，岂有用兄之理。只求兄即日早些带了公服在县门首会。"一拱而别，飞英再往各朋友处一联。

次日，先在县门外候齐了众友。待孙剥皮升堂，众友一拥而进，郑飞英拿着呈子，跪禀道："生员们是动公举的。"剥皮接上呈子一看，是长夫坑儒，道学不平事。便道："诸生太多事了，岂不闻圣谕：凡是不平之事许诸人，不许生员出位言事。况且强盗重情，更不宜管。祝琪生窝盗，诸生自然不得而知。本县亦不敢造次成招。已曾申详过学道，革去衣巾，方才审定。与众生员何干？"郑飞英道："祝琪生朝夕与生员辈会文讲学，如何有窝盗之事。还求老父母细察开释。不可听强盗一面之词，至屈善良。"剥皮怒道："据你所言，强盗竟不该载有窝家的了，律上不该载有窝家的罪款的了。本该将公呈上名姓申送学道，念你等为朋友情面上相邀，得他一个感激，便来胡闹，姑不深究，请自便罢。"

众人知不济事，皆往外走。郑飞英还立着道："天理人心，如何去得？"那孙剥皮道："众生员俱退避，独你哓哓不已，想是窝盗，你也知情的。"郑飞英见他一片歪话，只得恨恨而出。独有平君赞乐杀，一路自忖道："真正钱可通神。若不是这二十名长夫在腰里，哪能够如此出力。琪生此番定中我计了。"到家忽想起邹小姐来："如何生个法儿，骗得她到手，方遂吾之愿。"

适值王婆婆走到，说起小姐与要讨一个丫鬟，"倒有个与绛玉姐一样的在此，只是身价也要与绛玉姐一样，不知相公可要么？"君赞道："相貌果像得绛玉，她的身价尚在，就与她罢了。但不知是哪一家的使女。"王婆道："说也可怜，就是邹泽清老爷家的。他因遭了人命官司，对头狠得紧，把家私用尽，到底不能出监。小姐无计可施，只得两个丫头，入卖一个为衙门使用。"君赞闻言满心欢喜道："妙极，巧极。邹小姐机缘恰在这个所在了。"遂与妹子说道："我原许你讨个使女。今日王妈妈来说，有一个与绛玉一般的，即将卖绛玉的原银与你讨。你意下若何？"那婉如含笑道："人是要的，悉凭哥哥主张便了。"王婆遂同了平管家到邹小姐外交足银子，就要领素梅上轿。

谁知轻烟、素梅俱是小姐朝夕不离，心上最钟爱的。何独把素梅来卖？但轻烟一来因他母舅吴宗衙门情熟，邹公上下使用，全情于她。二来有她母舅在彼，监中出入便利。三来留她做伴小姐，意不寂寞。千思万算，只得将素梅卖些银子救父亲之命。三人久已

商量定的，但今立刻起身，自难割舍，三人哭作一团，自午至酉，只是不住。连做媒的也伤心起来，不胜凄怆。倒是素梅抹了眼泪，朝小姐拜别道："小姐不必悲伤了。我与小姐不过为老爷起见，况又不到远处去，日后还有相见之时，也不可料得。我去罢。"又与轻烟作别，道："我去之后，小姐房内无人，全烦姐姐服侍。我身虽去，心是不去的，定有重逢之日，且自宽怀。"竟上了轿，到得平家。

一进门来，见了平君赞便知不好了。心中刀刺一般，自忖："此人是我与轻烟姐的对头，怎我偏落在他手里。当日那样凌辱他过的，今在他门下，自然要还报了。但我辱他不过一时，他要辱我何日得完？"又转一念想道："我原以身许祝郎的，祝郎已不知下落，总以一死完我之愿便了，怕不得这许多。"遂大着胆，竟上前去见礼。

里边听得买的人到了，婉如与陈氏，都走出来见礼。素梅逐位叩头完了。陈氏一见素梅姿容体态，醋瓶又要发作了。便开口吩咐道："你是姑娘讨来做伴的，以后只在姑娘房里，无事不必到我房里来，不可与我相公讲话。他是没正经的人，恐有不端之事，我是不容情的。你初来不晓得我家法度，故先与你说声。你随了小姐进来罢。"此时君赞听了妻子这一片吃醋的话，本心要与素梅理论，话未出口，当日尝粪剪发的臭气都不敢发泄出来了，紫着面皮随即吩咐她到姑娘房里去，竟像天上降下一道赦书来，不胜欢喜。素梅即随了婉如到卧房里去，烹茶送水，叠被铺床，还比绛玉更细心更殷勤。弄得个婉如非常之喜，顷刻不离。因问素梅道："你可识字么？"素梅道："笔墨之事，自幼陪伴小姐读书，也曾习学过，但是不精。"婉如道："既是习过的，在我身边再习习，自然好了。"素梅道："若得小姐抬举教诲，感恩不浅。"自此两人十分相得，竟无主婢体统。但是枣核钉臭气未出，后来不知肯独放素梅否，且听下回分解。

第八回　逢义盗行劫酬恩

词曰：

父命事关天，闷愁泣杜鹃。一朝恶煞又牵缠，虽着坚将敏□，□□□□□□□　□□□□□□□□□□　　□□□□□□□知恩又侠浦珠还。

右调《南村子》

再说枣核钉，自那日讨了素梅回来，便有得陇望蜀之意。自忖道："论起前情来，我该奈何素梅一个死，方出得我的臭气。又想到邹小姐身上，她绝无一些不好的。我或者借这个恶丫头，做个蜂媒蝶使，机缘或在她身上，亦未可知。权且不念旧恶，及以情义结之，使她替我传消递息，有何不妙？但说到情义二字，必须弄这丫头到手。一来且出出我的火，二来使她倾心于我，自然与我干事了。"算计已定，每日在妹子房门外张头望脑，寻个风流机会。

这日恰当有事。婉如偶然走到嫂子房里去，适值陈氏独自在那里铺牌，见了姑娘便道："来得好。我只晓得铺牌，不晓得打牌。你可教我一教？"两个便坐落了，打起牌来。天九九、地八八、人七七、和五五，且是打得高兴，竟忘记素梅独自在房里了。恰好枣核钉从外边来，往妹子房门内一观，不见妹子，只见素梅，便钻将进去，叫一声："我的亲姐姐，几被你想杀我也。"忙把手搂定素梅颈子，要去亲嘴。惊得个素梅魂不附体，回转头来，将他臂膊着实一口，咬得鲜血淋漓，还不肯放。枣核钉此时恐怕妻子知觉，不是小可，只求不要声张，放她出去罢。素梅道："我一到你家，原是羊落虎口，知是必死的了。但因姑娘待我甚厚，苟延在此。你若再来时，我惟有一死以完我的节操。"枣核钉此时亦无可奈何，他但口内喃喃地道："节操节操，少不得落我的圈套！"只得又像养头发一样，推病在书房里，替任数日，养好咬伤之处，以免妻子打骂，按下不题。

且说邹小姐自那日卖了素梅之后，一面付这银子与轻烟，叫她到伊母舅吴宗家里去，烦他衙门、监口使用，只要老爷不受狠苦，就多费些也罢，一面叫父亲写了一封辩冤书子，遣一得当家人，再往京去求戴侍郎宽释。

家人兼程到京，投了书。戴侍郎接来一看，大怒道："胡说，叫他家奴才来见我。"一见来使，便连声骂道："你家老畜生还有什亲情写书来与我？若是晓得亲情，不该杀内侄了。若说不是你杀的，你该还出凶身来了。我家公子现杀在你家，你主人又寻不出杀人的贼，还赖到哪里去？若要求活，只好再抱个胞胎罢！"邹家人跪求道："家主人又非挑脚牧羊之辈，也知王法的，焉有大相公数千里而来探亲，从来又无口角，一到即杀之理；求老爷详察，必竟另有个杀人的在那里。只求老爷姑念亲情，略宽一线，待家主人慢慢去缉访出人来，就是老爷万代恩德了。"

戴侍郎道："有事在官，我这里也不便回书，也不能宽释。你去对那没良心的主人说，有何法拿得凶人着，有司自然宽释。你主人若拿不着，决要借重抵命的了。不必在此胡缠！"家人回来，对小姐说完，即往监中，一五一十说与邹公知道。邹公也默默无言，叹口气道："我今生又不曾枉害一人，如何有此恶报？除非是前世冤业了。在戴家，也说得是。既不是我杀的，也该还他一个凶身抵命。我想凶身岂得没有，但我决还不出。如何是好？"一面且用些银子求知县孙剥皮缉获杀人贼，一面打发管家各处察访致死根由不题。

再表红须，自那日祝琪生送他银子，救了赌分之厄，便往北京去寻个头脑，发在兵部效劳。奈严嵩当权，朝政日坏，非钱不行，不能展他的技勇。便回身仍往南来，遇着一班昔年结义的好汉，复邀他落草，劝他还做些没本钱的生意罢。红须道："将来是个统局，我辈循规蹈矩，原改用处。我今随便随你们去，须得要听我调度。"众人道："兄是智勇双全的，自然调度不差，我辈焉有不奉命之理。且请到寨中去领教便了。"红须遂随众上山歇了一晚。次日见寨中不成个体统，因道："咱今来此，必须帮你们兴旺起来，另有一番作为，不可贼头贼脑，以见我等皆仁义之师。一不许逞凶杀人；二不许淫人妻女；三不许擅劫库藏；四不许打抢客商。"众人皆笑起来道："这不许，那不许，若依兄所言，是佛祖临凡，不是罗刹出世了。叫俺弟兄们去寻哪一家的钱？如非敲榔募化度日了。"

红须道:"有,有。有第一可取的,是贪官污吏的钱。他是枉法来的,取之不为贪。第二可取的是为富不仁的钱,是盘算来的,分些不为过。列位依咱行去,又无罪过,尽够受用。"众道:"不如遵命便了。"

遂过了数日,家人思量出门走走。若要依计而行,除非贪官。且寻个世宦人家,发发利市。照大哥所言,枉法的有银钱是大家用得的。内中一人道:"闻得邹乡宦家里为了人命重情,本主现拘禁在狱。家中六神无主,尽可行事。"一齐皆说有理。是夜,便明火执仗打将进去。各处一搜,并无财宝。径打到内室里,只见一个标致女子在床后躲着,便问她道:"你家做官的,财宝在哪里,快快说出来免你的死。"便把刀在邹小姐的颈上边一吓。惊得邹小姐魂不附体,哭诉道:"我家父亲是做清官的,哪得有钱?况且目下又遭无头人命,衙门使费尚然不敷,连些衣服、首饰,也皆当尽,实是没有。"众人见她如此苦告,难道空手回去不成?奸淫一事,又是大哥所戒。不若将此女带回本寨,送与大哥做个夫人,也不枉走这一遭。遂将邹小姐一挟,带回寨来。

红须见了个女子,便不悦起来,道:"我叫你们不要奸淫幼女,你们反掠回来,是何主意?"众人齐道:"奸淫是遵谕不曾奸淫一个。因大哥寂寞,领这一个回来与大哥受用受用。"红须便问那女子道:"众人可啰唣你么?你是谁家宅眷,可有丈夫的么?"此时邹小姐已惊得半死,哪里说得出一句。停了一会,方才说道:"我是邹泽清之女,已许祝琪生为室的了。"红须听得祝琪生三字,便立起身来,吃惊问道:"你既是祝恩人之妻,便是咱恩嫂了。请起坐下,慢慢细讲。"

邹小姐听得叫琪生是恩人,便知有十分命了。红须又道:"果是祝恩人之配,我便立时送你到祝家去。"邹小姐又哭个不止道:"蒙君大德,感激深恩。但祝郎近日遭大盗冯铁头所扳,已在狱多时了。"红须大喊道:"岂有恩人受无妄之灾,咱不往救之理?如此说来,恩嫂且权住在咱寨中,此也自有女伴相陪,断不致污恩嫂。"邹小姐又泣着道:"祝郎有难,义士可以脱得。不知我父亲之冤,亦能脱得否?"红须道:"令尊翁与祝恩人可同在一处么?"邹小姐道:"同在一监的"红须道:"这就不难了。恩嫂且自宽心,待咱明日集领众弟兄去,都取了来就是。"邹小姐此时见红须有些侠气,也不疑虑,随他住下便了。但此去正是:

青龙与白虎并行,吉凶事全然不保。

却说轻烟因那日到母舅吴家歇宿,不曾被掳。次早回来,见家中如此光景,小姐又被抢去,举目无亲,不觉泪如雨下,大哭一场,死而复生。便对管门的老苍头道:"你且关好

门,管着家中,不可放人进来。待我去报知老爷,或递失单,或告缉捕,与老爷商量速差人去查访我小姐下落要紧。"即时走到监口叫禁子开门,到邹公面前放声大哭,道:"老爷不好了。"惊得个邹公魂飞魄散,只道上司文详发下来,想是要斩的了,急急问道:"是何缘故?"

轻烟便将家中被盗、小姐抢失的事细说一番,又哭起来道:"老爷呀,这事怎处?"邹公听她说到小姐抢失,不觉也哭起来道:"清平世界,岂有强盗如此横行之理? 前番暗来杀我内侄,今又明来抢我女儿。我之清贫,人岂不知? 这强盗不是劫财,分明是要我断根绝命了。杀人抢掳看来总是这起人,岂可不严追速告,但恨我拘系于此,不能往上司呈告。你可与我烦舅子到捕厅衙门先递一张失单,出一广捕牌,便可四路差人缉访此盗啸聚何所,自然小姐消息有了。"

轻烟忙来见舅子,说了这番异事,要他代告之情。吴宗叹口气道:"真所谓福无双至,祸不单行。你老爷实是晦气,偏在这两日又要起解了,如之奈何?"又想一想道:"若要总捕厅去出广捕牌,倒也是便路,但你是一幼年女子,此番不能随老爷去的了,家中小姐又不见了,如何是好?"轻烟听得老爷起解的信,不觉泪如雨下,哭个不休。吴宗道:"事已如此,不必悲伤。你且在我家里暂住几时,看老爷小姐两下消息再作理会罢了。"轻烟从此就住在吴宗家里。不知后会何如,且听下回分解。

第九回　致我死反因不死

词曰：

最险人藏暗里枪，椿椿俱是雪加霜。凄凉难忍伤心泪，哪怕豪雄铁石肠。

怀热血，眼横张，霎时提挈出忠良。谁言巧计皆能就，始信奸谋枉自忙。

右调《鹧鸪和》

话分两头，再将琪生事从前叙起。琪生自那日屈打成招下狱，棒疮疼痛，骨瘦如柴，求生不得，要死不能。一日，父亲进来看他。他抱头痛哭，伤心切骨。祝公跪着强盗冯铁头苦告道："我父子与你往日无冤，近日无仇，何为扳害到这个田地，绝我宗嗣？就是我儿身死，也替不得你的事。你也是个豪杰，怎要陷平人，害我全家。豪杰之气安在？我儿若有什得罪所在，不妨明正其罪，我父子死而无怨。"琪生不忍父亲苦恼，也跪在旁向祝公哭道："豪杰料难饶我，也是孩儿命数当冤。爹爹你回去罢，母亲在家不知苦得怎样。爹娘年已高大，不要悲伤坏了身子，不肖孩儿再不能来报劬育之恩，爹爹母亲譬如没生孩儿，割断爱肠罢。这所在不是爹爹来走的，徒自伤心无益。孩儿自此别却爹娘，再无一人来体贴你心，爹爹与母亲自家保重，千万要紧。得替孩儿多多拜上母亲，说孩儿不能当面拜别。"言罢眼中竟流出血来，搂着祝公大叫一声"爹爹、母亲，孩儿心疼死也！"就哭绝于地。祝公搂抱哭唤孩儿苏醒，未及两声，也昏沉哭倒，闷绝在琪生身上。还亏铁头叫唤半响，二人方醒。

冯铁头见他父子伤心，恻然不忍，不知不觉也流下几点英雄泪来。叫道："我杀人一世也不曾心动，今见你父子如此悲戚，不觉感伤。是我害却好人也，然与我无干。俱是平君赞害你，是他教我扳扯的。你如今出去叫屈，若审时，我自出脱你儿子。"祝公父子听了喜极，磕他头道："若是义士果肯怜悯，就是我们重生父母，祝门祖宗之幸。"铁头止住道："不要拜，不要拜。我决不改口，去去去！"

三人正在说话,恰好轻烟来看老爷,听见隔壁房中哭得悲切,转过来一张,却认得是琪生,惊得两步做一步跌进房来问道:"你是祝郎么?"琪生抬头见是轻烟,也惊道:"你怎得进来看我?"两个又是一场大哭。祝公问道:"这是何人?"琪生道:"话长慢慢告禀。"因私问轻烟道:"小姐、素梅姐好么?"轻烟泣诉:"家中多事,我来服侍老爷,小姐在家被盗掠去。"琪生大叫一声登时昏倒,众人慌忙救醒。琪生哭得落花流水,楚国猿啼,对轻烟道:"我只道你们安居在家,谁想也弄得颠沛人亡。我命好苦!"又道:"伤心哉小姐!痛心哉小姐!"哀声令人酸鼻。轻烟劝道:"君当保重,不宜过悲。但不知君何以亦遭此厄?"琪生恨道:"我不知何事恼了平家枣核钉恶贼!"就指着冯铁头道:"却买这位义士扳我做窝家,备尽苦楚。今日亏这义士怜我,方才说出,又教我补状出脱我。甚是难得!"

轻烟道:"若说这平贼欺心,一言难尽,想必就是为此。待你出来慢慢告诉。"大家说了一会,各人散去。祝公即刻到县前叫冤。孙剥皮不得已又拘来一番,铁头将枣核钉买嘱之情直言告上,自己宁甘伏罪。孙剥皮明知此情,只因受了枣核钉若干白物,怎肯翻招,拍案大怒道:"毕竟是受祝家买嘱!"反将铁头打了二十板,又将琪生也责三十板。说他买嘱强盗,希图漏网,依旧收监。祝公号痛归家,思欲到上司去告,因没盘费,只得在家设处。谁知到第二日,孙剥皮又受了枣核钉大惠,就着落禁子,在即晚要讨病状。正是:

> 前生作下今生受,不是冤家不聚头。

再说轻烟次日将晚,又要去看邹公与琪生。母舅吴宗吃得烂醉,从外进来道:"你今日不要去罢。今晚狱中有人讨病状,恐你害怕。"轻烟道:"怎么叫作讨病状?"吴宗笑道:"这是衙门暗号,若犯人不该死罪,要暗暗绝他性命,第二天递一个病死的呈子,掩人耳目。故此叫作讨病状。"轻烟又问道:"如今讨病状的是什么犯人?"吴宗道:"是强盗窝家。"轻烟吃一吓,留心问道:"他是哪里人,姓什么?难道没有个亲人在此,怎么就晓不得?"吴宗暗暗笑道:"痴孩子,这事你娘舅我不知做过多少。怕他什么亲人,他就是本地人,姓祝。他父亲也是个败运乡宦,你看我可怕他一些?"吴宗乘着酒兴,放肆直谈,不怕把个轻烟吓死。轻烟心里惊得发战,眼泪就直流出来。吴宗两手摩腹,又呵呵地笑道:"他又不是你亲人,为何就哭起来?"轻烟忙讳道:"他与我何干,却去哭他?只是为我老爷明日起解,到府中去。愁他那里没人照管,我又不能随去,故此苦楚。"吴宗把头点了两点,还要开口说些什么,连打两个恶心,就闭住了嘴,强忍一会,又是一个恶心上来,忍不住就直吐呕起来。呕完遂翻身倒在床上,轻烟又对他道:"乘如今不曾动手时,待我去看看老爷来。可怜他明日一去,我就不能伏侍他也。"说罢,又哭。吴宗又点头道:"既然如

此，你去就来。切不可走漏一点风声，不是当耍。我醉了，晚间还要用力，让我且睡睡着。叫小牢子同你去罢。"口才住声，已鼾鼾睡熟。

小牢子拿着锁匙，同轻烟来。轻烟三脚两步，急奔进去，对琪生哭道："天大祸事到了！今夜我母舅来讨你病状，快作速计较！"琪生惊得魂飞天外，泪如雨下，扯着轻烟道："你看我如此手纽脚镣，有什法使？你替我快设一法，怎么救我才好。"轻烟心慌意乱，一时也无计可施。两下只是痛哭。

冯铁头在旁问道："你二人为什只管啼哭？"二人告诉其故，铁头不平起来，向轻烟道："我倒有一计，可以救得他。只恨没有这几件物事。"轻烟道："要什物件待我取来。"铁头道："你去寻一把斧头，一条粗壮长绳，大约要四五丈长。短就两条接一条也罢。再寻两个长大铁钉进来与我，有用处。"轻烟连忙去寻取将来。铁头道："既有此物，就不妨了。你放心去罢。"轻烟道："这几样东西，怎么就救得他？"铁头道："不要你管，包你救得此人就是。"轻烟就倒身拜他几拜，再三嘱咐道："祝相公性命全在义士，幸勿有误。"转身又向琪生道："相公出去安身之后，可速设法早来带我。妾以死守待君，幸勿负心。"遂哭别而回。

渐渐天晚，时乃十二月中旬，月色已高。铁头道："此时不动手，更待何时？"他臂力甚大，将手尽力只一进，手纽早已脱下。取斧将脚镣铁锁砍断，连忙去将琪生手纽一捽，登时粉碎，将他脚镣也砍断。二人撬开门，悄悄走到后墙。琪生抬头一看，连声叫苦道："这般插天也似的高墙怎能过去？"铁头道："不要忙。"将斧插在腰间，取出绳子，把一头系来住琪生两肋，将那一头系在自己腰上。收拾停当，却取出两个铁钉一边一个，捏在两只手中，扒墙而上。顷刻站于墙顶，解下腰间绳头，握在手内，对琪生道："你两手扯住绳子，不要放松。"说完，遂双手将绳盘扯，霎时把琪生拢将上来，也立于墙头。略歇一口气，转身向着墙外，又拿着绳子将琪生轻轻坠下，站于地上。铁头叫琪生站开，飞身往下一跳。两个解下绳子要走，琪生道："且住，待我悄悄通个信与父母知道。"铁头道："不可！迟则监中报官，闭城一搜，岂不你我俱休！不若逃脱，寻个藏身去处，再商量通知不迟。"二人就忙忙赶到城边。幸喜城门未关，二人出城，也顾不得棒疮腿疼，大开脚步如飞逃难去了。正是：

　　鳌鱼脱却金钩钓，摆尾摇头再不来

且说那吴宗吃得烂醉，一觉直睡到四更天气。醒来揉一揉眼，见月色如银，不知是什么时候，慌张道："怎地只管贪睡，几乎误却大事。"起来就去拿绳子要走。哪里有半寸？

连两个大钉也不在。谁知俱是轻烟刚拿去。

吴宗道："却也作怪。明明是我放在这里，难道我竟醉昏了？"四下找寻没有，只得另拿一副家伙，忙到牢中，只见铁索丢在一边，手纽瓣瓣碎裂在地，没有半个人影，吓得屁滚尿流，跌脚叫苦道："我是死也！"跑去看看，门户依然，各房犯人俱在。去看后墙又高，摇头道："竟飞去不成？如今怎么去回官府？"不觉大哭。去查问小牢子与轻烟，俱说锁得好好的出来。吴宗垂头落颈，眼泪鼻涕，走来走去，没法处置。

一会天明，已有人来带邹公。吴宗只得去报本官。孙剥皮正批发完解差，解邹泽清到府去，又将邹公当堂交付毕。见他报了此信，怒得将案桌一拍，连签筒掼下来，拖下打到五十。叫放起时，已直撅撅地赖在地上，动也不动。你道此老为何这样不经打？只因吴宗年纪已老，愁烦了半夜，又是空心饿肚，行刑的见官府发怒，不敢用情，所以五十就送上西天。孙剥皮见吴宗打死，叫抬出去，另拨一人当牢。一面差捕役缉拿逃犯，一面出签去拿祝公夫妇，兼搜琪生。登时将祝公与夫人拿至。

孙剥皮将信炮连拍几下道："你儿子哪里去了？"祝公方知儿子脱逃，心中暗喜，答道："是老大人监禁，怎么倒问罪生？"孙剥皮冷笑道："你将儿子劫将出来，难道藏过就罢了不成？你道你是乡绅，没法处治你么？且请你监中坐坐，待我请旨发落。"遂吩咐将祝公送监，夫人和氏讨保。

夫人一路哭哭啼啼回来。恰好轻烟送邹公起解回来，半路撞见。闻人说是祝家夫人，见儿子越狱，拿她到官放回的。轻烟遂跟夫人到家。待进了门，上前叫道："奶奶，婢子见礼。"夫人泪眼一瞧，却不认得。问道："你是哪里来的？"轻烟请屏去旁人，方细细告诉始未缘由，以及放琪生之事。夫人又喜又悲，致谢不尽，重新与她见礼，就留她过宿。正是：

　　　　未得见亲子，先见子亲人。

却说祝公坐在监中悲戚，又不知儿子怎么得出去，又欢喜快活道："且喜孩儿逃走，已有性命。我年已望六，死不为天。将这老性命替他，也强如绝我祝门后代。只是托赖皇天保佑，叫我孩儿逃得脱性命，就是万幸。"一日左思右想，好生愁闷。坐至半夜，忽闻一片声打将进来，几乎把这老头子吓死。

你道是谁？却是红须领着百余喽啰进来劫狱救琪生，顺便又要救邹公。哪知二人一个在昨晚出来，一个是今早动身。那红须手执短刀，当先进门，劈头就拿住祝公问道："你可晓得祝琪生在哪间房里？"祝公道："琪生就是我儿子，昨晚不知逃往哪里去了，累我在

此受苦。"

红须道："早来一日，岂不与恩人相会？"因对祝公道："咱单来救你令郎的，你快随咱出来。"就吩咐两个手下带他先出牢门等候，却自去寻邹公，并不知影响。临出门又大叫道："你们各犯人，有愿随咱去的快来！"遂忙出门外领着兵卒，竟奔入县堂打开私衙，捉住孙剥皮，剁做几块，将他合家三十余口杀尽，家财尽数掳掠，县中仓库分毫不动。

一拥出城，才出得城门，后面已有几个怕前欲后的官兵，远远敲锣打鼓，呐喊摇旗，恐吓而来。红须准备相杀，望着半日，也不见他上来，料到交战不成。遂领着众人，连日连夜赶回至寨中。雪娥只道祝郎与父亲已至，忙迎出来。红须叹气道："咱指望救咱恩人与恩嫂父亲，不想恩人于前晚逃出，你父亲又解上府去，只救得你公公出来。恩嫂过来相见。"雪娥见两人俱无着落，扑簌簌掉下泪来，忍着苦楚过来拜见祝公。祝公不知其故，不肯受礼。雪娥备细禀上。祝公惊愕，方才受她两拜，反哭道："媳妇生受你也。只是我儿不知去向，岂不误你青春？你婆婆一人在家，不知怎样光景。"

红须闻知懊悔道："咱不知还有老夫人，一时慌促，没有检点，怎么处？也罢，明日多着几个孩儿们一路去探访恩人下落，一路去悄悄将老夫人接来。"雪娥也叮嘱访访父亲，又道："素梅虽已离家，轻烟尚在他母舅家中。可与我连二人一同带来。"红须就吩咐那接老夫人的小卒紧记在心。

过却二十余天，两路人俱同说祝相公并无信息。老夫人也寻不着，家中房产变成白地。邹老爷已解放别处，素梅轻烟俱无踪影。大家好生着急，自不必说。自此雪娥尽媳妇之礼，孝顺祝公一同住在红须寨中，不在话下。

单表那定海城中，当夜劫狱之时，众犯人抢掳不消说得。还有那一班无赖之徒，乘风打劫，不论城里城外，逢着人家就去抢掠，杀人放火，惨不可言。和氏老夫人与轻烟还在那里欢苦，忽听得喊杀连天。隔壁人家火起，顷刻烧到自己房子上来。二人连忙抢了些细软东西跑出大门。不上两个时辰，已将一座房子烧得精光。二人只是叫苦。

次日进城打听，祝公又无踪迹，轻烟又闻得母舅已死，家中也被人烧，众人不知去向。二人正是屋漏遭雨，雪上加霜。祝家这些家人见主人如此光景，俱去得尽绝，书童数月前又死。单单只存得夫人与轻烟一双，没去处，又没一个亲戚投奔。夫人娘家又在绍兴府，父母已过，只有一个兄弟，素常原不相投，一向不通往来，而且路又远。丈夫族间虽有几个房头，见这强盗事情已不得远离他，谁来招揽？二人痛苦几致伤生。

夫人拭泪向轻烟道："我们哭也没用。我有一句话对你说。你若有处安身，你自去干你的事罢。我如今就一路讨饶，也去寻我孩儿与老爷。"轻烟道："夫人说哪里话。我与祝郎虽非正配，也有数夕之恩。既已身许，岂以患难易心？夫人去得我亦去得，虽天涯海

角,我愿同去。又好服侍夫人,又好打听小姐下落。"夫人踌躇不决,又道:"我年近六十岁的人,就死何妨。你是少年女子,又有容貌,而且尚未嫁人,难道怕没处安身?况你身子柔弱,怎么吃得外边风霜之苦。不要管我,你老实自寻生路罢。"轻烟哭道:"生则同生,死则同死。夫人若弃贱妾,妾宁可先死于夫人前。"夫人见她真切,也哭道:"难为你这点真心,我死不忘你。我怎忍得累你跋涉?以后不要叫我夫人,只以婆媳相唤,我才心安。"轻烟遂背着包裹,二人互相搀扶而行。拦过一边,再说琪生与铁头逃走何路,且听下回分解。

第十回　该他钱倒引得钱

诗曰：

床头金尽誉难堪，不受人欺不偏先。
从此遇钱卑污入，莫图廉节受人惭。

再说琪生与铁头，自越狱而出，一路趱行，二人相得甚欢。琪生与铁头商议道："出便出来，却到何处安身？"铁头道："不妨，我有一班兄弟在苏州洞庭山做生意，与你到那里尽可安身。"二人连夜趱至洞庭。铁头到各处招集，顷刻聚集二百余人，原来俱是响马强盗。起初原是一个马夜叉为首，一伙有千人。若访着一个兴头的人家，就不论别府外省，定要去劫取来。后来马夜叉身死，人心不齐，就各自为伍，乱去行事。去的去，犯的犯，渐渐解散。今日铁头回来，却又中兴。自己为首招亡纳叛，一月之间又聚有千人。就打县劫府，好生猖獗。官兵不敢正觑，骚扰得远近不得安宁。琪生屡屡劝道："我们不过借此栖身避难，忧望天赦。若如此大弄，则罪在不赦，怎么望出头日子？"铁头恃着勇力，哪肯回心？

过了数月，果然巡抚上本，朝廷差大将领兵前来征剿。琪生又劝他坚守营垒，不可出战，待他懈弛，一战可获全胜。他又不听，领着众人出战，官兵大败而走。琪生道："目今虽胜，更要防他劫寨。"铁头骄兵，全不在意。至晚，果被兵来劫寨。人人慌乱，个个逃生。只一阵杀得尸如山积，遍地西瓜，一千余人存不得几十。铁头见势头不对，独自一人逃往别处去了。

琪生原料必至于此，见大势已去，也急急逃走。却不敢回家，又没个主意，只是乱走。行上几天，来到常州，住在饭店。次日陡然大雨倾盆，不能起程，只得住下，好不心急。正是：

天亮不逢谁是主，荒凉旅次泣西风。

再说和氏老夫人与轻烟二人无处栖身，恓恓惶惶，出来寻访琪生与祝公踪迹。漫漫的不知打哪里去寻起，只得听凭天命，遇路即行，遇船便搭。行了数月，方到得常州码头上。天色已晚，二人急切寻不出个宿头，又不好下饭店。见前面有座庙宇，二人疑是尼庵，要去借宿。及到庙前看时，门已闭上，只得就在门楼下蹲了一夜。次早，尚未动身，见庙门早已大开。夫人道："媳妇，我想天下甚大，知我老爷与孩儿落在何处？你我只管这等行去，何时是个了期？身边盘缠又将尽，我与你不如进庙中哭诉神明，讨个苦儿，求他指点。若是到底不能相逢，我与你现什么世，同去寻条死路，也还干净。"

轻烟道："婆婆说得有理。"二人遂进来，一看庙宇甚大，却是一个关帝庙。二人倒身便拜，哭诉前情。见有签筒在上，就求了一签，是第十三签。去看签诗道：

> 彼来此去两相逢，咫尺风波泪满衣。
> 休道无缘乡梦永，心苗只待锦衣归。

二人详了半日，俱不能解。轻烟道："'休道无缘乡梦永'这两句，想还有团圆之日，我与婆婆还是向前去的好。"夫人点首。轻烟一团苦境久结，正没处发泄，偶见有笔砚在神柜上，就取起向墙上题诗一首道：

> 觅尽天涯何处着，梵梵姑媳向谁啼？
> 若还欲问题诗女，便是当时花底谜。

定海邹氏妾轻烟

题完回身送笔到柜上去，耳边忽闻酣睡之声。轻烟低下头来，见一个人将衣蒙着脸儿，卧在神柜之下。遂慌忙扶着夫人出门，还未跨出山门，忽见两三个人进来。却是本地一个无赖公子，带着两个家人，赶早来烧香求签。一进庙门就撞见她婆媳二人，见轻烟模样标致，遂立住脚狠看。轻烟与夫人低头就走，他拦住门口不放出去。夫人只得向前道："求官人略略方便，让我们出去。"

那公子道："你们女人家，清早到和尚家何事？了不得，了不得。"夫人道："我们是远路来的，在此歇歇脚走。"公子见是外路来的，一发放胆，便道："胡说！放屁！难道偏是和尚家好歇脚？这女子莫非是你拐来的？待我认认看。"就跨向前去扯轻烟。轻烟连连退步时，被他扯住要看。轻烟怒嚷道："清平世界调戏良家女子，你这强贼！该问剐罪！"遂

大叫地方救人。夫人也上前死扭做一团。

两下正在吵闹，只见神柜底下钻出个人来，道："是何人在此无状？"轻烟一见，连道："义士救我！"原来就是冯铁头。因在洞庭被败，一路逃走至此。昨晚因走得困倦，就藏在神柜下睡觉。正睡在浓处，却被他们惊醒。出来见轻烟被一个人搂住，两太阳火星直爆，大发雷霆。走向前，将那公子只一掌打得他眼中出火，四脚朝天。公子忍着疼，爬起来要走，又被一拳，打个狗吃屎。同来两个家人，齐来救主，竟不曾拢身，却被铁头飞起一脚将一个踢出门外。那一个连道："厉害！"待要跑时，也被一脚踢倒。三人被打得昏头昏脑，爬起来没命地走。

轻烟连忙问道："祝郎如今在哪里？"铁头遂将前情告知，又道："我因兵败，各自逃生，不知他逃往何处。"二人大哭。铁头问轻烟："因何到此？这同来的是何人？"轻烟就道其所以来的缘故。铁头闻是琪生母亲，慌忙施礼。夫人也问轻烟备细，方知孩儿是他救的，着实致谢。

铁头道："既是如此，你们不消远去了。我有一熟人在吕城，正要去找他。你二人不若随我去住在那里，待我慢慢寻祝兄下落何如？"二人大喜，遂同铁头来到吕城。铁头访着熟人，借间房儿，将夫人与轻烟安顿住下。过了几日，铁头就别二人，去寻琪生不题。

单说琪生雨阻在常州饭店中，盘费又尽，日日坐在店房，思量父母，不知在家安否。又想轻烟放他之情，心内感激。又念婉如与绛玉，近来不知怎样想望。又想到雪娥与素梅被盗劫去，永无见面之期，就放声大恸。正是：

　　刻肠回九转，五更泪洒千条。

一日雨止。欲要动身，又没银子打发店主。欲要再住，一发担重。进退两难，无计可施。闷闷地到街上闲走，只见一簇人围在那里看什榜文。琪生也挤进去看，却是两张告示。一张是奉旨拿定海县劫狱大盗的，一张是奉旨拿定海县越狱盗犯二名，各出赏分三千贯。后看这一张，画影图形，后面填写姓名。第一名，越狱大盗正犯冯铁头。第二名，窝犯祝琼。仰各省实贴通衢。琪生不看则已，一看时险些吓死。在众人堆中，不得出来，慌忙转身就走。奔到店中，忙把房门关上，尚兀自心头乱撞，道："厉害！厉害！"

正在惊恐，忽门外人有人叫道："相公开门。"又把他一吓。开门看时，却是店主人来算饭钱。琪生不得已，实对他说道："身边实是分文也没有，怎么取？"店主笑道："相公说笑话。我们生意人家，靠此营生，当得几个没有，快些算算。"琪生道："实是没有，算也没用。"

店主见说当真没有，就发急道："呵哟哟，你身子住在房里，茶饭吃在肚里，我们一日烧汤煮水服侍你，怎说个没钱的话？"琪生道："委实盘费用尽，叫我也没奈何。"店主便着急道："吃饭还钱，古之常理。你是个斯文人，我不好开口得罪，难道打个披子罢？"琪生见他渐渐不雅，只得说道："若要我钱，除非割肉与你。今烦你外边寻件事来，与我做做，设法挣些银子还你。"店主见他说得苦恼，就不好发话，问道："你会做什么事？"琪生道："我会做文章诗词及写法帖。"店主摇头道："都是冷货，救不得急。"琪生道："除此之外就一样也不能了。却如何处置？"店主道："我有事去。你再想想，还会做什么否？"店主遂匆匆出去。琪生思前想后，别没法子。

　　到次日，店主人进来道："相公，事倒寻得一件在此。你若肯去，丰衣足食，一年还有几两银子趁，又清闲自在，落得快活。你可去么？"琪生问是什么事。店主人道："码头上有个关帝庙，少一个写疏头的庙祝。你若肯去，我去一说便妥。"琪生听是做庙祝，就不肯则声。店主人道："这是极文雅之事，何必踌躇。你既没饭钱打发钱，又没得有盘缠出门，不如权且做做的好。"琪生叹口气道："也罢，你去说罢。"店主人就忙忙去说。少顷来回道："事已妥当。我叫小二替你送行李去。饭钱我已算过，共该三钱四分银子。你只称三钱与小二带来，那四分银子就作我贺仪罢。"琪生别却店主人，同小二到关帝庙来。有已改姓张，名祝。小二领他见了当家和尚，议定银子，又称了饭钱打发小二回去。

　　琪生踱到殿上，忽见壁上诗句。大惊道："她在定海县母舅家，怎地来此？却也奇怪。"再细玩诗中之意，恍然道："哦，她说梵梵姑媳向谁啼，分明是嫁与人了。怎么又道梵梵向谁啼？终不然她嫁不多时，就守寡不成？"遂叹息道："咳！可惜这样好女子，却没有节操。"又气又怜，待要责她负约，却没处寻她，心中感慨就和诗一首于壁。自此只□□□□□□做庙祝安身。不知后来如何，且听下回分解。

第十一回　害妹子权门遇嫂

词曰：

　　欲图献媚，那官气连枝，世上道我会逢迎，不过暂时帮衬。　　愚兄之意，借你生情，若能得彼笑颜妾，就是拙荆不吝。

右调《三挝鼓》

　　适分两头，再表平家枣核钉，被素梅咬伤臂膊，在书房将息。忽闻祝琪生逃走，惊得汗流不止。到晚又听得劫狱，只是发战，上下牙齿相打个不住。及打听得贼已远去，方才上床少睡。才合着眼，只听得门外敲得乱响，只道不知何事发作，吓得从床上滚下地来，连忙往床底下一钻。小厮们去开看，觑见妹子领着丫头、仆妇进来，枣核钉才敢爬出来。

　　婉如哭道："嫂嫂不知哪里去了。"枣核钉惊慌忙入内去看，但见满房箱笼只只打开，床上被也不在。又见两个家人来报道："莽儿也不知哪里去了。房中铺盖全无，却有大娘一双旧鞋在内。"枣核钉已知就里，不好说出，竟气得目瞪口呆。原来陈氏与莽儿弄得情厚，一向二人算计要走，因无空隙不能脱身。今日乘着强盗劫狱打抢，众人俱出去打听消息，所以与陈氏将房中金银首饰，与丈夫细软席卷而去。

　　枣核钉次日着人缉探，又出招子赏银，只当放他娘屁，毫无下落。心中气苦，又为祝琪生未死，怕着鬼胎，连日肉跳心惊，坐卧不宁。想道："我在家恐防有祸，而且脸上惶恐。不若将田产变卖银子，进京去住。明岁又逢大比之年，倘秋闱侥幸得意，有个前程，就可保得身家。"计算已定，就央人作保，将产业变个罄尽。忙忙地过了年，到二月间带着婉如妹子与素梅，举家搬往北京，买房住下。

　　倏忽将至场期，遂赶到本省入场。到八月十五日完却场事，文字得意，拿稳必中。到揭晓那日去看榜时，颠倒看来，定海却中四名，俱是熟识相知，郑飞英亦在其列。独是自己养高，决不肯中，名字像又换了。垂首丧气，心内不服。进去领出落卷来看，却又三篇

皆密密圈点，且竖去一笔不上两个字，再看批语，上面写着"铸局清新，抒词安雅，制艺之金科玉律也，当拟五名之内。惜乎落题三字，姑置孙山。"枣核钉看完，自恨自苦，号呼大哭。正是：

> 到手功名今又去，可知天理在人间。

遂依旧到北京家中，恼得门也不出。

一日，有个相识在严世蕃门下，就托他脚力，用了许多银子，备上若干礼物，进去拜严世蕃为门生。恐门生还不大亲热，就拜他做干儿子。一味撮臀捧屁，世蕃倒也欢喜他。有人问枣核钉道："世蕃与兄年纪相等，兄怎就拜做儿子？"枣核钉道："这是我讨他便宜，替我家父多添一妻。"那人笑道："只是难为了令堂也。"枣核钉也不以为耻，反洋洋得意。

一日去见严世蕃，世蕃偶然谈及道："我欲讨一妾，再没有中意的。你在外替我留心。"枣核钉心内暗想道："我若再与他做一门亲，岂不更好？"便应道："孩儿有一胞妹，容貌也还看得，情愿送与爹爹做妾。"严世蕃听了甚喜道："足见我儿孝顺之心。明日我送聘金过去。"枣核钉连连打恭道："一些不要爹爹费心，孩儿自备妆奁送上。"二人谈笑一会。

枣核钉高高兴兴回家打点，临期方对妹子说知，就将素梅做陪嫁。婉如一闻此言，哭将发昏，忙将凤钗藏在贴身，对素梅泣道："哥哥坏心，将我献与权门为妾，我到即□□□□□□□□"素梅哭道："我将不负祝郎。料此门一人必无好处□□□□小姐到他门口，妾自逃生回去，寻探祝郎与我家小姐下落。小姐须耐心，相机而动，切不要短见。"

二人正对面啼泣，只见枣核钉领着伴婆，生生将她擒抱上轿。恐有不测，就将伴婆同放轿中。枣核钉大摇大摆，自己送亲到门，交代而回。

严世蕃见婉如果然美貌异常，心下甚喜，亲自来搀扶。婉如把手一推，眼泪如雨。世蕃不敢近身，且教将新人进房去。婉如哪里肯进去，跌脚撞头，凶险难当。伴婆也被她推得跌倒爬起，爬起跌倒，脸上又着了几个耳刮子，好不生疼，也不敢近她。严世蕃一时没法。忽见一个妇人从屏后笑将出来。严世蕃看见笑道："姨娘来得正好，为我劝新人进房。"那妇人笑嘻嘻地来笑婉如。婉如正要撞她，睁眼一看，倒老大一吓，遂止住啼哭，舒心从意地随她进来。世蕃快活道："好也！好也！且去进了衙门回来享用。"忽闻有一个陪嫁丫鬟不见，想必走失。世蕃不知也是个美物，只认是平常侍婢，遂不在心上，吩咐着人去寻一寻，自己匆匆上轿而去。

看官你道那妇人扯婉如的是什么人？原来就是婉如嫂嫂陈氏。自那日同莽儿逃出，走到宛平县。莽儿有个兄弟在宛平县放生寺做和尚，莽儿投奔他，就在寺旁赁间房儿住

下。陈氏又与他兄弟勾搭上了，被莽儿撞见，两下大闹。哥哥说兄弟既做和尚怎睡嫂嫂？兄弟说哥哥既做家人怎拐主母？你一句我一句争斗起来，两个就打作一团。地方闻知就去报官。宛平知县立刻差人拿到，审出情由。将和尚重责四十大皂板，逐出还俗。将莽儿也打上二十个整竹片，分开却是四十，定贼例罪。又要去责陈氏，定她大罪。忽觑见陈氏窈窕色美，暗动一念。遂嘱暂且寄监，明日发落。这知县却是严嵩门客，到晚私自将陈氏带进衙中，吩咐牢头递了个假病状，竟将陈氏献与严嵩。严嵩爱她娇美俊俏，就收作第八房亚夫人。近日明知丈夫在京，她也公然不惧，料道不能奈何于她。今日晓得丈夫送姑娘与严世蕃做妾，故此过来瞧看。

那婉如一见嫂嫂，同到房中，问道："嫂嫂缘何却在这里？"陈氏假意伤悲道："缘为恶奴串通强人，掳至此间。幸蒙这边老爷救活，收我做妾，其实可耻。"婉如心中有事，也不再盘问，哭对陈氏道："嫂嫂既在这里，必须保全我才好。"陈氏劝道："既来之，则安之，何必如此。终然一世再不嫁人的？"婉如泣道："嫂嫂，我与你共处多年，怎尚不知我心？今日既不救我，我也只抛着一死而已。"遂泪流满面。陈氏原与婉如相好，便道："这事叫我也难处，我又替不得你。我今日且在此与你做伴，看光景何如。则怕这事再不能免的。"

说言未了，严世蕃早已回家，就跌进房来去与婉如同坐。婉如连忙跳起身要走，被严世蕃扯住道："勿忙，是你自家人，何必生羞。"婉如大怒，将世蕃脸上一把抓去。世蕃不曾防得，连将手格时，专脚已抓成三条大血槽，疼不可忍，急得暴跳如雷。走去将婉如揪过来，拳打脚踢，甚是狼狈。陈氏横身在内，死命地劝，严世蕃方才放手出去。临出门又骂道："不怕你这贱人不从。"婉如在地下乱滚，放声啼哭。陈氏哪里劝得住。到晚，严世蕃又往人家赴宴。陈氏陪着婉如在房，劝她吃晚饭，又不肯；劝她睡觉，又不从。急得陈氏也没法。看看半夜，众丫头们俱东倒西歪，和衣睡着。只有陈氏一人勉强撑持，伴着婉如。再停一会，耐不得辛苦，渐渐伸腰张口，困倦上来，左一撞，右一撞，怎奈这双病眼，只是要睡下来。不上一刻，也呼呼地睡着在椅上。

婉如见众人睡尽，想道："此时不死，更待何时。"见房中人多，不便下手，遂拿条汗巾，悄悄出房。前走后闯，再没个下手处。见一路门竟大开，就信脚走出。谁知大门也开在那里，却是众家人去接世蕃开的，守门人又去洗澡，将门虚掩，被风吹开。婉如轻轻潜出门外，往前就走。此是三月下旬，头上月色正明。婉如不管好歹，乘着月色，行有半更时候，却撞着一条长河，前边又见一簇人，灯笼火把渐渐近来。她心中着慌，又无退步，遂猛身往河中一跳。那些来的人，齐声叫道："有人投水也！"后面轿内人就连声喊道："快叫救起！"这些人七手八脚地乱去捞救。哪知婉如心忙力小，恰好跳在一块捶衣石上，搁住腰

五凤吟

胯不得下去，只跌得昏昏摔在石上，被众救起。却失去一只鞋子与汗巾两件。

众人见是一个绝色女子，忙拥至轿前。轿内的人反走出来步行，让轿子与婉如乘坐，一同到寓所盘问。原来轿不是别人，却是郑飞英。自从为救琪生与孙剥皮抗衡之后，日日怀念，却无力救他。遂欲进京投个相知，指望寻条门路救他。才过钱塘，就闻得本县劫狱，琪生已走。遂不进京，在杭州一个亲戚家处馆。旧年乡试进场，已中学人。今年进京会试，又中了进士，在京候选。今日也在人家饮宴回来，恰好遇见婉如投水，连忙救回。

飞英叩问婉如来历。婉如把哥哥害她之事直陈。郑飞英连道："不该！不该！令兄主意果然差谬。但见小姐心中，要许与哪等人家里。"婉如哭道："妾已许与本乡祝琪生了。"郑飞英失惊道："既许祝琪生盟兄，怎又献入权门，做此丧心之事，一发不该。"婉如见他称盟兄，就知与祝琪生交往。先问了飞英姓名，然后竟将往事含羞直诉，以见誓不他适。飞英心甚不平，道："既是如此，盟嫂不必回去，在此与老母贱荆同居，待日后访得着盟兄，送去完聚。"婉如又问："祝琪生可曾有功名否？如今可在家么？"飞英垂泪道："原来盟嫂还不晓得，因令兄买嘱强盗冯铁头扳琪生作窝家，监禁在狱。"及越狱逃走事情，细细对她说明。婉如听了，哭得死去还魂。飞英唤妻子领她进内，好生宽慰。自此，婉如遂拜郑太夫人为母，安心住下。不多几日，飞英就选了云南临安府推官。婉如随他家眷赴任不题。

说那严世蕃赴席回来，进房不见新人，大声叫唤。众人俱从梦中惊醒，吓得痴呆。家中前后搜寻，并无人影。忙着家人四下追赶，吵闹了一夜。及次日，忽见一个家人拿着一只绣鞋、一条汗巾，水淋淋地进来禀道："小的昨夜因寻新人，一路追赶不见人迹。及至河边。偶见河中有此一物，不知可是新人的。"陈氏看道："正是我姑娘之物。"不觉流起泪来。严世蕃心内亦苦，忙着人去河中捞尸。何曾捞着一根头发？合家苦楚。那枣核钉闻知此事，也大哭一场，追悔不及。不必多赘。再把素梅如何逃走，且看下回分解。

第十二回　想佳人当面失迎

诗曰：

晨风夕雨皆成泪，月幌花帘总是忧。

咫尺玉人不见面，从兹旧恨转新愁。

且说素梅送婉如小姐到严府门首，乘人忙乱之时，就往外一走，如鱼儿般，也摸出城来。在路上自己想道："我这等打扮，未免招人疑惑，且易遭歹人之祸。"忽想一会道："我不免妆做男人，画些画儿，没路去卖，既免遭人疑惑，又可觅些盘费，岂不两便？"幸喜身边带有银子，就往卖衣处买几件男衣，又买一双鞋袜、一顶帽子，纸墨笔砚件件停当。走到僻静处穿换。只有这一双小脚，不能穿鞋袜。就取了针线，将鞋缝在袜上，里边多用裹脚衬紧。却将耳环除下，倒也打扮得老到。竟公然下路走，乘船只，绝无一人疑她。她的画又画得好，没一人不爱，拿出就卖脱，每日风雨无阻，定卖去几幅。盘费尽有多余，还可蓄积。一路行将走来。

一日，来到常州。下在饭店，见天色尚早，出去闲蹓。行至码头上，走得劳倦，思量到哪里去歇歇脚再走。抬头见个关帝庙，遂涉步进去拜过关帝，就坐在门槛上歇脚，观看庙前景致。忽望见粉墙上两行字，就站起身去看。却是三首诗。第一首就是轻烟的。

心内惊骇道："她怎地到这所在来，却又道'梵梵姑媳向谁啼'这是何说？"再看到第二首诗道：

不记当年月下事，缘何轻易向人啼？

若能萍蒂逢卿日，可许萧郎续旧谜？

第三首道：

一身浪迹倍凄淇，恐漏萧墙不敢啼。

肠断断肠空有泪，教人终日被愁迷。

定海琪生和题

素梅看罢，不觉泪满衣襟道："原来祝郎也在这里。我好侥幸也。"急忙忙跑到后边，去问那些长老道："可有一位定海县祝相公在此么？"

和尚们道："我们这里没有什么祝相公。"素梅又问道："众师父从前可曾会见过么？"和尚答道："不曾会过，我们不知道。"素梅又道："外面粉墙上现有他题的诗句，怎么就不曾会过？求师父们再想一想看。"众和尚正欲吃饭，见她问得琐碎，变色答道："这还是旧年，不知是哪里过路的人偶在此间写的。我们哪里管他闲事？不晓得，不晓得。"

素梅见说，带着满脸愁容出来，心里苦道："原来还是旧年在此，想已回家。"却又走近墙边去看，自己取出笔来在壁间也和一首。一人无聊无赖，见天色将晚，只得出门回店。次日绝早又起身上路。

你道琪生因何不见？只因琪生是个有名才子，凡写的疏头词情两绝，字又佳，常州一城闻他大名。凡做善事，没有张祝去写疏头就做不成。故此不但和尚道士们奉之如神，连合城人，无不敬重，俱不呼他名字，只称他老张。近日为天旱求雨，各处做法事打醮，把个张祝头多忙得，东家扯，西家争，及完却这家回来，到半路上，又是那家扯去。这日又去写，就直缠到乌暗才得回来。谁知事不凑巧，素梅前脚刚才出去，琪生后脚就跨进来。因身子劳顿，就上床安歇。

次早起来，又要去写疏。正走到殿上，偶见神前一张疏纸被风吹起，直飘至墙脚下。走近才要拾，抬头忽见粉墙上又添了几行字。上前看时，也是和他原韵，一首诗道：

迢迢长路弓鞋绽，妾为思君泪暗啼。

手抱丹素颜面改，前行又恐路途迷。

定海邹氏女妾素梅和题

琪生一看，异常惊喜，道："她与小姐一齐被贼掳去，今日缘何来此？我看人俱还无意，同在此间谢天谢地。"想一会，又虑寻不着，遂跌脚哭道："我那姐姐呀，你既来此，怎不等我一等，又不说个下落，却叫我哪里寻你？"

里头这些和尚听得哭声，忙跑出来，见是老张对着墙哭，问为何事。琪生道："昨日有

个女人来寻我,你们晓得她住在哪里?"和尚道:"并不曾有什女人来寻你,只有一个少年男子来寻什么定海县祝相公。何尝再有人家?"琪生闻是男子,心内狐疑不解,又问道:"那男子住在哪里?"和尚道:"我们又不认得他,哪个去问他住处。"琪生遂不则声,也不去拾疏纸,转身就往外飞跑。行至门外,复又转来叮咛和尚道:"这人是我嫡亲。今后若来,可留住他等我,说我晓得那祝相公的信息,切不可又放他去。要紧,勿误。"说罢,就如一阵风,急急奔出。跑至街上,正遇着写疏的来接。琪生道:"我有天大的要紧事在身上,今日不得工夫。明日写罢。"那人道:"这怎迟得?"动手就扯琪生。琪生只是要走,被他缠住,发急大怒,乱嚷起来。那人见他认真发极才放他去。

整整一日,水也不曾有一点在肚里,满街满巷俱已跑到。没头没端又没个姓名下落,哪里去寻?直至日落才回。一进庙门,气不过,捧起砚台笔墨尽力往地下一掼,打得粉碎道:"只为你这笔砚,尽日写什么疏头,误却我大事。好恨也,好苦也。"遂掩面顿脚,大呼大哭。这些和尚只认他惹了邪祟,得了疯病,俱替他担着一把干系。次日,祝琪生又出去乱跑乱寻,连城外船上也去问问,一连几天寻不着。自此也不替人写疏,只是厌厌郁闷,就恼成一病。睡在庙中,整整一年有余,病得七死八活方才渐渐回好。

一日,又是八月天气。琪生新病初愈,要踱到殿上,亲近亲近旧日的诗句。只见先有一个人,在那里墙而立,叹气连天。琪生怪异,指望待他回头问他。不想那人只管看着墙上点头长叹,不一会又哭起来。琪生一发骇然,忍不住走上前去看。那人也回过头来,却是一个老者。再近前一观,原来却是邹公。自解府之后又提进京,坐在刑部牢中。因旧年大旱,朝廷减刑清狱。刑部官却是邹公同年,又因戴松势败身死,没有苦主,遂出脱他出来。却一路来寻女儿消息,偶过此间,进来求签,不想于此相会。

二人又悲又喜,邹公忙问道:"兄怎认得素梅,又在哪里会见的?既知素梅消息,必知小女下落,还是怎样?"琪生道:"我亦不曾遇见。"邹公道:"现有壁上诗句,但说何妨。"琪生道:"虽睹其诗,实实不曾遇见其人。"邹公道:"哪有不曾会过,就和这诗之理?"祝琪生道:"先前原是会过的。老先生若能恕罪,方敢直呈。"邹公发极道:"诗中之情我已会意,

何必只管俄延这半日。若是说明，就将素梅丫头奉送，也是情愿。"祝琪生料来少不得要晓得，遂将与小姐订盟之事直言禀上。邹公听得与女儿有约，忽然变色，少顷又和颜道："这是往事可以不言。只说如今在哪里，生死若何？"琪生哭道："闻说是强人劫去，不知下落。"邹公顿足跳道："这还是前事，我岂不知，只管说他则甚。你且说素梅如今在哪里，待我去问她。"祝琪生道："她来时小婿不曾在此，她就题诗而去。落后小婿回来，寻了几日不见，因此就急出一场病来，至今方好。"

邹公哭道："原来还属虚无。我好命苦！"拭泪又问道："轻烟也怎地在此？"祝琪生道："她来在我之前，一发不知。"邹公含泪，默默半晌，重新埋怨琪生道："我当初原有意赘你为婿，不料为出事来中止。你却不该玷我闺门，甚没道理。"祝琪生谢罪道："小婿一时匿于儿女痴情，干冒非礼，然终未及乱。尚求岳丈大人海涵。"邹公流泪道："罢是也罢了，只是我女儿不知究竟在何方，生死尚未可料。"言罢又放声大哭。琪生忍着悲痛劝解，二人就同到这边用了饭。琪生问邹公行止，邹公道："我拼着老骨头，就到天边海角，也少不得要去寻女儿一个生死信息。"祝琪生道："岳父大人既然如此，小婿也要回乡，去看看父母近来何如。就与岳父同行。"二人商量已定，到次日起来，就收拾行李，别却和尚，一路寻至家中。正是：

> 宁到天边身就死，怎教骨肉久分离。

话分两头。半日笔忙，不曾理得到绛玉事情，且听细表。说这绛玉，自那日枣核钉卖她，恰好一个官儿买来，指望进京，送与严嵩讨他个欢喜，要他升官。不意这官儿行至常州府，忽得暴病身亡。夫人见丈夫已死，儿女又小，没个人撑持家门，恐留着这少年美貌女子惹祸，就在常州寻媒婆要嫁她。这常州府有个极狡猾、极无赖的公子，姓邪，名国端，字得祥。妻子韩氏，是个酸溜溜的只好滴牙米醋，专会降龙伏虎打丈夫的都元帅。公子父亲是吏部郎中，他不愿随父亲到任上去，故此在家，一味刻薄胡行。见一有好田产就去占，不占不住。见人有美妇人就去奸，不奸不止。领着一班好生事的悍仆，惯倾人家、害人命。合城人受其荼毒，畏他权势，皆敢怒而不敢言。这日只在外边闲荡，不知她怎么晓得那夫人嫁绛玉的信儿。知她是外路的新寡妇，一发可欺，就思量要白白得来。叫家人去对那夫人说："你家老爷当初在京选官时，曾借我家大老爷若干银子使用。原说有个丫鬟抵偿。至今数年，本不见，利不见，人又不见。今日到此，并不提起。是何缘故？若是没有丫鬟，须还我家银子。"那夫人正要发话，却有当地一个媒婆私捏夫人一把，悄悄说道："人人说邪公子叫作抠人髓。夫人莫惹他。若惹他，就是一场大祸。老实忍口气，揉

一揉肠子,把人与他去罢。"遂将公子平日所为所作,如此如此,这般这般地告诉夫人。那夫人是寡妇人家,胆小畏祸,又在异乡不知事体,就忍气吞声哭泣一场,唤绛玉出来随他家人去。那绛玉自从枣核钉打发出来时,已将性命放在肚外,自己还道这两日余生是意外之得,便就叫她到水里火里去,她也不辞。闻夫人吩咐随他去,也不管好歹,居然同那些家人到邢家去了。

不知绛玉此一去性命如何,再听下回分解。

第十三回 玉姐烧香卜旧事

词曰：

孤枕双眉锁，多愁只为情。昨宵痴梦与君成，及醒依然衾冷伴残更。
此苦谁堪诉，寒灯一盏迎。赌将心事告神明，谁晓神明早把眼儿瞪。

右调《南乡子》

却说绛玉同邢宅家人至他家中。邢公子见家人带绛玉来，连连责家人道："我只说他夫人不肯，还要费口舌、动干戈，故不曾吩咐得你们。哪知一去就带人来？你们难道不知家里大娘利害！怎么不先安顿个所在，再来报我，却就带进家中。怎么处？快与我带进书房藏躲，待晚上再悄悄领她别处安置罢。"家人忙来带来。绛玉不肯走，邢公子自己下来扯她。绛玉一把揽住他衣服，喊道："今日不是你，就是我。你来！你来！"众家人见她扭住主人，齐来扯开。绛玉大喊。

内里韩氏闻得喊叫，惊得飞滚出来。一见丈夫抱住一个美貌女人，大吼一声，跳上前来将公子方巾一手揪来，扯得粉碎，把公子脸上披一个不亦乐乎。那些家人惊慌，俱各没命地跑个干净。公子见韩氏撞见，早已惊倒在地。绛玉却走向前，扯着大娘跪下哭道："望大娘救小婢子一命。"韩氏道："你起来对我讲。"绛玉不以实告，只说道："妾是定海祝秀才妻子，因出来探亲，为某官人半路抢来。今某官人已死，他夫人就要嫁我。我实拼着一死，讨一口好棺材。如今被公子劫来，我总是一死，不若死在大娘面前，省得又为公子所污。"言罢就要触阶。韩氏忙忙扯住道："不要如此。有我做主，他焉敢胡行。待我慢慢着人寻觅你丈夫来带你去。"就指着公子波罗揭谛的骂个不数，还险些要行杖。公子缩做一团，蹲在地上，哪里敢出一声，只是自己杀鸡，手作狗停的拜求，韩氏才不加刑，还骂个浪淘沙找足，方带着绛玉进内，不许公子一见绛玉之面。

过有一月，绛玉偶在后园玩耍，恰好公子从后门进来。绛玉瞧见，恐他又来胡为，吓

得红着脸,急奔进内。正遇着韩氏走来。韩氏道:"你为何脸红,又这等走得急剧?"绛玉尚未答应,公子也走到面前。韩氏大疑,遂与公子大闹。却将绛玉剥去衣服,一一个臭死。二人有口难分。绛玉到晚就去上吊,却又被人救活。韩氏道:"她拿死吓我!"又打有四五十下。就叫她与丫头辈一样服役,却自己带在身边,一刻不离。晚间定交与一个丫头同睡,一夜也唤她一二十次,若绛玉偶然睡熟不应,自己就悄悄下床去摸。若公子在房与韩氏同宿时,绛玉才得一夜安静睡觉。

然绛玉虽受韩氏磨灭,倒反欢喜。她喜的是韩氏看紧,可以保全身子,所以甘心服役。只恨落在陷阱,不知终身可有见祝郎的日子。又念着小姐,时时伤心,望天祷祝。光阴荏苒,倏过四个年头。韩氏见她小心勤力,又私自察她,果然贞节。就心生怜念,比前较宽,不叫她服役,也不似以前那样防她。

一日,韩氏偶然一病。吃药祷神,无般不做,又许了码头上关帝庙愿心,果然病势就渐渐痊好,调理几天,病已痊愈,韩氏要到码头上关帝庙还愿,备了牲礼香烛。遂带着绛玉与两个丫头,一同至关帝庙中。韩氏烧香拜佛,祷祝心愿已毕,绛玉也去磕个头,私心暗祝道:"若今生得于祝郎相逢,关老爷神帐飘起三飘。"才祝完,就见神帐果然飘起三次。绛玉心中暗暗欢喜,连忙再拜,感谢神明。韩氏不知其故,问绛玉道:"信也奇怪,今日没一些风气,神帐怎地就动起来?"绛玉含糊答应:"神圣灵显,是大娘虔心感应之故。"韩氏点头,遂领着绛玉众人满殿游玩。

绛玉陡然见壁上诗句,逐首看去,看到第二首第三首后面写"定海琪生和题",心下吃了一惊,暗暗流泪道:"祝郎原来也至此间,可怜你我咫尺不能一见。怎诗意这等悲怆?难道扬州之事,还不曾结?"从头看到完又想道:"轻烟、素梅既在一处和题,诗中又各发别离思想之意,三人却似未曾会面一般。祝郎前一首诗,又像恨负他的一般,这是何说?"猜疑半晌,见桌上有笔砚,意欲和他一首,透个风信与他,好使他来找寻。又碍着韩氏在面前,难于捉笔,不觉垂泪。韩氏见她流泪,问道:"你为什事流泪?"绛玉情急,只得说道:"偶见妾夫诗句,故此伤感。"韩氏惊讶道:"既是你丈夫在此,料然可寻。你怎不对我讲,徒自悲伤?待我回家着人打听,叫他来带你回去,不必苦楚。"绛玉闻言感激,就跪下拜谢。韩氏忙忙扶绛玉起来,着实宽慰一番。绛玉见韩氏如此贤惠,料不怪她,就在桌上提起笔来和诗一首于壁上。其诗道:

　　　　一入侯门深似海,良宵捱尽五更啼。

　　　　知君已有知心伴,空负柴门烟雾迷。

　　　　　　　　　　定海平氏侍妾绛玉和笔

绛玉和完,放下笔来。韩氏虽不识字,见她一般也花花地写在壁上,笑道:"你原来也识得字,又会作诗!"因一发爱她。耍了一会,动身回家。韩氏果遣人城内城外去寻祝琪生。谁知琪生已同邹公回家,并无一人晓得。绛玉闻琪生无处访问,内心只是悲咽。每每临风浩叹,对月吁嗟。正是:

十一时中惟是苦,愁深难道五更时。

再说琪生与邹公同寻雪娥小姐与素梅、轻烟。祝琪生改名张琼。一路夜宿晓行,依旧来到定海县。先到邹公家里,只见门庭如故,荒草凄凉。那些家人半个也不在,只有一个年老苍头还在后园居住。见主人回家,喜不自胜,弯腰驼背地进来磕头。邹公叫他扯去青草,打扫一间房屋,二人歇下。邹公看见一幅大士还挂在上面,哭向琪生道:"记得那年请贤婿题赞,我父女安然。岂知平地风波,弄得家破人亡。我小女若在,怎肯教大士受此灰尘?"遂一头哭一头去替大士拂拭灰尘,心中叫道:"大士有灵,早教我父女相会。"琪生也哭个不住。

少顷,只见那老苍头捧着几碗稀粥走来,与二人吃,苍头就站在旁边伏侍添粥。偶然问道:"老爷与祝相公,可曾遇见素梅姐么?"二人闻说,忙放下碗问道:"她在哪里?"苍头道:"她从去年腊月到此告诉我说,受了多少苦楚。她从北京出来,要寻祝相公,在路上又受了多少风霜方能到此。她却改了男妆,一路卖画而来。住在这里好几个月,日日出去访祝相公。见没有信息,又到北京去看什么平小姐。故此从十月二十七日就起身去了,到今日将近有十余天光景。难道不曾遇见?"二人问道:"她可晓得小姐在何方呢?"苍头道:"她却不曾细说,是我问她,只说道小姐被强人抢去。"二人苦道:"她原与小姐同被抢的,怎说这囫囵话?她又怎地却在北京出来?我们只恁命薄,不得遇她讨个实信。怪道她诗上说'手抱丹青颜面改',原来是男妆卖画。"二人烦恼,整整一夜不睡。

次日,祝琪生到自己家中去看父母。走到原居,却是一块白地,瓦砾灰粪堆满。心内大惊,悄悄去问一个邻人,才知父母为他陷害,不知去向,强盗劫狱,房屋烧光。哽哽咽咽,仰天号哭,只得再至邹公家,向邹公哭救。正是

流泪眼观流泪眼,断肠人诉断肠人。

邹公劝道:"令尊令堂自然有处安身,你纵哭无益。我与你还去寻访,或者有见面之日,也

不可知。只是我小女被盗劫去，身陷虎穴。她素性激烈，倒恐生死难保。我甚慌张。"说罢也悲悲戚戚，哭将起来。二人心中苦楚哪里写得尽。

祝琪生又悄悄去看婉如小姐，指望见她诉诉苦。哪知平家庄房俱是别人的。访问于人，俱说迁往京中多时。一发愁上加愁。再去访轻烟信息，也无音闻。去候好友郑飞英，全家皆在任上，处处空跑，一些想头也没有。绝望回来恨不欲生，对邹公道："我们在家也没用。老父老母又不在，小姐、素梅又不见。我方才求得一签在此，像叫我们还是去寻的好。"就将所求签诗递与邹公看。那签诗道：

> 劝君莫坐钓鱼矶，直北生没信不非。
> 从此头头声价好，归来方喜折花枝。

邹公看了道："这签甚好。"祝琪生道："揣签意，却宜北去。难道又进京去不成？"邹公道："凡事不可逆料。或者尊翁令堂见贤婿不在，竟寻进京去，也不可知。而且素梅又说进京，小女亦在京中也未可料。我们不免沿路细访，倘然遇着素梅也就造化。"祝琪生心中也道："进京兼可探听婉如小姐与绛玉姐信音，更为一举两得。"二人次日遂动身又往北上。不在话下。

再说郑飞英在云南任上，做了三年推官。严嵩怪他没有进奉，诬他在任贪酷，提进京勘问。幸亏几个同年解救，才削职为民，放他回去。此时飞英已至淮安，闻赦到，遂同家眷在淮安转船回家。他见严嵩弄权，倒不以失官为忧，反喜此一回去，可以访求琪生，送婉如小姐与他成亲。

一日，船到常州府。泊船码头，买些物件。他因是削职官员，一道悄悄而行。这常州知府，飞英相厚同年，回去来拜一抽丰乡亲。郑飞英偶在船舱伸出头来与一个家人说话，被他看见，登时就来拜候。飞英倒承他先施，怎么不去回拜。那同年就要扳留一日，意思要飞英寻件事去说说，等他做情。哪知郑飞英为人清

高，不屑如此。因情义上不好歉然而去，遂住下与他盘桓一天。

　　这婉如与夫人们在仓望着岸上玩耍，见对面一个庙宇，甚是齐整。夫人问小厮道：“这是什么庙?”小厮道：“是关帝庙，好不兴旺。”夫人遂对婆婆道：“我们一路关在船舱，好生气闷。左右今日是不动身的，平家小姐又终日愁容不解，我们又难得到此，大家下船，去到庙中看个光景。”太夫人道：“我年纪大，上船下船不便。你与平小姐上去，略看看就来。”夫人就同婉如上岸，行至庙中。不知进庙来怎么玩耍，再听下回分解。

第十四回　婉如散闷哭新诗

诗曰：

> 原为愁魔无计遣，且来古刹去参神。
>
> 庙堂又咏悲秋赋，信是愁根与命连。

话说郑夫人与平婉如小姐，领着丫头小厮走入庙中随喜。先到后边游戏了一番，又一拥至前殿来。夫人见墙上有字，笑对婉如道："好看这样齐整庙宇，独是这块墙，写得花花绿绿，何不粉他一粉，是何意思？"原来，是本城这些施主来修庙宇，爱墙上一笔好字，不忍粉去。故此粉得雪白，单留这一块墙不粉。婉如倒也无心，听得夫人说笑，就回头观望，果然有几行字迹。

信步行去一看，劈头就是轻烟的诗，暗惊道："曾闻祝郎说有个轻烟，是邹小姐身边使女。缘何这里也有个轻烟？"再去约酒，是写着"定海邹氏妾"，便道："原来就是她。为什么来到这里呢？"也不关心，就看第二首，惊道："这笔迹好像祝郎的。"遂不看诗，且先去瞧他落款，不觉大惊，且喜。忙对夫人道："原来是祝郎题的两首诗。他竟在此也不可知。"夫人猜道："这诗像已题过多年。你看灰尘堆积，笔画已有掉损的所在。断不在此间。"婉如不觉悲伤。再将诗意重复观玩，滴了几点眼泪，又去看第四首。却是素梅的。一发奇异，叹道："看她诗中，果然祝郎不在此间，连她也不曾遇见，是见诗感慨和的。"再看第五首诗，又是绛玉的。垂泪道："咳！你却卖在这里。可怜可怜。"看完，心上也要和他一首。就叫小厮到船中取上笔砚来，也步和一首绝句道：

> 身在东吴心在赵，满天霜雪听乌啼。
>
> 近来消瘦君知否，始悔当初太执迷。

定海平氏婉如步和

婉如题罢，就着实伤心，忍不住啼泣。夫人着忙劝道："我原为你愁闷，故上来与你遣怀，谁知偏遇着这样不相巧事，倒惹得你悲苦。快不要如此，惹得旁人看见笑话。"遂玩耍也没心肠，大家扫兴而回。随即就着人遍城去访绛玉。又没个姓名，单一味捕风捉影，自然是访不出来的。晚间郑飞英辞别常州府出城上船。宿了一夜，次日就开船，一直到家不题。正是：

> 妾已归来君又去，茫茫何日得佳期。

再说祝琪生与邹公，依旧北上。一路寻访祝公与夫人，并雪娥小姐信息，兼找寻素梅。哪里有一个见面？一直寻至京师地面，连风闻也没一些。二人恼得不知怎得是好。两人算讨来到京城中，下个寓所，祝琪生先去访平家消息。在京城穿了两日，才问到一家，说住在贡院左首。祝琪生连忙到贡院，左首果然问着平家一个七八十的老家人。

祝琪生不先问他小姐，先问道："你家相公在家么？"家人夸张道："如今不叫相公，称老爷了。"原来枣核钉得严世蕃之力，竟弄了个老大前程，选是福建福州府古田县主簿。祝琪生闻说称老爷，疑他前科也中进士，便问道："如今你老爷还是在家，还是做官？"那家人兴头的紧，答道："我家老爷，如今在任上管百姓、理词讼，好不忙哩。"祝琪生忙道："你家小姐可曾同去么？"家人笑道："这是前时的话，也记在肚里，拿来放在口里说。我家小姐死了，若是托生也好三岁。"祝琪生闻言，就如顶门上着了个大霹雳，心中如刀乱刺，眼泪直滚，问道："是什么病死的？"家人遂将主人把她嫁与严家为妾，小姐不从投河身死，起根发脚的说与他听。祝琪生听了，肝肠寸寸皆断。又问道："你家绛玉姐姐呢？"家人又笑道："原来你是个古人，愈问愈古怪，偏喜欢说古话的。我家绛玉丫头卖在人家，若养孩子，一年一个，也养他好几个了。"琪生又吃一惊，遂问道："毕竟是几时卖的？"家人道："卖在小姐未死之前。"祝琪生道："奇怪！小姐既还未死，怎么就先卖她？却卖在哪家呢？"家人道："这个我就不知道。"琪生只是要哭，恐怕那家人瞧着不雅，又忍不住，只得转身走回，就一直哭到寓所。邹公忙问其故，祝琪生哭诉："平小姐已死，绛玉又卖，小婿命亦在须臾了。"诉罢，拍桌打凳泪如涌泉。邹公亦为抚恤劝解，再四宽慰。正是：

> 一点多情泪，哭倒楚江城。

一日，二人愁闷，在街上闲闯。忽撞见巡城御史喝道而来，看祝琪生，就叫一个长班

来问道："相公可是定海祝相公？"祝琪生暗吃一吓，问道："你问他怎的？"长班道："是老爷差来问的。"祝琪生道："你老爷是哪个？"长班道："就是适才过去的巡城沈御史老爷，讳宪，号文起的。"祝琪生才悟放心道："既是沈老爷，我少刻来拜。"长班又问了祝琪生寓所，就去回复本官。

祝琪生与邹公转身也回。邹公问道："方才那御史，与贤婿有一面么？"祝琪生道："他是家父门生，又受过舍间恩惠的。小婿与他曾会过数次。"二人一头说话一头走，才进得寓所，尚未坐下，已见长班进来，报老爷来拜。二人仓卒之际，又没一个小厮，又没一杯茶水，弄得没法。只见沈御史已自下轿，踱将进来。邹公又没处躲闪，二人只得同过来相会。沈御史先请教过邹公姓名，后问祝琪生道："世兄几时到这边的？怎不到敝衙来一顾。尊翁老师在家可好么？"祝琪生道："小弟到才数天，不知世兄荣任在此，有失来叩。若说起家父，言之伤心。暂退尊使，好容细禀。"沈御史遂喝退从人。祝琪生通前撤后，兜底告诉。沈御史恻然道："曾闻得贵州劫狱之事，却不知世兄与老师亦在局中大遭坎坷。殊实可伤。"三人各谈了些闲话。祝琪生赧然道："承世兄先施，小弟连三尺之童也没有，不能具一清茶，怎么处？"沈御史道："你我通家相与，何必拘此形迹。只是世兄与邹老先生居此，未免不便。不若屈至敝衙，未知意下何如？"祝琪生二人苦辞，沈御史再三要他们去。二人只得应允。沈御史道："小弟先回，扫榻以待。"遂别琪生与邹公而去，留两个衙役伏侍二位同来。二人遂一同至沈御史衙中安下。

过了几日，二人有满腹心事，哪里坐得住，意欲动身。沈御史劝琪生道："世兄如今改了姓名，令尊令堂又不晓得下落。世兄若只而北去访，就走尽天涯，穷年计月，也不能寻得着。依小弟愚见，今岁是大比之年，场期在迩。世兄若能在此下场，倘然闱中得意，那时只消多着人役，四路一访，再无不着。今徒靠着自己一人，凭两只脚，走尽海角天涯，就是有些影响风闻，也还恐路上相左。而况风闻影响一些全无，焉能有着？还是与邹公先生，权在敝衙住两月，待世兄终过场，再定局面为是。"

祝琪生道："世兄之言甚是有理，但是小弟本籍前程已无可望。今日怎能得进场去？"沈御史道："这事不难。小弟薄有俸资，尽够为世兄纳个监。只消一到就可进场，况如今是六月间，还有一月余可坐。"邹公也道有理，从旁赞劝，琪生遂决意纳监。沈御史就用个线索，替琪生纳了监，仍是张琼名字。即日进监读书。

转眼就是八月场期，琪生三场得意。到揭晓那日，张琼已高挂五名之内。祝琪生欢喜自不必说，惟沈御史与邹公更喜。琪生谢座师、会同年，一顿忙乱。顷刻过年，又到二月试。琪生完场，又中第四名会魁。殿试在第二甲，除授韩林院庶吉士。随即进衙门到任。不及两天，就差人四路去寻访父母消息。

过了一月，邹公欲别他起程去寻女儿。祝琪生泣道："这是小婿之事，不必岳父费心。小婿岂恋着一官，忘却自己心事？而且老父老母不知着落何地，小婿竟做了名教负罪人，恨不即刻欲死。但因初到任不能出去，待看机会谋个外差，凭他在哪个所在，也少不得要访出来。再不然，宁可挂冠与岳父同死得道路，决不肯做那不孝之子、薄幸之人也。岳父且耐心坐待，与小婿同行，有何不可？"于是邹公复又住下不题。

再说红须自劫狱之后，在梅山寨中无日不着人在外打听祝琪生与老夫人音信。又因雪娥小姐思量父亲，时刻痛苦，也一连几次遣人探听邹公音耗。俱说解往别处，不知下落。祝公与雪娥小姐，翁媳二人每日只是哭泣。光阴似箭，不觉过了三四年光景。

一日，红须在寨中看兵书。忽小卒来报道："古田县知县已死，却是一个平主簿署印。赃私狼藉，倒是一头好货。特来报知。"红须道："再去打听，访他是哪里人，是何出身，一向做官何如，有多少私财。快来报咱。"不到一日，小卒来报道："访得是浙江定海县人，寄籍顺天，姓平名襄成，字君赞，原叫什枣核钉，今百姓呼他叫'伸手讨'。资财极富，贪酷无厌。"红须闻知是枣核钉，怒发冲冠，咬牙切齿道："这贼也有遇咱的时候！"忙请出祝公与雪娥小姐。遂言道："今日你们仇人平贼已到，咱去枭了他首级来，替咱恩人报仇，一灭此恨。"

祝公与雪娥尚未答应，红须早已怒气冲冲地出去。只带十数个人，各藏短刀，昼夜并行。到了古田县，竟进县衙，将枣核钉提出，剁做肉泥，又将他合家不论老少男女，上下一齐杀绝。遂领着众人出城。恰遇福建巡抚正领着大兵到闽清县去剿山贼，在此经过，两下相遇。红须全无惧怯，领着十余人杀进阵中。手起刀落，杀人如砍瓜切菜，一连杀死官兵八九十人。刀口已卷，只以刀背乱砍。巡抚见势不好，指众官兵一齐杀上，团团围住。红须外无救兵，内无兵器，竟被擒住。巡抚怕贼党抢劫，连夜将陷车囚好，做成表章，解京献功。

有那逃得性命的小卒，跑至梅山寨中报信，雪娥小姐正在。祝公说恐怕不分玉石，连婉如一同遭害，替她担着惊恐。忽闻此信，二人大哭。不知后事若何，且听下回分解。

第十五回　邹雪娥急中遇急

词曰：

> 义海相斗，爱河复攻。哪堪这袜小鞋弓。恨杀杀，倒做了两头俱空。
> 阳关人又急，天台路不通。欲学个丈夫女中，怎奈我南北西东，各天又共。

却说祝公与雪娥小姐，闻知红须被擒，二人号天哭地，连忙着人出去打听消息。说一些刑也不曾受，只是明早就要起解上北京。祝公顿足道："这却怎么处？他能救我，我不能救他。真是枉为人一世。"说罢痛哭。雪娥小姐也哭道："我们若非他救时，今日不知死在何地。焉可坐视不理？我与公公宁可拼着性命，赶上前随他进京，看他是怎的结局。若有可救则救，若无可救时，也还可以备他后事。"祝公道："有理。只是你是个女子，怎的出得门？你且住在此间，只待我自去罢。"雪娥道："公公年老，路途中谁人伏事。媳妇虽是女人，定要同公公去。"

二人正在争论，忽见几个小卒慌慌张张，跑来喊道："快些走！快些走！巡抚领兵来洗山了。"众小卒一声喊，各自逃命而去。祝公与雪娥二人心慌，略略带些盘费，跑出山寻一只小快船，一路赶来。

直赶到常州府，方才赶着。祝公就要去见红须，雪娥止住道："不可造次。若是这样去，不但不能见他，亦且有祸。必须定个计策去，方保无事。"祝公道："定什么计才好？"

雪娥思想一会道："我有一计。解子必要倒换批文，少不得将囚车寄监。我们多带些银两，再买些好酒好肴，到监门对牢头禁子哭诉，只说他当初是我们外亲，曾周济我们过。今日不知他为何犯法，来送一碗饭与他吃吃，以报他昔日周济我们之恩。却多送些银两，买住牢头。他见公公是一个老实人，我又是一个小女子，料不妨事，再见有银子予他，自然肯容我们进去。待进去之时，再将些银两送与守囚车之人，却将酒肴就与他们吃。他们只顾吃酒，我们就好与义士说话。"祝公点头，遂去备办停当。

二人来到监门口,寻着牢头,照依行事。果然放他二人进去。二人进得牢门,也照前施行,无不中计。红须见二人来此,大惊道:"你二人怎的远远来此?"祝公与雪娥小姐,抱着囚车哭道:"义士救我二人性命,又为我等受害,我二人就死不忘。今日间义士解上北京,恨不能身替。特赶来随义士同去。"

红须道:"不须啼哭,你二人也不须进京。咱这一去,多分必死,倒喜得仇人死在咱前,咱就死也甘心,杀也快活。人生世上少不得有一死,有什怕他?只要做一个硬汉子,了一件痛快事,开眉舒眼得死,就到下世做条汉子也是爽利的。你二人快不要随咱去。就随咱去,也替不得咱的死,却不是多送在里边烦恼的?而且又使咱多担了一片心,反叫咱死也不得干净。但是你翁媳二人,日后遇着祝翁恩人,替咱道及,就咱不能与他相会,叫他念咱一声,咱就死也甘心。"祝公与雪娥二人定要与同行。红须发怒道:"不听咱言语,必然有祸。难道要随咱去。是要看着咱吹头么?何不就在这里砍了咱去,省得你二人要去。"祝公与雪蛾见他不容同去,及发起怒来,因哭道:"但是不忍义士独自一人解去。"红须道:"不妨事。咱也是一条汉子,不怕死的人。"祝公遂取出一包银子,递与红须道:"既不容我二人随去,这一包碎银子,义士自己带去做盘费。"红须摇头不受道:"咱要银子何用?咱既犯罪,朝廷自然不能饶咱,料来也是这包银子买不下咱命来的。这条路去,怕他敢饿死咱不成?你二人拿去,寻个安身所在,慢慢将这银子度日。等待打听恩人信息。"又想一想道:"不如就在这里安下也罢。这常州地方,还是个来往要地,可以访信,省得往别处去,又要花费盘缠。你们如今用去一厘,就少一厘了。那得没钱度日,谁肯来顾你?"祝公道:"义士虑得极是,为我们可为极至。我二人就在这里住下,候讨义士信音也罢。"雪娥又悄悄问道:"平贼家眷可曾杀伤?"红须笑道:"咱才杀一畅快。被被半个不留。"雪蛾闻言暗暗叫苦不迭。又问道:"有酒肴在此,义士可用么?"红须道:"这倒使得。"雪娥遂取酒肴至。祝公亲自喂他,雪娥在旁斟酒。红须大嚼,如风卷残云,须臾用完。对祝公二人谢道:"生受你们。你二人去罢,以后再不要念咱痴心哭泣,也没听了。"二人涕泣而出。

雪蛾向祝公道:"义士既不要我二人随去,生死只在明早一别,就终身不能见他。我们须就在码头上寻个下处,明日起早,送他一别。"祝公道:"我也是这等说。"二人遂依旧出城到码头上寻了下处。二人一夜不曾合眼。雪蛾想念父亲,不知存亡。祝郎又不知消息。婆婆又没去向。又怜公公年老衣不遮身、食不充口,苦恼不过。素梅、轻烟,未知归着何处。又悲义士解去,性命自然不保。婉如姐姐,不知逃得性命否。又回想自己是个闺女,终日随着一个老者东流西荡,凡事不便,究竟不知是何结果。那祝公心里却又思量,夫人年老,不知流落何方,生死未料。孩儿年少,不知可逃得性命出来,还是躲在哪

里,不知何方去寻。又见一个少年媳妇日日尽心孝顺,服侍体贴,甚不过意,惟恐耽误她青春,却一般落在难途,怎叫她受些风霜苦楚,终于怎样结局?又念红须,解上北京,毕竟是死,一发可伤。两人心中各怀哑苦,暗自伤心。真是石人眼内,也要垂泪,好不凄惨。

二人至五更时分,就起来伺候。祝公打听得解子俱在间壁关帝庙动身。遂领着雪娥,在关帝庙中等候。雪娥皱着眉头,就坐在鼓架上,祝公却背叉着手,满殿两头走来走去,心神不宁。忽走到墙边,抬头一看,见壁上许多字,知是唱和的诗句。看到琪生诗句,大声惊怪叫道:"媳妇你来瞧,这不是我儿的诗么?我老眼昏花,看不仔细,莫是我看差了?"

雪娥听说,飞跑过来。祝公指着琪生的诗句,教她来看。雪娥看着诗句,就哭起来道:"叫我们望得眼穿,哪知他在这里。"祝公喜得手舞足蹈,心花俱开。雪娥又重新将诗句第一首看起。那是轻烟的,心已骇然。看到第二首第三首是琪生的。点头悟道:"哦,轻烟已嫁,他故此怪她。"又看到第四首是素梅的,心内一

发诧异道:"愈看愈奇了!她也缘何得来?我莫非还在梦里。"再看至第五首,是绛玉的。心下暗想道:"平家姐姐曾说有一个绛玉,为与祝郎有情,被主卖出。怎也在此?"及看至第六首,是婉如之诗。就失声大哭道:"哪知平家姐姐也曾来此。可怜你那日,不知可曾遭害否。若是遭害,想必死于非命。我又不能得你个实信,好生放心不下。"又想一想道:"我看他们诗中口吻,像是俱不曾相会祝郎的,怎的诗又总在一处呢?"心中疑惑不解,愈思愈苦。心内又想道:"轻烟、素梅二人如今不知在哪里。"诸事纷纷,眼泪不住。祝公也看着这些诗,反复玩味道:"这些人的来历,你前日曾对我说过,我也略知一二。但不知怎么恰好的皆到此间,令人不解。"雪娥应道:"正是呢,媳妇也是如此狐猜。"祝公又悲道:"我孩儿既有题诗在此,料然不远去。我和你待送了义士起身,就在此慢慢寻他。"雪娥道:"公公说得有理。"

正说话间,只见解子们押着囚车,已进庙中来。二人就闪在一旁。祝公与雪娥乘解子收拾行李,忙忙上前去看红须。红须道:"咱道你二人已去,何必又来?你二人好生过活,今日咱别你去也。"祝公与雪娥还要与他说两句话,尚未开口,只见那些解子早来扎缚

囚车,赶逐二人开去。已将红须头脸蒙住。祝公与雪娥眼睁睁地看着他上路去了。祝公与雪娥复大哭一场,回到庙中。正是:

　　　　望君不见空回转,惟有啼鹃血泪流。

　　祝公拭泪,对雪娥道:"我想孩儿这诗不知是几时题的。"雪娥忽见一个和尚走进来,便应道:"公公何不问这位长老?"祝公就迎往和尚问信。和尚道:"我们也不曾留心。大约题待甚久,像有三四年了。"祝公就呻吟不语。雪娥道:"公公可向长老借个笔砚一用。"祝公果去借来。雪娥执笔向祝公道:"待媳妇也和他一首,倘若祝郎复至庙中,便晓得我们在此。方不相左。"遂和诗道:

　　　　父逐飘蓬子浪迹,斑衣翻做楚猿啼。
　　　　柔肠满注相思意,久为痴情妾自迷。

　　　　　　　　　　　　　　　　定海邹氏雪娥泣和毕

祝公看着伤怀。雪娥道:"我们不宜再迟,趁早去寻下住居,就去寻祝郎下落。"祝公道有理。二人就央人赁却一间房子,祝公将雪娥安下。自己人却日日不论城市乡村、寺观庵院,各处去寻琪生、访和氏夫人。

　　寻了一二个月,并无一毫影儿。雪娥就要回定海家里,寻访父亲信息。祝公道:"我岂不欲回家一看,只为天气渐冷,我年老受不得跋涉,抑且路途遥远,盘费短欠,怎么去得。不若在此挨过寒冷,待明年春气和暖,同你慢慢支撑到家。你意下如何?"雪娥依允。哪知不及半年,看看坐吃山空,当尽卖尽,不能有济。房主来逼房钱,见他穷得实不像样,料然不得清楚。恐又挂欠,遂舍了所挂房钱,定要赶他二人出去,让房与他另招人住。逐日来闹吵嚷骂。二人无奈,只得让房子与他。

　　却又没处栖止,又不能回去,遂一路流了三四里。原指望到淮安投奔一个门生,身边盘费绝乏,委实不能前行。初时还有一顿食、一顿饿,挨落后竟有一日到晚也不见一些汤水的时节。雪娥哭道:"我也罢了。只是公公年纪高大,哪里受得这般饥寒,怎不教我心疼?"却又没法商量。二人夜间又没处宿歇,却在馆驿旁边一个破庙里安身。日里翁媳二人就往野田坟滩去拾几根枯草,换升把米子充饥。雪娥要替人家拿些针线做做,人家见她这等穷模样,恐怕有失错,俱不肯与她做。雪娥也不去相强,只是与祝公拾柴度日。二人再不相离,苦不可言。且将此事按下不题。

再说祝琪生在京做官，只想谋个外差。一日恰好该他点差，南直隶又缺巡按，他遂用些长例，谋了此差。别却沈御史，同着邹公出京，并不知红须之事。祝琪生这里才出京，红须那里解进京。两下不遇，各不晓得。闲话休题，说这祝琪生出京。他是宪体，好不威武。他却只把邹公坐着大船，自己只带两个精细衙役，一个叫作陆珂，一个叫作马魁，一路私行，以巡察民情为由，兼探父母与小姐诸人音信。未知琪生此去可曾寻着否，且听下回分解。

第十六回　张按院权内行权

诗曰：

> 机权慢道无人识，也有人先算我前。
>
> 然遇境穷非命拙，折磨应是巧成全。

却说琪生出京，一路寻访父母、小姐诸人音信。一日，私行巡至镇江，与衙役陆珂、马魁三人装作客商搭船。同船一个常州人，忽问道："列位可晓得按院巡到哪里？"众人回道："闻知各府县去接，俱接不着。这些官员衙役吏民都担着一把干系。"有的道："他私行在外。"有的又道："按临别处。"总是猜疑，全无实信。琪生也拦口说道："我也闻说他出巡，已巡到常镇地面，但不知他在哪个县份。兄问他怎么？"那人说道："我为被人害得父散子亡，连年流落在外。今闻得他姓张，是个极爱百姓的、不怕权势的好官。故此连夜赶来，打情拼个性命，去告那仇人。"祝琪生道："告的是何人？为着甚事？"那人道："若说起这个人，是人人切齿，列位自然晓得，料说也不妨。就是敝府一个极毒极恶，惯害人的无赖公子。姓邢，不知他名字，只听得人叫他做'抠人髓'。"众人听见是抠人髓，一船客人有一半恨道："原来是这个恶人。告得不差。"琪生笑道："这个名字，就新奇好听，叫得有些意思。"

那人道："什么有意思！他害的人也无数。我当日原做皮匠。有一女儿，好端端坐在家里。只因家贫屋浅，被他瞧见，他就起了歪心。一日唤我缝鞋，将一只银杯不知怎么悄悄去在我担中，故意着人寻杯。我低着头缝鞋，哪管他家中闲事？却有一个小厮，在我担中寻皮玩耍，寻出这只杯来。他遂登时把我锁起，道我偷他若干物件。就将送到官，打一个死还要我赔他许多金银。你道我一个皮匠怎有金银赔他？竟活活将我女儿带去奸淫。他的婆娘又狠，日日吃醋，倒不怪他丈夫，单怪我女儿，百般拷打。我女儿受不过磨难，就一索吊死。"说到这里，竟呜呜咽咽地哭将起来。祝琪生道："怎不告他？"那人道："还说告

他!他见人已吊死,恐我说话,将尸骸藏过,倒来问我要人。说我拐带他婢,要送官究治。我是个穷苦的人,说他不过,反往他方躲避。直到前月十六日,遇见他家逃走出来的一个小厮告诉我,才晓得情由。意欲告他一状,出口闷气。"说罢又哭。

琪生道:"事虽如此,风宪衙门的状子也不是容易告的。还要访个切实才是。"那人道:"左右我的女儿吊死了。我在外也是死,回家也是死。不如告他一状,就死也情愿。"众人也对琪生道:"客官你是外路人,却不晓得这抠人髓造的恶,何止这一端?"又是某处占人田产,某处谋人性命、某处谋人妻女……你一件,我两件,当闲话搬出来告诉。琪生又道:"只怕这位朋友不告。若这位告开个头,则怕就有半城人去告他哩。"琪生又问了那公子的住居,放在心上。也不在丹阳停留,就一直行到常州,依旧到码头上关帝庙去歇下。

和尚们齐来恭喜道:"张祝一向在哪里,今日才来,就养得这样胖了?"琪生支吾过来。遂走到殿上来看旧日诗句,只见又添了三首。上前去看,前诗如故。看到绛玉的惊道:"终不然她卖在这里么?不然何以到此和诗。若在此间,定然寻着她。"及看至婉如的,大惊大喜道:"你原来不曾死,喜杀我也。"又想道:"我想那家人决不哄我。这诗决是她迁家进京时题的,死于和诗之后耳。"遂掩面号呼道:"我那苦命的小姐呀!你为我而死,叫我怎不痛杀。莫非你一灵不灭,芳玉子来,到此寻我悲痛一会?怪道绛玉也在此题和。自然俱是那时进京时节同小姐在此和的。可见枣核钉那恶贼在那路上,已留心进京卖她。绛玉也先晓得,故道'一入侯门深似海'。可伤!可伤!"想到此际,把那一片寻访热肠又化为冷水。再看雪娥诗,就一发踊跃叫异道:"好奇怪!你也曾到这里。可怜你身陷强盗,叫我哪里跟寻你?只怪素梅姐姐,向日不在庙中等我,致你珠玉久沉海底。不知今日你还中此否?"心中就欲着人去访。见天色已晚,只得忍住。一会又拍墙哭道:"我这些美人一个个的来此,俱有题和。怎诗倒都与我对面相亲,人却一个不见。我好痛杀也!早知你们俱到此间,不如在此写疏头过日子也好。如今只博得一个空官,要他何用。当初求签曾许我中后重逢,哪知相逢的都是些诗句。原来菩萨神圣也来哄我。"就越发闹起,且大呼大哭。庙中和尚还道张祝出去这几年,病还未好,今日旧病复发。

琪生苦得一夜不曾睡觉,次日老早就起来,只得且理眼前公务。先吩咐一个衙役满城去访邹小姐消息,单着一个在庙中等候。自己妆做个相面的,竟来到邢家门首,只管在那里走来走去。

那邢公子恰好送客出来,见这个人在街上看着门里,走过去复又走来。遂着家人唤他进来,问道:"你贵姓?是做什么事的?"琪生道:"在下姓张,相面为生。"公子道:"既是一位风鉴先生,请坐下。学生求看看气色。"琪生也鬼谈嘲笑看上一会,胡诌几句麻衣

相法,叹道:"可惜。"公子道:"在下问灾不问福。有何祸福但请直言无隐。"琪生道:"在下名为铁口山人。若不怪直谈,请与公子一言。"公子以目注视琪生道:"原求直言,指示迷途,方可趋避。"琪生遂道:"目下气色昏暗,印堂泪纹直现,当主大祸。"公子道:"可还有救否?"琪生摇头道:"滞色沉重,甚是不祥。"公子毫无愠意,笑道:"人力可以回天。学生只是自己修省,挽回天意,祸自消天。哪有个救不得的事?多蒙先生指教,相金自当奉上,还有便饭,敢屈先生到书房去坐罢。下次就做成个相与,可时常到舍间来,与学生看看气色。"遂起身携着琪生手,往后园来。

琪生暗道:"可见人言不足信。幸是来访,不然几乎害却好人。以后便当细心,不可不察。"二人走进书房,公子与他闲谈观玩一番,又领他各处游玩,领到一间雅致房子里面坐下。那房甚然高深幽静,料谢绝尘事,养高于此。再摆饰些花草书籍,俨似深山,竟是在城山人,一世可忘世务。琪生倏地清凉,怡然自爽。公子道:"此处倒还雅静,就在这里坐罢。"就连唤家人,一个不在。公子对琪生道:"这些奴才一个也没用。先生请坐,学生走一走就来。"公子出得门槛。哪知家人俱在门外等候,皆是做成圈套。忙叫家人将房门紧紧锁上,公子在门外冷笑道:"你道我有大祸。只怕我倒未必,你的大祸到了。你相自己还不准,还来相别人?"

琪生在内叫道:"公子开门。在下还要赶做生意,怎么闭我在此?"公子又冷笑道:"你今生今世,休想出我此门。如今按院姓张,偏你也姓张。既是相士,却单单望着我门里走来走去,独要相我,偏又相我甚是不样?"琪生道:"在下委是相士。适来冲撞莫怪!"公子道:"你还要瞒赖!哪有相士有这等一个品格。我的相法还比你好些。我就开门,叫你死得心服。"就唤家人把门开了,将他身上一搜,却搜出一颗印来。琪生哑哑无言。公子大怒道:"你还要再抵赖么?人无害虎心,虎无伤人意。是你来寻我,不是我去寻你。你既来访我,自然不是好意。我也不得不先下手。"琪生哀求道:"既然被你识破,你放我出去,我誓不害你。"公子笑道:"你好不识时务。我焉肯纵虎自伤?"遂将印带在身边,将琪生送进黑房,把门重重锁上。笑道:"任凭你有两翅,也不能高飞去了。"遂欣欣然同家人出去,再设法来送他性命。

琪生在押,房中乌黑,真正伸手不见掌。却是公子有心起的一间暗房:开门则明亮如故,闭户则霎明乌暗。不知有个什么关捩子儿起造的,周围插天高墙,也不知送了多少人的性命在里头。今日琪生撞在里中,料知必死。只是在内惊异。正是:

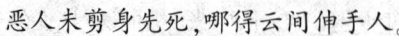

恶人未剪身先死,哪得云间伸手人。

却说绛玉在邢家终日告天求地，愿求保佑再得与祝郎团圆、小姐相会。凡有月之夜，就到后园悄悄望月祷祝。这日正在园中拜月，耳边阿阿闻得慨叹之声甚是凄惨。暗想道："我今日闻得公子讨大娘喜欢，说做了一件大事。落后又闻得说'只待三更下手'，莫非又着个什么人在此，要绝他性命么？"遂悄悄走近暗房边窃听。忽然心动道："这声音却像是我们乡里，又熟识得紧。"就低低问道："里面叹气的是谁？"琪生听得外面人问，急道："我是本省张按院，你是何人？快些救我，自有重报。"绛玉闻是按院，暗自踌躇道："我在此间几时是个出头日子？不若救他出去。那时求他差人送我回家，与祝郎相会，岂不是一个绝好机会。"筹算已定，便道："我今救你出去，你却快来救我。"琪生连道："这个自然。你快些开门才好。"绛玉就忙要救他，门又锁紧。幸喜此房离内宅颇远，不得听见。绛玉见门旁有一石块，双手举起，将锁环尽力一下，登时打断，开门放出琪生。赶到月下两人一见，各吃一惊。

绛玉连声道："你好像我祝郎模样。"琪生喜道："正是！你可是绛玉姐姐么？"绛玉亦喜道："我就是！"两人喜不可言。琪生还要问她在此缘由，绛玉忙催道："公子半夜就着人来杀你！有话待慢慢地讲。你快些走脱，就来救我。若稍迟延，你我二人之命休矣。"琪生就不再言。绛玉急领他到后边，开了后门，琪生飞也似奔到码头上来。此时才至黄昏，城门未关。

那陆珂、马魁俱会在庙中。见月上甚高，老爷还不见回，不知何故也。一路寻进城来，恰好撞见。陆珂悄悄禀道："小姐并无音信。"琪生喘息不已，对他二人道："这事且待明日再访。只是我今日几乎不得与你二人相见。"二人吃这一吓不小，忙问何故。琪生也不细说，同进庙中。即刻出个信批到府，着府县立刻点二百名兵，去拿邢公子全家家属。

二人如飞，分头至府至县击鼓。府县闻得按君在境，俱吓得冷汗如雨。武进县知县就领壮兵去拿邢公子。知府与各官忙忙至关帝庙禀接。琪生只教请本府知府进去，各官明日到察院衙相见。知府进去，琪生对他细说邢家之事。把个知府吓得魂魄俱丧。琪生又道："本院有个侍妾绛玉，失陷邢家。恐众人不知，玉石俱焚。烦贤府与本院一行。"知府忙忙趋出，赶到邢家来。那些官员闻知按台受惊，俱怀着鬼胎，没处谢罪，也一哄来捉邢公子，并保护绛玉。祝琪生待知府出去，就进后殿。只听得和尚们交头接耳，个个吃惊打怪地道："谁知写疏张祝竟做了按院？"正说时见琪生进来，一齐跪下迎接。琪生笑道："我还是旧时张祝，不消如此。"

不一时，陆珂报道众官又至。不知何事且听下回分解。

第十七回　拜慈母轻烟诉苦

词曰：

　　　王事不惶顾母，一身只恁垂眸。怎知白发困鸡栖。题起心怀欲碎。　　缕缕枯目饮泣，盈盈老眼昏迷。蒙卿患难赖提携，枕畔极欢还戚。

右调《西江月》

　　却说知县领着兵丁，将邢家前后门如铁桶一般围住。那公子还在里内正吃夜宵酒，对妻子韩氏笑道："此时已是二鼓将尽，只好再挨一刻性命罢了。"正说时，忽一声喊，如天崩地裂之声。许多人已拥进来，将邢公子并全家大大小小、男男女女，一齐拿住，用绳扭索绑，就串了一串，不曾走得一个。知县正在逐个点名，忽见知府与众官慌慌张张来叫道："内中有一位绛玉姐姐在哪里？"绛玉也不则声。知府慌了，对知县道："这人是按君家属。方才亲口吩咐本府自来照管，如今单不曾获得。倘有错认，怎么回话？"知县着慌，急得乱喊"绛玉姐姐。"绛玉在众人中，从容答道："妾在这里，不须忙乱。"众官见说，如得活宝一般，齐向前七手八脚，亲自与她解缚，连连赔罪。问绛玉是按君什人，为何却在邢家？

　　绛玉道："我是按君之妾，为邢贼诈来。"众官见是按台亚夫人，都来奉承效劳，又恳道："卑职等职居防护，致按君受惊，恐按君见罪，烦夫人解释。"又道："适才不知是夫人，大胆呼名，切勿介意。幸甚幸甚！"绛玉道："不妨。"知府遂吩咐衙役，将轿先送绛玉到自己衙内。知县押着邢家男女送监。众官又一齐奔至庙中回复。琪生传言免见。这一夜，庙前庙后许多兵卒围护。揭令唱号，一直到晓。琪生却安然睡觉。那些官员吏役，来来往往，一夜何曾得睡。因按院在城外，连城门一夜也不曾关。

　　次日五鼓，众官就在庙前伺候。直到日出，琪生才进城行香，坐察院。先是府道各厅参谒，俱是青衣待罪。琪生令一概俱换公服相见。琪生致谢知府。知府鞠躬请荆不迭。次后就是知县衙官，也换公服相见。落后又是参将游击，一班武职打恭。诸事完毕，即刻

就投文放告。知县就解进邢公子一家犯人进来。

邢公子只是磕头道："犯人已知罪不容诛，只求早死。"琪生道："也不容你不死。"又问他印在哪里。公子道："在家中床柜下。"琪生委知县押着公子登时取至。琪生掣签将公子打了五十大毛板。众家人助恶，刑罚各有轻重。

正在发落，顷刻接有一千多状子，倒有一大半是告邢公子的。皮匠亦在其中。琪生逐张教与邢公子看过，公子顿口无言。琪生就将公子问成绞罪发监。韩氏助夫为恶，暂寄女监发落。才将公子押出，已接着老大书札，已有二三十封，俱为邢公子讲情的。琪生一发不看，原书复回转。将招拟做死。正是：

> 从前作过事，没与一齐来。

琪生又看了些状子，才退堂歇息。外面报知府亲自送绛玉进来。琪生回却知府，忙教将绛玉接进。两人悲痛，绛玉哭诉往事。琪生说道："我一闻你卖出之信，肺腑皆裂，以为终难萍聚。哪知遭此一番风险。昨晚若非卿救，我已鬼录阴司。卿能守节，又复救我，此心感激，皆成痛泪。我今日见卿，复思小姐。只可怜你小姐为我而死。"遂将她死的缘故说之。绛玉闻知小姐已死，哭得发昏。又问琪生几时得中作官。琪生也将前事细说。绛玉失惊道："原来你也遭了一番折挫。因说道邢家韩氏，我倒亏她保全。你须出脱她罪才是。"琪生应允。二人数载旧情，俱发泄在这一夜。枕上二人，自不必说。

次日琪生对绛玉道："我是宪体，原无留家眷在察院之理，恐开弹劾之门，不便留你在院。须寻一宅房子与你住下，吩咐府县照管。待复命之日再接你进京。你须耐心，不要憔悴。"遂差人寻下一大间住房，安顿已毕。府县闻知，就拨四个丫鬟两房家人来伏事。又差二十名兵丁守护。琪生还恐她寂寞，又将韩氏出了罪，悄悄也发至绛玉处做伴。

数日之间，邢公子已死狱中，闲文略过。琪生发放衙门，事体已完。一连几日，着人探访父母与邹小姐三人，毫无音信。正在烦闷，衙役来报，座船已到。琪生忙将邹公接上来。谈及绛玉之事，邹公也替琪生欢喜。琪生诉说小姐曾来庙中题诗，及至寻访，又无下落。邹公就急急同琪生去看，又哭得昏晕。次日，琪生复同邹公登舟，往别处出巡。行到半路，复带着马魁、陆珂二人，上岸私行而去。

一日，来到常熟县界。三人进店吃饭，忽听得店内嚷闹，碗盏碟子打得乱响。琪生唤马魁去看。来报道："原是一个客人下店吃饭，他不知饭店规矩：凡先进来者先有饭，务宜依次送来。他见同桌之人先有饭吃，半日还不到他，又见小二捧饭送到东、送到西，他却呆呆坐等，就大怒起来。将同桌人的饭夺过来，就往地上一泼。同桌之人也恼起来，就与

他交手，却打他不过，被那泼饭的人一顿拳头，打倒在地。店主忙去扯劝，哪知他正要寻店主厮打。随手带过来，也打一个半死。他还在那里嚷道：'一般俱是客人，怎一桌之上两样看承，偏送与那行人吃独不与我？难道我不还你钱不成。你若误了我的行程，叫你死在在我手里。'骂得性起，就将他碗盏家伙打得雪片，特来报知。"琪生还未回言，只见一个汉子，揸拳裸身，从店内跳出门外道："来！来！来！皆来送命。我不打你个臭死，不算好汉。"又见身后几个若大若小，男子妇人，跳出一大堆来，手拿柴棒，俱大步跳将出来要打那汉子。那汉子将这些男女一脚一个，俱踢得翻倒在地。琪生见他行凶得紧，走上前去，要看他何等人物。用心一看，原来是冯铁头。忙去扯他道："冯兄休得啰唝，过来相见。"

铁头见是琪生，喜得目欢眼笑道："我的老相公，寻得我好苦，教我哪里不曾寻得到。"正携手欲行，只见店小二去约了一班光棍、油面辣子赶来厮打。铁头怒道："待我索性打死他几个。"言罢，就迎上前要打。琪生一把拦住道："不可不可。"那小二这些人，不知琪生是劝的，认是他同来的伴。但见赢不得铁头，没处出气，就来打琪生。吓得陆珂、马魁忙上前拦住，将为首的一个打了一掌，喝道："咄！该死的奴才！按院老爷在此，谁敢乱动？"众人吓得屁滚尿流，只恨爹娘少生两只脚，一齐跑得没影。恰好有本县打听按院消息的人在那里。一闻此信，飞马报本官去了。

这琪生携着铁头手，另进去个僻静店中。那店内的人，已知是按院，见他进来，连饭也不敢吃，丢下饭碗就走。店主忙来磕头，琪生道："我暂借此说话。你们不许张扬。"店主应声而去。琪生问铁头："一向在哪里？今日何事到此？"铁头就将逃难遇和氏老夫人与轻烟始末历陈。琪生泪如雨下，忙问老母与轻烟，如今安在？铁头道："住在吕城。我自安顿老夫人二人之后，就各处来寻你。到这常熟县，连今日已是来寻过三次。不想见已做官，也不负我几番跋涉。"琪生致谢，就要转头见母。铁头道："待我先去报知老夫人二人。兄索性完却公事，从容回来相见何如？"琪生急欲回去一见。忽陆珂来禀道："常熟合县官员在外禀见。"琪生道："到县相见。"琪生见众官已经来接过，不好一回，遂差马魁同铁头先往吕城报信，自己即到县查盘。诸事已毕，却将昨日被伤店主唤来，赏他几两银子，安慰他一番。就差人往路上知会座船："只在无锡县等候，你不必又来。"

次日复忙忙地巡到各县份与松江府各处。匆匆趱完公事，遂带着陆珂起身，星夜赶至吕城。路上早接着马魁来迎，一同进门。琪生连叫道："母亲在哪里？"和氏老夫人与轻烟听得琪生已到，飞奔出来，抱着琪生痛哭。琪生跪在地上哭道："致使母亲流落他乡。孩儿之罪也。"夫人扶他起来，三人各将前事说知。琪生又向轻烟谢道："我母子若非姐姐，焉有今日。向时我见庙中诗句，还道你失节嫁人，满腔错怪。岂知你反为我母子受苦数年。"言之

不觉泪下。轻烟泣道:"身已从君,焉肯失节。妾不足惜,只苦了婆婆耳。"琪生只又大哭道:"母亲幸喜见面,只是爹爹不知还在哪里吃苦。只恐存亡未保。邹小姐与素梅姐姐着落何方,我好痛心。"夫人与轻烟也哭。铁头苦劝方止。

琪生就差人到无锡县,催趱座船快来。过有五六天,方才船到。琪生去接邹公上来相见过。邹公待见轻烟,触动心事,放声大哭道:"你母子倒幸团圆,轻烟固而见面。不知我女儿尚在何方,今生可有相会的日子?"琪生与铁头再三劝改。次日,琪生就将母亲与轻烟也送至常州,与绛玉一同居住,待复过命再着人迎接进京。又恐邹公年老,畏见风霜,也留在常州同住。那府县官来叩贺,自不必说。过了两天,琪生别过母亲与众人,带着铁头做伴,乘着座船,又巡往淮安一带而去。正是:

代天巡舟人人惧,过地闻名个个尊。

话分两头,且说素梅自从在常州关帝庙和诗之后,一直寻至定海。家里只见衰草门庭,青苔满院,一个熟人也不见面,只得一个老苍头看守门户。次日问到祝家,又是一片火烧残地。急访于邻人,方知他家也为出事来,逃走在外。苦得没心没绪,含泪回来,就与苍头诉苦。次日又去访轻烟,也不知去向。要打听小姐,一发没处下手。遂住在家中指望等他们回家得一个信音。谁知将近一年,杳无音闻。思量坐在家中,守株待兔,终究不是长法,不若再到京中,且讨平小姐一个好久信息。至十月二十七日,遂又动身进京。至次年五月,方行至淮安府。才下饭店,心里就觉有些不爽利。及睡到半夜,渐觉沉重,竟病倒在淮安店中。不知生死如何,且听下回分解。

第十八回　除莽儿素梅致情

诗曰：

腰间常佩绛错剑，专待仇人颈血磨。

是我姻缘偏复合，问伊何用起风波。

却说素梅病倒在饭店，自己将衣服紧紧穿着，只是和衣而卧。幸藏身边盘费多余，诸事可为。央店主请医调治，一病半年有余。待调理好时，已足一年，盘费花得精光。想道："我多时不曾画幅画儿，今日不免画幅卖来做盘缠。我病已好，只管在此，岂不讨人看出破绽。明日还急急地起程才好。"遂画两幅画，拿在手中去卖。偏又作怪，起初两年，拿出画去就有人买，只愁画不及。今日拿着画，整整打早就走到日午，问也没人问一声。心中苦楚，耳边又闻得按院将到，满街报马与官府往来不绝。心内害怕道："我是个女身，脚下走路，慢踱则可，快行未免有错。如今街上官府又多，人马又众，而且按院初到，不是当耍，倘有一点迹虞，风波立起。不若且回店去回避一日，再作商量。"遂回身转步，行至南门。忽背后一人拍拍她肩上道："素梅姐姐，怎么是这等打扮？"

素梅吓上一跳，忙回头一看，却是个和尚，颇觉面善，一发竟想不起。那和尚笑道："怎就不认得我？我是平莽儿呀！"原来莽儿自拐主母事犯，从监中逃出，直至这里。无所栖身，就投在南门外□行庵做了和尚。适才正去化盏饭，遇见素梅在街上卖画。他的眼□□生认得。只因是男妆，不敢造次。悄悄尾在她背后，细细瞧看。左看右看，见她举趾动步，一发知是素梅无疑，所以放胆叫她。素梅数年不曾被人识破，今日蓦然平空有人唤出她本像，吃这一大惊。见是平莽儿，就仇人相见分外眼明，将一副心事对付他。

莽儿见果是素梅，就起奸淫之念，意欲拉她同至庵中，又恐照顾了众和尚，没得到她。心上暗自打算道："待我先弄她上手，然后再带进庵。她若一心向我，要拒和尚也就不难。"遂诱至僻静处，一把搂住求欢。素梅竟不推辞，笑道："这所在，人迹往来，不当稳便。

倘遇着人来,你是个出家人,我是个假男子,岂不弄出事来。同你到我下处去,闩上房门,一人不知,倒甚稳当。"莽儿道:"你下处在哪里?"素梅道:"在府前。"莽儿甚喜,放手跟着素梅就走。

素梅一路暗恨道:"我与这贼前生做下对头,今生与他一劫。罢,罢,说不得了。我今日必然是死,且到府门前喊官。誓不与这贼俱生。"一头走一头算计。耳中远远闻得喝道之声,忽听得旁人喝道:"按院老爷来了,还不站开,只管低着头走,到哪里去?"素梅闻知就一手携着莽儿,避在一边。不一会,锣声将近,两面肃静牌早已过去,许多仪从执事,络绎而过。看看按院轿子已近,素梅猛然一声大喊:"爷爷救命!"莽儿吓得心胆皆碎,急得要跑,被素梅死紧揽住。

那按院正是琪生。闻得有人拦路喊叫,必是急事。就差人押住,将二人带到察院衙门。先唤素梅上去,一见已吃一惊,忙叫至案桌跟前,吩咐她抬起头来。心内大喜,不觉出神,就失声道:"嗳哟,你莫非……"连忙又住了口。素梅抬眼见像琪生,也暗吃一吓,又不好问。两人默默无言,你看我我看你,倒有些趣。一个告的不诉,一个审的不问,各人心里登时搅乱。琪生恨不得跑出公案来问她,衙役们看着又不好意思。只得审问道:"你怎没有状子,拦路乱喊?所告何事?"素梅从直诉道:"小妇人靠实不是男人。"琪生听了这一句,正合若他痒处,喜得抓耳挠腮,含笑问道:"这是何说?"素梅将平宅从嫁,自己不从,改扮男妆,来寻丈夫祝琪生,今日遇见平莽儿要奸淫之事,一一哭禀。琪生已知果是素梅,遂叫莽儿上去,将信炮连打一二十下,忿然道:"你有何说!"

莽儿尚兀自左支右吾地抵赖。琪生拍案大怒道:"你这该死该剐的奴才!还不直招。你且抬头认本院一认看!"莽儿果抬头一看,认得是祝琪生。吓得他顶门上走了三魂,脚底下荡了七魄,半日不能则声。琪生叫夹起来,又问:"他买盗扳害可是你经手的?"莽儿料赖不得,遂将主人遣他行刺,错杀戴方城,又买盗扳害,落后如何抢邹小姐二人,自己如何拐主母,犯事逃做和尚,今日又不合要奸素梅,一一招出。琪生如梦方醒,始知以前情节。素梅在旁,也方知琪生就为此受累。琪生道:"今日真是神差鬼使叫你犯在本院手里。明白前事,我也不定你罪例,从宽发落,只将你活活熬死罢。"欲要掣签行刑,恐素梅胆小害怕,吩咐差人带出二门,将莽儿重责一百板,生生断命。已交与老阍收管。

琪生发放事完,忙掩门退堂,差陆珂将素梅悄悄接进。二人悲喜交集。琪生忙问道:"小姐在哪里?"素梅重新哭诉前事。琪生闻得小姐又被强人劫去,痛哭号呼。琪生也将自己事情并见诗及到家中遇苍头之事历历告诉,又道:"你既送平小姐到严家门口,落后可曾闻些动静么?"素梅道:"彼时我就出来。大约平小姐誓在必死,叫我多致意你,叫你自家保重,切勿以她为念。"琪生哭道:"我曾去访,她果然投水而死。"素梅闻知,亦心酸大

哭。琪生又说:"她也曾到常州关帝庙和诗哩。"素梅道:"这却又奇。她既死在我题诗之前,怎和诗又在我题诗之后呢?好不令人难解。"

二人正在猜疑,忽冯铁头怒气冲冲跑来对琪生道:"适闻人说严贼事败,发烟瘴充军,随身只带得一名军妻,是平家之女。今已到河下。明日动手,我去将平小姐取将来何如?"琪生骇异道:"平小姐已死,哪有此事?"铁头道:"或者传闻不的,小姐未死也不可知。"琪生又问铁头道:"你怎得有法子去取?"铁头道:"我自有道理,管你取得来就是。"琪生喜极道:"既是不曾死,你快些去,务在必取才好。但不宜声闻于外,恐碍官箴。"铁头道:"咱家自有制度,断不令人知道。"言罢出来。

先去认了船,买了一包火药。至三更时分,悄悄去那船边,放起一包火来。那船登时大焰,火光烛天。众人惊慌,俱爬起来。有摸着衣服没有裤子的,有全然摸不着的,有摸着一件又是别人的,一齐喊叫,乱窜上岸。惊动许多人来救火,解子又要顾行李,又要顾正犯,哪有工夫去照管军妻?铁头杂在人丛里来救火。众人之中,见船上有个标致女人奔上岸来,忙走向前,一把挽着就走。那女子被火吓得昏头搭脑,单顾性命,只认是本船上的人救她,所以头也不抬,惟顾脚底下,只是跟着他走。铁头带至无人所在,从袜筒里取了一把刀来,恐吓她道:"你随到边远充军有什好处?好好随我去,还有快活日子。你若不肯,开开声儿就杀了你。"那女子忙道:"情愿随你同去。"铁头遂收起刀,同至城边。那城门早已大开,却是衙官亲来救火,故此开的。铁头竟将女子带进察院,全无一人知觉。

琪生忙迎出去看,却不认她,心甚索然。对铁头道:"我说没有此事,果然有误。怎么处?"恰好素梅出来看见,拍手笑道:"怪道说是平家之女,原来是平大娘。差到底也!"琪生问是哪个平大娘。素梅笑道:"就是枣核钉之妻陈氏耳。"琪生与铁头大笑,问陈氏因何在严家。陈氏尚要支吾,琪生道:"莽儿已被我打死,你直说不妨。"陈氏满面羞惭,料然不能隐讳,只得把罪放在莽儿身上,略略被宣几句。琪生又问:"你家姑娘生死如何?"陈氏却将姑娘不从,投河身死之故说知。琪生知小姐死信果真,大哭不止。素梅亦甚是悲伤。琪生与素梅叙了两宿旧情。琪生因陈氏在院,恐人晓得谈论,一发连素梅俱教铁头也送至常州宅里同住。又嘱咐铁头就住在常州宅内照管,不须又来。铁头别却琪生,送二人而去不题,正是:

> 本将携手同欢乐,只为官箴又别离。

琪生又忙了数月,各处俱已巡到。一省事完,要进京复命,一路无话。不一日到京,面过圣出来，去拜一个邢部侍郎，是他最相契的同年。偶见案头一张本稿，信手取来瞧看。起首就是"速枭元恶，以防不测事"，看到后边，却是"大盗焦熊，绰号红须，速宜正法，不可久滞狱底。恐防贼党窥伺，致生他变。"琪生暗道："这人名字我却在哪里听见过的。"一时再想不起，只管垂头思索。侍郎道："年兄踌躇何事？想是稿中有什不妥贴的所在？不妨改正。"琪生一心思想，口内咨咀道："非也。这又有些古怪。"侍郎无心中答道："这人果有些古怪。据他自供说，替他什么祝恩人报仇，杀了古田县主簿——枣核钉平襄成，自家甘心受死。日日在狱中恨，问官不早些处决他，叫他在狱中受闷。你道天下有这等不怕死的亡命之徒么？故此连弟也在这里疑惑，心中却反有些怜他。你说奇也不奇？年兄怎也知他古怪呢？"

琪生才记得数年前青莲庵所救之人。暗道："他怎晓得我的事？这又大奇。"遂动了个救他之念，便应道："这人与小弟曾有一面。恳年兄怎地为小弟开豁他才好。"同年道："罪案已定，似难翻改。怎么处？"想了一会道："除非只有抵换一法。"二人再三计议，竟吩咐狱官，将一个多年死囚绞死，却递个红须身死的报呈。轻轻把个红须救出，带进琪生官寓。

红须一见琪生，喜出望外，踊跃跳道："咱道是哪个张爷救我，原来却是恩人。咱不喜得命，倒喜今日得遇恩人。"琪生道："何意？"红须道："太爷与尊夫人，眼也望穿。恩人既做了官，怎就忘却父亲、妻子？"琪生垂泪道："我心几碎，怎说忘却二字。你想是知道下落，快与我说明。"红须就把遇雪娥小姐并劫狱以至杀枣核钉时被擒、解京之事，从前细说。琪生又悲又喜，感谢不尽，忙问道："老父与邹小姐，目今还在何方？"红须道："咱解之时，蒙他二人赶来，要随咱进京。是咱不肯就他，就住在常州府，想还在那里。"琪生顿足哭道："我也曾在那里，着实寻访，怎偏不遇。早知如此，就不做官，只在那里访着他相会，何等不好。岂知当面错过。我真是天地间大不孝大不义之罪人也。"遂呼天大号。红须劝道："不要烦恼。既有着落，自有相逢日子。明日待咱去接他到京何如？"琪生谢道："多感厚情，生死不忘。"二人正在谈说，忽一个衙役送报单进来道："广东山贼窃发，连破惠、潮二府，官兵杀败，巡抚阵亡。今又围困南雄。本府郑爷，百计死守，信息甚紧。方才又是三报，奏请救兵。阁里去九卿六部老爷出了会单，不论文武翰林有司，俱于午门会议。请老爷就行。"

琪生惊道："郑兄有难，安可坐视？我当为朝廷出力，替知己死难，正此时也。"遂换朝服急急进朝。原来严嵩拿问，凡是当初被他削逐官员尽皆起复。郑飞英也当起复，就选了广东南雄府知府，带着家眷赴任。到任才一月，就被贼兵围住，屡战屡败。外无救兵，内无粮草，破在旦夕，命在须臾。故此差人突围，星夜进京求救。这琪生晓得是他，所以

着忙。奔到午门，只见众官会议，欲议出一人领兵前去救援。众人闻巡抚也被杀死，声势凶勇，哪个敢去？俱面面相觑，各不出言。琪生大声言道："朝廷高官厚爵养士，原在分忧。今日俱是这等畏首畏尾，坐视累卵，则朝廷要我们何用？今日正是事君致身之秋，卑职虽属文臣，愿提一旅之师，解南雄之围，替君父分忧。"说罢遂同众大臣面圣自举。龙颜大悦，御笔亲授广东巡抚、兼提调各省兵马都督。又加上一道御敕。琪生谢恩，连夜带着红须起程。这番兼官各省兵马，一路人马拥护，好不威赫。琪生与红须坐着大船，这些兵马、执事，却摆在岸上，晓夜趱行，不知此去何如，再听下回分解。

第十九回　剿枭寇二士争雄

词曰：

　　巡方才得返星诏，又把从戎征战讨，何苦独贤劳？不因援友路，哪得会多娇？

　　　　　　　　　　　　　　右调《菊花新》

　　却说祝琪生自领马出京，一路人马随从而行，多少威武。直到常州地界，忙差人往母亲处报信。自己随即下船来见母亲，道及朝廷又差孩儿往广东剿贼，不日要往长江、过梅岭去了。一则记念母亲并探父亲下落，二则不知邹、平二位小姐消息何如，三则要□□□助义兄同往广东建些功业，以报知己。如此由浙江、福建□□□□□□飞英被贼围困南雄，正在危急之秋，望孩儿救他。□□□□□□□别母亲前去。绛玉、素梅、轻烟亦来送别，遂邀了冯铁头下船□□□令开行。那些常州府所属官员，俱来投手本候见，并送下程。琪生一概不收。但要地方官纤夫多拨几百名，以便连夜趱行。那些府县俱是琪生旧属，今又见新升抚院，且不受一文私礼，岂有要几名夫，不竭力奉承的道理？遂传各方总甲人等，立刻要纤夫一千名。前任广东抚院大老爷军前应用如遣重究。只见毕递火速同了差人，各处要夫。

　　谁知祝公与邹小姐自随红须起解进京，劝他暂住常州后，身边盘费俱已用尽，口食尚且不给。正是走投无路，忽听得县里立刻要夫，左右邻皆去。祝公与邹小姐商量道："我今早膳尚缺，如何得有银钱雇夫？只得自去应个名罢。"邹小姐闻说，泪如下雨，便道："公公如此老年，焉能受得此苦？若是不去，地方总甲又恶狠狠地，决不肯放过。"只得随在祝公身边，同着扯纤而行。

　　此时琪生正别了家眷下船。冯铁头虽然初与红须相会，向日已闻琪生口里赞过，一见自然气味相投。三人说了些闲话，船已行有二三里。红须忽记起祝公并邹小姐尚无下

落，便高叫道："咱有罪了，快放咱上岸去。"琪生忙问道："兄要往哪里去，却是为何？"红须道："你道为何？还是为你。难道你忘了令尊并尊夫人么？"琪生道："怎敢片刻有忘。只因军机紧急，已吩咐家人多方寻觅去了。如再不见时，待班师之后，仍还要借重。"

正说之间，忽然岸上人声嘈杂，其中似有妇人号哭之声，更觉凄惨。琪生偶而动念，随立身往船窗外一觑，但见一老者打倒在地，一女人号哭在旁，不知其故。连唤差役上岸，速去二人情节回话。差役忙过脚船上岸，问那老者道："因何倒在此间？"那女子答道："我公公是拿来纤夫。因年老行走不快，被夫头打坏的。"差役随来回话。琪生听了复想道："既是纤夫，如何又有一个少年女子随行之理？其中必有情弊。你可去带那二人上船来见本院。"原差立要拿祝公上船。祝公决不肯去，邹小姐道："公公不妨。待媳妇去哭诉苦情，或者还可出得夫头之气。"二人随了差人上船时，琪生先已看见是父亲了。慌忙迎出舱门来，一把抱住

父亲哭拜道："男该万死。如何累父亲受苦到这田地。"祝公道："这也是我的命运。再不想你改了姓。如何使我寻得着？"琪生转身见了邹小姐，也拜谢她年来伏事父亲之劳。红须、冯铁头亦过来下了礼。祝公一见红须便问道："义士从何得放？真喜杀我也。"

外边又禀道："知县锁夫头在此请罪，求大老爷发放。"琪生闻之正欲出去痛责一番，被祝公劝道："他只知赶路要紧，哪知你我事情。若不是他这一番啰唪，我与你哪得相逢？此系无心之过，饶他罢了。"琪生领命而出，只见知县驿丞跪在船头上请罪。琪生道："人夫自当选壮丁着役，如何差老弱的塞责？此皆谀役朦胧作弊。已后当细心料理，姑且一概不究。"众皆叩头感谢而去。

琪生进舱来，祝公便问道："你母亲曾有下落否？"琪生道："母亲已在此住久。男今奉命付贼，刻不容缓。父亲可同媳妇且与母亲暂住此地，待男班师之日，一齐进京。"随唤轿而送太爷、小姐到衙。即时点鼓开船。

不须半月，即到福建。探报日日虽有，琪生又暗差精细军士前往贼营探其虚实。随取广东全省地图一看，何处可以进兵，何处可以埋伏，何处可以围困，何处可以屯粮，何处系藏奸之所，细细筹划已定。一个境内，便传惠在南雄三府附近地方官进见，着他速备粮

草,军前听用。且不到省行事,疾忙整顿兵马,竟往潮州而进。一边与焦红须、冯铁头密议道:"我若先去解南雄之危,恐贼兵全力俱在南雄,急促不能取胜。不若先攻惠潮,他必无备。乘其无备狠打一仗,即不能全胜,立时恢复三府。谅有二将军威勇,也断不输于他。南雄贼兵若闻得大兵取惠潮,必将南雄之兵来救惠潮,则南雄不战而围自解。我兵那时随往南雄会同郑飞英,再商议灭贼之策,有何不可。"

红须道:"恩主言之有理。以我二人去征惠潮原非难事。"琪生遂择日祭旗发兵,将人马分为三队。首队以焦红须为大将,率领一千人马,密授以方略先行。后队以冯铁头为副将,率领一千人马,亦授以方略随行。琪生自领一千人马,从中接应。并不许一丁沿途扰害良民、奸淫妇女。所过地方除粮草应供之外,鸡犬不惊。但见:

　　旌旗蔽日,剑戟如林。

不数日已到潮州。探报人禀道:"贼兵因攻南雄不下,俱将精勇调去了惠潮二府,只存千数老弱兵在内,着他紧守城池不可乱动。倘有官兵讨战,速来通报,不可轻出。所以惠潮二府城门,每日午时一开,除放柴米蔬菜之外,即紧闭不出。上城守宿俱是百姓。"

琪生闻得此信,遂觉此来果系不差,便对焦冯二将道:"看此光景只宜智取,不宜与战。"红须道:"如此毛贼,何须智取。随咱力量砍去便了。有何惧哉?"冯铁头道:"恩主所见极是。倘只固守不出,何时得下。若有妙计,自当领命而行。"琪生道:"别人行兵,多以先声夺人。只得三千,报称十万,使之畏威投顺。今番逆贼擅能杀死总督、巡抚,连下二郡,正在猖狂得意之秋,安能望其投诚。我今寂然而至,略不示以进剿之威,则城内无备。我今将精勇四十名,随了冯副将扮作客商,待午时混进城去。伏至更深,听城外炮响,便放开城门杀出,与焦将军合兵杀进,自无不克之理。"二人依计而行,果然迅雷不及掩耳,里应外合。那些老弱兵无从招架,各皆逃生去了。焦冯二将,赶杀了半夜,并无敌手。遂请琪生进城,出榜安民。再将府中仓库细细查点一番,委任一贤能官署了府事。次日起兵,竟往惠州。

琪生在路对红须道:"此番又不是前日局面了。已前要寂然而至,如今要耀武扬威,大彰声势,方才有济。"红须道:"一样两府,何故又要变局?"琪生笑道:"贼人必知我里应外合之计,此番断然死守城门,不放面生之人进城,以待南雄救援之兵到来。则此计不行矣。"惟四路大张招抚榜文,云我雄兵数万,战将百员,已驻于此,怜尔辈原系良民,不过为贼人所陷。若肯改逆从顺,一概免死不究。原系守土之官仍还旧职。特此晓谕,速速投诚。此时城内已知榜文所谕。那府县自料力不能胜,即会同总兵官商议:"若不见潮州三

日内被彼大兵所破，我者兵微将寡，如何是他敌手。不若早早投诚，还可保我旧职。"道犹未了，来报："张巡抚大兵已满山塞野而来，围住城门了。"但见：

一路霜威凌草木，三军杀气贯旌旗。

守城百姓一见，便皆惊倒，就欲开门迎接。适值官军皆有此意，遂一齐出郭迎接。

探报立时传进中军，红须闻报大笑道："好个主帅，料敌不爽分毫，果然来投诚了。"即便麾军入城，探其虚实。一面请主帅发放投诚人众。就在府中坐下，出了安民榜，查过仓房钱粮，仍令谍属官军管理地方。即日拔营往南雄。

贼寇已知惠潮有失，火速前来，却与大兵途中相遇，不能前进。便扎住营头，就在此决过胜负罢。琪生亦见贼兵到来，即传令且在此扎住，命焦冯二将乘机进剿。那些贼众见我兵声势勇猛，也便胆寒。及至对垒，战有五十余合，杀得红须性发，赶上一刀，贼首一闪，跌下马来，被我兵捉住，捆解辕门。那副将见贼首捉去，奋勇前来，与红须死战不休。冯铁头见红须不能取胜，便跃马横枪，随来接战。直至天色渐晚，各自收兵回营。次早复来讨战。琪生道："贼首已获，决该骇散，何以还来讨战？二位将军，今日决要擒得此贼，方可无虞。"焦冯二人道："如此毛贼，只须一人够了。今有我二人在此，怕他飞上天去？不消半个时辰，包管取他驴头来献恩主就是。"二人便整顿兵威出战。只见贼众不因头目被擒，兵威消灭。红须大声问道："贼首已被我拿下，汝等何不早降，也免得一死。"那贼将道："主帅被擒，我军中豪杰尽多，难道再立不得一个的么？休得夸能，放马过来。"两下又战有五十余合。冯铁头在后，看清了那贼的刀法，冷地赶上前来，斜刺一枪，即时跌下马来，被红须一刀砍死。贼皆落荒而走。焦冯二将尽力砍杀一番，方传号令：如有愿降者免死。众皆倒戈乞命。遂收兵回营。正是：

忽闻战鼓震山林，剑戟交加鬼神惊。
暗淡愁云浑似梦，二雄从此显威名。

但见得胜回营，琪生亦来迎焦冯二将进帐，称其大功，随往南雄进发。郑飞英探知张巡抚到来，已先出郭跪接。琪生一见，连忙扯住道："弟与兄真异姓手足，何必拘此大礼。"遂请琪生到察院衙门住下。郑飞英就随在后禀参，琪生也不坐堂，扯住飞英手往内便走。二人坐下，飞英深深又打一恭，感谢道："自被贼兵围困数月，料无生理。忽然解散，深为诧异，又闻张巡抚亲来进剿，谁知就是台兄。若非台兄雄略，弟焉能有今日之重生。莫大之恩,何时可报?日来老伯、伯母与尊嫂还是在京,还是在家?"

琪生道:"承念及老父老母,弟真名教中罪人。自被平兽毒害之后,俱各流落天涯。直至巡方之日,才接老母奉养。老父是行兵路遇的。相会尚未及两月。至于家室一事尚未有期。"飞英道:"若未曾恭喜,弟替为兄作月老何如?"琪生道:"这又不敢当。有是有的了,但不得全美耳。"飞英道:"何为全美,何为不全美?"琪生笑道:"一言难尽。弟向因浴佛会,拾得凤钗,与邹小姐有约,此吾兄所知者。随后还有平婉如小姐之约。不料兽兄君赞,竟将妹子送入权门,小姐为我守节而亡,至今悬悬。"飞英道:"台兄既知平小姐已死,何不再续鸾交?"

琪生道:"还有一疑案未释。弟在常州关帝庙,见婉如诗一首,又像未曾死的。故此还要细访。"飞英道:"台兄果有心于她,也是易得的事。"遂作别回署。即请平小姐出来道:"恭喜贺喜!祝琪生已做本省巡抚,因剿贼至此。少间来拜时,便可相会。"婉如道:"闻说新巡抚姓张,难道广东有两位巡抚么?"飞英道:"巡抚倒只得一位,祝兄却有两姓。小姐不必多疑,待他来时,自见明白。"一面吩咐整备筵席。道犹未了,衙役飞报:"巡抚张老爷已亲到门。"飞英连忙迎接进来,琪生下了轿,径往内衙便走。飞英仍要行属礼。琪生笑道:"若要行此礼,我便不该来看兄了。"遂扯飞英手,一同坐下。

茶罢。琪生即问道:"兄所说平小姐果还在么?可以通得一信否?"飞英道:"信是极易通的。但闻张字便不通了。台兄若真心念她,弟之月老定做得成矣。"连忙叫请小姐出来。

此时平小姐在内,认得果是祝郎了。闻请相会,也便出来。琪生一见,果是婉如,两下悲喜交集。飞英就将投河救起缘由说明。琪生感谢不已,方才商量奏凯还朝之事。遂将地方军政俱交辖部院掌管。把郑飞英亦叙有军功,邀他同行。一边报捷,一边出本候旨赏封。且看下回分解。

第二十回　酬凤钗五凤齐鸣

诗曰：

一番离别一番逢，转眼当年似梦中。

终是金钗作巧合，大家齐谢凤头翁。

再说琪生修起本章，将陷车囚了贼首，着兵防护，先解进京。又着红须与铁头至常州宅内报信，然后带领婉如下船。飞英领着家眷，另备一船，也同起身。一路逢府逢县，官员远接送礼请酒，起夫马，备供应，热闹不过。一月已到常州，飞英自泊船码头。琪生却坐着献轿八抬八撮，前呼后拥，来到宅中，拜见父母与邹公。雪娥小姐领着素梅、轻烟、绛玉也相见过。又有韩氏与陈氏，也过来拜见。琪生就着人打轿，将婉如小姐接至。婉如先拜见公婆与邹公，又与众人相见。绛玉见了小姐，喜从天降，二人互相流泪。绛玉要行婢子礼，婉如垂泪不肯，也以平礼相见。婉如又向陈氏洒了几点眼泪。次日飞英也上来拜祝公与邹公，留住饮酒自不必说。

琪生遂择吉日，将韩氏配了红须，又将陈氏与铁头成亲。各有妆奁奉赠。韩氏错赐，处防贤德。陈氏邪荡，有失贞节。这也是近朱者赤，近墨者黑，天理当然耳。

祝公与和氏夫人商议道："孩儿、媳妇，年俱长大。不若拣个黄道吉日与他成了亲，一同进京岂不更妙。"老夫人甚喜。择了吉期，就央红须为雪娥小姐之媒，却有邹公主婚。央铁头为婉如小姐之媒，就是飞英与陈氏主婚。琪生与两位新人成其花烛。次日，又是邹公、飞英二人替素梅、轻烟、绛玉三人为媒，立为侧室。素梅、轻烟，却是铁头与陈氏主婚。绛玉却是红须与韩氏主婚。这两日，连郑飞英家眷也接上来，大吹大擂，好不兴头，好不风骚。只便宜了一个琪生。你想他这两夜的光景是怎么个模样？

第一个夜词寄：

翠被翻红,桃浪叠卷,内外夹攻上下向曾得歇。左右受敌,彼此真是难支。一个雨汗淋漓,顾首不能顾尾,两个娇声婉转,且战而又且却。数载相思,今日方了,连摘二枝,其乐如何。

第二夜词寄:

齐搂三个新人,各出四般旧物。三面受围,一将难敌。彼往此来,左冲右突。汗浸浸,个个争先勇猛。声喘喘,人人循序攻求。既渴吾力,欲罢不能。三战三北,其余不足观也已。

琪生连日新婚,乐而忘返。那些远近官员,登门拜贺,连络不绝,门口竟拥挤不开,不消细说。一日,婉如小姐将出凤钗,对琪生笑道:"她真你我之媒。如今该酬谢她了。"琪生就笑问雪娥小姐道:"这凤钗,原是你的。哪知竟与我做了两次冰人。先聘你,后聘平夫人。"又笑指素梅三人道:"且搭上这三位星君,其功甚大。当封它个什么官职?"五位大小夫人齐笑。雪娥也取出琪生旧日所题汗巾诗句还他。琪生看了,忽想起庙中之诗。对她五人道:"你我六人,俱遭一番磨难,却俱在关帝庙题诗。今日复入完聚,岂非神圣之力?还皆齐去拜谢才是。"轻烟接口道:"果然神圣显应。妾与婆婆,当时进退无门,欲寻死路。求得一签,妾还记得是第十三签。诗上道:'彼来此去两相遗,咫尺风波泪满襟。休道无缘乡梦永,心苗直待锦衣归。'恰好我与婆婆同冯义士要往吕城,才出得门,你就到庙中。这是头一句也应。我与婆婆出脚门时,就遇着那无赖公子窘辱。第二句又应。直待你如今做官,方得相逢,又应了后两句。这签句句应验,岂不是关帝感应?"

琪生道:"若说起求签,我向日在家中,也于关帝庙求一签。诗道:'劝君莫坐钓鱼矶,直比生涯信不非。从此头头声价好,归来方看挂添肥。'神圣叫我莫坐家里,快些进京,果然进京就中。两次出差,却遇着爹娘与你五人,岂不句句也应?"绛玉也道:"我那日同韩大娘还愿,自心暗祝神前说'若与你有重逢之日,神帐飘起三次,后祝完,神帐果然连飘三次。今日果聚一次,岂不也应验了。"众人惊异,齐道:"既如此,不可不去拜谢,就是明日去罢。"琪生又道:"金凤钗是你我撮合老人,不可亵它,明日何不备下香灼纸马,大家送它到关帝庙中供奉,便他日受香烟,千年不朽,以报它作媒大恩。"数人欢然,次日果备了许多牲礼,一二十乘大轿,三四十乘小轿,一齐俱到码头上关帝庙中,众和尚出门跪接。琪生领着许多人进庙拈香,取金凤钗将拜匣盛好,双手捧着,供在香案之上,大家拜它两拜,

吩咐和尚好生看守。后来这金凤钗竟做了山门传世之宝，如今尚在。雪娥小姐道："我当初画的那一幅观音大士，不知可还在家么？"琪生道："向日我与岳父在家看见，还见好好地挂在房中，可惜不曾差人请来今日一齐供奉，我与望空拜谢罢。"遂同向空中拜了四拜起来。祝公与邹公、飞英、红须、冯铁头、一班男人，都到两廊游玩，和氏老夫人陪着飞英家眷并韩氏、陈氏一班女客，在后殿随。喜琪生却携了雪娥小姐、婉如小姐与素梅、轻烟、绛玉五位美人到前殿来看旧日诗句，俱是红纱罩好，墙上半点灰尘也没有，比不得旧时那样零落。这些和尚都说是巡抚老爷与众位夫人之笔，遂将墙上揢得干干净净，用数丈大红好纱粘成方架，将诗句罩好。琪生与众位夫人将纱架揭起，见诗句宛然，字迹仍旧。琪生与五位夫人齐念了一遍道：

　　觅尽天涯何处着，梵梵姑媳向谁啼。
　　若还欲问题诗女，便是当初花底迷

定海邹氏轻烟题

　　不记当年月下事，缘何轻易向人啼。
　　若能萍蒂逢卿口，可许萧郎续旧迷。

又和一绝：

　　孤身浪迹倍凄淇，恐滞萧墙不敢啼。
　　肠断断肠空有泪，教人终日被愁迷

定海琪生和题

　　迢迢长路弓鞋绽，妾为郎君整日啼。
　　手花丹青面目改，前行人恐路途迷。

定海邹氏素梅和题

　　一入侯门深似海，逢宵挨尽五更啼。
　　知君已有知心伴，恐负柴门烟雾迷

定海平氏绛玉和笔

　　身在东吴心在越，满天霜雪听鸟啼。
　　近来消瘦君知否，始悔当初执着迷。

定海平氏婉如步和

　　父逐飘蓬子浪迹，班衣翻做楚猿啼。

柔肠满泣相思泪,只为情痫妄自迷。

定海邹氏雪娥泣和

　　六人各看了一遍,琪生复又重新再看,向轻烟道:"我那时详你诗意,只疑你另适他人,哪知为我老母致你吃苦。"看素梅诗道:"彼时却不知你改妆卖画,直到定海家里,遇着老苍头告诉,方才知道。"看绛玉之句,道:"那时只道你卖与人家,终身难见,岂知你诗中之藏,苦志待我。"又看婉如小姐诗,道:"那时我只道你身入龙宫,倒我永抱思弦之惨,长怀青冢之悲,怎知你死里求生,依旧重圆,这快活从哪里说起。"看到雪娥小姐诗,道:"闻你被劫,已道珠沉玉碎,及看诗之首句,也只道是为你父亲自感,哪知却为我老父受那般苦恼。今日喜得个个相逢,人人遂愿,又皆为我立赞,岂非乐事?"又道:"我当初奇遇是逢浴佛会诗起,次后就因题观音赞的一个机会,遂先与你三人订的,落后□枣核钉生妒,就起衅端,倒与平卿二人巧会,总是福缘相俗,五凤齐鸣,明日又该去拜谢佛会诗。"众美人又笑做一堆。琪生道:"我心中甚是快畅,待我再和壁间原韵一首,见得你我团圆诗也该题满。"遂唤人取笔墨过来,和道:

金屋深藏春意足,携手花下凤鸾啼。

从兹共作长衾乐,只恐情深春又迷。

定海祝琪生携五美人重题

　　琪生题毕,众美人个个看了,大赞。相视面笑,琪生又道:"你五人何不再各和一首玩耍。"五人齐道:"各做没趣,不若共联一首何如?"琪生道:"更妙,就以你我各人之事为题,我先吟起。"联道:

旧诗令作新人语,愁句翻成笑眼看。琪生

回忆凤钗疑有儿。雪娥

迳对冰瑟岂无端。婉如

谈心还及花前事。素梅

携手犹思月底欢。绛玉

珍惜韶华莫浪过。轻烟

须知当日刻时难。琪生

琪生妻妾六人联完各看一遍，欢然大笑。大家玩了一会，祝公诸人早已进来，飞英问琪生道："你们写的什么东西，可好与我看么？"琪生笑道："是联的一首律诗，虽系毗昵之词，然看亦不妨。"就随手递与飞英。飞英接过一看，赞不绝口："不知诸夫人俱蓄妙才，盟兄占尽人间闺中情秀，真世间大福人也。若非如此，佳人也不能配盟兄；若非盟兄也不能配这几位佳人。"又笑道："那时盟兄窃玉怜香之况料然可观得紧。"琪生大笑，祝公与众人也拿去细看，大家赏鉴，当下尽一日之欢，至晚方回。次日，就收拾起程，各人登舟。琪生是四只大座船，小船不计其数。飞英也是一只座船，四只小船，一同到临清起岸。马轿、暖轿、牲口、车子，一路风风显显，直到北京。琪生面

过圣上，就保奏红须和铁头大功。此时红须改名焦廷爵，铁头改名冯杰，圣上就升琪生为都察院都御史，授焦廷爵为五军都督府同知；后来又做到三边总制善终。授冯杰为留守司，后来也做到大都督，屡建高功。又将贼首乃雄枭首示众。焦冯二人各领家眷别琪生赴任，琪生又将南雄知府郑伟守城有功，臣节可嘉，圣上也升他做了按察司副使，亦别琪生到任去了。琪生又上本，复了自己姓氏，也匆匆到任。祝公年老不愿做官，只与邹公闲酣山水之乐。这琪生日日完了衙门事体，就与五位大小夫人又下棋弹琴，联诗画画，无所不乐。不上二年，五位夫人各生一子，更是锦上添花。后来，祝公与老夫人又过十数年方才相继归世。琪生请谥封为吏部尚书，谥忠肃公，母为一品洛郡夫人。邹公亦相继而亡。琪生与雪娥亦尽殡葬之礼，待三年服满之后，正要上京做官，忽然想起在关帝庙写疏头的时节，得到此地地位，富贵已极。便与五夫人商量不去补官，安心林下，除课子成名之外，一味以山水诗酒为乐，寿至八十一岁。儿五子齐登科甲，与好友飞英并焦冯二姓，世世联姻，人人称羡，在下知之最真，故有此一段婆话奉闻。

五色石

［清］笔炼阁主人 撰

卷之一　二桥春

假相如巧骗老王孙　活云华终配真才士

黄卷无灵,红颜薄命,从来缺陷难全。却赖如椽彩笔,谱作团圆。纵有玉埋珠掩,翻往事,改成浓艳。休扼腕,不信佳人,偏无福份邀天。

右调《恋芳春》

　　天下才子定当配佳人,佳人定当配才子。然二者相须之殷,往往相遇之疏。绝代娇娃偏遇着庸夫村汉,风流文士偏不遇艳质芳姿。正不知天公何意,偏要如此配合。即如谢幼舆遇了没情趣的女郎,被她投梭折齿;朱淑真遇了不解事的儿夫,终身饮恨,每作诗词必多断肠之句,岂不是从来可恨可惜之事?又如元微之既遇了莺莺,偏又乱之而不能终之,他日托言表兄求见而不可得;王娇娘既遇了申生,两边誓海盟山,究竟不能成其夫妇,似这般决裂分离,又使千百世后读书者代他惋惜。这些往事不堪尽述,如今待在下说一个不折齿的谢幼舆,不断肠的朱淑真,不负心的元微之,不薄命的王娇娘,才子佳人天然配合,一补从来缺陷。这桩佳话其实足动人听。

　　话说元武宗时,浙江嘉兴府秀水县有个乡绅,姓陶名尚志,号隐斋,甲科出身,历任至福建按察司,只因居官清介,不合时宜,遂罢职归家。中年无子,只生一女,小字含玉,年方二八。生得美丽非常,更兼姿性敏慧,女工之外,诗词翰墨,无所不通。陶公与夫人柳氏爱之如宝,不肯轻易许人,必要才貌和她相当的方与议婚,因此迟迟未得佳配。陶公性爱清幽,于住宅之后起建园亭一所,以为游咏之地。内中多置花木竹石,曲洞流泉,依仿西湖景致。又于池上筑造双桥,分列东西,以当西湖六桥之二。因名其园,曰双虹圃,取双桥落彩虹之意。这园中景致,真个可羡。正是:

碧水遥看近若空，双桥横梗似双虹。

云峰映射疑天上，台榭参差在镜中。

陶公日常游咏其中，逍遥自得。

时值春光明媚，正与夫人、小姐同在园中游赏，只见管门的家人持帖进禀道："有武康县黄相公求见。"陶公接帖看时，见写着年侄黄琮名字，便道："来得好，我正想他。"夫人问道："这是何人？"陶公道："此我同年黄有章之子，表字黄苍文。当黄年兄去世之时，此子尚幼。今已长成，读书入泮，甚有文誉。我向闻其名，未曾会面。今来拜谒，须索留款。"夫人听说欲留款的，恐他要到园中来，先携着小姐入内去了。陶公即出至前厅，叫请黄相公相见。只见那黄生整衣而入，你道他怎生模样？

丰神隽上，态度安闲。眉宇轩轩，似朝霞孤映；目光炯炯，如明月入怀。昔日叨陪鲤对，美哉玉树临风；今兹趋托龙门，允矣芳兰竟体。不异潘郎掷果返，恍疑洗马渡江来。

陶公见他人物俊雅，满心欢喜，慌忙降阶而迎。相见礼毕，动问寒暄，黄生道："小侄不幸，怙恃兼失，茕茕无依。久仰老年伯高风，只因带水之隔，不得时亲仗履。今游至此，冒叩台墀，敢求老年伯指教。"陶公道："老夫与令先尊夙称契厚，不意中道弃捐。今见贤侄，如见故人。贤侄天资颖妙，老夫素所钦仰。今更不耻下问，足见虚怀。"黄生道："小侄初到，舍馆未定，不识此处附近可有读书之所？必得密迩高斋，以便朝夕趋侍。"陶公道："贤侄不必别寻寓所，老夫有一小园，颇称幽雅，尽可读书。数日前本地木乡宦之子木长生，因今岁是大比之年，欲假园中肄业，老夫已许诺。今得贤侄到来同坐，更不寂寞。但简亵嘉宾，幸勿见罪。"黄生谢道："多蒙厚意，只是搅扰不当。"陶公便命家人引着黄家老苍头搬取行李去园中安顿，一面即置酒园中，邀黄生饮宴。黄生来至园中，陶公携着他到处游览。黄生称赞道："佳园胜致毕备，足见老年伯胸中丘壑。"陶公指着双桥道："老夫如今中分此二桥，自东桥一边，贤侄与木兄作寓。西桥一边，老夫自坐。但老荆与小女常欲出来游赏，恐有不便，当插竹编篱以间之。"黄生道："如此最妙。"说话间，家人禀酒席已完，陶公请黄生入席。黄生逊让了一回，然后就坐。饮酒中间，陶公问他曾婚姻否，黄生答说尚未婚娶。陶公叩以诗词文艺，黄生因在父执之前，不敢矜露才华，只略略应对而已。宴罢，陶公便留黄生宿于园内。次日即命园公于双桥中间编篱遮隔，分作两下。只留一小小角门，以通往来。黄生自于东边亭子上做了书室，安坐读书。

不一日，只见陶公同着一个方巾阔服的丑汉到亭子上来，黄生慌忙迎接。叙礼毕，陶公指着那人对黄生道："此位便是木长生兄。"黄生拱手道："久仰大名。"木生道："不知仁

兄在此，失其贱束，异日尚容专拜。"陶公道："二位既为同学，不必拘此客套。今日叙过，便须互相砥志。老夫早晚当来捧读新篇，刻下有一小事，不及奉陪。"因指着一个小阁向木生道："木兄竟于此处下榻可也。"说罢，作别去了。二人别过陶公，重复叙坐。黄生看那木生面庞丑陋，气质粗疏，谈吐之间又甚俚鄙，晓得他是个膏粱子弟，挂名读书的。正是：

> 面目既可憎，语言又无味。
> 腹中何所有？一肚腌臜气。

原来那木生长生名唤一元，是本学秀才。其父叫作木采，现任江西西南赣兵道，最是贪横。一元倚仗父势，夤缘入学，其寔一窍未通。向因父亲作宦在外，未曾与他联姻。他闻得陶家含玉小姐美貌，意欲求亲，却怕陶公古怪，又自度人物欠雅，不足动人，故借读书为名，假寓园中，希图入脚。不想先有一个俊俏书生在那里作寓了，一元心上好生不乐。又探得他尚未婚娶，一发着急。当下木家仆人自把书集等物安放小阁中，一元别却黄生，自去阁内安歇。

过了一日，一元到黄生斋头闲耍，只见白粉壁上有诗一首，墨迹未乾，道是：

> 时时竹里见红泉，殊胜昆明凿汉年。
> 织女桥边乌鹊起，悬知此地是神仙。

右集唐一绝题双虹圃

一元看了，问是何人所作。黄生道："是小弟适间随笔写的，不足寓目。"一元极口赞叹，便把来念了又念，牢牢记熟。回到阁中，想道："我相貌既不及黄苍文，才调又对他不过，不如先下手为强。他方才这诗，陶公尚未见，待我抄他的去送与陶公看，只说是我做的。陶公若爱才，或者不嫌我貌，那时央媒说亲便有望了。"又想道："他做的诗，我怎好抄得？"却又想道："他也是抄唐人的，难道我便抄他不得？只是他万一也写去与陶公看，却怎么好？"又想了一回道："陶公若见了他的诗，问起我来，我只认定自己做的，倒说他是抄袭便了。"算计已定，取幅花笺依样写成，后书"通家侄木一元录呈隐翁老先生教政。"写毕，随即袖了，步至角门边，欲待叩门而入，却恐黄生知觉，乃转身走出园门，折到大门首，正值陶公送客出来。一元等他送过了客，随后趋进。陶公见了，相揖就坐。问道："近日新制必多，老夫偶有俗冗，未及请教。今日必有佳篇见示。"一元道："谫劣不才，专望大

诲。适偶成一小诗，敢以呈丑，唯求斧政。"袖中取出诗笺，陶公接来看了，大赞道："如此集唐，真乃天造地设，但恐小园不足当此隆誉。"因问："敝年侄黄苍文亦有新篇否？"一元便扯谎道："黄兄制作虽未请教，然此兄最是虚心。自己苦吟不成，见了拙咏，便将吟藁涂落，更不录出，说道：'兄做就如我做了。'竟把拙咏写在壁上，不住地吟咏。这等虚心朋友，其实难得。"陶公道："黄生也是高才，如何不肯自做，或者见尊咏太佳，故搁笔耳。虽然如此，老夫毕竟要他自做一道。"说罢，便同着一元步入后园，径至黄生斋中。相见毕，看壁上时，果然写着这首诗。陶公道："贤侄大才，何不自著佳咏，却只抄录他人之语？"黄生听了，只道说他抄集唐人诗句，乃逊谢道："小侄菲陋，不能自出新裁，故聊以抄袭掩拙。"陶公见说，信道他是抄袭一元的，乃笑道："下次还须自做为妙。"言讫，作别而去。一元暗喜道："这番两家错认得好，待我有心再哄他一哄。"便对黄生道："适间陶公虽说自做为妙，然自做不若集唐之难。把唐人诗东拆一句，西拆一句，凑成一首，要如一手所成，甚不容易。吾兄可再集得一首么？"黄生道："这何难，待小弟再集一道请教。"遂展纸挥毫，又题一绝道：

> 闲云潭影日悠悠，别有仙人洞壑幽。
> 旧识平阳佳丽地，何如得睹此风流。
>
> 右集唐一绝再题双虹圃

一元看了，拍手赞叹，便取来贴在壁上。黄生道："不要贴罢，陶年伯不喜集唐诗。他才说得过，我又写来粘贴，只道我不虚心。"一元道："尊咏绝佳，但贴不妨。"黄生见一元要贴，不好揭落得，只得由他贴着。一元回至阁中，又依样录出，后写自己名字。至次日，封付家童，密送与陶公。陶公见了，又大加称赏。却怪黄生为何独无吟咏，因即步至黄生书室，欲观其所和。相见了，未及开言，却见壁上又粘着此诗，暗想道："此人空负才名，如何只抄别的人诗，自己不做一句？"心下好生不悦，口中更不复说，只淡淡说了几句闲话，踱进去了。一元这两番脱骗，神出鬼没，正是：

> 掉谎脱空为妙计，只将冷眼抄他去。
> 抄人文字未为奇，反说人抄真怪异。

一元此时料得陶公已信其才，便欲遣媒说亲，恐再迟延，露出马脚。却又想道："向慕小姐美貌，只是未经目睹。前闻园公说，她常要来园中游赏，故编篱遮隔，为何我来了这

几时,并不见她出来? 我今只到桥上探望,倘若有缘,自然相遇。"自此,时常立在东桥探望西桥动静。

原来小姐连日因母亲有恙,侍奉汤药,无暇窥园。这一日,夫人病愈,小姐得暇,同了侍儿拾翠,来至园中闲步。那拾翠是小姐知心贴意的侍儿,才貌虽不及小姐,却也识字知书,形容端雅。当下随着小姐步至桥边,东瞻西跳,看那繁花竞秀,百卉争妍。不想一元此时正立在东边桥上,望见西桥两个美人临池而立,便悄然走至角门边,舒头探脑地看。拾翠眼快,早已瞧见,忙叫小姐道:"那边有人偷看我们。"小姐抬起头来,只见一个丑汉在那里窥觑,连忙转身,携着拾翠一同进去了。正是:

> 未与子都逢,那许狂且觊。
> 却步转身回,桥空人不见。

一元既见小姐,大喜道:"小姐之美,名不虚传。便是那侍儿也十分标致。我若娶了小姐,连这侍儿也是我的了。"随即回家,央了媒妪到陶家议亲。陶公私对夫人道:"前见黄生人物俊雅,且有才名,我颇属意。谁想此人有名无实,两番作诗,都抄了木长生的。那木长生貌便不佳,却倒做得好诗。"夫人道:"有貌无才,不如有才无貌。但恐貌太不佳,女儿心上不乐。婚姻大事,还须详慎。"陶公依言,遂婉复媒人,只说尚容商议。

原来陶公与夫人私议之时,侍儿拾翠在旁一一听得。便到房中一五一十地说与小姐知道。小姐低头不语,拾翠道:"那木生莫非就是前日在桥边偷觑我们的? 我看这人面庞粗陋,全无文气,如何老爷说他有才? 不知那无才有貌的黄生又是怎样一个人?"小姐道:"这些事只顾说他怎的。"拾翠笑了一声,自走开去了。小姐口虽如此说,心上却放不下。想道:"这是我终身大事,不可造次。若果是前日所见那人,其寔不像有才的。爹爹前日说那黄生甚有才名,如何今又说他有名无实?"又想道:"若是才子,动履之间,必多雅致;若果有貌无才,其举动自有一种粗俗之气。待我早晚瞒着丫鬟们,悄然独往后园愉瞧一回,便知端的了。"

过了几日,恰遇陶公他出,后园无人。小姐遣开众丫鬟,连拾翠也不与说知,竟自悄地来到园中。原来这几日木一元因与陶家议亲,不好坐在陶家,托言杭州进香,到西湖上游耍去了。黄生独坐园亭,因见池水澄澈可爱,乃手携书卷,坐于东桥石栏之上,对着波光开书朗诵。小姐方走到西桥,早听得书声清朗,便轻移莲步,密启角门,潜身张看。只见黄生对着书编咿唔不辍,目不他顾。小姐看了半晌,偶有落花飘向书卷上,黄生仰头而视,小姐恐被他瞧见,即闭上角门,仍回内室。想道:"看这黄生声音朗朗,态度翩翩,不像

个没才的。还只怕爹爹失于藻鉴。"想了一回，见桌上有花笺一幅，因题诗一首道：

> 开卷当风曳短襟，临流倚石发清音。
> 想携谢朓惊人句，故向桥头搔首吟。

题罢，正欲藏过，却被拾翠走来见了，笑道："小姐此诗想有所见。"小姐含羞不答。拾翠道："看此诗所咏，必非前日所见之人。小姐不必瞒我，请试言之。"小姐见她说着了，只得把适间私往园中窥见黄生的话说了一遍。拾翠道："据此看来，黄生必是妙人，非木家丑物可及。但如今木生倒来求婚，老爷又认他是个才子，意欲许允。所以不即许者，欲窥小姐之意耳。小姐须要自己放出主意。"小姐道："黄生器宇虽佳，毕竟不知内才如何；木生虽说有才，亦未知虚实。爹爹还该面试二生，以定优劣。"拾翠道："小姐所见极是。何不竟对老爷说？"小姐道："此岂女儿家所宜言，只好我和你私议罢了。"正话间，小鬟来说，前厅有报人来报老爷喜信。小姐闻言，便叫拾翠收过诗笺，同至堂前询问。只见夫人正拿报贴在那里看。小姐接来看时，上写道：

兵科乐成一本，为吁恩起废事。奉圣旨：陶尚志着照原官降级调用，该部知道。随经部覆：陶尚志降补江西赣州府军务同知，限即赴任。奉圣旨是。

原来这兵科乐成，号宪之，为人公直，甚有作略，由福建知县行取入科，是陶公旧时属官，向蒙陶公青目，故今特疏题荐。当下陶公闻报，对夫人道："我已绝意仕进，不想复有此役。即奉简书，不得不往。但女儿年已长成，姻事未就。黄生既未堪入选，木生前日求婚，我犹豫未决。今我选任赣州，正是他父亲的属官。若他再来说时，不好拒得。"小姐见说起木家姻事，便快快地走开去了。夫人道："据说黄生有貌，木生有才，毕竟不知女儿心上取哪一件？"拾翠便从旁接口道："窥小姐之意，要请老爷面试二生，必须真正才子，方与议婚。"陶公道："这也有理，但我凭限严紧，急欲赴任，木生在杭州未归，不及等他，却怎么处？"夫人道："这不妨，近日算命的说我有些小晦，不该出门。相公若急欲赴任，请先起身,我和女儿随后慢来,待我在家垂帘面试,将二生所作,就付女儿评看何如?"陶公道:"此言极是。"少顷,黄生登堂作贺,陶公便说:"老夫刻期赴任,家眷还不同行,贤侄可仍寓园中,木兄少不得也就来的。"黄生唯唯称谢。陶公择了吉日,束装先到任所去了。

黄生候送了一程,仍回双虹圃。方入园门,遥见隔篱有红妆掩映。黄生悄悄步至篱边窥觑,只见一个美人凭着桥栏,临池而坐。有词一首,单道那临池美人的好处:

> 天边织女降层霄,凌波香袂飘。谁云洛浦佩难招,游龙今未遥。　　腰细柳,口樱桃,春山淡淡描。双桥若得当蓝桥,如何贮阿娇?

原来那美人就是含玉小姐,她因父亲匆匆出门,未及收拾园中书集,故特来检点,偶见池中鱼游水面,遂凭栏而观,却不防黄生在篱外偷眼饱看。少顷,拾翠走来叫道:"小姐请进去罢。"小姐方才起身,冉冉而去。黄生看得仔细,想道:"天下有恁般标致女子,就是就侍儿也甚风韵。她口呼小姐,必是陶年伯令爱。吾闻年伯艰于择婿,令媛尚未字人。像我黄苍文这般才貌,可也难得,如何当面错过!"又想道:"从来佳人必爱才子。方才我便窥见小姐,小姐却未见我。她若见我,自然相爱,可惜被这疏篱遮隔了。不然,我竟闯到她跟前,看她如何?"痴痴地想了一回,便去白粉壁上题诗一首道:

> 插棘为藩竹作墙,美人咫尺隔苍霜。
> 东篱本是渊明业,花色还应独取黄。

> 　　　　　　　　右题双虹圃疏篱一绝

自此黄生读书之暇,常到篱边窥看。

忽一日,陶家老苍头传夫人之命,请黄生至前堂饮酒,说道:"木相公昨已归家,老夫人今日设宴款他,特请相公一同叙饮。"黄生想道:"此必因陶年伯做了木乡宦的属官,故款其子以致殷勤耳。"便同着苍头来到前堂,恰好木一元也到。相见叙话,一元扬扬得意。原来一元从武陵归,闻陶公做了他父亲属官,欢喜道:"今番去求婚,十拿九稳的了。"及见陶家请酒,认道是好意,故欣然而来。堂中已排列酒席,苍头禀道:"老爷不在家,没人做主,便请二位相公入席,休嫌简亵。"一元道:"你老爷荣行,我因出外未及候送,今反造扰,何以克当?"黄生道:"恭敬不如从命,小弟代敝年伯奉陪。"一元道:"兄是远客,还该上坐。"两个逊了一回,大家序齿,毕竟一元僭了。酒至半酣,忽闻时边传命,教将堂帘垂下,老夫人出来也。黄生不知何意,一元却认是要相他做女婿,只把眼睃着帘内,妆出许多假

风流身段，着寔难看。正做作得高兴，只见苍头捧着文房四宝，送到席上道："夫人说，双虹小圃未得名人题咏，敢求二位相公各制新词一首，为园亭生色，万祈勿吝珠玉。"一元听罢，惊得呆了。一时无措，只支吾道："题词不难，只是不敢以醉笔应命，且待明日做了送来罢。"黄生笑道："饮酒赋诗，名人韵事，木兄何必过谦。况伯母之命，岂可有违。待小弟先著俚词，抛砖引玉。"说罢，展纸挥毫，不假思索，题成《忆秦娥》词一首：

芳园僻，六桥风景三之一。三之一，移来此地，更饶幽色。　　漫夸十里波光碧，何如侧足双桥立。双桥立，蟠虹绕处，如逢彩石。

一元见黄生顷刻成章，愈加着急。没奈何，只得也勉强握管构思，却没想一头处。苍头一面先将黄生题词送进去了。须臾，出来说道："夫人见词，极其称赏。今专候木相公佳制，以成双美。"一元急得肠断，攒眉侧脑，含毫苦吟，争奈一个字也不肯到笔下来。正是：

耳热头疼面又赤，吮得枯唇都是墨。
髭须捻断两三茎，此处无文抄不得。

一元正无奈何，只见苍头又来说道："夫人说，圃中东西二桥，今我家与二位相公各分其半，乞更以半圃为题，即景题词一首。"一元见一词未成，又出一题，吓得目瞪口呆，连应答也应答不出了。黄生却不慌不忙，取过纸笔，立地又成一词，仍用前调：

银河畔，牛郎织女东西判。东西判，平分碧落，中流隔断。　　等闲未许乘槎泛，何时得赐仙桥便。仙桥便，佳期七夕，终须相见。

黄生写完，问道："木兄佳作曾完否？请一发做了第二题。"一元料想挣扎不出什么来，乃佯作醉态，掷笔卷纸道："拙作已完，但甚潦草，尚欲细改，另日请教。"苍头还在旁催促道："老夫人立候，便请录出罢。"倒是黄生见不像样，对苍头说："你先把我的送进去，木相公已醉，只好明日补做了。"一元便起身告辞，假做踉跄之状，叫家人扶着去了。黄生亦传言致谢了夫人，自回双虹圃中。夫人命苍头送茶来，黄生问道："夫人见我题词，果然怎么说？"苍头道："题目便是夫人出的，文字却是小姐看的。"黄生惊喜道："原来你家小姐这等聪明。"苍头笑道："相公可知，夫人今日此举正为小姐哩。前日木相公曾央媒来议亲，故

今日面试他的文才，不想一字不成，夫人好生不乐，只称赞相公大才。"黄生听说，不觉大喜。正要细问，却因苍头有别事，匆匆去了。黄生想道："木家求婚的倒不成，我不求婚的倒有些意思。这两首词就是我定婚的符帖了。"便将两词写在壁上，自吟自咏道："银河织女之句，暗合道妙，岂非天缘？"想到妙处，手舞足蹈。

不说黄生欢喜，且说木一元回家，懊恨道："今日哪里说起，弄出这个戏文来！若是老夫人要面试真才，方许亲事，却不倒被小黄得了便宜去。"想了一想道："有了，我索性假到底罢。明日去抄了小黄的词，认作自己制作，连夜赶到江西，面送与陶公看。说他夫人在家垂帘面试，我即席做成的，他自然准信。一面再要父亲央媒去说，他是属官，不怕不从。既聘定了，便是夫人到时对出真假，也只索罢了。妙计，妙计！"次日，便往双虹圃中。黄生正在那里吟味这两词，见了一元，拱手道："木兄佳作，想已录出，正要拜读。"一元道："珠玉在前，小弟怎敢效颦。昨因酒醉，未及细读佳章，今特来请教。"黄生指着壁上道："拙作不堪，幸赐教政。"一元看了，一头赞叹，一头便把笔来抄录，连前日写在壁上的这首疏篱绝句也都抄了。黄生道："俚语抄他则什？"一元道："正要抄去细读。"又见黄生有一本诗稿在案头，便也取来袖了。黄生道："这使不得。"一元道："小弟虽看不出，吾兄幸勿吝教。捧读过了，即当奉还。"说罢，作别回家，欢喜道："不但抄了诗词，连诗稿也被我取来。我今都抄去哄骗陶公，不怕他不信。"遂将两词一绝句写在两幅花笺上，诗稿也依样抄誊一本，都写了自己名姓。打点停当，即日起身，赴江西去了。正是：

> 一骗再骗，随机应变。
> 妙弄虚头，脱空手段。

却说夫人面试二生优劣已定，正要到任所对陶公说知，商量与黄生联姻，不意身子偶染一病，耽延月余方才平复，因此还在家中养病。

小姐见黄生题词，十发赞赏。侍儿拾翠道："前日夫人面试之时，拾翠曾在帘内偷觑，那黄生果然是个翩翩美少年，正堪与小姐作配。相形之下，愈觉那木生丑陋了。"小姐道："黄生既有妙才，如何老爷前日说他倒抄了木生的诗？那木生面试出丑，如何前日又偏做得好诗？"拾翠道："便是，这等可疑，竟去问那黄生，看他怎么说？"小姐沉吟道："去问他使得，只是勿使人知觉。"拾翠应诺，便私取小姐前日所题诗笺带在身畔，悄地来到后园，开了篱边角门，走过东桥。只见黄生正在桥头闲看，见了拾翠，认得是前番隔篱所见这个侍儿，连忙向前作揖。拾翠回了一礼，只说要到亭前采花。黄生随她到亭子上，拾翠采了些花。黄生问道："小娘子是夫人的侍妾，还是小姐的女伴？"拾翠笑道："相公问他则什？"黄

生道："小生要问夫人见我题词作何评品？"拾翠道："尊制绝佳，夫人称羡之极。只是木相公亦能诗之人，如何前日不吟一字？"黄生道："我与木兄同坐了这几日，并不曾见他有什吟咏。"拾翠道："他有题双虹圃的集唐诗二首，送与老爷看，老爷极其称赞。闻说相公这般大才，也甘拜下风。怎说他没什吟咏？"黄生惊道："哪里说起！"指着壁上道："这两首集唐诗是小生所作，如何认作他的？"拾翠道："他说相公并不曾做，只抄录了他的。"黄生跌足道："畜生这等无耻，怎么抄我诗去哄你老爷，反说我抄他的？怪道你老爷前日见了我诗，怏怏不乐，说道不该抄袭他人的。我只道他说不要集唐人旧句，原来却被这畜生脱骗了。他设心不良，欲借此为由，妄议婚姻。若非前日夫人当堂面试。岂不真伪莫分。"拾翠笑道："当堂面试倒是我小姐的见识，若论老爷，竟被他骗信了。"黄生道："小姐既有美貌，又有美才，真伪自难逃其明鉴。"拾翠道："小姐的美貌，相公何由知之？"黄生笑道："寔不相瞒，前日隔篱遥望，获睹娇姿，便是小娘子的芳容，也曾窃窥过来。若不信时，试看我壁上所题绝句。"拾翠抬头看了壁上诗，笑道："花色取黄之语，属望不小，只是相公会窃窥小姐，难道小姐偏不会窃窥相公？"黄生喜道："原来小姐已曾窥我来。她见了我，可有什说？"拾翠道："她也曾吟诗一首。"黄生忙问道："诗怎么样的，小娘子可记得？"拾翠道："记却不记得，诗笺倒偶然带在此。"黄生道："既带在此，乞即赐观。"拾翠道："小姐的诗，我怎好私付相公？"黄生央恳再三，拾翠方把诗笺递与。黄生看了大喜道："诗意清新，班姬、谢蕴不是过也。小生何幸，得邀佳人宠盼。"便又将诗朗吟数过，笑道："小姐既效东邻之窥，小生愿与东床之选。"拾翠道："才子佳人，互相心许，夫人亦深许相公才貌，婚姻自可有成。今岁当大比，相公且须专意功名。"黄生道："多蒙指教。只是木家这畜生，前日把我诗词稿都取了去，近闻他已往江西，只怕又去哄你老爷。况你老爷又是他父亲的属官，万一先许了他亲事，岂不大误。"拾翠道："这也虑得是，当为夫人言之。"说罢，起身告辞。黄生还要和他叙话，恐被外人撞见，事涉嫌疑，只得珍重而别。

拾翠回见小姐，细述前事。小姐道："原来木生这等可笑，只是我做的诗，你怎便付与黄生？"拾翠道："今将有婚姻之约，这诗笺便可为御沟红叶了。但木家恶物窃诗而行，倘又为脱骗之计，诚不可不虑。小姐道："奸人假冒脱骗，毕竟露些破绽。老爷作事把细，料不为所惑。夫人病体乍痊，即日也要到任所去也。"言未已，丫鬟传说夫人已择定吉期，只在数日内要往江西去了。小姐便与拾翠检点行装，至期随着母亲一同起行。黄生亦谢别了陶老夫人，往杭州等候乡试，不在话下。

却说木一元到江西，见了父亲木采，说和陶家议亲一事。木采道："这不难。他是我属官，不怕不依我。我闻他与本府推官白素僚谊最厚，我就托白推官为媒。"一元大喜，次日袖了抄写的诗词诗稿，具了名帖，往拜陶公。

且说陶公到任以来,刑清政简,只是本地常有山贼窃发,陶公职任军务,颇费经营,幸得推官白素同心赞助。那白推官号绘庵,江南进士,前任广东知县,升来赣州作节推,也到任未几,为人最有才干。但中年丧妻,未有子嗣,亦只生得一女,名唤碧娃,年将及笄,尚未字人,聪明美丽,与陶小姐仿佛。白公因前任广东,路途遥远,不曾带女儿同行。及升任赣州,便从广东到了江西任所,一面遣人到家接取小姐,叫她同着保母到赣州来,此时尚未接到。那白公欲为女儿择婿,未得其人,因与陶公相契,常对陶公说:"可惜寅翁也只有令媛,若还有令郎时,我愿将小女为配。"

当日陶公正在白公衙中议事而回,门吏禀说兵道木爷的公子来拜。陶公看了帖,请入后堂,相见叙坐寒温罢,一元把夫人垂帘面试的事从容说及,随将词笺送上。陶公看了,点头称赏。因问黄生那日所作如何,一元便道:"黄生这日未曾脱稿,拙咏却承他谬赏,又抄录在那里了。"陶公不乐道:"黄生美如冠玉,其中无有,单会抄人文字,自己竟做不出。"一元道:"这是他虚心处。他若做出来,自然胜人。都因拙咏太速就了,以致他垂成而辄止。"说罢,又将诗稿一本并绝句一首送上,说道:"这是晚生平日所作,黄兄也曾抄去。今乞老先生教政。"陶公正欲展看,前堂传鼓有要紧公事,请出堂料理。一元起身告别,陶公道:"尊作尚容细读。"别了一元,出堂料理公事毕,到晚退归私署,想道:"人不可貌相,谁知木生倒有此美才,黄生倒这般不济,既经夫人面试优劣,东床从此可这矣。"遂于灯下将一元所送诗词细看,见词中暗寓婚姻会合之意,欣然首肯。及见疏离绝句,私忖道:"用渊明东篱故事,果然巧合。但花色取黄之语,倒像替黄生做的,是何缘故?"心中疑惑,乃再展那诗稿来看,内有《寓双虹圃有怀》一首,中一联云:

　　离家百里近,作客一身轻。

陶公道:"他是本地人,如何说离家百里?奇怪了!"再看到后面,又有《自感》一首,中一联云:

　　蓼莪悲罔极,华黍泣终天。

陶公大笑道:"他尊人现在,何作此语?如此看来,这些诗通是蹈袭的了。"又想道:"黄生便父母双亡,百里作客,莫非这诗倒是黄生做的?况花色取黄之句,更像姓黄的声口。"又想道:"木生若如此蹈袭,连那两词及前日这两首集唐诗也非真笔。只是他说夫人面试,难道夫人被他瞒过?且待夫人到来便知端的。"正是:

抄窃太多，其丑便出。

只因假透，反露本色。

次日，陶公才出堂，只见白推官来拜。作了揖，便拉着陶公进后堂坐定，说道："小弟奉木道台之命，特来与令嫒作伐。"陶公笑道："莫非就是木公子么？"白公道："正是木公子。道台说寅翁在家时，已有成言。今欲就任所行聘，特令小弟执柯。"陶公道："此事还要与老荆商议。今老荆尚未来，待其来时商议定了，方好奉履。"白公应诺，即将此言回复木采。

不一日，陶公家眷已到，迎进私衙，相见毕，说了些家务，陶公询问面试二生之事。夫人半黄生即席题词，木生一字不就，装醉逃归的话一一说了。陶公道："木家小子这等奸险！"便也将一元假冒诗词先来脱骗，及木采求婚、白公作伐，并自己阅诗生疑、不肯许婚的话说与夫人。小姐在旁听了，微微含笑，目视拾翠，拾翠也忍笑不住。夫人道："早是不曾许他，险些被他误了。"陶公道："黄生才貌兼优，可称佳婿。等他乡试过了，便与议婚。"

隔了一日，白公又传木采之命，来索回音。陶公道："木公所命，极当仰从。但一来老荆之意要女婿入赘，木公只有一子，岂肯赘出？二来同在任所，尊卑统属，不便结婚；三来小女近有小恙，方事医药，未暇谋及婚姻。乞寅翁婉覆之。"白公道："婚姻事本难相强，小弟便当依言往覆。"至次日，白公以陶公之言回复木采。木采大怒道："陶同知好没礼！为何在家时已有相许之意，今反推三阻四，不是明明奚落我？"白公道："大人勿怒，可再婉商。"木采道："不必强他了，我自有道理。"

正说间，门役传进报贴一纸，上写道：

兵科给事中乐成，钦点浙江主试。因房考乏员，该省监场移文，聘取江西赣州府推官白素分房阅卷，限文到即行。

木采看了道："贵厅恭喜。"白公便道："既蒙下聘，例应回避，卑职就此告辞。"木采道："且慢，尚有话说。"便教掩门，留入后堂，密语道："小儿姻事尚缓，功名为急。今贵厅典试敝乡，万祈照拂，不敢忘报。"说罢，作揖致恳。白公不好推托，只得唯唯。木采竟自定下卷中暗号，嘱咐白公，白公领诺而出。

木采才送了白公出堂，只见飞马报到各山苗僚大乱，势甚猖獗，军门传檄兵道，作速调官征剿。木采闻报，想道："专怪陶老倔强，今把这件难事总成了他罢。"便发令箭，仰本府军务同知统领士兵剿贼。陶公明知他为姻事衔恨，公报私仇，却没奈何，只得领兵前去。谁想木采把精壮兵马都另调别用，只将老弱拨与，又不肯多给粮草。白推官又入帘

去了，没有赞助。陶公以孤身领着疲卒枵腹而战，不能取胜。相持了多时，贼众大队掩至，官军溃散。陶公仅以身免。木采乃飞章参劾陶公，一面另拨兵将御敌，陶公解任待罪。

却说夫人、小姐身陶公领兵去后，心惊胆战。后来纷纷传说，有道官兵杀败，陶同知被害了；有道陶同知被贼活捉去了；有道陶同知不知去向了。凶信沓至，举家惊惶。小姐晓得父亲为她姻事起的祸根，一发痛心，日夜啼哭，染成一病。及至陶公回署时，小姐已卧病在床，陶公见女儿患病，外边贼信又紧，恐有不虞，先打发家眷回家，自己独留任所候旨。夫人护着小姐扶病登舟，不在话下。

且说兵科乐城奉命浙江主试，矢公矢慎，遴拔真才。一日，正看那各经房呈来的试卷，忽觉身子困倦，隐几而卧。梦见一只白虎，口衔一个黄色的卷子，跳跃而来。乐公惊醒，想道："据此梦兆，今科解元必出在白推官房里。"少顷，果然白推官来呈上一个试卷道："此卷可元。"乐公看那卷时，真个言言锦绣，字字珠玑，遂批定了第一名。到填榜时，拆号书名，解元正是黄琮，恰应了白虎衔黄卷之梦。木一元也中在三十名内，是白公房里第三卷。原来白公虽受了木家嘱托，却原要看文字可取则取，若是差他，也不放奉命。这木一元却早自料不能成篇，场中文字又不比黄生的诗词可以现成抄写。只得拼着金银，三场都买了夹号，央请一个业师代笔，因此文字清通，白公竟高高的中了他。正是：

> 琳琅都是倩人笔，锦绣全然非我才。
>
> 有人问我求文字，容向先生转借来。

话分两头。且说黄生自未考之前，在杭州寓所读书候试，因想着陶家姻事不知成否若何，放心不下。闻说天竺寺观音大士甚有灵感，遂办虔诚去寺中拜祷，保佑婚姻早成，兼求功名有就。拜祷毕，在寺中闲玩。走过佛殿后，忽见四五个丫鬟、养娘们拥着一个十五六岁的女郎冉冉而来，后面又跟着几个仆从。那女郎生得眉如秋水，黛比春山，体态轻盈，丰神绰约，真个千娇百媚。黄生见了，惊喜道："怎么天下又有这般标致女子?"使远远地随着她往来偷看。转过回廊，只见又一个从人走来叫道："请小姐下船罢，适间有人传说江西山贼作乱，只怕路上难行，须趁早赶到便好。"那女子听说，不慌不忙，步出寺门，黄生也便随出，见这女子上了一乘大轿，女侍们都坐小轿，仆从簇拥而行，口中说道："大船已开过码头了，轿子快到船边去。"黄生呆呆地立着，目送那女子去得远了，方才回寓。正是：

已向轿边逢织女，又从寺里遇观音。

天生丽质今有两，搅乱风流才士心。

看官听说：那女子不是别人，就是白推官的女儿碧娃小姐，因父亲接她到任所去，路经杭州，许下天竺香愿，故此特来寺里进香，不期被黄生遇见。那黄生无意中又遇了个美人，回到寓所想道："我只道陶家小姐的美貌天下无双，不想今日又见这个美人，竟与陶小姐不相上下，不知是谁家宅眷？"又想道："听他们从人语音，好像江南人声口，又说要往江西去，此女必是江南什么官宦人家之女，随着父母到任所去的。我何幸得与她相遇，甚是有缘。"又自笑道："她是个宦家女，我是个穷措大，料想无由作合，除非今科中了，或者可以访求此佳丽。"却又转一念道："差了，我方欲与陶小姐共缔白头，岂可于此处又思缘鬓？况萍踪邂逅，何必挂怀。"忽又想道："适闻他们从人说，江西山贼作乱，不知此信真否？此时陶公家眷不知曾到也未，路上安否？木一元到江西，不知作何举动？我若不为乡试羁身，便亲到那边探视一番，岂不是好！"又想了一想道："我今虽不能亲往，先遣个人去通候陶公，就便打听姻事消息，有何不可？"算计已定，修书一封，吩咐一个老仆，教他到江西赣州府拜候陶爷，并打探小姐姻事来回报。

老仆领了主命，即日起身。迤逦来至半路，只听得往来行人纷纷传说赣州山贼窃发，领兵同知陶某失机了。那老仆心中疑惑，又访问从赣州来的人，都说陶同知失机，被兵道题参解任待罪，家眷先回来了。老仆探得此信，一路迎将上去，逢着官船便问。又行了几程，见有一只座船停泊河干，问时，正是陶同知的家眷船。老仆连忙到船上通候，陶家的家人说道："老爷还在任所候旨，家眷先回。今老夫人因小姐有恙，故泊船在此延医看视。"老仆细问陶公任所之事，家人备述因陶公不许木家姻事，触怒了木兵道，被他借端调遣，以致失误军务，几乎丧命。小姐惊忧成疾，扶病下船，今病势十分危笃，只怕凶多吉少。

正说间，忽闻船中号哭之声，说道："小姐不好了。"一时举舟惊惶，家人们打发老仆上了岸，都到前舱问候去了。那老仆见这光景，只道小姐已死，因想道："主人差我去通候陶爷，实为小姐姻事。今小姐既已变故，我便到赣州也没用。不如仍回杭州寓所，将此事报知主人，别作计较。"遂也不再去陶家船上探问，竟自奔回。

此时黄生场事已毕，正在寓所等揭晓，见老仆回来，便问如何回得恁快，老仆道："小的不曾到赣州，只半路便回的。"黄生问是何故，老仆先将半路遇见陶家内眷的船，探知陶公为小姐姻事与木家不合，以致失事被参，现今待罪任所的话说了一遍。黄生嗟叹道："木家父子这等没礼！然陶公虽被参，不过是文官失事，料也没什大罪，挤得削职罢了。

幸喜不曾把小姐姻事误许匪人，你还该到他任所面致我殷勤之意，或者他就把姻事许我也未可知。如何半路就回了？"老仆道："相公还不晓得，小姐惊忧成疾，扶病登舟，到了半路，病势甚笃。"黄生吃惊道："原来如此！如今好了么？"老仆道："相公休要吃惊，小姐已不好了。"黄生大惊道："怎么说？"老仆道："小的正在船上探问时，忽闻举舟号哭，说道'小姐不好了'。因此小的不曾到赣州，一径来回报相公。"黄生听罢，跌足大哭，老仆苦劝不住。黄生哭了一场，叹息道："我只指望婚姻早就，偕老百年，谁知好事难成，红颜薄命，一至于此。"因取出小姐所题诗笺，一头哭，一头吟。吟罢，又叹道："我与她既无夫妇之缘，便该两不相遇，老天何故，又偏使我两人相窥相慕，彼此钟情耶？"呆想了一回，又拍案恨道："我姻事已垂成，都是木家父子作耗，生巴巴地把小姐断送了。如今回想昔日隔篱偷觑、即席题词、红叶暗传、赤绳许系这些情景，俱成梦幻矣！"说罢又哭。正是：

> 未偶如丧偶，将弦忽断弦。
>
> 回思桥上影，疑是梦中仙。

黄生正在寓中悲恨，忽然人声鼎沸，一簇人拥将进来，报道："黄相公中了解元！"黄生闻报，虽是悲喜交集，却到底喜不胜悲。及闻木一元也中了，又与他同房，一发心中疑忌。打发了报人，饮过了鹿鸣宴，少不得要会同年，拜座师。乐公、白公见黄生丰姿俊雅，矫矫出群，甚是欢喜。白公有意为女儿择配，等黄生来谒见时，留与细谈。问起他缔婚何姓，黄生惨然道："门生曾与敝年伯陶隐斋之女议婚，不幸未聘而卒。"白公惊道："原来陶寅翁的令爱已物故了，他前日原说有病。不知贤契几时与他议婚来？"黄生道："敝年伯赴任后，年伯母在家择婿，曾蒙心许门生。"白公点头道："怪道前日木家求婚，他说要等夫人到来商议。"黄生听了"木家求婚"四字，遂恨恨地道："木家夺婚不成，借端隐害敝年伯，致使他令嫒中道而殂，言之痛心！"白公道："木家求婚一事，我曾与闻，却不知陶老夫人已属意贤契。至于后来生出许多变故，此虽木公作孽，然亦数该如此。今贤契既与木生有年谊，此事还须相忘。"黄生道："多蒙明训，但老师不知木生的为人最是可笑。"白公道："他为人如何？"黄生便备述双虹圃抄诗脱骗，及面试出丑之事，白公沉吟道："看他三场试卷却甚清通，若如此说来，连场中文字也有些情弊。我另日亦当面试之。"黄生道："门生非好谈人短，只因他破坏我婚姻，情理可恶，故偶道及耳。"白公道："陶家姻事既成画饼，贤契青年，岂可久虚良配。老夫有一小女，年已及笄，虽或不及陶家小姐才貌，然亦颇娴闺范，不识贤契亦有意否？"黄生谢道："极荷老师厚爱，但陶小姐骨肉未寒，不忍遽尔改图？"白公笑道："逝者不可复生，况未经聘定，何必过为系恋？贤契既无父母，我亦只有一女，如或

不弃,即可入赘我家。"黄生见白公美意倦倦,不敢固辞,乃道:"老师尊命,敢不仰遵。但门生与陶氏虽未聘定,实已算为元配,须为服过期年之丧,方好入赘高门。"白公道:"贤契如此,可谓情礼交至,但入赘定期来年,纳聘须在即日。我当即遣木生为媒,使之奔走效劳,以赎前愆。"

黄生称谢而别,回到寓所,想道:"承白老师厚意,我本欲先去吊奠陶小姐,少展私情,然后与白家议姻。今老师又亟欲纳聘,只得要依他了。但不知白小姐容貌比陶小姐何如?论起陶小姐之美,有一无二,除非前日天竺寺所见这个美人,庶堪仿佛,只怕白小姐比她不过。"又想道:"前日所见这女子,是江南宦家女,要往江西去的。今白老师也是江南人,在江西作宦,莫非此女就是白小姐?"又想道:"我又痴了,江南人在江西作宦的不只一人,哪里这女子恰好便是白小姐?"因又自叹道:"陶小姐与我已是两心相许,尚且终成画饼,何况偶然一面,怎能便得配合?不要痴想,只索听他罢了。"

不说黄生在寓所自猜自想,且说白公次日请木一元到公寓中,告以欲烦做媒之事。一元初时还想陶家这头亲事,到底要白公玉成,及问白公说陶小姐已死,已是没兴,不想白公自己做媒不成,反要他做媒起来,好不耐烦,却又不敢违命,只得领诺。方欲告辞,白公留住,出下两个题目,只说是会场拟题,给与纸笔,要他面做。一元吃了一惊,推又推不得,做又做不出,努腰撇肚了一日,依旧两张白纸。被白公着实数落了一场,一元羞惭无地。有词为证:

场题拟近篇。请挥毫,染素笺,一时踽踽红生面。车家牡丹,鲜于状元,假文向冒真文惯。恨今番,又遭面试,出丑胜帘前。

白公择了吉日,与黄生联姻,一元只得从中奔走效劳。黄生纳聘之后,正打点归家,适有京报到来:朝廷以江西有警,兵科乐成才略素著,着即赴彼调度征剿事宜;其失事同知陶尚志革职回籍。乐公闻报,即日起马赴江西,白公亦回任所。黄生候送了座师、房师起身,然后归家,周旋了些世事,便买舟至秀水县,要到含玉小姐灵前祭奠,并拜候陶公起居。

却说陶公奉旨革职回籍,倒遂了他山林之志。也不候乐、白二公到,即日扁舟归里,重整故园。且喜夫人、小姐俱各无恙。看官听说:原来小姐前日患病舟中,忽然昏晕了去,惊得夫人啼啼哭哭,过了一日,方才苏醒。夫人延医调治,到得家中,已渐平愈。黄家老仆来候问时,正值小姐发昏之时,故误以凶信回报黄生,其实小姐原不曾死。当下陶公归家,闻黄生中了解元,心中甚喜。正想要招他为婿,不想木一元也恰好回家,知陶小姐未死,复遣人来求亲,且把白公托他为媒,黄生已聘白氏的事对陶家说知。陶公夫妇都不肯信。侍儿拾翠闻知此事,即报知小姐。小姐道:"不信黄生恁地薄情。"拾翠道:"此必又是木一元造言脱骗，我看黄生不是这样人。"小姐道："今不须疑猜，只把他的序齿录来查看便了。"遂教丫鬟吩咐家人，买了一本新科序齿录来看，只见解元黄琮名下注道：

原聘陶氏，系前任福建臬宪、现任赣州二府陶公隐斋女，未娶而卒。继聘白氏，系现任赣州司李白公绘庵女。

原来黄生既面禀白公为陶小姐服丧，因此齿录上竟刻了原聘，欲待到陶家作吊时禀明陶公，执子婿之礼，哪知小姐安然无恙。当下小姐见了齿录所刻，不觉潜然泪下道："原来他竟认我死了，果然别聘了白氏女。好孟浪也，好薄情也！"拾翠也十分不忿，便把齿录送与夫人看，道："天下有这等可笑之事。"夫人看了，甚是惊异，即说与陶公知道。陶公取齿录看了，恼怒道："黄生与我女未经聘定，如何竟说是原聘？且我女现在，如何说卒？他既别聘，又冒认我女，误生为死，殊为可笑！"

陶公正然着恼，这边黄生到了秀水，备着祭礼，径至陶家来要吊奠小姐。陶家的家人连啐是啐道："我家小姐好端端在此，这哪里说起！"黄生细问根由，方知误听，又惊又喜，急把祭礼麾去，更了吉服，候见陶公。陶公出来接见了，埋怨道："小女现存，与贤侄未有婚姻之约，如何序齿录上擅注原聘，误称已卒？贤侄既别缔丝萝，而又虚悬我女于不生不死，疑有疑无之间，将作何究竟？"黄生惶恐跪谢道："小婿因传闻之误，一时卤莽，遂尔唐突，乞岳父恕罪。"陶公扶起笑道："翁婿之称何从而来？老夫向来择婿固尝属意贤侄，但今贤侄既已射屏白氏，小女不能复举案黄家矣。"黄生道："业蒙心许，即是良缘。齿录误刻，小婿且不忍负死，今岂反忍负生？况岳父与白家岳父既称契厚，安用嫌疑。事可两全，唯期一诺。"说罢，又要跪将下去。陶公扶住道："若欲许婚，须依我意。"黄生道："岳父之命，怎敢有违？"陶公道："我只有一女，不肯出嫁，必要入赘。你须常住我家，连那白小姐都要接到我家来与小女同住。"黄生想道："要我赘来还可，那白小姐如何肯来？这是难题目了。"陶公见黄生不答，便道："若不如所言，断难从命。"黄生只得权应道："待小婿禀明白家岳父，一如台命便了。"说罢辞出，回到舟中，思忖道："这话怎好对白公说？"欲待央原媒转达，那木一元又不是好人。左思右想道："我不如去央座师乐公转致白公，或者其事可就。"算计定了，连夜移舟望江西进发。

却说乐公自到赣州，即命白公督师剿贼，又调取各州兵马钱粮协应，兵精粮足，调度有方，贼氛尽平，不日凯还。一面表奉捷音，并叙白公功绩，又特疏纠参木采故误军机，陶公失事本非其罪；一面打点回京复命。黄生适至，投揭进谒。乐公叩其来意，黄生细述前事。乐公道："此美事也，吾当玉成。"随传请白公到来，将黄生所言婉转相告。白公初时犹豫，后见乐公谆谆相劝，又因自己向与陶公契厚，晓得含玉小姐德性贤淑，女儿碧娃亦素娴阃范，他日女伴之中，自然相得，遂欣然许允。黄生大喜。

乐公教黄生先就白公任所与碧娃小姐婵姻过了，然后入赘陶家，以便携往同居。一面起马赴京，便道亲至秀水县拜见陶公，为黄生作伐。陶公见了乐公，先谢了他前番特疏题荐之情，又诉说木采故意陷害之事。乐公道："这些情节，小弟已具疏题报，不日将有明旨。"陶公再三称谢。乐公说起黄生亲事，并道："白绘庵肯使女儿造宅与令嫒同住。"陶公欣喜允诺。乐公即择定吉日代为黄生纳聘，又传谕木一元教他做个行媒，专怪他前日要脱骗这头亲事，如今偏要他替黄生撮合。一元又羞又恼，却又不敢违座师之命，只得于中奔走帮兴。时人有嘲他的口号道：

帮人兴头，看人快活。奔走奉承，眼红心热。羞之使为蹇修，罚之即用作伐。两治脱骗之人，妙哉处置之法。乐公代黄生纳聘过了，然后别却陶公，赴京复命。一面修书遣人至江西回复黄生。

且说黄生在白公任所先与碧娃小姐成亲，花烛之夜，细看那碧娃小姐，却便是杭州天兰寺中所遇这个美人，真乃喜出望外。正是：

向曾窥面，今始知名。昔日陶家之玉，果然天下无双；今朝白氏之花，亦是人间少对。双虹正应双红艳，谁知一红又在这厢；二桥喜睹二乔春，哪晓一乔又藏此处。白虎衔来黄卷，棘闱里已看魁占三场；苍文幸配碧娃，绣房中更见文成五采。霄汉忽逢两织女，牛郎先渡一银河。

黄生婵姻过了几日，正欲别了白公，去陶家就婚，恰好乐公所上本章已奉圣旨，乐成升左都御史，白素升兵部右侍郎，陶尚志仍准起用，着即赴京补授京职，木采革职听勘。白公奉旨入京赴任，便道亲自送女儿女婿至陶家来。陶公商议先择吉入赘黄生，然后迎接白小姐过门。

那黄生才做那边娇婿，又来做这里新郎，好不作乐。花烛过了，打发女侍们去后，便来与小姐温存。见小姐还把红罗盖头，背灯而坐，黄生乃轻轻揭去红罗，携灯窥觑花容。仔细看时，却不是小姐，却是侍儿拾翠。黄生失惊道："你不是小姐，小姐在哪里？"拾翠道："小姐已没了，哪里有小姐？"黄生忙问道："我前来作吊之时，你们家人说小姐不曾没。及见岳父，也说小姐不曾没，道我齿录上误刻了，十分埋怨。如何今日又说没了？"拾翠道："小姐本是没了，老爷也怪不得郎君续弦，但怪郎君既以小姐为原配，如何不先将续弦之事告知老爷，却径往白家下聘。所以老爷只说小姐未死，故意把这难题目难着郎君。如今郎君肯做这个题目，老爷却寔没有这篇文字，故权使贱妾充之耳。"黄生听罢跌足道："这等说，小姐果然没了！"不觉满眼流泪，掩面而哭。拾翠道："看郎君这般光景，不像薄

情之人，如何却做薄情之事？"黄生一头哭，一头说道："不是小生薄情，小生一闻小姐讣音，十分哀痛，本欲先服期年之丧，然后商议续弦，不想白老师性急，催促下聘，故未及先来吊奠小姐。"说罢又哭。拾翠只是冷笑。黄生见她冷笑，便住了哭，一把扯住问道："莫非你哄我，小姐原不曾死？"拾翠笑道："如今实对郎君说了罢，小姐其寔不曾死。"黄生听了，回悲作喜，连忙问道："小姐既不曾没，如何不肯出来？"拾翠道："不但老爷怪郎君卤莽，小姐亦怪郎君草率。小姐说齿录上刻得明白，彼既以我为物故之人，我只合自守空房，焚香礼佛，让白小姐去作夫人便了。所以今夜不肯与郎君相见。"黄生听说，向拾翠深深唱个肥喏，道："小生知罪了，望芳卿将我衷曲转致小姐，必求出来相见，休负佳期。"拾翠道："只怕小姐不肯哩。"黄生道："小姐诗笺现在，今日岂遂忘情，还求芳卿婉曲致意。"拾翠笑道："我看郎君原是多情种子，待我对小姐说来。"说罢，便出房去了。

　　黄生独坐房中，半晌不见动静，等够多时，只见一群女使持着红灯拥进房来，黄生知道拥着小姐来了，看时却并不见小姐。只见女使们说道："老爷在前堂请黄相公说话。"黄生随着女使来至堂前，陶公迎着笑道："小女怪贤婿作事轻率，齿录上误刻了她，今夜不肯便与贤婿相见，故权使侍儿代之。侍儿拾翠颇知诗礼，小女最所亲爱，既已代庖，可充下陈。容待来日老夫再备花筵，送小女与贤婿成亲。"言讫，便教女使们送新郎进房。黄生回至房中，只见拾翠已在那里了，对黄生说道："适已代郎君再三致意小姐。小姐方才应允，许于明日相见。但今夜凤凰尚未归巢，鹪鹩何敢先占？贱妾合当回避，且待小姐成亲之后，方好来奉侍巾栉。"说罢，便要抽身向房门外走。黄生着了急，连忙扯住道："说哪里话，小生自园中相遇之后，不但倾慕小姐娇姿，亦时时想念芳卿艳质。今夕既承小姐之命而来，岂可使良宵虚度？"说罢，便拥着拾翠同入鸳帏就寝。正是：

> 珊珊玉佩听来遥，先见青鸾下紫宵。
>
> 仙子知非容易合，一枝权让与鹪鹩。

　　次日，黄生整衣冠来见陶公。只见陶公拿着齿录对黄生道："贤婿可将齿录改正，送与小女看过，今宵方可成亲。"黄生取过笔来，心中想道："原配继配既无此理，正配次配又成不得，如何是好？"想了一想道："有了，我只还她一样称呼，不分先后，不分大小便了。"遂写道：一配陶氏，系某公女；一配白氏，系某公女。写毕，送与陶公。陶公看了，点头道"如此可谓并行不悖矣。"便教女使把齿录送与小姐看。是夜再治喜筵，重排花烛，请出真小姐来与黄生成亲。合卺后，黄生极叙平日思慕之情，自陈卤莽之罪。此夜恩情，十分欢畅：

嫦娥更遇,仙子重逢。再生得遂三生,后配反为元配。昔日讹传,认作离魂倩女;今宵喜见,依然步月崔莺。始初假意留难,落得作成青鸟;到底真身会合,必须亲步蓝桥。白氏碧娃,于此夜全让一个新妇;陶家含玉,被他人先分半个新郎。虎变协佳期,梦兆南闱虽应白;鸾交谐旧约,花色东篱独取黄。新婚句可联,当依谢朓诗吟去;合欢杯共举,疑是陶潜酒送来。

黄生与陶小姐婤过姻,即以鼓乐花轿迎接白小姐。陶公亦迎请白公到家。黄生先率白小姐拜见了陶公夫妇,再率陶小姐拜见白公,然后两个佳人互相拜见了。女伴中你敬我爱,甚是相得。正是:

一女拜两门,两岳共一婿。
妻得妾而三,友爱如兄弟。

当日陶公排庆喜筵席于双虹圃中会饮,饮酒中间,陶公说起木一元抄诗脱骗,白公亦说面试一元之事,黄生道:"木生虽会脱骗,却反替人做了两番媒人,自己不曾得一些便宜,岂非弄巧成拙?"说罢,大家欢笑。过了几日,陶公、白公俱欲赴京,黄生亦要会试,遂携着二位小姐并拾翠一齐北上。至来年,黄生会试中了第二名会魁,殿试探花及第。后来黄生官到尚书,二妻俱封夫人,各生一子,拾翠亦生一子,俱各贵显。两位小姐又各劝其父纳一妾,都生一子,以续后代。从此陶、白、黄三姓世为婚姻不绝,后世传为美谈云。

【回末总评】

从来未有旧弦未安,先续新弦者;从来未有河洲未赋,先咏小星者。本专意于白头,初何心乎绿鬓,而一家琴瑟,偏弄出两处丝萝。方抱歉于连理,敢复问其旁枝,而两处丝萝,偏弄出三番花烛。事至曲,文至幻矣。其尤妙处,在天竺相逢,恍恍惚惚,令人于白家议聘之后,又虚想一寺中美人。此等笔墨,飘乎欲仙。

卷之二　双雕庆

仇夫人能回狮子吼　成公子重庆凤毛新

恨事难悉数，叹琪花瑶树，风欺霜妒。为德未蒙福，问苍苍果报，何多讵误。

盱衡今古，论理须教无负。看女娲炼石，文成五色，尽堪相补。

右调《瑞鹤仙》

从来妻妾和顺，母子团圆，是天下最难得的事。人家既有正妻，何故又娶侧室？《汉书》上解说得好，说道："所以广嗣重祖也。"可见有了儿子的，恐其嗣不广，还要置个偏房，何况未有儿子的，忧在无后，安能禁他纳宠？最怪世上有等嫉妒的妇人，苦苦不许丈夫蓄妾，不论有子无子，总只不肯通融。及至灭不过公论，勉强娶了妾，生了子，或害其子，并害其母，如吕氏杀戚夫人故事，千古伤心；又或留其子而弃其母，如朱寿昌生母为正夫人所弃，直待儿子做了官，方才寻得回来。红颜薄命，不幸为人侍妾，却受这般苦楚。又有一等贤德的妇人，行了好心，未得好报，如邓伯道夫妇弃子抱侄，何等肚肠，后来到底无儿，一弃不能复得，正不知苍天什么意思。如今待在下说一个能悔过的吕氏，不见杀的戚姬，未尝无儿的邓伯道，不必寻母的朱寿昌，与众官一听。

话说嘉靖年间，景州有个举人，姓樊名植，字衍宗，祖代读书，家声不薄。平日结交得一个好朋友，姓成名美，字义高，与他同榜同乡，幼时又系同学，最相契厚。那成美的夫人和氏，美而且贤，只生一子，年方三岁。她道自己子息稀少，常劝丈夫纳宠，广延宗嗣。倒是成美道："既已有子，何必置妾？"因此推托不肯。那樊植却年过三旬，未有子嗣，妻仇氏性既凶悍，生又生得丑陋。你道她怎生模样？

眉粗不似柳叶，口阔难比樱桃。裙覆金莲，横量原是三寸，袖笼玉笋，轮开却有十条。

貌对花而辄羞，也算羞花之貌；容见月而欲闭，也称闭月之容。夜叉母仰面观天，亦能使雁惊而落；罗刹女临池看水，亦能使鱼惧而沉。引镜自怜，怜我独为鬼魅相；逢人见惜，惜她枉做妇人身。

论起仇氏这般丑陋，合该于丈夫面上通融些。不知天下唯丑妇的嫉妒，比美妇的嫉妒更加一倍。她道自家貌丑，不消美妾艳婢方可夺我之宠，只略似人形的便能使夫君分情割爱，所以防闲丈夫愈加要紧。有篇文字单道妒妇的可笑处：

猜嫌成性，媚嫉为心。巫山不容第二峰，岂堪十二并列；兰房占定三生石，谁云三五在东。念佛只念狮子吼佛，窃谓释迦许我如斯；诵诗若诵螽斯羽诗，便道周婆决不为此。客至待茶，听堂上所言何言，倘或劝纳尊宠，就要打将出来；人来请酒，问席间有妓无妓，苟知坐列红妆，断然不肯放去。垆前偶过，认杀和仆妇调情；廊下闲行，早疑共丫鬟私语。称赞书中贤媛，登时毁裂书章；艳羡画上美人，立刻焚烧画像。醒来忽虚半枕，呼之说是撒尿，忙起验溺器之冷热；午后见进小房，询之如云如厕，定须查净桶之有无。纵令俊仆也难容，唯恐龙阳邀嬖幸；只有梦魂防不得，还愁神女会襄王。

樊植见她这般光景，无可奈何。一来是贫时相守的夫妻，让惯了她；二来自己是衣冠中人，怕闺中闹吵，传将出去坏了体面，所以只得忍耐，时常对着成美欷歔嗟叹。见了成家这三岁的年侄，便抱置膝上抚弄，叹谓成美道："不教有三，无后为大。弟为妒妇所制，竟作了祖宗罪人矣。"成美道："年兄无子，岂可不早娶侧室。若年嫂不容，待小弟教老荆去劝她便了。"原来樊、成两家因年通至谊，内眷们互相往来，迭为宾主。自此和氏见了仇氏，每用好言劝谏，说道："宗嗣要紧，娶得偏房，养了儿子，不过错她肚皮，大娘原是你做。"仇氏初时摇得头落地不肯，后来吃她苦劝不过，才绽口道："若要娶妾，须依我一件事。"和氏问是哪一件，仇氏道："不许他娶美貌的，但粗蠢的便罢，只要度种。"和氏道："这个使得。"便把这口风教丈夫回复樊植，樊植道："多蒙年兄、年嫂费心，但欲产佳儿，必求淑女，还须有才貌的方可娶。"成美道："年兄所言亦是。小弟倒有个好头脑，作成了兄罢。"樊植道："有什好头脑？"成美道："老荆前日欲为小弟纳宠，亲自看中一个小人家的女子，姓倪小字羽娘，举止端庄，仪容俊雅，又颇知书识字。老荆十分赞赏，已议定财礼二百金。只因小弟意中不愿娶妾，故迟迟未聘。如今年兄去聘了她罢。"樊植大喜，便瞒了仇氏，私自将银二百两付与成美。成美与夫人商议，央媒择吉，聘定了倪羽娘。樊植在仇氏面前只说得身价二十两，都是成年嫂主张的。

到了吉期，迎娶羽娘过门。仇氏见她生得美貌，心中大怒道："我只许讨粗蠢的，如何讨这妖妖娆娆引汉子的东西？"欲待发作，因碍着和氏面皮，暗想道："我今不容丈夫近她的身，教他眼饱肚中饥便了。"于是假意优容，日里也许她与丈夫同桌而食，夜间却不许丈

夫进她房，弄得樊植心痒难熬，只博得个眉来眼去，无计可施。又常对着成美嗟叹，成美询知其故，叹道："若如此有名无实，虽小星罗列，安能有弄璋之庆乎？"便将此事与和氏说知。和氏想了一回，定下了个计策，对成美道："只须如此如此。"

此时正是暮春天气，花光明媚，成美发个帖儿，请樊植于明日郊外踏春。和氏一面差两个女使去请仇氏并新娘到家园看花。仇氏因从前往来惯的，更不疑惑，便带了羽娘如期赴席。和氏接着，相见过，即邀入后园饮宴。却预先对付下有力好酒，把仇氏冷一杯，热一杯，灌得大醉，看看坐身不住，和氏命丫鬟扶她到卧房安歇。一面唤舆夫急送羽娘归家。正是：

> 只为贪杯赴席，醉后疏虞有失。
> 平时谨慎巡逻，此夜关防不密。

且说樊植是日来赴成美之约，成美暗将和氏所定之计说与知道，樊植欢喜称谢。成美拉着同去郊外闲行，成家从人已先向一个空阔幽雅之处铺下绒单，排到酒肴伺候。二人席地而坐，相对共饮。正饮间，只见一个少年头戴大帽，身穿短衣，骑一匹骏马，往来驰骋，手持弹弓，望空弹鹊。樊植见了，心中暗祝道："我若能生子，此鹊应弦而落。"才祝罢，早见一只鹊儿为弹所中，连弹子落在他身边。樊植大喜，不觉抚掌喝采。那少年听得喝采，在马上高叫道："二位见我弹鹊，何足为奇。你看远远地有双雕飞至。待我连发二矢，与二位看。"说毕，张弓搭箭，回身反射。这边成美心中也暗祝道："我两人来年会试，若得一齐中式，当使双雕并落。"祝罢，果见那少年连发二箭，双雕一齐落下。成美大喜，便与樊植俱立起身来，向那少年拱手道："壮士果然好箭，不识可邀同饮乎？"那少年滚鞍下马，大笑道："既蒙雅意，何辞一醉。"二人逊他上首坐定，连举大觥送他。少年略不谦让，接连饮了十数觥，就起身作别。二人问道："壮士高姓大名？"少年笑道："二人不必多问，小可叫作无名氏。"说罢，上马加鞭，飞也似去了。正是：

> 来不参兮去不辞，英雄踪迹少人知。
> 君家欲问名和姓，别后相逢会有时。

二人见少年去了，相谓道："这人踪迹非常，不知何处来的壮士？"因大家诉说方才暗祝之事，各各欢喜。又饮了一回，直至红日沉西，方才吩咐家人收了酒席，信步入城。成美别了樊植，自回家中，去书房歇宿。樊植回家，已知仇氏被留，羽娘独归，满身欢喜。乘

着酒兴，竟到羽娘房中了其心愿，说不尽此夜恩情。正是：

小鸟欢深比翼，旁枝喜庆并头。影里倩人，此夜方才着手；画中爱宠，今宵乃得沾身。向也嬷母同衾，几为抹杀风流兴；兹者西施伴宿，直欲醉是温柔乡。初时半推半就，免不得柳怯花惊；后来渐熟渐亲，说不尽香温玉软。回兵转战，为惜此一刻千金；裹甲重来，直弄到五更三点。

两人欢娱了一夜。

哪知乐极悲生，明日仇氏赶将回来，查问丫鬟们，丫鬟不敢隐瞒，都说相公昨夜在二娘房里歇的。仇氏听了，心头一把无名火直冲三千丈，与樊植大闹，又辱骂羽娘，准准闹乱了四五日，樊植吞声忍耐。此自，仇氏把羽娘封禁密室，只从关洞中递送饮食，就如监禁一般。连日里也不许她与丈夫见面。和氏知了这消息，欲待去劝他，哪知仇氏连和氏也怪了，和氏不好再来。仇氏又哪里肯再向成家去。正是：

将酒劝人，并非好意。
识破机关，一肚恶气。

羽娘被她封禁房中，几及两月，渐渐眉低眼慢，恶心呕吐，已是有了身孕。樊植闻知，好不欢喜。仇氏却愈加恼怒。光阴迅速，不觉秋尽冬来，倏忽腊残春至。樊植免不得要同成美入京会试，却念羽娘怀孕，放心不下。因与成美商议，要将此事托付年嫂，说道："小妾若得年嫂维持，幸或生男，使樊门宗嗣不绝，感恩非浅。"成美把这话传与和氏，和氏使侍儿出来回言道："既蒙伯伯见托，这事全在我身上，不须挂念。"樊植再三称谢。过了一日，收拾行装，同成美上京去了。那仇氏一等丈夫去后，便令家人唤媒婆来，要起发羽娘出去。羽娘哭哭啼啼，要死要活，仇氏哪里管她。主意已定，没人敢劝。这边和氏也竟不来管闲事。

忽一日，有个媒婆引着个老妪到樊家来，说道："城外村中有个财主，为因无子，他大娘欲为娶妾，闻说宅上二娘要出嫁，特令这老妪来相看。他们正要讨个熟肚，若是二娘现今怀孕，不防娶过门去，等分娩满月之后成亲也罢。"仇氏巴不得羽娘早去，便一口应允。引老妪到羽娘房前，开了封锁，与她相看了。议下财礼五十两，即日交足，约定次日便来迎娶。此时羽娘事在危急，想道："如何成家的和夫人不来救我，莫非她还不知道？罢了，我今挤一死罢！"却又转一念道："我今怀孕在身，是樊家一点骨血，若便自尽，可不负了相公。且到那人家分娩之后，或男或女，将来托与和夫人，然后寻死未迟。"

算计已定，至次日黄昏，迎亲的已到，媒婆撮拥羽娘上轿。羽娘痛哭一场，拜别了仇

氏，升舆而行。约莫行出了城门，又走了多时，到一个门前歇定，媒婆请新人下轿，羽娘下了轿，随着媒婆进得门来，满堂灯烛辉煌，并没一个男人在彼，只见两个女使提着纱灯，引羽娘到一所卧房里坐定。少顷，外边传说大娘来了，羽娘定眼看那大娘，不是别人，却就是成家的和夫人。见了羽娘，便携着她手笑道：“你休烦恼，这是我定下的计策。我料你大娘劝化不转，故设此计。此间是我家新置下的别宅，你但住无妨。”羽娘方省悟，跪谢道：“夫人如此用心，真是重生父母了。”和氏忙扶起道：“你相公出门时，曾把你托付于我。我岂有不用心之理？今日之事，只有我家的人知道，你们樊家上下诸人都被我瞒过，没一个晓得。你只宽心在此调养身子，等候分娩便了。”自此和氏自拨女使伏侍羽娘。到得十月满足，产下了个孩儿，且自生得头端面正，和氏大喜。

到满月之时，恰好北京报录人报到，樊植、成美都中了进士，正应了前日弹鹊射雕之祝。两个殿试俱在二甲。时遇朝廷有恩典，新科进士加级选官，成美选了兵部员外，樊植选了扬州太守。这里仇氏见丈夫中了，便遣人到京迎候。家人一到，樊植即问羽娘安否，曾分娩未，家人不敢回言。樊植惊疑道：“莫非产了个女么？”家人道：“不是。”樊植又道：“莫非有产难么？”家人道：“也不是，这事小人不好说得。”樊植再三盘问，家人方把仇氏逼卖的事说了。樊植气得暴躁如雷，把头上纱帽都掼落地上，喝骂家人：“你何不苦谏主母？”家人禀道：“成老爷的夫人也不敢来劝，谅奴辈怎劝得住？”樊植懊恨道：“成年嫂好不济事，我这般托付她，如何容我家悍妇如此胡行，竟不相劝？”当下恨着一口气，连成美也不去别他，亦不等扬州接官的人来，竟自轻骑赴任。将仇氏差来的家人打了二十板，喝骂道：“传与你主母说，我誓于此生不到家中相见了！”家人抱头鼠窜而去。正是：

> 本为夫妻反目，却教奴仆代板。
> 聊借家人之臀，极当妒妇之脸。

樊植自带原来从人，怀着文凭，离了京师，竟从旱路望扬州进发。行了几日，来至济

南地方一个旷野之处。正行间，只听得飕地一声，一支响箭迎风而来。有几个同行客商都下了马，叫道："不好了，歹人来了！"樊植还坐在马上呆看。早见十数个彪形大汉，手持兵器，骑着马，风也似跑将来。为头一个穿绿的喝道："过往客商留下买路钱去！兀那不下马的，敢与我打仗么！"樊植厉声道："我非客商，我乃新科进士去扬州到任的，哪讨买路钱与你！"那穿绿的喝道："管你进士不进士，一总拿到营里去发落！"便教众人一拥而上，把樊植及从人并同行客商押着便走。转过几个山坡，只见两边山势险恶，树林内都列着枪刀剑戟，中间一条山路，高阜处立着个大寨。到了寨前，那穿绿大汉下马升帐坐定，叫请二大王来议事。

少顷，见一个白袍银铠的少年好汉从外而入，与穿绿的相见过，便去右边交椅上坐了。问道："大哥唤我议何事？"穿绿的道："目下寨中正缺粮草，方才拿得个扬州赴任的官员在此，我意欲选个精细头目，取了他的文凭冒名赴任，再着几个孩儿们扮了家丁同去，到彼处吊取些钱粮来应用。你道好么？"穿白的道："此计甚妙，但宜暂不宜久，限他赴任二月之内便起身回寨，不可逗留，以致失事。"穿绿的道："兄弟说的是。"便令小喽啰去樊植行囊中搜出文凭，付与一个头目叫作权小五，教他装作樊太守，带着假家丁依计而行，前赴扬州去了。然后喝教把樊植一干人绑去砍了罢。

只见那穿白的把樊植仔细看了一眼，便问樊太守："你是何处人？"樊植答是景州人。穿白的便对穿绿的说道："那樊太守是新科进士，一日官也没做，又不曾贪赃坏法，杀之无罪。"穿绿的道："若放他去，可不走漏了消息？"穿白的道："且软监他在营里，待我们头目回来之后放他便了。"穿绿的应允，只把从人及同行客商砍了，将樊植就交付与穿白的收管。穿白的领了樊植，竟回自己营中。樊植仔细看那穿白少年时，却依稀有些认得，像曾在哪里会过。正疑惑间，只见他大笑道："先生还认得我么？去春在景州游猎之时，曾蒙赐酒，不想今日却于此处相会。"樊植方才晓得是去年郊外弹鹊射雕的少年。正是：

> 昔曾与君逢，今复与君会。
>
> 相会莫相惊，世上皆君辈。

当下那人与樊植施礼，分宾而坐。樊植道："适间荷蒙相救，不知壮士高姓大名，今日肯相告否？"那人道："小可姓伏，名正也，曾应过武科，因路见不平，替人报仇，杀了个负心汉子，怕官司究问，故权避于此。方才那穿绿的大汉姓符名雄，为人性暴好杀，我与他意气不合，故另自立了个营头。今日先生事已至此，且在我营中暂住几时，我亦欲觑个方便，去邪归正，此处亦非久恋之地也。"樊植无奈，只得权住伏正营中。伏正又问起去年郊外同饮的那位是什人，樊植说是敝同年成美，如今也中了，现为兵部。伏正点头记着，不在话下。

且说仇氏晓得丈夫为了羽娘责骂家人，不肯回家，竟自赴任，不觉大怒道："这没良心的，一定在路上娶了妾，到任所去作乐了。他不肯回来，我偏要赶去。"便令家人请大舅爷来商议。原来仇氏有两个哥子，大的叫作仇奉，第二的叫作仇化。这仇化平日只是劝化妹子休和妹夫斗气，那仇奉却一味奉承妹子，火上添油。当日仇氏只约了仇奉，带两个家人、两个老妪，买舟从水路望扬州来。不则一日，来到扬州，泊了船问时，樊太守已到任半月余了。仇氏先使仇奉上岸去查看私衙里可有妇人，并催促衙役来迎接。去了多时，却不见太守使人来接，又不见仇奉回来。仇氏焦躁，再差那两个家人上去，却又去了多时，不见一个转来，仇氏气得直挺。看看等到晚，方才见有几个不齐不整的执事抬着一乘暖轿到船边来接，却又不见一个家人，只见三四个长大汉子，说是太爷路上招的家丁，今差他到船来迎接奶奶。仇氏道："家人们为何不来？舅爷在哪里？"家丁道："通在衙里没有来。"仇氏忍着一肚皮气上了轿，又唤两乘小轿抬了两个老妪，到得私衙，仇氏下了轿，正待发作，家丁道："老爷去接新按院了，不在衙里，且请奶奶到后边房里坐，舅爷和大叔们都在那边。"说罢，引仇氏并两个老妪到后面一间僻静房里。仇氏才进房，家丁便把房门反拽上，用锁锁了。仇氏大怒道："如何把门锁了！舅爷与家人们何在？"家人道："且休问，待老爷回来便知端的。"说毕，竟自去了。仇氏只道丈夫奚落她，十分恼怒，却又一时没对头相骂，只得且和两个老妪在房里坐地。

直到黄昏以后，听得外面呼喝之声，说道："老爷来了。"仇氏准备着一天凶势，一等他开门，便大骂天杀的，恰待一头拳撞去，抬眼一看，火光之下，却不见丈夫，却见一伙十来个人，都身穿短衣，手执利刃，抢将入来。仇氏大惊，只见为头一人喝道："你还想见丈夫么？我实对你说，我们都是山东响马好汉，你丈夫已被我们杀了。方才什么舅爷与家人也都杀了。你今从我便罢，不从时也要杀哩。"仇氏吓得跌倒在地，头脑俱磕破，血流满面。两个老妪抖做一块，气也喘不出来。那权小五就地上拖起仇氏来一看，见她相貌丑陋，且又磕破面庞，便道："啐！这妇人不中用，只把她拘禁在此罢。"遂麾众人出房，对着仇氏喝道："你住在此，不许啼哭！若啼哭便杀了你！"仍旧把房门锁闭，只留一个关洞，送些饮食与她。仇氏此时无可奈何，只得苟延残喘，终日吞声饮泣。正是：

　　夫人禁锢侍妾，强盗禁锢夫人。
　　前日所为之事，今日反乎其身。

看官听说：原来当日权小五正在私衙，闻樊家家眷到来，本要哄她进衙，男了杀却，妇女留用。不想那日恰好察院按临，急欲往接，一时动手不及。况府中衙役众多，耳目切近，私衙杀人怕风声走漏。又见樊家来的人不多几个，料也容易处置。因此吩咐假家丁只将舅爷与家人拘禁密室，奶奶与老妪另自安顿别房。后见仇氏丑陋，便也不去点污她。且拘留在那里，等起身时再作计较。其寔此时仇奉和家人们都未曾死。

如今说仇奉的兄弟仇化在家，闻得妹子同了哥哥赶到妹夫任所去了，想道："此去必与妹夫争闹。官上不比家中，不要弄出没体面来。须等我去解劝她才好。"于是带了老仆，星夜兼程，赶到扬州。才入得境，只见有大张告示挂在市镇，上写道：

扬州府正堂示为禁约事：照得本府莅任以来，清介自矢。一应乡亲游客，概行谢绝。嗣后倘有称系本府亲识在外招摇者，严拿重究。地方客店寺观不许私自容留，如违一并重治。特示。

仇化看了，忖道："此必我哥哥去惹恼了他，以至于此。这般光景便到他衙门上去，料也没人敢通报。不如等他出来时，就轿子上叫住他，难道他好不认我？"算计已定，便隐了太守乡亲名色，只说是客商，就城外饭店上歇了。次日，吩咐老仆看守行李，自己步进城中，等候知府出来。刚走进城门，只一簇执事喝道而来，街上人都闪过两旁，说道："太爷来了。"仇化欢喜，也立在一边，看那执事一对对地过去，到后面官轿将近，仇化恰待要叫将出来，只见黄罗伞下端坐轿中的却不是他妹丈，仇化惊问旁人道："这什么官府？"旁人道："你不见他印匣封皮上，明明写着扬州府正堂？"仇化道："莫非是二府、三府权署正堂印的么？"旁人道："这就是簇新到任的樊太爷了。"仇化听了，好生惊疑，连房奔到府前，等候他回府时再看。只见那个官员果然进了本府后堂，退入私衙去了。仇化一发猜详不出。再去访问府中衙役道，"这樊太守是哪里人？叫什么名字？"衙役说是景州人，姓樊名植，新科进士选来的。仇化大惊道："他几时到任的？可有家眷同来么？"衙役道："这太爷也不等我们接官的去，蓦地里竟来到任，随身只有几个家丁。到任半月以后家眷才来，却也不多几个人，只是一个舅爷、一个奶奶、两个大叔、两个老婆子，就进衙里去了。"仇化又问道："如今可见他们大叔出来走动？"衙役道："不见大叔出来，有事只令家丁传报。"仇化听罢，只叫得苦。想道："一定我妹夫在路上有些差失，不知是什歹人冒了他名在此胡行？怪道不许乡亲见面。我兄妹陷入衙里，大约多凶少吉，我今须索去上司处首告。"忙转身回到寓所，密写下一纸状词，径奔按院衙门抱牌进告。

那按院姓崔名慎，此时正巡历扬州。当日才放炮开门，见仇化抱牌而入，便喝左右："拿上来！"众人如鹰拿燕雀地把仇化押到堂下跪着。仇化不等按院开口，便大叫道："有异常大变事！"按院教取状词来看。仇化禀道："此事泄漏不得，求老爷屏退左右。"按院喝

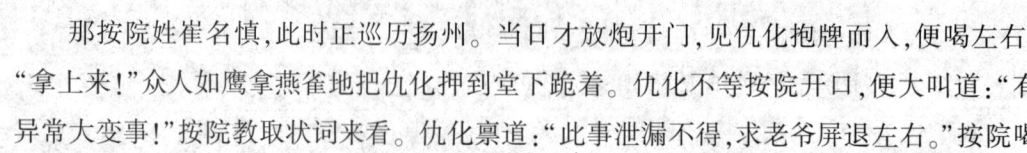

道："什么事情在我这里大惊小怪？"叫左右："拿这厮下去打！"众人吆喝一声，把仇化拖翻在地。仇化大喊道："这事情重大，关系朝廷的，故敢来老爷台下首告。"按院见他这般说，便教："且莫打，唤他近前来。"仇化直至案桌边，取出状词呈上，说道："求老爷密阅。"按院接了状词，叫左右退下一步，然后展开细看了一遍，不觉大惊，便将状词袖了。

正沉吟间，门役通报江都县县官候见。按院吩咐仇化且出外伺候，传唤知县进见。那知县上堂便请屏左右，有机密事要禀。按院唤左右都退出仪门，知县禀道："本府新任樊知府，到任手一月有余，已到各州县吊过数次钱粮。又不差衙役，只差家丁坐索。昨又行牌到县，预撮漕赠银两，硃'漕'字误写'糟'字。及与县官面谈，语多俚鄙，不像甲科出身。细访本府衙役，都说本官与带来家丁猫鼠同眠，绝无体统。到任时突如其来。前日家眷却不接自至，及进私署之后，又杳没动静。近日又禁约乡亲，不许见面。种种可疑，恐系奸人假冒。伏乞大人廉察。"按院听了，正与仇化所告相合，便点头道："此事本院亦略闻风声，如今自有处置。"知县辞别去了。

次日，恰好是望日，各官俱进院作揖。按院发放了各官，独留本府知府到后堂小饮。叙话间，问起他会试三场题目，房师何人，并问乡试何年中式，是何题目，中在何人房里，乡、会同门中的是哪几个。知府面红语塞，一字也答不出。按院便喝声："拿下！"后堂早已埋伏下许多做公的，听说一声"拿"，登时把假知府拿住，跣剥了冠带，绳缠索绑，跪倒地下。按院就后堂拷问，夹了一夹棍，那权小五受痛不过，只得把寔情招了。按院讯问真樊太守下落，权小五道："犯人出行之后，想已被寨主杀了。"按院录了口词，密传令箭，点起官兵围住府署，打入私衙，把这几个假家丁一个个拿下。打到后面，有两处阱房里锁禁着男妇共六人，唤仇化来认时，正是他妹子仇氏、哥子奉与家人老妪。那仇氏蓬头垢面，一发不像人形了。当下见了仇化，各各抱头大哭。按院给与盘费，令归原籍。一面将众盗监禁，表奏朝廷，具言樊植被害，强盗窃凭赴任之事。朝廷命下，着将权小五等即就彼处枭斩。随敕兵部，速差官一员，前往山东地方，调军征剿大盗符雄、伏正。

此时成美正做兵部员外，恰好差着他去山东出征。成美初闻樊植遇害，十分悲恨。及奉旨剿贼，便即日进发，早有探事小喽啰把上项事报入符雄寨中。符雄与伏正商议退敌之策，伏正沉吟半晌道："我与兄分兵两路，兄可前往迎敌，却用诈败诱那成兵部赶来。小弟却引兵出其背后，声言攻打景州，他是景州人，恐怕有失，必回兵转救。兄乃乘势追之，小弟断其归路，彼必成擒矣。"符雄大喜道："此计绝妙，但权小五既已失陷，我这里将樊植砍了罢。"伏正道："这不难，待我回营去砍了他便了。"说罢，便回营中，请出樊植，将前事对他说明，付与一匹快马，教他速速逃命。樊植拜谢了，骑着马自望扬州一路去了。

且说符雄听了伏正之计，一等成美官兵到，便不战而退，官兵乘势追赶。伏正却一面

先领一军从山后抄出，径趋景州，暗传号令，不许妄杀一人，妄掳一物，只呐喊摇旗，虚张声势。

谁知景州人民已是惊惶无措，大家小户出城逃难，樊、成两家免不得也要逃避。原来一月之前，仇氏等一行人奔回家乡，此时成家和夫人因未往京中，还在家里，闻樊植被害，仇氏又受了一场苦楚，甚为伤感，随即过来问候。仇氏自念丈夫被难，自己又陷于贼中而归，又羞又苦，见了和氏，不觉大哭。和氏道："年姆如今丧了夫主，又无子嗣，影只形单，茕茕无倚，如何是好？"仇氏哭道："早知今日，悔不当初。若当时留着羽娘，等她生下一男半女，延了一脉宗嗣，今日也不至这般冷落。"和氏见她有回心转意的光景，便接口道："若使羽娘今日还在，年姆真个肯容她么？"仇氏道："她今若在，我情愿与她相守。但差之在前，如今说也没用了。"和氏笑道："好教年姆得知，樊伯伯虽然不幸了，还亏有个公子，宗祀不至断绝。"仇氏惊问道："如今有什么公子在哪里？"和氏乃将前事一一说如。仇氏倒身下拜道："若非年姆如此周全，妾身已做绝祀之鬼。此恩此德，何以为报？"和氏连忙扶起，即令家人立刻接取羽娘母子过来与仇氏相见。那羽娘自闻樊植凶信，已是哭昏几次，今见仇氏，两个又抱头大哭。自此仇氏与羽娘俱因哀痛之故，恹恹抱病。亏得和氏再三劝慰，方才小愈。

不想景州又逢寇警，家家逃难，和氏与仇氏、羽娘等只得也出城奔避。当下樊、成两家的人做一块行走，行不上几多路，那些家人和丫鬟、养娘们渐渐挤散，只剩下和氏与仇氏、羽娘各抱着自己孩儿相携相挈而行。那仇氏、羽娘病体粗痊，已是行走不动，又兼抱着个孩子，一发寸步难移，只得相对而哭。和氏心中凄惨，便道："不须哭，我替你抱着孩子走罢。"遂一手携了自己四岁的孩儿，一手抱了樊家这小的，慢慢行动。不想被一起逃难的妇女拥将来，和氏身不由主，随着众人拥了一回，回头已不见了仇氏、羽娘。和氏独自一人，哪里照顾得两个孩子，因想道："我若失了孩儿还可再养，樊家只有这点骨血，须要替他保护。"没奈何，只得硬了肚肠，竟把自己这四岁的孩儿，撇下，单单抱了樊家这孩子，奔入一个荒僻山林中躲避。过了一时，贼兵已退，风波已息，成家家人寻着和氏，迎回家中。仇氏、羽娘亦已归家，幸各无恙。和氏把孩子送还，只寻不见了自己的孩儿。羽娘哭拜道："夫人高亦，虽伯道、鲁姑不是过也。只是公子寻不着，奈何？"仇氏亦拜谢道："年姆行了如此好心，公子自然寻得着的，只须多方寻访便了。"自此两家各自差人在外寻访。

话分两头。且说成美闻得景州有警，果然回兵转来相救。符雄便乘势追袭，官兵大败。不防伏正又从前边拦住去路，成美着忙，匹马落荒而走。却被绊马索把马绊倒，成美跌下马来。贼军齐上，将成美拿住，绑解伏正军前。伏正喝退左右，亲解其缚，延之上坐。笑道："明公还记得去年郊外弹鹊射雕的少年否？"成美低头一想，不觉又惊又喜，遂拱手

称谢。因问道："足下既认得学生,那敝同年樊植当时亦曾会过,想也认得,如何前日竟见害了?"伏正笑道："何尝见害?"便将救了樊植,放他出营的事说了一遍。成美大喜。伏正移坐密语道："小可有心归顺朝廷久矣,今当斩符雄以赎罪。"说罢便差心腹小喽啰去符雄寨中报捷:说已拿得成兵部,请大王到来发落。符雄闻报,欣然而来,随身只带得一二十骑。伏正先于营门埋伏刀斧手,等符雄入营,一声号起,伏兵齐出,将符雄砍为两段,从骑都被杀死。伏正割下符雄首级,招降他部下众喽啰,说道："我已归顺朝廷,汝等各宜反邪归正。"众人一向畏服伏正,不敢不从。伏正偃旗息鼓,请成美申奏朝廷,候旨定夺。正是:

> 慷慨绿林客,曾邀邂逅欢。
> 当年赠杯酒,今日释兵权。

当下成美上疏,具言伏正投诚,计杀符雄,功绩可嘉,并题明樊植未死,其只身失陷,情有可矜。一面回京复命,便归家看视老少。樊家仇氏、羽娘知成美剿贼而归,亲自过来拜见。当日仇氏、羽娘闻知樊植未死,却是一喜。成美、和氏感伤公子不见,又是一悲。

不说两家悲喜不同,且说樊植自那日别伏正,匹马逃生,从山僻小路行了两日,方转出大路上,不想此时附近州县因朝廷差官剿贼,恐贼兵猖獗,俱各戒严。有个守备官领兵扎营在三叉路口,巡逻军士见樊植单骑而来,疑是奸细,拿解营中。樊植说是扬州真樊太守,这守备哪里肯信,说道："前日有文凭的尚然是假,今日没文凭的如何是真?况闻樊太守已被杀了,哪里又有个樊太守,你明是贼中来的奸细!"樊植大叫道:"现今奉旨剿贼的成兵部是我同年,你只问他,便知真假了。"守备道:"既如此,且待兵部成爷破贼之后查验真伪,今且把来软监在营里。"樊植此时分说不得,只得由他拘禁。正是:

> 假的反认作真,真的反认是假。
> 俗眼大抵如斯,世事诚堪嗟讶。

樊植被禁营中,因细问扬州假太守始末,方备知自己家小受辱,十分忿恨。后闻符雄已死,伏正已降,成美奏捷。那守备正要申文请验樊太守真伪,原来成美已先行文扬州及山东附近州县,备称樊太守未死,已出贼营,曾否经到各该地方。守备得了这个消息,方知这樊太守是真的,深谢唐突之罪。随即知会地方官,要起夫马送樊植赴任。恰好朝廷命下升成美为兵部侍郎,伏正即封为山东挂印总兵,樊植召回京师,改授京职。于是樊植

坐着官船,从水路进京。

一日行至一个驿递之前,因天晚泊船。是夜月色甚好,樊植步出船头看月,只听得隔船里有小儿啼哭之声,寻爹觅妈,口口说要回家去。听他语音,是景州人声口,那声音却又厮熟,心中疑惑,因叫左右唤那隔船的人过来,问道:"你是景州人么?"那人道:"小的不是景州人。"樊植道:"既不是景州人,如何舟中有个景州小儿?可抱来我看。"那人不敢违命,只得去抱这小儿来。那孩子于月光下见了樊植,便连声叫:"樊伯伯,"樊植大惊。细看时,却是成美的公子,因平日樊植到成家来,常抱他坐在膝上玩耍,所以认得亲熟。当下樊植喝问那人道:"这是我年兄成老爷的公子,如何却在你船里?"那人道:"小的是客商,前日寇犯景州之后,小的偶从那里经过,有人抱这孩子到船边来要卖。小的见他生得清秀,用五两银子买的,并不晓得是成老爷的公子。"樊植听了,便留公子在舟中,取五两银子付还那人,那人拜谢而去。

樊植领了成公子,急欲进京送还成美,却闻成美已便道回家去了。樊植本不要回家,因欲送还成公子,只得吩咐从人也到景州暂歇。不则一日,来到景州,泊船上岸。且不到自己家中,却先到成家来。见了成美,大家执手流涕,互相慰劳了一番。樊植道:"小弟在路上拾得一件宝贝,特来送还年兄。"成美道:"什么宝贝?"樊植将途中遇着公子,收留回来的话说知。成美听了,真个如拾了珍宝地一般,喜不自胜,便令家人报与夫人知道,即往舟中接取公子回家,再三向樊植致谢。因笑道:"小弟也留得两件宝贝送还年兄。"樊植道:"有什宝贝?"成美亦将和氏设计周全羽娘,并逃难保全公子的话细述一遍,樊植感泣称谢。成美道:"老荆一向劝弟娶妾,弟以为既已有子,不必多事。今失子之后,又再三相劝。弟说她弃子抱侄,立心可嘉,或者将来仍自生育,亦未可知。不想今日失者复得,此皆出年兄之赐。"樊植道:"年嫂高义古今罕有,小弟衔结难报。"说罢,便敦请和氏出堂,当面拜谢。和氏亦谢他收留公子之恩。正是:

> 你又谢我,我又谢你。
> 一报还报,昭昭天理。

樊植谢了成美夫妇,然后回到自己家中。见了仇氏、羽娘,一喜一怒。喜的是羽娘无恙,又生公子;怒的是仇氏轻身陷贼,出乖露丑。当下指着仇氏数说道:"你好不识羞耻。你生性狠妒,不能容人。若非成年嫂周全,事已决裂。我既不来接你,如何轻身自到任所?既陷贼中,又不能死,你今有何面目见我?"仇氏听了,又羞又恼,气得半晌说不出话,只说得一声道:"我死了罢。"樊植道:"你如今死也迟了。"仇氏便呜呜地哭将起来。羽娘

慌忙劝住了仇氏，却来跪着樊植恳告道："夫人虽陷贼中，毁容破面，为贼所拘禁，不曾有什点污。况归来之后，十分贤德，善待贱妾，保护公子。从前之事，望老爷谅之。"樊植唤起羽娘，沉吟不语。少顷，成美来答拜，亦再三相劝，和氏又遣女使过来劝解，二舅爷仇化亦来劝慰，樊植怒气方息。仇氏道："我今情愿削发披缁，看经念佛，以终余年。"樊植道："你既有此心，不消削发披缁，只照常妆束，在家出家罢了。"羽娘道："休说这话，夫人原系正室，仍当正位蘋蘩，贱妾只合赞襄左右而已。"仇氏哪里肯听？正是：

今朝之过必改，前日愚蒙等诮。

一心推位让国，不敢坐朝问道。

自此仇氏在家另居别室，修斋诵经，让羽娘主持家政。樊植到京，改授户部员外，接取家眷，仇氏不肯去，教羽娘领了公子自去。成美家眷也到京师。明年，和夫人生一女，羽娘便把公子与她联了姻。后来两家之子俱各贵显，樊、成二人官至尚书，和氏、仇氏俱臻寿考，羽娘亦受封诰。这是妻妾和顺，母子团圆，一场美事。其间为善得福，为恶得祸，改恶从善，亦有后禄。世人传之，堪为劝戒。

【回末总评】

美之妒美，只为自恃其美，不容天下更有美于我者，此尹夫人所以见邢夫人而泣也。若丑之妒美，不谓之妒，直谓之不识羞耳。读此回书，可为若辈作一热棒。

卷之三 朱履佛

去和尚偷开月下门　来御史自鞫井中案

冤狱多，血泪枯，兔爱偏教雉入罗。佛心将奈何。

明因果，证弥陀，变相如来东土过。澄清苦海波。

右调《长相思》

自来出家与读书一般，若出家人犯了贪嗔痴淫杀盗，便算不得如来弟子，譬如读书人忘了孝弟忠信、礼义廉耻，也便算不得孔门弟子。每怪世上有等喜欢和尚的，不管好歹，逢僧便拜。人若说读书人不好，他便信了；若说出家人不好，他只不信。殊不知那骂和尚的骂他不守如来戒，这不是谤僧谤佛谤法，正是爱僧奉佛护法。如今待在下说几个挂名出家的和尚却是活强盗，再说两个发心皈佛的俗人倒是真和尚，还有个不剃发、不披缁、守正持贞、除凶去暴、能明孔子教的宰官，就是能守如来戒的菩萨。这段因果，大众须仔细听者。

宋徽宗政和年间，浙江桐乡县一个书生，姓来名法，字本如，年方弱冠，父母双亡，未有妻室。他青年好学，家道虽贫，胸中却富，真个文通经史，武谙韬钤，更兼丰姿潇洒，性地刚方。只是多才未遇，年过二十，尚未入泮，在城外一个乡村财主家处个训蒙之馆。那财主姓水名监，有一女儿，小字观姑，年已十四，是正妻所出。正妻没了，有妾封氏月姨，生子年方六岁，延师就学，因请来生为西席。那月姨自来生到馆之日，窥见他是个美少年，便时常到书馆门首探觑。来生却端坐读书，目不邪视。月姨又常到他窗前采花，来生见了，忙立起身，背窗而立。月姨见他如此，故意使丫鬟、养娘们送茶送汤出来，与来生搭话。来生通红了脸，更不交谈。有诗为证：

闲窗独坐午吟余,有女来窥笑读书。

欲把琴心通一语,十年前已薄相如。

自此水家上下诸人,都说我家请的先生倒像一个处女。水员外爱他志诚,有心要把女儿招赘他,央媒与他说合,倒是来生推辞道:"我虽读书,尚未有寸进。且待功名成就,然后议亲未迟。"自此把姻事停搁了。

一日,来生欲入城访友,暂时假馆。到得城中,盘桓了半日。及至出城,天色已晚。因贪近路,打从捷径行走。走不上二三里,到一个古庙门前,忽听得里面有妇人啼喊之声。来生疑忌,推门进去打一看,只见两个胖大和尚,拿住一个少年妇人,剥得赤条条的,按倒在地。来生吃了一惊,未及开言,一个和尚早跳起身,提着一根禅杖,对来生喝道:"你来吃我一杖!"来生见不是头,转身往外便走,却被门槛一绊,几乎一跌,把脚上穿的红鞋绊落一只在庙门外。回头看时,和尚赶来将近,来生着了急,赤着一只秃袜子,望草地上乱窜。和尚大踏步从后追赶。来生只顾向深草中奔走,不提防草里有一口没井栏的枯井,来生一个脚错,扑翻身跌落下去了。和尚赶到井边,往下望时,里面黑洞洞地,把禅杖下去搠,却搠不着底,不知这井有几多深。料想那人落了下去不能得出,徘徊了半晌,慢慢地拖着禅杖仍回庙里。只见庙里那妇人已被杀死在地,那同伙的僧人,已不知去向。这和尚惊疑了一回,拽开脚步,也逃奔别处去了。正是:

淫杀一时并行,秃驴非常狠毒。

菩萨为之低眉,金刚因而怒目。

看官听说:原来那妇人乃城中一个开白酒店仰阿闰的妻子周氏,因夫妻反目,闹了一场,别气要到娘家去。娘家住在乡村,故一径奔出城来,不想到那古庙前,遇着这两个游方和尚,见她孑身独行,辄起歹意,不由分说,拥入庙中,强要奸淫,却被来生撞破,一个和尚便去追赶来生,那个在庙里的和尚因妇人声唤不止,恐又有人来撞见,一时性起,把戒刀将妇人搠死,也不等伙伴回来,竟自逃去。

这边仰家几个邻舍见周氏去了,都来劝仰阿闰道:"你家大嫂此时出城,怕走不到你丈母家里了。况少年妇女,如何放他独自行走?你还该同我们赶去劝她转来。"仰阿闰怒气未息,还不肯行动,被众人拉着,一齐赶出城,迤逦来至古庙前。忽见一只簇新的红鞋落在地上,众人拾起看了道:"这所在哪里来这东西,莫不里面有人么?"便大家走进庙来

看。不看时犹可，看了都吓了一跳。只见地上一个妇人满身血污，赤条条地死在那里。仔细再看，不是别人，却就是仰阿闰的妻子周氏，项上现有刀搠伤痕，众人大惊。仰阿闰吓得目瞪口呆，作声不得。众人都猜想道："谋死他的一定就是那遗失红鞋的人，此人料去不远，我们分头赶去，但见有穿一只红鞋的便拿住他罢了。"于是一哄地赶出庙来。行不半里，只听得隐隐地有人在那里叫救人。众人随着声音寻将去，却是草地上枯井中有人在下面叫唤。众人惊怪，便都解下搭膊脚带之类，接长了挂将下去。来生见有人救他，慌忙扯住索头，众人发声喊，一齐拽将起来。看时，正是一只脚穿红鞋的人。把拾来那一只与他脚上穿的比对，正是一样的。众人都道："天网恢恢，疏而不漏。你谋死了人，天教你落在这井里。"来生失惊道："我谋死了什么人？"众人道："你还赖哩！"便把来生拥到庙里，指着死妇人道："这不是你谋死的？"来生叫起屈来，将方才遇见和尚，被赶落井的事说了一遍。众人哪里信他。正是：

> 黑井方出，红鞋冤证。
> 百口辩来，无人肯信。

众人当下唤出地方里长，把妇人尸首交付与看管，一面扭住来生去县里首告。县官闻是人命重情，随仰巡捕官出城查验尸首。次日早堂，带进一干人犯听审。原来那知县姓胡名浑，本是蔡京的门生，性最奉佛，极喜的是斋僧布施。当日审问这宗公事，称问了仰阿闰并众邻里口词，便喝骂来生："你如何干这歹事？"来生把实情控诉，知县道："你既撞见僧人，可晓得他是那寺里的和尚？"来生道："他想是远方行脚的，哪里认得？"知县又问众人道："你等赶出城时，路上可曾见有两个行脚僧人？"众人都说没有。知县指着来生骂道："我晓得你这厮于旷野中过，见妇人起了不良之心，拉到庙里欲行奸骗，恨其不从，便行谋害。又怕被人撞破，心慌逃避，因此失履堕井。如今怎敢花言巧语，推在出家人身上？"来生大叫冤屈，知县道："这贼骨头，不打如何肯招！"喝教左右动刑。来生受刑不过，只得依着知县口语屈招了。知县立了文案，把来生问成死罪，下在狱中。一面着该地方殡殓妇人尸首，仰阿闰及众邻舍俱发放宁家。

此时哄动了城内城外之人，水员外闻了这个消息，想道："来先生是个志诚君子，岂肯作此歹事？其中必有冤枉。"因即亲到狱中探望。来生泣诉冤情，水员外再三宽慰。那来生本是一贫如洗，以馆为家的，难有几个亲戚，平日也只淡淡来往，今见他犯了事，都道自作自受，竟没一个来看顾他。只有水员外信他是好人，替他叫屈，不时使人送饭，又替他上下使钱，因此来生在狱中不十分吃苦。正是：

仲尼知人,能识公冶。

虽在缧绁,非其罪也。

　　光阴迅速,来生不觉在狱中坐过三年。那胡知县已任满去了,新知县尚未到任。此时正值江南方腊作乱,朝廷敕命张叔夜为大招讨,领着梁山泊新受招安的一班人马攻破方腊。那方腊弃了江南,领败残兵马望浙江一路而来。路经桐乡县,县中正当缺官,其署印衙官及书吏等都预先走了,节级、禁子亦都不见,狱门大开,狱中罪犯俱乘乱逃出,囹圄一空,只有来生一个人坐在狱中不去。方腊兵马恐官军追袭,不敢停留,连夜往杭州去了。随后张招讨领兵追来,到县中暂驻,安辑人民,计点仓库、牢狱,查得狱中众犯俱已脱逃,只有一个坐着不去。张招讨奇异,唤至军中问道:"狱囚俱乘乱走脱,你独不走,却是何意?"来生道:"本身原系书生,冤陷法网,倘遇廉明上官,自有昭雪之日;今若乘乱而走,即乱民也,与寇无异。故宁死不去耳。"张招讨听罢,点头叹道:"官吏人等,若能都似你这般奉公守法,临难不苟,天下安得乱哉。"因详问来生犯罪缘由,来生将上项事情并被刑屈招的事细细陈诉。张招讨遂取县中原卷仔细从头看了,便道:"当时问官好没分晓,若果系他谋死妇人,何故反留红履自作证据?若没有赶他,何不拾履而去?若非被逐心慌,何故自落井中?且妇人既系刀伤,为何没有行凶器械?此事明有冤枉,但只恨没拿那两个和尚处。然以今日事情论之,这等临难不苟的人,前日决不做这歹事的。"便提起笔来,把原招尽行抹倒,替来生开释了前罪。来生再拜道:"我来法如今方敢去矣。"张招讨道:"你且慢去。我想你是个不背朝廷的忠臣义士,况原系读书人,必然有些见识,我还要细细问你。"于是把些军机战略访问来生,那来生问一答十,应对如流。张招讨大喜,便道:"我军中正少个参谋,你可就在我军前效用。"当下即命来生脱去囚服,换了冠带,与之揖让而坐,细谈军事。

　　正议论间,军校禀称拿得贼军遗下的妇女几百口,听候发落。来生便禀张招讨道:"此皆民间妇女,为贼所掳。今宜拨给空房安顿,候其家属领去。"张招讨依言,就令来生去将众妇女点名造册,安置候领。来生奉令,于公所唤集这班妇女逐一报名查点。点过了一半,点到一个女子,只见那女子立住了,看着来生叫道:"这不是来先生么?"来生惊问:"你是谁家女子,缘何认得我?"那女子道:"我就是水员外之妾封氏月姨。"来生便问:"员外与家眷们如今都在哪里?你缘何失陷在此?"月姨道:"员外闻贼兵将近,与妾领着子女要到落乡一个尼姑庵里去避难,不想半路里彼此相失,妾身不幸为贼所掳。今不知我员外与子女们俱无恙否?闻来先生一向为事在狱,却又几时做了官了?"来生将招讨释

放，命作参谋之事说与知道。因问水员外所往尼庵在何处，叫什庵名，月姨道："叫作水月庵，离本家有五十里远近。"来生听了，随差手下军校把自己名帖去水月庵中请水员外来相会，并报与月姨消息。一面另拨房屋请月姨居住，候员外来领回。其余众妇女俱安置停妥，待其家属自来认领，不在话下。

且说水员外因不见了月姨，正在庵中烦恼，忽见来生遣人来请，又知月姨无恙，十分欢喜，随即到参谋营中来拜见。来生先谢了他一向看顾之德，并将自己遭际张招讨，开豁罪名，署为参谋，及查点妇女，得遇月姨的事细诉一遍，水员外再三称谢。叙话中间，又提起女儿姻事，来生道："感荷深恩，无以为报。今既蒙不弃，愿为半子。但目今兵事倥偬，恐未暇及此。待我禀过主帅，然后奉复。"当下水员外先领了月姨回去。次日，来生入见张招讨，把水员外向来情谊，并目下议婚之事从容禀告。张招讨道："此美事也，我当玉成。"便择吉日，将礼金二百两、彩币二十端与来生下聘，约于随征凯旋之日然后成亲，水员外大喜。正是：

> 此日争夸快婿，前日居然罪囚。
> 若非结交未遇，安能获配鸾俦。

且不说水员外联了这头姻事，十分欣悦。且说来生纳聘之后，即随张招讨领兵征进，劝张招讨申明禁约，不许兵丁骚扰民间。自此大兵所过，秋毫无犯，百姓欢声载道。连梁山泊投降这班好汉见他纪律严明，亦皆畏服。来生又密献奇计，教张招讨分兵设伏，活捉了贼首方腊，贼兵不日荡平，奏凯还朝。张招讨备奏参谋来法功绩，朝廷命下，升张招讨为枢密院正使，参谋来法赐进士第，擢为广东监察御史。当下来御史上表谢恩，即告假归娶，圣旨准了。来御史拜辞了张枢密，驰驿还乡，与水员外女儿观姑成婚。此时来御史已二十四岁，观姑已十七岁了。正是：

> 昔为西席，今作东床。三载囹圄，误陷鼠牙雀角；一年锋镝，争看虎步龙骧。
> 重耳配霸姬，本是蒲城一罪犯；文王逑淑女，曾从羑里作囚夫。眼前荣辱信无
> 常，久后升沉自有定。

来御史成亲满月之后，即起马往广东赴任。那时广东龙门县有一椿极大冤枉的事情，亏得来御史赴任替他申冤理枉，因而又弄出一段奇闻快事，连来御史自己向日的冤枉也一齐都申理了。看官慢着，待我细细说来。

却说龙门县有个分守地方的参将，叫作高勋，与朝中太尉高俅通谱，认了族侄，因恃着高太尉的势，令兵丁于民间广放私债，本轻利重，百姓若一时错见，借了他的，往往弄得家破人亡。本县有个开点心店的曾小三，为因母亲急病死了，无钱殡葬，没奈何，只得去高参将处借银十两应用。过了一年，被他利上起利，总算起来，连本利该三十两。那高参将官任已满，行将起身，一应债银刻期清理，曾小三被高家兵丁催逼慌了，无计可施，想道："我为了母亲借的债，如今便卖男卖女去还他也是该的，只可惜我没有男女。"左思右想，想出一条万不得已之策，含着眼泪扯那兵丁到门首私语道："我本穷人，债银一时不能清还，家中又别无东西可以抵偿，只有一个妻子商氏，与你们领了去罢。"兵丁道："我们只要银子不要人，况一个妇人哪里便值三十两银子？我今宽你两日，你快自己去卖了妻子将银子来还我们。"说毕去了。曾小三寻思道："我妻子容貌也只平常，怕卖不出三十两银子。除非卖到水贩去，可多得些价钱，却又心中不忍。"只得把衷情哭告妻子。那商氏听罢呆了半晌，放声大恸。曾小三寸心如割，也号啕大哭起来。

只这一哭，感动了隔壁一个菩萨心肠的人。那人姓施号惠卿，是做皮匠生理的。独自居住，不娶妻室。性最好善，平日积趱得二三十两银子，时值城外宝应寺募修大殿，有个募缘和尚结了草棚住在那条巷口募缘，施惠卿发心要把所积银两舍与本寺助修殿工。那日正请那化缘和尚在家吃斋，忽闻隔壁曾小三夫妻哭得凄惨，便走将过来问其缘故，晓得是如此这般，不觉恻然动念。回到家中，打发和尚吃斋去了，闭门自想道："比如我把银子去布施，何不把来替曾小三偿了债，保全了他夫妻两口，却不强似助修佛殿？"思忖已定，便来对曾小三道："你们且莫哭，我倒积得三十多两银子在那里，今不忍见你夫妻离散，把来替你完了债罢。"曾小三闻言，拭泪谢道："多承美意，但你又不是财主，也是手艺上积来的，如何为了我一旦费去"施惠卿道："恻隐之心，人皆有之。我和你既做乡邻，目睹这样惨事，怎不动心？我今发心要如此，你休推却了。"曾小三还在踌躇，只见讨债的兵丁又嚷上门来，说道："我们老爷不肯宽限，立要今日清还。若不然，拿去衙中吊打。"施惠卿便出来揽手道："长官不须罗唣，银子我已替他借下，交还你去便了。"说罢，随即回家，取出银子，拿过来付与兵丁，兑明足纹三十两。兵丁见有了银子，也不管他是哪里来的，收着去了。曾小三十分感激，望着施惠卿倒身下拜，施惠卿连忙扶起，曾小三称谢不尽。当晚无话。

过了一日，曾小三与妻子商议定了，治下一杯酒，约施惠卿叙饮。施惠卿如约而来，见他桌上摆着三副盅箸，施惠卿只道他还请什客。少顷，只见曾小三领着妻子商氏出来见了施惠卿，一同坐着陪饮。施惠卿心上不安，吃了两三杯，就要起身。曾小三留住了，自己起身入内，再不出来，只有商氏呆瞪瞪地陪着施惠卿坐地。施惠卿一发不安，连问：

"你丈夫如何不出来吃酒?"商氏只顾低着头不作声。施惠高声向内叫道:"小三官快出来,我要去也。"只见商氏噙着两眼泪对施惠卿道:"我丈夫已从后门出去,不回家了。"施惠卿失惊道:"却是为何?"商氏道:"他说你是小经纪人,如何肯白白里费这些银两。我这身子左右亏你保全的,你现今未有妻室,合当把我送你为妻,他已写下亲笔执照在此。今日请你过来吃酒,便把我送与你,自削发披缁,往五台山出家去了。"说罢,两泪交流。施惠卿听了,勃然变色道:"我本好意,如何倒这等猜我?难道我要谋他妻子不成!"说毕,推桌而起,往外就走。回到家中,想道:"这曾小三好没来由,如何恁般举动?"又想道:"他若果然出去了,不即回家,我住在隔壁也不稳便,不如搬好别处去罢。"算计已定,次日便出去看屋寻房,打点移居。这些众邻舍都道施惠卿一时假撇清,待移居之后少不得来娶这商氏去的。

过了两日,施惠卿已另租了房屋。一个早晨,搬了家伙,迁移去了。那一日,却再不见商氏开门出来。众邻舍疑忌,在门外叫唤,又不见答应,把门推时,却是虚掩上的,门转轴已掘坏在那里了。众人入内看时,只见商氏歪着身子死在床边,头颈伤痕是被人用手掐喉死的,一时哄动了地方,都道:"施皮匠是那一日移居,这妇人恰好在隔夜身死,一定是皮匠谋杀无疑。"当下即具呈报县。那县官叫作沈伯明,正坐堂放告,闻说有杀人公事,便取呈词看了,又问了众人备细,随细出签提拿施惠卿。不一时施惠卿拿到,知县喝问情由,施惠卿道:"小的替曾小三还了债,曾小三要把妻子商氏与小的,是小的不愿,故此迁居别处,以避嫌疑,却不知商氏如何身死?"知县喝骂道:"你这厮既不要他妻子,怎肯替他还债?明明是假意推辞,暗行奸骗,奸骗不就,便行谋害。"施惠卿大喊冤屈,知县哪里肯信,拷打一番,把他逼勒成招,下在牢里,正是:

> 为好反成仇,行仁反受屈。
>
> 天乎本无辜,冤哉不可说。

且说曾小三自那日别过妻子,出了后门,一径奔出城外,要取路到五台山去。是日行了二十多里路,天色已晚,且就一个村店中安歇。不想睡到半夜,忽然发起寒热来,到明日却起身不得,只得在店中卧病。这一病直病了半月有余,方才平愈。那一日正待起身,只见城里出来的人都纷纷地把施惠卿这桩事当作新闻传说。曾小三听了,暗吃一惊,想道:"施惠卿不是杀人的人。况我要把妻子送他,已先对妻子再三说过,妻子已是肯从的了。如何今又被杀?此事必然冤枉。我须回去看他一看,不要屈坏了好人。"于是离了村店,依旧入城,不到家中,竟到狱门首,央求禁子把施惠卿带将出来。曾小三见他囚首囚

服,遍身刑具,先自满眼流泪。施惠卿叹道:"我的冤罪想是命该如此,不必说了。只是你何苦多此一番举动,致使令正无端被害。"曾小三道:"这事倒是我累你的,我今来此,正要县里去与你辨罢。"曾小三道:"断案已定,知县相公怎肯认错?不如不要去辨罢。"曾小三道:"既是县里不肯申理,现今新察院来老爷按临到此,我就到他台下去告,务要明白这场冤事。"说罢,别了施惠卿,便央人写了状词,奔到马头上,等候来御史下马,拦街叫喊。

当下来御史收了状词,叫巡捕官把曾小三押着到了衙门。发放公事毕,带过曾小三,细问了始末根由。便差官到县,提施惠卿一宗卷案,并原呈众邻里赴院听审。次日,人犯提到,来御史当堂亲鞫,仔细推究了一回,忽然问道:"那商氏丈夫去后可别有人到他家来么?"众邻里道:"并没别人来。"来御史又道:"他家平日可有什么亲友来往惯的么?"曾小三道:"小的是穷人,虽有几个亲友,都疏远不来的。"来御史又叫施惠卿问道:"你平日可与什么人来往么?"施惠卿道:"小的单身独居,并没有什人来往。"来御史道:"你只就还债吃酒迁居这几日,可曾与什人来往?"施惠卿想了一想道:"只还债这日,曾请一个化缘和尚到家吃过一顿斋。"来御史便问道:"这是哪寺里的和尚?"施惠卿道:"他是城外宝应寺里出来募缘修殿的,就在小人住的那条巷口搭个草厂坐着募化。小的初意原要把这三十两银子舍与他去,所以请他吃斋。后因代曾小三还了债,便不曾舍。"来御史道:"这和尚如今还在那里么?"众邻里道:"他已去了。"来御史道:"几时去的?"众邻里道:"也就是施惠卿迁居这早去的。"来御史听了,沉吟半晌,乃对众人道:"这宗案也急切难问,且待另日再审。"说罢,便令众人且退,施惠卿仍旧收监,曾小三随衙听候。自此来御史竟不提起这件事,冷搁了两个月。

忽一日,发银一百两,给与宝应寺饭僧。次日,便亲诣本寺行香。寺里住持闻御史亲临,聚集众僧出寺迎接。来御史下了轿,入寺拜了佛,在殿宇下看了一回,问道:"这殿宇要修造成功,须得多少银子?"住持道:"须得二三千金方可完工。"来御史道:"若要工成,全赖募缘之力。"因问本寺出去募缘的和尚共有几个,住持道:"共有十个分头在外募化。"来御史道:"这十个和尚今日都在寺里么?"住持道:"今日蒙老爷驾临设斋,都在寺里伺候。"来御史便吩咐左右,于斋僧常膳之外,另设十桌素筵,款待那十个募缘和尚。一面教住持逐名的唤过来,把缘簿呈看,"以便本院捐俸施舍。"住持领了钧旨,登时唤集那十个僧人,却唤来唤去,只有九个,中间不见了一个。来御史变色道:"我好意请他吃斋,如何藏匿过了不肯相见?"喝教听差的员役同着住持去寻,"务要寻来见我!"住持心慌,同了公差各房寻觅,哪里寻得见?

原来那和尚闻得御史发狠要寻他,越发躲得紧了。住持着了忙,遍处搜寻,直寻到一个旧香积厨下,只见那和尚做一堆儿地伏在破烟柜里,被住持与公差们扯将出来,押到来

御史面前。来御史看时，见他满身满面都是灶煤，倒像个生铁铸的罗汉，便叫将水来替他洗净了，带在一边。蓦地里唤过曾小三并众邻居到来，问他："前日在你那巷口结厂募缘的可是这个和尚？"众人都道："正是他。"来御史便指着那和尚喝道："你前日谋害了曾小三的妻子商氏，你今待走哪里去？"那和尚还要抵赖，来御史喝教把一干人犯并众和尚都带到衙门里去细审。不一时，御史回衙，升堂坐定，带过那募缘和尚，用夹棍夹将起来。和尚熬痛不过，只得从实供招。供状写道：

犯僧去非，系宝应寺僧，于某月中在某巷口结厂募缘，探知本巷居民施惠卿代曾小三还债，小三愿将妻商氏送与惠卿，自己出外去讫。惠卿不愿娶商氏为妻，商氏单身独居，犯僧因起邪念，于某月某夜易服改妆，假扮施惠卿偷开商氏门户，希图奸骗。当被商氏认出叫喊，犯僧恐人知觉，一时用手掐喉，致商氏身死。所供是实。

来御史勒了去非口词，把他重责三十，钉了长枷，发下死囚牢里。又唤住持喝骂道："你放徒弟在外募缘，却做这等不良的事。本当连坐，今姑饶恕，罚银三百两，给与施惠卿。"住持叩头甘服。来御史随即差人去狱中提出施惠卿，并传唤原问知县沈伯明到来。这知县惶恐谢罪，来御史喝道："你问成这般屈事，诬陷好人，做什么官？本当参处，今罚你出俸银五百两，给与施惠卿。"随唤施惠卿近前抚慰道："你是一位长者，应受旌奖。我今将银八百两与你，聊为旌善之礼。"施惠卿禀道："小人荷蒙老爷审豁，几死复生，今情愿出家，不愿受赏。这八百两银子乞将一半修造本寺殿宇，一半给与曾小三，教他追荐亡妻，另娶妻室。"曾小三叩头道："小人久已发心要往五台山去为僧，不愿受银，这银一发将来舍与本寺修殿罢。"来御史听了，沉吟道："你两人既不愿领银，都愿出家，本院另自有处。"便叫本寺众僧一齐上来，吩咐道："你这班秃子，本非明心见性，发愿出家的。多半幼时为父母所误，既苦无业相授，又道命犯华盖，一时送去出了家。乃至长大，嗜欲渐开，便干出歹事。又有一等半路出家的，或因穷饿所逼，或因身犯罪故，无可奈何，避入空门。及至吃十分，衣丰食足，又兴邪念。这叫作'饥寒起道心，饱暖思淫欲。'本院如今许你们还俗，如有愿还俗者，给银伍两，仍归本籍，各为良民。"于是众僧中愿还俗者倒有大半。来御史一一给银发放了。便令施惠卿、曾小三且在宝应寺暂住，吩咐道："我今欲于本寺广设斋坛，普斋往来云游僧众，启建七七四十九昼夜道场，追荐孤魂。待完满之日，就与你两人剃度。只是这道场需用多僧，本处僧少，且又不中用，当召集各处名僧以成此举。"吩咐毕，发放了一干人出去。次日，即发出榜文数十道，张挂各城门及村镇地方，并各处寺院门首。榜曰：

巡按广东监察御史来榜为延僧修法事：照得欲兴法会，宜待禅宗。果系真僧，必须苦行。本院择日于龙门县宝应寺开立丛林，广设斋坛，普斋十方僧众。随于本寺启建七七

昼夜道场，超荐向来阵亡将士并各处受害孤魂。但本处副应僧人不堪主持法事，窃意云游行脚之中，必有圣僧在内，为此出榜招集，以成胜举。或锡飞而降，或杯渡而临，或从祇树园来，或自舍卫国至。指挥如意，伫看顽石点头；开设讲台，行见天花满目。务成无量功德，惟祈不惮津梁。须至榜者。

这榜一出，各处传说开去。这些游方僧人闻风而至，都陆续来到宝应寺里。来御史不时亲临寺中接见，逐一记名登册，备写乡贯，分送各僧房安歇。

忽一日，接到一个和尚。你道这和尚怎生模样？但见：

目露凶威，眉横杀气。雄赳赳学着降龙罗汉，恶狠狠假冒伏虎禅师。项下数珠疑是人骨剒就，手中禅杖料应生血裹成。不是五台山上鲁智深，却是瓦官寺里生铁佛。

这和尚不是别人，便是五年前追赶来御史入井的和尚。今日和尚便认不出来御史，那来御史却认得明白，便假意道："我昨夜梦见观音大士对我说，明日有恁般模样的一个和尚来，便是有德行的高僧。如今这位僧人正如梦中所言，一定是个好和尚。可请到我衙门里去吃斋。"说罢，便令人引这和尚到衙门首。门役道："衙门里带不得禅杖进去。"教他把手中禅杖放了，然后引至后堂坐下。来御史随即打轿回衙，一进后堂，便喝左右："将这和尚绑缚定了！"和尚大叫："贫僧无罪！"来御史喝道："你还说无罪，你可记得五年前赶落井中的书生么？"那和尚把来御史仔细看了一看，作声不得。来御史道："你当时怎生便弄死了这妇人，好好供招，免动刑法。"和尚道："小僧法名道虚，当年曾同师兄道微行脚至桐乡县城外一个古庙前，偶见一少年妇人独自行走，一时起了邪念，逼她到庙野去强奸，不防老爷来撞见了，因此大胆把老爷赶落井中。及至回到庙里，妇人已死，师兄已不知去向。其实赶老爷的是小僧，杀妇人的却不是小僧。"来御史道："如今这道微在哪里？"道虚道："不知他在哪里？"

来御史沉吟了一回，便取宝应寺所造应募僧人名册来查看，只见道微名字已于三日前先到了。来御史随即差人到寺里将道微拿到台下，喝道："你五年前在古庙中谋杀妇人的事发了。你师弟道虚已经招认，你如何说？"道微道："小僧并不曾与道虚做伴，他与小

僧有隙,故反害小僧。伏乞爷爷详察。"道虚一口咬定说:"那妇人明明是你杀死,如何抵赖?"来御史喝教把道微夹起来,一连夹了两夹,只是不招。来御史仔细看那道微时,却记得不甚分明,盖因当日被赶之时,回头屡顾,所以道虚的面庞认得明白,那庙中和尚的面庞其实记不起来。当下来御史见道微不招,便把道虚也夹了两夹,要他招出真正同伴的僧人。道虚只是咬定道微,更不改口。来御史想了一想,便教将两个和尚分作两处收监,另日再审。

且说那道微到了监中,独自睡在一间狱房里,心中暗想道:"道虚却被御史认得了,白赖不过。我幸而不曾被他认得,今只一味硬赖,还可挣扎得性命出去。明日审时,拚再夹两夹,我只不招,少不得放我了。"算计已定。挨到三更时分,忽听得黑暗里隐隐有鬼哭之声,初时尚远,渐渐哭近将来。道微心惊,侧耳细听,只听得耳边低低叫道:"道微你杀得我好苦,今番须还我命来。"那道微心虚害怕,不觉失声说:"你是妇人冤魂么?我一时害了你,是我差了,你今休来讨命,待我挣扎得性命出去,多做些好事超度你罢。"言未已,只见火光明亮,两个穿青的公人走到面前,大喝道:"好贼秃!你今番招认了么?我们不是鬼,是御史老爷差来的两个心腹公人,装作鬼声来试你的。你今真情已露,须赖不过了。"道微听罢,吓得目瞪口呆。正是:

> 暗室亏心,神目如电。
>
> 无人之处,真情自见。

当下两个公人便监押住了道微,等到天明,带进衙门,禀复御史。来御史笑道:"我昨日夹你不招,你昨夜不夹自招了,如今更有何说?"道微料赖不过,只得从实供招。来御史取了口词,仍令收监。一面传谕宝应寺,即日启建道场。随后便亲赴寺中,先将施惠卿、曾小三剃度了,替他起了法名,一个叫作真通,一个叫作真彻,就请他两个为主行大和尚,令合寺僧众都拜了他。真空、真彻禀道:"我二人只会念佛,不会诵经,如何做得主行和尚?"来御史道:"你两个是真正有德行高僧,只消念佛便足超度孤魂了。"于是请二人登台高坐,郎声念佛,众僧却在台下宣念诸品经咒,奏乐应和。如此三昼夜,道场圆满。来御史吩咐设立下三个大龛子,狱中取出去非并道虚、道微三个和尚,就道场前打了一百,请入龛中,四面架起干柴,等候午时三刻举火。当时寺中挤得人山人海的看。到了午时,只见来御史袖取出一幅纸儿,递与真通、真彻两个,叫他宣念。真通、真彻也曾识得几个字,当下展开看时,却是一篇偈语,便同声宣念道:

你三人作事不可说,不可说。我今为你解冤结,解冤结。焚却贪嗔根,烧断淫杀孽。

咄！从兹好去证无生，切莫重来堕恶劫。

宣偈毕，来御史喝令把三个龛子一齐举火，不一时把三个和尚都荼毗了。正是：

> 焚却坐禅身，烧杀活和尚。
>
> 一齐入涅磐，已了无常帐。

原来那来御史已预先着人于道场中另设下两个牌位，一书"受害周氏灵魂"，一书"受害商氏灵魂"，面前都有香烛斋供。烧过了和尚，便请真通、真彻到二妇人灵前奠酒化纸。来御史又在袖中取出一幅纸儿，付与二人宣诵道：

怜伊已作妇人身，何故又遭惨死劫。想因前孽未消除，故使今生受磨灭。冥冥幽魂甚日安，冤冤相报几时绝。我今荐你去超生，好向西方拜真佛。

宣毕，焚化灵牌，功德满散。

次日，来御史召集各处游方僧人，谕令还俗。如有不愿还俗者，须赴有司领给度牒。如无度牒，不许过州越县，违者查出，即以强盗论。发放已毕，众僧各各叩谢而去。

此时恰好前任桐乡知县胡浑为事降调广东龙门县县丞，原任广东参将高勋在高傃处用了关节，仍来复任，被来御史都唤到台下，喝问胡浑如何前年枉断井中之狱，胡浑吓得叩头请死，来御史喝骂了一番，罚他出银一千两，将二百两给仰阿闰，其余为修葺寺院和。又叫高勋过来，说他纵兵害民，重利放债，要特疏题参。高勋惶恐恳求，情愿也出银一千两修造佛殿。来御史道："你克剥民脂民膏来施舍，纵造七级浮屠，不过是涂膏衅血。今可将银一千两赈济穷民，再罚你一千两买米贮常平仓，以备救荒之用。"二人皆依命输纳。来御史又令知县沈伯明与胡浑、高勋三人同至宝庆寺中拜见真通、真彻，择了吉日，送他上五台山，命合寺僧人用鼓乐前导，一个知县、一个县丞、一个参将步行奉送出城，又差书吏赏了盘费，直护送他到五台山上。正是：

> 欲求真和尚，只看好俗人。
>
> 两现比丘相，一现宰官身。

当时广东百姓无不称颂来御史神明，朝中张枢密闻他政声日盛，特疏荐扬，朝廷加升为殿中侍御史。来御史奉命还朝，广东士民卧辙攀辕，自不必说。来御史回到桐乡县，迎取夫人并水员外一家老小同至京中。朝廷恩典，父母妻子都有封赠，来御史又替水员外谋干了一个小前程，也有冠带荣身。后来又扶持他儿子读书入泮，以报他昔日知己之恩。

正是：

> 有冤在世必明，有恩于我必报。
>
> 能智能勇能仁，全义全忠全孝。

看官听说：来御史剃度了两个和尚，是护法；烧杀了三个和尚，也是护法；又令无数和尚还了俗，一发是真正护法。他姓来，真正是再来人；他号叫本如，真正是能悟了本愿人。于世生佛佛连声，逢僧便拜，名为活佛，反是死佛。世人读此回书，当一齐合掌同称"菩萨"。

【回末总评】

前番冤枉，一替人鞫，一己自鞫。或速或迟，各自不同，又三个和尚，三样提法，三样审法。玩其旨趣，可当一卷《佛经》读；观其文字，可当一部《史记》读。

卷之四　白钩仙

投崖女捐生却得生　脱桎囚赠死是起死

激浊李膺风，搅辔陈蕃志。安得当年释党人，增长贤良气。　　千古曹娥碑，幼妇垂文字。若使香魂得再还，殊快今人意。

右调《卜算子》

古来最可恨的是宦竖专权，贤人受祸。假令萧望之杀了弘恭、石显，陈仲举、李元礼杀了张让、赵忠，李训、郑注杀了仇士良，又使刘贲得中状元，陈东得为宰相，岂不是最快人心的事？古来最可恨的又莫如娇娃蒙难，丽女遭殃。假令虞姬伏剑之时，绿珠堕楼之日，有个仙人来救了，他年项王不死，季伦复生，再得相聚，又岂非最快人心的事？如今待在下说一个绝处逢生的佳人，再说一个死中得活的贤士，与众位一听。

话说成化年间，陕西紫阳县有个武官，姓陆名世功，由武进士出身，做到京卫指挥。妻杨氏，生一子一女，子名逢贵，女字舜英。那舜英自幼聪慧，才色兼美。乃兄逢贵却赋性愚鲁，目不识丁。舜英自七岁时与哥哥在后园鱼池边游戏，逢贵把水瓯向池中取水玩耍，偶然撇起一条小白蛇，长可二寸，头上隐隐有角，细看时，浑身如有鳞甲之状。逢贵便要打杀它，舜英连忙止住道："此蛇形状甚异，不可加害。"夺过瓯来，把蛇连水的倾放池里。只见那蛇盘旋水面，忽变有三尺来长，跳跃而去。舜英道："我说此蛇有异，早不曾害他。"逢贵也十分惊讶。

过了一日，舜英正随着母亲在内堂闲坐，丫鬟传说外边有个穿白衣有道姑求见夫人、小姐。夫人听了，便教唤进。不一时，那道姑飘飘然走将进来，你道她怎生模样？

头戴道冠，手持羽扇。浑身缟素，疑着霓裳舞裙；遍体光莹，恍似雪衣女子。微霜点

145

鬓,看来已过中年;长袖飘香,不知何物老媪。若非天上飞琼降,定是云边王母来。

夫人见她仪容不俗,起身问道:"仙姑何来?"道姑稽首道:"贫道非为抄化而来,因知贵宅小姐将来有灾难,我有件东西送与她佩带了,可以免难消灾。"说罢,袖中取出一个白玉钩来,递与舜英道:"小姐好生悬带此钩,改日再得相见,贫道就此告辞了。"夫人再要问时,只那道姑转身下阶,化作一阵清风早不见了。夫人与舜英俱各惊怪不已。细看那白玉钩,澄彻如冰,光莹似雪,皎然射目,真是可爱。夫人对舜英道:"这道姑既非凡人,你可依她言语,将此钩佩在身边,不要遗失了。"舜英领命,自此把这玉钩朝夕悬带,不在话下。

光阴迅速,不觉过了五六年。舜英已十三,一发出落得如花似玉。哥哥逢贵已娶了一个岳指挥家的女儿为室,舜英却还未有姻事。有个姑娘叫作陆筠操,是父亲同胞之妹,嫁在白河县任家,不幸早寡,生一子名唤任蒨,字君芳,年长舜英三岁。筠操是最爱内侄女舜英才貌,意欲以中表联姻,却反嫌自己儿子才貌不及舜英,恐未足为舜英之配,故尔踌躇未定。不想舜英到十四岁时父母双亡,陆逢贵守过了制,谋干了一个京卫千户之职,领了舜英并妻子岳氏一同赴任。

到京之后,逢贵专意趋承权势,结交当道,因此虽是个小小武官衙门,却倒有各处书札往来,频频不绝。逢贵自己笔下来不得,要在京中请个书记先生,有人荐一四川秀才到来。那人姓吕名玉,字琼仙,蜀中梓潼县人氏,年方二十,负才英迈,赋性疏狂,因游学到京,也要寻个馆地读书,当下就应了陆逢贵之聘。逢贵便把一应往来书札都托他代笔,吕玉应酬敏捷,不假思索,逢贵恐怕他草率,每每把他所作去请问妹子舜英,直待舜英说好,细细解说了其中妙处,然后依着妹子言语,出来称赞吕玉几句。吕玉暗想道:"此人文墨欠通,每见吾所作,初时读不断、念不出,茫然不解其意;及至进去了一遭,便出来说几句在行的话,却又像极晓得此中奥妙的,不知他请教哪个来?"一日等逢贵他出,私问馆童道:"你的家主每常把我写的书文去请问何人?"馆童笑道:"吕相公还不晓得,我家舜英小姐无书不读,她的才学怕也不输与吕相公哩。我主人只是请教自己妹子,更没别人。"吕玉失惊道:"原来你家有这一位好小姐,可有姻事也未?"馆童道:"还未有姻事。我听得主人说,要在京中寻个门当户对官宦人家与她联姻。"吕玉听罢,私忖道:"如何这一个蠢俗的哥哥,却有这一个聪明的妹子?她既称许我文字,便是我的知己了。我今弱冠未婚,或者姻缘倒在此处也未可知。"又转一念道:"他要攀官宦人家,我是个寒素书生,一身飘泊,纵然小姐见赏,他哥哥是势利之徒,怎肯攀我?"又一个念头道:"只愿我今秋乡试得意,这头姻事不愁不成。"却又疑虑道:"倘我未乡试之前,她先许了人家,如何是好?"

当下正在书馆中左思右想,只见陆逢贵走将进来,手持一幅纸儿,递与吕玉道:"先生请看这篇文字。"吕玉接来看时,第一行刻着道:"恭贺任节母陆老夫人五襄华诞乞言小序，"再看序文中间，都是些四六骈丽之语，大约称述任节母才德双全之意。吕玉看了一遍，对逢贵道："这是一篇徵文引。是哪里传来的？"逢贵道："这任节母陆氏，就是家姑娘。今有表弟任君芳寄到手札一封在此，先生请看。"言罢，袖中取出书来，只见上面写道：

自去岁别后，兄嫂暨表妹想俱康胜。兹者家慈寿期已近，蒙同学诸兄欲为弟广徵瑶篇，表扬贞节。吾兄在都中，相知必多，乞转求一二名作，以为光宠，幸甚。徵文引附到。弟今秋拟赴北雍，相见当不远也。

　　　　　　　　　　　　　　　　　　　　　表弟任蒨顿首

陆表兄大人

吕玉看毕，谓逢贵道："任节母既系令姑娘，又有令表弟手札徵文，合该替他多方转求。"逢贵道："徵文一事不是我的熟路，他既秋间要来坐监，待他来时自去徵求罢。目下先要遣人送寿礼去作贺，敢烦大才做首寿诗附去何如？"吕玉应允。便取出花笺一幅，磨得墨浓，蘸得笔饱，写下古风八句道：

乐安高节母，世系出河南。青松寒更茂，黄鹄苦能甘。华胄风流久坠矣，逊、抗、机、云、难再起。从兹天地锺灵奇，不在男子在女子。

吕玉一头写，逢贵一头在旁乱赞道："莫说文章，只这几个草字就妙极了。"等他写完，便拿进内边，请教妹子舜英道："这诗可做得好？"舜英看了，笑道："诗虽好，但略轻薄些。"逢贵细问其故，舜英道："前四句是赞姑娘守节，后面所言逊、抗、机、云，是四个姓陆的古人，都是有才有名的奇男子。他说四人已往之后，陆家更没恁般奇男子，秀气都聚在女子身上去了。这等意思，岂非轻薄？"逢贵听罢，不喜道："这般说，是他嘲笑我了。"便转身再到书房，对吕玉道："先生此诗如何嘲笑小弟？"吕玉道："怎么是嘲笑？"逢贵便将妹子对他说的话依样说了一遍，道："这不是明明嘲笑？"吕玉道："这猜想差了。小弟赞令姑娘是女中丈夫，不愧四古人之后，奇女子便算得奇男子，此正极致称颂之意，并没什嘲笑在里边。"逢贵见说，却便不疑，暗想道："他是个饱学秀才，我妹子虽则知文，到底是女儿家，或者解说差了也不可知。"遂转口道："是我一时错认，先生休怪。明日将这诗笺并寿礼一同送去便是。"说罢，自去了。

吕玉暗暗喝采道："好个解事的慧心小姐。我诗中之谜，又被她猜着了。此诗不但赞她姑娘，连小姐也赞在内。她晓得我赞她，自然欢喜。只不知她可晓得我还未婚聘否？"到得晚间，逢贵陪着吕玉夜膳，吕玉闲话间对逢贵道："小弟今秋要给假两三月，一来回籍乡试，二来因姻事未定，要到家中定亲。"逢贵道："先生何不援了例，就在北京进场？"吕玉道："小弟贫士，哪里援得例起？"逢贵道："既如此，先生到贵省乡试后，可就入京，不消为姻事耽搁。但得秋闱高捷，还你京中自有好亲事便了。"吕玉听说，心中欢喜，笑道："今秋

倘能侥幸,定要相求作伐。"当晚吃过夜膳,各自安歇。次日,逢贵对舜英说道:"秋间吕琼仙要假馆几月,他去后书柬无人代笔,须要妹子与我权时支应。"舜英道:"吕生为什要假馆?"逢贵把吕玉昨夜所言述与舜英听了。舜英笑道:"我女儿家哪里支应得来? 到那时任表兄若来坐监,央他支应便了。"逢贵道:"我听得姑娘说,任君芳的肚里还到你不来,这事一定要借重你。"舜英笑而不答,暗想道:"吕琼仙原来未曾婚娶,我若嫁得这样一个才子也不枉了。但他文才虽妙,未知人物如何?"过了一日,吕玉与逢贵在堂中闲话,舜英乃于屏后潜身偷觑,见他丰姿俊朗,眉宇轩昂,端地翩翩可爱。正是:

> 以玉为名真似玉,将仙作字洵如仙。
>
> 自知兄长非刘表,却羡郎君是仲宣。

不说舜英见了吕玉十分爱慕,且说吕玉欢羡舜英的敏慧,道是有才者毕竟有貌,时常虚空摹拟,思欲一见。一日,正值端阳佳节,逢贵设席舟中,请吕玉去看龙船。至晚席散,逢贵又被几个同僚邀去吃酒了,吕玉独步而回。不想舜英是日乘吕玉出外,竟到书馆中翻他的书集,恰好吕玉自外闯将进来,舜英回避不迭,刚刚打个照面。吕玉慌忙退了几步,让舜英出了书房,看她轻移莲步,冉冉而进,临进之时,又回眸斜眺,真个丰韵动人,光艳炫目。有诗为证:

> 已知道蕴才无对,更慕文君貌少双。
>
> 撇下一天风韵去,才郎从此费思量。

吕玉见了舜英,不觉手舞足蹈,喜而欲狂,恨不得便与配合。这一夜千思万想,通宵不寐。

次日起来梳洗方毕,馆童来说主人在堂中请吕相公讲话。吕玉走到堂中,逢贵迎着道:"有篇要紧寿文,敢求大笔。"吕玉道:"又是什么寿文?"逢贵道:"内相汪公公五月十五日寿诞,小弟已备下许多寿礼,只少一篇寿文。今有个上好金笺寿轴在此,求先生做了文字,就写一写。"吕玉道:"可是太监汪直么? 这阉狗窃弄威福,小弟平日最恨他。今断不以此辱吾笔。"逢贵听了,好生怫然。原来逢贵一向极其趋奉汪直,连这前程也是打通汪直关节得来的。今见吕玉骂他,如何不愠? 当下默然了半晌,却想道:"这狂生难道真个不肯做? 待我还慢慢地央他。"到晚间,命酒对饮。饮得半酣,逢贵道:"今早所求寿文,原不劳先生出名,千乞不吝珠玉。"吕玉被他央浼不过,又乘着酒兴,便教童子取过笔砚,

将寿轴展放桌上,醉笔淋漓,写下一首绝句。道是:

　　净身宜了此身缘,无复儿孙俗虑牵。

　　跨鹤不须夸指鹿,守雌尽可学神仙。

　　写毕,后又大书"陆逢贵拜祝",逢贵看了大喜。吕玉掷笔大笑,逢贵又劝了他几杯,酩酊大醉,馆童扶去书房中睡了。逢贵见轴上墨迹未干,且不收卷,随请妹子舜英出来,秉烛观之。舜英看了,笑道:"这首诗送不得去的。"逢贵道:"如何送不得去?你可解说与我听。"舜英道:"总是吕生醉笔轻狂,不必解说。只依我言语,休送去罢了。"逢贵见说,心中疑惑。次早,令人持了轴子,亲到一最相知的同僚解少文家里。这解少文虽是武官,颇通文墨,当下逢贵把轴上的诗与他看,解少文一见了,摇头咋舌道:"谁替你做这诗?你若把去送与汪公,不是求福,反取祸了。"逢贵惊问何故,解少文道:"这诗第一句笑他没鸡巴;第二句笑他没后代;第三句是把赵高比他,那赵高是古时极恶的太监;第四句说他不是雄的,是雌的。这是何人所作,却恁般利害?"逢贵大恨道:"这是我家西席吕琼仙做的,不想那畜生这等侮弄我。"解少文道:"这样人还要请他做西席,还不快打发他去!"

　　逢贵恨了一口气,别了解少文,赶将回来,径到书馆中,见了吕玉,把轴儿掷于地上,乱嚷道:"我请你做西席,有什亏你处?你却下此毒手!"吕玉愕然惊讶。原来吕玉醉后挥毫,及至醒来,只依稀记得昨夜曾做什么诗,却不记得所做何诗,诗句是怎样的了。今见逢贵发怒,拾起轴来看了,方才记起。乃道:"此我醉后戏笔,我初时原不肯做的,你再三强逼我做,如何倒埋怨我?"逢贵嚷道:"若不是我去请教别人,险些儿把我前程性命都送了。你这样人留你在此,有损无益,快请到别处去,休在这里缠帐!"吕玉大怒道:"交绝不出恶声,我与你是宾主,如何这般相待?我如闲云野鹤,何天不可飞,只今日就去便了。"逢贵道:"你今日就去,我也不留。"吕玉道:"量你这不识字的蠢才,也难与我吕琼仙做宾主。"逢贵听了这话,十分忿怒,躁暴如雷,两个大闹了一场。吕玉立刻收拾了书箱行李,出门而去。正是:

　　醉后疏狂胆气粗,只因傲骨自难磨。

　　酒逢知己千樽少,话不投机半句多。

　　当下逢贵气忿忿地走进内边,埋怨妹子舜英道:"吕家畜生做这等无礼的诗,你却不明对我说,只葫芦提过去,好生糊涂。"舜英道:"我原说是醉笔轻狂,送不得去的。"逢贵

道："哪里是醉笔，这是他明明捉弄我。我方才赶他去时，他还口出狂言，我教这畜生不要慌！"舜英见说，低头不语，暗忖道："我看吕生才貌双美，正想要结百年姻眷，谁料今朝这般决撒。此段姻缘，再也休提了。"正是：

> 好事恨多磨，才郎难再得。
>
> 宾主两分颜，只为一汪直。

不说舜英思念吕玉，时时背着兄嫂暗自流泪。且说逢贵十分怨恨吕玉，想出一个毒计道："我就把他这首诗到汪府中出首了，教汪公拿这厮来问他一个大罪，既出了我的气，又讨了汪公的好，却不大妙。"算计已定，等贺过了汪直生辰之后，便把吕玉所写的诗轴面献汪直，细诉前情。汪直大怒，便要擒拿吕玉。却想诗轴上没有吕玉名字，且又不好因一首私诗，辄便拿人，只牢记着他姓名，要别寻事端去奈何他。哪知吕玉自从出了逢贵之门，更不在京中耽搁，便即日归四川去了。

光阴荏苒，看看这了八月场期，各直省都放过乡榜，只有陕西因贡院被火焚烧，重新建造，改期十月中乡试，其他各处试卷俱陆续解到礼部。吕玉已中了四川第二名乡魁。舜英闻了此信，好生欢喜。料得乃兄最是势利，今见吕生高捷，或者等他到京会试之时，宾主重讲旧好，那时再要成就姻缘，便不难了。却不料逢贵早把诗出首，汪直正在那里恨他。今见他中了举人，便授旨于礼部尚书宁汝权，教他磨勘吕玉试卷。那宁汝权是汪直的心腹，奉了汪直之命，就上一本，说四川新中举人吕玉第三场试策中多有讥讪朝政之语，殊为妄上，合行议处，其房考成都府推官文举直并正副主考官俱难辞咎。汪直票旨吕玉革去举人，着彼处有司火速提解来京究问，房考文举直着革职，正副主考分别降级罚俸。旨下之日，逢贵欣欣得意，对舜英说知，拍手道："今日才出得我这口气。"舜英听了，吃惊不小，想道："我兄如何这般狠心？他骂汪直，也是他的气骨；你附汪直，不是你的长策。一旦冰山失势，不知后事如何，怎生把个有才的文人平白地坑陷了？"心中愁痛，寸肠如割。有一曲《啄木儿》单说舜英此时的心事：

心私痛，泪暗零，难将吴越谐秦晋。正相期萝茑欢联，恨无端宾主分争。鹿鸣幸报秋风信，只道鸾交从此堪重订。又谁知顿起戈矛陷俊英。

却说陆逢贵倾陷了吕玉，汪直喜欢他会献媚，就升他做了四川指挥使。逢贵大喜，即日谢过了汪直，领了家小出京赴任，迤逦望四川进发。行个多日，路经陕西北界，时值陕西分防北路总兵郗士豪为克减军粮，以致兵变，标下将校杀了总兵，结连土贼流民一齐作乱，咸阳一带地方都被杀掠。这里陆逢贵不知高低，同了妻子岳氏、妹子舜英并车仗人马

正到咸阳界口。逢贵乘马先走,教家眷随后慢慢而行,不提防乱兵冲杀过来,逢贵竟为乱兵所杀,从人各自逃命。舜英与岳氏见不是头,慌忙弃了车仗,步行望山谷小路逃奔。岳氏又为流矢所中而死,单只剩舜英一人,也顾不得山路崎岖,尽力爬到一个山岩之上,只闻四面喊声渐近,又听得贼人喊道:"不要放箭,看有少年女子,活捉将来。"舜英度不能免,不如先死,免至受辱。转过岭后,见一悬崖峭壁,下临深潭,乃仰天叹道:"此我尽命之处矣"却又想道:"以我之才貌,岂可死得冥冥无闻,待我留个踪迹在此,也使后人知有陆舜英名字。"便咬破舌尖,将指蘸着鲜血去石壁上大书九字道:

　　陆氏女舜英于此投崖

写罢,大哭了一场,望着那千尺深潭踊身一跳。正是:

　　玉折能离垢,兰摧幸洁身。
　　投崖今日女,仿佛堕楼人。

看官你道舜英拼命投崖,这踊身一跳,便有一百条性命也不能再活了。谁知天下偏有稀奇作怪的事,舜英正跳之时,只见身边忽起一道白光,状如长虹,把舜英浑身裹住,耳边但闻波涛风雨之声,两脚好像在空中行走一般。约有一盏茶时,白光渐渐收敛,舜英已脚踏实地。那白光收到衣带之间,化成一物,看时,却原来就是自幼悬佩的这个白玉钩儿。舜英心中惊怪,抬头定睛细看,却见自己立在一个洞府门前,洞门匾额上题着"蛟神之府"四个大字。正看间,呀的一声,洞门早开,走出一个白衣童子,见了舜英,说道:"恩人来了,我奉老母之命,特来相请。"说罢,引着舜英直入洞内。只见洞中奇花异草,怪石流泉,非复人间景致。中堂石榻之上,坐着一个白衣道姑,仔细看时,依稀像是昔年赠钩的老姬。那道姑起身笑道:"小姐还认得我么?小儿曾蒙活命之恩,故我今日特来相救,以报大德。"舜英愕然,不解其故。道姑指着那白衣童子道:"小姐,你十年前池边所放小白蛇,便是此儿,如何忘了?"舜英方才省悟。正是:

　　别有洞天非人世,似曾相识在何处?
　　回思昔日赠钩时,始记当年池畔事。

当下舜英伏地再拜,道姑忙扶起道:"你且休拜,可随我到洞后来。"舜英随着道姑走

至洞后，出了一头小角门，来到一个去处，只见一周遭树木蓊杂，却是一所茂林之内，隐隐听得隔林有钟磬之声。道姑对舜英道："我送你到此处，还你三日内便有亲人相见。我这玉钩仍放你处，另日却当见还。"说罢，用手指着林外道："那边有人来了。"舜英转顾间，早不见了道姑，连那洞府也不见了。舜英恍恍惚惚，想道："莫非是梦里么？若不是梦，或者我身已死，魂魄在此游荡么？"伸手去摸那玉钩，却果然原在衣带上。正惊疑间，忽闻林外有人说话响，定睛看时，却又见两个道姑走进林子来，一见了舜英，相顾惊讶道："好奇怪，果然有个女郎在此。"便问舜英是谁家宅眷，因何到此，舜英把上项事细细陈诉，两个道姑十分欢诧。舜英问道："这里是什所在？"道姑道："是白河县地方。我两个便是这里瑶芝观中出家的道姑。昨夜我两人同梦一仙姑，好像白衣观音模样，说道：'明日有个女郎在观后林子里，你们可收留她在观中暂住三日，后来当有好处。'因此今日特来林内寻看，不想果然遇见小娘子，应了这奇梦。"舜英听了，也暗暗称奇。两个道姑引舜英入观中，那观中甚是幽雅，各房共有六七个道姑，都信仙姑脱梦的灵异，敬重舜英，不敢怠慢。

舜英在观中住了两日，到第三日，正在神前烧香拜祷，只见一个道姑来传报道："任家太太来进香，已在门首下轿了。"言未已，早见一个苍头斋着香烛，两个女使随着一个中年妇人走进观来。舜英看那妇人，不是别人，却是姑娘陆筠操，便叫道："这不是我姑娘么？"筠操见了舜英，大惊道："这是我侄女舜英小姐，如何却在这里？"舜英抱着姑娘放声大哭，筠操询问来因，舜英把前事述了一遍。筠操听罢，一悲一喜，悲的是侄儿、侄妇都已遇害，喜的是侄女得遇神仙，救了性命。当下对舜英道："你表兄赴京援例，还是五月间起身的，不知为什至今没有音耗？两月前我差人到京探问，却连那家人也不见回来。因此我放心不下，特来这观里烧香保佑，不想却遇见了你。你今可随我到家中去。"说罢，烧了香，谢了道姑，另唤轿子抬了舜英，一齐回家。自此舜英只在任家与姑娘同住。

话分两头。且说吕玉才中举人，忽奉严旨革斥提问，该地方官不敢迟慢，登时起了批文，点差解役两名，押解吕玉星夜赴京。不则一日，来到陕西咸阳地面，早闻路上行人纷纷传说，前边乱兵肆行杀掠，有个赴任的四川指挥陆逢贵一家儿都被杀了。吕玉听说，想道："逢贵被杀不打紧，不知舜英小姐如何下落了？"心下十分惊疑。两个解役押着吕玉，且只顾望前行走，走不上二三十里，只见路上杀得尸横遍野，吕玉心慌，对解役说道："我们往小路走罢。"正说间，尘头起处，一阵乱兵冲将过来，吕玉躲得快，将身钻入众死尸中，把死尸遮在身上，两个解役躲避不及，都被杀死。吕玉等贼人去远，方从死尸中爬出，却待要走，只见死尸里边有个像秀才打扮的，面上被刀砍伤，胸前却露出个纸角儿。吕玉抽出看时，却是一角官文书，护封上有陕西提学道印信，外又有路引一纸，上写道：

咸阳县为恩给路引，以便归程事：据白河县生员任蔚禀称前事，为此合行给付路引，

听归原籍,所过关津客店,验引安放,不得阻遏。须至引者。

　　原来那任蒨自五月间领了提学道批行的纳监文书起身赴京,只因路上冒了暑气,生起病来,挨到咸阳县中,寻下寓所,卧病了两个多月,始得痊可,把入京援例乡试的事都错过了。却闻陕西贡院被烧,场期已改在十月中,他想要仍回本省乡试,正待行动,不意跟随的两个家人也都病起来,又延挨了两月有余。这年是闰八月,此时已是九月中旬,任蒨急欲回去料理考事,却又闻前途乱兵猖獗,官府防有奸细,凡往来行人都要盘诘,他便在咸阳县中讨了一纸路引,出城而行。行不多路,早遇了乱兵,主仆都被杀害。却不料吕玉恰好在他身边拾了文书路引,想道:“这任蒨不就是陆逢贵家亲戚么?如何被杀在此?”当下心生一计,把文书路引藏在自己身边,脱那任蒨的衣巾来穿戴了,把自己囚服却穿在任蒨身上,那两个杀死的解役身边自有批文,吕玉却拖他的尸首与任蒨尸首一处卧着。安置停当,放开脚步,回身望山谷小路而走。爬过了一个峰头,恰好走到陆舜英投崖之处,见了石壁上这九个血字,十分惊痛,望着深潭,欷歔流涕。正是:

　　石壁题痕在,香魂何处寻?
　　临风肠欲断,血泪满衣襟。

　　吕玉在崖边哭了半日,然后再走。走到个山僻去处,取出那角文书拆开看了,方知是任蒨纳监的文书,想因路上阻隔,不曾入京,仍回原籍,“我今且冒了他名色,躲过盘诘,逃脱性命,再作去处。”计较已定,打从小路竟望兴平、武功一路逃奔。

　　且说这些乱兵猖獗了一番,却被陕西巡抚晋名贤亲提重师前来尽行剿灭,其余乌合之众四散奔窜。晋抚公将贼兵所过地方杀死官民人等俱各查点尸首,随路埋葬。查得新任四川指挥陆逢贵并解京钦犯吕玉及解役二名都被杀死,有劄付与批文为据,随即具疏申奏去了。一面班师,一面行文附近地方,严缉奸宄,倘有面生可疑之人,擒解军前审究。此时吕玉正逃到兴平县界,投宿客店,店主人查验路引是白河县人,听他语音却不像那边人声口,疑是奸细,即行拿住。恰值晋抚公经过本处,便解送军门。吕玉见了晋抚公,把路引文书呈上,晋抚公看了,问道:“你既往北京纳监,如何倒走回来?”吕玉道:“正为路上有警,故此走回。”晋抚公道:“你既是陕西白河县人,如何语音有异?”吕玉道:“只因出外游学已久,故此乡语稍异。”晋抚公道:“若果系秀才,不是奸人,待我出题试你一试。”便命左右给与纸笔,出下三个题目,吕玉手不停挥,三义一时俱就。晋抚公看了,大加称赏道:“你有这等文学,自然高捷,既不能入京援例入场,现今本省贡院被烧,场期改于十月中,本院如今就送你去省中乡试便了。”吕玉本要躲过了盘诘,自去藏身避难,不想抚公好

意,偏要送他进场,不敢违命,只得顿首称谢。晋抚公随即起了文书,给发盘费,差人送至省中应试。吕玉三场既毕,揭晓之日,任蒨名字又高高地中在第三名。吕玉恐本处同年认得他不是任蒨,不敢去赴鹿鸣宴,只推有病,躲在寓中。凡有同年来拜的,俱不接见。连房师、座师也直待他临起身时,各同年都候送过了,然后假装病态,用暖轿抬到舟中一见。见过仍即回寓,闭门托病。正是:

> 冒名冒籍,出头不得。
> 人愁落第,我苦中式。

话分两头。且说报录的拿了乡试录,竟到白河县任家报喜。任母陆筠操闻儿子中了,好不喜欢。却又想道:"他已援北例,如何倒中在本省? 此必因路上遇乱,故仍回省中乡试。他今既中了,少不得即日回来省亲。"过了几日,却不见音耗。任母心中疑虑,即差老苍头到省去接他。此时吕玉已离了旧寓,另赁下一所空房居住,就本处收了两个家童伏侍,吩咐他:"凡有客来,只说有病,不能接待;就是我家里有人来,也先禀知我,方放他进来相见。"那任家老苍头来到省中,要见主人。两个家童便先到里面禀知,吕玉慌忙卧倒床上,以被蒙首,苍头走到榻前问候,吕玉只在被中作呻吟之声,更没话说。苍头心慌,出来询问家童道:"相公为什患病? 一向跟随相公的两个家人如何不见?"家童道:"相公正因病中没人伏侍,收用我们,并不见有什家人跟随。但闻相公路遇乱兵,只身逃难,亏得巡抚老爷送来进场的。那跟随的家人莫不路上失散了?"苍头听罢,认道主人途中受了惊恐,所以患病,便星夜赶回家里,报知老安人。

任母听了,甚是惊忧。即日吩咐侄女陆舜英看管家中,自己带了两个女使、一个老苍头,买舟亲到省中看视任蒨。那吕玉闻任母到了,教家童出来传说相公病重,厌闻人声。女使、苍头都不要进房门,只请老安人一个到榻前说话。当下任母进行房门,只请老安人一个到榻前说话,当下任母进得房门,吕玉在床上滚将下来。跪伏于地,叫声:"母亲,孩儿拜见。"任母道:"我儿病体,不消拜跪。"一头说,一头便去扶他。吕玉抬起头来,任母定睛一看,失惊道:"你不是我孩儿!"吕玉忙摇手,低叫道:"母亲禁声,容孩儿细禀。"任母道:"你是何人?"吕玉道:"孩儿其实不是令郎,是四川秀才。因路上失了本身路引,特借令郎的路引到此中式。今乞母亲确认我做孩儿,切莫说明是假的,使孩儿有冒名冒藉之罪。"任母道:"你借了我儿的路引,如今我儿却在哪里?"吕玉道:"母亲休要吃惊,孩儿方敢说。"任母道:"你快说来。"吕玉道:"令郎已被贼兵所害,这路引我在死尸身上取的。"任母听了,大叫一声,蓦然倒地。吕玉慌忙扶她到床上睡了。过了半晌,然后哽哽咽咽哭

将转来。吕玉再三劝解，又唤家童进来吩咐道："老安人因路途劳顿，要安息一回。传谕家人女使们只在外边伺候，不得进房惊动。"吩咐毕，闭上房门，伏于床前，殷勤侍奉。任母连连发昏了几次，吕玉只顾用好言宽慰。到夜来，衣不解带，小心伏侍。任母见他这般光景，叹口气道："我儿子没命死了，也难得你如此孝敬。"吕玉道："令郎既不幸而死，死者不可复生。孩儿愿代令郎之职，奉养老亲，愿母亲善自宽解，以终余年。"任母听罢，沉吟了一回，对吕玉说道："我认你为子，到底是假骨肉，不若赘你为婿，方是真瓜葛。我今把个女儿配你，你意下如何？"吕玉道："孩儿既冒姓了任，怎好兄妹为夫妇？"任母道："这不妨，我女原不姓任，是内侄女陆氏嗣来的。"吕玉道："既如此，母亲把内侄女竟认作媳妇，不要认作女儿，把我原认作孩儿，切莫说是女婿便了。"任母道："究竟你的真名姓叫什么？"吕玉暗想道："我的真名姓，岂可便说出？还把个假的权应她罢。"便将"吕玉"二字倒转说道："我姓王名回，乞母亲吩咐家人，切莫走漏消息。"原来任家有几个家人，两个随着任蒨出去杀落了，后来又差两个去路上迎候主人，都不见回来，今只剩个老苍头，任母唤来细细吩咐了一番。

过了一日，任母要同吕玉回到白河县家中与侄女陆舜英成亲，吕玉恐怕到那里被人认出假任蒨，弄出事来，乃恳求任母接取小姐到省中寓所完婚，任母允诺。选下吉日，差人回家迎娶舜英小姐。

舜英闻说姑娘要把她配与表兄任蒨，私自嗟叹道："真个势利起于家庭，姑娘向以任表兄才貌不如我，不堪为配，今日见他中了举人，便要择日成婚。我今在他家里度日，怎好违他？只可惜吕琼仙这段姻缘竟成画饼了。"当下自嗟自叹了一回，只得收拾起身。不则一日，来至省中寓所。任母与她说明就里，方知所配不是任蒨，却是王回。到得结亲之夜，两个在花烛下互相窥觑，各各惊讶。吕玉见了新人，想道："如何酷似陆舜英小姐？我前在山崖上亲见她所题血字，已经投崖死了，如何这里又有个陆舜英？"又想道："任母原是陆氏，她的内侄女或者就是舜英的姊妹，故此面庞厮象也不可知。"又想道："便是姊妹们面庞厮象，也难道厮象得一些儿不差？"这边舜英看了新郎，也想道："这明明是吕玉，如何说是王回？据他说是四川人，难道偏是同乡又同貌？"二人做过花烛，入帏就寝。吕玉忍耐不住，竟问道："娘子你可是陆舜英小姐么？"舜英也接问道："官人你可是吕琼仙？"吕玉见他说破，忙遮掩道："我是王回，并不是什么吕琼仙。"舜英道："你休瞒我，你若不是吕琼仙，如何认得我是陆舜英？"吕玉料瞒不过，只得把实情说了。因问道："据我路上所见，只道小姐投崖自尽了，不想依然无恙，莫非那投崖的又别是一个陆舜英么？"舜英笑道："投崖自尽的也是我，依然无恙的也是我。"便也把前情细细诉说了一遍。两个大家欢喜无限，解衣脱带，搂入被窝，说不尽这一夜的恩情美满。正是：

春由天降，笑逐颜开。前从背地相思，各怀种种；今把离愁共诉，说与般般。前于书馆觑芳容，恨不一口水吞将肚里去；今向绣帏偎粉面，且喜四条眉斗合枕边来。前就诗谜中论短论长，唯卿识我的长短；今在被窝里测深测浅，唯我知伊的浅浅。前见白衣儿洞府欢迎，今被赤帝子坟心直捣。前日丹流莺舌，染绛文于山间；今宵浪滚桃花，落红雨于席上。前日姻传玉镜，谁道温家不是温郎；今宵唇吐丁香，却于吕生凑成"吕"字。何幸一朝逢旧识，几忘两下是新人。

此时任母身子稍安，舜英夫妇定省无缺。吕玉叮嘱舜英："在姑娘面前切莫说出我真名字。"舜英道："你这等藏头露尾，如何遮掩得了？"吕玉道："汪直恶贯满盈，自当天败，我且权躲片时，少不得有出头日子。"舜英自此依他言语，更不说破。

过不多几日，早有送报人送京报来。时吕玉正在房中昼寝，舜英先取来看时，见上面写道：

十三道御史合疏题为逆珰谋为不轨等事：奉圣旨汪直着拿送法司从重治罪。

礼科一本，乞赠直言之士，以作敢谏之风事：奉圣旨据奏四川举人吕玉，试策切中时弊，不幸为小人中伤，被逮道死，殊为可悯。着追复举人，赠翰林院待诏。其主考、房考各官，着照原官加级起用。宁汝权革职拿问。

吏部一本，推升官员事：原任成都府推官文举直拟升陕西道监察御史。奉圣旨文举直着即巡按陕西，写敕与他。

舜英看了，慌忙唤醒吕玉，递与他看。吕玉以手加额道："谢天地，今日是我出头的日了。且喜文老师就做了这里代巡，我的事少不得要他周全。今不要等他入境，待我先迎候上去。"便教家童雇下船只，连夜起身前往。到得前途，迎着了按院座船。吕玉乃先将陕西新科中式举人任蒨的名揭投进，文按君教请相见。吕玉走过官船参谒，文按君一见大惊，连叫："奇怪，奇怪！莫不我见鬼了么？"吕玉道："举人是人，如何是鬼？"文按君道："尊容与敕门生吕玉毫厘无二，所以吃惊。"吕玉道："乞屏左右，有言告禀。"文按君便喝退从人，引吕玉进后舱。吕玉才向袖中取出门生的名揭呈上，说道："门生其实是吕玉，不是

任蒨。"文按君惊问道:"都传贤契已死,如何得活?"吕玉把前事细细呈告。文按君大惊道:"本院便当替你题疏。"吕玉道:"求老师隐起门生冒名冒籍、重复中式一节,门生一向托病不出,如今只说任蒨近日身故,吕玉赘在任家为婿便了。"文按君点头应允。吕玉拜别了文按君回家,仍旧闭门静坐,等候好音。

光阴迅速,不觉已是十二月中旬。忽一日,听得门前喧闹,拥进一簇报人,贴起喜单,单上大书道:

捷报跞府老爷吕:前蒙圣旨追复举人,赠翰林院待诏。今复蒙圣旨如赴京师会试。

吕玉闻报,亲自出来打发了报人去后,入见任母。任母问道:"你是王回,如何报单上却又是什么老爷吕?"吕玉至此方得实情说明,任母才晓得他是吕玉,不是王回。当下吕玉对吕母道:"岳母如今休认我做孩儿,原认我做女婿罢。一向为小婿之故,使岳母未得尽母子之情,我今当为任兄治丧开吊,然后去会试。"任母含泪称谢。吕玉便教合家挂了孝,堂中设棺一口,将任蒨衣冠安放棺内,悬了孝幕,挂起铭旌,旌上写道:"故孝廉君芳任公之柩",门前挂上一面丧牌,牌上说道:"不幸内兄孝廉任公君芳于某月某日以疾卒于正寝",后书"护丧吕玉拜告。"这一治丧,远近传说开去,都说任举人一向患病,今日果然死了,妹夫吕玉在那里替他开丧。于是本处同年俱来作奠,按院亦遣官来吊,一时丧事甚是整齐。正是:

谎中调谎,虚里驾虚。东事出西头,张冠换李戴。任家只有一个儿子,忽然弄出两个儿子来;吕生中了两个举人,隐然分却一个举人去。姑借侄为假媳,侄又借姑为干娘,两个俱为借名;吕冒任之秀才,任又冒吕之乡榜,一般都是冒顶。吕经魁一封赠诏,本谓赐于死后,不料赐于生前;任春元半幅铭族,只道中在生前,谁知中在死后。假王回纳妇成亲,适为真吕玉入赘张本;活琼仙闭门托病,巧作死君芳设幕缘由。这场幻事信稀闻,此种奇情真不测。

吕玉治丧既毕,兼程进京,赴过会试。放榜之日,中了第五名会魁,殿试状元及第,除授翰林院修撰。上疏乞假回籍葬亲,朝廷准奏。吕玉便同舜英到四川拜了祖茔,葬了父母。然后回到陕西白河县,却于瑶芝观里又设两上空棺,挂一对铭旌,一书"故指挥使逢贵陆公之柩",一书"故指挥陆公元配岳孺人之柩",也替他设幕治丧。正是:

> 人虽修怨于我,我当以德报之。
> 总看夫人面上,推爱亦其所宜。

吕玉一面治丧,一面就在观中追荐父母,并任、陆两家三位灵魂。道场完满之日,任

母与舜英都到观中烧香礼佛。只见观门外走进一个白衣道姑，携着一个白衣童子来到庭前，见了舜英，笑道："小姐今日该还我玉钩了。"舜英看时，认得是前日救她的仙姑。未及回言，早见自己身边飞出一道白光，化作白云一片，那道姑携着童子跨上白云，冉冉腾空而起。一时观里观外的人，俱仰头观看。舜英忙排香案，同吕玉、任母望空礼拜，约有半个时辰，方才渐渐不见。舜英伸手去摸那玉钩时，已不在身边了。正是：

> 仙驾来时玉佩归，瑶芝观里白云围。
> 惊看天上蛟龙变，正值人间鸾凤飞。

吕玉唤高手匠人塑仙姑、仙童神像于观中，给香火钱与本观道姑，教她朝夕供养。舜英又唤过昔日在林子里遇见的两个道姑，多给银钱，酬其相留之德。吕玉把三个空枢都安厝了，然后同家小进京赴会。后来舜英生三子，将次子姓了任，第三子姓了陆，接待两家香火。吕玉官至文华殿太学士，舜英封一品夫人。吕玉又替任母题请表扬贞节，此是后话。

看官听说，隋侯之珠，杨香之环，相传以为灵异，岂若蛟神白玉钩更自稀奇。至于佳人死难，贤士捐生，不知费了吊古者多少眼泪。今观陆小姐绝处缝生，吕状元死中得活，安得不鼓掌大笑，掀髯称快。

【回末总评】

蛇为仙，玉化灵，奇矣。然神仙之幻不奇，人事之幻乃奇。托任是假，姓王亦是假；认儿是假，呼婿亦是假，是一假再假也。任蒨本有，王回却无，是两假之中，又有一真一假也。假子难为子，侄婿可为婿，是同假之中，又有半假半真也。至于任之死是真，若死在中式之后，则死亦是假；吕之病是假，乃病在治丧之前，则病又疑真。真真假假，假假真真，总非人意想之所到。

卷之五　续箕裘

吉家姑捣鬼感宗兄　庆藩子失王得生父

　　血诚不当庭悖意，伯奇孝已千秋泪。号泣问苍天，苍天方醉眠。有人相救援，感得亲心转。离别再团圆，休哉聚顺欢。

右调《菩萨蛮》

　　从来家庭之间，每多缺陷。以殷高宗之贤，不能察孝己。以尹吉甫之贤，不能活伯奇。又如庚太子被谮而死，汉武帝作思子宫，空余怅望，千古伤心。至于宜臼得立，不能再见幽王，而与褒姒、伯服势并不存；重耳归国，亦不能再见献公，而与奚齐、卓子亦势不两立，又岂非可悲可涕之事？如今待在下说个被谗见杀、死而复生的孝子、哭子丧目、盲而复明的慈父，再说个追悔前非、过而能改的继母，无端抛散、离而复合的幼弟，与众官听。

　　这桩事在正统年间，河南卫辉府有个监生，姓吉名尹，号殷臣，妻高氏，生一子，名孝字继甫。幼时便定下一房媳妇，就是吉尹妹丈喜全恩的女儿。那喜全恩是勋卫出身，现在京师做个掌管羽林卫的武官。夫人吉氏，便是吉尹的胞妹。所生女儿，小字云娃，与吉孝同年同月而生，两家指腹为婚。不想吉孝到十二岁时，母亲高氏一病而亡。吉尹娶妾韦氏，一年之内即生一子，乳名爱哥，眉清目秀，乖觉异常，吉尹最所钟爱，替他起个学名，叫作吉友。自古道"母以子贵"。吉尹喜欢吉友，遂将韦氏立为继室。原来吉家旧本殷富，后因家道衰落，僮仆散去，只留一旧仆高懋，原系前妻高氏随嫁来的。到得韦氏用事，把这旧仆打发出去。另自新收个养娘刁氏。那刁妪最会承顺主母颜色，趋候意旨，搬说是非，韦氏甚是喜她。正是：

彼一时今此一时，新人用事旧人辞。

只缘主母分前后，顿使家奴兴废殊。

却说吉孝一向附在邻家书馆中读书，朝去夜回，全亏高懋担茶担饭，早晚迎送。自从高懋去了，午膳晚茶没人送去，都要自回来吃。那刁姬只愿抱着小官人，哪里来理会大官人。吉孝匍匐道途，不得安逸，或遇风雨之时，一发行走不便，时常欷歔嗟叹。刁姬便在韦氏面前搬口道："大官人道主母逐了高懋去，甚是怨怅。"韦氏变色道："难道一个家人，我做娘的作不得主？"便对吉尹说了，唤吉孝来数说了几句，吉孝不敢回言，情知是刁姬搬了是非，一日归来吃午膳，饭却冷了，忍耐不住，不合把刁姬痛骂了一场，刁姬十分怀恨，便去告诉韦氏道："相公大娘不曾骂我，大官人却无端把我来辱骂。"韦氏道："晓得是娘身边得用的人，看娘面上就不该骂你了。"刁姬道："这是骂不得大娘，所以骂我。大官人正不把大娘当娘哩，他背后还有极好笑的话。"韦氏问什话，刁姬假意不敢说。直待盘问再三，方才说道："大官人在背后说相公没主意，不该以妾为妻。又说大娘出身微贱，如今要我叫娘，寔是勉强。"韦氏听了，勃然大怒，便要发作。刁姬止住道："大娘若为了我与大官人寻闹，他毒气都射在我身上，不知只记在心里，慢慢计较便了。"韦氏自此深恨吉孝，时常对吉尹说他的不是处。正是：

信谮何容易，只因心两般。

可怜隔腹子，如隔一重山。

常言道："口能铄金。"浸润之谮，最是易入。吉孝本没什不好，怎当得韦氏在丈夫面前，朝一句晚一句，冷一句热一句，弄得吉尹把吉孝渐渐厌恶起来。看官听说：大凡人家儿子为父母所爱的，虽有短处，也偏要曲意回护；若一被父母厌恶了，便觉他坐又不是，立又不是，语又不是，默又不是。可怜一个吉孝，只因失爱于父母，弄行手足无措，进退不得。思量无可奈何，唯有祷告天地神明，或可使父母心转意。于是常到夜半，悄悄起来跪在庭中，对天再拜，涕泣祷告。又密写疏文一纸，在家庙前焚化。却不想都被刁姬窥见，一五一十地报与韦氏道："这不知做的是什把戏？"韦氏怒道："畜生一定是咒我夫妇两个了。"便对吉尹说知。吉尹初时尚不肯信，到夜间起来偷看，果见吉孝当天跪拜，口中喃喃呐呐，不知说些什么。吉尹大喝道："你这忤逆畜生，在这里诅咒爹娘么？"吉孝吃了一惊，跪告道："孩儿自念不肖，不能承顺父母，故祷告上苍，愿天默佑，使父母心回意转。岂有

诅咒之理？"吉尹道："你既非诅咒，何消夜半起来，避人耳目。我今亲眼见了，你还要花言巧语，勉强支饰。"便把吉孝着实打了一顿。

吉孝负痛含冤，有口莫辩。自想母党零落，高家已是无人，只有喜家姑娘是父亲胞妹，又是自己的丈母，除非她便可以劝得父亲。因捉个空，瞒着父母，私自走到喜家去，拜见姑娘，诉说衷情。原来喜全恩因上年土木之变，护驾死战，身受重伤，此时景泰御极，兵部于尚书嘉其忠勇，升他做了挂印总兵，镇守边关，不得回来，保有夫人吉氏在家。当下喜夫人听了侄儿所言，便道："原来有这等事，待我婉转劝你父亲，教他休信谗言便了。"吉孝垂泪道："全赖姑娘劝解则个。"喜夫人又安慰了他几句，吉孝不敢久留，谢别了姑娘，自回家去。

过了一日，吉尹因欲问妹夫喜全恩信息，步到妹子家里去。喜夫人接着，置酒相待。吉尹问道："近日妹丈可有家信回来，边关安否如何？"喜夫人道："你妹夫近日有信来，说边关且喜宁静。但牵挂家中骨肉，放心不下，询问女婿吉继甫迩来学业如何？"吉尹道："不要说起，这畜生十分无礼。我正待告诉你，一言难尽。"便把吉孝夜半对天诅咒的话说了一遍。喜夫人道："我也闻得哥哥近日在家中惹气，可念父子至亲，先头的嫂嫂只留得这点骨血，休要听了闲言闲语，错怪了他。若做儿子的诅咒爹娘，天地有知，必不受此无理之诉，这是自告自身了。我看侄儿是读书人，绝无此事。"吉尹听了，只管摇头，口虽不语，心里好生不然。正是：

> 枕边能灵，膝下见罪。
>
> 儿且不信，何有于妹。

当下吉尹别过妹子，回到家中，把上项话与韦氏说知。韦氏道："若不是这畜生去告诉姑娘，何由先晓得我家中惹气？原来那忤逆种的要把丈母的势来压量我。罢罢，他道我出身微贱，做不得他的娘，料想姑娘也只认得选头的嫂嫂，未必肯认我为嫂，他女儿也不肯到我手里做媳妇。她说父子至亲，他们父子到底是父子，我不过是闲人，你从今再休听我的闲言闲语，我今后但凭你儿子怎样诅咒，再不来对你说了。"这几句话分明是激恼丈夫，吉尹听了如何不怒？便唤过吉孝来喝问道："你怎生在姑娘面前说我听了闲言闲语？"韦氏便接口道："你夜半对天诅咒，是你父亲目击的，须不干我事，你就教姑娘来发作我，我也有辩。我晓得你只多得我与小弟兄两个，今只打发我两个出去便了，何必连父亲也咒在里面？"吉尹听说，愈加着恼，又把吉孝打了一顿，锁在后房骂道："省得你再到姑娘家去告诉，我且教你这畜生走动不得！"自此吉孝连书馆中也不能去，终日在房里涕泣。

那刁妪却私与韦氏议道:"相公与大官人闹了这几场,大官人心里不怪相公,只怪大娘。今大娘年正青春,小官人又只得两三岁,相公百年之后,大娘母子两个须要在大官人手里过活,况大官人又有喜家夫人的脚力,那里须受他的累。常言道:'斩草不除根,萌芽依旧发。'依我算计,不如先下手为强。"韦氏沉吟道:"你所言甚是,但今怎生计较便好?"刁妪道:"我有一计,不知大娘可依得么?"韦氏道:"计将安出?"刁妪道:"大娘可诈病卧床,教大官人侍奉汤药。待我暗地把些砒霜放在药里,等他进药之时,大娘却故意把药瓯失手跌落地上,药中有毒,地上必有火光冒起。那时说他要药死母亲,这罪名他须当不起。相公自然处置他一个了当。"韦氏道:"此计大妙。"

商议已定,次日便假装做心疼,倒在床上,声唤不止。吉尹着忙,急着医生看视,讨了两贴煎剂,便付与刁妪,教快煎起来。韦氏道:"刁妪只好抱爱哥,没工夫煎药。若论侍奉汤药,原是做儿子的事。今可央烦你大孩儿来替我煎煎。"吉尹听说,遂往后房开了锁,放出吉孝,吩咐道:"母亲患病,要你煎药。只看你这番,若果小心侍奉,便信你前日不是诅咒,可以将功折罪。"吉孝领命,忙向刁妪取了药,看药封上写道:水二钟,煎八分,加姜二片,不拘时服。吉孝随即吹起炭火,洗净药罐,置水加姜,如法煎好。将来倾在瓯内,双手捧着,恭恭敬敬走到韦氏床前,叫声:"母亲,药在此。"那时吉尹正坐在房内,教刁妪引骗着爱哥作要,替韦氏消遣。见吉孝煎得药来,即令刁妪把爱哥放在床上,且伏侍韦氏吃药。韦氏才接药在手,却便故意把手一摵,将药瓯跌落地上,只见地上剌栗一声,一道火光直冲起来。吉孝见了,吓得目瞪口呆。刁妪只顾咋舌道:"好利害,好厉害!"韦氏便呜呜咽咽地哭道:"大官人呵,你好狠心也!你恨着我,只去对你姑娘说,教你父亲出了我便罢。何苦下恁般毒手,药里不知放了什东西,这等利害。早是我不该死,险些把我肝肠也迸裂了。"

吉尹此时怒从心起,一把拖过吉孝来跪下,大喝道:"你要药死母亲,当得何罪?"吉孝大叫冤屈。吉尹道:"待我剥了你衣服,细细地拷问。"刁妪便假意走过来解劝,却从闹里把个毒药纸包暗暗塞在吉孝袖中。吉尹把吉孝衣服扯落,见袖中滚出个纸包儿,取来看时,却是一包砒霜。吉尹大怒道:"药包现证,还有何说!"韦氏道:"若只要药死我一个,不消又留这许多砒霜,他想还要药死父亲与兄弟哩。"吉尹听了,咬牙切齿,指着吉孝骂道:"你这弑逆之贼,我今日若不处你个死,将来定吃你害了!"韦氏道:"你休说这话,伤了父子至亲,不如倒来处死了我,中了他的意罢。我是闲人,死了一百个也不打紧。况我今日不死,后日少不得要死在他手里的,何不趁你眼里死了,倒得干净。"吉尹听了这话,越发躁暴如雷,便解下腰里汗巾来,扣在吉孝颈项下。吉孝慌了,放声号哭。这边爱哥在床上见哥哥这般光景,不觉惊啼起来。韦氏恐怕吓了他,忙叫刁妪抱了开去。刁妪借这由头,

竟抱了爱哥出房去了,并不来解劝主人。吉尹一时性起,把吉孝按倒在地,拴紧了他颈里汗巾,只一拽,可怜吉孝挺了两挺,便直僵僵不动了。韦氏见吉孝已死,假意在床上儿天儿地的哭将起来说:"我那一时短见的孩儿,我那自害自身的孩儿,倒是我教你煎药的不是,送了你性命。恨我不先死,连累了你了。"吉尹道:"他咒你不死,又来药你,这样逆子,还要哭他则什。"韦氏道:"你还念父子至亲。买口好棺木殡送了他。"吉尹道:"弑逆之人,狗彘不食,要什棺木。只把条草藉裹了,扛他出去。"韦氏道:"姑娘晓得,须不稳便。"吉尹道:"是我养的儿子,她也管不得我。"说罢,便走出去唤人扛尸。原来吉家有几个邻舍,日前都被刁妪把吉孝诅咒父母的话谗毁过的,今又闻说他要毒死母亲,被他亲爹处死的,哪个敢来说什话,只得由他唤两个脚夫把尸首找到荒郊抛掉了。正是:

　　井廪无辜犹遇难,况乎弑逆罪通天。

　　独伤孝子蒙冤谴,殒命还将尸弃捐。

　　却说那日喜家夫人吉氏闲坐室中,觉得满身肉颤,耳热眼跳,行坐不安,心里正自疑忌,早有吉家邻舍把吉孝殒命抛尸的事传说开来,喜家的家人知了这消息,忙报与主母。喜夫人听了,大惊啼哭,云娃小姐也在房里吞声暗泣。喜夫人道:"此事必然冤枉,我哥哥如何这般卤莽?"慌忙差几个家人,速往郊外盾吉孝尸首的下落。家人领命,赶到荒郊看时,见吉孝面色如生,伸手去摸他身上,心头尚热,候他口中,还微微有些气息。家人连忙夺回报知主母。喜夫人便教取一床被去,把吉孝裹了,连夜抬到家中,安放一张榻上,把姜汤灌入口内,只听得喉间咯咯有声,手足渐渐转动。喜夫人道:"好了,好了。"便连叫:"侄儿苏醒。"叫了一回,吉孝忽地开双眼,定睛看了姑娘半晌,方才哽哽咽咽地说道:"莫不是我魂魄与姑娘相会么?"喜夫人哭道:"我儿,你姑娘在此教你,你快苏醒则个。"当下扶起吉孝,姑侄两个诉说冤苦,相对而泣。旁边看的奴婢亦无不下泪。正是:

　　历山有泪向谁挥,痛念穷人无所归。

　　此日若非姑氏救,幽魂化作百劳飞。

　　吉孝对姑娘说道:"这毒药不知从何而来?想必又是刁妪所为。侄儿今负一个弑逆罪名在身上,有何面目立于天地之间?今日虽蒙姑娘救了,若不能辨明心迹,再与父亲相见,生不如死。"喜夫人劝道:"你且在我家暂避几时,在我身上教你父亲回心转意,日后再与你相见便了。"于是盼咐家人,不许走漏消息与吉家知道。

次日，喜夫人唤两个会讲话的女使来吩咐了，遣她到哥哥家里，见了吉尹夫妇说道："我家夫人闻大官人凶信，特遣我们来探问。"吉尹把前事细述了一遍。女使道："我家夫人说，大官人不但是我侄儿，又是女婿。相公要处置他，也该对我说声。乃至处置死了，又不来报。不知是何缘故？"吉尹道："他诅咒爹娘，又要药死继母，大逆不道。吾已不认他为子，你家夫人也不必认他为侄为婿了。故此不曾来说。"女使道："夫人、小姐都道大官人死得不明不白，十分哀痛。相公也忒造次了些。"吉尹道："他身边现有毒药为证，如何说不明白？你家小姐还喜得不曾过门，如今竟另寻好亲事便了。"女使道："夫人说大官人受屈而死，小姐情愿终身不嫁。"吉尹道："嫁与不嫁我总不管，悉凭你夫人主张。"女使道："相公倒说得好太平话儿。"吉尹更不回言，竟自走开去了。女使亦即辞别而去。从此两家往来稀疏，吉尹也不到喜家去，喜家也再不使人来。

韦氏与刁妪自吉孝死后，私相庆幸，以为得计。不想小孩子爱哥终日寻觅哥哥不见，时常啼哭，百般哄诱他不住。韦氏没奈何，教刁妪抱他去街坊上玩耍。正是：

孩提之童，具有至性。
天伦难昧，于兹可信。

自此刁妪怕爱哥在家啼哭，日日抱着他在街上闲行。原来吉家住在城外，与皇华亭相近。那时是天顺元年，南宫复位，有陕西、宁夏的藩封庆王进京朝贺，经过本处地方。城中各官都到皇华亭迎接，街上甚是热闹，刁妪便抱着爱哥去闲看。正抱到一个开画店的门首，爱哥忽然要讨糖果儿吃。刁妪要抱他到铺子上去买，爱哥不肯道："我是在这里看画，你自去买来我吃。"刁妪再要强他时，爱哥便哭起来。刁妪欲待央托画店里的人替他照管，却见那画店里也只有个十数岁的小厮坐着看店，并不见有店主人在内。刁妪不得已，只得叫爱哥坐在店前横板上，嘱咐道："你不要走动，我去买了就来。"说罢，向人丛中挨去。走过两条巷，买了糖果，才待转来，恰遇街上官过，又等了半晌，方才奔回画店前，却不见爱哥在那里了。刁妪吃惊，问那店里小厮时，说道："他不见你来，走来寻你了。"急得刁妪叫苦不迭，四下里很寻，但见人来人往，挨挨挤挤，哪里寻得见？又东央西问，各处寻唤了一回。看看天晚，奔到家中，汗流满面，哭告与韦氏知道。韦氏大惊失色，埋怨道："你所干何事？一个小官人不看管好了！"吉尹听得不见了爱哥，大骂刁妪："老乞婆，你昏了头，不看好了他，让他走失了！"刁妪自知不是，不敢作声。韦氏啼啼哭哭，一夜不曾合眼。次早吉尹起来，写下招子数十张，各处粘贴。招子写道：

出招子吉殷臣，自不小心，于天顺元年十月初一日走失小孩儿一个。年方三岁，小名

爱哥。面白无麻,头载乌段帽兜,上有金寿字一枚,珠子一颗,银刚铃子十粒。颈持小银项箍,臂带小银镯。身穿大红小绵袄,外着水红洒线道袍。下身白绸绵裤,脚穿虎头靴。身边并无财物。如有收留有者,谢银十两。报信者,谢银三两。决不食言。招子是实。

吉尹一面贴招子,一面教刁姬各处寻访。一连寻了数日,并没音耗。韦氏终日哭骂刁姬。看看又过了几日,眼见得爱哥是寻不着的了,韦氏肝肠如割,真个害起心疼病来。那时却没人侍奉汤药,只得教刁姬支持。病人心中又苦又恼,伏侍的人甚难中意。正是:

> 当初是假疾,今日是真病。
> 试问侍奉人,何如长子敬。

刁姬受不了一肚皮气,说不得,话不得,缠累了两日,也头疼脑痛起来。床上病人未愈,伏侍的人又病倒了。吉尹一个人哪里支持得来,只得再去寻问旧仆高懋,指望唤他来奔走几日,不想高懋自被主人打发出门后,便随着个客商往北京去了。吉尹心中烦闷,只在家里长吁短叹。

这边吉孝在喜家闻知父母近日有这许多不堪之事,心上甚是放不下,便恳求姑娘差个人去看看。喜夫人应允,即令一个老姬、一个苍头到吉家去服役。吉尹十分感谢,便教这老姬伏侍韦氏,随便也看看刁姬。那韦氏因服药调治,渐渐平愈。这刁姬却倒感得沉重,热极狂语,口中乱嚷道:"大官人来索命了。"忽又像吉孝附在身上的一般,咬牙怒目地自骂道:"你这老淫妇,做陷得我好!你如何把砒霜暗放药里,又把砒霜纸包塞在我衣袖里,致使我受屈而死?我今在阴司告谁,一定要捉你到酆都去了!"一会儿又乱叫道:"大官人不要动手,这也不独是我的罪,大娘与我同谋的。"说罢,又自打自的巴掌,喝道:"你不献这计策,大娘也末必便起此念,我今先捉了你去,慢慢与大娘算账。"韦氏听了这些说话,吓得一身冷汗,毛骨悚然。喜家的苍头、老姬都道奇怪,吉尹听了,将信将疑。正是:

> 贼人心虚,虚则心馁。
> 不打自招,无鬼见鬼。

刁姬准准地乱了三日三夜,到第四日,呜呼哀哉,优惟尚飨了。临死之时,颈里现出一道绳痕,舌头拖出几寸。韦氏见了,好生害怕。当下吉尹买口棺木,把她盛殓,抬去烧化了。韦氏自此心神恍惚,睡梦中常见吉孝立在面前。忽一夜,梦见吉孝抱着爱哥在手里,醒来想道:"我那爱哥一定被大孩儿阴空捉去了。"心中凄惨,不觉直哭到天明。看官

听说：大凡人亏心之事断不可做。韦氏不合与刁姬谋害吉孝，今见刁姬这般死法，只道真个吉孝的冤魂利害，因猜疑到爱哥也一定被冤魂缠了去，于是便形之梦寐，此正与刁姬无鬼见鬼一般。哪知吉孝原不曾死，那爱哥也另自有个好处安身，说话的少不得渐渐说来。

如今且说韦氏因梦所见。心怀疑忌，与喜家老姬商量，要寻个关亡召神的女巫来问问。老姬道："我家老苍头认得两个女巫，一个姓赵的，极会关亡；一个姓纽的，最调得好神。"韦氏听说，便央老苍头去请她两个来。苍头领命，先回到喜家，把上项事细细对喜夫人说知。喜夫人笑道："我如今可以用计了。"便教苍头先密唤那两个女巫到来，各送与白金一两，吩咐了她言语。又教吉孝亲笔写下一纸祷告家庙的疏文，后书景泰七年十二月的日期，付与纽婆藏在身边，附耳低言，教他如此如此。两个女巫各领命而去。有篇口号，单说那些女巫的骗人处：

司巫作怪，邪术跷蹊。看香头，只说见你祖先出现；相水碗，便道某处香愿难迟。肚里说话时，自己称为灵姐；口中呵欠后，公然妆做神祇。假托马公临身，忽学香山匠人的土语；妄言圣母附体，却呼南海菩萨是娘姨。官话蓝青，真成笑话；面皮收放，笑杀顽皮。更有那捉鬼的瓶中叫响，又听那召亡的瓮里悲啼。说出在生时犯什症候，道着作享日吃什么东西。哄着妇人泪落，骗得儿女心疑。究竟这般本事，算来何足称奇。樟柳神、耳报法，是她伎俩；簪头仙，练熟鬼，任彼那移。过去偶合一二，未来不准毫厘。到底是脱空无寔，几曾见明哲被迷。

当日两个女巫到了吉家，见了吉尹夫妇。韦氏先要关亡，赵婆便讨两只桌子，将一桌放着了壁，桌下置空瓮一个，桌上缚裙一条来遮了。一桌另放一边，上置一空盘，赵婆把个茶壶盖儿去盘中团团磨转中，口中念念有词。磨不多时，早听得瓮中谡谡有声，细听时，像有人在内咳嗽的一般。赵婆问道："你是何人？"瓮中答道："我是土地。"赵婆道："吉姓香火，要请家先亡人，烦你去召来。"瓮中寂然了半响，忽听到嘤嘤地哭将来。赵婆又问："是谁？"瓮中答道："我是吉殷臣的前妻高氏。我儿吉孝死得好苦！"赵婆道："怎么死的？"瓮中答道："韦氏听了刁姬，设计陷他，被他父亲用汗巾扣死的。"赵婆道："如今刁姬在哪哩。"瓮中道："已被我儿捉杀了。如今正好在阴司受苦哩。"赵婆道："今本家小官人爱哥不见了，你可知他在何处？"瓮中答道："他的娘陷害了前儿，故罚她与亲儿不能相见。再过几时，少不得知道，今且不须问。"赵婆再要问时，只听得瓮中道："我忙些个，去也去也。"韦氏听罢，吓得通红了脸，做声不得。吉尹道："这是假的，问他爱哥的消息，便葫芦提过去。以前的话，不过晓得刁姬临终乱言，故附会其说。若大儿下毒是虚，难道夜半诅咒也是虚的？我只不信。"

韦氏道："关亡不肯说爱哥下落，再问调神的，或者说出也未可知。"便教调神的调起

神来。那纽婆便把香烛供起，焚了一道符，自己掇条凳子坐着。坐了一回，忽然连打几个呵欠，把一双眼反插了，大声道："我乃扬威侯刘猛将是也，你家屈杀了大孩儿，却只来问我小孩儿做什么？"吉尹听了，忍耐不住，开口问道："大孩儿如何是屈杀了？"纽婆道："这毒药须不是他下的，是有人诬陷他的。你如何不仔细详察，错怪了他？"吉尹道："他夜半起来对天诅咒父母，背地在家庙前焚化诅咒的疏文，这须不是别人诬陷他。"纽婆笑道："怎么不是诬陷他？他的疏文不是诅咒，是求祷父母回心转意的意思。"吉尹摇头不信，纽婆道："你不信么，他的原疏焚在家庙前，我神已收得在此。"一头说，一头便向袖中取出一幅黄纸儿，掷于地上道："你自去看，我神去也。"说罢，又打连几个呵欠，把头倒在桌上睡去了。吉尹就地上拾起那黄纸，展开看时，认得是吉孝的笔迹。上写道：

信童吉孝，虔诚拜祷于家庙众圣座前：伏以顾瞻萱室，后母无异于前；仰恋椿庭，鞠子本同其闵。特以谗人交构，致令骨肉乖张；痛思我罪伊何，必也子职未尽。不见容于怙恃，何以为人？既负耻于瓶罍，不如其死！但念高堂无人侍奉，非轻捐一命之时；还期上苍开我愚蒙，使能转二人之意。苟或予生不幸，终难望慈父回心；唯愿弱弟成人，早得代劣兄补过。此时虽瞑目而靡憾，然后可捐躯以报亲矣。临疏不胜哀恻之至。

看官听说：从来读书人不信鬼神，未有不信文字。鬼话假得，文字须假不得。况这一道疏文，明明是吉孝的亲笔。吉尹看了，如何不感动？当下不觉失声大哭道："我那孝顺的孩儿，是我屈死了你也！看你这篇疏文，岂有药死母亲之理？调神的说话不是假，连那关亡的说话也一定是真的了。"韦氏问道："这疏文上说些什么？"吉尹一头哭，一头把疏文念将出来。韦氏听道保佑弱弟成人之语，也不觉满眼垂泪，大哭起来道："原来大孩儿一片好心，是我误听刁姬，送了他性命。他在九泉之下，怎不怨我也！"那喜家的老姬便接口道："这疏文既是大官有焚化过的，如何却在纽婆袖里？我说她调的神最是灵异。"韦氏去看他纽婆时，纽婆恰好醒将转来，佯为不知，把手擦着双眼道："神道曾来过么？"韦氏道："你袖里这疏文是哪里来的？"纽婆佯摸袖中道："没什疏文。"韦氏道："你方才取出来的疏文。"纽婆道："我一些不晓得，方才昏昏沉沉，只如睡梦一般。原来神道已来过了？又取出什么疏文来，好奇怪！"韦氏听说，一发信道是真。自把钱谢了两个女巫，打发去了。

且说吉尹把这疏文看了哭，哭了又看，追想前日屈杀他的时节，十分懊悔。又想刁姬死了，倒有棺木盛殓，我儿受冤而死，棺木也不曾与他，展转思维，愈想愈痛。哭了几日，泪尽血枯，竟把两目都哭瞎了。正是：

> 既悲幼子离，又痛长儿死。
>
> 洒泪似西河，丧明如卜子。

话分两头。却说吉孝在喜家读书,时常思想父亲,废书而泣。及闻父母见了他疏文,回心转意,便想归家。后又闻父亲为他哭瞎了双目,十分哀痛。哭告姑娘道:"为着一纸疏文,使父亲两目失明,倒是孩儿累了父亲,孩儿一发是罪人了。今日心迹既明,父母俱已悔悟,合当拜别姑娘,归见父母。"说罢,便要辞去。喜夫人道:"你且慢着,你父亲虽已回心转意,末知你继母的悔过可是真的。我还有个计较试她一试,看是如何。若她果然悔悟。那时我亲自送你回去便了。"过了一日,喜夫人差个女使去邀请韦氏,只说我家夫人因欲占问家事,请得一个极灵验的女巫在那里,那女巫不肯到人家去的,我夫人再三敦请,方请得来,大娘若要问小官人下落,可速到我家来亲自问他。韦氏正想前日关亡,调神都不曾说得爱哥下落,今闻喜家女使之言,便唤乘轿子坐了,来到喜家。喜夫人接着,相见过了,邀进室内坐定,动问哥哥为何近日两目失明,韦氏呜呜地哭起来道:"只为屈死了大孩儿,心中哀痛,故此哭损了双目。"喜夫人道:"当初屈杀大侄儿的时节,嫂嫂何不苦劝。"韦氏哭道:"当时我也误听刁妪,错怪了他,只道他夜半诅咒。及到前日听他疏文上的说话,并不曾怨着父母,倒暗暗保佑小兄弟,方知他是一片好心。可怜受冤而死,今日悔之无及。"喜夫人道:"大侄儿死的那日,我若知道,还可救得。如何不来报我一声?"韦氏哭道:"便是那日失了计较,不曾来报得姑娘。你哥嫂合当作个无后之人,绝祀之鬼。"喜夫人道:"小侄儿若在,还不至于无后绝祀,如何又走失了?"韦氏哭道:"小孩儿只为寻不见哥哥,在家中啼哭,故教刁妪抱他出去的。若大孩儿不死,小孩儿也不见得走失了。都是刁妪这老淫妇送了我两个孩儿。"喜夫人道:"死者不可复生,去者还可再返。若访着小侄儿的去处,还可寻得回来。"韦氏哭道:"如今便寻得回来,也不济事了。"喜夫人道:"这却为何?"韦氏哭道:"你哥哥为思想大孩儿,哭瞎了双目。我为你哥哥失了双目,一发思想大孩儿。便寻得小孩儿回来,三岁的娃娃替得父亲什么力?瞽目之人,寸步难行,须有长子在家,方是替力的,如今教我靠着哪个?"说到苦处,不觉捶胸顿足,大哭起来。喜夫人劝道:"若寻得小侄儿回家,我哥哥心上宽了一半,两目或不至全盲。"韦氏哭道:"小孩儿不知死活存亡,前日两个女巫都不肯说。"喜夫人道:"我今寻得个极灵验的女巫在此,她能使鬼魂现形。若小侄儿不幸而死,他便召得魂来。若不曾死,她便召别个鬼魂来明说他在何处。"韦氏道:"如此最妙,如今这女巫在哪里?"

喜夫人便教女使去后房请来。只见后房走出一个老婆子,韦氏与她相见毕,说与访问爱哥的缘故。那婆子教把一顶帐子张挂密室中,喜夫人却暗令吉孝伏于帐内。那婆子书符念咒,做作了半晌,说道:"帐中已召得鬼魂来了,可揭起帐来看。"韦氏忙教丫鬟把帐儿揭起,只见吉孝从帐里走将出来,径到韦氏身边,跪下叫道:"母亲,孩儿在此。"韦氏吓

得跌倒在地,哭叫道:"你休来索命。"吉孝上前扯住道:"母亲休惊。"韦氏爬起,在地下乱拜道:"当初谋害你,都是刁姬替我算计的,不干我事。你饶我罢。"吉孝连忙扶定道:"母亲休要如此,孩儿不是索命的。"韦氏道:"你既不来索命,可说与我小兄弟在哪里?"吉孝道:"孩儿不是鬼,哪里晓得兄弟的下落?"韦氏道:"你明明是鬼,怎说不是鬼?"喜夫人走过来,扶起韦氏坐定,说道:"他其实不是鬼,你不须惊恐。"便把向日救活吉孝情由细细说了。韦氏重复下拜道:"多谢姑娘如此周全,我夫妇何以为报?"喜夫人慌忙扶起。

当下韦氏与吉孝、喜夫人一处坐地,韦氏对吉孝道:"我当初误听刁姬,错害了你,你休记怀。"吉孝道:"天下无不是的父母,只恨孩儿不孝,不能承顺膝前,岂有记怨之理?"韦氏道:"你父亲两日为损了双目,终日焦躁,哭一回,恨一回,痛骂刁姬一回,又埋怨我一回,朝夕不得安静,我也难过日子。要请个眼科医生看治,你道这心上的病,可是医药救疗得的?你今快回去拜见爹爹,使他心中欢喜,胜似服药。"吉孝听说,便起身欲回。喜夫人道:"我当亲送你去。"遂与韦氏各乘轿子,带了吉孝,竟到吉家。

先使人报知吉尹道:"喜家夫人送大官人回来了。"吉尹道:"大官已死,还有什么大官人?"说言未绝,只听得吉孝声音叫道:"父亲,孩儿拜见。"吉尹道:"莫非你们道我哭瞎了眼,寻个声音厮象的来哄我么?"随后听得韦氏同着喜夫人进来,韦氏道:"我教你欢喜,大孩儿不曾死。"喜夫人叫道:"哥哥恭喜,侄儿在这里。"吉尹道:"不信有这事。"吉孝钻入吉尹怀里,抱住哭道:"父亲何故失了双目?"吉尹把吉孝浑身上下摸了一遍,哭道:"莫非我在梦里会你么?"韦氏把姑娘暗救的事细说与听了。吉尹大喜,离坐望空下拜道:"妹子多亏了你了。"喜夫人忙扶起道:"哥哥今后宽心养目,两个侄儿且喜一个先回来了。死别的尚可复生,生离的少不得有再见的日子。"又对韦氏说道:"父子娘儿难得如此再聚,嫂嫂今后须要始终恩育,再休伤了天分。"韦氏含着眼泪,指天誓道:"这等孝顺的孩儿,我今若不把他做亲生的一般看待,天诛地灭!"当下夫妇二人把喜夫人千恩万谢。喜夫人别了哥嫂自回家去了。吉尹父子两个重复相抱而哭,准准地哭了半日。正是:

> 喜极而悲,痛定思痛。
> 相见之时,哀情愈重。

吉尹自吉孝归家之后,心中宽慰,便觉两目渐有微光。事孝又日日拜祷天地,保祐父亲开瞖复明。过了月余,两目竟豁然光明,仍复如旧,举家相庆。看官听说:人当否极之日,没兴一齐来;齐至泰来之时,喜事也一齐到。吉孝正喜两目复明,恰好妹丈喜全恩在京有书寄来,要接取家眷并舅子一家儿赴京同住。原来喜全恩因天顺皇帝念他护驾旧

劳，从边关召回京师，适值京中有叛将曹钦作乱，全恩杀贼有功，朝廷敕封为靖寇伯，十分荣贵。京报人到喜，家报喜随后就有喜府差人寄书与舅子吉尹。书中说两家儿女都已成长，可就在家中媒了姻，两家宅眷都到京中来一同居住。吉尹见了书，便亲到妹子家中贺喜。喜夫人见哥哥两目已明，十分欣慰。即择下吉日，入赘侄儿吉孝，与女儿云娃成亲。满月之后，两家都收拾起身。两号大官船，一路起送夫马，不则一日，到了京师。来年会试，中了下武进士。喜夫人到京后，生下一个儿子，尚在襁褓。喜全恩权教女婿料理府中一应公务，内外诸人都称吉孝为喜大爷。那吉尹本是监生出身，喜全恩替他谋选京职，做了光禄寺典薄，不多时升了鸿胪寺寺丞。此时旧仆高懋跟一个客商在京开店，闻得主人做了官，前来参见。吉尹念他是旧人，仍收用了。正是：

> 父见生儿主见仆，一家欢乐称多福。
>
> 独怜幼子杳无踪，只此一事心未足。

　　光阴迅速，不觉过了十年有余。吉孝官至督府金事。吉尹仗着妹丈与儿子脚力，累升至行人司行人。是年宁夏潘封庆王薨逝，王子合当嗣立，朝廷议遣行人一员赍敕到彼赐封。吉尹便谋了这个差使，领了敕书，离了京师，迤逦来至宁夏地方。那边王子闻天使至，出郭迎接。吉尹齐敕到王府中开读，王子受敕谢恩毕，设宴款待天使。饮酒中间，王子从容对吉尹道："孤家今日承袭此位，失而复得，大非容易。"吉尹道："老殿下薨逝，自当殿下嗣立，何谓失而复得。"王子道："原来天使不知，孤乃先王之侄，非至王之子也。先王无子，于天顺元年进京朝贺之时，路经卫辉府地方，拾得一个螟蛉之子，养于府中，只说是亲生的，无人知觉。直至临薨遗命，方才说明，以为天潢宗派，王位至重，不当以他姓冒立，故特命孤承袭此位。岂非几失而复得？"吉尹听了，沉吟道："原来如此。"因问老殿下天顺元年路经卫辉府拾得螟蛉是在那一日，王子道："闻说是十月初一日拾的。"吉尹听说，不觉潸然泪下。王子道："天使何故垂泪？"吉尹道："使臣于是年十月朔日失了个亲生之子，今闻老殿下却于是日收了个螟蛉之子，一得一失，苦乐不同，心中有感，所以下泪。"王子道："天使所失令郎，是年几岁了？"吉尹道："是年已三岁，今日若在，已十六了。"王子点头嗟叹，更不再问。

　　吉尹洒过数巡，恐失了礼仪，起身拜辞。王子遣王官送出府门。吉尹回到寓中，想起幼儿爱哥杳无踪迹，倘或有人收养，也像得这王府螟蛉之子，方才造化。若遇了从此不良之人，正不知流落在何处受苦。又一念头道："就是这王府螟蛉之子，他的父母谅也在家中悬念，也像我思想爱哥一般。纵使我爱哥此时幸得安乐，不致失所，亦何由再得与我相见?"忽又想道:"庆王拾得螟蛉,恰好在卫辉府,恰好是十月朔日,莫非他拾的就是爱哥么?"却又自叹道:"我差了,天下小孩子千千万万,难道恰好是我的孩儿?"左思右想,一夜睡不着。正是:

> 失去多时难再会,今朝提起肝肠碎。
>
> 十个指头个个疼,可怜一夜不曾睡。

吉尹次日起身梳洗毕,为心中郁闷,换个方巾便服,唤个家童跟了,信步走出寓中,在街上闲行散闷。走不过三五十步,只见一个人拿着几件小儿穿戴的东西,插个草标儿在那里叫卖。见了吉尹,便立住脚。问道:"客官可要买他?"吉尹取过来看时,却是一件水红洒线道袍,一件大红小棉袄,一条小细棉裤,一双虎头靴,一个珠子金寿字刚铃子的乌段帽兜,一副小银镯,一个银项箍,认得是幼儿爱哥昔日穿戴的物件,不觉两眼垂泪,忙问那人道:"这都是我家之物,你从何处得来的?"那人道:"是我家主人教我拿出来卖的,如何说是你这物?"吉尹道:"你主人是谁? 住在何处?"那人道:"客官要买,只与我讲价钱便了,问我主人做什?"吉尹道:"这几件东西你要多少价钱?"那人道:"我主人说,这几件东西是无价的,若遇了真主顾,一百两也是他,一千两也是他。"吉尹见他说话跷蹊,便道:"你实对我说,我主人姓什名谁? 为什把这几件东西出来卖?"那人道:"这几件东西是我家小主人幼时穿戴的,今要寻他心上一个要紧人,故教我将出来主顾。"吉尹道:"烦你引我去见你小主人,我重重谢你。"那人道:"客官,你若真个要见我小主人,可便随我来。"吉尹随着那人走过了几条巷,竟走到王府门前。那人道:"客官且等一等,我主人在王府里做些勾当,待我去请他出来见你。"说罢,竟进去了。

吉尹等了半晌,不见那人出来。正在彷徨,只见府中走出两个王官,迎着吉尹道:"殿下有命,请天使入见。"吉尹因便服在身,忙唤家童到寓所取冠带来换了,随着王官直进到一个偏殿前,早见那王子会着相待。吉尹上前施礼毕,王子命椅赐坐,开言道:"孤家义弟一向为先王收养,已不知另有本生父母。自从先王临终说明之后,他便日夜涕泣,思想回乡拜见亲生爹妈。几番要差人到卫辉府寻访踪迹,因不知姓名,不便寻访。昨闻天使失落令郎之日,正与先生拾取螟蛉之日相合,故今早特遣人将这幼时原穿戴的几件衣饰来试着天使,今天使既认得是令郎的,孤家义弟就是令郎无疑了。"说罢,便命左右快请二爷出来拜见他的亲父。不一时,只见许多侍从拥出一个少年,头戴金冠,身穿锦服,望着吉尹便拜。吉尹慌忙答礼。那少年扶住道:"孩儿拜见父亲,何须答礼?"吉尹仔细看那少年时,与爱哥幼时面庞依稀仿佛。两个又喜又悲,相对而泣。正是:

踏破铁鞋无觅处,得来全不费工夫。

原来爱哥自天顺元年十月初一那日,与刁妪在画店门首玩耍,因要吃糖果教刁妪去买,自己坐着等她,等了半晌不见刁妪来,便要走去寻看。小孩子家不知路径,竟从人丛里一直走到皇华亭。那时庆王的大船正泊在亭前,爱哥见船边热闹,便走将去东张西望。恰好庆王闲坐在舱口,望见岸上这小孩子生得眉清目秀,且又打扮整齐,便吩咐小内侍:"与我抱他到船里来。"内侍领命,把爱哥蓦地抱到船里。那爱哥见了庆王,并不啼哭,只管对着他嘻嘻地笑。庆王心中欢喜,因想到:"好个聪俊的孩子,不知谁家走失在这里的?我今尚未有子,何不就养他做个螟蛉之子。日后我若自有子,便把这孩子来做支庶看待;若没子时,就教他袭了封爵,国祀也不至断绝。"算计已定,便将爱哥留在舟中,密谕侍从人等,不许把此事传说出去。自此爱哥养于王府,府中诸人都认他是庆王世子。直至一十六岁,庆王抱病,临终忽传遗命,立偃为嗣,承袭王位。说明爱哥是螟蛉之子,只不知他是哪家的。不想今日无意之中,却得父子重逢。当下王子排设庆喜筵席,教他父子两个共坐饮酒。王子对吉尹道:"先王昔日把义弟最是钟爱,赐名朱承义,已聘下京师魏国公之女为配。今虽不得为王,既为先王养子,又为国公郡马,应授镇国将军之职。孤当修书与国公,说明缘故,就在京师择吉成亲便了。"吉尹再拜称谢。

是晚席散之后,王子就留吉尹宿于府中。次日又设席饯行,将出许多礼物奉酬天使。又别具金银币帛,送与爱哥作成亲之费。又将先王昔日赐与爱哥许多金珠宝玩,都教取去。吉尹父子称谢不尽。临别之时,王子又亲自排驾送出城外。爱哥谢别了王子,因感激先王收养之恩,又到他墓所洒泪拜别了,然后起行。

父子两个回到京中,爱哥拜见母亲与哥子,韦氏如获珍宝,喜出望外。吉孝也十分欣幸。喜全恩夫妇来庆贺。当下喜全恩对吉孝道:"我子年尚幼小,不堪任事。你今既令弟归家,双亲不忧无人侍奉,你又现在姓喜,何不竟承袭了我的伯爵?"吉孝泣谢道:"藩封王位,不可以他姓冒立。岳父世勋,又岂可以异姓暗奸?况表弟渐已长成,这伯爵自当使他承袭,小婿只合回家与兄弟共侍双亲。"喜夫人道:"我侄儿是个孝子,不肯背本,不要强他。"喜全恩依言,便具疏将吉孝向日孝行及爱哥近日归宗之事奏闻朝廷,奉旨吉孝准即出姓,加升前军都督,特赐孝子牌额以旌其孝;朱承义着复姓名吉友,给与应得爵禄。此时吉家一对儿子,人人欢羡。正是:

埙箎迭奏,伯仲双谐。一个从泉下重归,一个自天边再返。一个明珠还浦,不作碎玉埋尘;一个落叶归根,无复浮萍逐浪。一个遗下疏文一篇,写孝子行行血泪;一个留得小

衣几件,引慈父寸寸柔肠。一个心恋椿萱,宁辞伯爵;一个喜归桑梓,不羡王封。一个呼姑夫岳丈,便当呼老子舅翁,还魂后亲上加亲;一个为王府义儿,又得为国公郡马,回乡时贵中添贵。这场会合真难得,此日团圆信异闻。

且说魏国公初时与庆府联姻,今接王子手书,晓得吉友不是庆王亲儿,然虽如此,却是行人司吉尹之子,前军都督吉孝之弟,又是靖寇伯喜全恩内侄,也不算辱没了郡主,便欢天喜地,听吉家择了吉日,送郡主过来成亲。花烛之后,韦氏看那郡主时,生得十分美丽,正与长媳喜云娃不相上下。喜夫人过来见了,也与韦氏称庆。后来吉孝、吉友都有军功,加官进爵。韦氏与前母高氏生封死赠,十分荣耀。正是:

> 悲时加一倍悲,喜时添一倍喜。
> 昔年死别生离,今日双圆并美。

看官听说:这是父子重逢,娘儿再聚,兄弟两全,埙篪已缺而复谐,箕裘已断而复续,是家庭最难得的事。比那汉武帝归来望思之台,晋重耳稽颡对秦之语,殆不啻天渊云。

【回末总评】

人情慈长孝短,父母未有不慈者。纵使一时信谗,后来自然悔悟。若子之于亲则不然,有以亲之弃我而怼其亲者矣,有以受恩之处为亲而忘其亲者矣。今观吉家兄弟,至死不变,虽远必归,方信此回书不专劝慈,正是劝孝。

卷之六　选琴瑟

三会审辩出李和桃　两纳聘方成秦与晋

　　文士既多赝鼎,佳人亦有虚名。求凤未解绮琴声,哪得相如轻信。选婿固非容易,择妻更费推评。闺中果系女长卿,一笑何妨面订。

右调《西江月》

　　从来夫妇配合,百年大事。虽有美妾,不如美妻;虽有多才之妾,不如多才之妻。但娶妾的容你自选,容你面试,娶妻的却不容你自选,不容你面试,只凭着媒婆之口。往往说得丽似王嫱,艳如西子,乃至娶来,容貌竟是平常;说得敏如道韫,慧似班姬,乃至娶来,胸中竟是无有。只为天下有这一等名过其实、虚擅佳人声誉的,便使真正佳人反令人疑她未必是佳人。譬如真正才子被冒名混乱了,反令人疑他未必是才子。这岂不是极天冤枉!如今待在下说个不打狂语的媒人,不怕面试的妻子,自己不能择婿、有人代她择婿的妇翁,始初被人冒名、终能自显其名的女婿,与众官听。

　　说话南宋高宗时,浙江临安府富阳县,有个员外姓随名育宝,号珠川,是本县一个财主。生一女儿,小字瑶姿,仪容美丽,姿性聪明,拈针刺绣,作赋吟诗,无所不妙。她的女工是母亲郗氏教的,她的文墨却是母舅郗乐教的。那郗乐号少伯,做秀才时曾在姐夫家处馆,教女甥读书。后来中了进士,官授翰林承旨。因见国步艰难,仕途危险,便去官归家,绝意仕进。他也生一女,名唤娇枝,年纪与瑶姿差不多,只是才貌一些不及。两个小姐到十一二岁时,俱不幸母亲死了。再过了两三年,已是十五岁,却都未有姻事。郗公对珠川道:"小女不过中人之姿,容易择配。若我那甥女,姿才盖世,须得天下有名才子方配得她。我闻福建闽县有个少年举人,叫做何嗣薪,是当今第一个名士。因自负其才,要寻

个与他一样有才佳人为配,至今尚未婚娶。惜我不曾识荆,未知可能名称其实。我想临安府城乃帝都之地,人物聚会,况来年是会试之年,各省举子多有先期赴京者。我欲亲到临安,访求才俊,替甥女寻个佳偶。姊丈意下如何?"珠川道:"若得如此,极感大德。我是个不在行文墨的人,择婿一事,须得老舅主张方妙。"说罢,便去女儿头上取下一只金凤钗来递与郗公,道:"老舅若有看得入眼的,便替我受了聘,这件东西便作回聘之敬。"郗公收了凤钗,说道:"既承见托,若有快婿,我竟聘定,然后奉复了。但甥女平日的制作,也须多付几篇与我带去。"珠川便教女儿将一卷诗稿送与母舅收了。当下郗公别过珠川,即日起身望临安来。正是:

> 良臣择主而事,良禽择木而栖。
> 须知为女求婿,亦如为子求妻。

郗公来到临安,作寓于灵隐寺中。寺里有个僧官,法名云闲,见郗公是个乡绅,便殷勤接待,朝夕趋陪。一日,郗公与僧官闲话,偶见他手中所携诗扇甚佳。取过来看时,上面写着七言律诗一首,是贺他做僧官的诗,其诗曰:

> 华盖重重贵有加,宰官即现比丘家。
> 青莲香里开朝署,紫竹丛中坐晚衙。
> 泛海昙摩何足羡,爱山支循未堪夸。
> 空门亦有河阳令,闲看庭前雨好花。

后面写着"右贺云闲上人为僧官,钱塘宗坦题。"郗公看了,大赞道:"此诗词意清新,妙在句句是官,又句句是僧,真乃才人之笔。我两日到西湖闲步,哪一处酒楼茶馆没有游客题词,就是这里灵隐寺中各处壁上也多有时人题咏,却未曾有一篇当意的。不想今日在扇头见此一首绝妙好诗,不但诗好,只这一笔草书也写得龙蛇飞舞。我问你:这宗坦是何等样人?"僧官道:"是钱塘一个少年秀才,表字宗山明。"郗公道:"可请他来一会。"僧官道:"他常到寺中来的,等他来时,当引来相见。"

次日,郗公早膳毕,正要同僧官出寺闲行,只见一个少年,飘巾阔服,踱将进来。僧官指道:"这便是宗相公。"郗公忙邀入寓所,叙礼而坐,说起昨日在云师扇头得读佳咏,想慕之极。宗坦动问郗公姓名,僧名从旁代答了。宗坦连忙鞠躬道:"晚生不知老先生在此,未及具刺晋谒。"郗公问他青春几何,宗坦道:"二十岁了。"郗公问曾婚姻否,宗坦答说尚

未。郗公又问几时游痒的,宗坦顿了一顿,方答道:"上年游痒的。"说罢,便觉面色微红。郗公又提起诗中妙处,与他比论唐律,上下古今,宗坦无甚回言,惟有唯唯而已。郗公问他平日喜读何书,本朝诗文当推何人为首,宗坦连称"不敢",如有羞涩之状。迁延半响,作别而去。

郗公对僧官道:"少年有才的往往浮露,今宗生深藏若虚,恂恂如不能语,却也难得。我有头亲事,要替他做媒,来日面试他一首诗,若再与扇上诗一般,我意便决。"僧官听了,便暗暗使人报知宗坦。宗坦便托僧官预先套问面试的题目。看官听说:原来扇上这首诗是宗坦请人代作的,不是他真笔。那宗坦貌若恂恂,中怀欺诈,平日专会那移假借,哄骗别人。往往抄那人文字认作自己的,去哄这人;又抄这人文字认作自己的,去哄那人。所以外边虽有通名,肚里实无一字。你道僧官何故与他相好?只为他幼时以龙阳献媚,僧官也与他有染的。故本非秀才,偏假说他是秀才,替他妆幌,欺诳远方游客。有篇文字单道那龙阳的可笑处:

解愠尚南风,干事用乾道。本非红袖,却来断袖之欢;岂是夭桃,偏市馀桃之爱。相君之面女非女,相君之背男不男。将入门时,忒忒令挨着粉孩儿;既了事后,滴滴金污了红衲袄。香罗帕连腹束鸡巴,一样香腮偎脸;黄龙府冲锋陷马首,哪怕黄袍加身。一任乌将军阵势粗雄,不顾滕国君内行污秽。毕竟是倘秀才,当不得红娘子。纵使花发后庭堪接客,只愁须出阳关无故人。

且说郗公那日别过宗坦,在寓无聊,至晚来与僧官下象棋消遣。僧官因问道:"古人有下象棋的诗么?"郗公笑道:"象棋尚未见有诗。我明日面试宗生,便以此为题,教他做首来看。"僧官闻言,连忙使人报与宗坦知道。次日,宗坦具贴来拜郗公,郗公设酌留饮。饮酒中间,说道:"昨偶与云师对弈,欲作象棋诗一首,敢烦大笔即席一挥何如?"宗坦欣然领诺。郗公教取文房四宝来,宗坦更不谦让,援笔写道:

竹院间房昼未阑,坐观两将各登坛。

关河咫尺雌雄判,壁垒须臾进退难。

车马几能常拒守,军兵转盼已摧残。

古来征战千年事,可作揪枰一局看。

宗坦写毕,郗公接来看时,只见诗中"壁"字误写"璧"字"摧"字,误写"推"字,"枰"字误写"秤"字,便道:"尊制甚妙,不但咏棋,更得禅门虚空之旨,正切与云师对弈意。但诗中写错几字,却是为何?"宗坦踧踖道:"晚生醉笔潦草,故致有误。"郗公道:"老夫今早也胡乱赋得一首《满江红》词在此请教。"说罢，取出词笺，递与宗坦观看。词曰：

营列东西，河分南北，两家势力相当。各施筹策，谁短又谁长。一样排成队伍，尽着你、严守边疆。不旋踵，车驰马骤，飞砲下长江。

逾沟兵更勇，横冲直捣，步步争强。看雌雄顿决，转眼兴亡。彼此相持既毕，残枰在、松影临窗。思今古，千场战斗，仿佛局中忙。

当下宗坦接词在手，点头吟咏，却把长短句再读不连牵，又念差了其中几个字，乃佯推酒醉，对郗公道："晚生醉了，尊作容袖归细读。"言罢，便把词笺袖着，辞别去了。郗公对僧官道："前见尊扇上宗生所写草书甚妙，今日楷书却甚不济，与扇上笔迹不同，又多写了别字。及把拙作与他看，又念出几个别字来。恐这诗不是他做的。"僧官道："或者是酒醉之故。"郗公摇头道："纵使酒醉，何至便别字连片。"当时有篇文字，诮那写别字、念别字的可笑处：

先生口授，讹以传讹。声音相类，别字遂多。"也应"则有"野鹰"之差错，"奇峰"则有"奇风"之揣摹。若乃誊写之间，又见笔画之失。"鸟""焉"莫辨，"根""银"不白。非讹于声，乃谬于迹。尤可怪者，字迹本同，疑一作两，分之不通。"馨"为"般""革"，"暴"为"曰""恭"。斯皆手录之混淆，更闻口诵之奇绝。不知"毋"之当作"无"，不知"说"之或作"悦"。"乐""乐"罔分，"恶""恶"无别。非但"阕"之读"葵"，岂徒"腊"之读"猎"。至于句不能断，愈使听者难堪。既闻"特其柄"之绝倒，又闻"古其风"之笑谈。或添五以成六，或减四以为三。颠倒若斯，尚不自觉。招彼村童，妄居塾学。只可欺负贩之小儿，奈何向班门而冒托。

看官，你道宗坦这两首诗都是哪个做的？原来就是那福建闽县少年举人何嗣薪做的。那何嗣薪表字克传，幼有神童之名，十六岁便举孝廉，随丁了艰。到十九岁春间服满，薄游临安，要寻个幽僻寓所读书静养，以待来年大比。不肯在寺院中安歇，怕有宾朋酬酢，却被宗坦接着，留在家中作寓。论起宗坦年纪，倒长何嗣薪一岁。只因见他是个有名举人，遂拜他为师。嗣薪因此馆于宗家，谢绝宾客。吩咐宗坦："不要说我在这里。"宗坦正中下怀，喜得央他代笔，更没一人知觉。前日扇上诗就央他做，就央他写，所以一字不错，书法甚精。今这咏棋的诗只央他做了，熟记在胸，虽在底稿藏在袖中，怎好当着郗公之面拿出来对得，故至写错别字。

当日宗坦回家，把郗公的词细细抄录出来，只说自己做的，去哄嗣薪道："门生把先生咏棋的诗化作一词在此。"嗣薪看了，大加称赏，自此误认他为能文之徒，常把新咏与他看。宗因便抄得新咏绝句三首：一首是《读〈小弁〉诗有感》，两首是《读〈长门赋〉漫兴》。宗坦将这三诗录在一幅花笺上，写了自己的名字，印了自己的图书。过了一日，再到灵隐

寺谒见郗公，奉还原词，就把三诗呈览。郗公接来，先看那读《小弁》的一绝道：

天亲系恋泪难收，师传当年代写愁。

宜臼若能知此意，忍将立己德申侯。

郗公看毕，点头道："这诗原不是自己做的，是先生代做的。"宗坦听了，不晓得诗中之意是说《小弁》之诗不是宜臼所作，是宜臼之传代作，只道郗公说他，通红了脸，忙说道："这是晚生自做的，并没什先生代做。"郗公大笑，且不回言。再看那读《长门赋》的二绝：

其一曰：

情真自可使文真，代赋何堪复代颦。

若必相如能写怨，白头吟更倩谁人。

其二曰：

长门有赋恨偏深，缘甚何为易此心。

汉帝若知司马笔，应须责问《白头吟》。

郗公看罢，笑道："请人代笔的不为稀罕，代人作文的亦觉多事。"宗坦听了，又不晓得二诗之意，一说陈后不必央相如作文，一说相如不当为陈后代笔，又认作郗公说他，一发着急，连忙道："晚生并不曾请人代笔，其实都是自做的。"郗公抚掌大笑道："不是说兄，何消这等着忙？兄若自认了去，是兄自吐其实了。"宗坦情知出丑，满面羞惭。从此一别，再也不敢到寺中来。正是：

三诗认错，恰好合着。

今番数言，露尽马脚。

且说郗公既识破了宗坦，因想："替他代笔的不知是何人？此人才华出众，我甥女若配得如此一个夫婿也不枉了。"便问僧官道："那宗坦与什人相知，替他作诗的是哪个？"僧官道："他的相知甚多，小僧实不晓得。"郗公听说，心中闷闷。又想道："此人料也不远，我只在这里寻访便了。"于是连日在临安城中东游西步，凡遇文人墨客，便冷眼物色。一日，正在街上闲行，猛然想道："不知宗坦家里可有西宾否？若有时，一定是他代笔无疑了。我明日去答拜宗坦，就探问这个消息。"一头想，一头走，不觉走到钱塘县前。只见一簇人

拥在县墙边,不知看些什么。郤公也踱将去打一看,原来枷着一个人在那里。定睛看时,那人不是别人,却就是宗坦。枷封上写道:"枷号怀挟童生一名宗坦示众,限一月放。"原来钱塘知县为科举事考试童生,宗坦用传递法,复试案上取了第一。到复试之日,传递不得,带了怀挟,当被搜出,枷号示众。郤公见了,方知他假冒青衿,从前并没一句实话。

正自惊疑,忽有几个公差从县门里奔将出来,忙叫开枷释放犯人,"老爷送何相公出来了。"闲看的人都一哄散去。郤公闪在一边看时,只见一个美少年,儒巾圆领,举人打扮,与知县揖让出门,打躬作别,上轿而去。郤公便唤住一个公差,细问他:"这是何人?"公差道:"这是福建来的举人,叫作何嗣薪。那枷号的童生,便是他的门人。他现在这童生家处馆,故来替他讲分上。"郤公听罢,满心欢喜。次日,即具名帖,问到宗坦家中拜望何嗣薪。

却说嗣薪向寓宗家,并不接见宾客,亦不通刺官府,只为师生情分,不得已见了知县。因他名重四方,一晓得他寓所,便有人来寻问他。他懒于酬酢,又见宗坦出丑,深悔误收不肖之徒,使先生面上无光,不好再住他家,连夜收拾行李,径往灵隐寺中,寻一僻静僧房安歇去了。郤公到宗家,宗坦害羞,托病不出。问及嗣薪,已不知何往。郤公怅然而返。至次日,正想要再去寻访,只见僧官来说道:"昨晚有个福建李秀才,也来本寺作寓。"郤公想道:"若是福建人,与何嗣薪同乡,或者晓得他踪迹也未可知。我何不去拜他一拜。"便教家童写了帖儿,同着僧官,来到那李秀才寓所。僧官先进去说了。少顷,李秀才出来,相见叙坐,各道寒暄毕。郤公看那李秀才时,却与钱塘县前所见的何嗣薪一般无二,因问道:"尊兄贵乡是福建,有个孝廉何兄讳嗣薪的是同乡了。"李秀才道:"正是同乡敝友何克传。"郤公道:"今观尊容,怎么与何兄分毫无异?"李秀才道:"老先生几时曾会何兄来?"郤公便把一向闻名思慕,昨在县前遇见的缘故说知。又将屡次为宗坦所诳,今要寻访真正作诗人的心事一一说了。李秀才避席拱手道:"实不相瞒,晚生便是何嗣薪。只因性好幽静,心厌应酬,故权隐贱名,避迹于此。不想蒙老先生如此错爱。"便也把误寓宗家,宗坦央他作诗的事述了一遍。郤公大喜,极口极赞前诗。嗣薪谢道:"拙咏污目,还求大方教政。"郤公道:"老夫亦有拙作,容当请教。"嗣薪道:"幸得同寓,正好朝夕祗领清诲。但勿使外人得知,恐有酬酢,致妨静业。"郤公道:"老夫亦喜静恶嚣,与足下有同志。"便嘱咐僧官,教他莫说作寓的是何举人,原只说是李秀才。正是:

> 童生非衿冒衿,孝廉是举讳举。
>
> 两人窃名避名,贤否不同尔许。

当下郗公辞出，嗣薪随具名刺，到郗公寓所来答拜。叙坐间，郗公取出《满江红》词与嗣薪看了。嗣薪："此词大妙，胜出拙诗数倍。但晚生前已见过。宗坦说是他做的，原来却是尊作。不知他从何处抄来？"郗公笑道："此人善于撮空，到底自露其丑。"因说起前日看三绝句时，不打自招之语，大家笑了一回。嗣薪道："他恰好抄着讥诮倩笔的诗，也是合当败露。"郗公道："尊咏消长门倩人，极消得是。金屋贮阿娇，但以色升，不以才选，若使有自作《长门赋》之才，便是才色双绝，断不至于失宠，《长门赋》可以不作矣。"嗣薪道："能作《白头吟》，何愁绿鬓妇，欲为司马之配，必须卓氏之才。"郗公道："只可惜文君乃再嫁之女，必须处子如阿娇，又复有才如卓氏，方称全美。"嗣薪道："天下安得有如此十全的女郎？"郗公笑道："如此女郎尽有，或者未得与真正才子相遇耳。"两个又闲话了半晌，嗣薪起身欲别，郗公取出一卷诗稿，送与嗣薪道："此是拙咏，可一寓目。"嗣薪接着，回到寓中，就灯下展开细看，却大半是闺情诗。因想道："若论他是乡绅，诗中当有台阁气。若论他在林下，又当有山林气。今如何却假闺秀声口，倒像个女郎做的？"心下好生疑惑。当夜看过半卷，次早起来再看那半卷时，内有《咏蕉扇》一诗云：

> 一叶轻摇处，微凉出手中。
> 种来偏喜雨，撷起更宜风。
> 绣阁烦凭遣，香肌暑为空。
> 新诗随意谱，何必御沟红。

嗣薪看了，拍手道："绣阁香肌，御沟红叶，明明是女郎无疑了。"又见那首咏象棋的《满江红》词也在其内，其题曰《与侍儿缘鬟象戏偶题》。嗣薪大笑道："原来连这词也是女郎之笔。"便袖着诗稿，径到郗公寓中，见了郗公，说道："昨承以诗稿赐读，真乃琳琅满纸。但晚生有一言唐突，这些诗词恐不是老先生做的。"郗公笑道："宗坦便请人代笔，难道老夫也请人代笔？"嗣薪道："据晚生看来，却像个女郎声口。"郗公笑道："足下大有眼力，其实是一女郎做的。"嗣薪道："这女郎是谁，老先生从何处得来？"郗公道："兄道他才思何如？"嗣薪道："才思敏妙，《长门赋》《白头吟》俱拜下风矣。不瞒老先生说，晚生欲得天下才女为配，窃恐今生不复有偶，谁想天下原有这等高才的女郎！"郗公笑道："我说天下才女尽有，只惜天下才子未能遇之。此女亦欲得天下才子为配，足下若果见赏，老夫便为作伐何如？"嗣薪起身作揖道："若得玉成，感荷非浅。乞示此女姓名，今在何处？"郗公道："此女不是虽人，就是老夫的甥女，姓随小字瑶姿，年方二八，仪容窈窕。家姊丈随珠川托老夫寻觅快婿，今见足下高才，淑女正合配君子。嗣薪大喜，便问："几时回见令姊

丈?"郗公道:"不消回见他,他既以此事相托,老夫便可主婚受聘。倘蒙足下不弃,便求一聘物为定,老夫自去回复家姊丈便了。"嗣薪欣然允诺,随即回寓取出一个美玉琢成的双鱼珮来,要致与郗公作聘。却又想道:"他既是主婚之人,必须再寻一媒人方好。"正思想间,恰好僧官过来闲话,嗣薪便将此事与僧官说知。僧官说道:"小僧虽是方外之人,张生配莺莺,法本也吃得喜酒,就是小僧作伐何如?"嗣薪道:"如此最妙。"便同僧官到郗公寓中,把双鱼珮呈上。郗公亦即取出金凤钗来回送嗣薪,对嗣薪道:"这是老夫临行时,家姊丈交付老夫作回聘之敬的。"嗣薪收了,欢喜无限。正是:

> 舅翁主婚,甥婿纳聘。
> 金凤玉鱼,一言为定。

郗公既与嗣薪定亲,本欲便回富阳,面复姊丈。因贪看西湖景致,还要盘桓几日,乃先修书一封,差人回报随员外,自己却仍寓灵隐寺中,每日出去游山玩水。早晚得暇,便来与嗣薪评论诗文,商确今古,不在话下。

且说嗣薪纳聘之后,初时欢喜,继复展转寻思道:"那随小姐的诗词倘或是舅翁代笔,也像《长门赋》不是阿娇做的,却如之奈何?况仪容窈窕,亦得之传闻。我一时造次,竟未详审。还须亲到那边访个确实,才放心得下。"想了一回,次日便来辞别郗公,只说场期尚远,欲暂回乡,却径密往富阳,探访随家去了。

话分两头。却说随珠川自郗公出门后,凡有来替女儿说亲的,一概谢却,静候郗公报音。一日,忽有一媒婆来说道:"有个福建何举人,要上临安会试,在此经过,欲娶一妾。他正断弦,若有门当户对的,便娶为正室。有表号在这里。说罢,取出一幅红纸来。珠川接来看时,上写道:"福建闽清县举人何自新,号德明,年二十四岁。"珠川便对瑶姿小姐道:"你母舅曾说福建何举人是当今名士,此人姓名正合母舅所言。我当去拜他一拜,看他人物如何。"小姐含羞不答。珠川竟向媒婆问了何举人下处,亲往投贴,却值那何自新他出,不曾相见。珠川回到家中,只见侍儿绿鬟迎着说道:"小姐教我对员外说,若何举人来答拜时,可款留着他,小姐要试他的才学哩。"珠川点头会意。

次日,何自新到随家答帖,珠川接至堂中,相见叙坐。瑶姿从屏后偷觑,见他相貌粗俗,举止浮嚣,不像个有名的才子。及听他与员外叙话,谈吐亦甚俚鄙。三通茶罢,珠川设酌留款,何自新也不十分推辞,就坐着了。饮酒间问道:"宅上可有西席?请来一会。"珠川道:"学生只有一女,幼时曾请内兄为西席,教习经书。今小女年已长成,西席别去久矣。"何自新道:"女学生只读《四经》,未必读经。"珠川道:"小女经也读的。"何自新道:

"所读何经?"珠川道:"先读毛诗,其外四经,都次第读过。"何自新道:"女儿家但能读,恐未必能解。"珠川未及回言,只见绿鬟在屏边暗暗把手一招,珠川便托故起身,走到屏后,瑶姿附耳低言道:"如此如此。"说了两遍。珠川牢牢记着,转身出来,对何自新道:"小女正为能读不能解,只毛诗上有几桩疑惑处,敢烦先生解一解。"何自新问那几桩,珠川道:"二南何以无周、召之言,邶、鄘何以列卫风之外,风何以黜楚而存秦,鲁何以无风而有颂,《黍离》何以不登于变雅,商颂何以不名为宋风,先生必明其义,幸赐教之。"何自新思量半晌,无言可对,勉强支吾道:"做举业的不消解到这个田地。"珠川又道:"小女常说《四书》中最易解的莫如《孟子》,却只第一句见梁惠王便解说不出了,何自新笑道:"这有何难解?"珠川道:"小女说,既云不见诸侯,何故又见梁惠王?"何自新面红语塞。珠川见他跼促,且只把酒来斟劝。原来那何自新因闻媒婆夸奖随小姐文才,故有意把话盘问员外,哪知反被小姐难倒了。当下见不是头,即起身告辞。珠川送别了他,回进内室,瑶姿笑道:"此人经书也不晓得,说什名士?"珠川道:"他既没才学,如何中了举人?"瑶姿叹道:"考试无常,虚名难信,大抵如斯。"正是:

> 盗名欺世,妆乔做势。
> 一经考问,胸无半字。

自此瑶姿常与侍儿绿鬟笑话那何自新,说道:"母舅但慕其虚名,哪知他这般有名无实。"

忽一日,接到郗公书信一封,并寄到双鱼珮一枚。珠川与瑶姿展书看时,上写道:

前承以姻事见托,今弟已为姊丈觅得一快婿,即弟向日所言何郎。弟今亲炙其人,亲读其文,可谓名下无虚士。以此配我甥女,真不愧双玉矣。谨先将聘物驰报,余容归时晤悉。

瑶姿看毕,大惊失色,对父亲道:"母舅是有眼力的,如何这等草率。百年大事,岂可徒信虚名?"珠川道:"书上说亲读其文,或者此人貌陋口讷,胸中却有文才。"瑶姿道:"经书不解之人,安得有文才,其文一定是假的。母舅被他哄了。"说罢,潸然泪下。珠儿见女儿心中不愿,便修书一封,璧还原聘。即着来人速赴临安,回复郗公去了。

且说何嗣薪自在临安别过郗公,即密至富阳城中,寻访到随家门首。早见一个长须老首,方巾阔服,背后从人跟着,走入门去。听得门上人说道:"员外回来了。"嗣薪想道:"随员外我倒见了,只是小姐如何得见?"正跼蹜间,只见邻家一个小儿,望着随家侧边一条小巷内走,口中说道:"我到随家后花园里闲耍去。"那邻家的妇人吩咐道:"他家今日有

内眷们在园中游玩，你去不可啰唣。"嗣薪听了，想道："这个有些机会。"便随着那小儿，一径闯入园中，东张西望。忽听得远远地有女郎笑语之声，嗣薪慌忙伏在花阴深处，偷眼瞧看。只见一个青衣小婢把手向后招着，叫道："小姐这里来。"随后见一郎走来，年可十五六岁。你道她怎生模样？

傅粉过浓，涂脂太厚，姿色既非美丽，体态亦甚平常。扑蝶打莺难言庄重，穿花折柳殊欠幽闲。乱蹴弓鞋有何急事，频摇纨扇岂是暑天。侍婢屡呼，怕不似枝吟黄鸟千般媚；云鬓数整，比不得髻挽巫山一片青。

原来那小姐不是瑶姿，乃郗公之女娇枝，那日来探望随家表姊，取便从后园而入，故此园门大开。瑶姿接着，便陪她在花园中闲步，却因员外呼唤，偶然入内。娇枝自与小婢采花扑蝶闲耍，不期被嗣薪窥见，竟错认是瑶姿小姐。

当下娇枝闲耍一回，携着小婢自进去了。嗣薪偷看多时，大失所望。想道："有才的必有雅致，这般光景，恐内才也未必佳。我被郗老误了也。"又想道："或者是瑶姿小姐的姊妹，不就是瑶姿也未可知。"正在疑虑，只见那青衣小婢从花阴里奔将来，见了嗣薪，惊问道："你曾拾得一只花簪么？"嗣薪道："什么花簪？"小婢道："我小姐失了头上花簪，想因折花被花枝摘落了。你这人是哪里来的？若拾得簪儿，可还了我。"嗣薪道："我不曾见什花簪。"小婢听说，回身便走。嗣薪赶上，低声问道："我问你，你家小姐可叫作瑶姿么？"小婢一头走，一头应道："正是娇枝小姐。"嗣薪又问道："瑶姿小姐可是会作诗的么？"小婢遥应道："娇枝小姐只略识几个字，哪里会作诗？"嗣薪听罢，十分愁闷，怏怏地走出园门。即日离了富阳城，仍回临安旧寓。心中甚怨郗公见欺，一时做差了事。正是：

> 媒妁原不错，两边都认差。
>
> 只因名字混，弄得眼儿花。

却说郗公在灵隐寺寓中闻嗣薪已回旧寓，却不见他过来相会。正想要去问他，忽然接得随员外书信一封，并送还原来聘物。郗公见聘物送还，心里大疑，忙拆书观看，书上写道：

接来教，极荷厚爱。但老舅所言何郎，弟近日曾会过。观其人物，聆其谈吐，窃以为有名无实，不足当坦腹之选。小女颇非笑之。此系百年大事，未可造次。望老舅更为裁酌。原聘谨璧还，幸照入，不尽。

郗公看罢，吃了一惊，道："这般一个快婿，如何还不中意？我既受了他聘，怎好又去还他？"心中懊恼，自己埋怨道："这原是我差，不是我的女儿，原不该乔做主张。"沉吟了半

响，只得去请原媒僧官来，把这话告诉他。僧官道："便是何相公两日也不僦不睬，好像有什不乐的光景，不知何故？大约婚姻须要两愿，老爷要还他聘物若难于启齿，待小僧陪去代为宛转何如？"郗公道："如此甚好。"便袖了双鱼珮，同着僧官来到嗣薪寓中，相见了，动问道："足下可曾回乡？怎生来得恁快？"嗣薪道："未曾返舍，只到富阳城中去走了一遭。"郗公道："尊驾到富阳，曾见过家姊丈么？"嗣薪道："曾见来。"郗公道："既见过家姊丈，这头姻事足下以为何如？"嗣薪沉吟道："婚姻大事，原非仓卒可定。"郗公道："老夫有句不识进退的话不好说得。"僧民便从旁代说道："近日随老员外有书来，说他家只有一女，要在本处择婿，不愿与远客联姻，谨将原聘璧还在此。郗老爷一时主过了婚，不便反悔，故事在两难。"嗣薪欣然笑道："这也何难，竟将原聘见还便了。"郗公听说，便向袖中取出双鱼珮来，递与嗣薪道："不是老夫孟浪，只因家姊丈主意不定，前后语言不合，以致老夫失信于足下。"嗣薪接了聘物，便也把金凤钗取出送还郗公。正是：

> 鱼珮送还来，凤钗仍璧去。
>
> 和尚做媒人，到底不吉利。

郗公自解了这头姻事，闷闷不乐。想道："不知珠川怎生见了何郎，便要璧还聘物？又不知何郎怎生见了珠川，便欣然情愿退婚？"心中疑惑，随即收拾行囊，回家面询随员外去了。

且说那个何自新，自被瑶姿小姐难倒，没兴娶妾续弦，竟到临安打点会场关节。他的举人原是夤缘来的，今会试怕笔下来不得，既买字眼，又买题目，要预先央人做下文字，以便入场抄写，却急切少个代笔的。也是合当有事，恰好寻着了宗坦。原来宗坦自前番请嗣薪在家时，抄袭得他所选的许多刻文，后竟说做自己选的，另行发刻，封面上大书"宗山明先生评选"。又料得本处没人相信，托人向远处发卖。为此，远方之人大半错认他是有意思的。他又专一打听远方游客，到来便去钻刺，故得与何自新相知。

那年会场知贡举的是同平章事赵鼎，其副是中书侍郎汤思退。那汤思退为人贪污，暗使人在外贿卖科场题目。何自新买了这个关节，议价五千两，就是宗坦居间说合。立议之日，汤府要先取现银，何自新不肯，宗坦奉承汤府，一力担当，劝何自新将现银尽数付与。何自新付足了银，讨得题目字眼，便教宗坦打点文字。宗坦抄些刻文，胡乱凑集了当。何自新不管好歹，记诵熟了，到进场时，挥在里边。汤思退闱中阅卷，寻着何自新卷子，勉强批"好"，取放中式卷内，却被赵鼎一笔涂抹倒了。汤思退怀恨，也把赵鼎取中的第一名卷子乱笔涂坏。赵公大怒，到放榜后，拆开落卷查看，那被汤思退涂坏的却是福建

闽县举人何嗣薪。赵公素闻嗣薪是个少年才子，今无端被屈，十分懊恨，便上一疏，道："同官怀私挟恨，摈弃真才事"，圣旨批道："主考设立正副，本欲公同校阅。据奏福建闽县举人何嗣薪，虽有文名，必须彼此共赏，方堪中式。赵鼎不必争论，致失和衷之雅。"赵公见了这旨意，一发闷闷。乃令人邀请嗣薪到来相会，用好言抚慰，将银三百两送与作读书之费。嗣薪拜谢辞归，赵公又亲自送到舟中，珍重而别。

且说那个何自新因关节不灵，甚是烦恼，拉着宗坦到汤府索取原银，却被门役屡次拦阻。宗坦情知这银子有些难讨，遂托个事故，躲开去了。再寻他时，只推不在家。何自新无奈，只得自往汤府取索。走了几次，竟没人出来应承。何自新发极起来，在门首乱嚷道："既不中我进士，如何赖我银子？"门役喝道："我老爷哪里收你什么银子？你自被撞太岁的哄了去，却来这里放屁！"正闹间，门里走出几个家人，大喝道："什么人敢在我老爷门首放刁！"何自新道："倒说我放刁，你主人贿卖科场关节，诓骗人的银子，当得何罪？你家现有议单在我处，若不还我原银，我就到官府首告去。"众家人骂道："好光棍！凭你去首告，便到御前背本，我老爷也不怕你。"何自新再要说时，里面赶出一群短衣尖帽的军牢持棍乱打，何自新立脚不住，一径往前跑奔。

不上一二里，听得路旁人道："御驾经过，闲人回避。"何自新抬头看时，早见旗旌招贴，绣盖飘扬，御驾来了。原来那日驾幸洞霄宫进香，仪仗无多，朝臣都不曾侍驾。当下何自新正恨着气，恰遇驾到，便闪在一边，等驾将近，伏地大喊道："福建闽清县举人何自新有科场冤事控告！"天子在銮舆上听了，只道说是福建闽县举人何嗣薪，便传谕道："何嗣薪已有旨了，又复拦驾称冤，好生可恶。着革去举人，拿赴朝门外打二十棍，发回原籍。"何自新有屈无伸，被校尉押至朝门，受责了二十。汤思退闻知，晓得朝廷认错了，恐怕何自新说出真情，立刻使人递解他起身。正是：

> 御棍打了何自新，举人退了何嗣薪。
>
> 不是文章偏变幻，世事稀奇真骇闻。

却说赵鼎在朝房中闻了这事，吃惊道："何嗣薪已别我而去，如何又在这里弄出事来？"连忙使人探听，方知是闽清县何自新，为汤府赖银事来叫冤的。赵公便令将何自新留下，具疏题明此系闽清县何自新，非闽县何嗣薪，乞敕部明审。朝廷准奏，着刑部会同礼部勘问。刑部奉旨将何自新监禁候审。汤思退着了急，令人密唤原居间人宗坦到府中计议。宗坦自念议单上有名，恐连累他，便献一计道："如今莫若买嘱何自新，教他竟推在闽县何嗣薪身上，只说名字相类，央他来代告御状的，如此便好脱卸了。"汤思退大喜，随

令家人同着宗坦，私到刑部狱中，把这话对何自新说了。许他事平之后，"还你银子，又不碍你前程。"宗坦又私嘱道："你若说出贿买进士，也要问个大罪，不如脱卸在何嗣薪身上为妙。"正是：

冒文冒名，厥罪犹薄。

欺师背师，穷凶极恶。

　　何自新听了宗坦言语，到刑部会审时，便依着他所教，竟说是闽县何嗣薪指使。刑部录了口词，奏闻朝廷，奉旨着拿闽县何嗣薪赴部质对。刑部正欲差人到彼提拿，恰好嗣薪在路上接得赵公手书，闻知此事，复转临安，具揭向礼部拆辨。礼部移送刑部，即日会审。两人对质之下，一个一口咬定，一个再三折辨，彼此争执了一回。问官一时断决不得，且教都把来收监，另日再审。嗣薪到狱中，对何自新说道："我与兄素昧平生，初无仇隙，何故劈空诬陷？定是被人哄了，兄必自有冤愤欲申，只因名字相类，朝廷误认是我，故致责革。只若说出自己心事，或不至如此，也未可知。"何自新被他道着了，只得把实情一一说明。嗣薪道："兄差矣。夤缘被骗，罪不至死。若代告御状，拦驾叫喊，须要问个死罪。汤思退希图卸祸，却把兄的性命为儿戏。"何自新听说，方才省悟，谢道："小弟多有得罪，今后只从实供招罢了。"过了一日，第三番会审。何自新招出汤思退贿卖关节，诓去银子，后又授旨诬陷他人，都有宗坦为证，并将原议单呈上。问官看了，立拿宗坦并汤府家人到来，每人一夹棍，各各招认。勘问明白，具疏奏闻，有旨：汤思退革了职，谪戍边方，赃银入官。何自新革去举人，杖六十，发原籍为民。宗坦及汤家从人各杖一百，流三千里。何嗣薪无罪，准复举人。礼刑二部奉旨断决毕，次日又传出一道旨意：将会场中式试卷并落卷俱付礼部，会齐本部各官公同复阅，重定去取。于是礼部将汤思退取中的大半都复落，复于落卷中取中多人，拔何嗣薪为第一。天子亲自殿试，嗣薪状元及第。正是：

但有磨勘举人，不闻再中落卷。

朝廷破格翻新，文运立时救转。

　　话分两头。且说郗少伯回到富阳，细问随员外，方知错认何郎是何自新，十分怅恨。乃将何郎才貌细说了一遍，又将他诗文付与瑶姿观看，瑶姿甚是欢赏。珠川悔之无及。后闻嗣薪中了状元，珠川欲求郗公再往作伐，重联此姻。郗公道："你当时既教我还了他聘物，我今有何面目再对他说。"珠川笑道："算来当初老舅也有些不是。"郗公道："如何倒

是我不是?"珠川道:"尊翰但云何郎,并未说出名字,故致有误。今还求大力始终玉成。"郗公被他央恳不过,沉吟道:"我自无颜见他,除非央他座师赵公转对他说。幸喜赵公是我同年,待我去与他商议。"珠川大喜。郗公即日赴临安,具柬往拜赵公,说知其事。赵公允诺。次日,便去请嗣薪来,告以郗公所言,并说与前番随员外误认何自新,以致姻事联而忽解的缘故。嗣薪道:"翁择婿,婿亦择女。门生访得随家小姐有名无实,恐她的诗词不是自做的。若欲重联此姻,必待门生面试此女一番,方可准信。"说罢,起身作别而去。

赵公即日答拜郗公,述嗣薪之意。郗公道:"舍甥女文才千真万真,如何疑她是假?真才原不怕面试,但女孩儿家怎肯听郎君面试?"赵公道:"这不难。年翁与我既系通家,我有别业在西湖,年翁可接取令甥女来,只以西湖游玩为名,暂寓别业。竟等老夫面试何如?"郗公道:"容与家姊丈商议奉复。"便连夜回到富阳,把这话与珠川说知。珠川道:"只怕女儿不肯。"遂教绿鬟将此言述与小姐,看她主意如何。绿鬟去不多时,来回复道:"小姐说既非伪才,何愁面试,但去不妨。"珠川听说大喜,遂与郗公买舟送瑶姿到临安。

郗公先引珠川与赵公相见了,赵公请郗公与珠川同着瑶姿在西湖别业住下。次日即治酒于别业前堂,邀何嗣薪到来,指与珠川道:"门下今日可仔细认着这个何郎。"珠川见嗣薪丰姿俊秀,器宇轩昂,与前番所见的何自新不啻霄壤,心甚爱慕。郗公问嗣薪道:"前日殿元云曾会过家姊丈,及问家姊丈说,从未识荆。却是为何?"嗣薪道:"当时原不曾趋谒,只在门首望见颜色耳。"赵公对郗公道:"令甥女高才,若只是老夫面试,还恐殿元不信。今老夫已设一纱帱于后堂之西,可请令甥女坐于其中,殿元却坐于东边,年翁与老夫并令姊丈居中而坐。老夫做个监场,殿元做个房考。此法何如?"郗公与珠川俱拱手道:"悉依尊命。"

当下赵公先请三人入席饮酒,酒过数巡,便邀入后堂。只见后堂已排设停当,碧纱帱中安放香几笔砚,瑶姿小姐已在帱中坐着,侍儿绿鬟侍立帱外伺候。赵公与三人各依次坐定。嗣薪偷眼遥望纱帱中,见瑶姿丰神绰约,翩翩可爱,与前园中所见大不相同,心里又喜又疑。赵公道:"若是老夫出题,恐殿元疑是预先打点,可就请殿元出题。"便教把文房四宝送到嗣薪面前。嗣薪取过笔来,向赵公道:"承老师之命,门生斗胆了。即以纱帱美人为题,门生先自咏一首,求小姐和之。"说罢,便写道:

> 绮罗春倩碧纱笼,彩袖摇摇间杏红。
> 疑是嫦娥羞露面,轻烟围绕广寒宫。

写毕,送与郗公,郗公且不展看,即付侍儿绿鬟送入纱帱内。瑶姿看了,提起笔来,不假思

索,立和一首道:

> 碧纱权倩作帘笼,未许人窥彩袖红
> 不是裴航来捣药,仙娃肯降蕊珠宫?

和毕,传付绿鬟送到嗣薪桌上。嗣薪见她字画柔妍,诗词清丽,点头赞赏道:"小姐恁般酬和得快,待我再咏一首,更求小姐一和。"便取花笺再题一绝,付与绿鬟送入纱帏内。瑶姿展开看时,上写道:

> 前望巫山烟雾笼,仙裙未认石榴红。
> 今朝得奏霓裳曲,仿佛三郎梦月宫。

瑶姿看了,见诗中有称赞她和诗之意,微微冷笑,即援笔再和道:

> 自爱轻云把月笼,隔纱深护一枝红。
> 聊随彩笔追唐律,岂学新装厨汉宫。

写毕,绿鬟依先传送到嗣薪面前。嗣薪看了,大赞道:"两番酬和,具见捷才。但我欲再咏一首索和,取三场考试之意,未识小姐肯俯从否?"说罢,又题一绝道:

> 碧纱争似绛帏笼,花影宜分烛影红。
> 此日云英相见后,裴航愿得托瑶宫。

书讫,仍付绿鬟送入纱帏。瑶姿见这诗中,明明说出洞房花烛,愿谐秦晋之意,却怪他从前故意作难,强求面试,便就花笺后和诗一首道:

> 珠玉今为翠幕笼,休夸十里杏花红。
> 春闱若许裙钗入,肯让仙郎占月宫?

瑶姿和过第三首诗,更不令侍儿传送,便放笔起身,唤着绿鬟,从纱帏后冉冉地步入内厢去了。郗公便起身走入纱帏,取出那幅花笺来。赵公笑道:"三场试卷可许老监场一看否?"郤公将诗笺展放桌上,与赵公从头看起,赵公啧啧称赞不止。嗣薪看到第三首,避席向郤公称谢道:"小姐才思敏妙如此,若使应试春闱,晚生自当让一头地。"赵公笑道:"朝廷如作女开科,小姐当作女状元。老夫今日监临考试,又收了一个第一门生,可谓男女双学士,夫妻两状元矣。"郤公大笑。珠川亦满心欢喜。赵公便令嗣薪再把双鱼送与郤公,郤公亦教珠川再把金凤钗回送嗣薪。赵公复邀三人到前堂饮酒,尽欢而散。

　　次日,嗣薪即上疏告假完婚。珠川谢了赵公,仍与郤公领女儿回家,择定吉期,入赘嗣薪。嗣薪将行,只见灵隐寺僧官云闲前来作贺,捧着个金笺轴子,求嗣薪将前日贺他的诗写在上边。落正了款。嗣薪随即挥就,后书"状元何嗣薪题赠",僧官欢喜拜谢而去,嗣薪即日到富阳,入赘随家,与瑶姿小姐成其夫妇。正是:

　　瑶琴喜奏,宝瑟欢调。绣阁香肌,尽教细细赏鉴;御沟红叶,不须款款传情。金屋阿娇,尤羡他芙蓉吐萼;白头卓氏,更堪夸豆蔻含香。锦被中亦有界河,免不得驱车进马;罗帏里各分营垒,一凭伊战卒麾兵。前番棋奕二篇,两下遥相酬和;今日纱帱三首,百年乐效唱随。向也《小弁》诗,为恶徒窃去,招出先生;兹者《霓裳曲》,见妙手拈来,愿偕仙侣。又何疑珮赠玉鱼鱼得水,依然是钗横金凤凤求凰。

婚姻过了三朝,恰好郤家的娇枝小姐遣青衣小婢送贺礼至。嗣薪见了,认得是前番园中所见的小婢,便问瑶姿道:"此婢何来?"瑶姿道:"这是郤家表妹的侍儿。"嗣薪因把前日园中窥觑,遇见此婢随着个小姐在那里闲耍,因而错认是瑶姿的话说了一遍。瑶姿道:"郎君错认表妹是我了。"那小婢听罢,笑起来道:"我说何老爷有些面熟,原来就是前日园里见的这个人。"嗣薪指着小婢笑道:"你前日如何哄我?"小婢道:"我不曾哄什么?"嗣新道:"我那日问你说,你家小姐可唤作瑶姿?你说正是瑶姿小姐。"小婢道:"我只道说可是唤娇枝,我应道正是娇枝小姐。"嗣薪点头笑道:"声音相混,正如我与何自新一般,今日方才省悟。"正是:

　　当时混着鲢和鲤,此日方明李与桃。

嗣薪假满之后,携了家眷还朝候选。初授馆职,不上数年,直做到礼部尚书,瑶姿诰封夫人,夫妻偕老。生二子,俱贵显。郗公与珠川亦皆臻上寿。此是后话。

　　看官听说:天人才人与天下才女作合,如此之难,一番受钗,又一番回钗,一番还珮,又一番纳珮。小姐初非势利状元,状元亦并不是曲从座主,各各以文见赏,以才契合。此一段风流佳话,真可垂之不朽。

　　【回末总评】

　　一科两放榜,一妻两纳聘,落卷又中新状元,主考复作女监试,奇事奇情,从来未有。他如郗公论诗,宗生着急;宗生辩诗,郗公绝倒,不谓文章巧妙乃尔。其尤幻者,郗公初把女郎之诗为自己所作;后却说出自己之诗乃女郎所作,何郎初猜郗公之诗为女郎所作,后反疑女郎之诗是郗公所作。至于瑶姿、娇枝、嗣薪、自新,彼此声音互混,男女大家认错。又如彼何郎代此何郎受杖,此何郎代彼何郎除名,彼何即将何郎诬陷,此何郎教彼何郎吐实,种种变幻,俱出意表。虽春水之波纹万状,秋云之出没千观,不足方其笔墨也。

卷之七　虎豹变

撰哀文神医善用药　设大誓败子猛回头

桑榆未晚，东隅有失还堪转。习俗移人，匪类须知不可亲。　　忠言逆耳，相逢徒费箴规语。忽地回头，自把从前燕僻收。

右调《木兰花》

人非圣人，谁能无过？过而能改，便是君子。每怪那不听忠言的人，往往自误终身；有勉强迁善的人，又往往旧病复发，岂不可叹可惜。至若劝人改过的，见那人不肯听我，便弃置了，不能善巧方便，委曲开导；更有那善巧化人的，到得那人回心，往往自身已死，不及见其改过，又岂不可恨可涕。如今待在下说一个发愤自悔、不蹈前辙的，一个望人改弦及身亲见的，与众位听。

话说嘉靖年间，松江府城中有个旧家子弟姓宿名习，字性成，幼时也曾读过几年书，姿性也不甚冥钝，只因自小父母姑息，失于教导，及至长成，父母相继死了，一发无人拘管，既不务生理，又不肯就学，日逐在外游荡，便有那一班闲人浪子诱引他去赌场中走动。从来赌钱一事，易入难出的，宿习入了这个道儿，神情志气都被汩没坏了。当时有个开赌的人叫作程福，专惯哄人在家赌钱，彼即从中渔利。宿习被人引到他家做了安乐窝，每日赌钱耍子。原来宿习的丈人，乃是松江一个饱学秀才，姓冉名道，号化之，因屡试不中，弃儒学医，竟做了个有名的医生。初时只为宿习是旧家子弟，故把女儿璧娘嫁了他。谁想璧娘倒知书识礼，宿习却偏视书文为仇敌，一心只对赌钱掷色其所不辞，扯牌尤为酷好，终日把梁山泊上数十个强盗在手儿里弄，眼儿里相。正是：

别过冤家"子曰",撇下厌物"诗云"。

只有纸牌数叶,是他性命精神。

璧娘屡次苦谏丈夫,宿习哪里肯听,时常为着赌钱,夫妻反目。冉化之闻知,也几番把正言规训女婿,争奈宿习被无赖之徒渐染坏了,反指读书人为撇脚红鞋子,笑老成人为古板老头巾,丈人对他说的好话,当面假意顺从,一转了背,又潜往赌场里去了。你道赌场里有什么尊卑,凭你世家子弟,进赌场便与同赌之人"尔""汝"相呼,略无礼貌,也有呼他做小宿的,也有呼他做宿阿大的,到赌账算不来时,大家争论,便要厮打。宿习常被人打了,瞒着丈人,并不归来对妻子说。正是:

学则白屋出公卿,不学公孙为皂隶。

习于下贱是贱人,安得向人夸骨气。

看官听说:凡人好赌的人,如被赌场里摄了魂魄去得一般,受打受骂总无怨心,早上相殴,晚上又复共赌,略不记怀。只有家里规谏他的,便是冤家对头。至于家中日用所费,与夫亲戚往来酬酢,朋友缓急借贷,都十分吝啬。一到赌钱时,便准千准百准地输了去,也不懊悔。端的有这些可怪可恨之处,所以人家子弟切不可流入赌钱一道。当下宿习一心好赌,初时赌的是银钱,及至银钱赌尽,便把田房文契都赌输与人,后来渐渐把妻子首饰衣服也剥去赌落了。璧娘终日啼啼哭哭,寻死觅活,冉化之忿不过,与女婿闹了一场,接了女儿回去。指着女婿立誓道:"你今若再不改过,你丈人妻子誓于此生不复与你相见!"宿习全不在意,见妻子去了,索性在赌场里安身,连夜间也不回来。正是:

赌不可医,医赌无药。

若能医赌,胜过扁鹊。

冉化之见女婿这般光景,无可奈何,思量自己有个极相契的好友,叫作曲谕卿,现弃本府总捕厅吏员:"我何不去与他计议,把那开赌的人,与哄骗女婿去赌的人讼之于官?"却又想自家女婿不肖,不干别人事,欲待竟讼女婿,一来恐伤翁婿之情,致他结怨于妻子;二来也怨风俗不好,致使女婿染了这习气,只索叹口气罢了。原来此时厨牌之风盛行,不但赌场中无赖做此勾当,便是大人家宾朋叙会,亦往往以此为适兴,不叫做厨牌,却文其名曰"角",为父兄的不过逢场作戏,子弟效之,遂至流荡忘反,为害不小。冉化之因作《哀

角文》一篇以惊世。文曰：

哀哉角之为技也，不知始于何日。名取梁山，形图水泊。量无君子，喜此盗贼。以类相求，唯盗宜习。盈至万贯，缩至空没。观其命名，令人怵惕。不竭不止，不穷不戢，今有人焉，耽此成癖。靡间寒暑，不遑朝夕。如有鬼物，引其魂魄。三五成群，不呼而集。当其方角，宾来不揖。同辈谩骂，莠言口出。简略礼文，转移气质。人品之坏，莫此为极。迨夫沉酣，忘厥寝食。虽有绮筵，饥弗暇即。虽有锦衾，倦弗暇息。主人移馔，就其坐侧。匆匆下箸，味多不择。童子候眠，秉烛侍立。漏尽钟鸣，东方欲白。养生之道，于此为失。况乎胜负，每不可必。负则求复，背城借一。幸而偶胜，人不我释。彼此纠缠，遂无止刻。悉索敝赋，疲于此役。脱骖解佩，罔顾室谪。屋如悬磬，贫斯彻骨。祭此颠连，未改痼疾。见逐父母，被摈亲戚。借贷无门，空囊羞涩。计无复之，庶几行乞。行乞不甘，穿窬凿壁。赌与盗邻，期言金石。我念此辈，为之涕泣。彼非无才，误用足恤。我虽不角，颇明角剧。路分生熟，奇正莫测。亦有神理，厨苟接脉。何不以斯，用之文墨。或敌或邻，迭为主客。亦有兵法，虚虚实实。何不以斯，用之武策。人弃我留，随时变易。难大不贵，惟少是惜。何不以斯，用之货殖。有罚有贺，断以纪律。如算钱谷，会计精密。何不以斯，用之吏术。呜呼噫嘻！尔乃以无益之嬉戏，耗有用之心力。不惟无益，其损有百。近日此风，盛行乡邑。友朋相叙，以此为适。风俗由之寝衰，子弟因而陷溺。吾愿官长，严行禁饬。有犯此者，重加罪责。缅维有宋之三十六人，已为张叔夜之所遏抑。彼盗贼而既降，斯其恶为已革。奈何使纸上之宋江，遣祸反甚乎往昔。

冉化之做了这篇文字，使人传与宿习看。宿习正在赌场里热闹，哪里有心去看，略一寓目，便丢开了。说话的，此时宿习已弄得赤条条，也该无钱戒赌，还在赌场中忙些什么？原来他自己无钱赌了，却替别人管稍算账，又代主人家捉头。也因没处安身，只得仍在赌场里寻碗饭吃。冉化之闻得女婿恁般无赖，说与女儿知道。璧娘又羞又恼，气成一病，恹恹欲死。亏得冉化之是个良医，服药调治，又再三用好言多方宽解，方才渐渐痊可。宿习闻知妻子患病，却反因嗔恨她平日规谏，竟不来看视。谁知不听良言，撞出一场横祸。

时不青浦县乡绅纽义方，官为侍郎，告假在家。因本府总捕同知王法是他门生，故常遣公子钮伯才到府城中来往。那钮伯才亦最好赌，被开赌的程福局诱到家，与这一班无赖赌了一日一夜，输去百多两银子。不期钮乡宦闻知，十分恼怒，竟查访了开赌的并同赌的姓名，送与捕厅惩治，宿习名字亦在其内，与众人一齐解官听审。王二府将程福杖五十，问了徒罪，其余各杖二十，枷号一月。你道宿习此时怎生模样？

一文钱套在头中，二文钱穿在手里。二索子系在脚上，三索子缚在腰间。向来一桌四人，今朝每位占了独桌；常听八红三献，此日两腿挂了双红。朝朝弄纸牌，却弄出硬牌

一大扇;日日数码子,今数着板子二十敲。身坐府门前,不知是殿坐佛,佛坐殿;枷带肩头上,不知是贺长肩,贺短肩。见头不见身,好一似百老怀下的人首;灭项又灭耳,莫不是王英顶穿了泛供。

却说捕厅书吏曲谕卿,当日在衙门中亲见官府打断这件公事,晓得宿习是他好友冉秀才的女婿,今却被责被枷,便到冉家报与冉化之知道。化之听了,心中又恼又怜,沉吟了一回,对谕卿道:"小婿不肖,不经惩创,决不回心。今既遭戮辱,或者倒有悔悟之机。但必须吾兄为我周旋其间。"谕卿道:"兄有何见托,弟自当效力。"化之便对谕卿说:"须如此如此。"谕卿领诺,回到家中,唤过一个家人来,吩咐了他言语,教他送饭去宿习吃。

且说宿习身负痛楚,心又羞惭,到此方追悔前非。正恓惶间,只见一个人提着饭罐走到枷边来,宿习问是何人,那人道:"我家相公怜你是好人家子弟,特遣我来送饭与你吃。"宿习道:"你家相公是谁?"那人道:"便是本厅书吏曲谕卿相公。"宿习谢道:"从未识面,却蒙见怜,感激不尽。但不知我丈人冉化之曾知道我吃官司否?敢烦你寄个信去。"那人道:"你丈人冉秀才与我主人极相熟的,他已知你吃官司,只是恨你前日不听好言,今誓不与你相见。倒是我主人看不过,故使我来看觑你。"宿习听说,垂首涕泣。那人劝他吃了饭,又把些茶汤与他吃了,替他揩抹了腿上血迹,又铺垫他坐稳了,宿习千恩万谢,自此那人日日来伏侍,朝飧晚膳,未尝有缺,宿习甚是过意不去。到得限满放枷之日,那人便引宿习到家与曲谕卿相见。宿习见了谕卿,泣拜道:"宿某若非门下看顾,一命难存。自恨不肖,为骨肉所弃,岳父、妻子俱如陌路。特蒙大恩难中相救,真是重生父母了。"谕卿人扶起道:"史本簪缨遭胥,且堂堂一表,何至受辱公庭,见摈骨肉?不佞与令岳颇称相知,兄但能改过自新,还你翁婿夫妻欢好如故。"宿习道:"不肖已无颜再见岳父、妻子,不如削发披缁做了和尚罢。"正是:

> 无颜再见一丈青,发心要做花和尚。

当下谕卿劝宿习道:"兄不要没志气,年正青春,前程万里,及今奋发,后未可量。务必博个上进,洗涤前羞,方是好男子。寒舍尽可安身,兄若不弃,就在舍下暂住何如?"宿习思量无处可去,便拜谢应诺。自此竟住在曲家,时常替谕卿抄写公文官册,笔札效劳。

一日,谕卿使人拿一篇文字来,央他抄写。宿习看时,却便是前日丈人做的那篇《哀角文》。前日不曾细看,今日仔细玩味,方知句句是药石之言,"惜我不曾听他,悔之无极。"正在嗟叹,只见谕卿走来说道:"宿兄,我有句话报知你,你休吃惊。尊夫人向来患病,近又闻你受此大辱,愈加气苦,病势转笃,服药无效,今早已身故了。"宿习闻言,泪如雨下，追想"妻子平日规谏我，本是好意，我倒错怪了她，今又为我而死，"转展伤心，涕泣不止。谕卿道："闻兄前日既知尊嫂有病，竟不往看。令岳因此嗔恨，故这几时不相闻问。今尊嫂已死，兄须念夫妇之情，难道入殓与不去一送？"宿习哭道："若去时恐岳父见罪。"谕卿道："若不去令岳一发要见罪了，还须去为是。"宿习依言，只得忍羞含泪，奔到冉家，却被冉家丫鬟、仆妇们推赶出来，把门闭了。听得丈人在里面骂道："你这畜生是无赖赌贼，出乖露丑，还想我认你做女婿么？我女儿被你气死了，你还有何颜再来见我？"宿习立在门外，不敢回言。又听得丈人吩咐家童道："他若不去，可捉将进来，锁在死人脚上。"宿习听了这话，只得转身奔回曲家，看官听说：原来璧娘虽然抱病，却不曾死。还亏冉化之朝夕调理，又委曲劝慰道："女婿受辱，正足惩戒将来，使他悔过，是祸焉知非福。"又把自己密托曲谕卿周旋的话说与知道，璧娘因此心境稍宽，病体已渐平复。化之却教谕卿假传死信，哄宿习到门，辱骂一场，这都是化之激励女婿的计策。正是：

> 欲挥荡子泪，最苦阿翁心。
> 故把恶言骂，只缘恩义深。

　　且说宿习奔回曲家，见了谕卿，哭诉其事。谕卿叹道："夫妇大伦，乃至生无相见，死无相哭，可谓伤心极矣。令岳不肯认兄为婿，是料兄为终身无用之物，兄须争口气，切莫应了令岳所料。"宿习涕泣拜谢。

　　忽一日，谕卿对宿习道："今晚本官审一件好看的人命公事，兄可同去一看。"说罢，便教宿习换了青衣，一同走入总捕衙门，向堂下侧边人丛里立着。只见阶前跪着原、被、证三人，王二府先叫干证赵三问道："李甲妻子屈氏为什缢死的？"赵三道："为儿子李大哄了她头上宝簪一双，往张乙家去赌输了，因此气忿缢死。"王二府道："如今李大何在？"赵三道："惧罪在逃，不知去向。"王二府便唤被告张乙上来，喝道："你如何哄诱李大在家赌钱，致令屈氏身死？"张乙道："李大自到小人家里来，不是小人去唤他来的。这玉簪也是他自把来输与小人，不是小人到他家去哄的。今李甲自己逼死妻子，却又藏过了儿子，推在小人身上。"王二府骂道："奴才！我晓得你是开赌的光棍，不知误了人家多少子弟，哄了人家多少财物。现今弄得李甲妻死子离，一家破败，你还口硬么？"说罢，掷下六根签，打了三十板。又唤原告李甲问道："你平日怎敢教训儿子，却纵放他在外赌钱？"李甲道："小人为禁他赌钱，也曾打骂过几次。争奈张乙暗地哄他，因此瞒着小人，输去宝簪，以致小人妻子缢死。"王二府道："我晓得你妻子平日一定姑息，你怪她护短，一定上与她寻闹，以致她抱恨投缳。你不想自己做了父亲，不能禁约儿子，如何但去责备妇人，又只仇怨他人，

也该打你几板。"李甲叩头求免,方才饶了。王二府道:"李大不从父训,又陷母于死,几与杀逆无异,比张乙还该问重重地一个罪名,着广捕严行缉拿解究。张乙收监,候拿到李大再审。屈氏尸棺发坛。李甲、赵三俱释放宁家。"判断已毕,击鼓退堂。曲谕卿挽着宿习走衙门,仍回家中,对宿习道:"你令岳还算忠厚,尊嫂被兄气死了,若告到官司,也是一场人命。"宿习默默无言,深自悔恨,寻思"丈人怪我,是情理所必然,不该怨他。"正是:

莫嫌今日人相弃,只恨当初我自差。

过了几日,宿习因闷坐无聊,同着曲家从人到总捕厅前,看他投领文册,只见厅前有新解到一班强盗,在那里等候官府坐堂审问。内中有三个人却甚斯文模样,曲家从人便指着问道:"你这三个人不像做强盗的,如何也做强盗?"一人答道:"我原是好人家子弟,只因赌极了,无可奈何入了盗伙,今日懊悔不及。"一人道:"我并不是强盗,是被强盗扳害的。他怪我赖了赌账,曾与我厮打一场,因此今日拖陷我。"一个道:"我一发冤枉,我只在赌场中赢了一个香炉,谁知却是强盗赃物,今竟把我算作窝赃。"曲家从人笑道:"好赌的叫作赌贼,你们好赌,也便算得是强盗了。"宿习听罢,面红耳热,走回曲家,思量《哀角文》中"赌与盗邻"一句,真是确语,方知这几张纸牌是籍没家私的火票,逼勒性命的催批,却恨当时被他误了,今日悔之晚矣。自此时堂夜半起来,以头撞壁而哭。

谕卿见他像个悔悟发愤的,乃对他说道:"兄在我家佣书度日,不是长策,今考期将近,可要去赴童生试否?"宿习道:"恨我向来只将四十叶印板、八篇头举业做个功课,实实不曾读得书。今急切里一时读不下,如何是好?"谕卿道:"除却读书之外,若衙门勾当,我断不劝你做,我亦不得已做了衙门里人,终日兢兢业业,畏刑惧罪。算来不如出外为商,做些本分生意,方为安稳。"宿习道:"为商须得银子做本钱,前日输去便容易,今日要他却难了。"谕卿道:"我有个敝友闵仁宇是常州人,他惯走湖广了,如今正在这里收买布匹,即日将搭伴起身到湖广去。兄若附他的船同行最便,但极少也得三五十金做本钱方好。"宿习道:"这银子却哪里来?"谕卿道:"何不于亲友处拉一银会?"宿习道:"亲友都知不肖有赌钱的病,哪个肯见托?"谕卿道:"今知兄回心学好,或肯相助也未可知。兄未尝去求他,如何先料他不肯,还去拉一拉看。"宿习依言,写下一纸会单,连连出去走了几日,及至回来,唯有垂首叹气。谕卿问道:"有些就绪么?"宿习道:"不要说起。连日去会几个亲友,也有推托不在家,不肯接见的;也有勉强接见,语言冷淡,礼貌疏略,令人开口不得的;也有假意殷勤,说到拉会借银,不是愁穷,定是推故的。早知开口告人如此烦难,自恨当初把银子浪费了。"谕卿道:"我替兄算计,还是去求令岳,到底翁婿情分,不比别人。前当尊

嫂新亡,令岳正在悲愤之时,故尔见拒。如今待我写书与他,具言兄已悔过,兄一面亲往求谒,包管令岳回心转意,肯扶持兄便了。"

宿习听罢,思量无门恳告,只得依着谕卿所教,奔到冉家门首。恰遇冉化之要到人家去看病,正在门首上轿。宿习陪个小心,走到轿边,恭身施礼道:"小婿拜见。"化之也不答礼,也不回言,只像不曾见的一般,竟自上轿去了。宿习欲待再走上去,只见轿后从人一头走一头回顾宿习笑道:"宿官人不到赌场里去,却来这里做什?我相公欢喜得你狠,还要来缠帐。"宿习羞得面红,气得语塞,奔回曲家,仰天大哭。谕卿细问其故,宿习诉知其事,谕卿沉吟道:"既令岳不肯扶持,待我与敝友们相商,设处几十金借与兄去何如?"宿习收泪拜谢道:"若得如此,恩胜骨肉。"谕卿道:"只一件,兄银子到手,万一旧病复发,如之奈何?"宿习拍着胸道:"我宿习如再不改前非,真是没心肝的人了。若不相信,我就设誓与你听。"谕卿笑道:"兄若真肯设誓,明日可同到城隍庙神道面前去设来。"宿习连声应诺。

次日,果然拉着谕卿走到城隍庙前,只见庙门首戏台边拥着许多人在那里看演神戏,听得有人说道:"好赌的都来看看这本戏文。"谕卿便对宿习道:"我们且看一看去。"两个立住了脚,仰头观看。锣声响处,见戏台上扮出一个金盔金甲的神道,口中说道:"生前替天行道,一心归顺朝迁,上帝怜我忠义,死后得为神明。我乃梁山泊宋公明是也。可恨近来一班赌钱光棍,把俺们四十个弟兄图画在纸牌上要子,往往弄得人家子弟家破人亡,身命不保。俺今已差鬼使去拘拿那创造纸牌与开赌哄人的人来,押关阴司问罪,此时想就到也。"说罢,锣声又响,扮出两个鬼使,押着两个犯人,长枷铁索,项插招旗。旗上一书"造牌贼犯"。一书"开赌贼犯"。鬼使将二人推至宋公明面前,禀道:"犯人当面。"那宋公明大声喝骂:"你这两个贼徒,听我道来。"便唱道:

俺是大宋忠良,肯助你这腌臜勾当?你把人家子弟来坏了,怎将俺名儿污在你纸上?俺如今送你到阴司呵,好去听阎王阎王发放。

唱毕,向里面叫道:"兄弟黑旋风哪里?快替我押这两个贼徒到酆都去。"道言未了,一棒锣声,扮出一个黑旋风李逵来,手持双斧,看着那两个犯人笑道:"你认得我三十士么?先教人吃我一斧!"说罢,把两个人一斧一砍下场去。黑旋风即跳舞而下。宋公明念两名落场诗道:"善恶到头终有报,只争来早与来迟。"台下看的人都喝采道:"好戏!"谕卿对宿习道:"闻说这本新戏是一个乡绅做的,因他公子好赌,故作此以警之。"宿习点头嗟叹,寻思道:"赌钱的既受人骂,又受天谴。既受官刑,又受鬼责。不但为好人所摈绝,并为强盗所不容。"一发深自懊悔。走到城隍神座前,不觉泪如雨下,哭拜道:"宿习不幸为赌所误,今发愿改过自新。若再蹈前辙,神明殛之!"谕卿见他设过了誓,即与同回家中,

取出白银三十两,交付宿习收讫。

次日,便设席钱行,就请那常州朋友闵仁宇来一同饮酒,告以宿习欲附舟同行之意,并求他凡事指教,仁宇领诺。席散之后,宿习拜辞起身,与仁宇同至常州。仁宇教他将银去都置买了灯草,等得同伴货物齐备,便开船望湖广一路进发。也是宿习命运合当通泰,到了湖广,恰值那专贩灯草的客船偶失了火,灯草欠缺,其价顿长,一倍卖发数倍,且喜宿习出门利市,连本利已有百余金,就在湖广置买了石豪,回到芜湖地方,又值那些贩石豪的船都遭了风,只有宿习的客船先到,凑在巧里,又多卖了几倍价钱。此时宿习已有二三百金在手,便写书一封,将原借本银加利一倍,托相知客伴寄归送还曲谕卿,一面打点就在芜湖置货。适有一山东客人带得红花数包,因船漏浸湿,情愿减价发卖。宿习便买了他的,借客店歇下,逐包打开晒浪,不想每包里边各有白银一百两。原来这红花不是那客人自己的,是偷取他丈人的。他丈人也在外经商,因路上携带银两恐露人眼目,故藏放货物内,不期翁婿不睦,被女婿偷卖货物,却把银子白白地送与宿习了。当下宿习平空得了千余金,不胜之喜。更置别货,再到湖广、襄阳等处,又获利厚利。正要再置货回来,却遇贩药材的客人贩到许多药材,正在发卖,却因家中报他妻子死了,急欲回去,要紧脱货,宿习便尽数买了他的。不想是年郧阳一路有奸民倡立无为教,聚众作乱,十分猖獗,朝廷差兵部侍郎钟秉公督师征剿,兵至襄阳,军中疫疠盛行,急需药物,药价腾贵,宿习又一倍卖了几倍。此时本利共三四千金,比初贩灯草时大不同了。正是:

> 丈人会行医,女婿善卖药。
> 赌钱便赌完,做客却做着。

看官听说:人情最是势利,初时小本经纪,同伴客商哪个看他在眼今见他腰缠已富,便都来奉承他。闵仁宇也道他会做生意,且又本份,甚是敬重。那接客的行家,把宿习当做个大客商相待,时常请酒。一日设酌舟中,请宿饮宴,宿习同着闵仁宇并众伙伴一齐赴席。席间有个侑酒的妓女,乃常州人,姓潘名翠娥,颇有姿色,同伴诸人都赶着她欢呼畅饮,只有闵仁宇见了这妓女却愀然不乐,那妓女看了仁宇也觉有羞涩之意。仁宇略坐了片刻,逃席先回,宿习心中疑怪,席散回寓,便向仁宇叩问其故。仁宇叹道:"不好说得,那妓女乃我姨娘之女,与我是中表兄妹,因我表妹丈鲍士器酷好赌钱,借几百两客债来赌输了,计无所出,只得瞒着丈母来卖妻完债。后来我姨娘闻知,虽曾靠官把女婿治罪,却寻不见女儿下落。不期今日在此相见,故尔伤心。"宿习听说,恻然改容道:"既系令表妹,老兄何不替她赎了身,送还令母姨,使她母女重逢。"仁宇道:"若要替她赎身,定须一二百

金。我本钱不多,做不得这件好事。"宿习慨然道:"我多蒙老兄挈带同行,侥幸赚得这些利钱。如今这件事待我替兄做了何如?"仁宇拱手称谢道:"若得如此,真是莫大功德。"宿习教仁宇去访问翠娥身价多少,仁宇报说原价二百两,宿习便将二百两白银交付仁宇,随即唤鸨儿、龟子到来,说知就里,把银交割停当,领出翠娥,当下翠娥感泣拜谢,自不必说,宿习又将银三十两付仁宇做盘缠,教他把翠娥送回常州,"所有货物未脱卸者,我自替你料理。"仁宇感激不尽,即日领了翠娥,拜谢起身,雇下一只船,收拾后舱与翠娥住了,自己只在前舱安歇。

行了两日,将近黄州地面,只见一只大官船,后面有二三十只兵船随着,横江而来。官船上人大叫:"来船拢开!"仁宇便教艄公把船泊住,让他过去,只见船舱口坐着一个官人,用手指着仁宇的船道:"目今寇盗猖獗,往来客船都要盘诘,恐夹带火药军器。这船里不知可有什夹带么?"仁宇听说,便走出船头回复道:"我们是载女眷回去的,并没什夹带。"正说间,只见那人立起身来叫道:"这不是我闵家表舅么?"仁宇定睛仔细看时,那官人不是别人,原来就是鲍士器。当下士器忙请仁宇过船相见,施礼叙坐。仁宇问道:"恭喜妹丈,几时做了官了?"士器道:"一言难尽。自恨向时无赖,为岳母所讼,问了湖广黄州卫充军。幸得我自幼熟娴弓马,遭遇这里兵道老爷常振新爱我武艺,将我改名鲍虎,署为百长,不多时就升了守备。今因他与督师的钟兵部是同年,特荐我到彼处军前效用。不想在此得遇表舅。"仁宇道:"妹丈昔年坎坷今幸得一身荣贵,未识已曾更娶夫人否?"鲍虎挥小道:"说哪里话。当初是我不肖,不能保其妻子,思之痛心,今已立誓终身不再娶了。"仁宇道:"今日若还寻见我表妹,可重为夫妇么?"鲍虎道:"虽我负累了她,岂忍嫌弃?但今不知流落何方,安得重来夫妇?"说罢,挥泪不止。仁宇笑道:"表妹只在此间不远,好教妹丈相会。"鲍虎惊问:"在哪里?"仁宇乃将翠娥堕落风尘,幸亏宿习赎身,教我亲送回乡的话一一说了。鲍虎悲喜交集,随即走过船来,与翠娥相见,夫妇抱头大哭,正是:

　　无端拆散同林鸟,何意重还合浦珠。

当下鲍虎接娶翠娥过了船,连仁宇也请来官船上住了,打发来船先回襄阳,自己随后也便到襄阳城中,且不去投见钟兵部,先同着仁宇到宿习寓所拜谢,将银二百两奉还。宿习见了鲍虎,吸他作叙述中情,不觉有感于中,潸然泪下道:"足下累了尊嫂,尚有夫妻相见之日,如不肖累了拙荆,已更无相见之日矣!今不肖亦愿终身不娶,以报拙荆于地下。"鲍虎询问缘由,宿习也把自己心事说与知道。两个同病相怜,说得投机,便结拜为兄弟。正是:

流泪眼观流泪眼，断肠人惜断肠人。

次日，鲍虎辞别宿习，往钟兵部军前投谒。钟公因是同年常兵备所荐，又见鲍虎身材雄壮，武艺熟娴，心中欢喜，便用为帐前亲随将校，甚见信用。鲍虎得暇便来宿习所探望。此时军中疫疠未息，急欲得川芎、苍术等药辟邪疗病，恰好宿习还有这几件药材剩下，当日便把来尽付鲍虎，教他施与军士。鲍虎因即入见钟公，将宿习施药军中，并前日赎他妻子之事细细禀知，钟公道："布衣中有此义士，当加旌擢以风厉天下。"便令鲍虎传唤宿习到来相见。那时宿习真是福至心灵，见了钟公，举止从容，应对敏捷，钟公大悦，即命为军前监计同知，换去客商打扮，俨然冠带荣身。正是：

我本无心求仕进，谁知富贵逼人来。

宿习得此机遇，平白地做了官，因即自改名宿变，改号豹文，取君子豹变之意。

过了一日，军中疫气渐平，钟公商议进兵征讨。先命宿变往近属各府州县催趱粮草济用。是年，本省德安府云梦县饥荒，钱粮不给，宿习变催粮到县，正值县官去任，本县新到一个县丞署印。那县丞正苦县中饥荒。钱粮无办，不能应济军需，却闻有监计同知到县催粮，心中甚是惶急。慌忙穿了素服，来至城外馆驿中迎接，见了宿变，行属礼相见。宿变看那县丞时，不是别人，原来就是曲谕卿。他因吏员考满，选授云梦县丞，权署县印，那时只道催粮同知唤作宿变，怎知宿变就是宿习？当下望着宿变只顾跪拜，宿变连忙趋下座来，跪地扶起道："恩人，你认得我宿习么？"谕卿仔细定睛看了一看，不觉又惊又喜。宿变便与并马入城，直进私衙中，叙礼而坐。谕卿询问做官之由，宿变将前事细述了一遍。谕卿以手加额道："今日才不负令岳一片苦心矣。"宿变道："岳父已弃置不肖，若非恩人提拔，安有今日？"谕卿道：'大人误矣，当日府前送饭，家中留歇，并出外经商时赠银作本，皆出自令岳之意，卑职不过从中效劳而已。令岳当日与卑职往来密札，今都带得在此，大人试一寓目，便知端的。"说罢，便取出冉化之许多手书与宿变观看。宿变看了，仰天大哭道："我岳父如此用心，我一向不知，恩深似海，恨无以报。痛念拙荆早逝，不及见我今日悔过。"谕卿道："好教大人欢喜，尊夫人原不曾死。"宿变惊问道："明明死了，怎说未死？"谕卿把前情备细说了。宿变回悲作喜，随即修书一封，差人星夜到冉家去通报。

谕卿置酒私衙，与宿变把盏。饮酒间，谕卿说道："目下县中饥荒，官粮无办，为之奈何？"宿变道："欲完官粮，先足民食。民既不足，何以完官？"谕卿道："民食缺乏，只为米价

腾贵之故，前日已曾拿两个高抬米价的惩治了，只是禁约不住。"宿变道："尊见差矣。本处乏粮，全赖客米相济，若禁约增价，客米如何肯来？我今倒有个计较在此。"便自出囊中银五百两，教谕卿差人星夜去附近地方收籴客米，比时价倒增几分，于是客商互相传说，都道云梦县米价最高，贩米客人一齐都到本县来。客米既多，时价顿减。宿变乃尽出囊金，官买客米，令谕卿杀牛置酒，款待众米商，要他照新减之价更减几分发粜，一时便收得米粮若干。将一半赈济饥民，一半代谕卿解充兵饷，百姓欢声载道，钟公剋期进兵，多亏宿变各处催趱粮草接济，士气饱腾。正是：

先之以药，继之以饵。医国国安，医民民起。商人今作医人，不愧冉家半子。

钟公统率足食之兵，进剿乱贼，势如破竹。倡立邪教贼首，被鲍虎杀戮。其余乌合之众，逃奔不迭的都被生擒活捉。钟公对宿变道："所擒贼众，多有被贼劫掳去误陷贼中的，应从宽释。汝可为细加审究一番，就便发落。"宿变领命，便坐公衙，将所拎贼囚一一细审，随审随放。次后审到两个同乡人，一个叫薄六，一个叫作堵四，看这二人，面庞好生厮熟，细看时，记得是前番在捕厅门首所见的盗犯，那薄六便是说被盗扳害的，那堵四便是说误取盗赃的。宿变问他何故陷入贼党，二人告道："小人等当蒙捕厅问罪在狱，适有别犯越牢，小的两个乘势逃出狱门，躲离本省，不想遇了贼寇，被他捉去，宿变道："当日与你同解捕厅的，还有一个人，却怎么了？"两人道："那人受刑不过，已毙狱了。"宿变道："论你两人私逃出狱之罪，本该处死，姑念同乡，饶你去罢。"两个拜谢去了，末后审得一个同乡人，叫作李大，问他何故从贼，李大道："为赌输了钱，连累母亲缢死，被父亲告在总捕厅。因惧罪在逃，不想途中遇了乱贼，捉去养马。"宿变道："当日哄你去赌钱的，可是张乙么？"李大道："正是张乙。"宿变道："你这厮陷母于死，又背父而逃，是个大逆不孝之子。现今本处捕厅出广捕拿你，我今当押送你到本处，教你见父亲一面而死，且好与张乙对质，正其诬资害人之罪。"说罢，便起一角公文，差人押送李大到松江总捕厅去了。正是；

天理从来无爽错，人生何处不相逢。

宿变审录贼犯已毕，回复了钟公，钟公即日拔寨班师，奏凯还朝。上表报捷，表中备称宿与鲍虎功绩。宿变又恳求钟公于叙功款项口，带入曲谕卿名字。朝廷降旨：升钟秉公为太子少保兵部尚书，宿变特授兵部郎中之职，鲍虎升为山东济南府副总兵，曲谕卿实授云梦县知县。

命下之后，宿变即上本告假，驰驿还乡。一路经地府州县，客官都往来拜望。不则一日，路经常州，宿变具名帖往拜常州太守。那太守出到宾馆与宿变相见，宿变看那太守

时，原来就是松江总捕同知王法，当下王公便不认得宿变，宿变却认得是王公。正是：

> 今为座上客，昔为阶下囚。
> 难得今时贵，莫忘昔日羞。

二人叙礼毕，宿变动问道："老公祖旧任敝郡，几时荣升到这里的？"王公道："近日初承乏在此。"宿变道："治弟前在军中，曾获逃犯李大，押送台下，未识那时台驾已离任否？"王公道："此时尚未离任，已将李大问罪，结过张乙一案。不想来到此间，却又有一宗未结的公案，系是妇人潘氏，告称伊婿鲍士器，为赌输官债，卖妻为娼，并告张乙同谋，当初撺掇鲍士器借客债也是张乙，后来撺掇卖为娼也是张乙，今鲍士器已经问罪发配，张乙却在逃未获。原来这张乙本是常州人，因犯罪逃至松江，又在那里开赌害人，十分可恶。学生前日已行文旧治，吊取他来，毙之杖下了。"宿变点头称快。当下别过王公，便到闵仁宇家拜望了一遭。随后王公到船答拜讫，即开船而行。

舟行之次，听得有叫化船上，一个老婆子在那里叫唤，求讨残羹冷饭。宿变怪她声音厮熟，推开吊窗看时，认得是开赌的程福之妻，因向日在他家住久，故此认识。原来程福自被王公问徒发驿，在路上便染病死了，妻子孤身无靠，只得转嫁他人。谁知又嫁了个不成才的，遂流落做了乞丐。当下宿变唤那婆子来，问知备细，嗟叹不已。正是：

> 东边阙事西边补，前报差时后报真。

宿变回到松江，便到冉家，见了丈人，哭拜于地道："小婿不才，荷蒙岳父费尽苦心，暗地周全，阳为摈绝，几番激励厉，方得成人。此德此恩，天高地厚。"冉化之答拜道："贤婿前穷后通，始迷终悟，也是你命运合该如此，老夫何力之有？"说罢，请出女儿璧娘来，与女婿相见。二人交拜对泣，各诉别后衷曲，再叙夫妇之情。正是：

既知今是，始悔昨非。前日只顾手中的宋江、武松，那管家里的金莲、婆惜；今日忽然谢别了雷横、史进，不至屈死了秀英、交枝。前日几为鲁智深，险些向五台山皈依长老；今朝喜会红娘子，不致如小霸王空入罗帏。前一似林冲远行，不能保其妻子；今何幸秦明归去，依然会着浑家。若还学那攘臂下车的晋冯妇，捉老虎犹念千生；今既做了素服郊次的秦穆公，顺风旗不思红万。百老原为短命郎，前日几被活阎罗送了性命；四门本有都总管，今朝还让晁天王镇住妖魔。圣手书生的挥毫，写不出《哀角》一篇文字；玉臂匠人的篆刻，印不就戒赌一段心肠。裴孔目铁面虽严，不如曲谕卿的周旋为妙；安道全神医无对，

岂若冉化之的术数尤高。直教立誓撇开八叶去，遂使无心换得五花归。

次日，宿变备了礼物，到曲谕卿家拜谢。此时谕卿在任所未归，宿变再三致谢他家内眷，又将钱钞犒赏曲家从人。过了一日，闵仁宇来答拜，并拉着初时这几个同伴客商来贺喜，宿变置酒款待，因说起鲍虎之事，宿变对冉化之道："岳父这篇《哀角文》劝醒世人，造福不小，当即付梓，广为传布。"化之依言，便刻板发印，各处流传。

宿变与新友们酢作了几时，到得假限将满，携了妻子，并请丈人一同赴京。路经山东济南府，下是鲍虎的任所，鲍虎闻宿变到，亲自出城迎请他一家老少，都到私衙相叙，就教妻子翠娥，并丈母潘氏出来拜谢。难宴了几日，宿变辞别起身，鲍虎亲送至三十里外，洒泪而别，宿变到了京师，那时京中新推升的礼部尚书便是青浦县乡绅钮义方，他偶从那里见了这篇《哀角文》十分称赏。原来前日那本戒赌的戏文就是钮义方做的，与化之正有同心。他访知这篇文字是兵部郎中宿变丈人冉化之所作，又晓得化之现在京师，便发名帖，邀请化之到来相会。叙话间，问起化之原系儒生学医的，便道："先生具此美才，岂可老于牖下。"两个说得投机，治酌留饮，唤出公子钮伯才来相。饮至半酣，钮公对化之道："赌钱场中不但扯牌，还有掷色，其害更甚。愚意欲再作一篇《戒掷骰文》，先生高才，乞更一挥毫。"化之欣然允诺。便教娶文房四宝过来，走笔立就。其文曰：

吁嗟乎，赌之多术，其端不一。既有八张，又有六色。六色之害，视角甚焉。呼卢呼雉，转盼萧然。庶几宴饮，用佐觞政。自酒而外，用之则病。或云此戏，从古有之。我思古人，大异今兹。桓温善算，博则必得。知其用兵，百不失一。问君之智，何如于温。苟或不及，此好当惩。刘毅慷慨，一掷百万。敌人塞心，雄豪是患。问君之胆，何如于刘。苟或不及，此好当休。壮哉袁君，脱其破帽。掉臂一呼，人识彦道。问君之技，何如于袁。苟或不及，此好当捐。掷骰子矣，莱公雅量。俯镇人民，仰安君上。问君之度，何如于莱。苟或不及，此好当裁。我愿父兄，戒厥弟子。防闲必严，毋习于此。禁之不听，伊教之疏。何以治之，是在读书。

化之写完，钮公接来看了，极口称赞道："此文与《哀角》一篇并臻绝妙。先生这两篇

妙文,当得两服妙药。他人之药,只药身病;先生之药,能药心病。忠言苦口,能药人于既病之后;潜消默夺,又能药人于未病之前。只看撰文之精,便知用药之妙。"说罢,即以此文付与公子观看,教把去立时发刻,与《哀角文》一并行世。当晚钮公与化之饮酒,尽欢而散。

次日,便上一疏,特荐儒医冉道文才可用,奉旨冉道特授为翰林院撰文中书兼太医院医官。化之谢了王恩,随即同着宿变往谢钮公,自不必说。后来宿变官至卿贰,化之亦加衔部郎,翁婿一门荣贵。女婿未尝学医,偏获药材之利。丈人已弃儒业,卒收文字之功。正是:

　　遇合本非人所料,功名都在不意中。

看官听说:"人苦不能悔过,若能悔过,定有个出头日子。那劝悔过的,造福既大,天自然也以福报他。奉劝世人,须要自知我病,切莫讳疾忌医;又须善救人病,切莫弃病不治。"

【回末总评】

淋淋漓漓,为败子说法。悲歌耶? 痛哭耶? 晨钟耶? 棒喝耶? 能改过者,善补其阙者也;能劝人改过者,善补人阙者也。自补其阙,与补人之阙,皆所以补天之阙。一《哀》一《戒》,两篇妙文,便当得一片女娲石。

卷之八　凤鸾飞

女和郎各扮一青衣　奴与婢并受两丹诏

纪信荥阳全主身，捐躯杆白赵家臣。可怜未受生时禄，赠死难回墓里春。

奇女子，笃忠贞，移桃代李事尤新。纵令婢学夫人惯，赴难欣然有几人。

右调《鹧鸪飞》

　　从来奴仆之内尽有义人，婢妾之中岂无高谊？每怪近日为人仆的，往往自营私囊，罔顾公家，利在则趋，势败则去。求其贫贱相守，尚且烦难；欲其挺身赴难，断无些理。至于婢妾辈，一发无情，受宠则骄，失宠则怨。她视主人主母，如萍水一般，稍不如意，便想抱琵琶，过别船，若要她到临难之时，拚身舍己，万不可得。世风至此，真堪浩叹。然吾观史册中替汉天子的纪将军，未尝为项羽所活；传奇中救宋太子的寇承御，未尝为刘后所宽。他如逢丑父有脱主之功，或反疑其以臣冒君，指为无礼；冯婕妤有当熊之勇，不闻以其奋身卫主，升为正宫。为此奴婢辈纵有好心，一齐都灰冷了。如今待我说个不惟不死、又得做显官的义奴，不唯全身、又得做夫人的义婢，与众位听。

　　话说唐朝宪宗时，晋州有个秀才，姓祝名凤举，字九苞，少年有才，声名甚著。母亲熊氏先亡，父亲祝圣德，号万年，现为河东节度使。祝生随父在任读书，身边有个书童，名唤调鹤，颇通文默，与祝生年相若，貌亦相似。祝生甚是爱他，朝夕教他趋待文儿，不离左右，一日，祝公因儿子姻事未谐，想着一个表弟贺朝康，是同省云州人，官拜司空，因与宰相裴延龄不协，告病在家，夫人龙氏只生一女，小字鸾箫，姿才双美，意欲以中表求婚，便修书一封，使祝生亲往通候贺公，书中就说求婚之意。祝生向慕贺家表妹才色，接了父书，满心欢喜，即日收拾行李起身。临行时，祝公又将出一封书，并许多礼物付与祝生，吩

咐道："我有个同年谏议大夫阳城，也因与裴相不合，弃官而归，侨居云州马邑县。今年三月，是他五襄寿诞，你今往云州，可将此书礼先到马邑拜贺了阳年伯的寿，然后去见贺表叔。"祝生领命，辞了父亲，唤调鹤随着，起身上路。路上私与鹤计议道："此去马邑不是顺路，不如先往贺家，且待归时到阳家去未迟。"商量定了，竟取路望贺家来。正是：

> 顺带公文为贺寿，意中急事是求亲。

却说贺家小姐鸾箫果然生得十分美丽，又聪慧异常。有一侍儿，名唤霓裳，就是鸾箫乳母岳老妪的甥女，也能识字知文。论她的才，虽不及鸾箫这般聪慧，若论容貌，与鸾箫竟是八两半斤，鸾箫最是爱她。那老夫人龙氏性最奉佛，有个正觉庵里尼姑法名净安的常来走动，募化夫人舍一对长幡在本庵观世音座前，夫人做成了幡，命鸾箫题一联颂语在上。鸾箫题道：

> 世于何观，观我即为观世。
> 音安可见，见音实是见心。

题毕，夫人就教鸾箫把这几个字绣了，付与净安。净安称赞道："小姐文妙，字妙，绣线又妙，可称三绝。小尼斗胆，敢求小姐大笔，题一副对联贴在禅房里，幸忽见拒为妙。"鸾箫说罢，便敢过一幅花笺，用篆文题下一联道：

> 明彻无明无无明；
> 想空非想非非想。

净安见那篆文写得古迹苍然，如刻划的一般，十分称赞，作谢而去。

不想本城有个乡绅杨迎势，乃杨炎之子，向靠父亲势力，曾为谏议大夫。父死之后，罢官在家，他的奶奶亦最奉佛，也与净安相熟，常到正觉庵随喜。一日到庵中，见了长幡，净安说是贺家小姐所题，就是她写、就是她绣的，又指房中那一联篆对与杨奶奶看了，极口称扬鸾箫的才貌。杨奶奶记在心里，回去对丈夫说知，便使媒婆到贺家来替公子求亲。贺公素鄙杨迎势的为人，又知杨公子蠢俗无文，立意拒绝了。杨家奶奶又托净安来说合，贺老夫人怪她在杨奶奶面前多口，把她抢白了一场。净安好生没趣，自此也不敢常到贺家来了。正是：

女郎虽有才，未可露于外。

三姑与六婆，入门更宜戒。

　　贺公既拒绝了杨家，却与夫人私议道："女儿年已及笄，姻事亦不可迟。表兄祝万年有子名凤举，年纪与吾女相当，他在龆龀时，我曾见他生得眉清目秀，后来踪迹疏阔，久未相会。近闻他才名甚盛，未知实学如何？若果名称其实，便可作东床之选。惜我迟了一步，不能面试他一试。"

　　正说间，恰好阍人一报：河东节度祝爷差公子赍书到此求见。贺公大喜，随即整衣出迎。祝生登堂拜谒，执礼甚恭。贺公见他人物比幼时更长得秀美，心中欣悦。寒温毕，祝生取出父亲书信送上。贺公拆开看了，见是求婚之意，便把书纳于袖中，对祝生道："久仰贤侄才名，渴思面领珠玉，今幸惠临，可于舍下盘桓几时，老夫正欲捧读佳制，兼叙阔悰。"祝生唯唯称谢。茶罢，请出老夫人来拜见。夫人看了祝生人物，亦甚欢喜。贺公道："舍下有一梅花书屋，颇称幽雅，可以下榻。"说罢，便教家人收拾祝生行李，安放书屋中，一面即治酒在彼伺候。

　　不多时，家人报酒席已完。贺公携着祝生，步入那梅花书屋来。只见屋前屋后遍植梅花，果然清幽可爱。中间设下酒席，二人揖逊而坐，举箸共饮。此时已是二月下旬，梅花大半已谢，风吹落花飞入堂中，酒过数巡，贺公对着祝生道："老夫昨见落梅，欲作一诗，曾命小女做来。今贤侄高才，未识肯赐教一律否？"祝生欣然领诺。贺公送过文房四宝，祝生握笔在手，对贺公道："不知表妹佳咏用何韵，小侄当依韵奉和。"贺公道："韵取七阳，用芳香霜肠四字。"祝生听罢，展纸挥毫，即题一律道：

　　　　皎皎霓裳淡淡妆，羞随红杏斗芬芳。

　　　　冲寒曾报春前信，坠粉难留雨后香。

　　　　恍似六花犹绕砌，还疑二月更飞霜。

　　　　惟余纸帐窥全影，梦忆南枝欲断肠。

　　题毕，呈与贺公看了，大赞道："贤侄诗才清新秀丽，果然名不虚传。"祝生道："小侄不惜献丑，乃抛砖引玉之意。敢求表妹佳章一读。"贺公便把祝生所作付小童传进内边，教换小姐的诗来看。小童去不多时，送出一幅花笺来。祝生接来看时，上写道：

游蜂争为杏花忙,知否寒枝有旧芳。

雨洗轻妆初堕粉,风飘素影尚流香。

沾泥似积庭余雪,点石疑飞岭上霜。

天宝当年宫树畔,江妃对此几回肠。

祝生看了,极口称赏道:"表妹才情胜小侄十倍。珠玉在前,觉我形秽矣。"贺公笑道:"不必太谦,二诗可谓工力悉敌。"说罢,命酒再饮。饮至半酣,贺公欣然笑道:"老夫向为小女择配,未得其人。今尊翁书中欲以中表议婚,贤侄真足比温太真矣。"祝生大喜,起身致谢。当日二人饮酒尽欢而罢。

至晚,祝生宿于书屋中,思量小姐诗词之妙,又喜又疑。想道:"女郎如何有此美才,莫非是他父亲笔削过的?"又想道:"即使文才果美,未知其貌若何?我须在此探访个确实才好。"次早起来,去书箱中取出一幅白鲛绡,把鸾箫这首诗录在上面,时时讽咏。早晚间贺公出来与祝生叙话,或议论古人,或商榷时务,祝生应对如流。或有来求贺公诗文碑铭的,贺公便央祝生代笔,祝生挥毫染翰,无不如意,贺公十分爱敬。

祝生在贺家一连住了半月有余,调鹤私禀道:"老爷本教相公先到阳爷家贺寿,今寿期已近,作速去方好。"祝生此时未曾访得鸾箫确实,哪里肯便去,调鹤见他踌躇不行,又禀道:"相公若还要往此,不妨到阳家去过,再来便了。"祝生想道:"我若辞别去了,怎好又来?"因对调鹤道:"此间贺老爷相留,不好便别。阳爷处,你自去把书礼投下罢。"调鹤道:"老爷书中已说相公亲往,如今怎好独差小人去?"祝生想了一想道:"你与我年貌仿佛,况我与阳爷未经识面,你今竟假抢着我代我一行,有何不可。"调鹤道:"这怎使得?小人假扮着去不打紧,倘或阳爷治酒款留,问起什么难应答的话来,教小人哪里支吾得过?"祝生道:"你只推说要到贺表叔家问候,一拜了寿,就辞起身使了。"说罢,便取出书信礼物,并将自己的巾服付与调鹤,教他速去速回,调鹤没奈何,只得将着书礼,雇下船只,收拾起身。到了船中,换了巾服,假扮着祝生,自往马邑去了。

且说祝生住在贺家,不觉已是三月中旬。清明时候,贺公举家要去扫墓。鸾箫小姐以微恙初愈,不欲随行,夫人留霓裳在家陪侍,其余婢仆尽皆随往。贺公意欲约祝生同去墓所闲游,祝生打听得鸾箫独自在家,便想要趁此机会窥探些消息,乃不等贺公来约,先推个事故出外去了,约莫贺公与夫人等去远,即回身仍到贺家,在书斋左侧走来走去,东张西看。却又想:"小姐自在深闺,我哪里便窥视得着?"心中闷闷,只得仍走入书屋中兀坐。

却说鸾箫自见了祝生的诗,十分赏叹,把来写在一幅绛鲛绡之上,朝夕吟味,那日夫

人出外,鸾箫独与霓裳闲处闺中,复展那诗观看,因戏对霓裳道:"祝家表兄第一句诗,便暗合着你的名字,莫非他与你有缘。"霓裳笑道:"小姐若得配才郎,霓裳自当有抱衾与裯之列。"鸾箫道:"祝表兄诗才虽妙,未知人物如何?"霓裳道:"今日乘夫人不在,小姐何不私往窥之?"鸾箫道:"倘或被他瞧见了,不当稳便。"霓裳道:"小姐与祝生既系中表兄妹,相见何妨?"鸾箫沉吟道:"我见他不妨,却不可使他见我。我今有个道理。"霓裳道:"有什道理?"鸾箫道:"把你身上的青衣来与我换了,我假扮了你,去窥他一面。倘他见了我问时,我只说是你便了。"霓裳笑道:"祝生的诗既比着霓裳,今小姐又要扮做霓裳,使霓裳十分荣耀。"说罢,便脱下青衣与鸾箫改换停当。

鸾箫悄地步至梅花书屋,只推摘取青梅,竟走到庭前梅树之下。祝生闷坐无聊,忽然望见一个青衣女子,姿态异常,惊喜道:"夫人已不在家,此必是小姐的侍儿了。"忙趋上前唱个肥诺道:"小娘子莫非伏侍鸾箫小姐的么?"鸾箫看那祝生时,丰神俊爽,器宇轩昂,飘然有超尘出俗之姿,心中暗喜,忙慌回礼道:"妾正是小姐的侍儿霓裳也。"祝生的说名唤霓裳,笑道:"只霓裳两字便是妙极,小生前诗中曾把佳名与梅花相比,何幸今日得逢解语花。"鸾箫道:"郎君尊咏,小姐极其称赏,未识小姐所作,郎君以为何如?"祝生道:"小姐诗才胜我十倍,但不知此诗可是小姐真笔?"鸾箫道:"不是真笔却倩谁来?"祝生道:"只怕是你老爷笔削过的。若小姐果有此美才,小生有几个字谜,烦小娘子送与小姐猜一猜,看可猜得着?"说罢,便去书斋中取出一幅纸来。鸾箫看时,第一个字谜道:

> 上不在上,下不在下。
>
> 不可在上,且宜在下。

第二个字谜道:

> 兄弟四人,两个落府。
>
> 四个落县,三个落州。
>
> 村里的住在村里,市头的住在市头。

第三个字谜道:

> 草下伏七人,化来成二十。
>
> 将人更数之,又是二十七。

第四个字谜却是一首《闺怨》，其词曰：

> 一朝之忿致分离，逢彼之怒将奴置。
> 妾悲自揣不知非，君恩未审因何弃？
> 忧绪难同夏雨开，愁怀哪逐秋云霁。
> 可怜抱闷诉无门，纵令有意音谁寄？
> 若断若连惹恨长，相抛相望想徒系。
> 一息自捱仍自怜，小窗空掩常挥泪。

鸾箫看罢，微笑着："这个有何难猜，还你小姐一猜便着。"言讫，便持进内边与霓裳看。霓裳未解其意，鸾箫道："第一谜是指字中那一画，第二谜是指字中那一点，第三谜是'花'字，第四谜是'心'字，合来乃'一点花心'四字。"霓裳听罢，仔细摹拟了一面，称赞道："此非祝郎做不出，非小姐猜不出，小姐何不也写几句破他？"鸾箫应诺，便于每一谜后各书四句，其破一画谜云：

> 在酉之头，在丑之足。
> 在亥之肩，在子之腹。

其破一点谜云：

> 其二在秦，其一在唐。其四在燕，其五在梁。

其破花字谜云：

> 五行属于木，四时盛在春。或以方彩笔，或以比佳人。

其破心字谜云：

> 灵台方寸山，斜月三星洞。
> 变化总无穷，通达是其用。

鸾箫写完，将来袖了，再到书斋送与祝生观看。祝生惊叹道："小姐才思敏妙如此，前诗的系真笔无疑矣。"鸾箫道："方才小姐见摘去青梅，吟诗四句，郎君也请吟一首。"祝生道："愿闻小姐佳咏。"鸾箫便念道：

> 如豆梅初吐，枝头青可数。
> 青时未见黄，酸中还带苦。

祝生听了，笑道："这是小姐嘲笑我了。她道我尚是青矜，未登黄甲，既饶酸风，又多苦况。我今试赓俚句，聊以解嘲。"遂授笔连题二绝，其一曰：

> 当年煮酒论英雄，曾共曹刘肴核供。
> 世俗莫将酸子笑，遨游二帝薧王公。

其二曰：

> 耐尔流酸爱尔青，秀才风味类卿卿。
> 莫嫌炙得眉痕皱，调鼎他年佐帝羹。

鸾箫看了，笑道："二诗殊壮，但只自负其才，不曾关合在小姐身上去。"祝生道："要关合到小姐身上也不难。论我胸中抱负，自比青梅，若论我眼前遭遇，正不及青梅哩。待我再题一绝。"又题道：

> 香闺食果喜拈酸，妒尔常邀檀口含。
> 最是书生同此味，风流未得玉人谙。

鸾箫见了道："这只就青梅关合小姐，还可竟把青梅比得小姐么?"祝生道："这也不难。"便又题一绝道：

> 溅牙能使睡魔降，止渴徒教望眼忙。
> 中馈得伊相赞佐，和羹滋味美还长。

鸾箫见诗，笑道："前两句略轻薄些，后二句居然指为中馈，未免唐突。"祝生道："诗中之谜，都被小娘子猜着。小生心事，小娘子已知，量小姐心事，亦唯小娘子知之。待我再题一绝，便将青梅比着小娘子。"又题道：

倾筐当日载风诗，常伴佳人未嫁时。
实七实三频数处，深闺心事只伊知。

鸾箫见他笔不停挥，数诗立就，称叹道："郎君如此美才，我家小姐自然敬服，我当以尊咏持送妆台。"祝生道："我与你家小姐原系中表兄妹，可请出来一见否？"鸾箫道："小姐怎肯轻易出来？待我替你致意便了。"说罢，转身要走，祝生向前拦住道："难得小娘子到此，幸勿虚此良会。我若非与你有缘，何故拙句暗合芳名。今纵未得小姐遽渡仙桥，愿得与小娘子先解玉珮。"鸾箫羞得脸儿红晕，说道："郎君放尊重些，老爷、夫人知道，不是耍处。况小姐不时叫唤，若逗留太久，恐见嗔责。我去也！"祝生拦她不住，只得由她去了。

鸾箫回至香闺，把上项话一一对霓裳说知。霓裳听罢，触动了一片芳心，想道："今日小姐把我妆得十分好了。祝郎心里已记着'霓裳'两字。只是徒受虚名，却无实际。倘异日祝郎真见我时，道我不是昔日所见的霓裳，那时只怕轻觑绿衣，不施青眼，不若我今夜假妆小姐，暗地去与他相会，先定下此一段姻缘，也不枉他诗中巧合我的名字。"私计已定，便窃了鸾箫写的那幅绛鲛绡藏在身边，只等夜深，瞒着鸾箫行事。正是：

你既妆我，我也妆你。你不瞒着我，我偏瞒着你。你妆我，不瞒我，是高抬了我，我妆你，偏瞒你，怕点辱了你。

且说祝生见了假霓裳之后，想道："侍儿美丽若此，小姐可知。"又想道：："人家尽有侍儿美似主儿的，若小姐得与霓裳一般，也十分够了，只可惜她不肯出来一见。"痴痴地想了半响。到得抵暮，贺公与夫人等都回来了。当晚贺公又与祝生闲叙了一回，自进内边。祝生独宿书斋，哪里睡得着？见窗外月光明亮，便走到庭中梅树之下，仰头看月。正徘徊间，忽听书房门上轻轻叩响，低叫开门，好像女人声音。祝生连忙开看，只见一个美人掩袖而进，月光下见这美人凝妆艳服，并不是日间青衣模样。祝生惊问道："莫非鸾箫小姐么？"霓裳也在月下仔细看了祝生，果是翩翩年少，私心甚喜低应道："然也。妾因慕表兄之才，故今夜瞒着侍婢霓裳，特来与兄面计终身之约。"祝生喜出望外，作揖道："小生得蒙五垂盼，实乃三生有幸。"霓裳取出那幅绛鲛绡，送与祝生道："此妾手录尊咏《落梅诗》在上，梅者媒也，即以此赠兄为婚券。"祝生接了，称谢道："小生拙句，得蒙玉手挥毫，为光多

矣。"便去取出那幅白鲛绡来,递与霓裳道:"小姐佳章,小生亦录在这鲛绡上,今敢以此为酬赠。"霓裳接来袖了,说道:"只此已定终身之约,妾当告退"说罢,假意要行。祝生忙扯住道:"既蒙枉临,岂可轻去,况月白风清,如此良夜何!"一头说,一头便跪下求欢。霓裳用手扶起道:"若欲相留,兄可对月设誓来。"祝生即跪地发誓道:"我祝凤举若忘鸾箫小姐今日之情,苍天鉴之。"誓毕,把霓裳搂到卧榻前,霓裳做出许多娇羞之态,祝生为之款解罗襦,拥衾中就寝。但见:

粉面低偎,朱唇羞吐。一个把瑶池青鸟认作王母临凡,一个是崔府红娘权代双文荐枕。一个半推半就,哪管素霓裳忽染新红;一个又喜又狂,也像青梅诗连挥几笔。一个只道日里侍儿脱去,今何幸小姐肯来;一个正为早间小姐空回,故弃我侍儿当夕。一个只因落花首句巧合阿奴小名,特背娘行偷期月下;一个自喜倾筐一篇打动深闺心事,遂将玉人引至灯前。一个把慕鸾箫的宿愿了却十分,尚有几分在霓裳身上;一个听呼表妹的低声连应几句,曾无半句入小姐耳中,两幅鲛绡凑成一幅相思帕,三星邂逅先见双星会合时。

两个恩情美满,鸡声三唱,霓裳起身辞去。祝生问以后期,霓裳道:"既已订约百年,岂可偷欢旦夕。兄今宜锐意功名,不必复作儿女眷恋。"说罢,启户徐行。祝生送了一步,珍重而别。次日,鸾箫寻不见了绛鲛绡,只道昨日往来书斋遗失在路上,命霓裳寻觅,霓裳假意了一回,只说寻不着,鸾箫只索罢了,不在话下。

却说调鹤假扮祝生到阳城家中拜寿,阳公见他人物清雅,哪里晓得是假的?再三留款,调鹤只推要往贺家,连忙告辞。临别时,阳公道:"目今朝廷开科取士,贤侄到令表叔家去过,就该上京赴试了。"调鹤应诺。回见祝生,具道前事,并促祝生起身。祝生此时心事已定,亦欲归报父亲,商议行聘,即束装而行。贺公治酒钱别。祝生讨了一回书,星夜回到河东,拜见父亲。祝公见回书中已允姻事,大喜,随即遣媒议聘。一面打发祝生上京应该试。一领了父命,携着调鹤,即日起身去了。

是年河东饥馑,百姓流离,祝公屡疏告荒。实相裴延龄不准其奏,祝公愤怒,特疏专劾裴延龄不恤天灾,不轸民命,乞斩其首以谢天下。裴延龄大怒,使奏称祝圣德妄报灾荒,侵欺国税,不加重治,无以儆众。奉旨祝圣德逮系至京下狱治罪,其亲属流窜岭南。时祝生正在途中,闻了这消息,吃惊不小。泣对调鹤道:"老爷忤了权相,此去凶多吉少,我又流窜烟瘴之地,未知性命如何,祝氏一门休矣。"调鹤道:"老爷平日居官清正,今必有人申救,量无大祸。倒只怕岭南瘴之地,相公去不得,如何是好?"祝生听了,掩面大哭。调鹤沉吟道:老爷只有相公一子,千金之躯,岂可轻去不测之乡? 小人有个计较在此,可保相公无事。"祝生急问何计,调鹤道:"小人原曾扮过相公的,今待小人仍把巾服穿了扮做相公,竟往官司投到,听其押送岭南。相公却倒扮作从人模样,自往别处逃生。"祝生

道：“这使不得，前番阳家贺寿，是没什要紧的事，不妨代我一行。今远窜岭南，有性命之忧，岂可相代？”调鹤慨然道：“说哪里话，小人向蒙恩养，今愿以死报。”祝生泣谢道：“难得你有这片好心，真恩胜骨肉，我今与你结为兄弟。倘天可怜见，再有相见之日，勿拘主仆之礼，你认我为兄，我认你为弟便了。”说罢，走到僻静处，大家下了四拜，把身上衣服换转。调鹤扮了祝生，即往当地官司投到，自称是祝公子，因应试赴京，途中闻有严旨，特来待罪。官司录了口词，一面申报刑部，一面差人将本犯送岭南，公差领了官批，押着调鹤即日起行。行了几日，路过马邑县，那阳城闻祝公子被窜，路经本处，特遣人邀请到家。调鹤前曾假扮祝生，见过阳公，今番阳公只认调鹤是真正公子，执手流涕，厚赠盘缠。又多将银两赏赐防送公差，教他于路好生看觑。调鹤别了阳公，自与公差到岭南去了。正是：

> 勉强倒是贺寿，情愿却是捐生。
> 前日暂时弄假，今番永远即真。

且说祝生假扮作从人模样，随路逃避，思量没处安身，欲仍往家，“怕他家中人已都认得我，倘走漏消息，不是要处。”因想道：“不如到马邑县投托阳年伯罢。”又想道：“前日拜寿不曾亲往，今日怎好去得？纵使阳年伯肯留我，他家耳目众多，哪里隐瞒得过？”踌躇半晌，心生一计道：“我到阳家，隐起真名，倒说是书童调鹤，因家主被难，无可投奔，特来依托门下便了。”私计已定，星夜奔到马邑，假装做调鹤，叩见阳公。阳公念系祝家旧仆，收在书房使唤。祝生只得与众家童随行逐队，权充下役。正是：

> 只愁季布难逃死，敢向朱家惜下流。

话分两头。且说贺公正喜与祝家联了姻，忽闻祝公忤了权相，父子被罪，又惊又恼，夫人与鸾箫、霓裳各自悲恨。贺公乃亲赴京，伏阙上疏申救。一面致书与阳城，书略曰：

忆自裴延龄入相之初，先生曾欲廷裂白麻，可谓壮矣。今裴延龄肆恶已极，朝政日非，而先生置若罔闻，但悠游乡里，聚徒讲学，恐韩退之净臣一论，今日又当为先生诵也。仆今将伏阙抗疏，未识能回圣意否？伏乞先生纠合同官，交章力奏，务请尚方剑，誓斩逆臣头，以全善类。国家幸甚，苍生幸甚。

贺公亲笔写了书，付与一个苍头，教去马邑县阳谏议家投递，约他作速赴京相会，苍头领命而行。不想数该遭厄，事有差讹，这苍头甚不精细，来到半路遇着一只座船，说是

谏议杨爷赴京的船，苍头只道就是马邑县的阳谏议，不问明白，竟将家主这封书去船里投下。原来这杨谏议却是杨迎势，因欲贿通裴相，谋复原官，故特买舟赴京。正想没个献媚之由，看了这书便以为奇货可居。又怪贺公前日拒其求婚，今日正好借此出气。当下将书藏着，一到京师，便去裴府首告。裴延龄正为贺朝康申救祝圣德，恐多官效尤，交章互奏，没法处他。得了杨迎势所首，满心欢喜，便表荐杨迎势仍为谏议大夫，随即代迎势草成疏稿，劾奏贺朝康纠众期君，私结朋党，谤讪朝迁，宜加显戮。迎势依着裴延龄的亲笔疏草写成本章，并贺家私书一同上奏。宪宗即命裴延龄票旨。延龄拟将贺朝康下狱问罪，妻女入宫为奴，韩愈、阳城俱革职，永不叙用。宪宗依拟而行。命下之后，贺公就京师捉下狱中，缇骑一面到云州提拿妻女。

　　这消息早传到贺家。贺老夫人大惊，抱着鸾箫哭道："汝父捐躯报国，固所不辞。老身入宫亦不足惜。只可惜累了你。"鸾箫也抱着夫人痛哭。霓裳在旁见她母子两个哭得伤心，遂动了个忠义之念，上前跪下禀道："夫人、小姐且休烦恼，霓裳向蒙抚养之恩，无以为报，今日愿代小姐入宫。"夫人听说，收泪谢道："若得如此，感激你不尽。"便教鸾箫与霓裳结为姊妹，把身上衣服脱与霓裳穿了，鸾箫倒扮作侍儿模样。差人密唤乳娘岳老姬来，把鸾箫托与她，嘱咐道："你甥女霓裳情愿代小姐入宫，你可假认小姐做甥女，领去家中暂住。倘后来祝公子有回乡之日，仍得夫妻配合，了此姻缘。"岳姬见霓裳代主入宫，十分忠义，啧啧称叹。鸾箫哭别夫人与霓裳，收拾些衣饰银两，随着岳姬去了。不一日，缇骑到来，把贺老夫人与这假小姐解京入宫。正是：

　　　　前番暗暗冒顶，此日明明假装。
　　　　欢时背地领领受，忧来当面承当。

　　不说夫人与霓裳入宫，且说鸾箫躲在岳姬家中。这岳姬的老儿是做银匠的，只住得两间屋，把后面半间与鸾箫做了房。鸾箫痛念父母，终日在房中饮泣，岳姬恐乡邻知觉，再三劝解，鸾箫勉强收泪，做些针指消闷。一日，岳老他出，岳姬陪着鸾箫坐地，忽听门前热闹，原来有个走索的女子在街上弄缸弄瓮弄高竿，引得人挨挨挤挤地看。岳姬不合携着鸾箫走到门首窥觑，不想恰遇正觉庵里尼姑净安在门首走过，被她一眼瞧见，便步进门来，说道："原来贺家小姐在此。"鸾箫急忙闪入，岳姬忙遮掩道："女师父你认错了，这是贺家侍儿霓裳。她原是我甥女，故收养在此，怎说是贺小姐？"净安摇头道："不要瞒我，这明明是贺小姐。"岳姬道："我甥女面庞原与小姐差不多。"净安笑道："你休说谎。霓裳姐虽与小姐面庞相像，我却认得分明。这是小姐，不是霓裳。"岳姬着了急，便道："就说是小

姐,你出家人盘问她怎的,难道去出首不成?"净安变了脸道:"只有善男子、善女人,没有善和尚、善尼姑,当初贺夫人怪我多口,把我抢白,今日正好报怨。若不多把些银两与我,我便去出首,教你看我出家人手段!"岳姬慌了,只得对鸾箫说,取出些银两来送她。净安嫌轻道少,吓诈不已。岳姬再三央告,又把鸾箫的几件衣饰都送与她,才买得她住。正是:

> 佛心不可无,佛相不可着。
> 燕萨本慈悲,尼姑最狠恶。

岳姬吃了这一场惊,等老儿回来,与他说知了。正商议要移居别处,避人耳目,不想净安这女秃驴诈了许多东西,心还未足,那时恰好杨迎势因裴延龄复了他的官,无可报谢,要讨个绝色美人献她为妾,写书回来,教奶奶多方寻访良家女子有姿色的,用价买送京师。净安打听得此事,便去对杨奶奶说:"岳银匠家女儿十分美貌。"杨奶奶便坐着轿子,用了净安径到岳家,不由分说,排闼直入。看了鸾箫果然美貌,即将银三百两付与岳老,要娶鸾箫。岳老哀告道:"小人只有此女,不愿与相府作妾。"杨奶奶哪里肯听,竟把银留下,立刻令人备下船只,将花灯鼓乐,抢取鸾箫下船,岳姬随杨家女使一齐到舟中,鸾箫痛哭,便要寻死,岳姬附耳低言道:"小姐且莫慌,我一面在此陪伴你,一面已教老儿写了个手揭,兼程赶到京师,径去裴府中告禀。他做宰相的人,难道一个女子面上不做了方便?且待他不肯方便时,小姐再自计较未迟。"鸾箫闻言,只得且耐着心儿,苟延性命。杨家从人自催船赴京,不在话下。

且说岳老星夜赶到京中,拿着个手本到裴府门前伺侯了一日。你道相府尊严哪个替他通报。不想鸾箫合当无事,恰好次日裴延龄的夫人要到佛寺烧香,坐轿出门。岳老便拿着手本,跪在轿前叫喊,从人赶打他时,岳老高声喊道:"杨谏议强夺小人女儿要送来相府作妾,伏乞夫人天恩方便。"原来那裴夫人平日最是妒悍,听说"相府作妾"四字,勃然大怒,喝教住了轿,取过手本来看了。也不去烧香,回进府中,当庭坐下,唤岳老进去,问知仔细,大骂:"杨迎势这贼囚,敢哄诱我家老天杀的干这样歹事,我教不要慌!"便批个执照付与岳老,着他领了女儿自回原籍,其杨家所付财礼银,即给与作路费,又吩咐家人:"若敢通同家主,暗养他女儿在外,私自往来,我查出时,一个个处死。"众家人诺诺连声,谁敢不依,岳老谢了裴夫人,拿了批照,赶向前途。迎着鸾箫的船,把裴夫人所批与杨家从人看了。杨家从人不敢争执,只得由他把女儿领回。正是:

全亏狮子吼,放得凤凰归。

岳老夫妇领得鸾箫回家,不敢再住云州,连夜搬往马邑县。恰好租着阳城家中两间市房居住,依旧开银匠铺度日。阳家常教岳老打造首饰,此时祝生正在杨家做假调鹤。一日,杨老夫人差祝生到岳家讨打造的物件,适值岳老不在家,见了岳姬,听她语音是云州人声音,因问道:"妈妈是云州人,可晓得贺乡宦家小姐怎么了?"岳姬道:"小姐与夫人都入宫去了。"祝生听了,欷歔悼叹。又问道:"小姐既已入宫,他家有个侍儿霓裳姐如何下落了?"岳姬道:"我也不知她下落。"祝生不觉失声嗟悼。鸾箫在里面听得明白,惊疑道:"这声音好像祝表兄。"走向门隙中窥时,一发惊疑道:"这分明是祝郎,如何恁般打扮?"便露出半身在门边张看,祝生抬头瞧见,失声道:"这不是霓裳姐?"鸾箫忍耐不住,接口问道:"你哪里认得我是霓裳姐?"祝生未及回言,岳老忽从外而入,见祝生与鸾箫说话,便发作道:"我们虽是小家,也有个内外。你是阳府大叔,怎便与我女儿搭话?"祝生见他发作,不敢回言,只得转身出去了。岳老埋怨婆子道:"前番为着门前看走索惹出事来,今日怎生又放小姐立在门首?"又埋怨鸾箫道:"莫怪老儿多口,小姐虽当患难之时,也须自贵自重,如何立在门前与人搭话?万一又惹事招非,怎生是好?"鸾箫吃他说了这几句,羞得满面通红,自此再不敢走到外边。却又暗想:"前日所见之人,明系祝郎。若不是他,如何认得我?可惜被奶公冲散,不曾问个明白。"有一曲《江儿水》,单道鸾箫此时心事:

口语浑无二,形容确是伊。若不是旧相知曾把芳心系,为什的乍相探便洒天涯泪,敢是他巧相蒙也学金蝉计?猜遍杜家诗谜,恨杀匆匆未问端由详细。

且说祝生回到阳家,想道:"岳家这女子明是霓裳,正要与我讲话,却被老儿打断了,今后不好再去。"又想道:"鸾箫小姐既已入宫,更无相见之日。幸得霓裳在此,续了贺家这脉姻缘,也不枉当初约婚一番。但我心事不好对阳年伯说。"左思右想,终夜流涕。正是:

有泪能挥不可说,含情欲诉又还吞。

话分两头。却说裴延龄的夫人自那日听了岳老之诉,十分痛恨杨迎势,等丈夫退朝回来,与他闹一场,定要他把迎势谪贬。原来裴延龄最是惧内,当下不敢违夫人之命,只得把杨迎势革去官职。迎势大恨道:"我依着他劾坏了许多人,不指望加官进职,倒坏我的官。他亲笔疏草也在我处,他既卖我,我也害他一害。"

不说杨迎势计害裴延龄，且说贺老夫人与霓裳入宫之后，发去皇妃宓氏宫中承应。这宓妃昔日最承君宠，后因宪宗又宠了个张妃，于是宓妃失宠，退居冷宫，无以自遣，乃终日焚香礼佛，装塑一尊观音大士像于宫中，朝夕礼拜。贺夫人向来奉佛，深通内典，宓妃喜她与己有同志，又怜她是大臣之妻，另眼看觑。一日，宓妃亦欲于大士前悬幡供养，要题一联颂语。贺夫人乃把鸾箫所题正觉庵幡上之语奏之，宓妃大喜。光阴荏苒，不觉又当落梅时候，天子以落梅为题命侍臣赋诗，都未称旨。乃传命后宫，不论妃嫔媵嫱，有能诗者，各许题献。霓裳闻旨，乃将鸾箫昔日所题之诗录呈宓妃观看。宓妃看到"天宝当年"两句，打动了她心事，不觉潸然泪下。霓裳便奏道："娘娘若不以此诗为谬，何不即献至御前，竟说是娘娘做的，也当得一篇《长门赋》。"宓妃依言，便把此诗录于锦笺之上，并草短章进奏。其章曰：

臣妾久处长门，自怜薄命。幸蒙天子，许赓巴人，讶红杏之方妍，如承新宠；叹寒梅之已谢，怅望旧恩。聊赋俚词，敢呈圣览。临笺含泪，不知所云。

宪宗览表看诗，恻然动念。此时正值张妃恃宠娇纵，帝意不怿，因复召幸宓妃，宠爱如初。宓妃深德霓裳，意欲引见天子，同承恩幸。霓裳奏道："贱妾向曾许配节度祝圣德之子祝凤举，倘蒙娘娘怜悯，放归乡里，感恩非浅。若宫中受宠，非所愿也。"宓妃道："我当乘间为汝奏之。"过了一日，宪宗驾幸宫中饮宴，宓妃侍席，见龙颜不乐，从容启问其故。宪宗道："因外边灾异频仍，饥荒屡告，所以不欢。"宓妃奏道："以臣妾愚见，愿陛下省刑薄税，赦宥从前直言获罪诸臣，则灾荒不弭而自消矣。"宪宗点首称善。宓妃又奏道："即今臣妾宫中，有罪臣贺朝康的妻女，供役已久，殊可矜怜。且臣妾一向在宫礼佛，得她侍奉香火，多有勤劳。"便将幡上所题之语奏知，宪宗嘉叹，因沉吟道："外臣劾奏贺朝康与韩愈结为朋党，前韩愈谏迎佛骨，而朝康妻女奉佛如此，则非朋党可知。来日便当降诏开释。"宓妃再拜称谢。正是：

既赖文字功，仍亏佛力佑。

僧尼不可亲，菩萨还能救。

次日宪宗升殿，正欲颁降恩诏，只见内侍呈上一个本章，看时，乃是杨迎势讦奏裴延龄的，备言前番题劾多人，俱出延龄之意，现有彼亲笔疏草为证，"前日巧为指唆，许授美官。今又诛求贿赂，无端谪贬。伏乞圣裁。"宪宗览奏，勃然大怒，遂传旨将裴延龄与杨迎势俱革职谪戍远州，家产藉没，妻孥入宫。拜阳城为宰相，韩愈为尚书左仆射。赦出贺朝康，拜为大司农，妻女释放回家。赦出祝圣德，拜为大司马，其子祝凤举授国子监博士，即着贺朝康持节至岭南，召赴京师就职。

却说调鹤自得阳城资助，路上并不吃苦。

贺公出狱之后，谢恩回寓，恰好妻女也放出来了。夫妇重逢，方知女儿不曾入宫，是霓裳代行的。贺公称叹霓裳忠义，即认为义女。一面差人到云州城中岳银匠家迎接鸾箫，便教岳老夫女伴送来京，等祝生到京日，完成婚事。一面持节星夜赴岭南召取祝生。

却说调鹤自得阳城资助，路上并不吃苦。到岭南后，只在彼处训蒙度日。忽闻恩诏赦罪拜官，特遣贺公持节而来，便趋到馆驿迎接，北面再拜谢恩。贺公见了调鹤，竟认不出是假祝生，一来他两个面庞原相似，二来贺公只道祝生一向风霜劳苦，因此容颜比前稍异。当下调鹤接诏毕，贺公命将冠带与他穿换，调鹤辞谢道："小人本非祝凤举不敢受职。"贺公惊怪，仔细再看，方才觉得面貌与初时所见的祝生不甚相同。调鹤把实情仔细说了一遍，贺公道："汝能代主远窜，可谓义士。昔既代其厄，今亦当代其荣。"调鹤辞谢道："朝廷名器，岂容乱窃？小人今日仍当还其故我。"说罢，便依旧穿了青衣，侍立于侧。贺公道："你是个义士，即不受官爵，亦当仍换巾服，以礼相见。"调鹤道：

"前与公子相别之时，虽蒙结为兄弟，然恐尊卑之分，到底难混。"贺公道："既是公子与你结为兄弟，你也是我表侄了。"便令左右将巾服与调鹤换了，命椅看坐。调鹤再三谦让，方才坐下。贺公问道："你前日与公子分散之时，可知他往哪里去了？"调鹤道："匆匆分别，天各一方。公子踪迹，其实不知。今闻恩诏，自当出头。"贺公道："你今且随我进京，一路寻访公子去。"于是携着调鹤，登舟而行。

将近长安，恰好阳城也应诏赴京，两舟相遇。阳公过船来拜望贺公，并看视祝公子。叙礼方毕，即欢然执着调鹤的手说道："九苞贤侄，别后无恙。"贺公道："这个还不是祝公子。"阳公道："祝年曾到过寒舍两次，这明明就是他，怎说不是？"调鹤乃把前后假扮的事细细说了。阳公惊疑道："你即是调鹤，如何我船里现有个调鹤，他也说是祝家旧仆，难道你家有两个调鹤？"便教人到自己船中唤那调鹤来。不一时，那假调鹤青衣小帽走过船来，这里俨然巾服的真调鹤见了，慌忙跪下道："主人别来无恙。"贺公大喜道："原来贤婿就在阳年翁处。"阳公大惊道："如何你倒是祝公子，一向怎不说明？"祝生道："恐耳目众

多,不敢泄漏。"阳公道:"今既闻恩诏,如何还不说明?"祝生道:"调鹤义弟既为我代窜远方,自当代受官职。若流窜则彼代之,官职则自我受之,保以风天下义士? 所以权且隐讳,待到京见过家君,或者改名应试,未为不可。"阳公称叹道:"主情仆谊,可谓兼至矣。"贺公道:"今调鹤义不受官,要等贤婿来自受,贤婿可便受了罢。"祝生道:"小婿亦未敢受。"贺公道:"这却为何?"祝生道:"小婿不自往岭南事屡欺诳,还求岳父与阳年伯将实情奏闻朝廷,倘蒙宽宥,小婿愿应科目,不愿受此官。"贺公、阳公都道:"这个自当保奏。"便就舟中草下连名本章,遣人星夜先赴京师奏进。

祝生当下换了巾服,竟与调鹤叙兄弟之礼。到得京中,祝生同着调鹤拜见父亲祝圣德,说知仔细。祝公十分称叹,即认调鹤为义子,教他也姓了祝。恰好天子见了贺公、阳公的本章,降旨祝调鹤忠义可嘉,即授云州刺史;祝凤举既有志应科目,着赴便殿候朕面试,如果有才,不次擢用。次日,宪宗驾御龙德殿,祝生进殿朝拜。宪宗见他一表人物,先自欢喜。祝生奏请命题面试,宪宗想起前日众侍臣应制题落梅诗。无有佳者,倒是宓妃所作甚好,因仍将落梅为题,命赋七言一律,又限以宓妃原韵"芳""香""霜""肠"四字,祝生想道:"我前日题和鸾箫小姐的落梅诗正是此韵,今日恰好合着。"当下更不再做,即将前日诗句录呈现御览。宪宗看了。大加称赏道:"诗句清新,更多寓意,真佳作也。翰苑诸臣当无出卿右者。"遂特赐祝凤举状元及第。正是:

> 一诗两用,婚宦双成。
>
> 司农快婿,天子门生。

看官听说:前日宓妃抄着鸾箫的诗,恰好以寒梅自比,以红杏比新宠,而'天宝当年''江妃此日'之句,更巧合宓妃身上,故遂感动天子。今祝生自抄自己的诗,其诗中'羞随红杏''冲寒坠粉'等语,恰像比况那不附权贵、直言获罪诸臣,至于"二月飞霜"之句,又像自比含冤远窜的意思,故亦能使天子动容称叹,这都是暗合道妙。当日宪宗退入后宫,将祝生的诗付与宓妃观看,说道:"此诗寓意甚佳。"宓妃看到末二句,从容奏道:"即此末二语,亦有寓意。"宪宗道:"其意云何?"宓妃道:"前贺朝康之女在臣妾宫中时,曾说与祝凤举有婚姻之约。今凤举'梦忆南枝'之咏,亦追叹昔日贺女入宫,婚约几成梦幻耳。"宪宗闻奏,点头道:"原来如此。"便传旨钦赐状元祝凤举与大司农贺朝康女鸾箫择吉完婚,即给与封诰。

祝生受了恩命,亲到贺家拜请吉期。贺公出来接见,相对之际,忽忽不乐。原来驾公前遣家人往云州岳家迎接鸾箫,不知岳家已移居马邑,家人到云州城中寻问不出,只得回

来禀复，此时贺公还出使岭南未归。今归来后，知女儿无处寻觅，故此十分愁闷。当下祝生见他不乐，怪问其故，贺公道："其实大小女鸾箫不曾入宫，前入宫的是二小女。今大小女却没处寻觅，所以烦恼。"祝生道："向来不闻有两位表妹。"贺公含糊应道："原有两个小女。"祝生道："大表妹向在何处，今却寻不见？"贺公道："向避在奶公岳银匠家，今岳家不知移居何处，故急切难寻。"祝生猛醒道："我住阳年伯府中时，曾到岳银匠家去，窥见霓裳，原来小姐在彼，所以霓裳也随着在那里。"因即对贺公道："小婿倒晓得那岳银匠现在马邑县，租着阳年伯的房屋居住。"贺公听了大喜，便差人星夜到马邑去迎接。又私对祝生道："奉旨完婚的是二小女，从前纳聘的却是大小女，今两个小女合该都归贤婿。若论长幼之次，仍当以大小女为先。一候大小女接到，便一齐送过来成亲便了。"祝生欢喜称谢。回见父亲，具言其事，祝公亦大喜。

却说驾家仆人来到马邑，寻着了岳家。原来岳老夫妇一闻恩诏之后，便要将鸾箫送还贺府，不想岳老忽然患病，不能行动，所以迟迟。今病体既痊，正要起身，恰好贺家的人来接了。当下驾家仆人见了岳老，问他为什移居马邑，岳老将尼姑净安诈害情由诉说了一遍，贺家仆人愤怒。此时恰遇祝调鹤新到云州任所，驾家仆人便到刺史衙中，将此事密禀与调鹤知道。调鹤随即差人飞拿净安到来，责以不守清规，倚势害人，掌了两掌，重打五十。追了度牒，给配厮役。发落既毕，写书附致祝生，又差人护送鸾箫赴京。鸾箫同了岳老夫妇来到京中，拜见父母，与霓裳叙姊妹之礼，各各悲喜交集。

到得吉日，祝家准备花灯鼓乐，迎娶二位小姐过门。祝生暗想道："鸾箫、霓裳我见过，只不曾认得二小姐，今夜又当识认一个美人了。"及至花烛之下，偷眼看时，只见上首坐的倒是霓裳，下首坐的倒是鸾箫，却不见什么二小姐，心中疑惑。又想道："莫非二小姐面貌与霓裳相似，因她是赐婚的，故仍让她坐上首么？"及细看两旁媵嫁的几个侍女，却又并不见有霓裳在内，两位新人见他惊疑不定，各自微微冷笑。祝生猜想不出，等到合卺之后，侍婢先送祝生到大小姐房中，祝生见鸾箫，问道："小姐可是鸾箫么？"鸾箫道："然也。"祝生道："小姐既是鸾箫，请问霓裳姐在哪里？"鸾箫笑道："鸾箫也是我，霓裳也是我。"祝生道："如何霓裳也是小姐？"鸾箫道："我说来，郎君休笑话。"因把从前两番假扮的缘故仔细述了。祝生道："原来如此，今真霓裳却在何处？"鸾箫道："方才同坐的不是？"祝生道："这说是二小姐。"鸾箫道："我家原没什二小姐，因霓裳代我入宫，故叫她做二小姐。"祝生听了，大笑道："我不惟今夜误认她是二小姐，前日还误认她是大小姐哩。"鸾箫道："郎君前日何由见她？"祝生笑道："岂特一见而已，还是许多妙处。"便把月下赠绛鲛的事说了。随即取出那幅绛鲛绡来与鸾箫看。鸾箫笑道："原来她未入宫之前已先装作我了。"说罢，同着祝生走过霓裳房里来，笑问道："这绛鲛绡是何人赠与祝郎的？"霓裳含羞微笑道："因

小姐扮作贱妾，故贱妾也扮作小姐，幸乞恕罪。"鸾箫道："贤妹有代吾入宫之功，何罪之有？"祝生笑道："前既代其乐，后不敢不代其忧，正欲将功折罪耳。"鸾箫道："祝郎今夜当在妹子房里住。前番密约让你占先，今番赐婚一发该你居先了。"霓裳道："卑不先尊，少不先长，小姐说哪里话？"便亲自再送祝生到鸾箫房里，是夕祝生先与鸾箫成鱼水之欢，至次夜方与霓裳再讲旧好。正是：

左珠右玉，东燕西莺。一个假绿衣，是新洞房春风初试；一个真青鸟，是旧天河秋夕重圆。一个遨游帝侧貌王公，使郎君羡侍儿有胆；一个感叹宫妃动天子，令夫婿服小姐多才。一点花心，先是小姐猜来，今被郎君采去；两番梅咏，既作登科张本，又为赐配先机。从前离别愁怀，正应着心字谜一篇闺怨；此后赞襄中馈，又合着梅子诗半比和羹。青时既见黄，酸中不带苦。溅牙溅齿，已邀檀口轻含；实七实三，忽叹倾筐未嫁。枝头连理，非复梦忆南枝欲断肠；帐底交欢，岂曰孤眠纸帐窥寒影。孰大孰小，花烛下当面九疑；忽假忽真，香阁中巧几千变，比翼鸟边添一翼，三生石上坐三人。

婚姻满月之后，霓裳仍复扮作鸾箫，入宫朝见宓妃谢恩。宓妃赐坐，霓裳辞谢不敢，宓妃道："昔则侍姬，今为命妇，礼宜赐坐。"霓裳奏道："臣妾名为命妇，实系侍姬，娘娘恕臣妾死罪，方敢奏知。"宓妃问其故，霓裳道："臣妾实非贺鸾箫，乃鸾箫侍女霓裳也。前代鸾箫入宫，今日亦代鸾箫谢恩。"宓妃道："卿以侍女而有义侠之风，一发可嘉。我当奏知圣上，特加褒奖。"霓裳拜谢而出。次日诏旨颁下，鸾箫、霓裳并封夫人。两个受封毕，然后再一齐入宫，同见宓妃谢恩。后来霓裳生一子，即尚宓妃所生公主，做了驸马。鸾箫亦生一子，早岁登科。祝生官至宰辅。鸾箫奉养岳老夫妇，终其天年。祝生又讨一副寿官冠带与岳老，以荣其身。贺公、祝公未几都告了致仕，悠悠林下，各臻上寿。祝调鹤在云州政声日著，韩愈、阳城辈交章称荐，官至节度。正是：

圣主褒忠悃，贤妃奖义风。

凤奴与鸾从，一样受王封。

看官听说："奴婢尽忠于主，即不幸而死，也喜得名标青史，何况天相吉人，身名俱泰。何苦不发好心，不行好事，致使天下指此辈为无情无义。故在下特说此回书，以动天下后世之为臧获者。

【回末总评】

奴婢呼主人为衣食父母,则事主当如事亲,为人仆者为人臣,则事主当如事君。作者岂独为主仆起见,其亦借以讽天下之为臣为子者乎。至于文词之美,想路之奇,又勿谓是余技也。苟曰补天,天非顽石可补,须此文成五色,差堪补之。天下慧业文人,必能见赏此书。笔练阁主人尚有新编传奇及评定古志藏于笥中,当并请其行世,以公同好。

贪欣误

[明]罗浮散客 撰

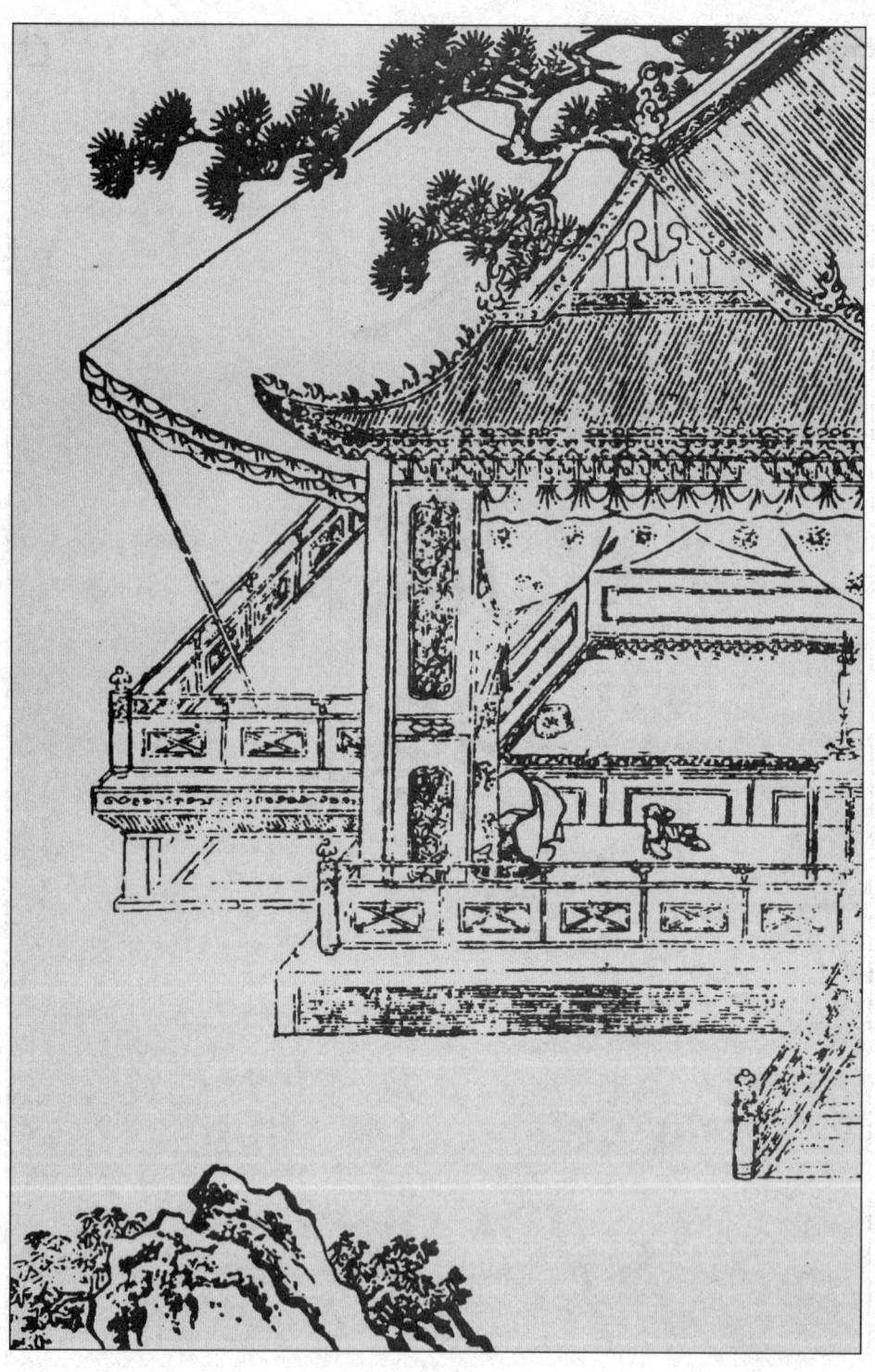

第一回　王宜寿　生儿受尽分离苦　得梦寻亲会合奇

千重肌血受胞胎，十月怀耽岂易哉。

情实片言违主意，羁栖两纪受身灾。

不因梦里腾云去，争得山边避雨来。

子母如初天理在，晚年甘旨且相陪。

　　人生一夫一妇，名为一马一鞍，娶了姬妾，便叫作分情割爱。但娶妾的甚有不同：有一等富贵之家，专意贪图美色，纵欲求欢，不惜千金买娇娥者；有一等膝下无儿，希图生育，多置媵妾，不仅仅思供耳目之玩者。无奈妇女之流，不识轻重缓急，一味吃醋研酸，做出许多榜样。那为丈夫的，一来爱惜名节，二来以妇女不好十分较量，渐渐让一个惧内的头目成了。

　　我朝有个总兵，姓纪名光，号南塘，是个当世名将。灭虏寇，杀倭夷，无不指挥如意：遣兵将，相形势，何尝差错分毫。不合当日把个公郎做了先锋，临阵偶然失事，军实难庇护，就学那韩元帅斩子的故事，将来绑出辕门，枭首示众。夫人不及知，不曾出来力救，闻之，止有悲痛哽咽，怨恨不已。后无子嗣，再不容他娶妾。总兵杀了亲儿，也难好对夫人强求，但隐忍畏缩，无后承宗，怎免得不孝之名？古语道得好：娶妾谋诸妻，必不得之数。怎使守定死路，不去通融？遂私立别馆于外，另娶娇娃，连生二子，渐已长成。

　　一旦，总兵六旬，大张寿筵，亲朋毕集，一时高兴，私令两个儿郎，假装做朋友之子，家来祝寿。夫人年老无儿，看见甚是欢喜，引他在膝前嬉耍，这两个儿子忘其所以，不觉顺口叫出一声"爹爹"来。夫人随即怒目圆睛，说道："这孩子好没分晓，别人爹娘，如何胡乱称呼！"内里丫鬟也有预知是老爷公子，口快的露个风声，就如火点百子爆，咭咭聒聒，吵闹惊天，吓得两个小官人，没命的望外边一道烟溜了。夫人急忙传令，打轿亲追。还亏了总兵平日军威严肃，无人敢来凑趣，只在衙内如春时雷电，轰轰寻个不已。正是：

闺门只听夫人宣，阃外才有将军令。

幸喜得天无绝人之路，遇着夫人嫡弟正在标下做参游，早来称贺，总兵急促里，就在他身上讨一个出脱法子，道："我因乏嗣，行权娶妾，今得子全家。汝姊不谅，又做出这等丑模丑样，真欲绝人祭祀！汝速去调妥：母子全收，策之上也；留子去母，策之下也。二者不可得，我决当以死争。先杀汝一家，大家都做绝户罢了！"

其弟正在他矮檐下，怎敢不低头？委委曲曲，在夫人跟前再三劝解。夫人只当耳边风，那里肯听？参游计无所施，只得下跪哀泣，说到"戮辱全家，父母不得血食"，略略有些首肯。参游登时回覆，即令一妾领了二子，一同进见。夫人尚逞余威，将妾痛责逐出，自口其子。总兵已先布置在外，仍旧将妾寄养，上下瞒得不通风。后来夫人去世，迎归同住，母子团圆，一生快乐。若使总兵终于惧内，不思活变，那得个儿子来庆生？后边若没个母舅做救兵，这娘子军发作，便大将也抵不住，大丈夫反经行权的事，定要相时，自立个主意，决不可随风倒舵。

今说个果山之隅，有一个富翁，姓王名基，表字厚重。家中积金巨万，积谷千仓，生平安分，乐守田园。娶了个妻室安氏，是个大族人家，有几分姿色，但性格严刻，又兼妒忌，十余年来，惟知：

鸳鸯稳宿销金帐，忘却生儿续后昆。

王基虽然有些惧内，儿子毕竟是心中要紧的，背地忧愁，闷闷不乐，每动念娶妾，又退缩不敢即形口齿。看看四十岁到来，须鬓已成斑白，亲族都来庆生，设席款留附饮，便乘醉淘洗心事，睨其妻说道："我和你二十余年夫妻，口不缺肥甘之奉，衣不少绮罗之服，可谓快活过了半生。只是膝下半男只女都无一个，留下这许多家私，谁来受用？我们这副骨头，谁来收拾？死后逢朝遇节，谁来祭享？"两人说到伤心刺骨，到悲悲戚戚起来。安氏尚有大家风味，得一时良心发现，便道："你如今年力未衰，尽可寻个生育，不必如此悲啼。"

王基听得，千谢万谢，忙忙走去，叫个媒妈妈替他讲说，寻个偏房。安氏私下密嘱："不要寻了十分娇妖出色的。"媒妈妈领命而去。访得一个人家，姓柳，有女名柔条，年纪方才一十八岁。容貌端庄，举止闲雅。但见他：

眉儿瘦，新月小，杨柳腰枝，显得春多少。试着罗裳寒尚早，帘卷珠楼，占得姿容俏。

翠屏深，形孤寞，芳心自解，不管风情到。淡妆冷落歌声杳，收拾脂香，只怕巫云绕。

只是人家中等，父母都亡，高门不成，低门不就，惟恐错过喜神，正要等个主儿许嫁，加之媒婆花言巧语，说得天花乱坠，自然一说就成。择日下些聘礼，雇乘花轿，娶过门来。王基一见，果然是：

妖冶风情天与措，清瘦肌肤冰雪妒。

百年心事一宵同，愁听鸡声窗外度。

安氏见之，口中不语，心内十分纳闷，好似哑子吃黄连，苦在心头谁得知？王基也只认她是贤惠的，私下与柔条乘间捉空，温存体贴，周年来往，喜得坐妊怀胎。安氏要儿心急，闻知有妊，解衣推食，毫无吝惜；祈神拜佛，无处不到。至十月满足，催生解缚，一朝分娩，果然天赐麒麟，满家欢天喜地。方显：

有个儿郎方是福，无多田地不须忧。

安氏急急去寻乳母，将来乳哺，日夜焚香祷祝，只求长大成人，取名宜寿，字长庚。那柔条亦思得子可以致贵，何尝虑着不测风波？彼此忘怀，绝不禁忌。

忽一日，抱儿坐在膝上，与王基引诱嬉笑，安氏走过觑见，来到房中，想道："我与他做多年夫妇，两个情深意笃，如胶似漆，不料如今这东西，把一段真情实意全都抢夺。日间眉来眼去，实是看他不得，夜里调唇弄嘴，哪里听得她过？如今有了这点骨血，他两人越发一心一路，背地绸缪。儿子长成，一权在手，哪有我的话（活）分？不如留了孩儿，打发这东西出门，不特目下清净，日后儿子也只道是我亲生，专来孝顺是稳的。"口与心中思量停当：

先定分离计，来逐意中人。

一日，对着柔条说："我向因自己肚皮不争气，故没奈何，讨你借个肚皮，生个儿子。今儿已及周，乳哺有人，你的事已完局，用你不着了。我拣选个好人家嫁你去，一夫一妇，尽你受用，免得误了你半生。"柔条一时闻言蹙额，对主母道："娶妾原为生儿，妾如不孕，去妾无辞；今有儿周余，如何有再嫁的道理？妾又闻女训云：'好女不更二夫。'妾虽不肖，决难奉主母命。"安氏尚道她是谦词，又对着她说道："俗语云：'只碗之中，不放双匙。'又说：'一个锅里两把杓，不是磕着就是蹦着。'我和你终在一处，必至争长竞短，不如好好开交，你可趁了后生，又可全我体面。倘执拗不从，我却不顺人情，悔之晚矣！"柔条泣曰："身既出嫁，理无退转。儿已庆生，逐母何因？生死但

凭家长，苦乐不敢外求，惟愿大娘宽容。"安氏听她不肯去，如火上加油，焦燥了不得，即将柔条首饰衣衫尽情剥去，竟同使婢，粗衣淡饭，略无顾恤，不过借此揎勒，要她转一个出嫁的念头，谁知她受之安然。那安氏又放出恶肚肠，一应拖泥带水、粗贱生活，折罚他做，少不如意，又行朝打暮骂，寻闹一个不已。

　　一时凶狠实哀哉，平日恩情何在也。

　　柔条只是情愿忍耐，再无退言，安氏也无缝可寻，时时但闻恨恨之声。不期一日，宜寿走到亲娘面前，倒在怀里，哭将起来，诚所谓孩提之童，无不知爱其亲的真情。柔条不觉伤心，失声号泣，惊动了安氏。好一似老虎头上去抓痒，发起凶性，执杖而骂道："小贱人！好意叫你出嫁，你又撇清卖乖。如今拐骗儿子，用个主意，莫非要设心谋害？这番决难留你！"登时逐出门来，不容停留半刻。那个王基也不知躲在那里，就如与他毫不相干一般。柔条走出门来，上无亲，下无眷，竟似乞婆一般，身无挂体衣裳，口无充饥米粒。

　　昔作闺中女，今为泣路人！

幸得王家族里，有个王员外，平生仗义，扶危济困是他本念，目击家中有此不平之事，忿忿的要学个苏东坡谏净柳姬，去解劝一番。又思量道："妒妇一种，都是那些委靡丈夫时常不能提醒，以致些小醋时，反假意任做取笑；又思一味欺瞒，百般招服，惯了她的性子，只晓得丈夫是好欺的，不管生死，遇着有事，声张起来，丈夫又怕坏了体面，遮遮掩掩，涂人耳目。容纵已不成模样，我如何便以舌争？不如且收留她家来安顿，免得外人耻笑。且待她儿子长成，慢慢再与她计较，两个会合罢了。"教个使用婆子去领了回家，随常过活。

不觉光阴如箭，宜寿日渐长大，家中替他说亲，请个先生教读诗书，恩抚备至。宜寿也不知嫡母之外，还有个生身母亲。王基也日就衰老，有子承宗，心满意足，对柔条也不在意了。无奈安氏胸中怀着鬼胎，时刻防闲。访问得这冤家留住本族家里，全怕人引他儿子去见，无事生事，去到那家，寻非作闹，絮絮烦烦，日夜不休，他家甚觉厌烦。柔条安身不稳，说道："何苦为我一人，移累他家作闹。"依先走出，东游西荡，经州过县，直到凤凰山下，一所古庙安身。日间采些山草去卖，夜间神前栖宿。天青月白之下，仰天呼号："宜寿，宜寿，知儿安否？知母苦否？"哀泣之声彻於四境。

偶遇梓童帝君云游八极，看见凤凰山瑞霭森蔚，徜徉於其间，闻而恻然，就本山之里域问其来历。里域一一奏知帝君。帝君曰："有此怨妇，何忍见之？有儿无望，何以生为？可怜凡夫昏昧，境界隔绝，无人指迷，以至如此。吾将登宜寿於觉路，而与之聚孤乎！"遂题诗一首：

　　寻幽缓步凤山明，惊见贫婆凄惨真。

　　有时念子肝肠碎，无计营生珠泪倾。

　　日采山花同伯叔，夜栖神宇恨王孙。

　　广行方便吾曹事，忍见长年母子分。

帝君竟往果山而来，寻访宜寿。

此时宜寿也有廿余岁，娶妻张氏，相得甚欢。不过二年光景，已生儿清秀，看看周岁。宜寿正与妻子对膝抱弄，怎奈张氏把丈夫前因往迹，件件明透，向恐婆婆严切，吞声不语，此时触景伤感，不免一五一十都向宜寿说了。宜寿惊心大恸，埋怨妻儿不早说破，即日便将家事付托于妻子，也不与爹娘禀告，单身就道，寻访生身之母。

到一市镇，人人下礼问去向；遇一庄村，个个陪笑探虚实，那见有些影响？宜寿又自

想道："她是女身，怎能走得远路？或在附近四邻乡村存身，不如回转细访。"家中父母知他私出，又着人四下追求，遇见宜寿，劝他回程。宜寿只得转来，一路求神问卜，朝思暮想，凄惨已极。正好帝君驾云而来，观见他苦楚景状，因而托彼一梦，梦中指点他该经过的地方，某处登山，某处涉水，明明令其牢记。宜寿惊醒，却是一梦。正是：

　　分明指与平川路，不必奔波逐去程。

宜寿打发家人先回，仍依着梦中路程，逐程而去。走到一处，果然与梦中历过的境界相合，心中暗喜，猛力前奔，免不得晓行夜住，宿水餐风，望路而行。

　　逐程风景无心恋，贪望慈帏指顾中。

一日，走到凤凰山下，倏然一阵狂风大雨，前无村舍，后少店房，刚有一间古庙坐在路侧，挨身而进，避这风雨。抬头瞻仰庙宇，却是本山土地之神，整冠端正，拜祷神前。忽然见一老妇，背一捆山柴，跑进庙来，放柴在地，看见一人跪着，听其声音，又是同乡，追思旧土，想念娇儿，高叫"宜寿"数声。宜寿急促回看，却是一个老妇，连忙答应，转身细认，吓得柔条反呆了脸，开口不出，倒去躲了。宜寿仓皇失措，觉得自己轻率，深为懊悔。那柔条亦一时着急，不暇辨别。及至过了一会，追念声音，模拟面貌，着实有些动念，重新走来致意。宜寿便将远地寻母的缘故，细细说明，又问她因何只身在此？柔条也将生儿被逐的出迹，一一诉说。两人情景，适合符节，子抱母，母抱子，痛哭伤情。

　　踏破草鞋无觅处，得来全不费工夫。

两人相携，依路而归，不觉到了家门。其时王基二老已是昏耄，媳妇带了孙儿，拜贺于庭。一家团圆，和气盈满，叩谢神天，永载不朽。若使王基不萌娶妾之念，焉得有继统之人？只是后来也该竭力周旋，不宜任她狠毒。若是柔条不生此子，谁肯登高涉险，竭蹶而趋，感动神灵，指引会合？故为丈夫的不可学王基，为子的不可不学宜寿。

　　骨肉摧残数十秋，相逢全在梦中游。
　　当年不解承宗嗣，安得孤身返故丘！

第二回　明青选
说施银户眼
幻去玉连环

熔冶阴阳天地炉，达人弹指见虚无。
箓图秘授长生诀，铅汞经营出世术。
奉使蟾蜍诬帝子，还携环佩证仙徒。
清风两袖知何处，玄鹤翩翩去紫都。

　　世间拘儒，每每说起怪幻之事，便掩耳以为不经之谈，不知古来剑客飞仙，若昆仑奴、妙手空空儿之流，何代无之？但其间或为人抱负不平，或为人成全好事，纯是一团侠气激发，却於自己没一些利欲，故垂名千古。若徒挟着幻数，去掠人财物，这终是落了邪魔外道。然据他那术数演起来，亦自新人耳目。

　　就如嘉靖年间，有一个大金吾，姓陆名炳，名重当朝，富堪敌国；艳妾名姬，如翠屏森立，好似唐朝郭令公一样。时逢中秋佳节，排列筵宴，那金吾在庭前玩月，挟着姬妾们，吹弹歌舞，且是热闹。忽见一个力士，头戴金盔，身穿金甲，从空而下，突立庭前。那金吾吃了一惊，暗想道："这所在都是高墙峻宇，且外宅营兵四下巡守，此人如何得到这里？"便立起身来，延之上座，欠身问道："力士能饮乎？"答道："我非为饮而来。"金吾道："莫非欲得我侍妾，如昆仑故事乎？我处姬妾颇多，但凭尊意择之而去。"力士摇首道："非也！"金吾道："即非为此，明明是来代人行刺了。我陆炳亦是个好汉，并不怕死，只要说个明白，可取我首级去！"力士又摇着头道："非也！"金吾道："既非为此数件，突然到此，有何贵干？"力士道："我只要你那一颗合浦珠。"金吾想道："向日李总兵曾送我一珠，也叫道什么合浦珠，但我并不把这珠放在心上，凭侍妾们拿去，实不知落于何人之手。"那些侍妾们齐道："珠到各人所蓄颇多，但不知怎样的便叫作合浦珠，叫我们那里去查来？"那力士便向袖中摸出一颗来，道："照此颗一样的。"侍妾们一齐向前争着，内有一妾道："这珠却在我处。"那妾径去取来递与金吾，金吾递与力士，力士不胜欢喜，把手拱一拱作谢，便化一道彩云

而去。岂不奇绝！

如今还有个奇闻，是当今秀士，姓明名彦，字青选，四川眉州人。自幼父母双亡，为人天资颖悟，胸中尽自渊博，但一味仗义任侠，放浪不羁，遂致家业罄尽，无所倚赖。好为左慈、新垣平之术，只恨生不同时，无从北面受教。闻得岳州地方有个异人，姓管名嵩，字朗生，精於遁炼之法。明彦想慕此人，收拾些行囊，独自一个搭船到岳州。那管嵩踪迹不定，出没无常，明彦寻访半年有余，并没下落。心下昏闷，无处消遣，闻洞庭湖边有岳阳楼，乃吕纯阳三醉之所，前去登眺一回。只见满目江景，甚是可人，遂题诗放壁：

> 楚水滇池万里游，轻舟重喜过巴丘。
>
> 千家树色浮山郭，七月涛声入郡楼。
>
> 寺里池亭多旧主，阁中杖履若同游。
>
> 曾闻此地三过客，江月湖烟绾别愁。

赋毕下楼，趁步行了数里，腹中觉有些饥渴，一路都是荒郊僻野，那得酒食买吃。又行数里，远远望见一茂林中，走出一童子来，手中携着一个篮儿，里头到有些酒肉在内。明彦向前，欲与童子买些，那童子决然不肯。明彦道："你既然不肯卖，可有买处么？"童子指着道："只这山前，便有酒家，何不去买些吃？"明彦听说大喜，急急转过山后，只见桃红柳绿，闹簇簇一村人烟，内有一家，飘飘摇摇挂着酒帘。正是：

> 借问酒家何处有，牧童遥指杏花村。

明彦径到酒家坐定，叫拿酒来。那酒保荡了一壶酒，排上许多看馔。明彦心中想道："身边所带不过五百文，还要借此盘缠寻师访友，倘若都吃完了，回到下处把些什么来度日？不吃又饥饿难忍。"正在踌躇之际，忽有一个道士，头戴方竹冠，身穿百衲衣，手中执着拂尘，也不与明彦拱手，径到前席坐定。明彦怪他倨傲，也不睬他，只是自斟自饮。那道士倒忍耐不定，问道："你这客官，是那里人？"明彦道："我四川眉州人也。"道士说："来此何干？"明彦道："寻师访友。"道士说："谁是你师父？"明彦道："当今异人管朗生。"道士说："什么管朗生？"明彦道："管师父之名，四方景慕，你是本地人，倒不知道，也枉为一世人。"道士哈哈大笑，道："你不曾见异人的面，故只晓得个管朗生。"明彦听他说话，倒有些古怪，心中想道："当日张子房坮上遇老人进履，老人说：'孺子可教。'便授以黄石秘书，子

房习之,遂定天下。俗语说得好:'凡人不可貌相,海水不可斗量。'这个道士倒也不要轻慢他。"遂竦然起立,把盏相敬道:"愿师父一醉。"道士说:"我知你身边所带不过五百文,何足醉我?"明彦吃了一惊道:"我所带之数,他何由知之?必是不凡之人。"问道:"师父将饮几何,才可致醉?"道士说:"饮虽百斗,尚未得醉。"明彦道:"弟子身边所带,不足供师父之醉,奈何!"道士说:"不妨,我自能致之。"那道士将桌上嘘一口气,忽然水陆备陈,清酤数瓮。明彦看了,吃了一惊,心中想道:"这师父果然不凡。"愈加钦重,执弟子之礼甚谨。那道士那里睬他?也不叫他吃些,只是自己大嚼。不上一杯茶时,桌上菜蔬,瓮中美酒,尽数吃完,不留丝毫,径往外走。明彦一把扯住,道:"师父那里去?挈带弟子一挈带。"道士说:"你自去寻什么管朗生去,只管来缠我,可不误你的前程?"明彦只是扯住不放道:"师父既有此妙术,毕竟与管师父定是同道中人,万乞师父挈带同行,寻管师父所在,就是师父莫大功德。"

原来那道士就是管朗生,只不说破,特特装模作样,试他的念头诚也不诚。那道士见他果然出于至诚,便道:"我虽不认得什么管朗生,你既要寻他,可跟我去,须得一年工夫,或可寻着。你若性急,请自回去。"明彦道:"寻师访道,何论年月,但凭师父指引。"道士说:"今先与你说过,倘或一年找不着,你却不要埋怨我。"明彦道:"就是再多几年,总不埋怨着师父。"道士说:"这等,便可随行。"明彦见道士应允,不胜欢喜,将身边五百文还了酒钱,只见道士所执拂尘失落在桌上,明彦搦在手中,随了道士出门去。

那道士行步如飞,那里跟的上?行不了十余里,转一山湾,忽然不见了道士。天色已晚,前后又无人家,明彦一步一跌,赶上前路找道士,那里见些影儿?走得肚中已饿,足力又疲,远远望见山头上有一小庙,明彦只得爬上山去,推开庙门,蹲坐一会。约有二更天了,只听得四山虎啸猿啼,鬼嚎神哭,孤身甚是恐惶。道士还要他坚忍性情,又变出些可畏可惊之事历试他。忽来敲门,明彦听得似道士声音,不胜欢喜,连忙开门,只见一只老虎,张牙舞爪,跳进门来,唬得魂不附体。

　　萧然变魂,暮夜黯如幽隐。听风驱万树,猛呃哮近身。舞利爪如掷刀,排钢牙便似那列戟,颠狂惊杀人。纵做朱亥圈中也,怎当他那金睛怒逞。瘦弱书生,恐这样形躯不入唇。

明彦一时无计可施,只得躲在庙门后,却有一根门闩,将来抵挡他,却被那孽畜一口衔去,丢在山下去了。明彦又无别物可敌,只有道士拂尘在手,那孽畜赶将过来,明彦只

将拂尘一拂,那孽畜便垂首摇尾而去。明彦道:"这道士真有些神奇,难道这一个拂尘儿,大虫都怕他的?"

说也不信,正在赞叹之际,只见一阵狂风,一个黑脸獠牙的跳进来。明彦道:"苦也。这番性命怎生留得住!"

> 飘零力尽,经旬鞿鞿。奔波苦楚,黑鬼侮行尘。道是张飞现形。这壁厢却不是尉迟公,从今再闻这些狰狞行径。不念歧路,马足伶仃。莫缠他、天涯吊影身。

明彦左顾右盼,无有安顿之处,只得躲在神像背后,口中叫:"神明救我一命,日后倘有发迹之时,决当捐金造庙!"那黑鬼那里肯饶他,直奔到神像之后来擒明彦。明彦死命挣定,也把拂尘一拂,那黑鬼酥酥的放了他,嘿嘿而去。

明彦自此之后,信服道士如神明一般。乱了一夜,看看天亮,出了庙门,再去寻那道士。又翻了几个山头,望见竹林甚是茂盛,内有大石一块,明彦就在石上一坐,身体困倦,不觉的昏昏睡了去。那石头却也作怪的紧,突的一动,把明彦翻倒在地。明彦惊醒,石头不见,却见那道士端坐在那石块上。明彦见了,不胜欢喜。

> 踏破铁鞋无觅处,得来全不费工夫。

倒身就拜,那道士动也不动。明彦将夜来苦楚,细细说了一番,道士哈哈大笑,道:"好也!我叫你不要跟来,如今受这许多苦楚,着什么要紧!"明彦道:"只要师父找着管师父,便再受些苦,也是情愿。"道士看他诚心可嘉,便直对他说:"你要寻甚么管朗生,一百年也找不着,你便将我权当管朗生何如?"明彦已悟其意,又复拜恳道:"弟子愿悉心受教。"道士从从容容身边取出一小囊来,囊中有书数页,递与明彦,明彦跪而受领,喜出望外。道士说:"我身如野鹤,来去无常,此后不必踪迹于我,但将此书寻一僻静所在细细玩讨,自有效验。日后另有相见之期,不可忘却了这拂尘儿。"言毕,化一道清风而去。明彦望空又拜,拜毕,寻路而行。

行不数里,有一小庵,庵中止得一个老僧,甚是清净。明彦向老僧借住,将此书细玩,前数页是炼形飞升,驱雷掣电的符咒;后数页是烧丹点石的工夫。明彦看了道:"如今方士辈,动以烧炼之术走谒权贵,以十炼百,以百炼千,阿谀当时,岂不是个外道!若果炼得

来，用得去济得人饥寒，解得人困厄，庶几也不枉了行道的一点念头。"整整坐了四十九日，把这书上法术，一一试验得精妙。于是遍游江湖，那些公卿士夫，也都重他的坐功修养。

一日，云游到鄱阳湖口，远远望见一个妇人，手持白练，将缢死树上。明彦便动了那恻隐之心，道："救人一命，胜造七级浮屠。"忙跑上前，且喜那妇人尚未上吊。明彦道："你这女客，何故如此短见？"那妇人便含着泪，向前叩礼道："仙客在上，妾也处之无可奈何。妾夫周森，手艺打银度日，被匠头陈益，领了宁府打首饰银三千两，雇妾丈夫帮做。岂知陈益怀心不良，将宁府银两尽行盗去，见今发落有司缉获。妾夫亦被陷害，拘禁囹圄，鞭打几毙，想这性命料也拖不出。丈夫不出，妾依何人？不如寻个自尽，倒得干净。"言讫，扑簌簌掉下泪来。

> 信乎有泪不轻弹，只因未到伤心处。

明彦见那妇人哽哽咽咽哭不住，又问道："那宁府钱粮，你丈夫多少也曾侵渔些用么？"妇人道："丈夫若果偷盗，妾必得知。若果偷盗，不远遁去，是飞蛾投火，自送死了，何曾见他有分毫来！"明彦道："不须讲，我知道了。你且在树林深茂处躲着，自有晓报与你。"那妇人果潜身在茂林中，远远望见明彦口中念咒作法，不一时，起了朵云头，降下个狰狞恶煞的金甲神，拱手前立，听了他指挥一遍，复驾云而去。那明彦方才叫出妇人道："我适才已召值日功曹，查得陈益挈家逃入海中，被海寇劫资，乱刀杀死，全家沉没。不然，我还要飞剑去砍他的头来，今不可得矣！就你丈夫的罪，我一一还要为他解纷开豁，你且回家静待，一月后可消释也。"那妇人倒身下拜称谢，不题。

却说那明彦，探听得宁王积蓄甚厚，便也存着一点心儿。一日，宁王当中秋之夕，宫中排列筵席，宫嫔缤纷，笙歌杂沓，庆赏佳节。因见月色甚好，吩咐撤了筵宴，携了妃子，同登钓月台上玩月，诗兴陡发，便叫宫嫔捧着笔砚，题诗一首于台上：

> 翠壁瑶台倚碧空，登临人在广寒宫。
> 峨媚未作窗前面，吴楚遥添镜里容。
> 大地山河归眼底，一天星斗挂帘东。
> 士人应喜攀蟾易，十二栏杆桂子红。

贪欣误

吟罢，夜深人静，月色逾加皎洁。那明彦略施小术，将自己化作一个童子，把拂尘儿向空一丢，变做一只玄鹤。正值宁王酣歌畅饮之际，忽见月宫门开，光彩倒射中，有一童子穿青衣，跨玄鹤，冉冉从空而下。直至王前，稽首道："我主姮娥，致祝大王、妃子。千岁！千岁！"王与妃子不胜骇异，起身回礼道："你主乃天上仙娥，我乃人间凡质，有何见谕，差你下来？"童子道："我主并无他说。因殿前八宝玲珑银户限岁久销铄，非大王不能更造，愿为施铸，当增福寿。"宁王见此光景，敢拂来意？欣然应允，道："此事甚易，但须示之以式样，我当依样造奉。"童子解开小囊，拿出一条长绳道："式样在此。"王命把妃子量来，计长一丈一尺，阔厚各七寸。王收了此绳道："仙童请返报命。"童子又道："必须良工巧制，庶堪上供，不然恐徒往返不用。当于来月十五完工，即有天下力士来取也。"言毕，复翩翩乘玄鹤凌空飞入月宫，宫门闭。王与妃子极口称奇不已，回宫安寝去了。

次早上殿，集了大小宫臣，备说此事，那宫臣俱各称贺。独有个孔长史，是山东济南人，从容向前曰："月宫乃清虚之府，岂有范银为限之理？此必妖人幻术，为新垣平玉杯之诈以欺殿下耳，愿殿下察之。"王听说，未免有些疑心，未即兴工铸造。

迟了两日，十八之夜，月门忽开，童子又跨鹤下来道："银户限未铸，大王疑我为幻乎？我主以大王气度慷慨，特来求施，若大王违旨，我当回奏我主，必遣雷神下击，薄示小警，那时恐悔无及矣！"言毕，复飞去。

王又迟疑数日，果然风雷大作，雷电击碎正殿一角。王乃大恐，急捐银万计，发了几个内相，命即日兴工，限半月内完。这干内相领了银子，叫到了十几名银匠，要铸这银户限。只见银匠中走出一个来道："禀公公，小的们止会打首饰，制番镶，若要铸这银户限，须得个着实有手段把得作的方好。"内相道："你们如今晓得那个有手段，开名来！"众银匠道："除非是前此犯事在监的周森，果然有些力量。"众内相就禀了宁王。

宁王下令与有司，取监犯周森。周森闻取，又不知为什么事，大大怀着一个鬼胎，到府前方才晓得要他铸银户限。他便心中也动了个将功折罪的念头，便欢欣踊跃见了内相。一例儿领着众人，装塑子，整炉罐，整整忙了十个日夜，果然铸得雕楼光莹，献上宁王。宁王大喜，又加异宝，四围镶嵌。限缝之中，却少一环。王对妃子道："前年上赐一环，道是暹罗国王所贡，凡人佩之。暑天能使身凉，寒天能使身暖，乃是希世奇珍，不是凡间所有，何不取来系在上面！"料理已备。恰好又是九月初一日。宁王升殿，大集官臣，叫力士取出银限，与众宫臣观看。人人喝采称庆，那孔长史只是摇着首道："决无此事。"王笑道："公读书人，终是拘泥常见。两度鹤降，我与妃子明明共见，岂有差错！"那长史不敢强辨，默默羞惭而退，从此与王不合，遂告病回家去了。一连几日，早已十五夜了，王与妃子仍坐台上,候童子下来。只见天门大开,童子复跨鹤下来,稽首王前。宁王道:"户限已成,计重百斤,恐非天下力士不能负去,仙童单身,何能致之?"童子俯首前谢,只是那玄鹤张喙衔之,凌空飞上,如飘蓬断梗,旋舞云中,不劳余力。王与妃子倒身下拜,称羡不已。

次日有司进本,有福建三人获到陈益盗去宁府银三千两解纳,及点名查验,止银三包,解人忽然不见。宁王阅本道:"哦!这周森真无辜了。况前日银户限,也曾用着他。"一面就令有司释放不题。

却说那周森妻子也知丈夫出监铸银户限,欲要见一面,争奈王府关防,封锁得铁桶相似,苍蝇也飞不进去。归家又哭了几日,心中暗想道:"那道人原许我一月后,便见晓报,终不然又成画饼了?"正是悬望之际,只听得外面敲门,开来看时,却是丈夫周森。夫妻一见,抱头大哭,哭个不止。那周森把月官要银户限,三人获着陈益盗银,及查验一时不见,并自己得放的缘由,说了一遍。他妻子也把道人救了他命,还要力为解纷开豁的根苗,也说一遍,骇得他夫妻又惊又喜,道:"这分明是神明见我们平白受冤救我们的。"双双望空就拜。只见云端内飘飘摇摇飞下一个柬帖来,上写道:

> 周森幸脱罗网,缘妻某氏志行感格,故全汝夫妇。今可速徙他乡,如再迟延,灾祸又至。

那周森夫妇看了,连夜远遁,逃生去讫。

正是:

> 鳌鱼脱却金钩去,摆尾摇头再不来。

却说那明彦略施小术,救了周森夫妇,又将银户限去下八宝,用缩银法,万数多银子,将来缩做不上十来两重一条,并八宝俱藏在身边,道:"可以济渡将来。"一日,云游至山东济南府地方,寻寓安歇。那店主人道:"师父,实难奉命,你且到前面看看那告示。"明彦看时,只见上写道:

> 济南府正堂示:照得目今盗贼蜂起,每人(每)潜匿城市,无从觉察,以致扰害地方。今后凡有来历不明,面生可疑之人,潜来借寓,许歇家即时拿送,即作流贼,定罪。倘有容隐,重责五十板,枷号两月;决不轻贷。特示。

明彦看了，便冷笑道："何足难我！以我的行藏，终不然立在路（露）天不成！"

易了服正行，见座栅门上，有一面小扁，写道"王家巷"，巷内闹哄哄一簇人围住了一家人家。明彦也近前去看，只见一个小妇人，一个老婆子。那婆子摊手摊脚，告诉一班人道："列位在上，咱这门户人家，一日没客，一日便坐下许多的债，加五六借了衙（衙）院本钱，讨了粉头，本利分文不怕你少的。不消说，只开门七件事：柴、米、油、盐、酱、醋、茶，那件不靠这碗水里来？你守着一个孤老，妆王八酣儿，不肯接客，咱拼这根皮鞭断送了你！"一五一十骂个不住。那小妇人只是哭哭啼啼，一声也不做。这些看的人，也有插趣点掇的，也有劝的，纷纷扰扰，不一时也都散了。

明彦便悄悄问那鸨儿道："你女儿恋的是谁？"鸨儿道："是孔公子。"明彦道："莫非孔长史的儿子么？"鸨儿道："正是。"明彦暗想道："那孔长史虽然在宁王面前破我法术，然亦不失为正人。如今看起来，不如将这桩事成就他儿子罢！"便对鸨儿道："我如今要在你家做个下处。"便袖中取出十两雪花银，递与鸨儿。鸨儿笑欣欣双手接了，道："客官在此住极好，咱这女儿虽则如此执拗，随她怎么，咱偏要挫挪她来陪客官就是。"明彦道："我这也不论，况公子与我原有交。"鸨儿道："一言难尽。咱家姓薛，这女儿叫作玄英，自从梳拢与孔公子相好以后，打死也不肯接客，为此咱也恨得她紧。"

当晚，鸨儿也备了些酒肴，叫玄英陪。玄英那里肯来？鸨儿只得将酒肴搬到玄英房里，邀了明彦，鸨儿也自来陪。玄英见鸨儿在坐，不好撇得，只得也来陪。当下明彦也就把些正经劝世的话讲了一番。那鸨儿逢人骗般，随风倒舵，也插了几句王道话。那玄英心中暗想道："有这般嫖客？莫非故意妆些腔套，要来勾搭不成？且看他怎么结局。"不言不语，也吃了几杯。那鸨儿脱身走出，悄悄将房门反锁了，暗想道："若不如此，怎消得他这十两银。"那玄英便道："足下也好请到外面安歇了。"明彦道："正是。"要去开门，只见紧紧反锁上的。明彦故意道："不然同娘子睡了罢。"那玄英道："小妾不幸，失身平康，亦颇自娴闺范，既与孔郎结缡终身，岂有他适？所以妈妈屡次苦逼，缘以孔郎在，不则一剑死矣！"

明彦听了道："此真女中丈夫也！"便一拳一脚，登开房门，叫鸨儿出来道："你女儿一心既为孔郎，不易其志，与那柏舟坚操何异？我明彦也是个侠烈好汉，岂肯为此不明勾当，有玷于人，贻讥于己？且问你家食用，一日可得几何？"鸨儿道："咱家极不济，一日也得两数多用。"明彦道："不难，我为孔郎日逐代偿罢了。"一对一答，整整混了半夜，鸨儿又收拾一间房，与明彦睡了。

到次日，玄英见明彦如此仗义，写一个柬儿，将情意件件开上，叫个小厮去接那孔公子。不一时，小厮转来道："孔相公因老爷初回，不得工夫，先回一个柬儿在此。"玄英拆开看时，上写道：

> 日缘老父返舍，未获一叩妆次，彼此怀思，谅有同心。接札知明君任侠高风，而能神交尔尔，殆过于黄衫诸豪倍蓰矣。望日竭诚奉竭，不既。

次日，公子果然来访明彦，感谢不尽。少顷，见一个苍头，挑了两架盒子，一樽酒。公子向明彦道："意欲奉屈至舍下一叙，恐劳起居，特挟樽领教，幸宥简亵。"明彦也称谢不遑，就叫鸨儿、玄英四人同坐，他三人也都把肝鬲道了一番。明彦见孔公子是个风流人物，玄英是个贞节女子，便每人赠他一首诗，孔公子也答谢了一首。明彦从袖中摸出一颗珠子、一枝玉环赠他二人，二人俱各赞赏称谢。

鸨儿一见，便眼黄地黑道："怎这珠子多大得紧，好光彩射人哩。"明彦道："这是照乘珠，夜晚悬在壁间，连灯也不用点的。"鸨儿便把玄英扯一把道："既蒙相公厚情，咱们到收这珠罢，好省得夜间买油，这是咱穷人家算计。"大家也都笑了一会。明彦便对公子道："玄英为兄誓死不二，兄也该为他图个地步，或纳为如夫人，或置之于外室，使玄英得其所安，方是大丈夫的决断。"公子道："小弟去岁亡过先室，尚未继娶，如玄英之于小弟，小弟岂忍以妾分置之？但老父薄宦初归，俸余甚淡，妈妈又必得五六百金偿债，是以迟滞至今，安有负订之理。"明彦道："此说何难，弟当措千金为君完璧。"公子称谢道："明早当即禀明老父，以听命也。"又吃了一会酒，大家散讫。

公子次早起来，那晓玉环遗在桌上，适值四方有些人来访，竟便出去迎接。孔长史多年在任，不知儿子学业如何，近来看那种书，一到书房，看见桌上一枝玉环。便惊讶道："这是宁王府圣上所赐之物，前为妖人骗去，如何在此？"竟自拿了，公子一进门，便问他原故。公子初时也遮掩，被父亲盘不过，便把明彦原由说了一遍。孔长史也不做声，竟修一

封书与同官。众官将长史书并玉环献上宁王，宁王惊讶，始信妖人幻术，即下令严缉妖人。

孔公子心中不安，若不说知，有误此人，况当日非此银完璧，并赠环珠，今不救走，非丈夫之所为也。竟来见明彦，将父在书房见环修书，同官奏缉妖人之事说知，叫其连夜逃去，勿留受害。明彦笑道："吾见玄英贞节女子，公子风流人物，一时触动，仗义任侠，吾今本欲济人饥寒，解人困厄，如此用心，岂为望报！"正在徘徊，忽然一道清风，管师至矣。哈哈大笑道："贤弟行事，与上天好生无异，无一毫私心，无一点欲念，真不负吾所传矣！但宁王严缉吾弟，此处岂可久留？"说罢，二人化作两道彩云，冉冉而去。孔公子、玄英二人知是神仙下降，成其姻缘，望空拜谢不迭。

一日，差官到长史家，着讨出妖人。孔公子及鸨儿受逼不过，只得拈香望空哀告，祝道："神仙，你明明说解人困厄，今某等受此困厄，为何不来一解？"拜了又祝。不一时，只见云端内，飘飘摇摇……

第三回　刘烈女

显英魂天霆告警
标节操江水扬清

中华传世藏书

中国孤本小说

贪欣误

系彼松柏，岁寒凌霄，挺节而弗私邪。吁嗟兮，凤友凰，鸣锵锵，胡为膴穿雀角，蜚谤云张。吁嗟兮，万古心，一丝绝，维彼石泐，维彼江涸，而乃声光与斯湮没。

我笑世人碌碌庸庸，无迹可树，无名可传，单只经营算计，愁衣愁食，为妻妾做奴仆，为儿孙作马牛，看看齿衰发落，空手黄泉。这样人，凭他子孙满堂，金珠盈篚，不得个好名儿流传千古，一旦死了，总与粪土一般。甚有高官显爵，受了朝廷厚恩，不思赤心报效，到去反面降夷，屈身臣虏。细细参详，端只为儿女肠热，身家念重，恋恋浮生，决不肯提起一个死字儿，以致青紫无光，须眉少色。倒不如一个红颜女子，烈烈轰轰，视死如归，为夫君增气色，为自己立芳名，充她念头，能为夫死节，必能为君死忠。只为皇天差了主意，不生她在青云队里，到落她在红粉丛中，岂不可惜！

话说浙江杭州府仁和县地方，有个刘镇，字元辅，原是武举出身，曾做宁波水总，现在军门标下听用，因住候潮门外南新桥大街。其妻颇娴女范，于天启二年七月廿二夜间，梦庭前老柏树，忽然化作青云一道，上天结成五色彩云，飞堕到他身旁，醒来说向元辅，不知主何吉凶。元辅道："老柏乃坚劲之物，化作青云，结成五彩，倘得一子，必然青云得路，想不失为朝廷柱石，劲节清标，能与天地间增些气色。此梦定然是好的。"语未绝口，只觉身腹疼胀，到已牌时分，却生下一个女儿，元辅道："这梦如何应在女子身上？这也不明。"

且喜此女生来自聪明伶俐，却又端庄凝静。十岁来的时节，唤作大姑。这大姑再不逐在孩子队中间行嬉耍，只是坐在母亲身旁做些针指。那母亲见她伶俐，先教她认些字儿，将那《孝经》教她读了，又将《烈女传》细细与她讲解一番。大姑道："古来烈女，孩儿俱已领略一二，到是我朝人物，未曾晓得，求母亲指教。"那母亲将靖难时，惨死忠臣之女，

约有九百余人，都发教坊为娼，不屈而死，如学士方孝孺，妻女贞烈，不能一一尽说。即如解缙、胡广二人，俱是学士，胡学士之女，许配解学士之子为妻。后来解缙得罪身死，圣上把他儿子安置金齿地方，胡广悔亲，要将女儿另配别人。其女割耳自誓，毕竟归了解家。侍郎黄观，夫人翁氏，也生两个女儿，因得罪死于极刑。圣上将翁氏赐于象奴为妻，象奴喜从天降，领到家中，要为夫妇。夫人道："既要我为妻，可备香烛，拜了天地，然后成亲。"象奴欣然出外去买香烛。那夫人携了二女，同死在通济桥河下。这都是宦家之女，不必尽述，我且将本地百姓人家几个烈女说与你听。有个烈女，叫作许三姑，其夫青年入学，未嫁身死。许氏闻之，痛哭数日，满身私置油衣油纸，与母亲往祭灵前。痛哭一场，焚帛之时，将身跳入火中，油衣遍着，力救不能，遂死。这是景泰间远年之事。即近天启元年，梅东巷住有个沈二姑，其父沈子仁，把他许与于潜县中俞国柱为妻，未嫁夫亡。其女在家，守孝三年，父母逼她改嫁，到三更时分，悄悄拜别父母，怀了丈夫庚帖，投河中而死。其时抚按题请建造牌坊，旌扬贞烈。有诗为证：

> 赴水明心世所奇，从夫泉下未归时。
> 萧郎颜面情何似，烈女存亡节忍移。
> 连理菱□鸳对唤，空山寂寞雉双随。
> 柏舟芳节留天地，薤露哀章泣素骖。

其母讲解已毕，大姑便叹息一声道："凡为人做得这样一个女子，也自不枉了。"其母看他年纪虽只得十岁，志向便自不凡，因道："古人说得好：'国难识忠臣。'男子之事君，犹女子之事夫；男子殉节谓之忠，女子殉难谓之烈。然忠与烈，须当患难死生之际才见得，故又云：'愿为良臣，不愿为忠臣。'那患难死生，是恁么好事？只愿天下太平，做个好官；只愿家室和睦，白首到老。'烈'之一字，用他不着便好了。"大姑道："患难死生之际，那个是要当着他的？只是到没奈何田地，也须从这个字走去，才了得自己本分内事。"其母大加称异，心中想道："这个女儿，后来毕竟能尽妇道的，但不知怎么造化的人家承受他去。"

道犹未了，只见一个媒婆，来与大姑说亲。那大姑连忙避过了。其母问媒婆道："却是那一家？"媒婆道："是吴都司第九子，今住镇东楼下。"其母连忙去请刘元辅来说知。元辅道："这个吴都司是我世通家，况小官又读书的，极好！极好！"媒婆见元辅已应允，如风一般去了。与吴都司说知，吴都司择定好日，率了儿子嘉谏去拜允。刘元辅见了女婿，十分欢喜。那女婿果是如何？看他：

举止风流，何异荀令之含香；仪容俊雅，不减何郎之傅粉。想其丰度，如此霞举，笔底自能生花。

拜望已毕，吉期行礼，把那钗环珠花、黄金彩缎，齐齐整整，摆在桌上。两个家人施了礼，递上一封婚启。元辅展开观看，那启云：

伏以七月瓜辰，金风蔼银河之影；百年丝约，玉杵联瑶岛之姻。爰订佳期，周届吉旦，恭惟老亲翁门下：白雪文章，紫电武库。雕弧负橐，期清塞上风烟；彩笔登坛，会草马前露布。千军总帅，万里长城。挟策祖计然之奇，传范守班姑之诚。女娴四德，门备五长。固宜乔木之兴怀，应咏桃夭之宜室。乃者弱儿，方惩刻鹄；甫令就傅，初识涂鸦。既生瓮牖之寒宗，又非镜台之快婿。赤绳系武，紫气盈庭。掷玉留款，宝细横眉倩丽；折花比艳，青梅绕榻盘旋。用涓吉以荐筐筥，敬修盟而联秦晋。

刘把总接了婚启，收下礼物，款待行媒已毕，徐徐捧出庚帖、鞋袜诸礼，亦修答启一函。启云：

伏以高媒作合，已纳吉而呈样；大贶惠施，荐多仪之及物。占叶风鸣，光传鸾影，恭惟老亲翁门下：山川献瑞，星斗腾辉。类申甫之生神，膺国家之重奇。清平镇静，寝刁斗以无声；怀远保宁，偃旌旗于弗用。郎君袭六里之天香，石傍摹篆；弱息咏一畦之雪色，林下续胶。辱传命于冰人，盟谐两姓；赞分阴于乔木，欢缔百年。惟幸因可为宗，顿忘本非吾偶。谨伛偻而登谢，敢斋沐以致词。伏冀钧函，曷胜荣荷。

回礼已毕，自此两家时时通问不绝。那女婿吴嘉谏，加意攻书，十分精进。庚辰之岁，值许宗师岁考，上道进学，刘元辅不胜欢喜。吴家择定本年八月二十日，乃黄道吉辰，央媒之日，刘家亦忙忙料理妆奁，送女儿过门。时值五月初一，杭俗龙船盛发，大姑与母亲也往后楼观看，果然繁华。有词云：

梅霖初歇，正绛色、葵榴争开佳节。角黍包金，香满切玉，是处玻璃罗列。斗巧尽皆少年，玉腕五丝双结。舣彩舫，见龙簇簇，波心齐发。奇绝。难画处，激起浪花，番作湖间雪。画鼓轰雷，龙蛇掣电，夺罢锦标方歇，望中水天，日暮犹自珠帘方揭。归棹晚载，十里荷香，一勾新月。

是时，母亲便推开两扇窗子，叫大姑观看。大姑却羞缩不敢向前。母亲道："有我在此何妨。"大姑只得遮遮掩掩，立在母亲背后，露出半个脸庞儿，望着河里，好似出水的芙蓉一般。那看的人，越是蚂蚁样来来往往，内中有一个少年，也不去看船，一双眼不住的仰望那大姑。但见：

雪白庞儿，并不假些脂粉；轻笼蝉鬓，何曾借助乌云。溶溶媚脸，宛如含笑桃花；袅袅细腰，浑似垂风杨柳。真如那广寒队里婵娟，拔香殿上玉史。比花花解语，比玉玉生香。

那人看见这般容貌，不禁神魂飘荡。便想道："这是刘把总家，一向听说他的女儿十分美貌，始信人言不虚。怎得与这女子颠倒鸾凤一场，便死也是甘心。得个计儿才好！"俯首一想，道："有了！有了！"那大姑自与母亲说着话，微有嬉笑之容，又见那人不住的看，便与母亲闭上窗儿进去了。那人见有嬉笑之色，只道有意于他，不觉身上骨头都酥麻去了。

却道那人是谁？乃是刘家对门开果子行张敬泉之子，小名阿官。这阿官年纪二十余岁，自小油滑，专在街上做一个闲汉。他家有个豢奴，叫名张养忠。这养忠却住在刘把总右首紧贴壁。阿官道："我家在对门，如何能得近他？除非到养忠家里住了，才好上手。"于是买了些酒食，又约了一个好朋友叫作宋龙，竟到养忠家来，摆下酒食，请养忠吃。那养忠道："却是为何？"阿官备道大姑向他微笑之意。养忠笑道："我有个笑话，说与你听：一个货郎，往人家卖货去。一个女子看他笑了一笑，货郎只道有情于他，相思得病，甚至危笃。其母细问原由，遂到这女子家中，问他笑的意思，果是真情否？女子曰：'我见他自卖香肥皂，舍不得一圆擦洗那黑的脖子。'"大家听罢，一齐笑将起来。后人得知真情，作诗诮之曰：

虾蟆空想吃天鹅，贫汉痴贪骏马驼。

野草忽思兰蕙伴，鹡鸰难踏凤凰科。

养忠笑罢道："那刘把总是老实人家，他女儿平日极是端重，我紧住间壁，尽是晓得。恐无此意，不可造次。"阿官再三说道："他向我笑，明明有情于我，这事须你做个古押衙才好。"因跪了道："没奈何，替我设一个法儿。"养忠道："只恐他无此意。若果有意时，这却不难。"阿官又跪下道："果有何计？"养忠道："我后面灶披紧贴他后楼，那后楼就是大姑卧房，晚间扒了过去，岂不甚易？"阿官大喜，便道："今晚就去何如？"养忠道："这般性急！须过了端午，包你事成也。"阿官又跪了道："等不得，等不得！没奈何，没奈何！"养忠道："我在此居住，你做这事不当稳便。我原要移居，待到初六移了出去，你移进来住下，早晚间做事，岂不像意？"阿官道："这都极妙，但只是等不得。今晚间暂且容我试试何如？"养忠只是不肯。阿官与宋龙只得回去，反来覆去，在床上那里睡得着？到得天明，又拿了一两银子与养忠，要他搬去。宋龙便插口道："老张，老张，你这个情，还做在小主人身上还好，我们也好帮衬他，你不要太执拗。"养忠不得已，也便搬去。

过了端午，阿官移到养忠家里住下，叫宋龙在门首开个酒店，阿官在楼后居卧。天色已晚，宋龙排了些酒食，道："我与你吃几杯，壮一壮胆子。"那阿官那里吃得下去？只管扒到梯上，向刘家后窗缝里瞧。只听得刘把总夫妻二人，尚在那里说话响，只得是扒了下来。停了一会，又扒上去张，只见楼上灯光，还是亮的，又扒下来。停了一会，又扒上去，只听得刘把总咳嗽一声，又扒下来。宋龙笑道："这样胆怯心惊，如何去偷香窃玉？"看看半夜，听刘家楼上都睡着了，于是去挖开窗子，便钻身进去。那大姑是个伶俐人，听得咯咯叫有些响，便惊醒了，暗想道："这绝是个小人！"登时便穿了衣服，坐起床来，悄悄的听那足步在侧楼上移响。将近前来，便大叫："有贼！有贼！"元辅夫妻听得说"有贼"，忙执灯上楼。那阿官也待要跳出窗去，足步踏得不稳，一交反跌下来。当时被元辅夫妻一把扯住，将绳子捆缚了，道："我家世守清白，那个不知？你这畜生，黄夜入来，非盗即奸，断难轻饶！本要登时打死，且看邻舍面情，即把剪子剪下了头发，明日接众位高邻，与你讲理！"

那宋龙在间壁，听得阿官已被捉住，如何救得出来？慌忙去叫了世达、养忠。养忠道："何如？不听我说，毕竟做出事来！此事如何解救？"宋龙急促里无法可施，只得将锣敲起，街上大喊道："刘把总谋反，连累众邻，众邻可速起来！"这邻舍听得，却个个披衣出来观看，一齐把刘家门来打。元辅听见，下楼开门。不料宋龙、世达直奔上楼，抢了阿官出来，反立在街心，大声道："刘家女儿日里亲口约我到楼，如今倒扎起火囤来。"那大姑在

楼上听得此言，不胜羞愧，道："没有一些影儿，把我这等污秽，总有百口，没处分说。不如死了罢。"就把绳子缢死床上。

却说元辅夫妻正在门首，与众邻分青理白，众邻始悉根由，散讫。元辅夫妻上楼，只见大姑已缢死了。元辅道："且不要作声，天明有处。"看看天亮，那阿官尚不知大姑已缢死了，还摇摇摆摆，到元辅门前分说，被元辅一把扯进，拿绳捆了，伴着死尸，自己径往告府拘拿不提。

那时飞飞扬扬，一传两，两传三，传到吴秀才耳朵里。吴秀才正值抱恙之时，将信将疑，正要亲往打听，适值雷雨暴作，不能行走。次日，两更倾盆，一连六日不住。民谣有云：

> 东海杀孝妇，大旱三年。
> 钱江缢烈女，霪雨六日。

吴秀才忍耐不定，初九日只得扶病冒雨往探，只见正将入殓。时值天气颇热，寻大姑两眼大开，面貌如生，更自芬香扑鼻。吴秀才不禁称异，然这污口纷纷，心下还有些儿信不过，心思道："我闻女子的眉发剪下，可搓得圆的。"乃讨剪子剪下，把手一搓，却自软软的，似米粉一般搓圆了。始信其贞烈，恸哭于地，力不能起。左右看的，尽皆掩袖悲咽，莫能仰视。却也作怪得紧，那大姑见吴秀才拜下，便把双目紧闭，流泪皆血，见者无不惊异。吴秀才举手将汗巾拭之，其血方止，更自香气袭人。同里钱长人有诗二首，赠云：

其一

> 死贞事之异，之子更堪哀。
> 荆棘须臾间，芳兰为之摧。
> 相蔑以片言，慷慨起自裁。
> 求之史传中，高行孰可埋。
> 庶几鲁处士，千载共昭回。

其二

> 自古忠臣了自心，从来节烈岂幽沉。

投环寂寂月照寝，绝玦轰轰雷振林。

数日颓颜神不死，双眸赤泪语无音。

香魂彻骨喷千古，弹指之间感昨今。

同郡柴虎臣，作《钱江刘娥词》一首吊之，曰：

钱江浩以澄，凤山高以凝。江流山峙间，挺生实奇灵。轰轰刘氏子，家门奕有英。

三季公卿裔，帝王满汉京。勋伐在皇朝，世居负州城。阿爷百夫长，旗鼓总前行。

阿姥娴壶范，壶内不闻声。爷娘鞠一女，爱惜掌上擎。自小端严相，肌肤如白雪。

娇羞弗敢前，盼睐众尽折。七岁辨唯俞，八九殊席食。十龄通经训，十三学组织。

十五调酒浆，女工咸有则。左右侍阿姥，语言无苟疾。张姓比邻人，妾凯窃窥看。

径托媒妁言，来在爷娘侧。云是第一郎，才貌不世出。红丝天上系，鸳鸯宜作匹。

念是终身托，相做须慎择。闻知少年郎，跌荡行叵测。逊词谢媒妁，齐大非吾敌。

女又薄禄命，那堪执巾栉。陈请既失望，耽耽匪朝夕。有顷侦刘氏，酌酒定婚帖。

举家尽欢喜，女夫吴公子。补邑博士员，文誉乘龙比。纳吉展多仪，请期亦在迩。

视历岁庚辰，利在九月始。爱整嫁衣裳，一切宜早理。无赖张氏儿，愤怼姣媒起。

凤昔闻刘娥，天授多才美。自小端严相，肌肤如白雪。娇羞弗敢前，盼睐众尽折。

七岁辨唯俞，八九殊席食。十龄通经训，十三学组织。十五调酒浆，女工咸有则。

左右侍阿姥，语笑无苟疾。以彼穿窬窥，矢心愿结发。媒约拒不通，嘉偶阻咫尺。

楚材晋用□，枉作他人室。甘心得一当，时哉勿可失。况我逼处此，乘便势易为。

黄昏薄夜半，穴隙跳中闺。欲效阳台梦，烂醉入罗帷。处子惊遽起，疾呼知阿谁？

家人以贼获，间族正厥非。仓猝难辨问，女心痛伤悲。罗敷自有夫，乃为贼所窥。

昏夜入房阓，青蝇岂易挥。爷娘掌上擎，常言爱弱息。自小端严相，肌肤白如雪。

娇羞弗敢前，盼睐众尽折。七岁辨唯俞，八九殊席食。十龄通经训，十三学组织。

十五调酒浆；女工咸有则。左右侍阿姥，语笑元苟疾。行年二八余，中门鲜足迹。

先世清白遗，于飞卜嘉客。无端遘嫌猜，胡然谢口实。涕泪摧肝肠，气结语为塞。

扃户从雉经，一死矢天日。爷娘出毋望，启视悬梁楹。号痛莫救药，讣闻俱涕零。

幽愤动苍穹，风雨来震电。气绝三日夜，容颜好如生。瞪目仰直视，炯炯披双星。

夫家随哭赴，辟踊痛幽灵。一见遽长瞑，流血达精诚。若翁控所司，列状雪仇雠。

恶少善诋诬，居间要贿赂。覆盆不见察，法网漏吞舟。士民抱愤叹，公论自千秋。

声冤吁明府，义激谁能私。豪暴蠹贞良，痒痒堪倒施。东海称孝妇，曹娥诵古碑。

处子徇节死，幽芳曷愧之。作歌告来者，俎豆宜在时。钱江流不浊，凤山常崄崎。

衣冠齐下马，兹是烈女祠。男儿重大义，刘氏以为师。

却说张敬泉见儿子阿官情真罪当，难以脱逃，央了亲友，上门议处。许刘家二百两银子，把房契押戳。元辅起初决不肯。圈至府前，又央人再三求释，元辅只得含糊应之。且那状词，出于主唆丁二之手，府尊临审，把那状词看道："这分明是个和奸！"元辅因有求和之说，又不甚力争，阿官又以利口朦胧府尊，遂以和奸断之。审断已定，只见那主唆丁二在家，蓦地头晕仆地，口作女音道："我的贞烈，惟天可表，你缘何把我父亲状词改了七字，蔑我清操？我今诉过城隍，特来拿你！速走！速走！"言未毕，只听有铁索之声，须臾气绝而死。

那时合郡绅衿愤愤不平，齐赴院道，伸白其冤。院道将呈批发刑厅，刑厅请了太尊挂牌，于六月初九日会审。审会之日，人如潮涌，排山塞海而来。这番刘把总比前不同，理直气壮，语句朗然，说的前后明明白白。两位府尊问已详悉，因断云：

　　审得张阿官无赖凶棍，色胆包天，窥邻女大姑之少艾，突起淫心，乘夜布梯，挖窗而入，随被大姑惊觉喊捉。刘元辅剪发痛殴，此亦情理所必然者。宋龙、张养忠闻知被执，不思悔过，反鸣锣喊詈，致令处女气愤投环。其为因奸致死，阿官固无逃于罪矣！刘元辅初供强奸杀命，自是本情，乃临审受饵，贪其二百金，遂尔含糊。且更有张自茂思党，亦受贿嘱，顶名宋龙，一帆偏证。在元辅因智昏于利，在自茂真见金而不有其躬矣。地方公愤，群然上控，灼知女死堪怜耳！阿官依律斩；张自茂受财枉法，冒顶混证，应从绞赎；宋龙、张养忠鸣金助喊，各照本律拟徒。

是日，审单一出，士民传诵，欢呼载道，感谢神明云。那时刘太尊亲制祭文，委官往奠。祭文附录于后：

　　赐进士出身、杭州府刘梦谦，委本府儒学教授张翼轸，致祭于故烈女刘氏大姑之灵曰：呜呼！此女之烈也。其遇暴，暴无玷也则烈。家人立擒，暴之党鸣钲诡厉之。女闻之，义不受污，遂潜自缢死。钲声未绝，而女已绝，其视死如归也则烈。死之后，其父惑于人言，故谬其词，供称和状。冤矣！贞魂不散，能作如许光怪，以自表异。俾一时大夫士以暨齐民，咸咎其父，而代为鸣冤，虽死而有未尝死者存，则更烈。呜呼！始予闻诸孝廉方君，谓此女死三日未殓，君亲往哭之，时盛暑，绝无秽气，面如生。其夫婿吴生吊之，初疑不拜也。尸见其夫，则血

痕迸于眉目，观者数千百人咸泣。予闻之，泪盈盈承睫也。既而大中丞洪公为予言：讼师丁二实教其父，谬供已成，丁二忽昼日见此女谪之曰："汝改窜讼词七字，致我不白！"言未已，其人大叫，仆地而绝。予闻之，又攫然发上指，而女之大端见矣。先是，予不敏，窃谓都人士惜之，何如其父惜之，供词当不妄。故谓女榻去父母榻数步，孽虏梯牖而入，遂致破瓜。由是观之，无强形也。既孽虏以凤约自诬，冀从和律。予不忍信，以问其父。对曰："不知。"因问之，终对如前。由是观之，不独无强形，且无强证矣。孰知前之供，即此女其杀之讼师教之；后之供，则孽虏之兄号财房者属居间数人，以舍宅建祠，多金莹葬之说款之，而污贞口也。冤哉！异哉！痛哉！予尝疾夫好事者，取慢不关

切、无指实之事，群尊而奉之，以号召通都，为挟持当事之具。今日之事，则殊不然。诸公之义愤同声，盖有不知其然而然者，安知非此女贞魂不散所致哉！予不敏，不能烛其文之误，致烦上台之驳，刑馆刘某奉命于上台，仍属予会勘其事。其父乃叩堂，将前后尽情托出向来被惑状。予与刘公更容从讯孽虏，孽虏陷……。

第四回　彭素芳　择郎反错配
获藏信前缘

露萼临风多烨烨，其如零落路旁枝。
琴心枉托求凰曲，垆衅徒殷用酒卮。
慢疑怀春归吉士，那堪载月效西施。
总令繁艳相矜诩，何以幽贞松桧姿。

　　世上人生了一个女儿，为父母的，便要替他拣择人家高下。某家富贵，方许；某家贫贱，不可许。某家郎君俊俏，可许；某家郎君丑陋，不可许。费了多少心机，那都是时命安排，岂容人情算计！时运不好，富贵的倏忽贫贱；时运好来，贫贱的倏忽富贵。时运不好，那俊俏的偏不受享；时运好来，那丑陋的偏能成立。为父母的，也免不得要留一番心，斟酌其间，总也逃不过个前缘分定。如今试将几个向来富贵，倏忽贫贱；向来贫贱，倏忽富贵，结了亲又退悔的，引证来听一听。

　　如唐朝两个秀士，一个姓王名明，一个姓杜名诗，都是饱学，自幼同窗念书，颇称莫逆。其年同在法音庵中读书，他两家娘子，都身怀六甲。两个秀士在馆中说道："我两人极称相知，若结了姻眷更妙。"当时便一言相订道："除是两男两女，此事便不谐。"看看临月，果然王明生下一男，杜诗生下一女，两人欢天喜地道："毕竟称我们的心愿。但今日贫穷相订，倘后日富贵，万勿相忘。"於是同在伽蓝面前拜了，各立一誓，自此两人愈加亲厚。

　　不期同去应试，杜诗却中了，官已至廉访使；这王明只是不中，家道甚是贫穷。但儿子却是聪明，会做文字，年已十八九岁了，杜家并不说起亲事。王明因他向年订盟，料无他变，亦无力娶亲，且自听之。那杜夫人对杜诗道："女儿年已长成，看王家无力来娶，不如接他到任，完了婚配何如？"杜诗道："以我势力，怕没亲么？况王家原未行聘，且又这般清寒，何苦把这女儿送在穷汉手里？我前日曾在朝房里，已许黄侍郎为媳，不久便来行聘。况黄侍郎系当朝元相国极厚的，与他联了姻，仗他些线索，却不更加好看。"夫人不敢

相强，只得将女儿嫁与黄公子成亲了。那王明父子这样落寞，如何与那侍郎抗得过？且直隐忍。

岂料三年之间，朝廷抄没了元载，以黄侍郎同党为奸，藉没家产，发他父子岭外充军。却好这年大比，王明儿子叫作用贤，中了进士。那杜诗闻知，懊恨无地，却不迟了？看来世人只为势利两字迷了肚肠，才得发迹，便把贫贱之交，撇在东洋大海。只道黄侍郎泰山可靠，那知速化冰山；只道王秀才贫寒到底，那知转眼荣华。俗证云：

> 万事不由人计较，一生都是命安排。

我朝神庙时，苏州府常熟县有个员外，姓彭名一德，向在太学中，也是有名目的。早丧妻房，单生一女，名唤素芳。自幼聪明伶俐，更自仪容绝世。那员外止得这个女儿，十分珍重，派定一个傅姆，时时伏侍照管他，顷刻不离左右。县中著姓大族，因他是旧家，都央着媒人来求亲。有那家事富足的，新官人不甚标致；有那新官人标致的，却又家道贫寒。高门不成，底门不就，蹉蹉跎跎，那素芳已是十六岁，尚无定议，员外好生忧闷。适值同里有个乡宦姓杨，曾做太守，回家既有势焰，又有钱钞，浼媒来说，员外欣然应允，择了日子，行了聘礼。只见彩帛盈筐，黄金满箧，亲友们都来称贺，那个不晓得素芳许了杨公子。

看看吉期将近，那素芳只是闷闷无言，长吁短叹。傅姆见她愁闷，劝解道："未定姻时，反见你欢天喜地，今定了姻事，佳期将到，正该喜气盈盈，为什么皱了眉头？莫非有甚心事？便对我说说何妨！"素芳低着头道："那公子面貌何如？不知像得那间壁的陆二郎否？"原来那陆二郎乃是贾人陆冲宇之子，住在彭家间壁，素芳常常看见的。傅姆道："杨官人乃宦家公子，那生意人家的儿子，怎么比得他来？定然是杨官人好些！"素芳道："只是等我见一面，才好放心。"傅姆道："这有何难！公子的乳母却是我的亲妹，我明日见妹子，对他说这缘故，叫公子到后街走过，你就看看，何如？"素芳把头一点，那傅姆，果然去见妹子，对公子说这缘由。

这公子大悦，打扮得华华丽丽，摇摇摆摆，往后街走一转。傅姆推开窗子，叫素芳看。素芳看了，径往房中去，把门掩上，寻条绳子，缢在床上。博姆推进房门见了，吃一大惊，忙忙解下绳子救醒了，从容道："公子虽不甚俊俏，却也不丑陋，只是身子略略粗岔些，尽是穿着得华丽。况既已许定，终身难改，如此短见，小小年纪，岂不枉送了性命！"素芳道："我闻之：夫妇，偶也。嘉偶曰配，不嘉吾弗配矣！宁可死了罢！"傅姆道："小姐且自忍耐

着,待我把你的意思,与员外说知,看员外意思如何?"

傅姆即把这意对员外说,那员外把傅姆骂着道:"痴婆子,这样胡说!许定姻亲,况是宦门,如何更易得!"那傅姆回见小姐道员外是不肯的意。那素芳却又要去寻死。傅姆竭力劝住道:"等我再去,委曲与员外说便了。"傅姆又去,将小姐决然不肯,屡次寻死之意说了。员外呆了半日,欲得顺他的意,怎么回复杨太守? 如不顺他的意,又只得这个女儿,终身所靠,倘或一差二误,叫我靠着谁来? 再三踌躇,无计可施。又问傅姆道:"杨公子这样势力,这样人品,还不中意,却怎么的才中他意?"傅姆道:"前日小姐曾私下问我,说杨公子面貌,可像得间壁陆二郎否? 想他的意思,却要如陆二郎的才好。"员外听说,又呆了半日:"这事叫我难处!"傅姆笑着道:"员外,我到有一计在此,不知可行否?"员外道:"你有何计,且说来。"傅姆道:"我去叫那陆二郎来,今晚私下与小姐成就了,完她这个念头,后来仍旧嫁杨公子,岂不两便?"员外骂道:"痴婆子,这样胡说! 依我想来,若要成就这事,须得如此如此方可。"那婆子点点头道:"好计! 好计!"

於是忽一日,员外与傅姆嚎嚎大哭起来,说小姐暴病死了。吩咐家人,一面到杨太守家报丧,一面买棺殡殓开丧。到了三日,杨太守领了公子,行了吊奠,四邻八舍,也都只道小姐真死了,也备些香纸来吊。又过几日,员外叫傅姆去唤陆二郎来,悄悄说道:"我女儿实未曾死,只因看得杨公子不中意,决然不肯嫁他,只是寻死觅活,故此假说死了。我想小小年纪,终是要嫁的,若嫁别门去,未免摇铃打鼓,杨家知道,成何体面? 想你住我紧间壁,寂寂的与你成了亲,有谁得知? 我私下赠你些妆奁,你又好将去做本生理,岂不两便?"二郎听说大喜,归与父亲说。父亲听说,摇首道:"这却使不得! 我虽生意人家,颇知婚姻大礼,若不明公正气,使亲友得知,就是过门来,终是不光采的。断然不可。"二郎见父亲不肯应允,闷闷的来回复员外,员外亦闷闷不乐而罢。

傅姆在旁听见,私下拉二郎说道:"这有何难! 你今晚瞒了父亲,可到后园,叫小姐多带些银两,雇了船,远方去了,岂不快活一生。"二郎道:"员外只得这位小姐,如何肯放远去?"傅姆道:"连员外也瞒了,却不更好。"二郎欢喜,应允而去。那想这小官家终是胆怯,日间虽则允了,夜来睡在床上,反来覆去,右思左想道:"去倒同去,倘或杨家知觉,必至经官,倘或路上遇捕缉获了,怎么抵对?"再三踌躇,心里又要去,又害怕,迟疑不决,不敢出门。

却说素芳见说与二郎相约已定,到二更时分,与傅姆身边各带了二百余金,又有许多宝饰,伏在墙下,只等二郎到来。不多时,远远见一人走来,昏夜之间,那里看得分明? 傅姆便低声叫道:"二郎,来了么?"那人便应道:"怎么?"傅姆道:"我们束缚定当,只等你来

同行。"傅姆与素芳连忙将宝饰箧儿递与此人。傅姆问道："这里到河口,有多少路?"那人看他两个女人,黑夜里这般行径,定有缘故,答道："河口不远,快走!快走!"三个人奔到河口,唤了小船,行了三十余里,天光渐亮。那素芳与傅姆将那人一看,却不是陆二郎,乃是对门牧牛的张福,形貌粗丑,遍身癣癞,素芳便要投河而死。傅姆再三劝住,张福摇了船,径到虎丘山堂上,租赁一间房子居住。那张福该他时运好来,不消三日,癣癞俱光了,形貌虽则粗丑,为人却自聪明乖巧,性格又温柔,凡事却逢迎得素芳意儿着。素芳渐渐也有些喜他,与他些银子制些衣帽,打扮得光光鲜鲜,竟与他成了婚配。

却说员外在家,不见了女儿,定道是陆二郎同走了,再不道落在张福手里。间壁去看,二郎却还在家,又不好外面去寻,不寻心下又实难过,只得昏昏闷闷,过了日子。

却说张福与素芳、傅姆,同住虎丘山堂上,约有数月,闭门坐食。傅姆道："张官人,须寻些生意做做才好,不然怎么过得这日子?"张福与素芳商量,却再没些便宜生理:若在此开店,恐有来往的人认得;若要出外走水,家里无人,却又心下舍不了素芳。展转思量,再无道理。又耽置了月余,正好是七月七日,张福买下些果品酒食,与素芳、傅姆并坐乞巧。三个你一杯,我一盏,未免说着些家常话儿,不知不觉却都醉了。张福装疯作痴与素芳搂抱玩耍,上床高兴,做了些事业,两个身倦,都睡熟去了。直到次日已牌时候才醒转来,只见门窗大开,傅姆叫道："不好了,被盗了。"连忙上楼看时,箱中衣物都不见了。

素芳所带,约有千余多金,尽行偷去,无计可施,素芳只得绣些花儿卖了度日。却又度不过日子,将身上所穿衣服,卖一分,吃一分。看看冬月已到,身上甚是寒冷,素芳只是哭哭啼啼的。傅姆道："小姐,你真自作自受,本等嫁了杨公子,吃不尽,用不尽,那有这苦楚?如今自苦了也罢,却又连累我苦,着甚来由?不如速速回去,依然到员外身边,还好度日。"素芳道："说到说得是,只是我既做下这般行径,还有甚颜面去见父亲?"傅姆道:"员外只生你一个,不见了你,他在家不知怎样的想你。若肯回去,见了自然欢喜,难道有难为你的意思么?"素芳道:"就是要回去,也须多少得些路费,如今身边并无半文,如何去得?"左思右想,再没区处。

桌上刚刚剩得一个砚台,素芳道:"这砚台是我家传,或者是旧的,值得几百文钱也未可知。"张福持了这砚台,径到阊门街上去卖。走了一日,并没一个人看看,天色将晚,正待要回,吊桥上走过,恰好撞着一个徽州人,叫拿砚来看,张福便双手递过去。那徽州人接来一看,只见砚背有数行字刻着,却是什么?其词云:

昔维瓦藏,歌女贮舞焉;今维砚侑,图史承铭槩。呜乎!其为瓦也,不知其

为砚也，然则千百年之后，委掷零落，又安知其不复为瓦也。英雄豪武，人不得而有之，子墨客卿，不得而有之，吾嗒然有感於物化也。

东坡居士题

原来这砚是魏武帝所制铜雀瓦，那徽人是识古董的，反来覆去，念了又念，看了又看，心里爱他，不忍放手。便道："我身边不曾带得银子，你可随我到下处，就称与你。"即问张福道："这砚从那里得来？"张福道："是我家世代传下的。"到了下处，那徽州人道："你要几两银子？"张福听见说几两银子，心下大喜，索性多讨些，看他怎说，答道："须得百两。"徽州人道："好歹是四十两，就进去兑银子与你。"那徽州人原是做盐商的，坐等一会，只见兑出四十两纹银来。张福不肯，持了砚台就走。那徽州人扯住他道："你后生家做生意，怎么是这样的？"添到五十两，张福也便卖了。

得了五十两银子，欢天喜地，走到家来，摆在桌上。素芳、傅姆吃了一惊，张福备述其事。素芳道："如今有了盘缠，回去也罢。"张福自想道："倘小姐回去，嫁了别人，怎么好？总不别嫁，那员外如何肯认我这牧牛的女婿？"便说："回去不好，不好！不如将几两银子开个酒店，小姐与傅姆当了垆，我自算账会钞何如？"傅姆道："这却使得。"于是兑了十两银子，买了家伙食物，开起店来。日兴一日，不上一月，这十两本钱，倒有对合利息，三人欢喜之极。

忽一日，有一人进店吃酒，只管把张福来看。张福看他一看，却认得他是彭员外的管家李香。张福连忙进内，通知素芳、傅姆躲到间壁去了。那李香虽认得是张福，看他形貌比当初不同，心里只管疑心。忍耐不住，只得问道："你是我对门看牛的张福么？"张福道："正是。"李香道："你难道不认得我？"张福假意道："认倒有些认得，却叫不出。"李香道："我就是彭员外家李仰桥。"张福道："为何得此？"李香道："那陆二郎走漏消息，说我家小姐假死，杨太守得知了，说我家员外赖他姻事，告在府里，故此着我来打点衙门。"因问张福道："你却为何在此？"张福道："我在此替人走递度日。"李香道："也好么？"张福道："什么好？只是强如看牛。"李香说话之间，并不疑心，吃罢，算还酒钱，张福决不肯收他的，李香千欢万喜，作谢而去。

张福见素芳，备述陆二郎走漏消息，杨太守告员外之事。素芳道："这般说，却在此住不的了，须到远方去才好。"张福道："我倒有个堂兄，现为千户，住在北京，只是路远难去。"素芳道："只我三人，十余两盘费便可到京。"随即收拾店本，妆束行李，搭了粮船，三个月日，径到张湾。张福雇了牲口，先进了京。那京城好大所在，那里去寻这张千户？一

走走到五凤楼前，看了一回，实在壮观。有赋云：

> 三光临耀，五色璀璨。壮并穹窿，莫罄名赞。凭鸿蒙以特起，凌太虚之汗漫。乎云霞之表，巍峨乎层汉之半。簸天关以益崇，炳样光而增焕。目眩转於仰瞻，神倘恍於流盼。

张福看了，不禁目眩神摇。正东走西闯，忽见一个官长，骑着马儿，远远的来，近前一看，却就是张千户。张福扯住道："阿哥！阿哥！"那千户有数年不见了张福，况今形貌又改换，那里认得他？张福说起祖父旧事，千户才晓得是张福，便问道："你在家为人牧牛，如何到这里？"张福也囫囵的答应了几句，竟去搬了家眷，到千户家住下。素芳对张福说："在此也不是坐食的，须开个小小店儿方好。"张千户便指着道："间壁到有空房四楹，尽可居住做生意。只是屋内有鬼作祟，凡进住者，非病即死。"张福道："这也是个大数，不妨！不妨！"

於是夫妻二人并傅姆，俱移过去，修葺扫除一番。只见黑夜中，地上隐隐有光，张福道："这却奇怪，必有藏神在此。"寻了锄头，掘不盈尺，果有黄金数块，像方砖一般，砌在下面。砖上俱镇着"张福泊妻彭氏藏贮"数字在上。两人大喜道："可见数有前定，我两人应该做夫妻。这金子上也刻着我两人的名姓，若在虎丘不遇李香，如何肯到这里收这金子。"将金数来计十块，每块计重六斤，共有千两之数。陆续变换了银子，便开一个印子铺。日盛一日，不三年，长起巨富，在京师也算得第一家发迹的。张福也就将银千两，纳了京师经历。富名广布，凡四方求选之人，皆来借贷并寻线索。京师大老，内府中贵，没有一个不与他往来，皆称为张侍溪家。这话不提。

却说那彭员外，原是监生，起文赴部听选，该选主簿之职。若要讨一好缺，须得五百金，身边所带尚少，因问房主道："此处可有债主？为我借些，便利银重些也罢。"房主道："这里惟张侍溪家钱最多，专一放京债，又是你常熟县人，同乡面上，必不计利。"明日，彭员外写了一个乡侍教生帖儿，叫家人李香跟了，去拜张侍溪。侍溪偶他出，不得见。明早又来拜，长班回道："俺爷还未起哩！要见时，须下午些来。"下午又去，只见车马盈门，来访宾客络绎不绝，那里轮得着彭员外？员外只得又回来。次日午后，又去拜，长班回道："内府曹公公请吃酒去了。"员外心下甚是焦闷。

迟了十余日，长班才拿彭员外的帖子与张侍溪看。侍溪看了大骇，连忙要去回拜，却又不曾问得下处，吩咐道："如彭员外来，即便通报。"那长班在门首，整整候了两日，并不

见来到。第三日，彭员外只得又来，只见门前车马仍是拥满，候见的人都等得不耐烦，向着长班求告道："我是某某，要见，烦你通报声。"连忙送个包儿与那长班，那长班那里肯要？只回道："俺爷没工夫。"彭员外也只得陪着小心，换一个大样纸包，与那长班道："我是你爷同乡彭某。求速通报一声。"那长班听见彭某某字，便道："爷前日吩咐的，正着小人候彭爷。"长班进报，即出请进内堂相见。

那些候见的官儿，个个来奉承员外，都来施礼道："失敬！失敬！我是某某，烦老先生转达一声。"那员外欢天喜地，进去相见，却再不晓得张侍溪就是张福，即见面也总不认得了。到堂施了礼，那张侍溪道："请到内房坐。"吩咐快备酒席。那彭员外暗想道："我与他不过同乡，没些儿挂葛，为何请到内房？必有原故。"只见转进后堂，那傅姆出来，磕了一个头。员外认得是傅姆，大骇道："你如何在这里？"傅姆道："小姐在内候见。"员外大骇大喜，进内，小姐相见拜了，坐定问道："张侍溪是你何人？"小姐笑道："是你女婿。"员外想了半日："我常熟并没有这个人。"又问道："这张侍溪在常熟什么地方住的？你因何嫁得这个好女婿？"小姐并不回话，只是咯咯的笑。

少顷，张侍溪酬应未完，只得撇了众客，进来陪坐，将京师事情两个说了一番。员外因谈及自己谒选之事，侍溪问道："岳父该选何职？"员外道："主簿。"侍溪笑道："主簿没甚体面，不如改选了州同。小婿当竭力主持，并讨一好缺，何如？"员外道："须用费几何？"侍溪道："岳父只管去做官，银子小婿自用便是。"即日盛席款待，并唤跟随管家进内待饭。那管家就是李香，数年前曾在虎丘见过，倒认得是张福。又私下问傅姆，得了根由，悄悄的对员外说了。员外大骇，又大喜道："不料这看牛的到有今日！"小姐算得员外要晓得的，索性把始末根由细告诉一番。

员外叹息道："可见是前身之数。你别后，那陆二郎走漏消息，杨太守知道了，告我在府里，整整涉了两年讼，尚未结局。今他家中一场大火，烧得精光。太守已死，公子又好嫖好赌，如今饭也没得吃了。你从前见了一面，就不肯嫁他，是你的大造化。至於你要嫁的陆二郎，不上二十岁，怯病死了，若一时失身於他，今日反要守寡。向日他父亲执定不肯，毕竟是你有福，该有今日荣华。只是我近日讼事多费，家业凋零，须讨得个上缺做做才好，这全靠女婿。"素芳道："女婿在京线索甚熟，就是大老先生，俱来向他寻路头。父亲的事，就是自己事一般，自然全美，不必挂念。"

过了几日，却是选期，侍溪与岳父先干办停妥，径选了湖广兴国州州同之职。员外大喜，却又愁了眉头道："官到靠了女婿做了一个，只是年已半百，尚无一子，彭氏绝矣！奈何！"素芳道："这有何难？替父亲娶一个妾回去便是。"即捐百金，寻得了花枝相似的一

个,与父亲为妾,叫作京姨。又将三百金为父亲路费,凭限到手,即收拾赴任。到任未几,知州已升,即委州同署印,年余,极得上司欢心。元宵之日,上府贺节。那京姨在衙大放花灯,烟火流星,通宵不绝。有诗为证:

> 敞筵华月霁澄空,灯火高悬锦里逢。
> 座握龙蛇浑不夜,星驰非马似生风。
> 初疑香雾浮银界,忽为金莲照绮丛。
> 胜事莫教催玉漏,纷纷游骑满城东。

那京姨放流星烟火,火药脱在空房里,烧将起来。私衙与堂库化作一片白地。库内烧去钱粮万余两,衙内囊资不计其数,上司拿员外禁在武昌府监中,不题。

却说张侍溪原是京府经历,恰好升了武昌府通判,到任两月,即署府篆,为岳父之事,竭力在上司讨情。那上司在京中之时,都向他寻些线索,且又有些账目,於是将彭州同释放了。但回禄之后,虽生一子,身中却无半文蓄积,张侍溪即请到衙内,养老终身。后来侍溪官至同知,家赀百万,甲於吴邦。你看当初,彭员外只生一女,要仰攀高亲,若劝他把女儿与这放牛的,他决不肯。谁想数年之内,杨公子穷饿,陆二郎夭死,单单受这牧牛无限恩惠。俗语云,"碗大的蜡烛,照不见后头。"我劝世人,再不要安排算计,你若安排算计,天偏不容你安排算计。合升州山人也:"运去良金无绝色,时来顽铁有光辉。"张福之谓也。

第五回　云来姐　巧破梅花阵

五遁奇门述，林林见□□。
步罢被锦伞，咤叱起□□。
逐崇宗丹篆，传刀有□□。
只今挥指辈，谁复是阴谋。

凡人祸福死生，都有个一定之数，那一个能挽回得来？就是那至圣如孔子，也免不得陈蔡之厄；大贤若颜子，也免不得三十之夭。然古今来亦自有法家术士，凭着自己手段，岂无转祸为福、起死回生的时节？究竟能转移得来，这就是个数。我看世界上人，只随自己的性儿，怪着这个人，便千方百计去陷害他，加之以祸，置之以死。除非那个人该当要死，该当有祸，才凑着你的机关；不然你去算计人，人也会来算计你。纵使这个人被你算计倒了，或是自己限余势力不能还报，或一时躲过了，却不知那个青天湛湛，最肯为人抱负不平，断断不容你躲过。这却不是使心用心，反累其身么？

话说近年间，山东东昌府有一个员外，姓富名润。单生一女，生下之时，只见仙乐绕绕，异香袭人，满室中都是彩云围结，以此名唤云来。年长到十五岁，丰姿清秀，体态妖娇；更兼聪明慧巧，好看异书，凡天文地理，阴阳卦命，无所不通。以此为人占卜祸福，课算生死，应验如神。凡有人来求他的，只是不肯轻试。然又心肠极慈，但遇那贫穷孤苦之人，又肯极力为她出步醋力。

忽一日，紧间壁一个妈妈姓段，那段妈妈六十於岁，半世守寡，望靠着一个儿子，叫作段昌。段昌出外生理，日久不回，妈妈终日想望，杳无音信。心下记念不过，走到间壁，去求云来姐占卜，云来姐再三不肯。

十里之外，有个专门课卜的，叫作石道明。那石道明课卜，凡人死生祸福，丝毫不差。每课足足要一钱银子，若一课不准，情愿出银一两，反输与那上人，所以远近的人，纷纷簇

簇，都来向他买课。然买课的人极多，略去迟些，便轮他不着。那段妈妈起了一个五更，走到石家门口，却又有数十人等着他，那里轮得着妈妈？妈妈等到晚，只得回来，次日五更又早去，又轮不着。一连七八日，再不能轮着妈妈，忧闷之极，索性起了个半夜，到他门首坐着，等他开门。因想念儿子，便苦苦咽咽，哭将起来。道明听见门外有人哭响，便起来开门，叫妈妈进来，问他缘故，妈妈告诉了一番。将那课筒儿搦了，祷告天地已毕，道明占下一卦，便叫道："阿呀！阿呀！此卦大凶！你儿子命断禄绝，应在今夜三更时分，合当在碎砖石下压死。"妈妈听说，慌忙还了卦钱，一路哭到家里，且是极其哀切。正是：

世上万般哀苦事，无非死别与生离。

那云来姐在间壁，听得哭声甚是凄惨，便去问妈妈道："你每日欢欢喜喜，今日何故哭得这样苦切？"妈妈晓得云来肚肠极热，且又精於课数，便道："我守寡半世，单单靠着这个儿子，今命在旦夕了！"又大哭起来，云来道："你怎么便知他要死？"妈妈把石道明的话说了一遍。云来道："难道石先生这样灵验？将你儿子八字念来，我替她课算一命看。"妈妈便将八字说与云来，云来将手来轮着，又排一卦，仔细详断。呆了半响，便把头来摇道："石先生真是神仙，果然名下无虚。你的儿子果是今夜三更，要死在碎砖石下。"妈妈听了大哭，昏仆在地。这些邻舍们走来看，也有眼泪出的，也有替她叫苦的，也有拿姜汤来救她的，团团簇簇，计较真是没法。

只见云来微微的冷笑道："还不妨，有救哩！"这些邻舍们见说有救，便都向云来齐齐施出礼，求道："云小姐，没奈何，看这妈妈可怜得紧，救人一命，胜造七级浮屠。便看我众人面上，救他一救。"云来道："救到救了，只是石先生得知，要怪我哩！"那妈妈时想道："这个女子，却又说天话了，难道石先生不准了不成？"然又心下放不过，或者她有些法儿，能救得也不可知。便向着云来拜下两拜道："姐姐，若能救得我儿子，便是重生父母，再长爹娘。"云来道："你若依我吩咐，包管你儿子不死。"妈妈大喜道："但凭吩咐，敢不遵依。"云来道："如此如此，你可速速备办。"那妈妈连忙应允，一一备下。

只见三更时分，云来到她家，贴起一位星官马，点起两支大烛，一盏油灯，一碗清水，一个鸡子，摆在中堂。又对妈妈说："你可剪下一缕头发来。"妈妈只得应允，剪下递与云来。云来将头发缚在木杓上，左手拿了木杓，右手搦了真诀，口内念念有词，到门首把大门连敲三下，叫妈妈高叫三声，道："段昌！段昌！段昌！"已毕，云来自回家去。看他应验何如？正是：

青龙共白虎同行，吉凶事全然未保。

且说段昌出外长久，想念家里，心忙缭乱，径奔回家。饥餐渴饮，一路辛苦，不在话下。因赶路程，不觉晚了。只见：

金乌渐渐坠西山，玉兔看看上碧栏。
深院佳人频报道，月移花影到栏杆。

天色已晚。怎见得那晚景天气？有只词儿，单道晚景，词名《满庭芳》：

山抹微云，天连衰草，画角声断樵门。暂停征棹，聊共饮芳樽。多年蓬莱旧事，空回首、烟霭纷纷。斜阳外，寒鸦数点，流水绕孤村。断销魂。当此际，香囊暗解，行李轻分。谩赢得、秦楼薄幸名存。此地何时见也，襟袖上、空染啼痕。伤情处，高城望断，灯火黄昏。

段昌见天色晚了，入城还有四十里路，如何走得及？前不着村，后不着店，怎生是好？正忧虑问，忽然飞沙走石，狂风猛雨，满身透湿，慌忙走入一个破窑内躲避。那雨果是来得猛烈，段昌见雨大，又睡不着，做得一首词儿消遣，名《满江红》：

窑里无眠，孤栖静，潇潇雨意。南楼近，更移三鼓，漏传好永。点点不离杨柳外，声声只在芭蕉里。也不管，滴破故乡心，愁人耳。无似有，游丝细，聚复散，真珠碎。天应吩咐与，别离滋味。破我一窑蝴蝶梦，输他双枕鸳鸯睡。向此际，别有好思量，人千里。

词毕，已是三更时分，正要合眼，梦里神思不安，忽听得外面三声响亮，高叫道："段昌！段昌！段昌！"却似我母亲声音，如何到了这里？慌忙出来看时，四下里又不见些影儿。正要复入窑中蹲作片时，只见一声响，原来破窑被雨淋倒了，几几乎压死。段昌连忙住了脚，唬得魂不附体，叫了几声观世音菩萨，道："我段昌这时节，想是灾星过限，要略迟一会，岂不死在窑中？我家老母不得见面，这骨头也没处来寻，好不苦也！亏了神明保

佑，还有救星，明日回家，大大了个愿心。古人说得好：'大限不死，必有后禄。'我段昌后来，毕竟还要好哩！"十分欢喜，到那碎砖内，寻拨行李，挨到天明，入城到家，见了母亲。

那母亲见了儿子回来，喜出望外，心里想道："这云来姐果然有些意思。"连忙抱住儿子，哭了几声，道："我的儿，你缘何得早回来？我昨日到石先生家买卦，说昨夜你三更时分，该死在碎砖内，因此回家大哭，昏倒在地，亏了邻舍家，都来救醒。你如何今日得好好的回家？这石先生的课，却卜不着了。"段昌道："不要说起，说也奇怪。孩儿因赶路辛苦，天晚不及入城，且又大雨狂风，无处存身，只得躲入一个破窑内去。将近三更时分，梦寐中只听得母亲在外叫我名字三声，慌忙走出来看，四下里寻，又不见母亲。正待要复入窑中，只听得应天一声响，破窑被雨冲倒，几乎压死在窑里。这却不是石先生课卜得着了？只是说我该死，我却没死，这又卜不着了。我闻他一课不准，输银一两。母亲可去问他讨这一两银子，完了愿心，谢这神明。"妈妈道："石先生算不着，不必说起，却又有一个卜得着的，这个人却是你的大恩人，你可速速拜谢她。"段昌道："却是那个？"妈妈道："是间壁云来姐。"段昌道："他是个香闺弱质，却如何有这灵应？却是怎么样救我的？"妈妈将夜来演镇之法，一一说与段昌知道。段昌即忙走到富家，向云来姐深深的拜了四拜，一面叫了一班戏子，摆起神马，备下牲醴，又盛设一席，请云来上坐看戏。

戏完，到了次早，妈妈道："我同你到石先生家，讨这一两银子，看他怎么样说。"於是母子同往石家讨银。石先生见了妈妈娘儿两个，默默无言，满面羞惭，只得输银一两，付与妈妈去了。心中暗想道："我石道明从不曾有不准的课，这课却如何不准了？好生古怪，必有原故。"私下叫儿子石崇吩咐道："你可悄悄到富家门首打探，看段昌却如何得救。"石崇果然到段家相近，只听得这些邻舍，飞飞扬扬，传说段昌夜间之事：石先生起课不灵，却亏了富家云来姐这般演镇，得有救星。那石崇回去，一五一十告诉了石先生，石先生道："这丫头这般可恶，我石道明怎么肯输这口气与他！"眉头一展，计上心来，道："我有处，我有处！"

却说那富家村有个邓尚书的坟墓，墓旁有个大石人，离云来家里只有一里路。到了三更时分，石先生到邓尚书坟里，朝着石人左手捝诀，右手仗剑，把一道符贴在石人身上。口内念念有词，道声："疾！"那大石人却也作怪得紧，径往空中飞了去。道明暗喜，说："这番这丫头要死也。"那料云来日间演下一数，早晓得自家该於三更时分，有大石人压在身上。於是画起一道符，贴在卧房门上，房内点了盏灯，对灯坐着不睡。到了三更时分，果然一阵鬼头风，从西南上来，却有一块大石应天一响，把房门一撞，恰好撞着那符儿，大石人跌倒在地。云来开门看时，笑道："原来果如我所料，这石先生却要拿石人压我身，害我

性命,心肠太毒。我却不下这样毒手,只略略用个法儿,小耍他一场。"放是又画一符,左手捻诀,右手持一碗法水,把符贴在石人身上,口中念念有词,喷了一口法水,道声:"疾!"那大石人又飞也相似从空而去,却好端端正正当对着石先生墙门立住。石先生那里料他有这手段!到了天明,正要叫儿子去富家门首,打听云来消息,开门一看,只见一个大石人,当门而立。吃了一惊,连忙叫石先生来看,也吃一惊,道:"这丫头倒有这手段!"

却说那石家墙门甚小,那大石人当门塞住,只好侧着身子出来进去,好生苦楚。那些买卦的人,约有百人要进门,却又进不得,只得又号召许多邻舍,死命合力去抬,那石人动也不动;石先生无计可施,又用下百般法术遣他,只是一些不动。约有一月,这些买卦的人,因进出不便,多有回去,却又一传三,要来买卦的,都不来了。

石先生见没了生意,石人当门,进出又难,又百法遣他不去,心上闷之极。无可奈何,只得备了些礼物,亲自到富家拜求。云来只是不理他,只得到间壁去见段妈妈,千求万告,要妈妈去讨个分上。妈妈因石先生为着自己儿子,所以起这祸端,只得到云来姐房内,婉转代求。云来道:"我并不收他些毫礼物,只要他跪在我大门首,等我与他一个符儿去。"妈妈传言与石先生,石先生只得双膝跪在门首。约有两个时辰,只见妈妈传出小小一张符儿,递与石先生。石先生将符看时,称赞道:"我石道明那一个法不晓得,只这符儿却从来不曾见。"欢天喜地,走到门首,将符贴在大石人身上。那石人好生作怪,倏尔从空飞去,仍落在邓尚书墓前不题。

却说那石先生只是心中愤愤不快,恨着云来,又没个法儿去报复他。闷闷之间,戏笔题道:

> 闲似江淹去笔,愁如宋玉悲秋。
>
> 子瞻不幸贬黄州,寡妇孤儿独守。

正在昏闷之间,却有个相厚朋友,姓乌名有,携了些酒食来与石先生解闷。两人对酌,说了些闲话,未免说到家常事来。那乌有道:"我今星辰不好,整整的病了半年,这恶星辰不知几时得出?"石先生道:"不难,你明早可来,我与你将八字排看,便知明白。"那乌有喏喏而去。

次早,乌有先到来,将八字与石先生排看,又占下一卦。石先生连声叫道:"阿呀,阿呀!不好,不好!可怜你年五十岁,却该本月十五日子时暴疾而死。"乌有慌着问道:"还有救么?"石先生又仔细看道:"断没有救。奈何,奈何!"叹息道:"我与你相好一生,无以

265

为赠，送你白银二两，可去买些酒食，快活吃了，待死而已。死后衣裳棺木，俱是我买。"乌有收了银子，大哭出门，有词《江城子》云：

> 西城杨柳弄春柔。动离忧，泪难收。犹记多情，曾为系归舟。碧野朱桥当日事，人不见，水空流。韶华不为少年留。恨悠悠，几时休。飞絮落花时候了，一登楼。便做春江都是泪，流不尽，许多愁。

乌有大哭归，将银子买了些酒食，与妻子吃了分别。妻子道："石先生也有算不着的时候。"因把那云来姐救段昌之事说了一回，道："怎得那云来姐救救才好。"乌有道："我与富家并没往来，他如何肯？"妻子道："要求性命，也说不得，我与你同去求他便了。"夫妻二人哀哀出门，乌有道："石先生说断没有救的，今去见云来姐，恐亦无救处，到多了这一番事，不如不去也罢。"妻子道："万一有救，也未可知，且又不费什么，好歹走这一遭。"於是急急同到富家门首。妻子径到云来房内，备说其故。云来想道："那石先生道我破他的法，他好生怀恨，今番又去破他，却不仇恨越深了？"再三不肯。那妻子大哭，跪了拜求。云来姐的肚肠，却是极慈的，见她哭得这般哀切，又求得这般至诚，便一把拽起那妻子，道："你且说你丈夫八字来看。"妻子说了八字，云来把手一轮，便道："你丈夫果然该死。"妻子道："可有救么？"云来道："怎么没救？"妻子哭道："只求姐姐救我丈夫一命。"云来道："我救便救，只是不要对石先生说便好。"妻子摇手道："决不！决不！"云来画了一张符，递与那妻子，道："你快回去，买七分斗纸，时鲜果品，香花灯烛，净茶七盏，七盏斗灯，於洁净处排下，将符烧化了。待四更时分，烧香跪下，伺候北斗星君朝玉帝而回，云驾打你头顶经过，你却要志诚诵念大圣北斗七元君。"妻子与乌有欢喜拜谢到家，一一全备，斋戒沐浴，换了新衣。

夜至四更，夫妻二人一心朝着北斗而拜。果然人有善念，天必从之，不多时，遥遥望见北斗七星。闪闪烁烁，明晃晃的。如有白日，碧天如洗，忽然彩云飞起，果然好光景。有词为证，词名《醉蓬莱》：

> 渐看月明下，陇首云飞，素秋新霁。华阙中天，镇葱葱佳气。嫩菊黄深，拒霜红浅，近宝阶香砌。玉宇无尘，金茎有露，碧天如水。正值升平，万几多暇，夜色澄鲜，漏声迢递。南极星中，有老人呈瑞。此际宸游，凤辇何处？度管弦声脆。太液波翻，披香帘卷，月明风细。

只见那彩云飞处，果然七位真君，金童玉女持着彩幡宝盖，按着云头而下。那乌有跪了，苦求阳寿。那第一位真君道："你是辰申生人，系第五位北斗丹元廉真冈星君所管。"那第五位真君道："你命该尽，因你致诚恳告，增寿一纪。"乌有听罢大悦，低头便拜。忽然一阵香，抬头看时，冉冉从碧空而上，须臾不见了。自此乌有月月奉斋斗素，行方便，作好事，寿果七十。这也是后话不表。

次早，夫妻二人同去拜谢云来。云来又嘱咐他，决不可对石道明说，二人应允而回。乌有道："虽是云来姐救我性命，也亏石先生课算，对我说该死，故我才求救星。若他不与我课算，却不昨夜呜呼哀哉了！只是他说我断断没救，却又不准了。今日去谢他，看他怎么说？"妻子道："去便去，千万不要说是云来姐救你的。"乌有应允而去。见了石先生，那石先生呆做一团，道："你却如何得活？是那个救你的？"乌有说："我夜来并无暴疾，也并没人救我，却是北斗星君救的。"石先生道："你如何得见星君？星君如何救你？你却说说看。"乌有道："我只闻北斗司寿，故我志诚向北而跪，亲见星君从空而下，许我增寿一纪。"石先生道："这毕竟有人教你的，你可从实说来。"乌有只是低头不语。石先生想了半日，把手一轮，佯问道："我晓得了，却是云来这婆娘。"乌有摇手道："没相干！没相干！"石先生道："我却未卜先知，手里轮出是她救你，却来哄我。"乌有低了头，只是不作声，作谢而去。石先生原假意把话去探他真情，看他低头无语光景，却真是云来了。心中想道："这婆娘好生无礼，前番段昌之事，破了我法，今番又与我作对，毕竟斩除此妇，方消我恨。"呆了半晌，想道："我有计在此。"

从空布下弥天网，任你飞鸣无处投。

却说那石先生怎么样计较？只见他闭门三日，不出去卖卦，却在一间空屋内，铺下法坛，摆了五个香案，乃是金、木、水、火、土五行方位，画符五道，步罡捻诀，披发仗剑，口内念念有词，道声："疾！"只见东南上狂风忽起，雷电大作，那五道符，从空旋舞，这叫作"梅花阵"。石先生道："这'梅花阵'乃是九天玄女秘诀，那泼贱如何晓得？这番定死在我手里了！"

却说云来姐正在房中睡着，忽听见东南上狂风忽起，雷电大作，心里想道："这却古怪，毕竟又是这妖贼来害我性命了！"披衣急起，开门看天，只见五道白气，半空旋舞。云来道："这是'梅花阵'，是我演成的，他倒要来害我。我只消略显神通，叫他再来跪求。"即

时捻诀，望着这五道符，口内念念有词，道声："疾！"却也作怪得紧，那五道符竟飞了回去，一个大霹雷，把石道明正屋打倒一间，儿子惊死在地。道明唬个半死，连忙去救，儿子心头却是热的，只是动不得，脱下衣服来看，只见背上有五道梅花符，却像刊刻定的，百般演法，再不能救，死去三日不醒。道明大哭道："屋倒打碎也罢，只我年已六旬，单生一子，倘救不醒，却叫我靠着那个？分明是这泼妇害我！我今又有一计在此，须是这般这般，他却那里参透得我的机关！"

次日，封了二十两银子，四疋缎子，叫一个小使持着，竟去见段妈妈。石先生见了段妈妈，双膝跪下，递了礼物，拜了四拜，道："有事相求。"妈妈连忙答礼道："这礼物如何可受？有事见托，自然尽心，但不知所托何事？请说就是。"先生道："妈妈若收了礼物，我才说；若不收时，我只跪着不起。"妈妈见了这许多礼物，心下却也有些动火，便道："这样收了，请起来说。"石先生道："有个小儿，特求妈妈作伐。"妈妈道："却是那家？"先生道："富员外令爱云来小姐。"妈妈道："这小姐生性古怪得紧，千家万家来求，只是不肯，一心只要修行成仙去哩！恐怕说也没用，实难奉命。"石先生又跪下道："妈妈，没奈何，救我一家之命。"妈妈连忙扯起石先生道："先生只要求亲，为何说救一家之命？"先生道："实不相瞒，却有至情告诉与妈妈听。"妈妈道："却是为何？"先生道："前番为令郎之事，得罪了云来姐，用法把大石人塞我大门，四方的人，却把这节事当笑话说，哄传道我课卜不灵，自此以后，鬼也没得上门。今又因乌有之事，得罪云来姐，用法使雷打碎正屋。这也罢了，只是我年已六旬，只生一子，却被雷震，半死在家。俗语说得好：'解铃须用缚铃人。'若非云来姐救，如何得醒？"妈妈道："这样说，只消求他救令郎便是，何必求亲？"先生道："小姐与我作对，只因与我没甚关切，若结了婚姻，则我的儿子便是她丈夫，至亲骨肉，料不来破我的法了。且她的道术委实高妙，我却万万不如。得她做了媳妇，助我行道，我的生意日兴一日，岂不更妙？所以特来相求。"说毕又跪。妈妈见他求得恳切，应允道："请起，待我说来。"先生道："请妈妈就去，我在此等一等。"

那妈妈只得三脚两步，走到富家。却好富员外立在门首，妈妈把这话说了一遍。富员外道："我再三劝她嫁人，她总不肯。妈妈，除非你去劝她，若劝的肯了，我自然应允了。"这正是：

得她心肯日，是我运通时。

妈妈径进房内见云来姐。云来道："妈妈来意，我已预先知道，不必再说。我修行念重,誓不嫁人,只因与那石先生做下两番对头,俗语说得好:'冤家宜解不宜结。'若结了亲,全了两家和气,尽也使得。"妈妈听说大悦,却不知石先生求亲是用的计,云来应允,也是个计。那石先生的计,云来晓得,云来的计,石先生却不晓得。妈妈总不晓得两边都是计,回家将云来的话,一一覆了石先生。先生大悦,便道:"既蒙许允,则我的儿子便是她丈夫,须求她一个符儿救醒。"妈妈又向云来求符。云来即刻画一张与他。那先生欢天喜地,走将回去,贴在儿子背上,即时醒了。石先生求亲一节,恐云来日久反悔,即放三日内行聘,并拣下吉期,就要成亲。

　　却说石先生一心只要害云来,选个癸亥灭绝日,又是玄武黑道,周堂值妇红纱杀,往亡杀,白虎人中宫,又是星日马与昴日鸡交争,斗木獬、鬼金羊聚会。许多恶星值日,叫他来时,踏着便死。又有天罗地网,若兜着就死。

　　却说云来姐收了礼物,将吉期帖儿一看,把手一轮,心中暗想道:"这妖贼果来害我!这些机关,难道我不晓得?"悄悄吩咐段妈妈道:"我进石家之门,须要如此如此,这般这般,各样物件,可一一为我齐备。"妈妈应允了,回复石先生。石先生大悦,心思道:"这泼贱有些什么本事,只我这些机关也认不破?如今落在我圈套中,看她走到那里去!"於是唤集工匠,把那雷打倒的正屋重新造起来,唤了鼓乐,结了彩轿,大吹大擂,到富家迎接新人。好不热闹,有词为证,词名《鹧鸪天》:

　　　　佳气盈盈透碧空,洞房花烛影摇红。云来仙女游蓬岛,瑶阙嫦娥降月宫。
　　诸恶退,福星拱,阴阳变化古今同。石公机变真奇诀,又被仙姑道达通。

　　只见云来坐轿进门,叫妈妈把芸柏香先烧下一炉。原来芸柏香最能驱邪退恶,那些恶星俱回避了。下轿之时，妈妈将地下铺了白布，不踏着黑道；背行人门，不冲往亡；大红绫一方，兜了头脸，不犯红纱杀；马鞍跨过，不惹星日马。昴日鸡，被她将五谷吃了；鬼金羊，以寸草降之；斗木獬，以方斗冲之；夜游神，用两瓶酒解之。以此诸般恶星，各各被她解过。拜了香案归房，却没一些事儿。

原来石公只晓得演法，不晓得破法，一些儿不懂。心中想道："这也作怪得紧，百般演镇她，她却动也不动。今日是大杀白虎直房内，这会儿入房，定被白虎杀死，看她躲那里去！"云来早已知道，来到房内，叫妈妈将青铜镜一面，照着自己，将白帕一方，往新官人背后一兜，不多时，只见那新官人骨碌碌一跤跌倒在地，昏迷不醒了。石公慌忙进房，放声大哭，双膝跪下求饶。云来道："不妨，不妨，待我救她。"取了一杯净水，念个咒儿，将净水一喷，新官人醒了，却是两眼钉定，作声不得，好像软瘫一般。石公想道："我用这许多心计，指望害她，反却被她害了。叫她不要慌，我又有处。"正是：

计就月中擒玉兔，谋成金殿捉姮娥。

到了次日，石公将天罡诀法看到深奥处，内有杀法，极是灵验。云来是庚戌生的，他到正南方上，用大斧砍一枝带花的桃枝，买一只大雌狗，办备香花灯烛，书下几道符，把云来年月日时写了，贴在狗身上，步罡作法。云来在房，早已知道了，连忙叫段妈妈来，道："我今番要死也！当初我救你儿子的性命，须你救我。公公在后园作法，此法却是难解，必须死后三日方可救活。我死之时，你可接我爹爹来，要他停三日才可入殓。你等我尸首入棺之时，不要与四眼人见，左手拿个木杓，杓柄朝着斗口，大门上敲三下，连叫三声'云姐'，用左脚踢开大门。可一一依我而行。"吩咐已了。

却说石公在后园作法已完，把狗连打七七四十九桃头，左手挥剑，右手搦诀，一剑杀死了那狗。这云来正坐房中，忽然叫声苦，仆倒在地。石公见云来果死了，大喜道："这番却除了一害，你如何斗得我过！"便去买一口棺材，将尸停放中堂。那妈妈见云来死了，连忙去请富员外来。员外来大哭一场，那石公恐他又用法儿醒转，便要即时入殓。员外决然不肯，定要停到三日。将殓之时，妈妈依计而行，却去大门上连打三下，连叫三声，踢开大门。一声响亮，只见云来一个翻身，跳将起来："咦！你倒用计要害我死，我偏不死呀！却叫你父子两死在今夜四更时分。"石公看云来跳起，呆了半晌，面如土色；又听他说父子两个却要死在今夜，越发慌了。想着道："仔的法儿，委实斗不过，费尽心机，倒讨这个祸碎进门，却怎么好？不若求她一番，陪上一些不是，仍先送她回家罢了。"於是双膝跪下，

在云来面前,父子两人磕百十个头,道:"今后再不敢冒犯,只求饶恕。"云来哈哈的大笑,道:"好货儿,思量要我做媳妇! 若饶你父子性命,须一一依我才使得。"石公道:"但凭吩咐,敢不依从。"云来道:你到清净(下缺)。

第六回　李生、徐子　狂妄终阴籍　贪金定损身

影响昭昭理可寻，性天岂与物交侵。

眼根所著无非色，身业居多莫匪淫。

贪财竟失清朝节，图利能伤一世名。

祸福皆因举念错，果报徒嗟罪孽深。

　　天下读书人，十载寒窗，苦心劳志，只求个一举成名，显亲扬姓。但其中升沉不一，潜见不同，也有未经琢磨，少年科甲，一节打通者；也有用尽苦工，中年得意，后享荣华者；也有终岁穷经，暮年一第，受享无多者；也有驰名一世，屡困场屋，到老不达者。此何以故？或是祖上积德，感动天庭，降生富贵之子。或是祖宗坟墓葬得真穴，荫出个耀祖儿孙；或是命里颇可发迹，祖宗福薄，承受不起；或是自损阴骘，神天示罚，削籍减算。故士子进场，甚有借人提掖，而高擢巍科；买通关节，而反病生不测，不得终场，谁知都是鬼神暗中颠倒。这些举子，遇着考试，纷纷议论生风，那些中了的，自夸文章锦绣；那不中的，只恨试官面目无珠。不知自古道得好：

文章自古无凭准，只要朱衣暗点头。

　　怎奈后生辈，平日在个窗下，每每出口夸惊人之句，落笔称经世之文，又且古古怪怪，装作道学真儒；邋邋遢遢，做出名公样子。及至暗室之中，欺世盗名，损人利己，无所不为。遇着一个色字，没骨髓钻去，不管人的死活，意忘却自己生涯。若说到利财，一边没眉毛，只要自得，义理也不暇分辨，名声也不及顾恤。图他暮夜之金，便忘四知之畏；看见金宝之物，那想骨肉之亲！念念守此阿堵，只道可以天长地久，可以垂子荫孙，他却不见

世人厚蓄的,也有遇了盗贼,劫夺一空;也有生个败子,荡费几尽。正所谓:

积金非福荫,教子是良谋。

今说个唐朝有一士子,姓李名登,字士英。生来手内有个玉印纹,清透迈俗,聪明盖世。读书过目成诵,词成鬼服神惊,士林之中,都是推尊他是个奇男子。十八岁赴科,果然首荐鹿鸣。其时鼓吹喧闹,轿伞鲜明,跨马欢迎,士女挨挤而看。李生少年得志,喜气洋洋,人人赞道:

美青年,名誉早,御苑争先到。鹿鸣首唱,白屋增荣耀。百辈英豪,尽皆压倒。试看他跨青骢,越显人儿俏。一举名扬,双亲未老。

坐在马上,眼见妇女辈纷纷杂杂,争先看他。内有口不谨的,称赞他年纪小小的,便中了解元。李登听了,心忙意乱,按捺不住。但是贺客盈庭,参谒无暇,分不出工夫便来谋算到女子身上去。过了几时,稍有余闲。只在居停间壁,有个人家姓张,父亲叫作张澄,经纪营生。只生一女,春天燕来时养的,就唤名燕娘,十分俊。但见:

芳姿凝白如月晓,举步金莲小。翠眉两蹙如云流,秋波一转,含恨使人愁。竹溪花浦能同醉,得趣忘身累。谁教艳质在尘埃,好把金屋贮将来。

一日,李登拜客归来,刚凑燕娘在门前看买彩线。李生出轿,一眼瞟见,好似苍鹰(蝇)见血,钉住不放,连那些家人、轿夫也看不了。燕娘抬起头来,见有人看他,没命的跑进去了,再不出来。李生正血气未定,戒之在色,从此朝思暮想,要寻个计较去偷情。谁想这个女子深闺自重,原不轻自露形,不要说偎红倚翠不可得,连面面相觑也不可得。有那趋炎附势的闻这风声,献策求谋,怎奈无隙可乘。正是:

任他巧设香甜饵,藏在深渊不上钩。

内中有个豪仆李德,禀白李生:"要此女子,何不为苦血计,寻个事端,奈何她的父亲,自然贡献我主。"李生闻言大喜,即令他去做作,事成重赏。李德竟往狱中通个消息与积

贼，扳诬张澄同盗，拿去下狱。谁知他生平守分，邻里钦服，因此愿以身保。适值李登也要去会试，心急，只得丢手，回来收拾行李上京。

到了京中，场前寻寓，有个白家甚是清雅，即便赁居。主人白元，有妻郑氏，年方二十三岁，娇娜娉婷，极是可爱。李登一见，又不觉眉迷目乱，妄想引诱，日夕吟风弄月，逞自己伎俩；华衣艳服，显浪子风流。见他：

　　蜂狂蝶乱迷花性，雨意云情觉自痴。

李生终日偷寒送暖，何曾想着前场后场。一旦，白元有罪在官，正值巡城御史是李登的乡里，白元道是个居停主人，来小心求他说个分上。那李生弄他妻子不上手，反生了歹意，口里应承，心里思量扎他个火囤。拿个新中式的举人名帖，备些礼仪，来见御史，那御史见个同乡榜首，十分亲密。李生不替他求饶，反行葬送。御史不由分诉，竟将白元捕了。家中妻子着实埋怨。

李生带个陪堂，叫作王倒鬼，乘机将李生想慕芳容的实情，露与郑氏知道。郑氏也是活脱脱得紧的，一心又要救丈夫，夜间故意的妖妖娆娆，月下拜祷。李生此时色胆天来大，踱将出天井来，说道："娘子求神，甚无影响，

不若拜我李解元，倒有速效。"郑氏道："只为求了李相公，做个惹火烧身哩！"李生说："今日救火，只在娘子身上。"郑氏笑道："奴家无水，何从救火？"李生说："女人自有菩提水，点点滴滴便能灭盛火。"两下言来语去，讲得入妙，携进兰房。正是：

　　忘夫龙虎分争斗，且效鸳鸯稳睡浓。

一来李生少年丰韵，二来郑娘云雨情浓，竟成男贪女爱。惟恐白元出狱，两下间隔，进场草草应付。出榜名落孙山，无颜久住，同年相约归家，一段风流罪过，又付东流了。

及至到家，毫不去温习古书，止在女色上寻求。忽听得邻居王骥家中有个女儿庆娘，却是个破瓜的闺女，妖娆体态，甚是可人。李生日逐走来走去，看见了就要欺心，百般去勾引她。又去教家中接她过来，教她做针指，假意记拜做姊妹，渐渐熟了，也不避忌李生。李生乘时挑弄，那庆娘年纪二八，也是当时日夜戏狎，惹得那女子春心飘荡起来。自古说妇女家水性杨花，有几个能决烈正性的？清清白白一个闺中女子，被他拐上了，朝眠夜宿，若固有之，他家父母来接，竟不放回。王骥出於无奈，不敢声扬，自家隐忍。

那李生专贪色欲，本领日疏，屡上公车，再不登榜。闻叶静法师能伏章，知人祸福，甚悉纤毫。李生斋沐谒法师坛中，说道："余年十八，首登乡荐，凡今四举，不得一第，未识何故，求师人冥勘之。"法师唯唯，特为上章於掌文昌职贡举司禄之官而叩焉。有一吏持籍示法师，内云："李登初生时，赐以玉印，十八岁魁乡荐，十九岁作状元，三十三岁位至右相。缘得举后，窥邻女张燕娘，虽不成奸，累其父入狱，以此罪，展十年，降第二甲。后长安旅中，又淫一良人妇郑氏，成其夫罪，又展十年，降第三甲。后又奸邻居王骥女庆娘，为恶不悛，已削去籍矣。"法师趋归语登。登闻之毛骨悚然，惶恐无以自容，终朝愧悔而死。正是：

> 美色人人好，皇天不可欺。
> 莫言室幽暗，灼灼有神祇。

再说个徐谦，为新都丞，居官清正不阿。士大夫期许他为远到之器。那（他）自家也道根器不凡，要致君尧舜，做个忠良不朽事业。常见他书一律于衙斋座右：

> 立志清斋望显荣，滥叨一第敢欺公。
> 清忠自许无常变，勤慎时操有始终。
> 君亲罔极恩难报，民社虽微愿欲同。
> 矢志不志期许意，赋归两袖有清风。

毕竟野有月旦,朝有公议,一日,檄充勘官,上下都仰望他秉公持正,扬善瘅恶,开释无辜,使善良各安生理。赴任之时,也不遗牌,也无头踏,清清净净,如过往客商一般,宿於境上。那店主人徐化前一夜梦见赤衣神道,到他厅堂示之曰:"来日有一徐侍郎到你家借宿,他是朝中贵臣,一清如水,守正不阿,尔可预备供应款待之。"醒来与妻子说知,叹其奇异。次日早起,洁净客房,铺设床帐,一应器具,无不全备,三餐品馔,极其丰洁。果然徐丞来到,徐化连忙小心迎接,自致殷勤。徐丞见他十分恭敬,反觉有不自安的意思。无奈徐化既是梦中有应,又是现任官员,怎敢轻慢?并随行家童,一个个都去周到。徐丞过了一宵,次早称谢而去。说道:

> 我愧在家不揖客,出路何逢贤主人。

随程攒路前进。来到任所,少不得门吏健皂,齐来迎候;升堂画卯,投文放告,一应事照常行去。

一日,将前任堆积的案卷取来审阅。内有未完事件,剖决如流,无不称快。但是百姓歌颂的固多,内中要夤缘脱罪的,又怨他执法严;有要谋涅人的,又恨他忒伶俐。吏书只要乘机进贡,阿谀万千;皂快只要奉牌拘拿,欺诳百出,弄得那文案七颠八倒,哄得官府头昏眼恼。一晚退衙,气狠狠说:"清官出不得滑吏手,我一人耳目,真是盘他不过,落得自己清,银子还替吏书趁去。"谁想这个念头一转,铁石硬的肠子竟绵软去了。遇这一个势家,素逞豪强,有一班乡人不知进退,逆拗了他,诬他成狱,也要在他手内覆勘,全怕露出些破绽,已约定丞行的按捺住了,正要乘个隙弄得他过去。

> 计就钳罢一空网,话撇深冤不得鸣。

谁想衙中一席话传出外边,那些衙门人,原是没缝的鸭蛋也要腌他盐味进去,既有了这个念头,怕不渗人?况又是势力极大的来头,一发容易对付。一旦早堂,清闲无事,那势家又是两衙门方出差还乡,特来拜他。为着一件诬人的事,要来智缚他。先称赞道:"下车来清廉之声盈耳。不肖别无可敬,带得惠泉六坛,衙斋清供。"徐丞初时只道是水,便说清贶自当……

后来任满归家,仍游旧地,主人先一夕又梦前神告之曰:"徐公此任,受人五百金,枉

杀七十命。上帝已减寿三十年,官止於此,已无足敬矣!"徐丞意谓旧主重逢,愈加隆重,及至相见,淡然毫不为礼。徐丞怪而问主人,告以梦中之事,一一不爽。徐丞闻而骇异,且思此事成狱,非我枉法,何为即注在我的名下为惭德,心中大不其然。然来到家,候部中殊擢,久之寂然,方才醒悟。平生之苦,何为便为五(下缺)。

警寤钟

[清]云阳嗤嗤道人 撰

卷一　骨肉欺心宜无始

第一回　伴光头秃奴受累

一般父娘生，偏我光又秃。受尽光光气，尝了秃秃辱。日间不见荤，夜里常独宿。到人前要足恭，先要头来缩。若有一些差池，那拳头粟暴，就上这光光秃。

　　　　　　　　　　　　　　——右调《寄驼梁》

兄弟是五伦之一。俗话说，就如手足一般，相帮相扶是决不可少的。就譬如我要与人相打罢，他也是我的一个帮手，再没有他反帮着外人来打我的理。所以古人说："打虎还得亲兄弟。"这岂不是一句证语么？故此人家没有兄弟，还思量要搭个朋友，为何人家既有兄弟，反不和睦，这是何故呢？要不过为着一分家产，恐他分去；再不然就是娶妻不贤，枕边挑唆，各立门户，这还成个甚么人家？总之，这都是愚人之事。

那钱财是人挣的，那有满足的时候，多些少些，有何大害。若是命里不该，就连兄弟的与了你，也要天灾人祸的败去。命中若是该有，你就赤手空拳，自有机会起家，这一件是不必在兄弟身上认真的。至于妻子之言，越发不可听。他与我虽是属夫妻，也分不得个你我，却是两姓，晓得甚么疼热？且妇人家那知道理与利害，只一味小见，故此挑拨男人。若男人自己有主见，想一想道：兄弟毕竟是一母所生，同胞骨肉，他就是我，我就是他，焉可分个彼此，使父母在九泉之下，亦不得瞑目。只是这样还要相与朋友，难道兄弟反不如一个朋友不成？假如有一件什么大事，那朋友是救不得急的，毕竟还是兄弟切心。若能如此去一想，枕边之言自不入耳目。何世上不明白的，倒亲朋友而疏兄弟，岂不好

中华传世藏书

中国孤本小说

警寤钟

笑。要知天也不能容你。如今听在下也将不远的一件，又真又近的事说来，好大家睡到五更时候，自去想一想何如。

话说江西吉安府龙泉县，有个石贡生，妻柳氏。家资巨富，止生二子，长子名坚金，字爱冰，年纪三旬。为人刻薄，惟利是趋，不愿读书，专业生理，娶妻郁氏，颇称长舌。次子名坚节，字羽仲，年方十三，是贡生末年所生。却生得貌如冠玉，聪明绝伦，十岁就能属文，才学甚高，故此父母就把他习儒。他却与哥哥不同，不好财，不欺善，只是为人卓荦不羁，尖酸滑稽，饮酒恃才，志大气傲。每每读书时，若兴致偶发，则半夜起来，索灯朗读；若兴懒时，直睡到酉戌穿衣，甚有一连几夜不睡，一睡就是几日的。只因他生古怪，父师亦不能箝束。但有一件不足处，自小多病，再不离药罐。

到十四岁上，不幸父母相继而亡。那兽心哥嫂，怀心不良，欲独占家产。托故说父母遗嘱，为他多病，恐年寿短促，竟送他到城外善觉寺出家。拜在当家和尚寂然名下做徒弟，择日披剃，改个法号宗无。

宗无自做和尚，明知哥嫂坏心，他道："钱财自有定数，□□□什么气。譬如我生在一个穷人家，父母不曾遗下东西，难道也去指望不成？"因此绝不在心，连哥嫂家里，也再不回，只在寺中做他的营生。寂然见他伶俐，甚是喜他，请个先生姓田，教他经典。他道："我只会读文章，不会念经典。"任凭督责，他只不睬。寂然恼将起来，将他打上一顿。他蹲在伽蓝殿中哭泣，忽指着伽蓝怒道："和尚们！总是借你这几个泥身哄人，那里在于经典？今日倒叫我抛舍儒书，念这哄人的套本，俱是你们之过。好不好送你到水晶宫，现出本相来，快好好与我叫那个放尿先生回去就罢。"一顿疯张疯致，对着泥神乱嚷一回。走到里面，取笔砚就做了一支曲儿，名《拍拍紧》：

和尚头，赛西瓜，和尚形，似鸡巴。今生莫想风流话。师父若认真，徒弟莫睬他，这骗钱的经文休念罢。我本是圣贤门，怎做得无碍挂。若再来向我张牙，恨一声贼向驴，就不做这光乍。

写完又唱了两遍，就将来夹在一本书里，也不管日色晒破纸窗，竟上床睡觉。寂然与先生也没奈何他。

这晚那田先生忽得一梦，梦见伽蓝对他道："你还不快些回去，都堂着恼，连我也怪将起来，莫连累我，不得安身。"先生道："我千难万难，才图得一馆，那有什么都堂？却来叫我回去，断来不得。"伽蓝大怒，向前将田先生兜脸一打，田先生大叫一声，早已疼醒。登时脸上红肿，生起一个大肿毒来，痛不可忍。究竟不知此梦是何缘故？次日，疼痛愈觉难熬，没奈何，果然暂且回家不提。

宗无见先生害了肿毒回家，喜跳非常。自己读了半日文章，因身子困倦，偶然走进师父房中，正遇师父独自一个在那里吃酒。原来寂然是个酒鬼，见他进来，惟恐分他酒吃，便道："先生虽不在，你把经文理理也好，怎就丢在脑后？"宗无也不答应，转身就走，暗自念讼道："不叫我同吃一杯也罢了，怎反唠叨！"遂记恨在心。一日，寺中有一缸荷花盛开，有个外路客人，携酒来赏，请他师徒同坐。宗无假献殷勤，拿过酒壶，就去斟酒。先去斟了客的，却将茶斟与师父。客人道："师父怎么不斟酒？"宗无连忙接口应道："家师戒律精严，点酒不尝，小僧奉陪罢。"客人认为真实，极口赞道："好位至诚先师，可见真心修行的，自然不同。"急得寂然又不好说不曾受戒，只得勉强应道："不敢。"却一味呆呆的看着他们吃得好不兴头，自己口角甚是流涎，强忍陪坐终席，闷闷而散，心中深恨。恰好东方一个默然和尚，过来玩耍，偶掀开宗无的书来看，却掀出那支曲儿，被寂然瞧见。寂然正无好气，借这引头出气，将宗无又是一顿肥打。

第二日，宗无怀恨默然，有心到东房来闲耍，意思要弄默然个笑话。默然却不在家，但见默然的徒弟宗慧，在佛前念经。宗无问道："师兄在此念的是什么经？"宗慧道："是报恩经。"宗无道："替哪个念的？"宗慧道："还不曾有受主。"宗无笑道："既没有受主，空空念他怎的？"宗慧道："乘闲时节念在那里，待有人出了经钱，就登记在他名下去也是一样。"宗无大笑，猛拿起一个木鱼槌，照宗慧光头上尽力一连打了三下，道："既是如此，你师父昨日得罪我，正要打他，就把这槌登记在他名下去罢！与你无干。"宗慧不曾防他，被打得眼中鬼火直冒，抱着头怪喊起来。宗无道："不要喊，不关你事，我打的是你师父，你何必着急。"宗慧疼得要紧，那里肯住，一手摩头，一手扭着宗无，来告诉寂然。寂然急得走到石家去告诉他哥嫂，他哥嫂原是坏人，恨不得宗无身死，方才快心，一味叫着实狠打。自是寂然得了口气，回来整整琐碎了两日才住。

一日，寂然藏了个旧相识在房中叙情，不知怎的被宗无晓得，悄悄躲在窗前张看。见

寂然与婆娘百般肉麻淫弄,好不看得有趣。正看在兴头上,鼻中忽闻得一阵酒香,伸手一摸,果有满满一壶酒,顿在窗前砖头上。他竟然取至自己床前,浅斟慢酌,不消两个时辰,轻轻灌在肚里,一滴不存,依旧将壶送到原处,那知他们还在恋战。宗无量原平常,不觉醉将上来,遂无心再听那声,就回来脱衣而睡。正是:

闭眼不观风流事,只愁魂梦入巫阳。

次早宗无起来,见了师父只是笑。寂然再不想到春色露泄于他,见他笑得有故,猛想道:"莫是那壶酒被他偷吃了?"急急去看,却是一把空壶。跌脚道:"这个魔怪精,真是活贼,自他进门,就吵得我不得清洁。"因叫宗无问道:"这壶酒到那里去了?"宗无道:"想是猫儿吃了。"寂然气得失笑道:"胡说,猫子那里会吃酒。"宗无道:"因他不会吃,故此吃得烂醉的倒在那里。"寂然越发好笑道:"真是狗屁,你又怎晓得他吃醉?"宗无笑道:"猫子若不醉倒,昨晚怎劳师父打老鼠呢?"寂然倒吃一惊,早知为他所窥,就不敢嚷道。他勉强带笑道:"自然是你这弼马瘟偷吃,只好赖个畜生。"说〔时〕就快快进房。暗忖道:"怎么就露在这畜生的眼里?诸人犹可,惟有这畜生的嘴儿利害,倘有一些风声走漏出去,不是当耍。这畜生是断然不可再留在寺中的,为祸不浅。不若明日买服毒药来,药死更是干净。"遂打定主意,只得待明日行事不题。

再说那个田先生回家,脸上肿毒,整整害了好些时,还不得完口。一日,因有事下乡会个朋友,直至日色平西方动脚回来。走至月上,才到得善觉寺面前。忽闻路旁坟林之中有人说话,只认作歹人。时寺门已关,遂吓得躲在寺前门楼下石鼓旁边蹲着。闻得林中说道:"明日午时,石都堂有难,我们总该去卫护,各要小心在意。"一个答道:"正是,倘有差池,我们获罪非小。"几个人齐声应道:"此时就已该去。"才闻说得这一声,已见一二十人哄然走来,一个个俱从寺中门缝里挤将进去了。田先生看见,不知是神是鬼,吓得发毛皆竖,雨汗淋漓,没命的飞跑到家。心中暗想:"□奇怪!前日梦见伽蓝说甚都堂,却叫我害了一个大肿毒,今日又亲耳听得如此明白。但寺中那有甚人,明日待我到午时去瞧看,谁有甚难,便知分晓。"

次日用完早饭,一径踱到寺中,日已将及,进门却不见一个人来。到后殿,门且关得紧紧。他是熟人熟路,从侧首毛厕边,一个小小侧门迁路转将进去。幸喜门门不曾投声,一推就开。竟进僧房,也不见一人,心中咤异道:"他们既到那里去了?好生古怪。"忽闻楼后厢房,隐隐有咳嗽之声,悄悄探头一张,见寂然与道人拿了许多破布,在一只大水缸里洗，旁边又有一堆大灰。那宗无手拿一个大馒头，正待要吃，一眼早已看见先生，忙把馒头笼在袖内，迎将出来，就与先生作揖。才一个揖作下去，那个不知趣的馒头，已从袖中掉出，竟滚有二丈多远，宗无忙去拾时，却被两只狗一口咬着，相争相赶的飞跑而去。宗无大失所望，田先生大笑。那寂然见田先生蓦然走至，吃这一吓非小，登时勃然变色。田先生存心四下走看玩耍，不见动静，好生疑惑。守至下午，也没相干，只得告别而回。行至山门下，只见起先抢馒头的两条狗，直僵僵死在地下，心中恍然大悟，方知那馒头下了毒药，连自己此来也履险地，甚是胆寒。因此始知宗无必有发达，但不知是何人下的毒手？欲要复回寺中，私问宗无，好叫他提防，又恐怕惹祸，就急急归家，不在话下。

那寂然见宗无不曾中计，深恨田先生不过，正在闷闷不乐，忽有人来报道："师父的两条狗，俱双双死在山门外，不知何故。"众人一齐奔出瞧看，只见口眼耳鼻，俱流鲜血。寂然有病，心知就是那话误伤，忙唤道人拖去埋好。宗无也还不知其中缘故，不放在心。寂然看看道人埋完狗，才转身进内，正遇着施主送了几两银子，叫替他明日在万佛楼，拜一日万佛忏。寂然道："明日赶不及，就约在后日起手罢。"又留他吃了茶，才打发他回去，遂忙忙打点拜忏佛事。不知后事如何，且听下回去分解。

第二回　遇媒根虔婆吃亏

媒婆本是一妖魔，凡见经他好事多。
平日花唇惯会笑，折将丑物发人科。

话说寂然打发施主回去，就忙忙收拾打点拜忏之事，请众僧写疏文，是事定当。时天气甚署，到临日请了十二众应付僧埋，早凉拜忏，至日中时候，越发酷热异常。寂然叫宗无切了许多西瓜，送上楼与众和尚吃。众和尚见宗无生得标致，魂魄飘荡，恨不得一碗水吞他下去，你一句我一言，你一把我一捏，将他调戏。宗无大怒，含忍在心，守他们吃完，将西瓜皮收拾干净，惺惺的下楼来。恨道："这班贼秃，如此无礼，待我摆布他一番，才见手段。"遂悄悄将西瓜皮逐个楼梯层层铺满，自己在楼下猛然喊叫道："不好了，楼下火烧起来也！"吓得楼上众和尚，个个争先飞滚的跑将下来，俱踹着西瓜皮，没个不滑拖，总倒撞的跌将下来，一个个皆跌得头破血淋，抱头而哭。宗无大笑，忙来陪礼道："得罪，得罪！是我一时眼花，被日光映照，错认火起，致有此失。不妨，不妨！我有妙药，包管敷上就好。"

寂然闻的吵闹，慌忙进来，见众人俱跌得这般光景，狼狈不堪，询知其故，将宗无痛嚷一顿。又道："既有甚药，还不速去拿来。"宗无随即跑到后园，瞒着众人，摘了若干凤仙花，悄悄捣烂，又寻一块明矾，放在里面，捣得停当，方拿来对众人道："此药是个草药单方，灵效大验，妙不可言。"遂亲自动手，替众人个个敷将起来，连没有破损处也替他敷上，将一个光头整敷满，全不露一点空隙。又吩咐众人道："切不可擅动，须待他自落药疤，包你一夜全好，不然就要做个破伤风，不是儿戏的。"众人果然依他，包扎停妥。又有闪挫腰的，问道："你有甚方儿，医得腰好。"宗无道："没有甚药方，只有祖遗下一料膏药，贴上就好，寄在一个朋友家中，待我取几张来与你们贴。"众僧道："快些取来。"宗无悄悄到药铺，买了几张催脓烂疖加料的大膏药，又买一条死蜈蚣，烧化为末，撒在膏药上，将来递与闪的道："快快烘了贴上，一昼夜全好，切不可揭动。"众僧敷贴停当，且喜是不出门在念经的，草草念完功课，早早安寝。那些包着头的，倒也一夜安然无事，几个腰疼的，反觉似调脓的一般，患处肿痛痒不可当。熬不得的，只得揭开一看，贴得皮开肉绽，痛痒难过，才知

宗无要他。包着头的揭开一看，疼痛难止。查得患处，七红八紫，好似砂壶儿一般。一个个红头赤项，不敢见人，半多月方才如故。却恨宗无作怪，无不咒骂。寂然将他打了顿说："你也没福出家，还了你的舍身纸，快快离山门，任你自去。"宗无欣然拜辞佛像，又拜了师父，与众僧打了问讯，众僧巴不得冤家离眼，任他辞拜，也不答礼。宗无整理原来的衣被，作谢一声，飘然而去。

　　仰天大笑出门去，英雄岂是蓬蒿僧。

　　寂然众秃去了宗无，挑去心头之刺，拔除眼中之钉，任其饮酒食肉，纵赌宣淫，肆无忌惮。

　　且说宗无出了山门，脱了僧服，穿上俗衣，在邻近亲识人家，住了半月，身边财物用尽，只得将余的衣服当卖。又过半月，那家原是穷民不能相顾，乃劝他道："你如今头发已长，可以归宗，还是回家去的为妙。"羽冲本不欲回家，其如囊空无食，只得依从，却一步懒一步，好一似：

　　苏秦不第归，无颜见兄嫂。

　　进城到家，见了兄嫂，将还俗之事说知。作哥的道："我好好送你出家，你却不守本分，师父不肯能容你，我们也不能顾你一世，你自去寻头路罢！若要再想回家装我的幌子，这是万万不能的，你休做梦。"遂将他逐出，把门关上。时天色已晚，宗无无奈，只得又往寺中去求师父。寂然大发雷霆道："你既还俗，又来缠甚么魂？你已不是我寺中人了，今后若再来时，我只当作盗贼，断送你的性命，你休怨我。"说罢，也将他推出山门，将门紧紧关上；宗无进退无门，天已昏黑，就在山门下蹲了一夜。

　　天明正在没处投奔，恰好那田先生又打那里来，劈头撞见，宗无告诉情由，田先生欣然带他回家，劝道："你不愁无日子过。"遂将自己两次所梦所见，一一对他细说。又道："令兄处既不收留，必挟私心，纵然强他目下权容，未免后边也要多事，反恐有不测。至于寺中，是越发去不得的，幸亏是如此开交，也还造化，不然连性命亦难保全。不若悄悄权在我处，粗茶淡饭的读读书，待你年长些，或是与哥哥当官理论，或是求取功名，那时再相机而动，方是万全之策。"宗无感激拜谢，安心住下，再不出门。田先生又唤妻子杨氏到面前，重新把宗无鬼神佑助之事，向他细细剖析，嘱他好生照管宗无，我们后来也好靠他过

个快活日子。

从此后,宗无蓄发,依旧复了本姓、本名,仍名坚节,字羽冲。原来田先生虽读几句书,却出身微小,妻子杨氏,专一在外替人做媒作保,是个有名惯会脱骗的媒婆。听见老公说羽冲神助之事,他道事属荒唐,只是不信,心中反道:"宁添一斗,不添一口,好端端带一个无名小厮来家,作费粮食,着甚来由?"虽不说出,心颇不悦。

过有一年,忽然田先生得了个疯疾,竟瘫在床上,家中食用,就单单靠着媒婆生理。杨氏抱怨道:"你带个人来,又不把些事他做做,叫我老人家辛辛苦苦,挣钱养活他。"田先生道:"他只会读书,会做什么?"杨氏道:"只要他肯,自有不吃力的道路。"原来杨氏同着个孙寡妇,专在大户人家走动,与内眷们买首饰,讨仆妇。他要羽冲装作买主的家人,同来议价,煞定价钱;又装卖主的人,眼同交易,以便争钱,又见得当面无弊。那羽冲见要他在人家穿房入户,与女眷往来,如何不肯。每日跟定二婆子走动,以为得意。或遇人家闺门严肃,仍就把他卖丫鬟一同入内,交易作成,杨氏又得了羽冲的一分中人钱。过了些时,生意稍迟,两个婆子算计,要把羽冲装作女子,卖与一个大户人家。杨氏有田先生挂脚,只叫孙婆出名,另寻个闲汉认作老子,成事时,两个八刀。孙婆空身,逃之夭夭。

羽冲只认作装丫鬟卖首饰,到那家,见了主人,婆子领他在后房坐下。他们在厅写纸兑银,那家大娘子出门,两个仆妇相伴,一个道:"官人造化,讨得这个好女子。"一个说:"只怕大娘要恼哩!"羽冲见不是话,忙忙走出厅来,见他们在外写纸兑银,大嚷道:"我是石贡生的儿子,如何把我装作女子,来卖入大户。"大怒,遂将两人一顿打骂,挣命逃脱。且喜银子未动,说:"羽冲是好人。"赏了他几钱银子。来家说杨氏,口推不知,埋怨孙婆作事不的。过了几日,孙婆为着一宗旧账来会杨氏去讨,羽冲扯着孙婆大怒道:"这老猪狗,你做得好事,还敢到这里来。"孙婆笑道:"我到作成你好处安身,你自没造化,吵了出来,反抱怨我。"羽冲道:"胡说,我是好人家儿女,如何肯卖与人?况且将男作女,一旦事露,岂不连累于我。"孙婆道:"怎的连累你,虽无有前面的,却有后面的,也折得过。"羽冲大怒道:"这老猪狗一发胡言,我与你到官理论。"一头撞去,将孙婆撞倒,如杀猪的一般叫起来。那杨氏劝不住,闹动街上,许多妇人、男子一齐来看,相劝相扯。孙媒婆那肯住手,羽冲也不放松,钻在他怀内东一头,西一头。孙媒婆大受其亏,搅得骨软筋麻。羽冲真也恶毒,偷个空将孙婆裙带尽力扯断,随手扯下来。孙婆着急,连忙来护时,那条裤子,早已吊下,两只精腿与个屁股,光光全露,又被打翻,仰面朝天的跌在地上。这遭那个鲇鱼嘴也似的老怪物,明明白白献在上面。看的众人齐声大笑,不好意思,俱掩口而走。那孙婆羞得提着裤子,将一手掩着阴门,往屋里飞跑,一味号天哭地,咒骂羽冲。羽冲见他吃了亏

苦,料然清洁,也不去睬他,亏杨氏再三陪情央及,孙婆方含羞出门而出。正是:

　　妇女莫与男敌,动手就要吃亏。

　　再说杨氏见孙婆出了丑回去,一发恼恨羽冲,恰好本地有个桂乡宦家,要讨个小厮陪嫁女儿,杨氏弄个圈套,竟将羽冲卖在他家。只因这一卖有分教,添出许多佳话。且听下回分解。

第三回　陪嫁童妄思佳丽

　　季布为奴朱氏，卫青作仆曹衙。一朝货与帝王家，金印腰悬斗大。自古英雄未遇，从前多少波查。有恩须索重酬他，有怨须当谢下。

——右调《西江月》

　　话说杨氏串同孙婆，又将羽冲卖到桂府。见他幼年美貌，心中甚喜，取名秀童。桂小姐名唤玉香，许聘本府戚知府之子戚可成为妻。可成少年读书，已成怯症。戚公已知儿子将危，要娶媳妇过门冲喜。桂公嫁妆甚丰，自不必说，买了二个丫鬟，一个小厮陪嫁。你道羽冲这番怎肯卖与桂家？只因孙、杨二媒婆，时常引着他来到桂乡宦家，买首饰，讨丫鬟，都分与中人钱来家帮帖。杨氏使用他，一来见田先生得了不起之症，料应难在他家久住；二来见戚家是个乡绅，或可借此读书，以展其才；三来又见桂家新买丫鬟巧云十分姿色可爱，就有个思想天鹅之意，故此将差就错，任其卖与桂家，所有身银，分毫不要，都送与田先生养老送终，话休絮烦。

　　且说戚家吉期已到，花灯鼓乐，火炮连天，好不热闹。娶了桂小姐，到戚家去与大公子花烛拜堂，当饮了交杯，依旧送他在庵中养病。那小姐空担媳妇之名，未得丈夫之实，每日家独守香闺，且喜少不知愁，还可逍遥自遣。戚太守见秀童美貌，不敢叫他在庵中服侍大儿子，却叫他在书房服侍小儿子戚化成读书。这戚化成只大得秀童一岁，只是性格粗疏，一脉不通。戚公请个饱学先生用心教他作文，终久是顽石难雕，钝铁难化。一日出题，叫化成作文，不知写了几句，便叫秀童泡茶，及至泡将茶来，早已神疲力倦，口中吃茶，眼睛打盹，把文稿抛在一边。秀童看那题目，是"不得其酱不食"。遂看他做的破承题，道：

　　菜易于酱胖气，故酱不得则圣人吐之矣。夫酱作料也，多则咸而且苦，少则淡而无味，务在不多不少之间，菜方快口。若有一些酱胖之气，欲求圣人之沾唇而不吐之也，得乎哉！

秀童只看得一个破承,已笑倒在地,顿足揉腹,不能出声。化成道:"你想是也看到得意处也。"秀童越发忍不住笑,又恐怕他吃恼,便接口道:"果然做得绝妙,我不觉喜笑发狂。"说罢,又笑。化成快活道:"我这文才何如?"秀童捧腹点头道:"真乃名士高才,令游夏不能赞一词。"化成喜道:"你既是个知音,必然也能会做,何不也作一篇,与我较个胜负。"秀童因久不做文,一时技痒,果然也作一篇,竟不起草,倾刻一挥而就。化成惊讶道:"你原来是个快手出身,怎一会就是一篇。"遂取过来看,却一字不懂,连句也捉不过来,只含糊赞道:"妙,好。但是草率欠思索些,若再沉心想想下笔,只怕要与我一样的妙呢。"秀童料他不识,正要讲与他听,忽见巧云来叫道:"小姐叫你呢。"秀童遂丢了文章,忙忙进内。走到房中,一见小姐,登时魂迷意荡。原来秀童虽然陪嫁过来,却从不曾看见过小姐,今日玉香小姐因要买些物件,才唤他进房分付,故此得觑花容。又见小姐娇滴滴声音,亲口分付买长买短,秀童一发着迷。出来买完东西交付过,回入自己房中,暗暗思想道:"好个天姿国色的小姐,我怎么也得这等个妻子,才不枉为人一世。"就越想越爱,情不能置,遂取笔做了十首双叠翠,名《美人十胜》:

美人云鬟一胜

俺的亲,又绕绕青丝似绿云。发髻儿,挽得多风韵,懒戴珠金。懒戴珠金,时花斜插鬓旁轻,到晚来,怎禁得狂风阵。

美人蛾眉二胜

俺的乖,又一线新蟾画不来。笑与颦,总是添人爱,晓傍妆台。晓傍妆台,两弯细柳付多才。淡与浓,全在你调螺黛。

美人星眸三胜

俺的娇,又临去秋波那一瞧。暗垂情,觑杀人年少,顾我魂销。顾我魂消,传情只在眼儿稍。睡朦眬,更有千般俏。

美人绛唇四胜

俺的姨，又一点樱桃怎熟时。正含芳，偏与郎尝滋味，枕畔娇嘘。枕畔娇嘘，滴滴莺声笑语徐。叫一声，把我魂收去。

美人粉颈五胜

俺的姬，又粉香捏就一蝤蛴。嫩苏苏，还比香腮腻，为盼佳期。为盼佳期，瘦损频将钮扣提。眷娇才，便作回头意。

美人香肩六胜

俺的心，又爱杀香肩玉琢成。恁娇柔，怎耽得相思症，斜倚思情，斜倚思情，半出香闺半倚门。待成双，先咬几个牙齿印。

美人酥乳七胜

俺的肉，又酥胸微突两峰头。怕人瞧，紧把蛟绡口，凤友鸾俦。凤友鸾俦，常傍情郎摸不休。那时节，又恐在窗前漏。

美人柳腰八胜

俺的姑，又一捻腰肢柳不如。趁风前，倚定雕栏处，紧系罗襦。紧系罗襦，闷杀才郎玉手扶。上阳台，摇摆得东风妒。

美人玉笋九胜

俺的妻，又春葱十指赛柔荑。白纤纤，舒出温然玉，携我罗衣。携我罗衣，密约幽欢掐数期。袖儿中，便立下招魂计。

美人金莲十胜

俺的人,又两瓣金莲窄窄轻。羡凌波,怎与尘凡混,浅印苔痕。浅印苔痕,
举足频勾梦里魂。嘴尖尖,须把双肩衬。

秀童做完,情兴一发难遏。恰好巧云从门首经过,秀童一向见他生得俏丽,久已留
心,今日正遇枯渴之时,就慌忙迎进来,将他诱入,色胆洋洋,竟一把搂着。秀童道:"来得
好,求你暂救一急。"羞得巧云满脸通红,一味死挣,那里得脱身?层层衣服带子,俱被扯
断。秀童之手早已伸进怀中,巧云着急道:"好好放手,莫待我喊与人知,大家好好开交。"
秀童涎着脸再三恳求,那肯放手。巧云年已及笄,云情已动,又见秀童俊雅可人,亦有俯
就之意,假意把手一松,早被秀童挨倒床上,扯去裙裤,两物合成一处了。正是:

　　三生结就鸳鸯侣,一点灵犀透子宫

原来巧云犹是处子,莺声怯怯,几闻于外,幸亏秀童乃是初试黄花,毕竟不是老棘,故
此不至十分狼狈。二人匆匆见意,起来时两个衣裤上,俱染得鲜红累累,相视而笑。正在
余情不断,忽闻内里大呼秀童,二人遂踉跄而散,不题。

再表化成。当日作文只做得半篇胡说,那中后四股,就求神拜佛,喊叫爹爹、奶奶,也
再挣不出一句了。时天色将晚,又一心贪玩,遂把自己做的前半篇誊好,却要将秀童文内
后半篇凑上,又不知他的中股是那里话头,没奈何拿来,从前至尾,逐个字一数,总算一算
共该多少字,就平中分开,却将后半篇不管是起句尾句,是也字是哉字,只照所算之数写
起,整整一字不改,誊完竟送与先生看。那先生看了前半篇,又气又好笑,口中乱骂:胡
说,狗屁不绝。提起笔来一顿乱叉,及看到中间,不但气不能接,且摸头不着。再细心一
看,才知是半句起头,且又是一个起服,却做得甚好,一直看至中后四股,愈看愈好,不觉
击节叹赏,因失笑道:"这个畜生,不知那里抄写程文,乱来塞责。"又思量道:"若是刻文,
我怎未见?难道我把这样好文,竟做了败选不成。"遂忙唤化成问道:"你后半篇文字,必
是程文,是那里抄来的?"化成道:"是我肚里做出的新文,不是什么程文。"先生道:"胡说。
那有前半篇放屁,后半幅烧香的?好好直说,还不打你,若再瞒赖,决不饶你。"化成见先
生识破,就不敢支吾,只得说道:"后半幅是小厮秀童做的。"先生越发不信,就要取板子吓
他,却值戚公进来,先生言其所以,戚公取文一看,见前边的烂胡说,也不禁失笑,将儿子
一顿肥骂;看看后面半篇,啧啧称好。问化成道:"这是何人之文,被你写来。"化成道:"委
实是秀童做的。"戚公也不能信,化成道:"秀童未死,何不唤他来一问便知。"戚公大为惊,

还半疑半信，连声呼唤秀童。

　　秀童正与巧云才完了风流事，一闻叫唤，二人忙跟跄奔出。秀童走到戚公面前，戚公笑容可掬问道："你昨日替二相公做文的么"秀童应道："不曾。"戚公道："但说不妨，我不责备你。"秀童道："做是偶然做了一篇，却不曾替二相公做。适间之作，还在二相公身边。"戚公就唤儿子取他原稿，细细看阅，着实称赏，胸中还有些疑惑，不能深信，就同先生当面出个题目考他。秀童这遭要显手段，用心想一想，也不脱稿，瞬息又挥成一篇。戚公见他笔不停留，文不加点，顷刻完篇，已觉骇异，颇有几分喜色。及看了这篇文字，比前那一篇更胜十分，不觉心服，大惊大喜道："若据这文才浑厚，不但是两榜中人，且大有受用，绝非下流教靠之人，其中必有缘故。"遂带秀童进内，与夫人共相盘问他家乡来历。秀童尽以实告，又求切勿外扬，惟恐哥嫂得知，又生他意。戚公夫妇甚是怜悯，就吩咐他服侍，却与二相公做个伴读，不必又听杂役。

　　自此秀童只在书房听唤，他倒也有自知之明，料想小姐是今生今世不能得到他受用的，故此将这个无益妄想撇下，若遇着情不能释时，便将巧云聊当小姐，在暗中叙叙，所以倒得安心自在。那先生见他有这样才学，也不把他作小厮看待，反着实敬重爱恤他，又叫他有暇时，也尽着读书，再不阻挠他。秀童竟学问越进越长了。不知后事竟是如何，且听下回分解。

第四回　代笔子到手功名

借枝培植望花开，究竟功名属有才。

本是无心求富贵，谁知富贵逼人来。

话分两头，再表秀童的哥哥石爱冰，与郁氏在家，自从逐出兄弟之后，竟置之不理，并不访访他在那处安身，一味得他不在眼前，愈觉欢喜，夫妇心中快活不过。爱冰依旧出门生理，载着一船货物，要到南直一带发卖，由长江而行。一日无风静浪，正行得安稳，忽江中钻起两个猪婆龙来，爱冰是出过门素常见惯的，也不在心。忽然东边又钻出一阵，西边又钻出百千，顷刻间，满江水面上，摆得乌黑，竟不知有几千百万只在水面浮来，渐渐浮至爱冰船旁。爱冰与船家连道："不好，不好！快些收港。"不曾说得两声，船底下已浮起四五十个猪婆龙，将嘴轻轻一拱，登时船底朝天，是物落水。幸亏一个船家善水，抢在一块板上，乱喊救人，才招呼得几只渔船来，将爱冰与众人救起，一个未损。但是，那些宝货已尽数发脱与水晶宫内，爱冰止逃得一个性命，又没盘缠，一路讨饭回家。来到自己原居，只见是一片火烧红地，吓得魂不附体。忙去寻访妻子，却见郁氏焦头烂额的从邻家哭将出来，诉道："昨晚一些火烛没有，不知怎的就平空烧将起来，连被也抢不出一条来，却只单单烧了我们一家，连我也几乎烧死。你怎这般光景的回来？"爱冰大哭，也将覆舟之事说起，二人痛哭不止。正是：

老妻在火星庙内几死，丈夫从水晶宫里逃生。

原来石家虽富，俱是浮物营运，并无寸土之田，爱冰被水火两次玩耍，竟玩得精光，夫妇二人又没处栖身，暂屈破庙一乐。爱冰与郁氏算计，有宗帐在处州，不若二人同去取讨，还够做些小营生。郁氏无奈，只得依允，夫妇一头讨饭来到处州，寻主家住下。主人怜他落难，尽心与他讨账，不想本处年荒，陈账难讨，讨得来只够二人吃用。主人家甚不过意道："这讨来只够盘缠，且是所欠不多，讨完时，何以度日？不若依我，且靠在一个财主家种田过活。"石爱冰少时，也曾做过庄稼，夫妻二人倒也会做，当下主人领到大户人

家，佃他几亩田耕种，牛只耕具俱全，借石饭米他吃，到收成日还他。余外主佃均分，半年辛苦半年闲，只得将就度日。正是：

> 明知不是伴，事急且相随。

且说秀童在戚府与化成甚是相投，就是戚公夫妇只把他作子侄看待，每日家与化成平起平落，好衣美食。若得空时，便与巧云一叙，好不快活。不料戚公大儿子戚可成之病，恹恹不起，不上半年，卒于僧舍。戚公夫妇与桂乡宦悲痛不止，从厚殡葬，只苦了桂小姐，做了半年活孤孀，如今竟要作真孤孀了。正是：

> 生前未结鸳鸯锦，死后空啼杜宇红。

不题小姐之事。

且说戚公自从没了大儿子，一发上心要管教小儿子，争奈玩心不改，钝质如初，虽有父亲与秀童整日与他讲解，终成朽木难雕。一日，科考将临，府县要考童生，不免叫秀童顶替。府县俱是案首，戚公大喜，只候宗师按临，准备儿子准学。不想宗师甚是利害，考时十名一连查对年貌无弊，方许放进。有一名诈冒，十名都不许进场，还要枷号重责，不论公卿之子一般责治。戚公无奈，只得向府县讨情，说有个亲侄才来，求他汇送入院，把秀童改名戚必成。进场时，一人一个卷子，领了题目，必成一挥而就，悄悄递与化成誊写，也将必成做他一做，一则可消遣，二则省得要带白卷子出去，又耽干系。遂低着头将必成的那一卷，一真一草也登时做完，侧着头看一看化成的卷子，还没有誊写完，又守有好一会，方才写毕。二人交了卷，恰好头牌开门，遂欣然踱出。

歇上两天，宗师发出复试案来，却又是两名该取。戚公方知秀童连那一卷鬼名，也做在里头，到复试之期，也只说不过应点之事，对对笔迹而已，故不把放在心上，且由他二人同去燥燥脾，况秀童进去又可以壮壮化成的胆。待到进学之际，只将必成推个病亡便罢。谁知二人进到院中，宗师甚是得意这两卷文字，又见俱是十四五岁的幼童，越发欢喜，就唤到案棹边，当面复试。另出一个试题是："童子六七人。"又赏了许多果饼，安慰他用心作文。化成还不知利害，只是愁自己做不出的苦，倒是秀童反替他耽着一把冷汗，甚是忧心，没奈何只得将必成的一卷，自己冒认着匆匆做完，送在宗师面前。宗师见他敏捷，第一个是他先来交卷，就唤他站立案旁面看，着实称扬，拍案叫快，就取笔在卷面上写了"取

进神童"四个字。因问道："你是戚祈庵什么人?"秀童不好说是小厮,只得权应道："是螟蛉之子,排行第三。"宗师又勉励他道："你文才可中得的,切不可因得一领青衿自足,回去竟要用心读书,本院自与你一名科举进场。"秀童谢了一声,又归本位,坐着呆守化成。望着他才做得两行,心下好不着急。宗师原爱这两卷,见秀童这一卷已完,那一卷还不来交,心内诧异,偶抬头一看,见只写得两行草稿,遂等不得,叫先取来看。却只得一个破承题,上写着道:

> 童子六七人
>
> 以细人之多,其妙也非常矣。夫童子乃细人乎。吾知其妙也,必然矣。而点之所取,谅必有果子哄之之法耳。

宗师看了大笑,拍案大怒道："这等胡说,还拿来见我。可见前日之作,显然有弊,本院也不细究,只将你敲断两腿,枷号两月,问你个不读书之罪罢!"正要行刑,那秀童吓得着慌,竟不顾利害,跑来跪下痛哭,情愿替打。宗师又动了一个怜才之念,便发放化成道："本待敲你个半死,姑看你父亲与兄弟面上,饶你这狗腿,回去读他二三十年书,再来观场与考罢了。"遂大喝一声,逐出。秀童就领着化成,忙忙出来。化成吓得尿屎齐来,脸如白纸,戚公闻知,也惊得魂魄飞扬。化成回家,竟惊吓了一场大病,险些上殓,闲话休赘。

且说到发案之日,必成竟是案首入学,且以儒士许送进场。过了两天,又值学里迎送新秀才,戚公因秀童是宗师得意取得案首,不好不到,恐怕推托反要查究弄出事。没奈何,只得将错就错,认为第三公子,吩咐家人称他做三相公,一般也送他进过学,迎将家来,淡淡了事。只有玉香小姐,见陪嫁小厮进学,心中又奇又喜,笑腹疼;更有巧云,越发喜欢不过。戚公夫妇因为儿子受辱,体面不雅,反闷闷不悦,没得遮盖,只得转拿必成出色掩饰人的耳目,也做戏饮酒,忙忙过了些时。

转眼场期将近，戚公夫妇一索做个好人，愈加从厚，就如亲子一般，是事替他备办，毫不要他费心。又拨了几个家人服侍，一路轩轩昂昂，到省下场。到临三场完毕，发榜时，必成竟中了第三名举人。在省中谢座师，会同年，公事忙毕，就回家拜谢戚公夫妇，又到龙泉本县，去拜谢桂公夫妻。旧主人主母桂公，这老人家见面，执手大笑，必成也以子侄礼拜见。次日就到哥嫂家来。谁知连房屋也没有了。询问邻人，俱说他自被回禄之后，就不知去向。必成吃惊叹息，又去拜望田先生，那先生已于上年三月间归世了。只存杨氏一人，双目已瞽，坐在家中，饥寒穷苦，十分难过。闻得来看他的新举人，就是那个吃闲饭的小厮，又惊又羞又喜，没得掩丑，就倚着告诉苦楚，悲悲咽咽，哭将起来。必成劝慰，当时备了祭礼，到田先生坟上哭奠一番，反赠了杨氏三十金，送他为养老之资，遂仍旧回到桂家，住有数天，才动身归家，别却戚公与夫人，匆匆进京会试。及完却场事，却又中了进士，殿在三甲，好不得意。待过忙完，就选了浙江处州府青田县知县，领凭出京，先到家拜见戚公夫妇，欲要请他同到任所报恩，戚公夫妇苦苦辞了。必成意欲问戚公与夫人讨巧云随去，惟恐桂小姐不肯，又不好自己启齿。正在踌躇，恰好桂公闻得必成回家，亲来贺他。必成心中暗喜道："好了，待明日且央他去说巧云之事。"遂放开怀抱不题。

再说戚公见桂亲翁到家，忽提起一事，对夫人商议道："我想儿子已死，少年媳妇留在家不是个了局，今日必成既认为义子，且又发达，何不一索结些恩惠，叫必成感激我二人。待我明日竟对桂亲家说，将媳妇许配了必成，却依旧还是我们的媳妇了，你道何如？"夫人甚喜。次日戚公果然去说，桂公欣然应允，戚夫人随即去唤必成来，对他说明。那必成正为巧云事尚恐小姐作难，今闻将桂小姐竟许他为妻，险些连魂魄也喜散了，不觉竟要乐得发狂起来。戚公因他凭限迫促，遂忙忙择个吉日，将桂老夫人也接将来，结彩悬红，替必成毕姻，仍将巧〔云〕陪嫁。正是：

昔为轿后人，今作床上客。

当日大吹大擂，贺客盈门，本府官员无不登门贺喜，满堂戏酒，直闹至更深方散。必成忙忙进房，搂着桂小姐，笑嘻嘻的上床去挂新红了。这一夜之乐，比中举中进士还更美十分。怎见得：

含羞解扣带笑吹灯，一个游蜂狂蝶，等不得循规蹈矩，一个嫩蕊娇花，耐不得雨骤风狂。生辣辣，灵犀深透；急煎煎，血染郎裳。

次早，必成见桂小姐新红点点，一段娇羞，愈加疼爱。待过三朝，就别却戚公夫妇与丈人丈母，带着玉香小姐与巧云，一同匆匆到任。未及两月，又求了小姐之情，将巧云也立为侧室。

一日在堂上审事，审到一件佃户挂欠租豆，反殴辱主人之事。及将佃户带进来时，原来不是别人，却就是那个最疼兄弟的爱冰哥哥。必成心内大惊，且喜竟毫无介怀之意，立刻退堂，将哥哥接进，二人相抱大哭。必成问他怎的在此，嫂嫂在那里？爱冰见官是兄弟，赧然无地，哭诉情由。又道："近因台州那主人账目还清，我与你嫂嫂坐吃山空，又没得盘缠，亏那主人家有个亲戚在这里，就荐我来替他种田养生。近因手头甚空，将租米吃去若干，所以挂欠他些许，他就送我到官。今日幸亏天有眼睛，叫你做了官，使我遇着是你，不然我今日这场苦刑，怎么挨得过去？可怜你嫂嫂还在他家愁死。"说罢大哭。必成再三劝慰，即刻差人打轿将郁氏接进衙去，吓得那家登时请死。必成也不理，又替哥哥赔偿他租米之数，用好言宽慰而去。这郁氏进衙，见叔叔做了官，又羞又喜，登时将那一片坏心，改变了一片婆心，一味撮臀捧屁，惟恐奉承不周。必成领桂小姐与巧云重新拜见哥嫂，也将前前后后的事情细细告诉，就留哥嫂在衙中居住，全不记念前仇。

在任三年，连生二子，因他做官清廉，政声大树，抚按荐举，朝廷来行取进京，时必成才二十二岁。又复了自己本姓，回去祭过祖，就捐千金起个伽蓝庙，报答佑佐庇助之恩。那寂然和尚，吓得逃往别处，不知下落。羽冲也不究问，匆匆又收拾进京做官，数年之间，已做到御史官级，一直做到都堂，一夕无疾而终。

卷二　陌路施恩反有终

第五回　负侠气拔刀还救

本来面目少人知，一片忠肝说向谁。救伊行，不皱眉，从今相见休回避。暗室无欺，见义即为，反笑人间总是痴。空血气，枉男儿怎把良心昧。

右调《五更风》

丈夫七尺之躯，生于世上，若不做几件好事，与禽兽何异。就是禽兽也不枉生，那禽兽中最做小者，莫如鸡犬，鸡能司晨，犬能司户，他还领着两件好事，焉可人儿不如鸡犬乎！若委说无权无势，不能大有作为，至于阴德之事，做他几件，也不枉生于世。不然，这耽名无实之身，立在世上何用？也不必无事生事去做，只消存心行善，遇着就为，即头头是道。我不去揣人害人，寻人之短，挑人之衅；凡事逆来顺受好，反只是含忍，是非一味不争，不与物为忤，这人自守的好事。若遇人有难就去排分，逢人争斗就去解劝，即如最小的事。譬如人家有鸡鹅物牲口，掉在毛厕里，我也去替他捞起来。凡此等之事，俱是力量做得来的，这是为人的好事。只此两途，若时刻放在心上，便是我的大受用，才了得我在世上的一个干净身子。而况受用还不止此。那天公再不负人，见你如此厚道，他就厚道起来，若不报之于你自身，必报之于你子孙，受用无穷。这样最便宜极有利钱的生意，不知世人为甚么还不肯去做？我实不解。世人若不信我的言语，我且拿事还不远，众所共闻的，一个最正要紧之人，无心中做了几件，可以不做的事，到后来得个小小报应的事情，慢慢说来。看官们听了！教看官们信却我的言语，那时节在下与看官们，大家勉励，做他几桩好事。

话说山西太原府五台县，有个偷儿，本姓岑，绰号唤作云里手，年纪三十一岁，父亲已亡，只有老母傅氏孀居，年近六旬。云里手并无兄弟、妻子，为人极孝，颇有义气，至于武艺手段，也是百中之一的。他从十数岁上，就能飞檐走壁，神捷异常。却有一件好处，若到人家偷时，再不一鼓而擒，只百取其一。他立心道："我既为此下流之事，不过为养老母，若把别人辛苦上挣的钱财，尽入我的囊中，叫他家父母妻子不得聊生，岂不伤天害理？况我还有这个手艺，寻得活钱，觅得饭吃。若是他们没有这两贯买命钱，就做穷民无告了。且左右人家又多，只拼我些力气走是，何必单在伤惠。"故此人家明晓得他是这贵行生意，一则怕他手段利害，不敢惹他；二则见他有点良心，也不恼他。他逢人也不隐瞒，公然自称为"云里手"，倒也两安无事。

迩来身子有些不快，不曾出门做得生意，家中竟柴米两缺。因到街上访得一家姓马，是县里有名的快手，颇有食水，打帐到晚去下手。回至半路，遇见一个相士，名唤毒眼神仙，一把扭住道："你好大胆，怎明欺城市没有人物，却公然白日出来闲走看人家门户，你怎逃得的我眼睛，且与你同往县里讲讲。"云里手大惊，那相士扯他到僻静处，笑道："不须惊恐，聊作戏耳。"两人大笑，云里手就邀他至茶馆一叙，求他细详终身。毒眼看了一回，连连跌足叹道："苦也，苦也！据足下堂堂相貌，为人忠心侠义，只是吃亏这双鼠眼带斜，满脸俱是鹰纹黄气，必主饿死。足下急急改业营生，切不可再作梁上君子。"云里手点头唯唯，二人谈上一会，各别而去。云里手闷闷回来，于路想道："除此之外，别无生理，我若该饿死就改业也是免不得，只索听凭天命罢了。"惟恐母亲晓得烦恼，在他面前提也不提。到晚上带了一把斧子，弄个手段，竟至马快手家床底下伏着，专待人静时动手。把眼悄悄一张，房中并不见一个男人，只有一个标致妇人，与个年老婆子张着。那妇人吃完晚饭，洗了脚手，将有一更天气，那妇人打发那婆子先睡，自己只呆呆坐着，若有所待。外边已打二鼓，还不睡觉，云里手等得好不心焦。少刻，听得门上剥俏的掸了两下，那妇人咳嗽一声，忙将门开了，见一个男子进来。云里手暗忖道："这个想就是马快手。"遂将眼暗暗张看，只见那男子与妇人也不说话，两个慌慌张张，一顿搂搂抱抱，就在床沿上动掸起来，匆匆了事。妇人说道："昨日与你商商的事，我已拾收停当，今日断不可再迟。"那人道："我已约下船只，只你丈夫回来，做个了当，就与你一帆风，永远的快活。"正说时，听得门外又有人敲门，这男子就躲在柜后暗处，这妇人才去开门。只见一个长大汉子，吃得烂醉如泥，一撞一跌的进来，就往床上一倒，妇人忙替他脱衣改带，服侍他睡好，顷刻睡熟。那妇人忙将手招那先来的男子，云里手早已明白。没有一盏茶时候，只听得床上吼吼声响，床也摇得动，伸头一张，只见那妇人骑在睡的醉汉身上，同那男子下手绞把。将近危急，

云里手大怒,拔出腰间斧子,猛向前照那男子顶门只一斧,打个尚飨。那妇人正待要喊,也被一斧做了红西施,嫁鬼判。

云里手将那醉汉救醒,转身就走。那汉因这一绞,倒吃他将酒绞醒了,忙将那云里手扯住,跪下道:"我被淫妇奸贼谋害,蒙兄活命大恩,未曾报得。请问恩人,何以得到我家,特来相救?我明日还要同到县里,表明大德,以权报万一,怎么便就要去?请问恩人高姓贵名,住居何处?"云里手道:"实不相欺,我本姓岑,绰号云里手,因有些不明白生意,故此黑夜藏入尊兄房间,得以拔刀相助。"遂将晚上妇人如何淫荡算计,到后如何下手,我如何相救,一一告明。不觉道:"兄想就是马大爷了。"那人道:"不敢。"云里手道:"我做这个生意,也不便见官,多承厚情,还求替我遮盖贱名。小弟得马大爷长做个朋友,把双眼略略看觑就够

了。微末小子,何足挂齿。"说罢,要去。马快手再四款留道:"兄是义士,些小形迹,何必避忌,到官也不妨,包兄还有重赏。"云里手坚辞不肯,马快手遂取几两银子送他,道:"兄既不肯露高,小弟亦不敢相强,此菲薄之意,权表寸心,容明日事定后慢慢叩府报答。"云里手却之不得,遂权领告别而回。这马快手发时喊破地方说:"捉奸杀死。"自去出首埋葬不题。正是:

　　　　谁道贼心毒,更毒妇人心。

再说云里手回家,对母亲说知,傅氏埋怨道:"你虽救得一个人,倒杀了两个人的性命,岂不伤阴德。以后出个不要行凶,将斧子与我,不许你带出去。"云里手是个孝顺人,依母言语,将斧头递与母亲道:"谨遵母言,但斧柄上有孩儿名字,记号在上,切不可借出门。"傅氏点头收好。到日中,〔马快手〕亲自登门拜谢,又送礼物,自此时常往来,倒做了生死之交,不在话下。

过了几天,云里手闻城外天水庵和尚极富,就去探他。约有二鼓,就去庵里,却见几

个秃驴与一起强盗分赃,遂悄悄伏在神柜上,看他分多分少。及分到一个皮匣,那些强盗笑道:"你看那官儿的诏敕,都是我们取来,教他连官也做不成。"内中一个和尚劈手抢过道:"管他娘事,且拿与我包包银子。"就拿来将银包好。少刻分完,遂各散去。这些和尚将物件藏好,俱各安寝。那云里手看期轻轻连囊取去,待城门一开,忙忙至家,同母亲打开检看。黄白累累;又开一包,那张诏敕还好好卷在外面。展开一看,却是钦差颁诏御史黄嘉朔。因笑对母亲道:"这官儿失去物件还不打紧,失了这本东西,连身家性命也不可保,此时不知怎样寻死呢。"傅氏道:"既如此,我们要他也没用处,何不送还他做件好事,也可折你的罪过。"云里手道:"我做这事,怎好出头,万一惹到自己身上,祸事非小,且这官儿不知在那个地方,叫我那里去寻他。"母子商议不妥,也就丢开。

到第三日,云里手有事出城,忽见马快手在一只大船上与人说话。云里手就住脚守他,半日才回。云里手叫道:"马大爷何事在此?"马快手道:"再莫讲起,连日为钦差黄御史在乌泥岗被劫,县里着我缉拿,每日一比,甚是紧急。"云里手道:"那只大船,就是黄御史的么?"马快手道:"正是。贤弟也放在心上访访,若访着时,大家讨个喜封儿买酒吃。"云里手含糊答应,两下各别。云里手一路回来,暗自踌躇道:"我要将那话儿送去,又恐惹祸来,若不送去,他们就拿到强盗也是枉然。"心中左思右想,倒弄得进退两难,闷闷回家,想了一夜,不能决断。次日,忽想道:"若不送还他,黄宅一家性命,就是我断送了,况我一团好意送去,他难道反难为我不成! 就是他没有仁心,自有天理,如应相士之言,只当饿死,还留个美名在世上。若待他缉访败露时,不但他不见情,我就拂理不清,倒弄在浑水里,岂不是个必死无疑?"遂决意送还。才细对母亲说知,傅氏甚喜。

云里手即去寻马快手,挽他同去。那里寻的着,只得独自出城,来到大船遂问道:"这船可是黄钦差老爷的么?"早有一个管家应声问道:"你是那里来的,有何话说?"云里手道:"我有一件要紧事,要见老爷,求为通报。"那管官果然禀知,就带进中堂。云里手跪道:"老爷可是讳嘉朔么?"黄公见他问名,知有缘故,忙扯他起来,道:"学生就是,你是那里差来?"云里手道:"乞去从人,有话禀上。"黄公将家人叱退,云里手从怀中取出送上道:"这可是老爷的么?"黄公看见大喜:"你从那里得来?"云里手遂将自己名姓,与天水庵得诏之由细说。黄公喜道:"原来是位义士,一发难得。"忙与他施礼坐谈。马快手来至,见云里手与黄公坐谈,不解其故,云里手迎出道:"马大爷,你在何处来?"马快手道:"我为黄公的事,今日方略略有些影,特来报知。"因对黄公道:"今日偶过天水庵吃烟,寻纸点火,在墙洞扯出半张破纸,却是半截封条,写着'御史黄'三字。未知可是老爷的物? 特来求老爷龙眼一认。"黄公看了道:"这封条果是本衙的,可见云义士不欺我也。"马快手询知

其故，大惊大喜，就要云里手去做眼拿人。云里手不肯道："我只为黄公一家性命，故冒利害而来，若因此同做眼拿人，绝不敢从命。"马快手见云里手不从，亦不敢强他。

再说黄公得回了诏敕，不胜欣喜，忽想起财物，要遣马快手缉盗追究。云里手乃劝道："老爷失盗，独诏敕惟重，今既得回，其余物何足要紧。若欲缉盗再追，恐真贼不获，移累无干之人，这岂不又是小的之罪过，反为不美，求老爷垂仁罢却，免再缉追为是。"未知黄公肯否，且听下回分解。

第六回　发婆心驱鬼却妻

豪侠知名挖壁时，伏梁相遇莫相疑。

满腔热血空回去，还恨人间不义儿。

接说云里手再三劝黄公不要追求缉盗，黄公矍然起敬道："不意草茅中有此盛德好人，足见存心忠厚。"话尚未完，马快手道："说那里话，自古道：'纵一恶，则害百善。'此事也不敢主张，我也不把岑兄出头，只拿这封条去禀知，凭本官主意便了。"黄公道："此说亦是。"遂取十两银子，两匹丝绸赠与云里手，叫他遇便到京中来，还有薄赠。云里手拜谢而去。当日马快手竟禀知本官，将强盗与和尚，个个拿住。黄公在知县面前也不题起云里手之事，话休絮烦。

且说云里手到家，母子俱各畅快。一日，云里手又偷至一家，姓伍名继芳，是个举人。同父亲进京会试，家中只有一个继母李氏，一个妻子何氏，婆媳二人素不相投。云里手进去，这夜正值二人大闹，云里手伏在他卧房梁上，瞧着那媳妇只是哭泣，尽着那鬼婆婆骂进骂出，嚷得翻天动地，闹至半夜才止。众人俱渐渐睡尽，有两个丫鬟，也和衣睡熟在床后地上，止有那少年媳妇，还独自一个坐着痛哭。云里手守的好不耐烦，恨不得跳下来叫他去睡，待我好自己窃取物件。正在心焦，忽抬头见对面梁上一个穿红女子，脸如白纸，披头散发，舌头拖在唇外，手中拿着许多似绳非绳的几十个圆圈盘弄，照着那哭泣的女人头上，忽然戏下，忽然收上，忽戏下一两个，或戏下百十个，一路从梁间直挂到地上。收收放放，令人看得眼花缭乱，倒玩得有趣。那妇人越哭得悲苦，这女子的圈儿越玩得有趣，一会又跳下地来，朝着那何氏磕头礼拜，似有所求，一面又对着何氏而哭，一会又向何氏脸上吹气呵嘘，百般侮弄。那何氏一发哭得激切，云里手只目不转睛瞧着，猛然想悟道："哦，是了。这孽障必是个吊死鬼，待我看他怎样的迷人。"说不了，又见那女子拿着一个大圈，朝着何氏点头，叫他钻进去。那何氏忽住了哭，痴眉定睛瞧着他半响不则声。猛取一条裹脚带在手，那女子就急急先走近床前，用手指着床上横梁，做系绳之状招他。何氏果然走来，将欲系绳，忽被床头鼠声一吓，何氏似有悔意，复走回坐着，重新哭泣。那女子仍照前引诱，见何氏不动，竟却手去扯。何氏复又昏迷，随他而走，又被甚物一绊，复惊转

坐哭。如此数回，何氏虽不动身，却哭声渐低，渐渐痴呆，不比前有主意。时口中只念："死了罢，活他怎的？"那女子一发拜求甚急，扯着何氏对面连呵数口气，何氏连打几个寒噤，这遭竟跟他到床前去系裹脚带。那女子忙替他系牢，又将一个圈儿帮在上面，自己将头伸进去，又钻出来，如此数回，才来推何氏钻进。

何氏正待要钻，云里手大喝一声，凭空就跳下来，将何氏一把抱住，却昏昏沉沉。那穿红女子竟作人言，大哭大骂而去。那房中两个丫鬟早已惊醒，忙走来，劈头撞见个穿红女，吓得大喊："有鬼！"合家人惊得跑来，个个撞见这个女冉冉的走出去，都骇得胆战心寒，一齐跑至大娘房中，又见一个男子抱着大娘，又是一吓。云里手道："不须着忙，我是救你家人的。"这何氏亦早已醒，那恶婆子也吓得骚尿直流，跑进房，媳妇二人感激云里手。问他姓名，因何至此？云里手亦以实告，又将那鬼形状细说，众人俱毛骨耸然，道："怪的我们方才俱见有个穿红女子出去。"何氏也道："我初只恨命苦，不过负气，口说吊死罢，原不曾实心走这条拙路。不知怎一时，就不由我作主，竟寻了短见，临时不知怎样动手，只闻有人一声喝，我方如梦中惊醒，略有知觉。若非义士救我，我此时已在黄泉路了。"说罢，大哭。云里手劝道："已后切不可说失志话，你说出虽不打紧，就惹邪鬼相随，每每弄假成真，不是当耍的。"因将好言劝他婆媳和睦。说罢，就要告回。婆媳二〔人〕取两包银子奉谢，道："待会试的回家，还欲重重报恩。"云里手忙止道："我只喜敛藏，不喜显迹，你相公回家切勿来谢，今日领此盛情就够了。不要又惊天动地，令我反不快活。"时天色微明，急急辞出。

行至太平桥，只见一个少年标致女子，浑身烂湿，一个白发老者搂着痛哭。云里手上前去问，那老者哭诉道："老汉姓窦，只生这女儿，因欠孟乡宦二十两银子，他动了呈子，当官追比，老汉没处那措，将女儿抵他拥松一肩。谁知一进他门，他奶奶见我女儿有些容貌，不肯留在家中，竟不由老汉作主，将女儿要转卖他家做妾，偿他银子，说在今日成交。老汉苦急，昨日到伍举人家，是我一门亲戚，求他一个计较，谁知他进京会试，父子俱不在家，依旧空回。今早思量急迫，只得去求他婆媳，不想女儿出来投水，恰好撞见救起，若今日没银还他，我女儿又执性不肯嫁人做小，自然是死。他若有些差池，连我老性命，只好伴他见阎王罢了。"说完又哭。云里手恻然不忍道："不必烦恼，也不必去求伍家，我身边偶带些须在此，不知可够你公事否？"遂取两包银子一称，恰好二十两。慨然递与他道："造化还够你事，你拿去赎出女儿，以后宁可饿死冻杀，切不可借下债来。"窦老父女双双跪下拜谢，云里手一把扯起。窦老道："恩人高姓，住在何方？老汉好来叩谢。""我姓岑，号云里手，住在双井巷，在家日子少。"正欲别去，忽孟家有几家人寻来，云里手又对家人

面前，替窦老说了许多公道话，央烦那些管家，在主人前替窦老赞助一言。说毕，将手一拱而去。

云里手欢天喜地回来，才进门，忽见母亲啼哭，云里手大惊，忙跪下问为何事，傅氏道："昨晚不知那个滑贼，乘我睡着，将我们一向辛苦之物席卷而去，故此苦楚。"云里手笑容劝道："原来是失贼，这什么大事，也去恼他？母亲不须忧苦，我们原是这路上来，还打这路上去，正合俗语道：'汤里来，水里去。'正是理之反复，母亲过虑了。打甚么紧？拚两夜工夫，依旧有的，莫要苦坏身子。我今日替母亲已积个大大阴德在那里，保佑你百年长寿呢。"云里手恐怕母亲气苦不去，查失物件，反将昨晚与今早之委曲备细告诉，要使母亲忘怀。傅氏果然欢喜，登时解颐。云里手见母亲有了喜色，方去煮饭，又同母亲吃完，才悄悄去查所失之物，真也偷得刻毒，去得干净，不但财物一空，连那斧子也偷去。幸亏几斗米，两个柴不曾偷去，不然就应了毒眼神仙之口。云里手还怕母亲不能释然，整整一日，不敢出门，只在家中相伴谈笑，分外装出欢喜容貌，只要母亲心下快活。

将近下午时分，早间那个窦老领着女儿来拜谢，见云里手没有妻小，窦老就要把女儿许他，以报救济大恩。云里手不肯道："我早间实出一片至诚，怜你二人落难，故此相援，今日你若把令爱与我为妻，岂不是像个有心做的事，连我一段热肠，反化为冰雪也。"窦老道："不是这等说。假如今早不遇恩人相救，我父女焉得残生，此时尚不知死所，且小女亦要嫁人，又那里去择这样好女婿。况我与恩人未做亲之前，还陌路施大恩于老朽，若做成了亲，我小女之得所不想可知，连老朽亦有个靠山，强如在人家为婢为妾。"因向傅氏道："求老奶奶立室主意，莫负老朽一点苦心。"窦氏也感激，情愿嫁云里手为妻子。窦氏道："既恩人不愿，想有些嫌我猥鄙，陋质不堪正配，愿为恩人之妾，以作犬马之报。再万不得，甘为侍妾，服侍孝奶奶天年，也是甘心。"说罢，流泪。

傅氏见二人情切，对儿子道："既蒙厚爱，我儿不消执性，做亲是件好事，恭敬不如从命罢。"云里手道："母亲言语怎敢不依，但孩儿名行也就要立。今做这营生，已自不肖，若再不顾名节，真是废人了，这断从不得。"窦老见他立意不允，哭将起来。窦氏道："爹爹不必自苦，娶不娶由他，嫁不嫁在我，恩人虽不允从，我们却已出口，料无一女许两家之理。我们且回，孩儿誓不嫁人，愿在守恩人之节，恩人料不肯到我家，容另日只接婆婆到家，慢慢报恩罢。"窦老称善，就要告别。傅氏不舍，执窦氏手流泪道："我儿执性，此事尚容缓处。"窦氏道："夫妇原不定在同衾，要一言为定，就可终身矢志。妾虽居家，却已是婆婆媳妇，改日少不得来接婆婆到家奉事。"各依依而别。正是：

万般俱属皮毛意，惟有恩义系人心。

连日无话，一日，云里手见家中空虚，忽想道："前日窦老说，那孟乡宦他既放债逼人，自不是良善之财，我何不往他家走走，难道他家揩人的血肉，不该去去打个抽丰么？"算计已定，到晚竟往孟家来。不知偷的什么东西，且听下回分解。

第七回　为拿贼反因脱贼

捉贼因何逸贼，天心亦合人心。只缘阴德鬼神钦，提拔英雄出困。城是前日真中颇假，今朝假内俱真。真真假假实难明，反把真名放遁。

　　　　　　　　　　　　　　　　——右调《西江月》

　　这云里手来到孟家，从后门进去，时已二鼓，人俱睡得静悄悄。他摸出火筒一照，他家墙垣皆插天壁，立就显个手段，轻轻溜进。才进得两三重门户，鼻中只闻得烟火气，触得眼泪直滚，忍不住要打喷嚏。心中焦躁道："却不作怪，难道他家种烟防贼？若如此，果吃他防着了。委实这个防法绝妙，令人一刻难熬。"再将火筒一照，但见满屋涨得烟气腾腾，就如烧闷灶一般，罩得人眼不能开，难辨东西南北。云里手道："烟气触得难过，待我先灭了这烟，再慢慢动手。"就摸来摸去，摸到一间厨房内，一发触得利害难当，险些将眼睛熏瞎。举眼一看，见一大堆草烟飞雾涨已近，焰焰火起，连停柱也烘烘的，烧着了半个。云里手道："他家好不小心，这火烛岂是耍的，不是我来，干净一个人家，俱要烧掉了。"幸亏有满满一大缸水，就摸件家伙，尽着乱浇。浇有一顿饭时，方才泼熄，自己弄得浑身是烂湿湿的，灰泥粘满。暗忖道："我这一身湿衣粘手粘脚，如何进去行事？罢，罢！只当是他家请我来替他救火的，也是做了一场好汉，待我留个大名与他，叫他家念我一声。"遂拿火筒照着打一个小草把，蘸地下湿灰，在墙上写一行道："救火者，乃云里手也。"才写得完，忽听里面开门，有人喊道："那里起烟，吩咐人快去查看火烛。"云里手料有人出来，遂飞身越墙而出。于路失笑道："我屡次好没利市，偏生七头八脑，撞着不是救人，就是救火，人家倒不曾偷的，自己家中倒失了贼。今日又弄了一身肮脏回来，真是遭他娘的捧头瘟。"

　　遂急急回家，换了衣服，心中纳闷，到街坊上走走，撞见向日那毒眼神仙，就邀他到僻静处，再求细细一相。那相士忽称奇叫怪道："老兄不但不能饿死，且有功名美妇之喜。重重叠见，然非正路，俱是你偷的来，这遭倒亏你一偷。"就连声赞道："偷的好，偷的好！"云里手问道："何以见得？"相士道："莫怪我说，尊相满脸俱是贼纹，如今贼纹中间着许多阴德纹，相交相扯，间什不分，岂不是因偷积德。但饿纹黄气虽一些不见，却变作青红之

色，必主官府虚惊。依我愚见，老兄不若改业营生，莫走条路为妙。"云里手道："不致大害么？"相士道："一些不妨，今日小弟有事，不及深谈，门兄细详，待兄发迹之时，造府领赏罢。"把手一拱去了。云里手倒不以有好处为喜，反以官府口舌为忧，一发垂头纳闷，懒懒踱回，恰好遇着马快手走来，马快手道："云兄，怎的有不娱之色？"云里手将相士之言告诉。马快手道："渺茫之言，何足深信，但兄这行生意，也不是永远做的，亦可为虑。我一向事忙，未曾料理得到你，今日悄闲，正来与你设个长策，你不必再入此门，我有几十两银子，你拿来开个柴米铺，若生意淡薄，我一文不要还；若生意兴头时，你慢慢还我不迟。在我莫言报恩，在你只当暂借，大家忘于形迹之外，才像个知己。"云里手再三不肯，马快手不悦起来，云里手方才收下，与母亲算计，数日之间，果然开起门来，罚誓再不入穿逾之门。不过三天，窦家又来要接傅氏婆婆，云里手立心不肯，决意辞断。正是：

　　　宁为义侠人，不作风流客。

　　话分两头。看官，你道前日偷云里手的贼是谁？原来也是本地一个有名积滑偷儿，叫作"见人躲"。这见人躲自从偷却云里手之后，得了酺头，无日不偷，每每带着云里手那把斧子防身，没一夜不去掏摸些须。一日，也垂羡孟乡宦富厚，也要去分些肥水。这夜正值他家做戏请客，见人躲乘人忙乱之际，一直溜进，正在撬门，恰值孟乡宦进来更衣撞着，被家人向前拿住。先打个臭死，又搜出一把斧子来，正钻着要送官，孟乡宦偶看斧头柄上刻着"云里手"三个字，忙唤家人解放，道："原来就是云里手，这是个义士，又是个好贼，不要难为他。"因向见人躲道："前日亏你救火，却不曾得我一些东西，一向要寻你酬劳，不知你住在那里？且闻你得是小人中的君子，见义即为，处处传扬，向日窦老之事，又难为你圆成，一发难得，方才仓卒之间，不曾细辨，多有得罪。"叫快取酒食与他压惊，又赏了他一锭银子，仍将斧子还他，好好放他出门而去。

　　见人躲一路喜道："造化，造化！今日若非他错认云里手，几乎性命难保。"又失笑道："他即做贼，我亦做贼，都是一样，偏又称他什么好贼，却像偷他心上快活一般。怎又这样敬他，又道处处传扬？真是奇事。莫管他，我以后只将他贵名，做个护身符，自万无一失。"因此他的胆一发大了。一日偷到一个大乡宦吴吏部家里，正值吴吏部在房中与夫人饮酒，不知他怎弄个手段，撬开一根天窗明瓦椽子，悄悄伏在梁上。暗守直至三鼓将尽，还不得他睡，自己倒守得困倦起来。只是要打盹，再熬不住，不知不觉瞌睡上来，猛向前一撞，险些跌下来。连忙折住身子，不妨腰间那把斧子脱下，正正掉在一个铜盆上，打

得叮当，把吴吏部众人吓上一跳，一齐哄然大喊："有人伏在梁上。"那见人躲吓得半死，飞往屋上一窜，没命的跑脱。吴吏部着人追赶，并无踪迹，次早拿起斧子一看，见名字在上，即动一张告捕呈子，连斧子一并送县。

知县即刻差人缉拿，登时将云里手拿到县前。马快手因有别差，正在茶馆与人吃茶，一闻此信，惊得飞星赶来。见已解至县门，没法解救，遂附云里手耳边嘱道："这事非小，你进去，只抵死莫认自己绰号，我在外边寻路救你。这是万万认不得，谨记在心，要紧。"云里手含泪道："多蒙指教，杀身难忘，若我有些差池，老母在家，全赖仁〔兄〕照管，不致饥寒，我死亦瞑目。"说罢，同众人进去。县主问道："你就叫作云里〔手〕么？你盗了吴乡绅多少物件，好好招来，免受刑罚。"云里手道："小的不晓什么云里手，自来素守法律，并不曾盗甚吴乡绅物件，这是那里说起。"县主道："你这贼嘴还要抵赖，本县把个证据与你。"随将斧子掷下，道："你去看来！"云里手看了，方知是向日被盗去之物，故作不解之状，说："这斧子不知是那个的？柄上现有记号，爷爷照号查出便知。"县主道："云里手是你名字，难道斧子又是别人的么？"云里手道："小的名唤张三，并不是云里手，求青天老爷细察。"县主发怒道："我晓你这贼骨头不打不招。"遂掣签正待动刑，忽报府里太爷有紧急公事，请老爷会叙，请即刻起马。县主看了来文，吩咐名下人，将云里手寄监，待回发落。正是：

虽因府里有公事，毕竟天公救善人。

再说见人躲那晚从吴吏部家逃出，惊得半死，连日不敢出门，过有两三日，事已冷淡，他道："想是那家也闻得云里手的大名，故此置之不论。"依旧出来摸索，却溜进一个典当铺，甚是得手。背着一捆衣服往外正走，不防里面跑出三四条狼狗，连肉带骨的紧紧咬住不放，见人躲痛不可忍，跌倒地上死挣，惊动铺中人，一齐起来轻轻捉住。见人躲着急道："不得无礼乱动，我是有名的云里手。"众人笑道："莫说你是云里手，就是云里脚，也不能走脱，你既自〔报〕名字，我们也不打你，只到明日送官处治。"次早五鼓，恰好县主回来坐堂，就提云里手来审。正在严审，外边又说解进一个云里手进来，那县主诧异，叫带进来同审。县主问见人躲道："你是云里手么？"见人躲见官府口气和软，认为好意，忙应道："犯人是云里手。"县主又问云里手道："你委实不是云里手么？"云里手道："小的叫作张三，是人人知道的，委真不是云里手，求爷爷明镜照察。"县主暗道："早是不曾加刑，岂不是个冤枉。"还不放心，又问见人躲道："你果系云里手么？"见人躲道："犯人果是云里手，名字是假不得的，外边人没个不晓得犯人的贱名，不敢欺瞒爷爷。"县主连叫三声，他连应三声。县主遂吩咐将张三逐出，赏他银子，慰他监中辛苦。

云里手磕了两个头，公然大模大样的走出来。县主因为屈了张三，一团怒气俱放在云里手身上，将桌案一拍，厉声问见人躲道："你这奴才，也是恶贯满盈，今日自现。"遂掣签要打。见人躲见官府忽然变了卦，方才着忙，连连喊道："犯人不是云里手。"县主见他重新改口抵赖，勃然大怒，叫将斧子与他验看。见人躲才知前事也来发作，懊悔不过，不觉失虚沉吟。县主见他哑口无言，一发认为真实，便冷笑道："也不论你是云里手与不是云里手，难道今日典铺中之事，你还赖得去么?"见人躲一发得答应不来，县主就丢下六枝签来，将他打了三十大毛板，寄监再审定罪，不题。

这云里手出得县门，马快手接着，这喜非常，遂携手回家。不知后事竟是如何，且听下回分解。

第八回　因有情倒认无情

两处怀恩一处酬，错将好事锁眉头。

当原何不明言故，省却当权书乱投。

话说云里手同马快手欣欣喜喜回家，一进门傅氏接着儿子，就如天上掉下个月亮来，母子二人抱头大哭。马快手道："莫要哭泣，且商议正事。目今虽然出来，倘然审出那个贼情由，必然又要追究到你的根苗，你母子快些拾收，权到我家去躲避一两日，待事定再处。"云里手遂领了母亲，到马快手家住下。次日，马快手回来说："好了，官府已将那贼定了招，拟事已平定。"稍停两日，云里手依旧开张店面，过有年半光景，果然一毫无事。

忽一日，马快手匆匆走来对云里手道："祸事，祸事！昨日本县新县主到任，是南边人姓李，不知为着何事，他一下轿就问你的名字，必非好意，你与他有仇隙否？"云里手道："他既是南边人，我与他风马牛不相及，有甚仇隙。"马快手道："这又奇怪，昨日口气已有拿你之意，你快寻个所在，避他一避。"云里手惊慌与母亲商量，到窦老家去避难，遂忙忙走至窦家，那知门窗封锁，并无一人。去问左右人家，俱说他进京投亲未归，只得回来。事急无奈，又商议奔伍家去逃灾。原来伍家父子俱中进士，父亲已入翰林，儿子做了吏部主事，在京做官，连家眷也接进京，依旧空回。急得走奔没路，马快手道："事急了，还到我家住下，只是房屋浅小，恐藏躲不稳，然比你这里料还好些。"云里手复又将母亲迁进马家不题。正是：

闭门家里坐，祸从天上来。

且说这新县主姓李，一日口因，见云里手一案，忽记上心来道："原是已经系囚。"就立刻差人提到后堂严审。李县主道："云里手，你做过多少年贼盗了？我在京时也闻知你的名字，好好说上来。"见人躲道："青天爷爷呀！犯人名唤见人躲，不是个云里手，那云里手果然做贼多年，犯人只在典铺中做得一次，就犯案拿下，不想前任老爷将云里手的罪过，总放在犯人的身上，望县主细访便如。"李县主见他不认，拍案大怒，再三严审。犯人只得将冒认缘故说出，李县主也知果然不是，一发要访云里手。说道："你既认得云里手家中，

即差人押你去将他捉将来，我□□你的罪过，你可去么？"见人躲道："犯人就去。"李县主遂差两人领着他同去。

见人躲领两个差人，竟到云里手家中，却已不在，见人躲就去问人，有个多嘴的说道："他领的本钱多分是马快手家的，多分迁在那里去居住。"那同来两个差人，是新上卯的，不认的马快手。同见人躲访至马家，马快手又出差去了，三人即齐踌门而进。见人躲认得傅氏，先一把扯住，同他要儿子，傅氏回："不在家。"见人躲对差人道："他既不肯教儿子见面，我们拿将他去见官，搂他起来，不怕他儿子不出来。"三人就动手来捉傅氏。那云里手正躲在一张大柜里，听得要捉他母亲去，心内惊慌，就挺身出来道："列位，不要惊坏我老母，有甚事我自与你见官，诸事全休。"遂安慰了母亲，竟一同进县。

李县主道："你是云里手么？"云里手料只遭断瞒不过，拼着性命，战战兢兢的答道："小的就是。"李县主就笑容可掬的吩咐掩门，忙下来搀起道："义士请起。"云里手摸头不着，倒吃一吓。李县主笑道："不须张惶，伍家婆媳可是义士相救的么？"云里手道："不敢，正是小的。"李县主道："前日本县在京时，伍年兄亲自道及义士许多好处，他感激异常，梦寐不置，再三托我照拂；又带了五十两盘费，托我着人送你进京；本县前日一到就问，只因没人晓得义士居址，今日因见人躲一案干连义士，方才晓得。欲来奉请，又恐有冒名者溢窃大名，故此行权，多有得罪。"遂重新与他更衣施礼，就要留在衙中吃酒。云里手辞道："还有老母在家，不知老爷呼唤情由，求老爷原谅不恭之罪。"李县主道："不妨，我就着人去安慰。"

正说间，忽闻外边堂鼓击得乱响，不知是甚么紧事，慌得李知县忙出堂来。

却说按院差官到县提人，拿出信票一看，上写着："速提云里手，即刻解报，毋得违缓。"李县主看了，暗暗叫苦，心中好不惊慌，没做理会。看官，你道这是何故？原来云里手才被捉拿出门，马快手已后脚回家，闻知大惊，即刻转身就往县来打听消息。才走里路，忽撞着两个人承差打扮，问马快手道："你这里有位云里手住在何方？"马快手道："兄是那里来的？问他怎的？"那二人道："我们是本省黄按院老爷差来请他的。"马快手道："你老爷请他去做什么？"二人道："闻得我老爷上年出差，经过这里，受他什么还救的恩惠，如今已做了本省按台，昨日出巡在峰县，故此差我二人飞马来请他同去相会，烦兄领我去。"马快手方记将起来，就是前年还诏救之事，心中大喜，就忙邀二人到家，将云里手适才被本县拿去之事，告知二人。二人惊道："既是如此，我二人速去禀知本院老爷，好来救他。"马快手道："等二位去而复来，只恐本县施刑，云里手未免吃亏，岂不误事！二位可有空头信票在身么？"二人道："有得。"马快手道："莫若拿一张信票，填写云里手的姓名，

二位即刻赶到县里，只说院里老爷即刻提他，我如飞赶至嶂县，禀知你老爷知道，方能有济。"二人道："此法果妙。"各人就分头行去。

故此两个差官，就到县堂击鼓要人，李县主吓得没摆布，只得含糊应道："待本县缉拿就是。"差官晓得在他衙门，那里肯一刻迟缓，立等催迫。李县主托故要到后堂，定计回复。差官恐有失错，紧紧跟着，那肯放松。李县主急得无奈，假意出签子，发捕役拿人，指望掩过差官耳目，就好回复上司。那知催得紧急，李县主只道他要诈个包儿，遂送若干礼物程仪，二人又不肯受，一味要人，从早晨直缠至晚，还不肯放松。忽又到了两个差官，催提越发紧急，这遭却真是按院印信批文，着紧亲提。却是马快手去报信，黄按院恐云里手有失，就差人兼程赶来催提，还不放心，又差四人接脚出门。李县主正在委曲庇护，转眼又是四人，来到大声发作，要扭县主同去回话。李县主无可奈何，只得含泪将云里手放出，又做一道申文，说云里手有若干义侠，非梁上之流，求按院开释。众差官簇拥着云里手，忙忙上路而去。这李县主着急，忙将此信写一封书，连夜差人进京报与伍吏部知道。次日，将云里手母亲悄悄接进衙中安顿，又差人到嶂县打听吉凶信息，不题。

再说云里手陡见按院来提，不知是那里火起，暗苦道："这遭罢了。"惊得昏昏沉沉，同众人来嶂县，带进察院，只见按院下阶相迎，笑道："还相认得么？"云里手又出其不意，抬头一看，见是向年那个钦差黄御史，便笑逐颜开，忙跪下见礼。黄按院慌扯住施礼道："休行此礼，今日接你来，正为报恩之地。"两人就携手相谈，甚是相得。云里手又谈及李县〔主〕为他之事，按君大笑道："原来俱谈左了。"当晚云里手就与按君抵足而谈。次日，云里手就烦马快手寄信回来，安慰老母，兼谢李县主之德。过有数天，将云里手填个书吏行头，放在考察内，特等第一名。加上许多褒奖，例当资部之语，正要着人送他进京，考选个前程。恰□伍吏部见了李知县之书，星夜写书遣人到黄按台处讨情，就要接云里手与傅氏进京。黄按院笑对云里手道："此必是李知县前日见我提你进院，他不知情节，写书进京，故有此举，来得正好。"遂备千金，赠与云里手，送他进京，作考选之资。临行又眷眷不舍道："我不久任满，亦来京相会也。"云里手感谢深恩，洒泪而别。回家就去谢李县主，接了母亲登程。李县主除伍家五十两之外，亦有所赠，又差马快手送他同去，一路无话。

直至京中，伍吏部就接进私衙住下，伍吏部合家感激拜谢，自不必说；次日，就打发马快手回家。过有数天，伍吏部忽对云里手母子道："男大须婚，若没有妻室，就不成个人家。我有一头好亲事，久已替你留心定下，明日是个黄道吉日，意欲替你们毕姻，你意下如何？"云里手母子感谢不尽。次日，伍吏部结彩挂红，诸事齐备，早晨就求铺房妆奁，约有千金之盛，竟如一个大家行事一般。却件件俱从伍吏部家中发出，他母子不解其故。

及到吉时，连新人也从伍家内里抬出，大吹大擂的拜了堂，合过卺，将新人盖袱揭开一看，只见袅袅婷婷，娇娇滴滴的一个美艳女子，却不是别人，就是那窦老的女儿。云里手母子甚为惊骇，忙问其故，窦氏道："伍家是我一门远亲，向年父亲因为没有生计，特来投奔，蒙他夫人贤惠，慨然留住，又欲与我说亲。我说妾已心许恩人，设誓终身不嫁。伍吏部越发欢喜，遂倾倒囊橐，老早替我备下这许多妆奁，专待恩人来完他心愿。不幸去年七月老父仙逝，又蒙他殡葬，诸事俱系他料理，真是恩德如山，报答不尽。"云里手母子闻得窦老已亡，好生伤悼。正说得兴头，外边又请上席，宾朋满座，直闹至半夜方才而散。云里手方才洞房，与新人交颈。正是：

连日灯花添喜气，鸳鸯被底试新红。

云里手连日新婚燕尔，乐不可言，不上半月去考选行头，又亏伍吏部之力，竟以特等考授招讨司经历，领凭上任。数年之间，连生三子，官至佥事，时与伍吏部父子、马快手三家，世世往来不绝云。

卷三 杭逆子泥刀遗臭

第九回 一碗饭千磨百折

求生儿，望儿长，生长何曾见孝亲。及早看破，枉作马牛身。那晓儿痛痒，母担心，推干就湿备劳辛。才离怀抱，便成忤逆人。

————右调《戴霜行》

人在世上穿衣吃饭，读书做生意，这个身子俱是父母把我的，所以天地惟父母惟尊。故为人的，凭他什么大小事可以缓的，惟有这个"孝"字，是缓不得。何也？人生年纪不过六十七十而已，惟父母的年岁，日短一日。他为我十月怀胎，三年乳哺，推干就湿，担饥受寒，耗费了多少精血，吃尽了多少辛苦，一心只望儿子长大，再不想到自己日子。及守得儿子长大时，自己年纪已过去一半，可见父母之苦恼，为子的该时时伤心怜念，刻刻着意体贴他。若儿子再不把个快活日子与他，真就是第一个丧良心，极没天理了，故此神天也不容他。目今有件异事，真是人人切齿，个个怀怒，在下恨不得食其肉，而寝其皮。这事止可以耳闻，不可以目见，叫在下做的，吓得连笔也不敢下，而且也不忍下，安实骇然得紧，若不是有人亲见，真正说来叫人也不信。且待慢慢写出来，大家痛骂他几句，替在下出了一口闷气。

话说扬州府泰兴县城外，有个脚头，姓杭名童，年纪三十五岁，颇有膂力，生性凶狠，不孝不义，暴戾异常。父亲早丧，母亲屠氏，年纪六旬孀居，一味茹斋念佛。妻柳氏已亡，遗下一女，年方一周两岁，取名叫作遗姑。杭童爱之如宝，每日只是屠氏抱在手里，若有啼哭，则杭童竟就将母亲乱嚷乱叫，故此转是这老人家的一点难星。这杭童每日靠着两

个肩头，在外挑担营生，但有一件毛病，若挣的一钱银子，倒要吃去九分半银子酒，只好将半分银子买了五个烧饼，带与母亲做一日的茶饭。可怜他母亲还要分两个与这孙女儿充饥，自己只吃得三个，就过了一天。还亏天慈念这老人家，转保佑他儿子生意日兴一日。这杭童良心发现，也渐渐买柴籴米，可为破格相看。只是又添了这老人家一点难星，侵早起来，就要煮饭，服事儿子吃了出门。手中抱着遗姑，又要上来看锅，又要底下烧火，抱上抱下，好不费力。欲要放他略略坐，又是恐怕啼哭，惹儿子焦躁，就要淘气，故此宁可受些饥饿，不受这样苦楚。杭童却直睡到日出，母亲有得没得，尽着自己一顿肥攘，抹抹嘴，拿着担绳就走。或过半日，或过一会，不管迟早回来，就要吃饭。若是饭尚未煮，就拍棹打凳，碗盏碟子打得雪片相似，好不好连母亲这皱皮老骨头上，也还奉承他两拳。屠氏畏之如虎，遂老早将饭煮好等他，他偏又不回，及回时饭又冷了，杭童又嚷道："一日爬起来，只是吃饭过日子，老早把饭煮在锅里，安心把冷的我吃。"直一吃他骂个不亦乐乎。他若有时在那里吃了酒，或吃过饭，回家见家中煮饭等他，又道："不做人家，省一顿也罢了，难道限定一顿不可少！就是要煮，也不必煮这许多。"遂又闹到半死才住。真正叫人家早不是，迟不是，煮不是，不煮又不是，弄得刻刻担着小心，只等儿子回来，好好吃了去，方才放心。再一会，又要愁那第二顿，岂不是活活受罪。

一日，杭童有个朋友过生日，要去拜寿，没有分资，向母亲要五分银子。屠氏道："可怜，可怜！我的银子那里来？整整有好几年，没有见他的面了。"杭童急得没法。屠氏见儿子急了，便道："你急也无用，且把衬挂子拿去当来，救你眼下的急罢。"遂一头说，一头就将身上穿的衬衣，热扑扑的脱下，递与儿子，杭童笑逐颜生，接了在手中，欣然出门而去。这屠氏在家念了一会佛，正要拿米做饭，忽转一念道："今日儿子去替人家做寿，自然要留酒饭，他的饭可以不煮，莫要煮多了，惹他心中不快活。"遂省下几合米，只做几碗粥，把干的捞与遗姑吃，自己却吃了两碗稀汤，度过一日。到晚，只见杭童饮得烂醉如泥，跌跌撞撞的回来，进门就要饭吃。屠氏道："你醉这样还要饭吃，好好睡罢。我早间就料你有酒吃，不曾煮你的饭。"杭童横睁一双眼睛道："人家不过请我吃酒，难道反包你饭！你怎不煮我的，我不管你，只有得饭，与我吃便罢。"屠氏陪笑道："好儿子，好哥哥，不要难为我老人家，是我不是，不曾煮的，待我明日起早些煮与你吃罢。"杭童怪嚷道："甚么难为？怎的就叫作难为？你还没有见过难为哩。"屠氏见他叫嚷，连忙道："不要嚷，不要嚷，待我如今就去煮与你吃，下锅就是饭，打甚么紧，莫要又淘闲气。"杭童跳起来道："淘甚么闲气！好老货，好老骨头，老不死，好个待你去煮，好自在性儿。谁叫你勒马过桥，谁耐烦守你，守你煮出来时，倒好天亮，我只立刻要吃，若迟一些儿，叫你老不死看手段。"就将拳头伸得多高，在他脸上一晃，气得屠氏眼泪鼻涕的哭泣道："我是越老越拙，将要入土的人，你只管作贱我怎的？还留我老性命，多服事你几年，帮你挣个家当，娶房媳妇，你就慢慢享福。我虽一时服事不到，却是你的母亲，你怎左过来嚷，右过来骂？你日后也要生儿育女，那有个像你，只怕到你头上，你又熬不得了。你不要欺心太过，我已年过六十，知道还有几日在世上过活，你却只管认真。"杭童恶恨恨的一声道："你道我欺心，说我作贱，左右是欺心作贱了。"猛向前兜脸一掌，将这老人家打了一个翻斛斗，杭童又赶去又是一脚，踢个满地滚，连遗姑也跌在地上。屠氏跌得昏昏，扒得起来只是哭。杭童恃着酒力，骂个痛快，方才上床，口中还喃喃的不住，直至睡熟才罢。屠氏毕竟是个老人家，耐事，悲悲戚戚哭上一会，领着遗姑也去睡。正是：

> 虎恶不吃儿，母慈不恨子。

说这杭童睡在床上，忽见父亲满面怒气，走来骂道："你这不孝畜生！母亲年老不想孝顺，反百般忤逆，开口就骂，动手就打，怎么母亲都是你打骂得的？昨日灶君忿怒，出牒奏与上界，已遣雷部明日殛你。"说到此处，就呜呜哭道："你这畜生！死不足惜，只是我家门不幸，生下你忤逆不孝，绝我宗嗣，我好恨也。"杭童听罢，吓是扯住父亲哭道："爹爹，孩儿罪本该死，但从今改过，望爹爹怎么救得孩儿性命？"父亲道："这是天帝敕命，谁能挽回，我怎么救得你？"杭童害怕，只是扯着父亲号哭求救。父亲道："我昨见观音菩萨慈悲律上，有一款说道：'阳世忤逆不孝，必遭雷谴。'若父母心上不愿儿死，搂儿怀中，儿跪地下，吮乳三下，雷神毋得施刑，当奏还敕旨，聊示儆戒，以待其改过自新。若父母心中不愿儿生，则雷神速殛，毋得纵恶。你今既然改过，还须求你母亲，方能救得。你谨记在心，毋得自误，我去也。"杭童一把扯住道："爹爹，你一向在那里，怎今日才回来，连忙又要去？"父亲哭道："孩儿，你一点真性，果然昏迷殆尽。我已归世，与你来诀冥司，目我在生无过，收我在善恶司

掌刑。你母亲亦是善人，不久亦有好处，你从今改心孝顺他才是，我去也。"杭童又扯住道："爹爹，既有好处，须带孩儿同去，快活快活。"父亲哭道："这是你去不得。"将手一推而去，杭童大叫一声，早已哭醒，却是南柯一梦。

睁眼一看，已见母亲在锅上烧火煮饭，耳中听得鸡声乱啼，暗自念道："好笑，怎做这样个没搭煞的幻梦。"仔细想想梦中光景，又怕道："从父亲去世几年，自不梦见一遭，偏是昨晚偶然骂了母亲几声，打了一下，就做没缘故的梦？却也奇怪，莫要古怪，有些古怪么？"遂一骨碌爬下床来，开门看一看天色，见还有月色，万里无云，疏星几点，东方渐渐发白。忽转一念，自己失笑道："我真好痴，母亲不是今日才打过的，怎以前不见说有天雷，等到如今，才说甚么雷殛？况这样天色，那里有雷？就有雷，不过是阴阳博激之声，那里会当真打人？这梦也不过是酒气冲心，神昏意乱，故此乱梦颠倒，岂不是狗屁胡说！"转身进来，见母亲手抱遗姑烧火，毕竟心虚，走去对母亲说："天色尚早，不须着忙，待我来煮饭。"屠氏想道："他从来再不起早，只固睡着，怎么今日如此知礼，好将起来。想是悔恨昨晚行凶，自不过意，故此回头，这还有些良心。"遂应道："饭已将熟，只是昨晚遗姑被你吓了，身上有些热气，你先吃了饭出门做生意，待我随后安顿饭，同遗姑吃就是。你可先吃完好去做生意。"不知此去生意如何，且听下回分解。

第十回　两声雷九死一生

湛湛青天不可欺,举头三尺有神知。
劝君莫把生身负,及听轰轰悔是迟。

再说杭童吃完饭,出门做生意,果然生意茂盛。走去就遇着一船绿豆客人正要发行,他就领头去挑,一直挑至日中,豆还有半船。正挑得兴头,忽闻街上人说道:"天要变了。"杭童就抬头一看,只见鲜红日头,被一朵乌云罩住,心中有些疑惑,道:"一个绝好晴天,怎的登时变下来?"遂将箩担放下,向客人道:"我腹中甚饥,去吃了饭,才来再挑。"客人着急道:"天色已变,就急急的赶着挑,还怕落下雨来,怎么迟得一刻。待你们挑完,我另把几分银子与你们买酒吃,只要你们快些替我挑。"杭童只得又去挑。再抬头一看,见天上云生四角,雷声隐隐,心内大疑,只是撤撤的乱挑,觉得有些胆寒。又放下箩担,道:"委实饥饿得紧,待我回去吃一口就来。"客人道:"顾不得你,我恨不得再寻几个人来挑,那里还有得让你去?你难道没眼睛,你也抬起头来看看,这是个什么天色,也不该说去的两个字。"杭童见说叫他看看天色,越发毛骨竦然,那里还敢抬头去看?低着头只是要走。客人发急道:"你这人好不晓事,天是这样个光景,还只管不顾死活要走,你若饥得慌,我先买两个烧饼,来与你点着饥。"随即就叫主人家,买上数十个烧饼,来与他众人们吃。众人各拿几个,做三两口吃得精光,他拿两个在手,动也不曾动,连外边芝麻也不曾少却一颗。这烧饼好似是个对头一般,那里吃是下一口?料然不能放他脱身,没奈何放下烧饼,又去挑了两担。顷刻间,天色渐渐黑了下来,耳中只听得雷声轰轰,渐渐响得高,来得紧,却像只在他头顶上旋。着实害怕道:"这遭断来不得,你就不要挑钱与我,也是小事,你就打死我,也不能从命。"竟丢下箩担竟走,客人死命扯住,只不肯放。天上忽又打了一闪,越发眼花缭乱。杭童急了,怒嚷道:"我除不要你钱便罢,怎只管揢住我,难道我是你买到的家人,注定该替你挑完的。"遂一交睡在地下,发赖道:"你来打死我罢。"客人见他这个赖腔,不要强他,只得放手,杭童脱身扒起就走。

才转过脚,走上两三步远,愈听得雷声响动,旋来旋去,正正的在他顶门上响,一发慌张。正待要跑,面前叠连几个闪电,猛然豁喇喇一声响亮,半空中起了个大霹雳,如碎磁

声震得山摇地动。杭童吓了一跌，扒起身就鼻中闻得硫黄焰硝气味，触入眼中；只见遍地火光，渐渐绕到身上来，惊得魂不附体，抱着头飞跑至家。见母亲抱着遗姑正站在门口，连忙跪在地上，扯着母亲衣服哭道："母亲救我！母亲快些救我！"把屠氏吓上一跳。那屠氏正在门首望着儿子回来吃饭，见他这般光景，忙扯他进门，问道："你为着何事，这等慌张？"杭童大哭道："如今天雷要来打我，求母亲救孩儿一条狗命。"遂将父亲梦中言语告诉。又道："孩儿从今改过，再不敢无状，母亲快解怀来。"说犹未了，猛然大雨倾盆，雷闪愈急，屠氏吓得慌忙，把遗姑放下，将怀解开，搂抱儿子在怀大哭。杭童忙跪下舐乳。霎时雷声闪电，如雨点般在屋上，与门外乱响乱闪，打得屋上砖瓦片片飞扬，烟雾罩住房屋。忽然响闹中，门外滚进一个大火团来，就地一个霹雳，振得屋也摇了两摇，满屋火球乱滚，硫黄扑鼻。那雷声闪电，只在屠氏身上左右前后头顶，团团旋绕，好不怕人。杭童心胆皆碎，惊得跪在母亲怀中，只是舐乳，口中喊："亲妈妈救我。"屠氏亦吓是死紧的搂着儿子，再不放松，也一味哭叫道："雷公爷爷，可怜我年老止得一子，望神天老爷救我儿子的贱生。"那雷电越响亮的凶险，险些把一间房屋震倒。忽然一个大闪，几乎连心胆俱照将出来。随闪就是一团火球，竟滚进屠氏怀中，就怀中起了个霹雳，将杭童头发烧得精光，俨像有人擒拿他一般。杭童大喊，紧紧钻在母亲胁下，屠氏拼命只紧紧抱着，口内念佛保佑。转眼怀中那个火球，复又滚出，在地上滚了两滚，又猛然一个大电，接脚就是一个大霹雳，如天崩地塌之声，竟将屋内一壁后墙打倒。遂寂然无声，风息雾散，满室清明。霎时外边雨也住了，依旧红日当空，只是硫黄气味方圆数里尽闻，三日方止。

屠氏见雷电已去，才将儿子放出，虽不曾要死，却烧得焦头烂额，屠氏身上与胸前，却一些未损，真也奇怪。杭童与母亲出来一看，只见自己屋上，砖瓦片片粉碎，房屋木料俱烧得半焦，地上砖头石块，堆如山积。望望人家屋上，却毫厘未损，再回头看看自己住屋，连房子也歪在半边，吓得不由不胆战心惊。正是：

　　　　不孝儿孙休忤逆，但看今日是何形。

杭童感激母亲，跪下磕了几个头，叩谢活命之恩。在家调理了几日，收拾好墙屋，才出门依旧去做生意。倒亏雷神之力，果然发个狠，整整就好了半年，不与母亲淘气，不当做的也去做做，不当叫时也去叫声，竟如一个大孝之人。

谁知心性不长，虽然一时勉强，却恶性入骨，再不能改，日复一日，事久就冷，他竟渐渐忘怀，又没个人好日日题他说天雷要打。母亲又到底是疼他的，见他受过一番苦恼，心

转怜念，凡事只是忍耐让他，他却依然将旧时手段，不知不觉又尽数搬出。

一日，买了斤肉来家，要请个朋友，叫母亲整治。屠氏道："我吃斋的人，怕弄荤腥，就是弄出来，也不中吃，还是你自己整治的好。"杭童满心不快道："不弄便罢，何必琐碎，求人不如求己，难道你不整治，我们就吃不成了？"遂忿然自己去动手。屠氏却在锅下烧火，及至肉好，杭童先盛起一小碗道："待我落下些，留着明日吃饭。"随手放在一张破厨柜里，然后再盛起锅内的。又热上一壶酒，不一会请将客来，大家大嚼。这屠氏抱着遗姑，在锅上热酒，遗姑因要肉吃，只是乱哭乱喊。屠氏瞒着儿子，开了厨柜，悄悄偷了一片肉，递在他手中，方才住声。要关厨柜门，忽听得儿子乱嚷酒冷，叫快暖热的来。屠氏遂忙来烧火暖酒，竟忘却关柜。不知那里走来个猫子，公然走来，老实的紧，钻入柜内独乐，将一碗杭童的性命，偏背享得光光，还怕你招怪，又替你把碗儿洗得干干净净，才伸腰作谢而去。

屠氏那里知道，一心趱着热酒，弄得手忙脚乱。将遗姑手中一片肉，失手挨落地下，粘了一团的灰。那遗姑这这小人儿却也可恶，转会学老子行事，就兜屠氏脸上连抓了两把，自己反杀喇的喊哭起来。任凭屠氏百般哄诱，再哄不住。杭童听见女儿啼哭，跑将来反把母亲一顿肥骂，亏众人苦劝方住。屠氏恐众人笑话，不敢哭泣，含着眼泪坐在锅下。那遗姑还不住哭，屠氏没法，又抱他到柜边来，指望再偷一片与他，见柜门大开，便道："早是起来看看，怎么就忘关柜门？"就慌忙走近前一看，倒有一只雪白的碗，那里有半点骨头？屠氏惊吓道："闻得他说，要留到明日吃饭的，怎连忙又拿去吃起来？这些客也尝过了，人家请你，还该装个斯文体面，怎菜也要添添，岂不好笑。"遂不放在心上，将柜关好，那遗姑还哭声未绝，指着窗外说："猫子来。"屠氏回头一看，只见房檐上，一个大黄猫，吃饱立在房上狂叫，还思量把些余汤余汁，与他凑饱一般。屠氏猛然想起，说："不好了，我的老性命葬送在这畜生身上了。"不知后事竟是如何，且听下回分解。

第十一回　活太岁惊心破胆

作福何由作不祥，不祥之事必成殃。人伦惟孝先为本，失此焉能把祸禳。

你到空着急，莫心忙，当初谁教你虐亲娘。饶君就有捶娘手，难道今朝太岁王。

——右调《鹧鸪天》

说这屠氏猛然见个大猫，忽吃一惊道："那碗肉，莫是这个业畜偷吃？若送在这畜生肚里不打紧，明日又要连累我淘气。"不觉就掉下泪来，闷闷昏昏，好生烦恼；呆呆坐着，守众人吃完酒出门，几次欲上前问问儿子，又恐他嚷骂，几次又缩住了口，不敢问他。那杭童名虽请客，只当请了自己，客人散时还不曾有一点酒气，自己倒灌的稀醉。送了客去，回来倒身就睡。屠氏晚饭也没有心肠去吃，只喂饱遗姑，收拾完锅灶碗去，也就上床，越想越愁，那里睡得着，整整一夜没有合一合眼。

到次日起来煮饭，杭童对母亲道："将昨日那碗肉，替我蒸在饭上。"屠氏好不着慌，惊问道："我昨日开柜，只见个空碗，只说又是你拿去添与人吃酒，这等看起来，像是被那瘟猫吃了。"杭童登时暴躁如雷，跳下床来，狠嚷道："你一日爬起来，做些什么事？柜也不肯关关，只好烧灰罢了！怪道昨日不肯整治，我就晓得你看不得我吃，你料道与自己没分，故此不管闲事，由这孽障吃去，方才快得你的捞心。天下人坏，坏不过你的恶心肠，这斋还要吃他怎的？这佛还要念他何用？老早现你年把世，跑你的老路，还是正经事。"骂得这老人家闭口无言，垂头堕泪。杭童恼得饭也未曾吃，叹气出门。屠氏心中苦楚，一面哭，一面领着遗姑，坐在后边一块园地上向日。

忽见一个女尼走来问讯道："老菩萨见礼了。"屠氏忙答礼道："阿弥陀佛，师父是那个宝庵的？"女尼道："贫僧从上天竺来此，特来化老菩萨，结个大大的人缘。"屠氏道："我家淡薄，结不起个缘，师父莫怪。师父要结什么个人缘，若是我老身有的，尽着奉上。"女尼道："贫僧不化你银钱布帛，不化你柴米斋饭，单化你怀中所抱的小孙女，做个徒弟。"屠氏道："我只得这个孙女，怎么使得。"女尼道："贫僧非无故来化，只目此女，命当寿夭；又因老菩萨行善，不忍惨苦，故此化你，结个人缘。"屠氏再三不肯，女尼道："既是不愿，贫僧告辞了。"遂向着遗姑与屠氏点了两点头，连声叹道："可怜，可怜！"一路叹息而去。屠氏也

不在心上。

　　那遗姑可煞作怪。起初一见女尼走至，将脸藏在屠氏怀内，再不敢一动；及女尼去了，才敢伸出头来玩耍，又要往地上去扒。屠氏将他坐地上，自己拿着一串数珠，喃喃念佛。那遗姑在地上扒来扒去，欢喜异常。扒到前边，看见一堆松泥，将手去扒，竟吃他扒下一个深坑，忽然扒出一个东西，小女儿心上骇怕，大声啼哭起来。屠氏正低着头一心念佛，听得遗姑哭泣，猛抬头，见他扒去有一丈多远，在个泥堆边啼哭，慌忙跑去将他抱起转身。忽见塘内一件物事，仔细一观，却是一个肉饼，其形黄色，扁而又圆，没有头足，满身有千万个眼孔，或伸或缩，在那里动。屠氏不知何物，也吓得脚软。恰好杭童回来去瞧看，见还有半个还在土中，遂将泥土扒开，掘将出来，竟有一个簸箕大。心中奇异，将脚去踏上两脚，其物甚软缩起来，只有拳头大，伸开时就如个大团簸样。杭童道："这是个什么业畜，待我结果了他的性命。"就拿起扁担尽力去打。不打则罢，他去打时，打一下大一围，打两下大两围，不曾打得十来下，其物登时长得有半亩的田大小，吓得杭童口中乱喊，丢下〔扁〕担忙走不迭。屠氏抱着遗姑也急急飞走，早惊得街上许多人来看。只见其物依还照旧，如个团簸大小，只是个个眼孔中出泥，众人俱不识得，你猜我疑，只远远站开不敢惹他。

　　杭童有了众人，壮着胆，复又走将来，就卖弄手段道："列位一个不要动脚，待我叫这奇物变个样你看。"就踏大步走上前，举起扁担，着力一连打了一二十下，其物比前更是不同，长得又圆又平，又高又大，竟如个小小土山一般，众人一齐骇然大声喊叫。杭童道："列位不要乱嚷，待我到他背上去玩玩。"遂将身一跳，竟站在其物背上，只是其物软如烂泥，两脚齐齐陷住，随脚消长。杭童提起脚来，那东西就随脚长起来；杭童踢下脚去，那东西也随脚软下去。杭童初意只说是件好玩的东西，一个高兴上去，还指望显个能，及上去时连脚也不能动一动，又不能下来。正在着急，那东西忽然将身拱起，把杭童捧得高高的，只一扭，早把杭童一个倒栽葱直撞下来，几乎跌死。众人忙将他扶起，看时已跌得头破血淋，好生狼狈。屠氏心中肉疼，眼泪汪汪忙扶他回去了。

　　众人心内害怕，欲去报官，内中有个年高老者道："莫忙，这是多大事，也欲去惊动官府。我间壁有个极有学问的高秀才，博古通今，无所不晓，待老汉去请他来看看。他读的书多，或者认得也不可知。"老者说完，就倾刻去将那高秀才约了来，举眼便大惊道："啊呀呀，是那个作此大祸？这事非同小可，快些用土掩埋。"众人道："这是什么东西，怎这般利害。"高秀才道："《鸿书傅议》上说道：其形如肉，其色颇黄，无头无足，有眼千行，可大可小，扁而不方。随年安向，犯之遭殃。其物也是名太岁，这就是他。快买分纸马安他。"众

人闻知是太岁，俱吓得飞跑，还亏这老者胆大，请分纸马磕头祷祝。但见那太岁眼中吐出若干泥来，登时将自己身子掩好，老者与高秀才俱各回去，不题。正是：

> 祸福无门，惟人自招。

再表杭童回家，将头扎缚起来，疼痛不止，反抱怨母亲道："好端端要出门去闯魂，惹出这样事来，带累我吃这等苦楚。"唠叨叨直怨骂到晚。闻得说是太岁，也暗暗惊恐。到临睡时，掀开被来，却不作怪，早间那个肉饼儿，好好盖在被中。惊得没做理会，就连席子来卷卷，往门外一掷，回来尚兀自心中怯怯，连睡也不敢去睡。坐了半会，走起身要小解，才动脚就踢着一块稀软的东西，忙点灯一照，却又是那个肉饼，越发魂胆俱丧。急转身要摆布他，出去又踏着一块。再照时，却另有一块，连连退脚，不防后边又是一块。硬着胆把眼四下一望，谁知遍地都是这件东西。若大若小，滚来滚去，不知有几千百块，脚脚踢的俱是。骇得雨汗淋漓，见没处下脚，忙向床一跳，幸喜床上却没有，遂将衣服脱下，权做席子，扯过被来，连头紧紧盖着，再也不敢则声。不一会，睡梦中只觉身子压得重不可当，好不难过，用力挣醒，伸手往肚子上一摸，却摸着一块软痴痴冰冷的东西，贴在肚子上。料道："就是那件怪物。"慌忙跳起身来，大喊："快点灯来救命。"屠氏从梦中惊醒，忙起身点灯。才下床，就端着软物，及走时踢脚绊手，俱是稀软的东西。屠氏道："地上是些什么东西，又软又多？叫我好生难走。"抬头见桌上灯还未曾熄，向前俏明，低头看见满地肉饼，吓得战做一团。那杭童乘亮再把床上一看，但见堆砌累累肉球，登时毛骨竦然，若有个地洞，也钻下去了。一会忽遗姑也叫喊起来，屠氏拼命去瞧，看原来也是一个肉球，盖在他脸上，遂忙将遗姑扯进来抱在怀中，母子孙三人这一夜，一直弄至天晓，不曾的睡。

次早，杭童顾不得害怕，只得动手将满屋中肉饼，拾在箩内，挑送出去。就整整挑了有十几担，越搬越有，直挑至日中，方才挑完。且喜眼前清净，那知到晚又有比昨更多。次日，复又打扫出去。如此一连几日，日里送出，晚上就来，吵得家中没有一刻宁静。不知竟如何得去，且听下回分解。

第十二回　泥周仓怒气填胸

倭劳怎忍试霜锋，白发堪怜带颈红。

怒激泥身亦发指，可知咫尺有虚空。

再说杭童家中，日日被太岁吵得鸡犬不宁，到第三日上，杭童与母亲才打扫得肉球方完。家伙还不曾放下，那遗姑独自一个坐在床上打盹，往前一撞，跌下床来，竟哭得僵死，不能出声。屠氏忙去抱起，见头上已跌起一个大瘤，杭童看见心疼，嚷母亲道：“为甚不放他坐好，把他倒这一个大瘤，你人心是肉做的，亏你活这一把年纪，总是多过了的，你若不然意他，何不将来吃他肚里，却是这样黑心！零碎磨灭他，倒这个田地。”屠氏见遗姑跌狈，心中已自不舍，将欲坠泪，再经儿子钻心的言语，一场嚷骂，气得苦不能伸，遂呜呜咽咽哭将起来。杭童一发焦躁，正待发作，恰好一个伙计来寻他去说话，才赦了母亲，同他出门而去。

屠氏是闹惯了的，伤心一会也就丢开，心内还念着儿子，不曾吃得饭出门，愁他饥饿，意欲煮饭，家中偶然缺米，且待儿子回来去买。因无事做，就带着遗姑闲耍，忽间壁一个邻居为母亲生日，家中做善事，怜念屠氏年老家贫，又是个斋道人，着人送了一碗什炒素菜与他。屠氏笑容可掬，千恩万谢的收下，打发来人去了。才拿过菜来要吃，又转一念道：“我儿久不曾见些菜面，待他回家同吃罢。”遂连碗顿在锅前烟柜头上，又与遗姑在日色中闲耍。偶见遗姑身上爬出两个臭虫来，遂将自己衣服与被，细细找看，那知线缝里，竟如麦麸一般，挨排摆着，东移西爬，应接不暇。猛发个狠道：“怎捉得这许多，待我烧他一锅滚水，烫死他才得干净。”遂放满一锅水，一手抱着遗姑，一手烧火，霎时烧得飞滚，放遗姑坐着。待去舀水，那遗姑如杀人也似的哭将起来，那里肯坐，只得又抱起来。灶前一只手抱着遗姑，一只手掀开锅盖舀水。才将锅掀开，不想那遗姑看见一碗素菜在烟柜上，意欲去够取，尽力猛向前一荐，屠氏膊子一酸，那里留折得住，早已扑通的一声，当当掉在滚水锅里，把滚水溅得屠氏满头满脸。屠氏不顾疼痛，忙去捞时，那遗姑喊也不曾喊得一声，已煮得稀烂。正是：

只因不孝生身母，故教报应熟孩儿。

　　屠氏吓得魂也不在身上，心疼得扑簌簌泪下道："我的亲肉呀！"才哭得一声，猛跌脚捶胸道："想我的老性命，也是到今日了，儿子回来，这场打骂怎么了得？"正愁哭间，听得门外脚步响，料是儿子回来，心中大惧，遂忙忙一直奔出门外，劈头正撞着儿子回来。杭童问道："你到那里去？"屠氏战战兢兢低着头，只是走，口中答道："我到间壁人家讨个火来。"一头说，一头飞路去了。杭童诧异，也不在心上，慢慢踱进门来，远望锅内热气腾腾，暗道："既已煮饭，怎又讨火？"走向前一看，见个煮熟孩儿正是遗姑，吃这一惊不小，登时心头火起，捶胸大怒，拿了一把厨刀，赶出门来。抬头一望，远见母亲走进一个关帝庙中，遂身越也似赶将来。一口气已跑至庙门，那屠氏见儿子赶至，心忙意乱，一时没处躲，就往周仓神座下一钻。这杭童早已接脚赶至，手起一刀，竟将母亲砍死。正待转身要走，那个泥塑周仓忽然大怒，举起手中泥刀往下一劈，将杭童早劈做两半个，就提着杭童半个尸首，泥身竟走出山门外站着。居民看见骇异，不敢近前。有胆大的向前一看，认得是杭童。又跑进庙中去，只见杭童的母亲也杀在地下，再看杭童那半个尸骸，手中尚兀自拿着一把厨刀，刀口有血，才知为他杀母，怒触神明，以致泥神杀人，遂急去报官。

　　官府亲来验看，无不骇然，又到杭童家中一看，见锅中一个女儿，煮得化在里面，却不解其故，忽一个女尼进来，如此这般的缘故，细细说出，方才知其原由详细。那女尼又说道："贫僧数日前也曾来救他，欲化这个孽种，他却又不肯，真是天地间一桩恶劫！但如今屠氏虽遭此逆子毒手，他又却在好处去享福了。"众人还欲向前去细问情由，只见那女尼将身子一闪，早已不见，竟不知是仙是神。众人遂捐资买材，将屠氏尸首盛殓埋讫，又将杭童尸骨，也将棺木盛好欲去埋。不想一埋入土，登时就有雷闪齐至，将棺提出土上，劈得粉碎。换棺三次，连遭雷劈三次。过有七天，民居人听得一夜雷雨大作，次日起来，已不见杭童尸首，竟不知提到那里去了。众人嗟叹不绝，又去抬周仓进庙。谁知就如生根的一般，那里扛抬得动一动？甚至添有几百人用尽平生力去抬，也不要想得他进庙。官府闻知，亲来拜请，再令多人去扛，也不能一动。遂将山门改为一殿，单单服事周仓一位泥身在内，却于前边另起一座山门，香火比前更盛云。

卷四　海烈妇米椿流芳

第十三回　贤德妇失岁得糠

　　自古红颜岂是稀，欲得彗心实难期。爱丈夫，莫失志，愿他多读几本书，恨却年荒怎支持。相保守，不忍离，辛辛苦苦何人知。甘心把糟糠来度饥，只叹薄命不逢时。

——右调《忆娇娘》

　　娶妇原在取德为先，若以德行不甚要紧，而一味欲求其花容玉貌，苟一旦侥幸，以为得偶佳人，喜不自胜，此乃妄人之想，何足为法。盖妇人有色则骄傲无忌，心思莫测；更有一种痴迷丈夫，见其窈窕可爱，他若一举一动，则敬之如神明，畏之如雷霆，致意奉承，要使他快乐。故枕边之际，花言巧语，淫唆百般，彼以为佳音喷喷，洗耳而听，不能辨其是非。勿谓一句挑拨，就是百千句的挑拨，再无不入耳之理。若是有德之妇，端庄净一只是爱丈人勤读窗前，自己又克尽妇职，临事不苟，若有一句挑拨，竟是他的仇敌一般，还道是不入耳之语，颇觉厌听。若再加之以丈夫之弱，自己容貌之美，又无公婆拘束，儿女碍眼，值遇有可苟之境，挑逗之人，自无不入于邪者。所以到后边，少不得不是被人骗卖为娼，就是被人拿住送官，轻则打死，重则凌迟碎割，有个甚的好结局？然而此乃淫污卑贱之妇所为，亦不概见。大约中平之妇居多，也不节烈也不歪邪的，十有八九。至于心如铁石，志若霜柏，惜名节顾廉耻，可生可杀而身不可辱者，十有其一。若是皎皎如月，飒飒如风，耳不闻邪，目必睹正，略有所犯，如断臂截肌，视死如归，魂杀奸人，自己忘生而决烈者，盖亦罕见。斯人在世则千古名香，在冥则为正神。可见妇女节操贞烈，虽替丈夫争气，却是

他自己的无穷受用,越发该咬钉嚼铁的节烈起来才是。如今也件现在不远的事说来,好替天下女人家长些志气,立些脊骨。

话说江南徐州府有一秀才,姓陈名有量,年纪二十五岁,父母双亡,并无兄弟。素性孱懦,为人质朴;娶妻海氏,年二十岁,亦徐州人也。生得真有沉鱼落雁之容,羞花闭月之貌,妇德女工,无不具备。自十六上上嫁与有量,足不知户,声不闻外,有量家贫如洗,日不能给,全赖海氏做些针指,供给丈夫读书。每晚有量课业,海氏就坐在旁边,不是缉麻,就是做鞋缝衣,同丈夫做伴。丈夫读至三更,他也至三更;丈夫读至五鼓,他也到五鼓。若是有量要老早睡觉,他便劝道:"你我无甚指望,全望书里博个功名,焉可贪眠懒惰。"就是丈夫读完书上床,他还将手中生活做完了,方才安睡。一到天色微明,就先起来,做他女工,直至日出,料知丈夫将近起来,他才去烧脸水,煮早粥,毫不要丈夫费心。虽隆冬酷暑,风晨雨夕,无不如是,再没有一点怨苦之意。

有时有量自不过意,对他哭道:"我自恨读了这几句穿不得、吃不得烂穷书,致你不停针,夜不住剪,劳劳碌碌,耽饥受寒。是人吃不得的苦,俱是你受尽,反叫我安居肆业,真是我为男子的,万不如你。我何忍累你如此受苦,我寸心碎裂。你从今不要眠迟起早,万一天该绝我,宁可大家俱死,何苦教你一人受罪。"海氏反笑劝道:"说那里话。自古道:'不是一番寒彻骨,怎得梅花扑鼻香。'且贫者士之常。你看自古得志扬名的,那一个不从困苦中得来?况执臼炊爨,缝补缉纺,妇职所宜,这是妾本等之事,你不要管我,你只一心读书,不要灰了志气。"夫妇相劝相慰,一个单管读书,一个专心针指,倒也浓补了几年,虽不能十分饱暖,却也不至十分饥寒。

谁知天不凑巧,到这年上赤旱焦土,徐州颗粒无收,饥饿而死者,填满道路,有量家中,全靠着海氏作个指尖上度日。如此年岁,家家还顾不过嘴来,那闲钱买做生活?就是间或有几家没奈何要做的,也都省俭,十件只做一件了。海氏见生活没得做,又不能作无米之炊,要对丈夫说,又恐分他读书的心,要不对他说,委实不能存济。一会又思量道:"他又没处生发,就是对他说也没用,徒然添他在内烦恼。"遂隐忍不言,一味自己苦熬。每日在针头上寻得升把大麦,将来磨成饾子,煮成粥,与丈夫吃,把丈夫吃不了的,自己还不敢动,依旧盖好,留与丈夫作第二顿。自己却瞒着丈夫,在厨房将滚水调糠,慢慢吞咽,死挨度命。

一日,有量因要砚水,不见妻子,自己到厨房来取,望见妻子手捧一碗黄饭,在那里吃,见他来,忙将碗向锅底下一藏。有量看在眼里,只作不知,心内想道:"他吃得是什么东西?见我来就藏起,难道这等艰难,家中有米不成!料来不过是饾子饭,这些东西是你

辛苦上挣来的，原该你多受用些，你吃些罢了，何必瞒藏。"又转一念道："他素常不是这样人，怎今日做些形状，全不像他做的事。"一头取水，一头心上不快，不觉失手将个水壶跌于地下打的粉碎。有量连声叫道："可惜，可惜！"海氏看见，恐丈夫烦恼，直来劝道："物数当然，何必介意，我梳盒中有个油碟儿，倒也雅致，堪为水池，你拿去盛水，我另寻个粗碟儿用罢。"有量正欲设法他进去，便乘机答道："正好你去拿来与我擦洗干净。"海氏遂欣然去取。有量待妻转身，就急急往锅底取出那碗饭来一看，原来是一碗湿糠，好不伤心可怜，不觉失声大哭。海氏拿着碟子正走，忽听得丈夫哭声，急忙跑来，见丈夫识破，反吓得没做理会。有量见妻子一发疼痛伤心，见前搂抱痛哭，海氏亦放声哭泣。有量哭道："我一向睡在鼓里，若非今日看见，怎知你这般苦楚。"因又取起糠来一看，泪如涌泉道："你看这样东西，怎么下得喉咙，好痛心也。"说罢，又哭。海氏含泪苦劝方止。自此每食有量决要妻子同吃，再不肯相离。

看看日窘一日，甚至两日不能一餐，海氏与丈夫算计道："只此苦挨不是长法，若再束手，两人必然饿死。我有一堂叔，在松江府为守备，还有一侄海永潮，在江阴为营兵，不知那一路近些，同你去投奔他，再作区处。"有量道："毕竟是守备来路大些，莫管远近，还是到松江去罢。"二人计议已定，将住房权典出数金做盘费，夫妇二人一同登舟，一路无辞。

及到松江，谁知海守备已调官别省，二人进退两难，好不烦恼。海氏道："不得了，加船家些银子，再往江阴去罢。"有量点首，即日开船，不数日又到江阴。有量入城访问，果然一问就着。夫妇二人同至海永潮家中，只见四壁萧然，亦甚寒冷。永潮情意甚好，只是手底空乏，不能周济，每每竭力支撑，仅仅只够完一日食用，到后来连一日食用也还忙不来。海氏夫妻见如此光景，自不过意，那里还坐得住，只得告辞回去。永潮意欲再留他住几天，又因自己艰难，力不能敷，遂向朋友处借了数金赠他道："本欲扳留姑娘、姑夫住住，只因家中凉薄，恐反见慢，转又得罪。些须菲意，权奉为路资，容另日再来相迎，一并为情罢。"二人收讫，再三致谢而别。

行至常州，舟人因本处封船，死不肯去，二人没法，只得登岸换舟，那里有半只船影？寻上一日，才寻得一只，瓢大的破船，开口要八两松纹，方才肯去，把有量吓得缩颈伸舌而回。与海氏商议道："目今船价甚贵，那有许多银子雇船，况徐州米珠薪贵之时，你我纵然到家，也难过活。且喜此处米粮柴草还贱，不若在此权住两月，再图计不迟。"夫妻二人左右商量，再没法处，遂赁一间小小茅屋住下。正是：

在家千日好，出外一时难。

海氏见房屋浅小不能藏身，又恐出头露面，招惹是非，每日只是闭门而坐，深为敛藏。然开门闭户，拿长接短，怎么掩藏得许多。一日，有量从外回来，海氏正开门放丈夫前内，只见一个人贼头鼠脑的站在对门，把一双眼一直望着门里。海氏看见有人，慌忙将门掩上。转身忽见丈夫面有醉容，笑问道："恭喜今日小狗儿跌在毛缸里，开开尿运，你在那里吃酒来？酒钱出在何处？"有量喜得一声笑，手舞足蹈，说出这个缘故来。有分教：

　　只因一席酒，做了离恨杯。

　　不知有何吉凶，且听下回分解。

第十四回　奸谋鬼赔钱折贴

人妇缘何欲强求，资财费尽又蒙羞。

话头空与流传笑，反替深闺添算筹。

话说有量吃得醉醺醺回来，海氏问是那里吃得酒，有量嘻嘻的笑道："说也好笑。今早无事，偶在街上闲踱，遇着一个姓杨的，虽是酒家出身，为人甚是和气。说谈一会，就邀我去吃杯酒。我再三不肯，他道与我是邻居，一向少情，今日幸会，正好做个相与。我见他美情难却，故此领他一杯见意。不想他只不动手，就整整吃这一日，席间谈吐，又蒙他许多好意思，真是有义气，有肝胆的好人。我不意在此间遇着一个知己，你道奇也不奇？"海氏道："一面不相识的人，怎便将酒请你，恐其中必有甚缘故呢，你也不该造次扰他。"有量道："你太多心了。我看他做人忠厚，一见如故，决是个好人。他又不贪图我财，不奉承我势，有甚缘故不当人子，莫要屈杀人心。但是我白白吃他，又复不起一个席，好生有愧。"海氏听说，也不在心上，夫妻二人，欢天喜地说说笑笑，不在话下。

看官你道那请他吃酒的是谁？原来这姓杨的排行第二，是个酒家奴。走堂第一，量酒无双，为人心地不端，奸诡异常。每到冬春间，便临河开个酒店，延结漕船上这些运卒。偶然一日，窥见海氏，生得花枝一般的娇媚，魂迷意恋，日日走来窥觑，怎奈他家这两扇不知趣的牢门，时刻关着，再不能看个痛快。忽暗想道："除非与他交好，方可入门，况他丈夫在路途又是个贫穷之士，若再把些银米借贷他，不怕他不上我的套子。"画策停当，走出门来，正打帐买个帖儿去拜有量，做个入门诀，恰好劈头撞着。有量在街上闲耍，正中奸谋，遂上前扳谈一会，又邀至店中，聊饮三杯，把几句义侠之言，打动有量。有量是个老实人，听他一片乱言胡说，信为好人，果然满肚皮竟装着"感激"二字，故此回来，在海氏面前夸奖他许多好处。海氏是妇人家，又不曾见过那个人的面长面短，那里晓得，听见丈夫说得天花乱坠，信以为真，也就丢开再不盘问。

从此有量与杨二往来甚密，凡有量家中柴米一时短少，杨二时时周济，外又借贷数金与有量，叫他营运营运，做个日生钱，却逐日来贼头贼脑的思量窥探海氏。不知这海氏素性贞静，虽认他做义侠好人，却更敛形藏迹，深为避匿；杨二终究没法，与他款接，又暗自计算道："我只这样往来，几时几月能成，不若与他丈夫结为兄弟，假托亲热，要见嫂嫂。

333

待见面时，看个机会，于中取事，自无不妥。"于是又与有量在关帝庙歃血为盟，结拜有量为兄，果然以叔嫂礼，得常见海氏了。正是：

　　　　不是一番寒热计，怎能半面见娘行。

　　杨二遂日日在海氏面前张嘴骗舌，一会嫂嫂长，一会嫂嫂短，叫得好不亲热。海氏也只道杨二是个真心实意的好人，及如亲叔一般相待。一日，杨二知有量不在家，假意只作不知，一冒的走进门来，说寻哥哥说话。就一屁股坐在凳上，再不动身，把一双贼眼，呆呆放在海氏身上，越望不能定情。海氏是日常见惯的，也不留心防他，见他不动身，认作坐守丈夫说话。不好意思，走去烧一壶茶，拿一只茶钟，放在桌上道："你哥哥不在家，有慢叔叔，请自己用一杯清茶罢。"杨二忙起身来接道："怎敢劳动亲嫂，真叫我点水难消。我在此正渴得紧，就是一点甘露也没有这样的好。"海氏听得话不投机，红涨了脸，变色缩退。杨二又笑道："嫂嫂这等青春，怎么耐得这样淡薄？我看哥哥全不念嫂嫂这番清苦。倒也好笑，我做愚叔的，倒时刻把嫂嫂放在心头，着实挂念，恨不得将嫂嫂接家去过几天，又恐哥哥不肯。"海氏只不则声。一会又道："若把我做了哥哥，有这等一位西施也似的嫂嫂，就日里夜里的跪拜敬奉，如菩萨一般供养，还不稀罕呢。可笑哥哥爬起来，只晓得读这两句没用的死书，竟是痴人。"海氏心内十分恼怒，还勉强忍住，也不则声。杨二见他不招揽，暗自着急道："碎我！只当晓了这半日的胡说，他竟像个哑巴也似的金口也不开一开，我自己倒老大有些没趣起来。说不得我如今老着脸且坐，再挑他几句，看他如何？"遂大着胆，走向前，嘻着一张嘴正待开言，那海氏满腔怒气，正按捺不住，见他动脚，就心头火起，勃然大怒，厉声道："休得出言无状，屎口触人！我们眼不识人，误与狗彘来往，好不知分时，不识时务，还不跑你那狗路！今后若再走至我门口闯魂，枭了你的狗皮，打断你的狗腿。"杨二见他大声骂詈，入骨的叱逐，吓得魂不附体，又羞又怕，抱头鼠窜，急急跑出，缩颈而奔。飞也似的一直奔至家中。心头上突突的乱跳，把舌头伸了两伸，道："好厉害女子，好凶逾妇人。那样个温柔模样，怎这等个悫赖性子，几乎把我胆也吓碎。"又跌足道："这个凶妇料然断不可再犯，我就做个断门铳也罢了。只是我一向与他丈夫交往为何，且白花花去了若干酒食米粮，又吃他借去几两松纹，这是那里说起，那里晦气。他又是个穷鬼，怎么有得还我；真是人该倒灶，就撞着这不凑趣的冤魂，莫说我明日不敢上他门去取讨，今日他丈夫回来晓得，只怕他明日还要上我门来吵闹哩！"遂整整的愁了一夜，不曾合眼，第二日还躲在家里不敢出头。

那知海氏虽然贞烈，却有德性，恐对丈夫说知，未免就要生事，一则在逆旅穷途；二则丈夫是个柔弱书生，恐反为人所笑；三则恐传扬开去，名声不雅。故此丈夫回家，他却一言不吐，只作无意中劝丈夫道："杨二是酒奴小人，毕竟是个市井奸险，外貌虽恭，内怀不轨，这样人相与他无益，还该远他为是。以后凡是这种人，不但不可带他家来，你连话也不该与他说，我们如今在客途患难之中，你若再与这等匪类相交，就难保无祸，你须谨慎要紧。"有量心中不以为然，也只点头唯唯而已。正是：

> 莫信直中直，须防仁不仁。

说这杨二怀着鬼胎，把门闭得紧紧的，坐在家里，惟恐有量来与他寻闹。捱至第三日，天色平亮，他暗自哝偗道："靠天造化，若再今日不见动弹，就没事了。"正说不完，忽门上乒乒乒乒敲得乱响。心中着忙道："不好，不好！我是死也，定是那话发作，我说今日定挨不过，怎处，怎处？"登时胆战心惊，弄得开门不好，不开门又不好。又听得外边叫道："杨二老，怎这时还不起来做生意？"杨二再侧耳一听，认得音声是漕船上运卒林显瑞，始放心走出开他进来，复又将门关上。

原来这林显瑞是漕船上卒魁，极其不良，最为无赖，与杨二甚厚，颇其习狎。因连日河中水涸，船滞未行，每日只与杨二宿娼醉酒，赌博弄人。这两日以有事未会，今日特来寻杨二小饮。显瑞见了杨二笑道："两日不见，你怎就瘦了。"杨二哼哼的装作病容道："再莫说起。我连日得了个虚心病，几时害死。"显瑞笑道："这个症候，果然就有此奇幻，既是如此，我就与你起病。"二人遂取两碟小菜，几壶热酒，就在榻前对饮。吃得半酣，杨二心犹在海氏，又放不下那些所去之物，肚里打稿儿，思量事若不成，怎生设个计较，转央林显瑞去取。心里这般想着，却也无心贪饮，显瑞勉强相劝，刚饮得一杯落肚，猛听得门外有人叩响，说道："二哥在家么？"这一声分明是陈有量的声音，杨二说："这事有些作怪了。"又听得门响之声，吓得大惊非小，不知的确是谁，且听下回分解。

第十五回　哄上船从今一着

鬼蜮舞智，蛇虺逞能，巧安排设尽了圈圈阵。船儿已登，月儿又升，怕只怕，他那冰霜性。拜神天，多帮衬，只叫他时把舱门倚，频将窗户凭。待区区轻轻巧巧，做个钻舱进。

——右调《平江咽》

接说杨二忽听敲得门响，问时，却似陈有量声音。吃这一惊不小，再侧耳细听，果然一毫不差。杨二吓得浑发战，脸上就如蜡纸也似的黄，连声叫道："不好也，我的虚心病发了。"倒把显瑞老大一吓，忙问道："好端端的吃酒，怎一会就发起病来？"杨二忙摇手道："不要高声，我的病就在门外。"显瑞见如此形状，失笑道："外边不过是个人罢了，难道是个勾死鬼不成？任凭有甚么大事，有我在不妨，待我出去打发他。"杨二忙扯住，附耳说道："此人是适才所言那话之夫也，我昨日在他家那人面前偶然戏言，今日必然是来起火。非是我怕他，但这是个穷鬼，惹他则甚。"显瑞大笑道："还说你是个老在行呢！自古道'撒手不为奸。'而况止说得两句趣话么，不打紧他，我开他进来，看他是怎么样的起火。"遂将门启开，只见有量笑嘻嘻走将进来，与显瑞拱一拱手道："杨二弟可在家么？"杨二只得出来相见。看见有量满脸笑容，不像个来寻闹的，方才放心。有量向杨二道："这两日怎不过来走走，缘何脸上觉有些黄瘦？"因见桌上有酒肴，便道："像是这酒淘碌坏了身子，以后还该节饮为是。"杨二接口道："连朝有些小恙，今日才好些，蒙林兄沽一壶与我起病，若不嫌残，同饮三杯何如？"有量道："林兄乍会，怎好相扰。"显瑞道："论理不该轻亵，大家脱俗些罢。"三人于是同饮。有量向杨二道："我有钱把程色银子，买不得米，你有纹银可照银水兑换几分与我。"杨二沉吟半响，答道："银子放在我处，今日且吃酒，明日来换把你，如何？"有量点头应允，又饮数杯先告别而去。

杨二与显瑞复又坐下痛饮。杨二见有量情怀如故，料已没事，心中甚喜。又见显瑞是个色鬼，腰间又有几两现物，因暗忖道："我一向所去之物，正没处取偿，何不就出在此人身上。"便心生一计，向显瑞笑道："看这穷鬼不出，倒有那样个好妻子。老兄你若不信，明早就他这钱把银子上，〔管〕教你饱看了一眼何如？"显瑞狂喜道："足见老兄爱厚深情，碎身难报,但是怎的得见的法子?"杨二定计道:"此银他不过是买米,明早只须如此如此,管教你对面一见,你道可好么?"显瑞鼓掌道:"妙,妙,妙!"显瑞当晚就在杨二处同宿,一宵无话。

次早,有量来取银子,杨二道:"我身边也没有纹银,你既要买米,我有个熟店,我去竟替你买米,不但包你便宜,好不好还要教他管你送到家哩。你在此略略坐坐,我替你去买了就来。"有量甚喜,果然坐下守候。显瑞向杨二道:"我也陪你去走走。"二人出门买了一斗米,一齐同望海氏家来。只离有三两家门首,杨二将手指着道:"那间小小草屋内,即阿娇所贮之处也。我不便同你去,恐他认得反为不美,你自己去来,我在此等你。"显瑞遂背着那米去叩门道:"陈相公叫我送米来的,开了门。"只听得娇滴滴声音答应道:"有劳你顿在门口罢。"显瑞早已苏了半边,却悄悄躲在一壁。那海氏只道来人已去,遂开门出来取米,

早被显瑞看个亲切。海氏见他还在,忙将米提进,随手把门慌慌闩紧。

这显瑞一见海氏果然生得美丽,登时如雪狮子向火,身子就麻住做一堆,魂魄荡然,竟不忍离他门口,还亏杨二跑来,一把拖着就走,说道:"林兄,怎这样不老成,这成个什么光景?岂不被人看出破绽来,就事不谐矣。"显瑞笑道:"我的魂灵已被他勾将去了,止存个空身子在这里,那里还由得我自己做主。不是你来扯,我若再停一会,只怕连这个空身子,也要软化得没影也。"杨二笑道:"这一见打甚么要紧,就如此着魔,我不敢欺。不是我夸嘴说我还有本事,叫他到你船上来,不但图个萍水相逢,还可以做你的老婆呢。"显瑞喜得跳道:"我的老爷,我的爹爹,你若能周全此事,我没齿不忘,时刻跪在升子里拜你。"杨二道:"不须性急,此非说话之所,回去与你细细商量。"二人至家,对有量道:"何如?我的说话不差,才买了一斗米,已着人送至尊府,不但便宜,又省兄许多气力。"有量感谢不尽,遂起身告别回去,不题。正是:

只为人忠厚,反为鬼所愚。

显瑞恨不得此事速成，见有量动〔身〕出去，就连忙向杨二求计。杨二道："他夫妇归心甚切，若教他搭在你船上，顺路回家，自然乐从。且他丈夫只一味晓得读两句呆书，穷不可言；又借下若干银两，你若拼得几两银子，只说聘他做个书算先生，就包你必妥，万无一失。"显瑞欣然道："果然妙计，虽陈平、张良亦不能出于你之上。"遂取银三两递与杨二，再三嘱咐道："即此可作聘金，求速妥为妙，小弟暂且告别，少刻再来讨信。"

杨二送他出门，又吃完早饭，袖着银子，且打帐主法去会有量说话。恰好看见有量在街上买柴，杨二忙叫个人替他送柴家去，自己携着有量的手，同到店中说道："弟今日替兄谋算归计，倒有个绝好机会在此，极是顺便，且又有利益，适才那个林兄，做人极有侠气，腰中甚富，他要寻个写算先生，托弟代访。弟思哥哥在此未免艰辛，不若早回故乡，再作区处。是以竭力推荐，已经说妥。他情愿出聘金三两，嫂嫂就可趁着便船回去，又不消担干系，又不要花盘费，自自在在的一直到家，岂不两便，好不安稳快活。不知哥哥意下何如？"有量听得可以回家，又不用盘费，喜欢不过，惟恐不成，那里去细细存察！极口致谢应诺不迭。杨二遂将三两银子取出，与他过过目，道："这就是聘金，我前日替你转借的债负，他日日来催讨，左右是要清楚的，你何不算算还了他，也好大家丢手，省得他们又来咶聒。"有量道："也说得是，就如今算算也罢。"杨二遂某处该多少，某人该若干，一顿盘算，将三两银子算得精光。还道："某人还欠他几分，怎么处也罢，待我替你还了他罢，只当送兄买果子吃。"有量反感激他厚情，即刻又同到船上与显瑞定个期约，当面招会过。正是：

> 只因一着错，弄得满盘空。

有量依旧捏着一双空手回来，对海氏说知，海氏心中疑惑起来。问："那姓林的是何等样人，你可原认得他么？"有量道："他是送漕船运卒，与杨二老是契交，你可放心，不必多虑。"海氏闻得是杨二之友，大惊道："杨二不是个好人，他相与的，自然也非正路之辈，切不可上他的船，快把银子还他。"有量道："银子已还与别人，怎么处？"海氏着急道："若如此落入圈套，你怎么主意到这个田地。"不觉泪流满面，几至失声。有量方才着慌，时已无可奈何，只落道："待我再去追还这些银子，退还他便了。"遂急去寻着杨二，说要追银退还之事。杨二睁目嚷道："这样便宜事作成了，你还口齿不一，银皆还与别人，怎么追得转来。你若退时，趁早拿出三两头退还他，他有了银子，怕不寻出个书算来！却单单看上了你？你快些作法，若迟到明日，就要讨他发话，连我也没趣了。"有量弄得进退两难，只得

垂头踱回。

　　那杨二飞也似去对显瑞说知,教快如此如此而行。遂怂恿本卫转禀粮官,诬有量受雇不赴,耽误漕粮,差役立押。显瑞又纠集同伙诸人,一哄至海氏家中,不由分说,竟迫协海氏登舟。不知后事如何,却怎生模样,且听下回去分解。

第十六回　明归神亘古千秋

从夫去国即遭殃，青冢柔魂也断肠。

孩稚亦能说海氏，趋祠拜倒叫贞娘。

话说有量见银子已落人手，回家与海氏正没摆布，忽见显瑞领着许多人，吵至家中，说他受雇不赴，误运漕粮，当得何罪？竟不把他夫妻开口，立刻逼胁海氏上船，放在第三舱安下。海氏愁容泪眼，甚是可怜，虽事处万分无奈，并无一言报怨丈夫，只是愈加韬敛，再不露一些头面。一连几天，显瑞左计右算，竟不能一见。走去怨怅杨二道："你还允我做夫妻，如今要看看也不能够。"杨二道："毕竟是怕丈夫碍眼，你何不调他开去，事就可为。"显瑞笑道："此说大通。"遂回去将二十两银子，对有量道："烦你到苏州替我买些苦缆家伙，若买得相巧，所有余下来的银两，都送与你酬劳，誓不改口。"

有量为利所动，满口应诺。进舱与海氏说别，海氏料是设的计策，心内大惊。忙止道："你我离井背乡，只茕茕二人相依，还怕人算计，你怎好远去？况我是年少女人，落在这只船上，不知是祸是福，你若有此行，我举目无亲，只身无靠，譬如羊坐虎牢，危可立待，切不可去！"言罢，悲哭不胜。有量道："悬弧四方，男儿壮志，大丈夫周流天下，求名图利亦人之常情，岂可拘拘系于一处。且我到苏州，不过三五日，即便回来，这显瑞亦是老实之人，你何必多心致疑？料亦无甚大事。"海氏哭道："你怎不知利害？莫说三五日，只消你前脚出门，我后脚遭殃，是亦未可知。你想此处是个什么所在？却丢我一人在此，万万不可乱动。"有量满心只认作没事，又说道："那个男子汉不出门，怎说得这等怕人！自古说道'许人一诺，千金难移。'我既对他说了，再无不去之理。但我虽然外去，想显瑞诸人青天白日，亦未敢行横于你。设若有不测之事，你操持坚守，自己保重，他也何法以处，况我转眼就回，有何妨碍？我包管你得没事。"海氏又大哭道："你若决意要去，宁可带我同去，你我自做夫妻，从不曾一日相抛。情愿生死同在一处，今日决难相离。"遂扯住丈夫衣服，哭泣酸心，哀声凄楚。有量见海氏这样光景，亦觉动情伤心，恋恋不舍，又再慰了一番。外边显瑞见有量许久不出来，恐事有反卦，即催喊登舟。却进舱将有量扯出，扶上一只小船，如飞的去了。海氏痛心哭倒舱中，好不伤心。正是：

无计留君住,伤心只自知。

　　再说运粮旧例,每年祭金龙四大王,定演神戏。次日,恰值做戏之期,显瑞就欲于是日挑拨海氏。绝早起来刑牲,叫长年蓝九捧盘盛血。蓝九失手将盘一侧,把血拨在满地,显瑞大怒,将蓝九揪过来打了一个臭死。蓝九被打头青脸肿,敢怒而不敢言。显瑞心怀不悦道:"我今日一天好事,全在这一本戏上成功,侵早就被这狗头失手,弄了一身秽物,好没利市。也罢,一索不要忌讳。"遂将戏场做在船旁紧靠海氏舱口,不远先备一桌齐整酒席,唤那两个相好的舟妇,送去与海氏,说是"颁神惠"。海氏闭门不纳,一味峻拒。显瑞又将帘子挂在舱门口,令二妇请他看戏。海氏一发不肯一顾,把门关得如铁桶相似。显瑞大失所望,越发着迷。

　　次日又去怨怅杨二道:"他连戏也不肯出来看,莫说想做夫妻,就只指望做个萍水相逢,还料然不能,岂不枉费我许多物料。"杨二亦讥笑道:"那里有个女来就男的事。你何不进他舱去下手,我只能弄的他上你的船,至于上手之事,我怎能帮助得你。你好不聪明,你是一个有力量的男子汉,反不能制一个柔弱女子么?"显瑞点首笑道:"兄言大是有理。"就忙忙回来,取白银五锭,令二妇进舱款款对海氏说道:"林郎多致娘子些须微物,权奉娘子一笑,待另日再制首饰珠帛,替娘子妆戴。"海氏大怒,拿起银子,就向舱外一掷,大声骂道:"该死奴才,坐牢强盗,好生无状! 谁在我面前,敢轻薄嚼舌!"骂得性起,连两个妇人也被他一顿臭骂,吓得夹着一泡骚尿,飞奔出来。显瑞亦甚骇[然],又私忖道:"骑虎之势也怕不得许多,只得要强做了。"

　　于是到半夜里,将舱板撬开,钻将进去,只望乘他睡熟,掩其不备,就好行强。那知海氏端端正正坐在里面,见显瑞进来,遂大喊:"杀人。"同船诸人虽然听得,都畏怕显瑞,不敢则声,显瑞见他叫喊,全然不怕,竟奔海氏用力乱扯,海氏尽力号叫。呼喊愈急,惊动邻船,众人一齐声张道:"林某莫要弄出事来,不是当耍的。"显瑞见已惊破多人,意气阻丧,

自料决然难妥,方才放手,索兴而回。心内十分不快,只得匆匆安寝。正是:

掬尽西江水,难洗满面羞。

显瑞虽然出来没趣睡觉,一心却还听着海氏舱中,耳中微闻哭苦命亲夫数声,以后渐渐哭得声低,哀哀凄惨。再停一会,又闻刭勃之声,显瑞忙唤二妇去看时,已自投缳瞑目,时乃六年正月二十七日事也。显瑞彷徨失措,忙将尸骸藏在米中,等待过江时,好抛入江里。又恐漏消息,遂禁住船上人,不许上岸。过了几天,显瑞与兄弟林四商议道:"有量目今将好回来,倘然要起人来怎么处?"林四画策道:"可悬十两银子,做个信约,若船上有那个能去杀了有量回来。除此之外,还谢他十金。"显瑞依计而行。果然登时有人应募,却是蓝九欣然愿去,除杀有量。显瑞大喜,再三嘱咐缜密,务在必妥回来,还有重谢。蓝九道:"这事打什么紧,包管停当,不劳耽心。"遂拿着信约银子,悄悄上岸。

打了一个幌,一直竟奔到监兑理刑朱公处出首。朱公大惊,怕张扬出去,致恶贼逃之,立刻传经历缪君国瑞,亲拿恶贼。缪公极有作为,但出首之人藏躲。粮舟人多,不知林显瑞在那只船上。忙到官衙,取兑粮簿籍一查,上载:某月日卫官审潘遐下旗丁林显瑞米若干。缪君遂急出城去,见雷卫官,时已二鼓,雷卫官从梦中惊醒出来,接见缪公,对他道:"适奉上司严檄,某船藏匿逃人,特来查勘。"雷卫官倒吃了一吓,即刻同至某船,叫船上人俱来点名。点至显瑞,缪公道:"这就是逃人,与我锁起来。"众人惊愕,显瑞尚昂昂雄辩,只见蓝九从灯影中跳出执证,显瑞已知为其所卖,吓得哑口无言。缪公遂连夜送监。次早,显瑞令人将白金私献缪公,求他缓狱。缪公将献金之人,重责三十板,将银掷出,随即到船上验尸。蓝九就往米中爬出,缪公领众人上前一看,只见玉色柔肤勃勃如生,面貌一些未改,脸上泪痕还在,衣服虽然鹑结,却裤与裙连,裙与衣连,里外上下,互相交缀,兜底密缝。乃是他丈夫去后,恐有奸人暗算,自己细细连缝的。当时看的人,就如山拥,无不啧啧叹异。缪公分付掩好,不可轻露贞肌,当日合城官府俱来看视,忙催棺盛殓。理刑朱公回衙,将显瑞痛责四十并一央棍,定成斩罪。当时显瑞百般谋算,教兄弟林四,到某处投牒,说运难于更替;到某处诉辨,说海氏苑于反口〔与〕显瑞无干。朱公坚执不听,做成死招,申详上司。林四闻知,〔当〕头一闷,捶胸跌脚在淮安饭店,吐血数升而死。显瑞计穷,方〔才〕追悔,深恨杨二害他,断不令他独生,遂将杨二唆哄之毒,海氏前后贞烈之状,偏(遍)告同狱,所以一发流传甚悉。正是:

天作孽犹可为，自作孽不可活。

再说有量在苏州，忽得一梦，梦见妻子抱住他哭道："我的苦命亲夫！你从今以后，再休想见你妻子了。我已被人陷害，身入黄泉，我仇贼不日亦死，你还在此做甚？你可速速回家，带我幽魂回去。我于冥冥之中，自常随你，你亦不必苦楚，我自恨命薄，不能与你白头相守，半路相舍，心如刀割。你须另娶别室，家门保重为是。"言罢，哽咽而去。有量从睡梦中惊醒，甚是骇异，即刻收拾到来，乃显瑞下狱之第三日也。抚棺痛哭，死去更醒。正哭间，恰值江阴营兵侄海永潮，亦得一梦，故此同日赶至，捶胸大恸，遂一齐进城连告杨二。时杨二正逃避在外，左逃右逃，只是不得走离常州，早被差人拿获，扭解送官。才到城门，只见那看的众人动了公忿，忽听得一声喊，众人俱向前拳打脚踢，砖头棒槌如雨点般，一齐乱下，将杨二登时打做个肉饼儿，竟不分出个头足了。差人只得空手去回复本官。

那常州一府官长士民，莫不到海氏棺前一吊，诗文累积成山，何服子余连樵负板，以及婴儿妇女，无不趋棺叹息。有前进士赵正安，率子侄并耆老周时南等，到棺前欲传像议祀，启棺一看，时已七十余日，容貌如生，色不萎腐。邑庠瞿懋昭捐地以葬，医学牛以端为首，募构立祠，旬日立办。今祠在龙嘴。过有数月，理刑朱公已请下旨意，将显瑞枭首正法。众人犹将瓦砾，一齐打得稀烂，人人称快。海氏自立祠之日脚，托梦邑中乡老，日日神灵赫曜，香火日上一日云。

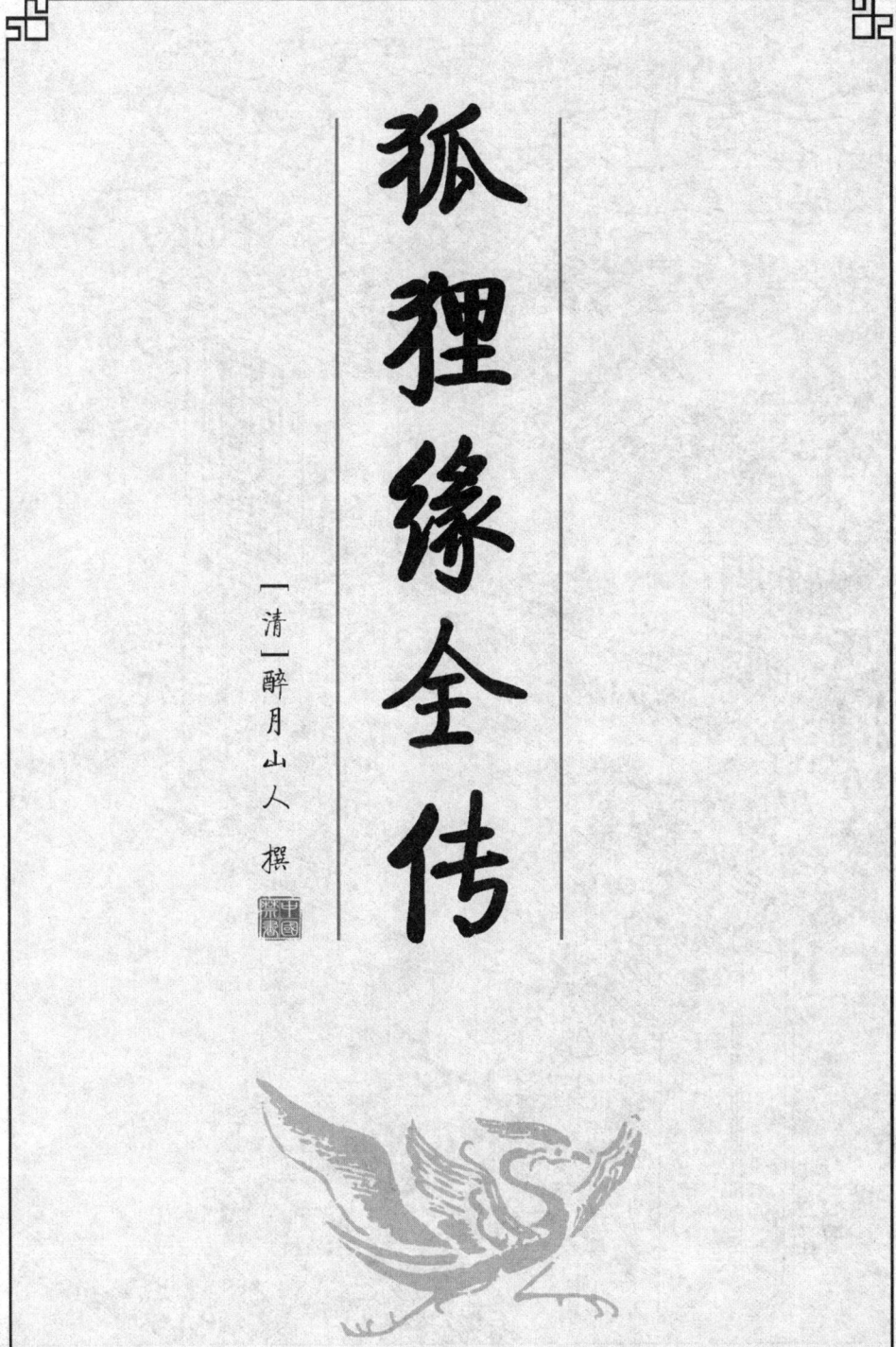

狐狸缘全传

［清］醉月山人 撰

第一回　周太史隐居归仙阙
贤公子祭扫遇妖狐

　　话说此书乃青石山一段故事。细考此山形势，原在浙西宁波县城外，乃是个清静地方。四面远近虽有些村庄，较那居民稠密、城郭繁华之处，别有一种明秀幽雅气象。因此便引动一位告退的官宦，此人姓周，名斌，字艺全。年将花甲，夫人已故。膝下只有一子，名唤信，号鸿年。年方十八，生的聪明文秀，体态风流。又有一仆，姓李名忠，因他上了年纪，都以老苍头称之；生有一子，名唤延寿，年方十二，亦在周府伺候公子。

　　这周太史原籍乃金陵人氏，因慕宁波青石山玉润珠肥、山清水秀，便将家眷移在宁波城外太平庄居住，以娱桑榆晚景。自移居之后，即将宦囊置买田宅铺户，以图久远之计。迁来一载有余，周公忽染重病。公子侍奉汤药，日夜勤劳。谁知百方调治，总未痊愈。周公自知阳寿不永，大限难免，便对公子说道：“我当初移居至此，原为博览此地山川美景。今乃天禄不永，有限时光，大概有愿难遂。我死之后，你须完我之志，葬于青石山侧，我愿足矣。”言讫瞑目，溘然而逝。正是：

　　　　三寸气在千般用，一旦无常万事休。

　　公子见父已终，恸哭不止。苍头苦劝，依礼成殓。丧事已毕，公子遵父遗言，葬于青石山深林茂树之间。

　　公子在家守孝，光阴迅速，不觉过了秋冬，又到清明节令。公子即吩咐苍头买办礼物，好到坟前祭祀。老苍头将物件备妥，公子即更了一身新素服，牵出坐骥，来在太平庄外。这太平庄虽属青石山的地界，却在坟墓之南，离茔地尚有数里之遥。公子乘马，老苍头与延寿相随在后。此时正是二月上旬，天气不寒不暖，但见花红似锦，柳绿含烟，一路美景令人欣赏。主仆三人缓缓而行，直奔青石山的路径而来不表。

　　从来说深山古洞多住妖魔。这座青石山，虽非三岛五岳之比，亦是浙西省内一个绝妙的境界。真是高通霄汉的奇峰，横锁烟霞之峻岭。却说此山有一嵯峨古洞，因无修行养性的真人居住，洞内便孳生许多妖狐。有一只为首的，乃是九尾玄狐，群妖称他作玉面仙姑。大凡狐之皮毛，都是花斑遍体，白质黑章，取其皮，用刀裁碎，便作各色的皮裘；惟独玄狐，通身一色皆黑，如同熏染貂皮一般，故其价最昂贵。这嵯峨洞九尾玄狐就是黑色，股生九节尾，乃是九千余年的道行，将及万载，黑将变白，因先从面上变起，故名曰玉面。

却说这玉面仙姑，因修炼得有些道术，专在外访那有名的妖魔精怪，或找在一处，讲些修炼工夫；或访来结作姨妹来往。时常变化美女，在外闲游。他有两个最好的干姐妹，修的亦有千年道行，一个在四川，一个在山东。他们三人最是知心，不是你来，就是他往。

这日清明佳节，春光明媚，群狐都动了那素日收敛的春心，强扎挣的野性。一个个言语颠狂，情思迷离，便勾起玉面狐的一团火性。他心中暗想："同类者当此春深，尽都神情显露，我在洞中，倒觉不便。"这九尾狐乃是一洞之主，他见群狐修炼的工夫与往日不同，他并不规劝提醒，倒勾起他的游荡之心，难以按纳，便欲幻化人形，到洞外去消遣。即便吩咐群狐看守洞内，慢慢的走了出来，变绝色女子，下了山径。

也是他的劫数应然，他见外边花香柳媚，万紫千红，蝶舞蜂飞，鸟声呖呖，不由的就动贪恋红尘之心，更觉迷乱本性：情思缠绵，呆邪杏眼。正在思春之际，忽听马蹄响动，抬头顺着声音一望，远远的见有主仆三人：一个年少的乘马，后有一老一少，担笼执盒缓缓相随。玉狐知是祭扫坟茔的。细看马上书生，别有一番景象，与那些山野农夫田园俗子不大相同。他便隐住身形，偷看他主仆三人行路的形景。有赞为证：

山背后，狐精偷眼看：只见那主仆三人走荒郊，后面仆人分老少，马上的郎君比女子姣。美丰姿，貌端庄。地阁圆，天庭饱。鼻方正，梁骨高。清而秀，一对眉毛。相衬那如漆的眸子，更带着两耳垂稍。先天足，根基妙；看后天，栽培好。似傅粉，颜色姣。那一团足壮的精神，在皮肉裹包。青簇簇方巾小，青带儿在脑后飘，紧紧的把头皮儿罩。顶门上嵌一块无瑕美玉，吐放光毫。玉色蓝素罗袍，青圆领在上面罩，系一条灰色绦。打扮得，淡而不艳，素里藏娇。方头靴时样好，端正正把金镫挑。细篆底，用毡包，粉溶溶无点尘泥，不厚也不薄。提丝缰举鞭稍，指甲长天然俏，银合马把素尾摇，稳坐在马鞍桥。一步步不紧不慢，走的逍遥。二仆人，跟着跑，一个老，一个少。老年人弯着腰，挎了个纸钱包，为利便，把衣襟儿吊，虽然是步下跑，汗淋漓偏带笑，抖精神不服老，走的他吁吁带喘汗透了上黄袍；小儿童多轻妙，抖机灵颠又跑，称顽皮蹿又跳，肩头上把祭礼挑，他还学那惯挑担子的人儿，又着那腰。主仆三人来祭扫，想不到九尾玄狐默地里偷瞧。

且说周公子主仆三人，不多一时早到了那阴宅门首。这些守墓的园丁，已在那里迎接伺候，将公子搀下坐骐，将马系在树上，便让主仆三人到房内。吃茶净面已毕，然后转

到阴宅,陈设祭品,供在石桌之上。老苍头划了纸钱,堆上金银锞子。公子跪倒拜墓,用火将纸焚化,不禁两泪交流。思念先人癖好山水,一旦天禄不永故于此处,甚觉可惨可悲,不由愈哭愈恸。苍头与园丁劝解须时,方止住悲声。站起身来,还是抽抽咽咽,向坟头发怔。众人见公子如此,急忙劝往阳宅而去。

谁知这里玉面狐将公子看了个意满心足,乃自忖道:"瞧这公子,不惟相貌超群,而且更兼纯孝。大约是珠玑满腹,五内玲珑,日后必然名登金榜,为国栋梁。况且年少英华,定是精神百倍。目如秋水,脸似银盆,足见元阳充足。"这妖狐正看到性至精微之际,主仆与园丁已从面前过去,犹自二目痴呆。直看着公子步入阳宅方转睛,自己叹道:"我自居此洞,也时常出来消遣散闷,虽然也见些人物,不是精神暗昧,便是气浊志昏,哪有这出类拔萃之品,温雅齐全之士?倘若与这样人结成恩爱,必定是惜玉怜香。"妖狐想至此处,不禁跃然而动,心旌摇摇,淫情汲汲,遂将数千年修炼之功,一旦付之东洋大海,安心要引诱周信。

你看他做出千般袅娜,万种风流,竟往园中等候。大约这周公子与妖狐合该前生有一段姻缘,事不可解,偏偏周信用饭之后,见天时尚早,又兼爱慕青石山的景致,他便独自一人,步入阴宅后面园内闲玩。但见起造的月牙河石桥似玉,修理的玲珑塔远映明堂;一带长溪四围环绕;两旁大树柳绿松青。树前列石人石马,坟后靠峻岭青山。东有来龙应风水,南风吹送野花香,石牌楼镇西来白虎,内有碑铭,字文俱佳;北有瀑布清泉,水响音清,芳草遍绿。遥看峰峦耸翠,云影徘徊,远黛含烟,树木密密,真是天然入画,景致非常。公子游够多时,顺步行来,忽见太湖石旁恍惚有人弄影。紧走几步仔细一看,乃是个绝色女子。公子一见,不觉吃了一惊,以为深山穷谷乃有如此佳人,真乃是闭月羞花之貌,沉鱼落雁之容。何以见之,有赞为证:

周公子宁神仔细观,真个是丽丽娉婷女娇娥。好风流,真俊俏:鬟儿蓬乌云儿绕,元宝式把两头翘;双凤钗金丝绕,排珠翠带昭君套,对金龙在左右靠,正中间嵌一块明珠放光毫。碧玉环坠耳稍,远黛含新月晓,又宜嗔又宜笑,黑白分明星照。水灵灵好一双杏眼,细弯弯似柳叶的眉毛。截筒般双孔小,如悬胆正且高,相衬那有棱角涂朱似的小樱桃。榴红衫花样巧,三山式把罗裙儿罩。云肩佩穗子飘。春日暖翠袖薄,纤纤玉指把春扇轻摇。体轻盈千般妙,迎风舞杨柳腰。步相沉金莲小,就是那巧笔丹青难画也难描。变化得神形巧,仙家术天然的妙。一任你慧目灵心,也难辨他是个狐妖。

却说周公子看罢妖狐,不觉心猿动转,便生怜爱之情。这正是,酒不醉人人自醉,色不迷人人自迷。

不知周信与玉面狐如何接谈,且听下回分解。

第二回 玉面狐幻化胡小姐 痴公子书室候佳期

词曰：

　　天上乌飞兔走，人间古往今来，沉吟屈指数英才，许多是非成败，祸福由人取，信邪反正堪哀。少年遇色须戒哉，有过切勿惮改。

　　话说周公子正自散闷，以解余悲，不期偶然遇一个美人立在太湖石侧，手执纨扇，意静神遐，若有所思的样儿。看来真是翩若惊鸿，宛若游龙。又搭着这有情有趣的时光，无垢无尘的境界，越显得佳人体态风流。

　　当此之际，就是铜铸的金刚、铁打的罗汉，也便情不自禁，而况周公子正在英年，才情无限，知识已开，未免有嘲风弄月之襟怀，惹草拈花的心性。他便笑吟吟理正衣冠，紧行几步，来至玉狐切近，深深打了一躬，说道："荒园小榭，唐突西施，幸蒙青睐，草木增光。甚愧点，不堪玷辱佳人赏鉴。"玉狐闻言，故作吃惊之态，羞怯之形，用春扇遮面，将身倒退两步，方启朱唇，低声答道："奴家偶尔绣慵，偷闲出户，贪看姣花嫩柳，不觉信步行来。得入芳园，眺览美景，幸遇主人，有失回避。今蒙不施叱逐，为幸多矣。"说罢，站在一旁，用杏眼偷看周生。

　　公子听他言语典雅，倍加爱慕，故意问道："小娘子闲步至此，宝宅定离不远。不然何以不带梅香，孤身来到敝园之内？请问府上贵姓？尊大人何居？小姐芳名？望赐指示，改日好到宅拜见尊翁，稍尽邻里之谊"。玉狐见周生说话亲切，便知其心已动，乃含笑答道："萍水相逢，何敢周公子拜访？奴家姓胡，小字芸香，原籍乃淮南人氏。自去岁投亲不遇，移居此处，至今不过半载有余。家翁早已去世，现在只有孀居老母，相依度日。今日纱窗刺绣，困倦忽生，丫鬟午睡正浓，未肯唤醒令伊等相伴，故只身出外散闷。今乃得遇公子，实是三生有幸。又蒙俯问，足见长厚多情。公子坟墓在此，一定常来。奴家从此倒要不避嫌疑，求公子照顾护佑，则孤弱母女，感情多矣。"

这妖狐故逞媚人之术，真是莺声燕语，呖呖可听。公子又闻这一派言词，更兼妖狐作出许多情态，就似把三魂被他摄去一般，并不详细究问，便把一片虚言当作真事。心内反怜他母女孤单，又贪恋佳人模样，不由的便落在妖狐术内。因忙答道："小姐既系此处邻居，日后未免常来搅扰。适才所言，足徵雅爱，幸蒙不弃，小生敢不惟命。"此时周生已是意马难拴，无奈不敢冒昧，因又言道："小姐立谈多会，未免玉体劳烦。现在我园小轩颇静，请停息片刻，待小生献茶，聊表微意，望小姐见允才好。"

此时妖狐虽欲与周生相嬲，又恐有人撞见，查出他的破绽来，乃含笑答道："公子情谊奴家心领，奈奴出门多时，恐老母呼唤不便。速速回去，庶免高堂致问。"周公子听罢，心不自主，心知难以相强，遂带出些许留恋不舍之形。玉狐参透其意，故意为难多会，方说道："既蒙公子不弃，奴家应该听从。无奈此时有许多不便，故不能遂相公之意。果然相公不鄙寒微，诚心相待，请暂且回府。至晚遣开贵介，在书斋坐候，俟初更之际，奴家侍奉老母，小声与丫鬟等说明，使瞒老母一人，那时情愿不辞奔波，往相公书斋一会，以作倾夜之谈，岂不胜此一时眷恋乎？"

周生尚要再言，只见玉狐已款动金莲，慢舒玉腕，向公子深深道个万福，故意连头不回，竟自去了。

但凡人要遇见美色迷了心窍，便把情理二字不能思想。比如日下，一个闺中民女，黑夜之间，独自一人焉能奔驰五六里荒郊道路，至别人家叙谈？况在此初逢，并没言过门户方向，深宅大院，找到书斋，世界上那有这等情理？总而言之，人若入了死心眼的道路，就有人指示投明弃暗，再也不肯回头。此乃人之懵懂着迷不能免的。故周公子一味被玉狐惑乱，迷住心性，并不细详有此情理没有。眼望着妖狐去后，他便急忙回到阳宅，催苍头叫园丁收拾祭器，备马归家。

你看他一边行走，一边思念今日奇缘，实为得意，恨不能一刻至家，打扫书斋，候胡小姐到来，好与他结成恩爱。想至此间，不觉喜形于色。复又暗想："他乃娇弱美女，三寸凌波，夜晚更深恐不能行走。"念及至此，不觉又是发闷。

从来书呆子作事多露马脚。这老苍头乃是心细之人，见公子回归匆促，在马上又这般形景，未免有些疑心，便暗中低声说道："延寿儿，你看咱公子来时，祭扫坟茔何等悲泣？你可知他在阴宅遇何事故，回头反这等喜悦？"延寿乃轻轻答道："适才坟上祭奠已毕，我见园内桃花开的甚好，欲到树上去折一枝。走至树旁刚要下手，忽听有人细语。猛一抬头，见咱公子与一个极俊的姑娘在太湖石旁边说话呢。哎哟！他们两人真是说的有来有去的。到后来，咱公子作揖，那姑娘也答拜，闹了好大工夫。想是咱公子说话烦琐，见那

姑娘竟一溜烟是的走了。剩下咱公子，发了半天愣怔，方回身出离园内。我见到了阳宅，便吩咐速速备马。也不知他们两个有甚么缘故。我恐叫他两人看见不便，连花也未折，便忙忙收拾起身来了。想这光景，咱公子必是与那姑娘拌了嘴，那姑娘赌气回去。不然就是和那姑娘题诗论文，叫那姑娘考短了。便是考短了那姑娘不悦，咱公子也就没趣咧。大约是为这事，在马上又喜悦又发闷的。"

苍头听延寿一片话，不觉的吃了一惊，说："此事有些奇怪。现在此处半是荒冢，并无多少住宅。纵有两家守墓的家眷，不是形容丑陋，便是相貌平常，何曾见有绝色姿容、知书识字之女？况且村上妇女，一见生人早躲的无踪无影，慢说题诗讲文，就是说话尚不知从何处先言，焉能有惊动咱家相公的？即或有之，也不能在人家园内与年少书生攀谈多时、款诉衷情之理。"这老苍头乃是周宅上辈的老家人，周宅之事无一不知。修墓之际，皆他分派，所以这坟地四面居民，未有不晓得的。如今听了延寿儿的言词，满腹猜疑，再也想不出是谁家的女子，一路随着公子前行，也不敢致问。只见公子骑马紧走，已到自家门首。看门的将他搀下马来，竟自进入宅院去了。

你道周宅怎样装修？有赞为证：

这所在，是周宅的院宇，多齐整！看来是匠心费尽了细工夫。芸香院通幽处，月洞门便出入。影壁墙亚似粉涂，汉白玉镶甬路，四方砖把满地铺，一步步成百古。进中庭楼阁屋，栋梁材多硬木。安排好，点缀足，真正是修盖得华丽，精而不粗。深深院，幽香馥。假山堆，名太湖。叠翠形，崎岖处，青簇簇。芭蕉叶相映着四季花、梧桐树。罩纱窗多幽竹，玉阶旁瑶草绿。满庭中，奇葩异卉，仿佛仙都。小书斋，似图书府。启帘栊湘妃竹，翰墨香散满屋。摆设着瑶琴古，列七弦分文武，镂款式有名目，蔡邕题小篆书，金徽灿玉轸足，知音者方能抚。看出处，这物件原来是刻着汉朝的印图。设棋枰随着谱，云南子润如珠，□手谈真不俗。论先后，分宾主，见高低，决胜负，论步位，分心路。得意间，忘情处，学奕术，能开心窍，把忧闷舒。启琅函，册页贮。设案架，堆书处，标着签，分名目。好装潢，无套数。芸香薰，怕虫蠹。亿万卷千百部，校兑清无讹误。看来是三坟五典、上古的奇书。满壁挂古画轴，写成章联成幅。墨山水美人图，称妙手笔力足，点缀好五色涂。配对联书法古，名人迹有印图，真正是丹青的妙笔世间无。靠粉墙，桌案处，摆设精，文玩古。控金钩，把床帐铺，兰麝香锦被褥，鸳鸯枕碧纱橱，真雅致不透俗；看来是，纵然富贵，并不轻浮。

话说周公子回在院内，并不等候老苍头父子来到，他便换了便服，也不用饭吃茶，匆匆的竟奔书斋之内。老苍头后面赶到，忙令延寿儿到书房伺候公子净面，以便用饭。谁

知净面已毕,即将延寿遣出,说:"你不必在此伺候,如有他事,再行呼唤,无事不必再来。"延寿儿乃系小孩子,乐得的躲开,吃罢饭耍去。此话按下不提。

单说玉狐自花园中许下周生夜晚相会,他便匆匆归入洞府。众妖狐一见,急忙卷起湘帘,接去春扇,俱各含笑迎接。玉狐进入内洞,归了坐位,小妖送上茶来。玉狐擎茶在手,遂向群狐说道:"今日洞内有何人到?众姊妹等作何顽耍?"群狐答道:"我等并无别事,无非大家闲叙而已。"言罢,众狐又向玉狐问道:"今日洞主下山,我等看脸含春色,鼻放毫光,定有遂心如意之事。不然,何以气象如此?如有甚么奇遇,可对我等一言。"

玉狐闻听此言,满面堆欢,说道:"近来众妹等眼力颇高,灵明百倍,我方进洞,就看出此次下山定有机缘相凑。我实对妹等说罢,今日愚姐下山,正在郊原散步,忽见坟墓之旁来了主仆三人祭扫。我看其中有一书生,先天真元充实,后天栽培坚壮,满面红光一团秀,真是你我修炼难得的金丹至宝。况且生的品格端正,体态风流。因此,我见他们祭祀毕,便隐在花园之内等候着他。可巧也是天缘,此生又独自在花园内闲玩,我便故意与他撞见。谁知此生更自多情,被我三言两语,说的他实心相信,约定今晚在他书斋相会。"

玉狐从头至尾说了一遍,众妖听说,俱尽欢喜。遂一齐说道:"仙姑若得此人朝夕相会,慢慢的盗他真宝,从此不愁大罗神仙之位。这也是仙姑的福气、缘法,方遇得此等机会,实是可喜可贺。"遂吩咐小妖:"备办筵席,我等与仙姑增添圣寿。"顷刻间便搬运了许多的佳肴美馔,摆设已毕,众妖把盏,请玉狐上坐,玉狐说道:"即承众妹雅意,愚姐只得僭坐了。妹等俱来相陪,咱大家好开怀畅饮。"小妖轮流劝酒,众狐饮宴多时,已是金乌西坠,玉兔东升之候,众狐皆有几分醉意。玉狐恐误相约之事,便吩咐撤去杯盘,吃茶已毕,便辞别众狐,出了洞府,来在青石山高顶之上,对月光先拜了四十八拜,然后张开口吸取明月精华。完了工夫,又到山下洞水之中洗了洗身体,抖净了皮毛的水迹,仍然化成美女,驾起妖云,直奔太平庄周公子的书室而来。

来在窗棂之外按落云头,轻轻的站住,不敢遽然进入。乃用舌尖舔破窗纸,以目往里张看,但见屋内高烧银烛,静悄无声。只见公子在那书案之旁坐着发怔,似有所思。看他那模样,借着灯光,比在花园初遇更添了许多的丰采。怎见得,有赞为证:

这正是:佳人站立纱窗外,舔破窗纸偷看英才。倚书案似发呆,看标格真可爱,借灯光更把那风流衬起来。素方巾头上带,乌油黑遮顶盖,正中间玉一块。宫样袍可体裁,青布镶边儿窄,绣团花分五彩,坎肩儿是一水蓝的颜色,俗名叫月白。腰间系白玉带,透玲珑生光彩,银钮扣相配着护胸怀。镶云履地下排,细粉底轻且快,端正正鼓满充足,一点儿不歪。因守制无缯彩,锦绣服全更改。那知道一身青皂愈显得唇红齿白,两颊粉腮。

玉狐隔着纱窗偷看多会,见公子坐在椅上若有所待。观其美貌之处,真是粉装玉琢,犹如锦簇花团。

妖狐此时不觉淫情汲汲,爱欲滋滋,恨不能一时与他鸾交凤友。乃轻轻的在窗外咳嗽了一声。

话说公子自从书斋吃茶、净面已毕,并不似每日在前边院内来与人说笑闲叙,也不唤仆人整理书室,将延寿儿遣开之后,竟自己将书室物件安置了一回。至用饭之时,老苍头亲身请问,他便带出许多不耐烦的样儿。苍头摸不着头绪,以为今日祭扫,身上必定劳碌,遂问道:"公子今日身上若不畅快,想吃甚么,可吩咐老奴,好派人去做。"问了几次,并不回答。苍头急忙出离书院,令厨役在书斋摆饭伺候。

那知周信一心想着美貌佳人,将饭胡乱用些便令撤去。厨役将要走时,复又说道:"你到前边院内,将锁跨院门的钥匙取来交给我,烹一壶茶送来。你们在前边吃饭去罢,我今日身觉乏倦,需要歇息。如有事,候我呼唤再来。"厨役忙答应,将钥匙与茶放下,便自去了。

这里剩他一人踱来踱去,顺着书院,绕到跨所门边,将门启放,向青石山望了一回,尚无踪影。复又回至书室坐着纳闷,恨不能一刻太阳西坠。又恐黑夜之间,苍苔露冷,鞋弓袜小,难以行走;又恐其老母未寝,阻住无由脱身。心中无限狐疑,搔首踟蹰,无聊之至。思虑盼望,好容易挨至初更之后,仍无人影。无奈何,自己点上银烛,倚靠书案,呆呆的在那里相待。正自发闷,忽听有人咳嗽一声,悄低低的说道:"有劳相公久候,恕奴来迟,万勿见怪。"此时周信正在渴想之际,猛听这一派莺声俏语,犹如得了异宝一般。况且,周信又是乍逢美色,其心中之喜真是:

　　　　胜似洞房花烛夜,强如金榜挂名时。

不知周公子与胡小姐二人果能可成恩爱不能,且听下回分解。

第三回 玉面狐采阳补阴
周公子贪欢致病

诗曰：

窗明几净读书堂，斗转星移漏正长。

独坐含情怀彼美，相思有约赋高唐。

从来国色多怜爱，况遇佳人巧饰装。

莫怪妖狐惑周子，嫦娥且爱年少郎。

话说周公子一闻胡小姐的声音，不觉心中大悦，急忙离坐，开帘迎接，含笑说道："小姐真乃仙人，小生有何德能，风寒月暗，敢劳仙人下降？"玉狐故装体倦身慵，娇模娇样的答道："身在闺中，视一里为遥。今乃奔驰五六里，实在怠惰之甚。"公子一见小姐，此时心内以为天下未有之喜，忙将湘帘打起，说道："书室并无他人，请小姐速进，歇息玉体。"玉狐款动金莲，走入书室，见其中粉饰精工，摆设的诸般齐整，便对着公子福了一福，说："恕奴僭坐。"即在绣帐之内靠床坐定，反装出许多娇羞的样子，不言不语。公子此刻不敢遽然相近，偷眼观瞧。常言道"灯下看美人"，见其打扮的衣服华丽，借灯光一看，较花园乍见时倍添了几分风韵，真是：巧挽乌云天然俊俏，淡施脂粉绝世姿容。更兼假装走的香汗津津，带出娇懒之态，更觉妩媚可爱。此皆妖狐作就的幻术迷人，岂知他自山洞之中，原是披毛的畜类，未从欲到何处，驾起妖云，将身一晃比电还快，顷刻之间能行千里，何况太平庄五六里之遥，便觉不胜受累之理？所以装作这样情形者，恐人看出他的破绽，心生猜疑，便难盗周公子的真元至宝了。

那知周公子贪其美貌，并不究其来由，一见这样光景，怜他走路奔波，心中甚觉不忍，反暗想："胡小姐弱质纤腰，自有生以来，定未受过这等辛苦。而今为我相会，反瞒他老母，悄地而来，更深路远，独自出门，为我用的这等苦心，实在难得。况且月夜之间，倘遇轻薄歹人，不但难免失节受辱，还怕因而废命伤身。如此担惊冒险，真是令人过意不去。"

常言说："时来逢益友，运蹇遇佳人。"况周生自与玉狐相遇，已被他幻术拢住，莫说无人指破，即此有人说他是个妖精，见此等美貌多情，公子亦不相信。故此一心迷住，并不察问如何找到此处，由何处进入，一概不提。他见玉狐香汗淋漓，就如桃花带雨一般，连忙深深打了一躬，说是："小姐如此多情，小生将来何以补报？"妖狐闻听，故做戚容，说道："哎哟，我的相公，我母女背井离乡，举目无倚，久仰公子端方朴厚，文雅风流，天幸在园巧遇，得睹尊颜。今夕奴家特来相会，以求公子日后照拂我母女，别无他意。望祈正眼相看，勿为桑中之约，目作淫奔之女，使奴家赧颜一世。不过暂叙片刻之谈，以全园中之信，奴家便告辞。"

公子听罢，不禁心内着急，说道："感蒙小姐光降敝斋，足征雅爱。不意小姐如此说来，想是以小生为不情之人，无义之辈，恐日后忘情负义，有玷小姐，故小姐拒绝如此。倘小姐心中疑虑，我周信情愿对灯盟誓。"妖狐闻言，含笑说道："奴家非不欲与公子相交，特恐公子不能做主，日后倡扬出去，众人见疑，倒觉公子许多不便。况奴观自古男女私约，起初如胶似漆，何等绸缪。及至日久生厌，或一时复有外遇，或父母逼迫结亲，到那时，便将从前之人置之度外。纵有盟誓，无非虚设。倒莫若撇却床笫之交，结作谈文之友，比那终日被情欲所缠之人，岂不更有些意味？适才公子所说对天盟誓，亦无非哄愚人的牙疼咒儿，劝公子不必如此。请公子或是吟诗，或是著棋。奴虽不甚通文，颇愿学之。"

周生此时一派欲意，忽听这些言语，不知妖狐是欲就反推，他便认起真来，说："小姐既然如此，莫若两不相识。难道叫小生剜出心来不成？此时小生惟心可表，如恐日后见弃，小生自愿对天设誓。听与不听，任凭小姐尊意。"妖狐见公子说出急话，知道绝不见疑，复又含笑说道："公子果然见爱，奴家何敢自重其身？但日后休忘今夜之情便了。何必如此着急？"公子见妖狐已有允意，将心放下，走到玉狐身边说道："小姐纵然相信，小生情愿诉诉心怀。"言罢，用手将玉狐搀起，一拉纤腕，周生便先跪倒。玉狐趁着此势，也就随弯就弯的跪下。此刻正是夜深人静，恰好海誓山盟。公子对天达告已毕，二人携手站起，并倚香肩坐在绣帐之内。款语温存了多会，公子复又言道："良夜迢迢，小姐必定行走劳乏。小生有备下的酒肴，请与小姐共酌，不知意下何如？"玉狐并不推辞，说道："公子盛情，敢不承领"？言罢，二人便酌酒谈笑，自在叙情。此时正是风声潇洒人声寂，夜色深沉月色明。三杯之后，玉狐酒淘真性，面放桃花。公子色欲迷心，情如烈火。只见玉狐娇滴滴含笑说道："奴家酒已够了，请公子自饮罢。"公子恨不能有这么一声，急忙将酒撤去，展开罗帏，铺放锦被，二人相携而入，惟恨解带宽衣之缓而已。这一夜你恩我爱，风流情态不必细述，正是：

温柔乡似迷魂阵，既入方知跳出难。

从来欢娱嫌夜短。二人定情之后，堪堪东方将曙，玉狐不待天明，忙着披衣下床，便欲告辞而去。公子说道："天色尚早，何必如此太急？"言罢，复用手将玉狐拉在被内，说："待我与小姐一同起身，小生好去相送。"

常言狐性最淫，他见周生如此重情，复又作出无限风情以媚之，阳台再赴，情不能已。这周生以为得了奇遇，惟恐妖狐之不来，再三约定，二人方穿好衣服，又叙了许多情话，玉狐说道："东方已明，可放奴去罢。不然被人相遇，羞答答怎好见人？"公子此时不知怎样才好，有心留在书室，又恐其不从；有心叫他自走，又怕路上许多不便，真是恋恋不舍，无可如何，遂向玉狐千恩万谢，说道："小姐欲归，小生也不敢相留。但独自行去，小生须得多送几步，才得放心。"玉狐含笑答道："公子何乃聪明一世，懵懂一时？我自己行去，即有人撞见，尚不知我是何人，从何处身。若要公子相送，岂不是将咱么的隐事明明告诉别人么？奴虽女流，自有防身主意，公子倒不必担忧。况奴既失身于公子，自当念念在心，乘隙必定早来。只求公子将跨所门虚掩，免得一时惊人耳目可也。公子亦当谨慎防范，守口如瓶，即宅内之人，亦不可令他们窥见。"公子一一答应了，二人方携手出门。又相叮嘱了几句，玉狐方款步而去。

公子回到书斋，日色已明，他也不顾吃茶净面，便仍卧在绣罗帐内，思想胡小姐如何打扮的艳丽，如何生长的娇美，如何夜里的风情款曲。思想了多时，复又昏昏睡去。及至小延寿捧来脸水伺候，方慢慢唤醒。梳洗吃茶已毕，摆上饭来，公子一面用饭，一面吩咐："从此我要静心用功，尔等非奉呼唤，不必常来书院搅扰。"仆人答应了，对众说道："公子勤学读书，欲图上进。咱么不可再去混他。每日吃茶用饭，令延寿儿端来撤去可也。"

那知公子也并不是欲读书，也并不是要上进，白日在书室闷坐酣眠，黑夜与胡小姐贪欢取乐。宵来昼往，堪堪半载有余。世上有两句俗言，恰合周公子心意："宁在花下死，作鬼亦风流。"

玉狐与周公子交接已久，妖狐见书斋清净，他便不甚隐藏，轻出轻入，毫不介意。周公子贪恋美色，也就诸事不顾，肆意叙情。岂知人之真元已失，未免精神倦怠，便就不似先前那等充实身体。况又旦旦而伐之，岂有不欲火上攻之理？所以人之元阳，乃系一身之宝者，不丧失不但寒暑之气不侵，可以长生寿者，即入修炼之道，体健身轻，亦可容易飞升。不信，八仙之中吕纯阳便可相说。他因自幼不丧精元，故他的道术较别的仙人甚高。

这人身的精血,岂不是至宝么?玉狐与周公子相会,亦为的是采取元阳,容易修成大道的心意。无奈周公子不知,反以为最美之事。那知夜夜鸳鸯,朝朝鱼水,便是亡身致病之由。前人有四句诗,可以为戒:

> 二八佳人体似酥,腰间仗剑斩愚夫。
>
> 虽然不见人头落,暗里催君骨髓枯。

闲言休叙,且说玉狐自从得了周公子的真元,又遂了他的淫欲,回到洞中不胜欢喜,以为指日即可修到大罗仙的地位。这些大小妖狐,齐来相贺。一日,由周公子书斋回洞,正在饮酒谈笑之际,忽见小妖来报,说:"蜀中凤箫公主到了。"玉狐闻听,急离坐相迎。二妖一见,彼此叙礼已毕,玉狐吩咐再整佳筵,将凤箫公主让在客位,众狐侧坐相陪,大家畅饮闲叙。只见凤箫公主笑盈盈说道:"闻听玉姐得一情郎,夜夜欢聚,不但有益修炼之功,而且得遂情欲之乐。今日小妹既来,无别的致贺,借姐姐之酒,奉敬三杯为寿,异日好求姐姐携带,会会得意郎君,不知姐姐意下何如?"玉狐答道:"贤妹离此甚远,何由得知最切?"凤箫道:"前日妹到云罗妹妹洞内,无事叙谈,因思念姐姐日久不晤,我二人轮指卜算,便知姐姐定有如意喜事。故此小妹特来道贺。"玉狐又道:"现今愚姐正为此事作难,敢请贤妹想一最妙主意方好。"凤箫道:"你们二人正在得意之际,有甚么为难之处?"玉狐长吁叹道:"自今年清明佳节,愚姐出洞闲游,得遇此生上坟祭扫。愚姐见他天庭饱满,地阁方圆,更兼身体伟壮,举止风流。我想:此生日后必定富贵寿考。彼时愚姐凡心一动,故意与他相遇,用幻术将他引诱,用言语将他扣住,

密定私约,得以往来。那知与他期会未及一载,便觉骨瘦形消,似有支持不来的样儿。此刻欲要将他丢开,因其情深,又觉不忍。欲要仍与他相缠,又似无益。因此进退两难,故求贤妹为我决断。"凤箫道:"据小妹看来,此生既已病体支离,可令其潜心保养,大约此际不致亡身命丧。姐姐亦可从此打破欲网,斩断情丝,回洞纯修大道。此乃两不相负之法。

若是仍然固结不开，有意逗留，恐其中日久生变，倒招祸患。纵然咱有些道术，不甚要紧，常言说，邪不能侵正。莫若此时以忍情绝痴情，及早回头，尚无妨碍。若今日缠绵不悟，到那时梦醒已迟，岂不悔之晚矣？"玉狐听罢，说道："多谢贤妹指教，真是良言金玉。愚姐从此见机而作可也。"说罢，仍又酌酒谈笑。饮至夕阳将落，凤箫道："搅扰了众姐妹多时，日色沉西，小妹已该回洞了。"玉狐答道："知心姐妹，何必客套？不知贤妹此去，何日再会？如见云罗贤妹，可代愚姐问候。贤妹若再来时，祈转请云妹一同到此，咱么大家说笑一日，岂不甚妙。"凤箫道："谨遵姐姐之命。"言罢告辞，乘风而去。

话说玉狐自与周公子相遇，夜夜得遂淫情，今听凤箫公主之言，欲待不往，心中着实的委决不下。况又被酒所困，事思云雨之情，无计奈何，早将适才所说禁欲之话撇至九霄云外。这也是乐极悲生，循环至理，万不能免去祸患。你看他仍旧幻化的秀雅娉婷，打扮的清奇俏丽，身驾妖云直奔周公子的书室。来在窗外，向里窥视，甚是寂静。案上残灯半明，公子尚卧罗帏。玉狐一见，回想初来此处，公子何等精神！书斋何等齐整！今日一看，与先前大不相同。妖狐思及于此，未免叹气自忖，然亦无可如何，只得掀帘进去，乐一日是一日罢了。妖狐走进书斋，轻轻将公子唤醒。

不知二人说些甚么，且听下回分解。

第四回 玉面狐兴心食童男 小延寿摘果妖丧命

诗曰：

> 色作船头气作艄，中间财酒两相交。
>
> 劝君休在船中坐，四面杀人俱是刀。

话说周公子正在梦寐之间，忽听有人声唤，一睁二目，见是胡小姐，便急忙起身说道："敢则贤妹到来，有失迎迓。"言罢，同携素手，挨肩坐下。常言说"酒是色媒人"，玉狐酒兴尚浓，未免春心摇荡，恨不即刻贴胸交股，共效于飞。所以二人并不闲话，即携手入帏，滋情取乐，至五更方止。一宿晚景不必细言。

且说老苍头自从清明之后，因公子吩咐，不奉呼唤不许来进书院。他想："公子必定趁着守孝，要专心诵读。"心中甚喜，故每日只令延寿儿询问，送茶送饭，也就不在其意。乃至日久，不但说未见游山访友，连前面院内也不见出来，且又从未听得读书之声。虽然甚疑，又不敢到书房察问探询。延寿儿说："咱公子终朝不是闷坐，便是睡卧。先前还在书院踱来踱去，这些日子，我见脸面尖瘦，气喘吁吁，总没见他看文章。听他念诗赋似先前那声韵儿，怪好听的。不知道晚上作些甚么，日色老早的便嘱咐我'不必'再来伺候，遂将书院前边这门拴上。你们想想，这可是何缘故呢？"

老苍头听罢延寿儿之话，心中甚是惊疑不定，细思："公子这等形容，必定有由而起。莫非书室有人与他作些勾当不成？然此村中未闻有这等风声妇女。即或清明祭扫之时，有女子与他说话，却又离此甚远，亦难轻易至此。"思来想去，竟揣摸不出头绪。盘算多会，忽然生出个主意来："现在时届中秋，果品已熟，过一两日走到书斋作为请公子到坟祭祀，到那时看他形景如何，再作道理。"遂嘱咐延寿儿："不可竟去贪玩，须用心服侍公子。"言罢，老苍头又去查看地亩场园去了。

哪知公子之病，尚未至极重，其中便又生出祸来。这周公子自从被色迷住，凡宅中大

小之事，不但不管，连问也不问，昼则眠思梦想，夜则倚翠偎红。日久天长，那禁得淫欲无度？未免堪堪身形憔悴，神气恍惚，便觉有病入膏肓的样子。然而病至如此，犹不自悟。即偶尔想着禁情节欲、静养几日，及至胡小姐一到，见其湘裙下金莲瘦小，鸳袖下玉笋尖长，绰约艳丽，绝世风姿，情欲便陡然而起，仍然共枕同衾。况妖狐淫荡已极，来必阳台三赴。所以这病只有日添，没有日减之理。

话说此时节近中秋，这周宅后面园内有许多果树，枝上果子大半皆熟。这日周公子自觉形体枯槁，心中火热，忽然想着吃几个果品。可巧延寿儿正来送茶，便急忙叫派人摘了送来。公子自用几枚，余剩的赏了延寿儿。那知延寿儿早就想到园里偷摘果子，因老苍头吩咐过，说："这果子虽然已熟，公子尚未到坟上进鲜致祭，断不准令别人先采摘。"故此令人看守甚严，专候公子吩咐采鲜祭祀。岂知公子被妖所缠，一灵真性迷乱，竟将秋季上坟之事忘了。老苍头候了两日，并无动静。又因听了延寿儿所说之话，不晓公子是何缘故，遂将那看守果品的心意就冷淡了。这延寿儿因先前不得下手，也就罢了。今忽尝着甜头，又见有机会，便想去偷吃。况且这孩子极是嘴馋淘气，天生的爱上树登高。谁知这一摘食果子大不要紧，便从此将小命废去。有《延寿儿赞》可以为证：

小延寿，生来是下流，不因孝母去把果偷。这孩子年纪幼，他的父是苍头，因无娘管教不周，才惯成为王不怕的跳钻猴。而且是模样丑，长了个连本儿不够。小辫顶挽了个鬖花儿，搅的头发往回里勾。那脑袋似蚕豆，顶门儿上觚觚头，虽下雨淋不透。两个眼往里眍，木儿耳相配着前廊后厦的奔娄。眵目糊眼角留；牙焦黄口味臭；清鼻涕向下流，不搽不省常往里抽。满脸上生横肉，不爱洗，泥多厚。有伤痕疤癣凑，更兼挫脚石一般的麻子是酱稠。短夹袄汗塌透，扯去了两管袖，露两支胳膊肘。老鹳爪两只手。敞着怀，钮不扣。裤儿破腿肚子露，因何撕？为招狗。他那足下鞋，穿着一双踢死牛。真个是生成的姥姥不疼，舅舅不爱。若说起腌脏之人，属他打头。

且说延寿儿见他父亲看守果品之意松了许多，便留心想着去偷摘。这日天色未明，他便醒来，起身溜下床来，轻轻的撬开门，一直奔了后宅果园。此刻，太阳尚未发红，他便顺着树爬上墙头，用手去摘那果子。

谁知书室的妖狐，此刻也要起身，正欲披衣下床，公子也要随着起来。妖狐急忙拦阻，说道："你这几日身体不爽，须温存将养方好。这外边风寒露冷，欠安的身体恐难禁受。再者天光尚暗，我去后，公子正好锦被高卧，安心稳睡，俟晚间再图欢聚。"公子此时正在困倦，乐得卧而不起。今闻胡小姐之言，点头说道："多蒙小姐体谅，敢不从命！"言罢，玉狐轻轻将门开放，出了书斋。他见四面无人，便在院中款款而行，一面走一面低头

打算。看官，你猜玉狐打算甚么？他原想："当初与公子相交，一者为窃采元阳，炼他的金丹；二者公子年少风流，正可常常贪欢取乐。此乃一举两得方遂心愿。"今见公子未及一载体就受伤，交欢之际少气无力，觉得不能满其所欲。因此，心内甚是不悦。他不想公子病由何起，反恨他："太生的虚弱无用，不足耐久，半途而废，枉费了一片心机。世间男子若皆如此，凡我采补者流，几时方到成仙之位？"可见妖精禽兽不与人同，不但不知自反，而且多无恻隐之心。所以妖狐盘算的，是公子既已得病，大略难得痊愈。此刻想将他撇开，再觅相与，又无其人；欲再与他相缠，又不能如意。自忖多会，忽生了个主意，说："有了，我何不在郊原旷野寻两个童男，暂且吃了，以补眼前缺陷。候着此生：或是好了，或是死了，再作计较。"

玉狐想罢，走到书院门边，将要启拴开门，忽听有人拉的树枝响声，他当是有人来查他们的行迹，未免吃了一惊。便忙抬头仔细一看，乃是一个小孩子，不觉心中甚喜，想："适才我欲吃童男，不意未曾寻觅便即撞见，岂非造化？趁着此处无人，将他诓下树来，引到暗处饱餐一顿。"妖狐刚要用计招呼，忽又自忖："想这孩子，并非别人，定是老苍头之子小延寿儿。这孩子生的有些机灵，又系伺候书斋的小厮，倘若将他吃了，老苍头必不干休。那时吵嚷起来，公子必定生疑。不如不睬他，作为未见，我走我的路便了。"那知不巧不成话，小延寿儿应遭此祸。这玉狐用手一扯门拴，偏又响动一声，延寿儿以为看果子的到来，几乎不曾唬的掉下树来。他便手扶树枝，站在墙头，低着脑袋，向四面细看。妖狐此刻正恐怕人看见，听门拴一响，不免也就回首。

他见延寿儿已经瞧见，知道欲进不便，欲退不可。你看他柳眉一蹙，计上心来，袅袅娜娜，走至墙下，悄声说道："你这孩子，还不速速下来！登梯爬高，嫩骨嫩肉要跌着了怎么好？也不怕你们家大人看见。快下来罢！若不听我说，我便告诉你们公子，重重的责你。那时，你可别怨我不好。"这延寿儿正是一心高兴扳枝摘果，惟恐看园的撞见。忽听门拴一响，唬了一跳，低头看去，并不是宅里的人，倒是一个绝色女子，立在墙根之下。只见他蝥眉未画，乱挽青丝，仿佛乍睡足的海棠一般。小延寿将要发话询问，忽见款步向前，反吆喝了他几句。此时日色未出，小延寿未曾看得亲切，不知是谁。今相离较近，看见面目似曾相识，又想不起来在何处见过。今听他说话，猛然醒悟，说："是了，清明祭扫，与我们公子私自说话的，岂不是这个姑娘么？怨不的公子这等虚弱，必是被这姑娘缠住了。我父亲正察不着这个原由咧！他撞见我，不说安安静静的藏避，反倒拿话吓叱我，岂非自找羞辱么？"

小延寿想罢，将小脸一绷，说道："你这姑娘真不识羞！大清早起你有甚事情？门尚未启,你怎么进来的? 我想你必是昨晚来了,跟我们公子书房睡的。你打量我不认得? 今年清明佳节,我们到坟前祭祀去,你和我们公子在花园太湖石旁,眉来眼去,悄语低言,闹了好大工夫。那时我瞧着你们就有些缘故,因碍着我们公子,不肯给你吵嚷。倘若我与你扬说出去,你一个未出阁的姑娘,必定好说不好听的。你也应该自己想想,改了这行径才是。谁知你们倒敞开脸皮闹到我们院里来了。我且问你,离着好几里路是谁送你来的? 还是我们公子接你来的? 你是初次到此还是来过几次? 我想你必是跟我们公子睡了,必定不止来过三五次。你偷着神不知鬼不觉悄不声的走了回去,岂不完了? 今儿遇着我,反老着脸,管我上树偷果子吃! 难道你偷着跟我们公子勾搭上,就算你是谁的少奶奶,这果子许你管着不成? 我是不怕你对我们公子说了呵叱我的。我若恼一恼儿给你喊叫起,惊动出我们宅里的人来,我看你年轻轻的姑娘脸上羞也不羞!"说罢,向着妖狐问道:"我说的是也不是?"

看官,你论延寿儿这孩子,外面虽生的不大够本,却是外浊内秀。他竟有这一番思忖,有这么几句话语! 那周公子乃是斯文秀士,竟一味的与胡小姐偷香窃玉,论爱说恩,忘了严亲的服制,不详妖媚行踪。较论起来,尚不如延寿有些见识呢。

延寿儿一见是个女子,便思想怎么轻易来在书院之内? 事有可疑。无奈,终是未经过事的顽童,虽然猜疑,却未疑到这女子即是妖怪。他想着说些厉害话,先放他走了,慢慢的再对宅里人说明,设法禁止。

那知玉狐听罢,觉着叫他问的无言可对,未免羞恼成怒,怀忌生恨。欲待驾云逃走,恐怕露出行藏。秋波一转,计上心来,想道:"我将他留下,定生枝节。莫若将他活活吞在腹内,却倒去了后患。"遂笑吟吟对延寿说道:"好孩子,你别嚷。倘真有人来瞧见我,你叫我是活着,是死了呢? 岂不叫我怪羞的。我烦你将门开了,我好趁早儿出去。才刚我同你说的是玩话,怕的是你跌下树来摔着。果然你要爱吃果子,今晚我给你带些个来你吃。你可不要对人说就是了。"

从来小孩子爱戴高帽儿,吃软不服硬。延寿儿见妖狐央及他,说的话又柔顺可听,他便信为真情,倒觉不好意思起来,说:"姑娘,你等我下去给你开门。"便连忙顺着墙跳到平地。玉狐此刻不敢怠慢,陡起残害狠毒之心,一恍身形,现出本相,趁势一扑,延寿儿"哎哟"了一声,早唬的魂飞魄散。看官,你道这玉面狐怎样厉害? 有赞为证:

这个物,生来的形想真难看,他与那别的走兽不合群。驴儿大,尾九节,身似墨,面如银,最轻巧,赛猢狲,较比那虎豹豺狼灵透万分。处穴洞,啸古林,威假虎,善疑心,郊行见,日色昏,他单劫那小孩子是孤身。尖嘴岔,似血盆,牙若锯齿儿匀。物到口,不囫囵,

能把那日月光华往腹里吞。四只爪,赛钢针,曲如钩,快若刃,抓着物,难逃遁。常在那月下传丹,蜷而又伸。眼如灯,瞧着堪,臊气味,人怕闻。多幻化,惯通神,他的那性情善媚还爱迷人。这才是:玉面狐一把原形现,可怜那小延寿命见阎君。

话说小延寿忽见九尾狐这等恶相,早吓的真魂出窍,不省人事。玉狐就势将他扑倒,看了看四面无人,连忙张开巨口,将顽童衔住,复一纵兽形,越过书院的墙垣,落在果木园内树密林深之处,抛在地下,正要用爪去撕扯衣裳,小顽童苏醒过来,忽然"哎哟"一声,便欲伏身而起。妖狐此时怎肯相容,仍又一伸脖子,在咽喉上就是一口。顽童一阵着疼,蹬端了几下,早就四肢不动,呜乎哀哉。谚云:"人不知死,车不知覆",这延寿儿摘果来时,本是千伶百俐,满心淘气的孩子,今被妖狐一口咬死,扯去衣服,赤条条卧在平地,可怜连动也不动。有赞为证:古

这孩子生来特吊猴,险些儿气坏了那老苍头。素昔顽皮淘气的很,今朝被妖狐把小命儿休。逢异事,来相凑,冤家路,偏邂逅,灾衬临,难逃走。谁叫你无故瞒人来把果偷。想方才,在墙头,逞多能把机灵抖。淫邪事,全说透,难免与妖狐结下冤仇。羞变恼,恨难抛,现原形,张巨口,咬咽喉,难禁受,只落得一派蹬端紧闭了双眸。赤着身,衣没有,躺在地,无人救。任妖精,吃个够。他的那素日顽皮一旦尽收。魂渺渺,魄悠悠,遭惨死,有谁尤,无非是一堆白骨,血水红流。

这妖狐见顽童已死,忙上前扯去衣裳,用钢针似的利爪先刺破胸膛,然后将肋骨一分,现出了五脏。妖狐一见,满心欢悦,伸进他那尖嘴,把热血吸净,又用两爪捧出五脏,放在嘴岔子里细嚼烂咽。吃罢,将二目钩出,也吞在腹内。真是吃了个美味香。不多一时,将上身食尽。抱着两条小腿,在土坡下去啃。此话暂且不提。

且说老苍头自听公子形容消瘦,几次要到书斋探问,因场园禾稼忙冗无暇。又想着前些日令延寿代行问候,公子尚说过于琐碎;若要亲身找去说话,必定更不耐烦,所以迟滞下了。可巧这日早晨见延寿儿不在,便自己烹了一壶浓茶用茶盘托住,来至书院门侧。复又自忖:"我自己送进书斋,公子不悦,未免招他劳碌、生气。莫若等他将息痊愈,再亲身致问。"想罢,手擎茶盘,仍去找寻延寿儿。在宅里喊叫两次,不见踪迹。忽然说:"是了,今日这孩子起的甚早,必定到园里偷果子去了。待我往树上找找他去。"

老苍头一径来至果园,扬着脸满树瞧看,并无踪影。不知不觉来到土坡之下,忽然一阵风起,吹到鼻中一派腥血气味,不禁低头向地下一看,只见鲜血淋漓,白骨狼藉。猛一抬头,忽见那土坡上面有一个驴儿大怪物,在那里捧着人腿啃吃呢!老苍头一见,惊的失魂走魄,"哎哟"了一声,身躯往后一仰,连茶盏一齐栽倒在地。

妖狐此刻正吃的高兴，忽听"咕咚"一声，仿佛有人跌倒之音。忽往下一看，见是老苍头摔在地下。心内想道："这老狗才真真可笑。大约来找他那嘴欠的孩子，见我在此吃了他，便吓倒在地。你偌大年纪，难道说还怕死不成！那知你仙姑不吃这干柴似的老东西。有心将你咬死，于我也无益，不如趁着此时遁归洞府，有谁得知？"他便搽了搽口嘴，抖了抖皮毛，仍驾妖云而去。

这里老苍头苏醒了多时，方缓过气来，强扎挣了会子，好容易才坐起，尚觉骨软筋麻。自己揉了揉昏花二目，复向草坡一望，见妖怪已去，这才略略将心放下。两腿稍微的有了主胫骨儿唎，站将起来，慢慢走到血迹近前，可笑那条小腿尚未啃完。明知亲生儿子被妖怪所害，不觉心中大痛，复又昏迷跌倒。这也是命不该死终难绝气，仍然缓够多时，悠荡过来。你看他如痴似醉，爬起身躯，望着剩下的残骨号哭。

这苍头不由的一见白骨，心中惨恸，捶胸跺脚哭。代叨咕："真可叹，命运乖。从自幼，在周宅，到而今，年衰迈，未伤德，心不坏，不妄为，不贪财，不续弦，怕儿受害。非容易，才拉扯起我的小婴孩。为的是，续香烟，传后代。我若死，他葬埋，不抛露我的尸骸。为甚么，顷刻之间逢了恶灾？莫非是皇天怪？又何妨，我遭害。害了他，何苦来。老天爷错报循环该也不该？"这苍头，哭了个哀，无指望，犯疑猜："想妖物，由何来？这么怪哉！平空里，起祸胎。思公子，无故病，最可异，事儿歪。看来是，妖精一定能变化，日久藏伏在书斋。"

苍头哭了多会，无人劝解，未免自己纳闷。细思此地怎能跑出妖精来呢？正在无可如何，猛然间想起："公子之病生的奇怪。自从扫墓遇见甚么胡小姐之后，便终日不出书房。我想，青石山下并未闻有姓胡的，亦未见有千娇百媚、通文识字的女子，彼时就觉可疑。适才吃延寿儿的明明是个九尾狐狸。狐能变化，公子一定被他迷住。如今将延寿儿吃了，老汉无了收成结果，这却还是小事。倘若妖精再伤了我家公子，断了周氏香烟，岂不是九泉之下难见我那上代的恩主么？"老苍头想到这里，迷迷糊糊的，也不顾那延寿儿一堆残骨与那茶盘茶盏，一直竟奔了书院，来探公子病势。

及走到书斋门首，尚听不见里边动静。站在台阶之上，知道公子未曾睡醒，轻轻的咳嗽两声，指望惊动起来。那知公子黑夜盘桓，晨眠正在酣际。老苍头心内着急，又走在窗下大声言道："窗头红日已上三竿，请公子梳洗了，好用饭。"周公子一翻身，听了听是苍头说话，便没好气坐起来，使性将被一掀嚷道："有甚么要紧的事，也须等我穿妥衣裳！就是多睡一刻，也可候着，你便来耳根下乱嚷，故意的以老卖老。本来我不愿叫你们进这书院，你偏找来惹气。不知你们是何心意？"

　　从来虚病之人,肝火盛,又兼欲令智昏,这周公子一见苍头搅了他美寝,并不问长问短,便发出这一派怒话,辜负了苍头之心。苍头因延寿儿被妖狐所害,复恐伤了公子性命,故将疼子之心撂开,特到书房,诉说这宗怪事,劝公子保重自爱。不意将他唤醒,反被嗔叱了几句,真是有冤无处诉去。

　　不知苍头说些甚么,且听下回分解。

第五回　李苍头忠心劝幼主
周公子计瞒老家人

词曰：

> 自古怀忠义仆，人人皆愿谋求。盛衰兴败只低头，到老节操依旧。
>
> 抛却亲儿被害，狐缠幼主生愁。冤心受叱总天尤，仍是真诚伺候。

话说老苍头听了公子一派怒语，心中又是悲恸，又是难受，欲要分辩几句，又怕冲撞了，反倒添病。无计奈何，只得低声说道："公子不必生恼，说是老奴故意来此搅乱。因老奴有要事禀报，所以将公子惊醒。公子若未睡足，老奴暂且退去可也。"

此时，公子虽一心不悦，然似这等老家人，凤日并无不是之处，若太作威福，自己也过意不去。只得披好衣服，坐在床头，说道："你进来罢，有甚急事？说说我听。"老苍头忙答应一声，走将进来。但见公子坐在床上，斜跨着引枕，形容大改，面色焦黄。看这光景，已是危殆不堪的样子。老苍头不觉一阵心酸，失声自叹："想不到，我未来书院并无多日，为何形体就这样各别？"

精神少，气带厥；两腮瘦，天庭瘪，满脸上皱文儿叠。黑且暗，光彩缺；似忧愁，无欢悦，比较起从前差了好些。眉稍儿，往下斜；眼珠儿，神光灭；鼻梁儿，青筋凸；嘴唇儿，白似雪。他的那机灵似失，剩了痴呆。倚床坐，身歪列；听声音，软怯怯；衣上钮，还未扣结。看起那两支胳膊，细似麻秸。床上被，未曾叠；汗巾儿，褥下掖；香串儿，一旁撒；绣帐外，横抛着一双福字履的鞋。未说话，喘相接，真可痛，这样邪，大约是眼冒金花行步趔趄。谢苍天，既然绝了我李门后，千万的别再伤了我这糊涂少爷。

老苍头看罢公子，早把痛念延寿儿之心撂在脖子后头，满面含悲说道："我的主人哪，老奴因公子近来性情好生气，暂且躲避几时。想不到病至如此危险。请公子把得病原由可对老奴说明，好速觅名医，先退邪气，再慢慢用心调治。千万莫贪意外奇逢，恋良宵欢会。总以身体为重，方不失公子自幼聪明，生平高洁之志。今若仍为所迷，岂不是聪明反

367

这周公子尚不知延寿儿叫妖狐所害,听得苍头之话,句句掇心,有意点他与人私会。他便故将双眉一皱,带怒说道:"你真愈发活颠倒了。人食五谷杂粮,谁保不病?这清平世界,咱们这等门第,那里来的邪气?说的一派言词,我一概不懂。我这病也并没甚大关系的,只用清清静静抚养两日,自然而然就好了。你何苦动这一片邪说,大惊小怪的!"公子指这几句话将苍头混过去,那知老苍头听罢言道:"公子不必遮瞒老奴,实对公子说罢,今早我烹了一壶茶,欲遣延寿儿来送,呼叫了两声不见踪影。老奴知他必在后边来偷果子,老奴便走到果园找他。刚走至土坡之处,忽见一汪血水,一堆白骨。又一抬头,见极大一个九尾狐,抱着支人腿在那里啃吃,把老奴唬了一跋,昏迷过去。及至醒来,这狐便不见了。我想延寿儿定然被他吃了。咱这宅里素昔本无妖精,怎么他就特意来此吃人呢?老奴想狐能变幻,倘若他再化成人形来惑公子,岂不是病更沉重么?老奴所以前来禀明,公子好自保身体。岂知公子沉疴如此,叫老奴悲痛交加,心如针刺。公子既说书院并无妖怪,老奴何敢在公子之前欺心撒谎。只求公子守身如玉,从此潜养身心,老奴也就不便分辨此事了。"周公子说:我都知道了,你不必再言,用饭去罢。"

苍头见公子撵他,知道其心仍然不悟。便自己想道:"我家公子到底年轻,以忠直之言,反为逆耳。恐劝不成,倒与他添烦。莫若顺情说好话,暂把见妖一事先混过去,以后再作道理,免得此刻病中恼怒我。"想罢,复带笑说道:"老奴适才真是活糊涂了,见的不实便来说咱宅里有妖怪。复又一想,俗语说的好:见怪不怪,其怪自败。还是公子圣明,见解高。况且咱这官宦人家,纵有妖魔也不敢入宅搅闹。公子不必厌恶老奴了。常言说:"雪中埋物,终须败露。大约延寿儿外边贪玩去了,终久有个回来。老奴一时不见他,心里便觉有些迷糊,两眼昏花,仿佛见神见怪似的。此时公子该用早饭了。老奴派人送来,再去寻他可也。"

这是老苍头一时权变,故责自己出言不慎,把双关的话暗点公子。岂知公子听了冷笑,说道:"你如今想过来了?不认准咱宅中有妖怪了?想你在我周家,原是一两辈的老管事,我是你从小儿看着长这么大。你说,甚么事瞒过你呢?如今我有点微恙,必须静心略养几日,并不是做主儿的有甚么作私之处不令你知道。你何苦造一派流言,什么妖狐变化迷人唎,又什么鲜血白骨唎,说的如此凶恶,叫我担惊受怕,心里不安。纵然有些形迹,你应该暂且不提才是。你未见的确,心中先倒胡想。别瞧我病歪歪的,自然有个正经主意。况延寿儿平日本爱乱跑?不定在何处淘气去呢。假若真是被妖所害,果园必定有他的衣裳在那里。不知你见了甚么生灵骨头,有狗再从你身边过,大眵目糊糊着二目,疑是延寿儿叫妖怪吃了。大早晨的,你便说这许多不祥之话。按我说,你派长工将他找回

来就完了。"

看官,你道周公子为何前倨后恭?他因信了老苍头假说自己见妖不实的话,便趁势将书房私约隐起,说些正大光明,素不信邪之言,好使人不疑。这正是他痴情着迷,私心护短,以为强词夺理,就可遮掩过去了。这老苍头早窥破其意,故用好言顺过一时,然后再想方法。两人各有心意。闲言少叙,且说苍头听公子言罢,说:"老奴到前边看看去。公子安心养病要紧。"出离书斋,自悲自叹的去了。

公子一见老苍头已去,以为一肚子鬼胎瞒过,也不顾延寿儿找着找不着,仍复卧倒。自己也觉气短神亏,饮食减少。心内:"虽知从清明以来与胡小姐缠绕,以至如此,然此乃背人机密之事,胡小姐曾吩咐,不准泄漏。更兼羞口难开,到底不如隐瞒为是。倘若露出形迹来,老苍头必定严锁门户,日夜巡查,岂不断了胡小姐的道路往来?大有不便。莫若等他再来时,找他个错缝儿,嗔唬他一顿,不给他体面,使他永不再进书院才好。然他大约似参透了几分。适才想他说的奇逢欢会,又什么雪埋物终要露这些话,岂是说延寿儿呢?定然他想着胡小姐是妖精,因我说宅内并无妖精,他所以用双关的话点我。虽说这是他忠心美意,未免过于罗唣。我想胡小姐断不能是妖怪。无奈我们二人私会也非正事,他劝我几句也算应该。况自幼曾受先人教训,宜知书达礼,以孝为先。如今双亲辞世,虽无人管,也宜树大自直,独立成家。回忆寒食扫墓,自己实在错误。我常向人讲男女授受不亲,须学鲁男子坐怀不乱,方不枉读书,志在圣贤。那时与胡小姐相遇,若能抽身退步,岂不是正理?反去搭讪,与他交谈。幸这小姐大方,不嗔不恼,更且多情。倘若当日血口喷人,岂非自惹羞耻,招人笑话?现在屈指算来,已有半载来往,我又未探听过,到底不知这小姐是甚等人家。此时虽无人知晓,似这么暮隐而入,朝隐而出,何日是个结局?事已至此,有心将话对苍头说明了,但这话怎好出口?况我自己也辨不准他的真迹。若说他是妖精,那有妖能通文识字、抚琴吟诗这等风雅之理?据我瞧,一定是宦门的小姐,门第如今冷落了。恐日后失身非偶,知我是书香后裔,方忍羞与我相会。这也是有心胸志气的女子。"

常言说道:旁观者清,当局者迷。这周公子原自聪慧,听了苍头之话,却也觉背礼。自愧情虚,思想了一回,原悟过一半来。无奈见闻不广,以为妖精绝不能明通文墨,又兼淫欲私情最难抛绝,故此他认准玉狐是个千金小姐,反说:"果园即有妖魔,断不是胡小姐变化的。胡小姐明明绝世佳人,我与他正是郎才女貌,好容易方得丝萝相结,此时岂可负了初心,有背盟誓?果然若能白头相守,亦不枉人生一世。"想罢,依然在销金帐内妥实的睡去了。

不知周公子从此病势如何,且听下回分解。

第六回　众佃户拙计捕妖狐
老苍头收埋寿儿骨

诗曰：

从来采补是旁门，邪正之间莫错分。

利己损人能得道，谁还苦炼戒贪淫？

　　且说老苍头自从离了书斋，却复站在窗外发闷多时。听了听，公子仍又沉睡。自己悲悲惨惨，慢步出了书院之门，来至前边司事房内。有打扫房屋的仆人见老苍头满面愁容，便问道："你老人家从公子书房下来，有甚么事么？"苍头说："你且不必问话，速到外边将咱那些长工、佃户尽皆叫来，我有话吩咐。"这仆人答应一声，说："你老人家在此坐着等罢，现在他们有打稻的，有在场里扬簸粮食的，还有在地里收割高粱谷子的。若要去叫，须得许大工夫。莫若将咱那面铜锣筛响，他们一闻锣声，便都来了。"苍头说："这倒很好。"于是，那仆人将锣筛的"镗""镗"声响。

　　此时，这些长工、佃户一闻铜锣之声，俱都撂下活计，陆续来至司事房外，见了苍头，一齐问道："咱宅有何急事，此刻筛锣呼唤我等？如今人俱到齐，老管家快将情由说明。我等因你老人家宽厚，素日忠直，即便赴汤蹈火，亦所心愿。"老苍头见众人如此相问，乃长叹一声，说道："叫众位到来并无别事，你们可知咱公子为甚么病的？近来外边可有甚么风声没有？"众人一齐摇头答道："并没听见有甚风声，亦不知因何有病。自三月之后，咱公子性情大改，与从前迥乎两样。先前在书房作完功课，有时便遛？到我们一处，说笑散闷。谁知寒食祭扫回来，反叫人嘱咐我们，不许至书院窥视。从此，他也终无出来，亦未曾与他见面。你老人家大约也知道他有病无病，为何反来问我们呢？"苍头说："众位之话一毫不错。但公子之病你们不知。你等可知咱们这里有妖怪没有呢？"

　　这些长工佃户一听问妖怪，便都说道："你老人家若找妖怪，咱们这里可是近来闹的很凶，情真必实的，常在人家作耗。但不知这些妖精俱是那里来的。"有一佃户接话说

道："你老人家不信，"用手指着一个长工，"问问他，亲眼见的。咱们这村里贾家，那日也是打稻子，雇了几个佣工的。这贾老大的媳妇同他妹子作饭，将倒下一锅米去，展眼之间一掀锅盖，米水俱无，却跑出满锅的长尾巴蝎子来，向外乱爬。姑嫂二人一齐吓的扑倒在地。贾老大的老娘听见，将他两人搀起，从此便似疯了一般，不是撕衣骂人，就是胡言乱语。你们说，这事奇也不奇？"又一个佃户指着个长工道："你们说的还不算新闻，你们听听咱这位老弟家里，更觉奇怪。"

只见那个年轻的长工说道："大哥不要提我的家务事。"佃户道："这又何必害羞？言亦无妨。"说道，"他本系新娶的娘子，尚未满月，忽于前日半夜里，闻听'哎哟'一声，他连忙就问，不见动静。及点上灯一看，门窗未开，人无踪影。大家寻觅了许久，并不知去向。谁想天明竟在乱草堆上找着了。至今还是着迷是的，常自己弄香，对着青石山乱烧。又自己说，还要作巫治病。你们想，这妖怪如此混闹，这还了得么？"

众人你言我语，老苍头听罢，说道："你们说的这妖怪虽然搅闹，无非家宅不安罢了，还不至害了人命。似咱宅里，竟被妖精活活的吃了去。"众人听说妖怪吃人，俱都唬了一跳，忙问道："你老人家快说，吃了谁？"苍头道："今日清晨，我因有点闲工夫，煎了一壶浓茶，想给公子送至书房。我自己进去，又怕咱公了见我不悦，无奈去找延寿儿。及找到果园里边，猛抬头一看，见很大一个九尾狐狸，在草坡旁边密树之下，抱着支雪白的小人腿在那里啃呢！登时唬了我一个跟头，及苏醒过来，这狐就不见了。至今延寿儿也不来家用饭，一定这孩子被妖狐吃了。但这狐狸如何跑至宅内呢？我想，咱公子这病也来的蹊跷，清明之时，他曾于坟墓之旁遇一个女子。延寿去折桃花，在树上见他与那女子说了半天话。延寿回来对我一说，彼时我就疑惑那地方离青石山甚近，未免有妖精变化。大约这女子不是正人，况且咱公子从此便不离书院，必是这妖精幻化常来。不然咱公子何故病到如此。这妖见公子精神缺少，再恨延寿常在书院混跑，冲破了机关，一定趁着今早这孩子去摘果子，妖怪就势将他吃了。故此我将众位寻来，一者往四外找找延寿的小衣裳，再者大家想个法儿，或是请个善降妖的将他捉住；或是咱大众将他赶离了书院，免得再伤了公子方好。"

众人听罢，俱忿恨说道："这妖精真是可恶，胆敢青天白日在院里来吃人，这可是要作反。"其中有被妖精搅过的与那胆小的，纵然也是心里恨恼妖精，却无主意。有几个楞头青，便觉无明火起，一齐说道："你老人家不必害怕。我等有个最妙计策，准可拿住妖狐，与延寿报仇，与咱本地除害。"苍头道："你等有何妙法，可将妖精擒住？说说，咱先作个计较。不然，这妖精既能变化，定有神通。你等是些农夫，又不会武艺，又无应手器械，何能与他相持，岂是他的对手？倘若拿不住，得罪了他，闹的更凶了，岂不是自增灾祸。俗语

说的好："打不到狐狸惹着一身臊"，这可不是儿戏的。"几个二青头说道："你老不必忒小心，我等将捉狐狸的家伙先说说老管家听：

我们齐心大奋勇，去找那害物迷人狐狸妖。因村中防贼盗，俱都有枪与刀。这器具，真个妙，农事毕，便演操。杆子多，铁尺饶；流星锤，短链绕；虎头钩，连碾套；还有那一撒手伤人的生铁标。火线枪，最可怕，狐若见，准心焦，不亚似，过山鸟。铁沙子，合火药，全都是，一大包。谁爱拿甚么只管去挑。如不够，莫辞劳，速去找，各处瞧。或木棒，或通条，或拐杖，或铁锹，掏火耙，大铁勺，赶牛鞭，还有那个撑船的篙。我等若凑齐备了，管保精灵无处逃。

"老管家想想，有了这些兵器，你老人家率领上我们，将书院先围个水泄不通。他既迷着咱公子，一定还来书室。那时，暗隐在窗棂之外看着。他如若是人，说话行事自然与妖怪不同。候等他来，老管家只消说几句廉耻话，他一害羞，自然就不来了。若看出是妖精，你老咳嗽一声，我等便一齐下手，将他提拿。但只一件，你老人家可先对公子说了。不然，他现时病着，倘惊动了岂不见罪？那时我等岂不劳而无功？"

苍头听罢，说道："众位只管竭力擒妖，自有我承当，总不要紧。"于是这些笨汉凑了有二三十个，手执器械一齐说道："你老人家领着我们先到果园，看看何处可以埋伏，就势好找延寿儿衣服。"言罢，有几个性急的便要动身。其中有个多嘴的长工说："你们不用忙，咱们虽有了家伙，老管家还空着手呢。再与他老人家找一件东西拿着方精。"众佃户道："你不用乱谈，咱们年轻力壮，足可与妖精鏖战。何用老管家动手呢？"那长工说道："我不是叫他老人家擒妖，为的是此刻拿个拐杖，倘咱打了败仗，老管家好跟着跑的快些。不然，走在末后，被妖害了，岂不又是一条人命？"众佃户说："未曾见阵，你先出此不利之言，按律应该推出斩首。"苍头不等他再说，连忙阻住道："你们不可乱说闲话，速跟着我到果园里去罢。"

你看乱哄哄的，你言我语，一直来到鲜血痕迹之处。内中一个佃户道："你们且莫吵嚷，不要惊走了妖怪。须要依我们的计策，听老管家分派。"只听一个长工说道："何用等着分派。我先装上鸟枪，点着火线，候着打他。"又有一个长工说："我先拿这单刀，在宽敞处砍个架子，叫妖精瞧见害怕。"那个说："我这扎杆子，善能打野兽。将后手一摆，前手一抖，杆子尖滴溜一转，管教妖精躲不及。"众长工俱要卖弄，老苍头说："你们同我擒妖，也宜养精蓄锐才是。作甚么未见妖怪说这些用不着的话？依我说，咱这果园虽不甚大，四围也有二三里远近，又兼树木森森，焉能看得周到？莫如大众四散分头去察。如若谁见了妖怪，咱这墙下设着一面号锣，将这铜锣响起来，大众便聚一处，并力捕妖，岂不为妙。"

众佃户道："还是老管家有见识，说出话来，都有道理，咱们须依令而行。"言罢，一齐散在

果木园内,将那邃密隐僻之地,各去搜索了一回,谁也没见妖精的下落。

众人复又聚在一处,对苍头道:"你老人家莫非看错了不成?我等找了遍地,也无妖怪的影响。"苍头道:"岂有此理。你们不信,现今这里有对证。适才进来,我因不理你,这极惨,所以先同你们找妖怪。尔等既恐我看错了,何妨齐去一看,以验虚实。"于是,老苍头引着众人一齐奔那妖狐吃剩的残骨之处。

走至土坡之下,老苍头一见,不禁放声大哭,说:"我的儿呀,你死的好苦也!痛杀我也!"一面哭一面说道:"众位可见着这尸骨了?不是我那糊涂孩子是谁?"众佃户也上前看了一回,齐声说道:"此事真来的奇异。"内里有宽慰苍头的道:"你老人家先不要如此悲啼,据我瞧,此处虽有妖精吃人,未必准是延寿儿。若准是他被害,定有小衣裳撇在这里。咱们大众何妨先去找着衣掌,再定真假。"言罢,早有几个年轻的飞也似的各处查看去了。找了一会,并未见着。

众人正在纳闷,忽有一个长工跑到土坡高处,向四外一望,偶然见那密林柳树上,模模糊糊的似有物件在上挂着。连忙走到近前,爬上树一瞧,果是衣服。即使用手拿下来,到众人之前,连叫带嚷的说道:"真是。了不的,果然延寿儿叫狐狸吃了!你们众位来瞧瞧,这不是他的衣裳?方才我由柳树上拿下来的。"众人近前看罢,说道:"这事果然是真了。幸尔眼快,找着这衣服。不然,到底还是疑信相半。"

此时,老苍头看了实物,不免见物思人,复又对众哭道:"老汉虽是无德,皇天本佑,何必使我断后绝嗣?"言罢,仍是悲哀不止。众佃户等急相解劝,说道:"延寿儿既被妖害,论理你老人家固然心疼。无奈死者不能复生,儿女也是强求不来的。你今偌大年纪,倘若哭的有个好歹,岂不更有许多不便。劝你老人家,先办理正事要紧。凶手既是妖怪,大约清官也无法究治。故此也不必呈报请验,惟先将白骨、血迹撮捡起来,买口棺木装好。这果园里都是净土,就在西北角上按乾向掘个坑将就埋了,然后再想主意,捉拿妖狐报仇,岂不为妙。"

苍头听罢,便擦干了眼泪说:"承众位劝解,是怕我为延寿儿哭坏身体。但不知我并非只为延寿儿被妖吃了伤心,所为的咱公子虽然自幼聪明,到底不甚老练。如今病到这等地位,尚不肯自言得病之由。若说是奋志读书劳累如此,断不能面带邪气,羞吐真情。看来明是被妖所迷。我恐公子再要牵缠不悟,未免将来定有不祥。延寿儿既死,尚是小事,倘若公子再有差错,九泉之下怎对故主老爷之面?今蒙众位良言相劝,只可将延寿儿残骨、衣裳埋了,然后破着我这把老骨,咱们再商议除妖报仇。"于是,众人抬棺材的,刨坑的,登时将延寿儿掩埋已毕。

不知老苍头如何商量去捉妖怪,且听下回分解。

第七回　痴公子怒叱苍头　众庄丁定计擒妖

诗曰：

> 流水姻缘不久长，长忧独卧象牙床。
> 床空梦醒推鸳枕，枕冷魂消月满窗。
> 窗外妖狐来窃盗，盗他真宝是元阳。
> 阳衰阴盛实堪恨，恨把书房作病房。

话说老苍头亲眼看见将延寿儿掩埋已毕，不免又悲痛了一回，对众说道："如今亡的亡，病的病，皆由被妖之害。我与妖精势不两立！求众位仍然帮我商酌，如何办理方妥？"众佃户说道："你老不必着急，咱们今晚大家先捉他一次，如若得胜，那就不必说了。倘若不济，咱这里有一个手段最高的，提起来谁都知道，他原本是个老道打扮，善能画符降妖。现在住居迎喜观内，真似活神仙是的。那时将他请来，准保妖精可除，公子之病也可痊愈。"苍头听罢，说道："这主意却很好。咱们先到前边司事房歇息歇息，吃了晚饭再来书院巡察。"

于是大众出了果园，苍头说："方才延寿儿之事，多蒙众位扶持鼎力。本该治酒酬劳，但因公子之病，不能得暇。俟过日定行补情致谢。"众佃户道："老管家何必如此说。这些事俱是我等应该效力的，何谢之有？"苍头道："公子伤了真元，恐其命在旦夕。今晚咱将书院围裹，倘若拿住妖怪，那就不用说了。若是拿不住，你们说的迎喜观最善捉妖治病的是怎么个称呼？说给我，等明日好找去。"众人道："这方都称他为王半仙。你老若是找他时，他那观外摆着摊子，到那里一探听就可知道了。但这些事你老也须禀明公子，然后竭诚办去方好。"苍头道："众位说的也是。你们先去用饭，候着我去通禀，回来再作道理。"

说罢，一直来到书斋，掀帘而入。见公子昏昏沉沉，在床上仍是合衣而睡。老苍头猛然一看更觉不堪，真是面如金纸。不禁点头暗叹，一阵心酸，早落下泪来，暗叫："老天那，老天！我上辈主人世代积善，轮到我这幼主，怎么叫他逢这样异灾，病至无可救处。"

老苍头正自默想，忽然见公子似梦里南柯一般，两眼朦胧着，扎挣起身形，东倒西歪的走了几步，用手拉着苍头，含笑说道："小姐这等用心，叫小生"，"叫小生"三字将已出口，老苍头便道："公子，是老奴进来了。那里有小姐敢入书房之理？"周公子这才将眼一睁，方知错误，自悔失言。欲要遮饰，又改不过口来，不觉满脸羞怒，遂拿出那阿公子的气派，发出那娇生惯养的性情，一回身，就赌气坐在椅上，瞪着两眼大声说道："我告诉过你没有？我在这里浓睡，你也可不必进来。你偏赶到此时进来扰乱。你还眼泪汪汪，不知你是怎么个心意，难道说你哭，这病便哭好了么？你不想，我此刻身体不比平日，往往胡言乱语，梦魂不定，再加你常来惊吓，我这病可也就快了。从此你倒少要进我书房，我还安静些。"这周公子梦寐之间，错把苍头当作小姐拉扯，醒悟过来自觉羞愧，故此先给苍头一个雷头风，拿话将苍头压回去，使他不能开口，就可将这错儿掩过去，免的苍头拿话戳他的心病。

谁知那苍头为主之心棒打不回，见公子这等发怒，并不理论，仍是和颜悦色的说道："老奴前来，有话回禀公子。适才因众长工、佃户至果园去找妖怪，妖怪却无踪影。那柳树上却挂着延寿儿的衣服，可见这孩子实是被妖精吃了。这也是老奴命该如此。众人已将他埋在果木园了，老奴特来回禀。不意公子把老奴当小姐称呼，想来公子之病，也是被妖迷惑。不然，公子万不至此虚危。如今隐微既露，性命要紧。公子倒不必羞口难开，快将这本末原由说明了，咱这里好派人寻找妖精。再者，有个迎喜观的老道，人称他为王半仙，此人善能调理沉疴，最能驱除妖孽。将他请来调治也可。"

公子听到这里，甚是不悦，心里想着："若依他们的主意，不用说踏罡步斗、念咒画符的搅乱个坐卧不安，就是明灯蜡烛，昼夜的胡闹，胡小姐也自然不能往来。即使不是妖精，也难至此相会。他儿子叫妖精吃了，说我这病也系妖精闹的，岂不是故意的拆散姻缘？莫若我仍然不吐实话，说些夙不信邪的言词，将老厌物止住，免得胡小姐来不了，不放心。"想罢，便面带不悦，手指着苍头说："你在我周家一两辈子的人，难道说你连规矩记不清？从来不准以邪招邪，信妖信鬼的。延寿儿虽说被害，你准知是何畜类吃了？难道说这一定就是妖怪？如今你领着头儿无事生非，你这是瞧着我不懂甚么，故意不与我相一。这何曾是与我治病，竟是与我追命呢。你这么大岁数，甚事没经炼过？为何将那搂局卖当的老道弄来诓骗银钱？我耳朵一软，岂不叫你们闹个翻江搅海。我是不能依你的。"

这老苍头乃是一片实心为公子治病，有妖精也是眼见的实事，况且延寿被害众人皆

知，故老苍头好意来回禀，不料公子仍说出些乖谬之言，也不查问延寿被害原由，只说一些不信邪的话遮盖。苍头明知他是护短，但是忠心为主。后又勉强说道："公子既以正大存心，谅有妖邪也不敢侵犯。还是老奴昏聩，失于检点。公子不必着急，待老奴到前边命厨下或是煎点好汤，或是煮点粥饭，公子好些须多用点饮食，这身子也就健壮的快了。"言罢，老苍头抽身向外而去。

剩下公子，自己暗想："适才机关泄漏，大概被他参透。但他劝我，给我治病，却都是人意，惟有他说我是妖怪缠绕，叫人实在可恼。现在明明如花似玉的美人，偏要说他会变妖怪，在果园吃了延寿儿。据我说，似胡小姐这样娇柔，桃腮樱口，别说一个活人叫他吞了，就是那岔眼的东西，他也未必能咽得下去。况且我们二人虽说私自期会，情深义重，犹如结发夫妻。如此多日，丝毫未见似妖精样式。纵然真是妖怪，他见我与他这等恩爱，绝不能瞒这等严密，不对我明言。他又并无害我的形迹，怎么说他一定是妖精呢？今晚他来时，我且用话盘问，果然察出他是妖精来，再与他好离好散，免的耳常听琐碎之话。他们不说见我有病疑心，反说我被妖精缠绕，真乃岂有此理！"自己想罢，仍仰卧在榻上，闭目养神。

且说苍头来到前面，见众人仍复相聚，便对众言道："方才将请王半仙的话对公子禀明，谁知咱公子执迷不醒，将我呵叱了几句，反说我无事生非。我想，众位吃罢饭暂且散去，将这些鸟枪等物先留在此，候晚上咱再聚齐，背着公子布置妥当，仍然努力擒妖怪。"众人道："这话也可。无奈就怕捉不着倒闹大了。又不令请王半仙，将来何以除根？我们倒给你老人家想了个善全的主意：莫若老管家速速托两个媒人，与公子早早定亲。到那时，将公子搬到外边宅里，有了人陪伴，妖精或者也就不敢来了。即使妖精仍然不退，咱公子正在宴尔新婚，娘子若再美貌，公子果然如意，恋着这个新人，也就许将妖精丢开。那时公子心内冷落了他，省悟过来，自然的就叫找人捉他了。况且，公子也大了，也可以结亲了，趁这机会，却倒两全其美。"苍头听罢："你们众位说的虽然不错，无奈其中仍有不妥之处。咱公子偷着私会的必定十分美丽。倘若定的亲比不上，公子一定怪罪。再者，

他们私自期会的，倘若是人，他见另娶了亲，或者恐人笑话，不敢明来搅闹，虽然吃醋，不过在心里。看起来，公子所与的明是妖狐幻化，妇人吃醋尚不容易阻止，何况妖精本就闹的很乱，再加上醋，岂不更闹的凶了。到那时，公子果然明白，还觉易处，倘若他再帮着捣乱，这事岂不更难办了吗！莫若众位仍先散去，到日落之后，在书院四面围绕。见着妖精，咱就动手。你们说好不好？”众人说：“候晚间听老管家分拨就是了。”于是众人仍去各人料理各人活计。

苍头自己不禁心中想道：

延寿儿一死，叫人可怕。这宗事，看来把我害杀。思公子，身长大，淫邪事，破身家。所以我若劝他，谁知他反将恶语来把我压。眼睁睁病势大，无故的说胡话，呼小姐，情由差，虚弱的身子竟将我拉。兄也无，弟也寡，眼珠儿，就是他。老爷死，有谁查？入邪途，把正道岔，明明的一块美玉有了瑕。一听我劝的话，使性子把怒发，几乎的将我骂。真赛过当犬马，并不管人的委曲，胡把错抓。我欲想把手撒，大小事全丢下，不当这老管家倒干净无牵挂。就只是难对恩主付托的意嘉。还得把主意打。谅妖精不肯罢。商量个妥当法，今夜里防备下，等着来相亵狎，好令人冒猛出来把怪物拿。

老苍头自己思想了一回，看了看太阳将落，便忙派人将那些庄汉找至宅内。众人俱已来齐，恰到黄昏时候。遂吩咐众长工、佃户说：“尔等诸人，今晚须要分作两班。前半夜巡更的，到后半夜睡觉；后半夜巡更的，前半夜先睡。大家都要留心。如若见着妖怪，暗暗俱都唤醒，好聚在一处。”众庄汉个个俱遵调派，一直来到书院，手拿器械，布散了个严密。这正是：

渔翁抛下针和线，专等游鱼暗上钩。

不知众人能伤着玉狐否，且听下回分解。

第八回　妖狐吐丹唬庄汉 书斋媚语探周生

诗曰：

> 饱食安居乐矣哉，这场春梦几时回。
>
> 若还要醒今当醒，莫待藤枯树倒来。

话说玉狐，天交二鼓之时，从洞中驾起妖云，早来至周宅墙外。刚欲落地，忽然向下一看，不免吃了一惊，心中想道："今日怎与往日大不相同？往日灭灯息烛，鸦雀无声。今夜为何明灯亮烛？莫非公子病重不成？"又仔细一瞧，还有许多的人，手把兵刃，来往巡更喝号。妖狐又一转想，心内明白，说："是了，这必是公子听了苍头之话，心内犯疑，派人捉拿于我。但我虽然盗你的元阳，也是同你情投意合。此时你纵然有病，亦系你自己贪欢取乐，大意而为。如今你却生这个主意。唉！周信哪，我把你这无义狂徒，不知死的冤家，你把仙姑看到那里去了？你仙姑的道术，慢说这几个笨汉，就备下千军万马，又何足惧哉！我今本该追了这些人的性命，无奈家奴犯罪，罪坐家主。我且把这等笨汉打发开，再进书斋，看周信这厮以何言答对我。"

妖狐想罢，便运动了丹田，把口一张，吐出那千年修炼的一粒金丹，随风而变，顷刻间大放毫光。此时那些庄汉正围着书院乱转，猛然间见一轮大火球扑将下来，似欲落在宅内，一个个吓的不知怎好，俱都暗说："奇怪！"这才是：

一颗内丹吐出了口，众人看去甚觉蹊跷。炼他时，工夫到，能护身，无价宝。月色浸，日光照，清风吹，仙露泡，这本是狐狸腹内生产的灵苗。炮制他，费材料：龙脑香，灵芝草，牛中黄，犬中宝，虎豹筋，麟凤爪，蝎子须，长虫脚，他用那文武火炼慢慢的熬。押甲子，轮回妙，合天机，通神道，取阴阳，二气调，六十年来才炼一遭。炼成了，红色娇，如米粒，似胡椒，或能大，或能小，应吐纳，任意招，真是血帖一般有万丈光毫。这便是妖狐作怪的防身物，就把那巡更的庄人吓了个发毛。

且说玉狐吐出内丹，展眼落在书院之内，乱滚乱入。这些庄汉一见，不知是个什么物件，俱吓的魂飞魄散，撇下器械、梆铃，躲的躲、藏的藏，一齐要奔驰四散，来找老苍头诉说此事。玉狐空中一见，不觉心中暗笑，说："这些无用的村夫！看了一粒金丹，便这样心虚害怕，似这等胆子还捉我，岂非胡闹？不免我趁着他们失魂丧魄之际，收回内丹，按落云头，速进书室。"

你看他，仍幻化了艳丽模样，轻轻走进，站在销金帐外，低声问道："相公可曾安寝了么？贵恙可觉见轻些？"周公子闻是胡小姐声音，忙将二目睁开，挣扎着身体，欲要由榻上迎将下来。玉狐忙移莲步，来到榻前，说："公子不必起身。作甚么多此举动？"于是，二人同榻而坐，公了说道："小生并无好处到小姐身上，蒙小姐夜夜驾入敝斋，香肌玉体，不辞劳乏。小生心里实在感激不尽。无奈这几日小生实是人倦神疲，自觉难以支持。有心不令小姐枉费奔波，又恐辜负小姐热心；有意叫小姐在此居往，又怕众人胡言乱道。现在小生懒散不堪，四肢无力，只得与小姐商量，暂且在府上消遣几日，宽限小生，培养精神，调理病症。俟等贱体稍愈，再造尊府致请，不知小姐心意何如？"

玉狐来时，见些庄汉，便疑公子看破了他的行藏，埋伏下人擒他。正想用话探口气，忽听公子又说了这一片言词。这妖狐心里更不自在起来。遂暗自发恨道："周信哪，你的命犹如在仙姑手内攥着一般。我倒因你情重，未肯叫你一时死在我手。如今你倒说出什么宽限不宽限的话来！仙姑眼看九转金丹成在旦夕，原是借你的真阳修我的大道，又可因此两相取乐，我所以悦色和容，常来欢会。你今既听信旁言，致疑于我，就算改变了心肠，背盟薄幸。你既无情，我便无义，到今日欲要逃命，岂非错想？"

且说玉狐听罢公子之言，心里必然暗恨，却也被情欲所缠，惟恐冤了公子，复又转想："莫非派这些村夫不是公子的主意？不然在面上怎么毫无惊慌之色？待我试探试探他，再辨真假。"想罢，故做忧愁之态，假意含悲说道："唉！我的公子，你既身体欠安，奴家心内未免挂念，欲思不来，心又不忍。故此含羞仍来探望。公子若憎奴家烦絮，奴家焉敢不从公子之命速退？但只更深夜黑，寸步难行，公子且容奴在书斋暂宿一宵，俟明晨即便归去。奴家既为弃置之人，无非从此独处深闺，自怨薄命而已。再也不敢自认情痴来瞧公子，收了我这等妄想罢了。"

说罢，故作悲恸，泪如泉涌。公子见胡小姐满面泪痕，哽咽的连话未曾说完，便躺在他怀里啼哭，不免自己又是后悔，又是怜惜。心中想道："似这等娇生女子，大略从来受过逆耳之言。我说了这么两句不要紧的话，他便如此脸热，真乃闺阁中多情之女。老苍头并没见过他，所以妄说他是妖精。看来那有妖精能这样多情？幸亏他不知这里的人都把

他当妖怪，倘然要是知道了，不定怎么气恼，闹个寻死觅活哪！"

且说公子听见玉狐说话可怜，躺到他怀内悲啼，不觉情急心乱，忘了低言悄语，强支着带病身躯，一抖精神，大声说道："我的知心小姐，小生若与你有异心，天诛地灭！快莫要错想起来，宽衣歇息，玉体要紧！"公子此刻，想不到说话声高，那知早惊动了被妖丹吓走的庄汉。这些庄汉自从见了那颗内丹，心中惊惧，来见苍头，近前说道："你老人家看见没有？方才有个大火球落至院内，乱转了会子，又踪影不见。我等不知甚么东西，故此嗃的我们同来对老管家说。这事真是有些奇异。"老苍头道："你们不必胆小，仍去巡更密察。手拿着兵器，怕甚么？"

正说到这里，有一佃户说："你们听着，公子书房里嚷呢。我听见有了什么小姐，又什么宽衣睡觉呢！"一个长工说道："咱们先别大惊小怪，果然是妖怪，不要惊走了。莫若先将他们后半夜巡更的一齐唤醒，凑齐了兵刃，装上鸟枪，预备妥当，就可一阵成功。"苍头道："尔等且莫高声，须要机密谨慎为妙。待我将众人唤聚一处，好布散在书院之内。"老苍头分拨已毕，长工、佃户便抖威风，欲要前去动手。老苍头说："你们先别妄动，妖精既在书房，暗暗的先去围住。俟东方将白，妖精必走，那时他一出门，大众一同下手，这叫做攻其不备，大略可以成功，妖精插翅也难飞走，又可免的惊动了公子。千万黑夜之间不要声张，不可莽撞。"众人道："老管家说的最妥，我等遵令。既然如此，你老人家先去养神。鸡鸣后，你老人家再来看我们取胜。"言罢，将书房围了个风雨不透。

且说玉狐听见公子发誓明心，知道这些庄汉不是公子的主意所派。故此他料定这些人纵然知他是妖精，因公子有病，绝不敢入书室来动手捉他。所以将假哭止住，仍与公子说恩说爱。此时周公子并不理论外边有人，遂对玉狐说道："小姐从此不必多心，小生绝不能无情无义。因近来实是气促神亏，衰败特甚。小姐纵然辛苦而来，也甚无益，所以欲小姐忍耐几日。岂知小姐不谅我心，竟错会意呢？"玉狐道："奴家并非错想，乃自顾薄命，不禁伤心耳。想奴亦系名门之女，至今异乡而居，门第零落。偶遇公子人才，不觉心中爱慕，因自乖姆教，赧然仰攀，遂成自献之丑。指望终身有倚，白首同欢，岂知公子中道猜疑，奴乃大失所望。公子妙年才美，结亲定有佳人。奴家犹如白圭之玷，难免秋扇不见指也。"玉狐言罢，公子忙与他并倚香肩，说道："小姐且莫伤心，方才小生言过，日后若有遐弃之处，小生有如皎日！小生偶尔失言，望小姐宽恕则个。倘小姐若有好歹，岂非使小生罪上加罪，辜负小姐深情。"

这公子与玉狐互相谈论，被这些庄汉俱已听明，遂交头接耳的说道："这妖精果然在内，你们听听他说的话！咱公子病到这步田地，他还缠魔呢。咱们千万留心候着，天明

了，妖人一露身形，咱就用枪打去，必要捉住，除了根。此时任凭他们说去。咱们就在书房以外掩旗息鼓的听着罢。”且说公子也不息灯，也不安寝。妖狐想着公子也真是病体难支，所以心中说道：“纵然苦苦的缠他，亦是无益。莫若待至东方将曙，回伊洞府。”这也是公子命未该绝，所以玉狐有怜惜之意。不然，盗取真元之后，妖狐早使他命赴黄泉矣。此时说话之间，已是鸡声乱唱。忽听玉狐又道：“公子暂且自保，奴先告辞而去，俟黄昏后，再来问候金安。”

公子自顾不暇，也不便强留，故此玉狐摇摆着往外便走。这些众庄汉已将苍头请至，现在排布的密似网罗。有几个窗外寻风的，听说里边要走，便暗叫众人防范。玉狐将一启门，众庄汉一齐观看，只见妙丽无比的一个女子由书室冉冉而出。老苍头因救主心切，遂吩咐道：“众位快放鸟枪，勿使妖精逃走。”众庄汉答应一声，不敢怠慢，举枪便下手。

不知众人伤着玉狐否，且听下回分解。

第九回　老苍头抢枪打妖狐
化天桥欲瞒众庄客

诗曰：

> 酒色财气四堵墙，多少迷人在里藏。
>
> 人能跳出墙儿外，便是长生不老方。

话说老苍头听见房门一响，举目留神，见一绝色女子款款的走将出来。苍头到底是有年纪的人，博闻广见耳，早料定世上绝无这等尤物，所以认准是妖精。看罢，便忙招呼众人举枪动手。那知这些庄汉此刻竟你顾我，我看你，犹如木雕泥塑，直了眼，只是看。

你道这些庄汉是怎么？其中有个缘故，凡人少所见者，必多所怪。这人只知种田园，勤稼穑，居在穷乡僻壤之区，何曾见过此等风流人物？所以他们一看，心里倒觉纳罕，竟认作俏丽佳人，反怪苍头错疑，倒全不想是妖精幻化的了。又兼玉狐已明白外边有人算计他，早就心内安排妥当。故此，也不同公子睡觉，说了些情话，便不慌不忙的款动金莲，来到房门之外，稳站书院之中，吐莺声说道："你们这些村夫，真来的愚鲁莽撞，无故拦阻我去路，是何道理？我虽与你家公子相会，是你们公子请我来的。你们公子倘若知道，岂不添病？再者，你们刀儿枪儿拿着，若要将我伤着，难道无故将我打死就算了不成？岂不闻杀人者偿命。你们竟听老管家一面之辞，真算不明白。"这妖狐一面说着话，一面用那秋水一般的两个杏眼来往的撩拨人。看看这个长工，又瞧瞧那个佃户，故做许多媚态，轻盈娇怯，招人怜爱，令人动情。这些庄汉本来一见美貌如此，就活了心，又听了这一派话，未免更觉游移不定，竟不敢举枪勾火，反站着看的发起怔来。岂知这正是妖精变动想就的法术，好令人退去雄勇之心，添上惜玉怜香这意。这些长工、佃户不识其假，反想："这个样儿绝不是妖怪。若是妖物见了这些虎臂熊腰的人，刀枪剑戟之器，早就驾云跑了。看来，这分明是个温婉女子。如此娇嫩，慢说用器械降他，就是大大的一口哈气，料也禁不住。这么好模样儿，别怪咱公子留恋不舍，便是石人见着，也不免动心。况且他们两个

合在一处，正是郎才女貌。不知咱老管家是何主意，硬说他是妖精。似这樱桃小口，每日三餐，能用多少？一个延寿会被他吞了？常言：'宁拆十座庙宇，不破一人婚姻。'我们虽系无知，也不可欺压这等的弱女。"

此刻，众佃户等被妖狐媚气所迷，同公子一样的偏想。总不想这女子是妖精幻化来的，所以反倒心软，将捉妖之念置之九霄云外，呆呆的只是胡想。这也是他们到底不甚关心，又惟恐惹出错来。惟独老苍头，他乃一心秉正，惟怕公子受害。他见众人听着妖怪说话之后，仍然不肯动手，便急说道："你们是助我捉妖怪来了，还是帮着发怔来了呢？"众佃户等道："妖怪在那里？"苍头道："你们莫非眼花了，是糊涂了呢？妖精在眼前站着，难道看不见么？"众人道："你老真是气颠倒了，这分明是个女子，怎么偏说他是妖精？难为你老人家也说的出口来。"

玉狐见苍头催促众人下手，他趁着众人尚在犯疑，复又放出撒泼样儿，将双眉一蹙，杏眼含嗔，娇声叱道："你们这些凡夫，料也不识得姑娘，以为我是妖怪。我实对你们说罢，吾并非别个，乃九天神女，上界仙姑。因与你家公子有宿世良缘，故此临凡，特来相会。你等若知好歹，早早回避。若仍痴迷不醒，背谬天机，未免于尔等眼下不利。"你看，真是愚民易哄。这些庄汉先认妖精是个世间美女，而今听说这一派话，又真信是天上的神仙，不但一个个面面相觑，反有几个佃户道："我说这位姑娘如此美丽，原来是仙女下界。我常听老年人说过，古来多有神女临凡，甚么张四姐配崔文瑞，云英嫁裴航，又甚么刘晨、阮肇遇天台仙子，这都是对证。大约咱公子也不是凡人，所以感动仙女降下世。咱们要与仙女动手，岂不是自寻其死。"

老苍头瞧着众庄汉似被妖精所惑，急忙大声嚷道："你们别信妖人花言巧语，被他瞒过。只管着枪去打，有祸老汉抵当。"那知众庄汉信定是天上的仙姑，仍是不肯向前。老苍头此时忠心为主，拼着老命，急便从一个长工手内夺过一杆鸟枪，勾上机，将枪头对准，一捏火，向妖精就点着了。只见一股黑烟，如雷响一般打将下去。妖狐一见，不敢怠慢，连忙一晃身形，腾空而起，只听"铠"的一声，墙砖落下半块，并无沾着妖怪分毫。且说玉狐躲过了鸟枪，纵有法术防身，未免也是害怕。于是故意站在云端，用大话诈吓众人道："尔等凡夫，当真要伤仙姑圣驾，岂得能够。仙姑以慈悲为心，不肯计较你们。若是一怒，叫尔等俱个倾生。到那时才知你仙姑的手段，可就悔之晚矣。"

言罢，将他拿的一条手帕向空一掷，展眼间化现了一座白玉长桥，真是万丈有余，直通天际。众人抬头，看见妖精已摇摇摆摆，站在桥梁之上。这正是妖狐卖弄他的妖术，令人测摸好生疑。

掷手帕,弄玄虚,化座桥,真正细,高悬在,云端里,好仿佛,上天梯,纵有鲁班手段,也难这等急。一磴磴,台阶似,一步步,层次砌,两边排,栏干密。看来是直通银汉,遮住虹霓。一根根,汉白玉,是谁凿,玲珑体?论雕工,是巧技,有铰角,最精异,是神功,非人力。怎么凡人一见不纳罕惊奇?

且说妖狐用幻术变了一玲珑透剔的长桥,便慢慢升天而去。没后化成一股白烟,随风而散。

众庄汉那知这个障眼法儿,怔科科的向空中看着。妖精去的无影无踪,这方回头对苍头说道:"你老人家太也不斟酌,如今得罪了神女,一定复生灾害。我们看还怎么办理?"苍头见众人一口同音,又不好与他们分辨惹气,只得问道:"你们到底说他是神仙,是妖怪? 你们是被他所惑。"众庄汉不待苍头说定,便一齐道:"我们看是真正仙女,方才谁没瞧见,从天上现出一座白玉桥,将他接引上了天咧! 即今桥也没咧,仙女也走了。咱们也没了事咧。你老说是妖精,你老自己捉去罢咧。我们不敢逆天而行。咱大家散散罢,凭他老人家一个人闹罢。"又一庄汉说道:"将这兵器给他老留下,咱们好走。才刚仙女说过,叫咱不必在这里多事。他与公子了罢宿缘,那时自然仍回上界。若咱们说他是妖怪捉拿他,一惹恼了,恐于咱们大有不利。莫若早些躲开,免的遇见了仙女,难保性命。"言罢,各将器具一扔,哄然散去。

老苍头一见,又气又急,想要发作他们几句,又恐法不责众。无奈,将这些物件自己捡起,来至前边司事房内。一面歇息,心里思虑今日这事:"妖怪未曾伤着,不定还来。倘若妖精怪恨在心,拿着公子报仇,老汉岂非自增罪过? 况这妖精看着颇有神通,不然众人何至被他迷乱至此? 若说他不是妖精,焉有神女吃人之理? 不但这事可疑,现在公子病的极虚极弱,他不以神术相救,反夜夜来此欢聚,大约神女仙姑所作所为,绝不若是淫乱。"苍头踌躇了多会,又不敢去与公子商议。自己想着,真是有冤无处诉。正在慨叹,忽然想起一事,说"有了,前日他们说的王老道,不知手段果是何如。既然这等有名,大概有些法术。莫若将他请来,看看是何妖物,剪除了这个祸根,搭救公子之命。"老苍头忠心耿耿,自己拿定了主意,也不令众人知道,也不骑驴备马,拿起拐杖,先到书斋窗外,听了听公子浓睡。也并不回禀一声,独自一人便一直往迎喜观而去。

不知老苍头将王半仙可能请来不能,且听下回分解。

第十回 嵯岈洞众狐定计 老苍头延师治妖

词曰：

> 犬马犹然恋主，况于列位生人？为奴护救主人身，深识恩情名分。主虐奴，非正道；奴欺主，是伤伦。能为义仆即忠心，何惮筋劳力尽。

话说老苍头自己踽踽凉凉，一直奔了迎喜观，去请王半仙。这话且按下不表。却说玉狐自从躲过了鸟枪，用手帕化了座通天桥，他便悠悠荡荡的似从桥上而去。岂知这乃他的障眼法，叫凡人看着他是上天去了。其实，他是躲避苍头这一鸟枪，暗中逃遁。你说这妖狐避枪，何不就驾云而去？作什么多这一番罗嗦？众位有所不知，其中有个缘故，这妖精先曾说过，是神女降世，又说有些手段的大话吓人。他若因一鸟枪驾云走的无形无影，恐这些人必疑他被鸟枪所伤，说他不是神女。故此假作从容之态，用这幻术，好令人知他有本领，害怕，从此之后，便可由着他现形来往，再没有人敢拿鸟枪打他了。这乃是妖狐的巧计，欲叫人揣测不来的心意。彼时这玉狐由空中收了手帕，连忙回归洞府。

那些群狐望见，一齐迎接。进入内洞，玉狐虽然坐定，尚是气喘吁吁，香汗渍渍。众狐吃惊问道："洞主今日回来，为何面带惊慌之色？去鬓蓬松，神气不定？莫非大道将成，还有甚么阻隔变异之处？"玉狐道："你等猜的不错。只因我吃了那顽儿延寿，微露了些形迹，周家那老奴才犯了猜疑，背着他们公子，聚集了许多笨汉，手持锋刃，巡更防守，意欲将我捉住报仇。昨晚我用金丹吓住他们，方入了书房。进去一看，周公子实病的不堪，因此亦未与他同寝。这些庄汉俱布散在书斋之外，今早出门，指望用一片大话将这些人俱都唬住。谁知众村夫却倒未敢动手，竟被这个老奴才打了一鸟枪。幸尔我眼快身轻，驾云而起。不然险些儿就伤了我的身体。"

众妖听玉狐说罢，一齐野性发作，带怒说道："这老奴才真是可恶，竟敢伤仙姑圣驾！咱们断不可与他干休善罢。"玉狐道："众姊妹，你们还不知道呢，慢说咱不肯干休善罢，我

想这老奴才还更不善罢干休呢。前几日我就闻说迎喜观有个王半仙，善能降妖治病。如今我想着行藏既被老奴才看破，他必去请那王半仙前来捉我。"众狐道："我们也听说过这王半仙，他算的了什么？他所仗的无非口巧舌辩，真本领半点皆无，不过哄骗愚人，诓取财物而已。即便他来，这又何足惧哉！"玉面狐道："你们正知其一，不知其二。这个王半仙虽不可怕，只因他的师傅是大罗神仙，非同小可。此人姓吕字洞宾，道号纯阳子。现在仙家里头就是他闹手。时常遨游人世，度化门徒，连他那大徒弟柳树精的道术都不可限量。如今愚妇、顽童，皆知他的名号，莫不尊崇奉敬，最是不好惹的神仙。倘若咱们伤了他徒弟，他就许不依。一动嗔痴，怕咱不是他的劲敌。故此，我神情不定。"众狐听了这一派话，更动了气，道："仙姑何必长他人锐气，灭自己威风。那吕洞宾虽说道术高广，大概也系单丝不线，孤树不林。咱们洞中现有我等许多的大众，齐心努力，何愁他一个纯阳子？就是十个纯阳子亦是稀松之事。况且到那时再不能取胜，将洞主那些结拜姊妹请来帮助，总可以敌得住他。虽说他是什么大罗神仙，要降伏我等料也费难。再者洞主随身尚有无穷法术，岂不可自立旗枪，纵横山洞？俗语说：'宁打金钟一下，不击铲钹三千。'能够将吕洞宾小道术破了，咱们教中谁还敢正眼相睹？"斋

众狐你言我语，激发的玉狐上了骑虎之势，不觉一阵火性，气忿忿的说道："我想，吕洞宾不来便罢，倘若多管闲事，破着我这千年道术，与他们作神仙的拼一拼，也免的他们日后小看咱们。"言罢，便吩咐一个小妖儿将文房四宝取到，写了一个请帖，上边是：

于明日，谨具洁樽，奉请凤、云二位贤妹驾临敝洞，清酌款叙。幸勿见辞为望。并祈携带防身兵刃为妙。

下写"愚姐玉面姑敛衽拜订"。

写毕，令小妖儿相持而去。玉狐复又言道："王半仙大约一请便来。咱们如今既去与他相抗，你等须要听我分拨，遵我号令。"众狐道："谁敢不听洞主之命？"玉狐道："今晚咱先齐进周宅，在书室之外，隐住身形，到那时听着我呼哨一声，你们再一齐现像。一切衣裳、容貌，务要幻化与我相同，叫他们辨不清白，也好捉弄他们。再者，我俟王半仙来到。看他出口言词如何，若是善言相劝，咱便退回，免的惹气；他若要自逞其能，胡言乱作，咱就一齐下手，各携一根荆条，轻轻把他先打一顿，给他个没脸营生，叫他丢人。那时，再看他如何办理。咱们也再预备防范可也。"

玉狐吩咐已毕，众妖狐一齐连忙整理衣物，安排齐备。堪堪天色将晚，玉狐遂率领众妖，陆续的驾起妖云，一直的奔到太平庄村内，进了周宅，俱都用隐身法遮住原形，藏在幽僻之处，专等画符念咒的王老道。

且说这个王老道,他本是天真烂熳的一个人,因自幼缺爷少娘,连籍贯、年岁,俱都湮没难考。他在迎喜观出家,原系流落至此。其先,本庙长老看他朴实,所以收留下他,叫他也认识几个字。到后来,因庙内有吕祖仙像,香火最盛,每年至吕祖圣诞之期,进香之人蜂拥蚁聚。

有一年吕祖曾降临尘世,欲要度化众生,可惜这些肉眼凡胎,俱看着是个腌脏老道,也有憎恶的,也有不理论的,惟有王老道,他因自己不爱干净,见了别人不干净,他也不嫌,这也是他的缘法。吕祖在庙内游来游去,并无一个可度之人,正要出庙到别处去,可巧与王老道相遇。这王老道一抬头,见也是个道装打扮的,身上虽然褴褛,却是有些仙风道骨。他便走到近前,说:"道兄请了!不知道兄在何宝刹修炼?道号怎么称呼?既来到敝观,请到里边坐坐。咱们既是同教,何不用些斋再去?"说罢,便扯着就走。此刻吕祖也不好推辞,便同他来在庙内。此时正是热闹之际,众人见老道扯进个极脏的老道来。众人俱不愿意。这王老道并不管三七二十一,他便将吕祖

让到一张桌上,捧过些斋饭,他坐下陪着叫吃。吕祖见他蠢直诚朴,想道:"这个老道虽然鄙陋,倒还忠厚。无奈,似这等人,众人必将他看不到眼里。待我叫众人从此之后俱钦敬钦敬他,也不枉他待我这点诚意。"想罢,便故意对着王老道说:"你不必费心。斋我是不用,我有一件事与你商量,不知你肯不肯?"王老道说:"甚么事?只管说罢。"吕祖道:"我看你到与我合式。我打算收你做个徒弟,不知你意下何如?"这也合该王老道有这点造化,他听吕祖一说,乃随便答道:"自是你要愿意,我便认你做师傅,也不算甚么。"说罢,迷迷糊糊的跪下来,对吕祖就叩了个头。站起来说道:"师傅,我可是拜咧!日后可要管酒喝,若无酒喝,作无这宗事罢。"吕祖也不回答他,站起身来说道:"徒儿,你爱喝酒,日后足够你喝。我要去了。"言罢,腾空而起。此时,这些众人一齐暗怒吕祖妄自尊大,说王老道无知,怎么年纪差不多,便与他做徒弟?况且知他是何处来的,这等狂野!众人正在不悦,忽又猛一回头,就不见那个老道了。众人问道:"老王,你认的那个新师傅呢?"王老道说:"我也不知,一转眼就无哩。"众人说:"这事奇怪,莫非妖精来了?"正在疑惑,只见地下

狐狸缘全传

有个柬帖，拿起一看，上写诗四句。诗曰：

> 一剑凌空海色秋，玉皇赐宴紫虚楼。
> 今朝欲度红尘客，争奈愚人不点头。

旁边又赘一行细字，乃"山石道人偶题"。众人看罢，有悟过来的便吃惊说道："原来真仙下界！咱们可真是有眼无珠，倒叫老王得了这好处。咱们终日对着圣像焚香叩拜，如今亲眼见着，反不能识。真算咱们枉自伶俐，盲人一般。"众人纷纷言讲，王老道尚怔着两眼，问道："你们说的些什么，我怎么得了好处？你们别这么奚落人。"众人道："不是奚落你。适才你拜的那师傅，乃是吕祖大仙。你看看那柬帖上，'山石道人'乃是个岩字，此乃隐语，不是吕仙是谁？这岂不是你得了好处呢。"王老道又一细想，不觉心内明白过来。你看他，忙着跪在地下，复又叩了两个头，说道："早知师傅是大仙，我跟着去学学那点石化成金的法儿好不好？你老人家怎不言语声就走了哪。"众人见了，也有笑他的，也有说："你起来罢，你既有了神仙师傅，还怕甚么。"

这王老道自己也觉得意之甚，不知要怎么荣耀荣显方好。从此众人吵嚷开了，俱说他是吕祖的弟子。借着这个仙气儿，谁还敢小瞧他。他便也这原因弄神弄鬼，说甚么会捉妖，会算卦，会治病。在迎喜观庙门之外，放下一张桌子，挂着个招牌，终日招的那些愚民拥挤不动的争看。有请他的，得了钱回来，便买些酒菜，与那等闲散人去吃喝。这些人也愿意与他来往，常常的来与他趁摊。所以王老道真是生意兴隆。他见众人信服，每逢有人围看，更假装出那真人不露相的样儿来，不是推聋，便是装哑。不然便行哭，就笑，喜怒无常。有《王道赞》可证：

迎喜观终朝人如蚁，为的是齐来要看吕祖的门徒。山门外，大松树，密阴浓，太阳不入，当地下一张桌儿挖单上铺。有蒲团，无蝇拂，这个摊，真厌恶，黑红笔，尖儿秃，破砚台，满尘土，旧签桶，麻线箍，竹签子，不够数，卦盒儿，糊着布，还乱堆着少尾无头几本破书。低白头，闭着目，两眼角，眵么糊，满脖泥，一脸土，哈拉子，流不住，未睡着，假打呼，招苍蝇，脸上扑，更搭着，搋成毡的乱麻交枪连鬓胡。破道袍，补又补，不亚如，撮油布，无扣襻，露着肚，烂丝绦，系不住，披散开，好几股，结疙瘩，一嘟噜，用线串，还拴着半截没嘴的沙酒壶。这便是王道哄人真面目。惯弄虚头叫人信服。

这王道装腔作势，为的是哄这些村傻愚民。这些愚民见他作怪，偏就信他。一设上这摊，便里三层外三层的围着争瞧。而且把他喝了酒的醉话，竟认作点化人的法术，便

牢牢记在心里。一传十，十传百，哄扬的各处知名，都以王半仙呼之。所以，这王老道一二年的工夫，真是日日足吃足喝。

俗语说，盛极必衰，泰极生否。这日合当王老道晦气星照命，刚设摆上摊子，招了许多的人，王老道睁眼瞅了瞅。尽是闲散游人，知道不能赚钱，便仍将那酒烧透了两只红眼合上装睡，专等那未会过面的生人来了，好卖弄他的生意。可巧此际老苍头已经寻找至此，只见四面围裹的人甚多，于是分开大众，挤到里边。苍头知他是好喝酒的醉老道，便走至近前，用手将王老道一拍，说道："神仙老爷别睡觉了。我们宅里妖精闹的甚凶，快跟我去捉妖罢。"说罢，拉着就要走。

众人见老苍头冒冒失失，也不施礼，便去扯拉，遂一齐说道："你这老头儿，真不通情理，那有聘请真人这样亵慢的。就是本处官宦，也不敢拿大胳膊来硬压派仙家。你瞅着，真人要不怪你。还不快撒手！"那众人正在叫老苍头放手，忽见王老道已睁开醉眼，哼了一声。

也不知说了些甚么话，且听下回再讲。

第十一回　迎喜观王道捉妖
青石山妖狐斗法

词曰：

世上痴人如梦，邪言入耳偏听。道人称道是仙翁，便说咒符灵应。

一旦逢人聘请，假相露出无能。真仙若是惧妖精，岂不可笑可痛。

话说老苍头扯住王老道，被众人说的将要撒手，只见王老道哼了一声，睁开两只红眼大声说道："我这铁板数，从来不差分厘。我早知你这老头儿，定有很大为难之事。所以从清晨就在这里打坐，专等着你到。我算你家要紧之人，被魔魔住，病的危迫。因我王半仙与你们有缘，应该速去搭救。你这老头儿总算请着了。"老苍头说道："神仙老爷言的一点不错。现在小主人实是病的深沉。"

王老道不待苍头将原由说明，他便又用试探法听口气，问道："你家幼主乃是年轻的人，时令症候，绝不至如此。他这病着实在非儿戏，其中有些奇怪。"老苍头道："谁说不是呢？神仙爷既然算就，又与我们有缘，千万勿要推诿。定祈仙驾俯临，拯救小主之命。方才神仙爷说这病奇怪，他怎么会不奇怪呢？自从今年清明扫墓，小主遇见了个绝色女子，及小主回宅，不知那女子怎么也就来到书斋。两人朝欢暮乐，约有半载。所以小主至今骨细如柴，沉疴在体，小女子尚夜夜来会。还有小儿延寿，到后园摘果，无故被一九尾妖狐吃了，可惨可痛，这是我亲眼见的。如今想尽法儿也擒不住他。并且来来去去，人不知，鬼不觉。小主叫他迷的也不醒悟。昨晚我派了几个庄汉，为的是将妖怪阻住，不知他甚么时候早已进了书室之内。今早他将出门，我打了他一鸟枪，也并未伤着。他用手帕化了一条通天桥，竟从桥上而去。他还说他是神女仙姑。到底也辨不准是仙是妖。"王老道又接口说道："一定是妖，非捉不可。"苍头道："我也想着，这美女绝非仙女下界。故此特请神仙爷大施法力，将妖怪捉住，好救我家公子。"

王老道见苍头已经信了他的话，又听说是个公子，心里想着："既这等官宦人家来请，

何不装出些作派来？"你看他对着苍头说道："我王半仙也不是吹牛夸口，天下妖怪不用说，准能手到便除。他一听见我的法号，大约先就害怕，欲想逃跑。无奈你家幼主被妖缠迷已久，空画几道符，你拿去将妖退了，怕那病人不能骤然见效。莫若我亲身走一次，两宗事就可以俱无妨碍了。然捉妖治病倒不费难，就怕用的东西过多，有些花费，你们舍不得破钞。再者，我给你们将妖擒住，治好病症，咱们也先说个明白，不然，如今人情反覆的多，过了河便拆桥，看完了经就打老道。我实对老头儿说罢，我是叫人家赚怕了。我今先给你开个单儿，你拿回去同你们公子也商量商

量，如要真心情愿，我作神仙的人亦不肯难为你，披给你二成账，叫你也彩彩。常言说，一遭生，两遭熟。倘日后你们再闹妖精，再得大病，我也好拉个主顾。那时还重重的补付你呢。今儿这件事，你只管听我嘱咐办去，我也不能过于自抬声价，留点人情，日后也好见面。"苍头道："神仙爷，我们这一次妖精闹的还天翻地覆，那里禁得再有这样缘故？神仙爷千万别这么照顾了。"王半仙道："就让你家这一次除了根，难道说你们本族、邻里、沾亲代故，就准保不生灾病，不闹妖精么？你举荐我，我拉扯你，咱们两个一把锁，一把钥匙，谁还来敲咱的杠呢。不是说惟独开方、治病、念咒、捉妖，犹如探囊取物一般，他人料也没有这等手段。谁不知我王半仙是天上的徒弟，敢劫我的生意。"

一面说着，将苍头一按说："你坐下，我跑不了。你等着我给你开个捉妖单子，你好忙回去商议。我在这里听候准信。"老苍头听说要叫他先商量去，连忙说道："神仙爷，不必这等取笑。我门宅中之事，同是老奴做主。一切应用的物件，无不全备。神仙爷只管跟着我去，你老怎么吩咐怎么是。只要治好我的主人，除去妖精怪，情愿千金相谢。我们绝不敢辜负大德，好了疮疤忘了疼痛。日后决不食言。"

王半仙听罢，自已正在盘算，只见旁边有几个那平日给他趁摊贴彩的附耳低言说道："这是咱们这一方的头个财主周宅老管事的。收了摊跟了他去罢。"王道得了主意，望着这些给他贴彩的说："有劳列位，把我的摊子代我收了。贫道好去捉妖救命。"言毕起身，付着与他看，朝这些无考究的人作了半截揖，跟着苍头便走。

顷刻来到周宅,让进大门。王道故意揉了揉他的红眼,向四下一瞅,便嚷说道:"厉害!厉害!满院妖气甚重。幸你有些见识,特去请我。若再耽搁几天,必定大祸临门。"苍头闻听,说:"神仙既然看破,先到书房看看我主人之病。"王道摇头说道:"你且慢着,你等我把妖怪根基寻找寻找。"说罢,便东瞅西看,满院里摇摆了半天,说:"你快找洁净屋子两间,我好请神退妖。"苍头说:"我们厅房宽敞,神仙爷同我看看。"王道说:"这也罢了。"二人入了厅房,这王道便坐在上面,假装着打坐养神,心里却打算着动什么法儿想他们的银钱。苍头一边侍立,连咳嗽声也不敢。令小厮捧过茶来,恭恭敬敬的放在桌案之上,一声也不言语,仍暗自倒退出来,在门外站立。

老苍头伺候足有一个时辰,王道才伸了伸懒腰,打了个哈什,拿起茶来漱了漱口。老苍头说:"神仙老爷醒了么?"王道便一声断喝说道:"你真是肉眼凡夫!你打谅这是困觉呢?这是运出我的元神,遍游天下,去查访妖怪的来历。适才到了峨嵋山,去问我们一家王禅老祖,他说不知。我又至水帘洞内去问孙大圣,他也说没有。我想他三个尚然不知,这必不是人间的妖精。我赶着就忙上了天咧。刚到了南天门,又听说玉皇爷卷帘朝散,众天神已各退回。我又奔了蟠桃宫,这还凑巧,幸亏太白李金星在那桃树底下够不着摘桃儿,馋的流哈拉子哪。这太白金星见了我,羞的满脸通红。我说:'这又何妨?不但你老人家爱作这营生,连东方朔、孙悟空他们还来偷吃哪。'太白金星听我说话和气,忙问我有甚么要紧的事,好代我去办。我赶着将咱们这事说了一遍,太白金星说:"原来为这点小事。昨儿我已奏过了,那原是棒槌精作耗。当时玉皇大帝就要派天兵天将下界捉他。因又奏过,说:'这点小妖儿作乱,何必劳动天神,浙江迎喜观有个王半仙,他足可捉妖拿怪。'玉皇大帝允奏。可巧我正去寻找妖精来历,太白金星遂将缘由对我说了,我方回来。如今元神已归了壳。你快去将宅里所有的棒槌都拿到我看,认出他来,好画道符,给他贴上,定有效验。"

苍头听罢,说道"世界上从未听说棒槌成精之理。"王半仙道:"你们那里得知,这个棒槌往往妇女使他捶衣裳,好打个花点儿,只顾用双槌打的石头吧儿吧儿乱响,听热闹;猛然将棒槌一扬,碰破了鼻子,流出血来,滴在上头,受了日精月华,他便能成精作耗呢。"苍头道:"不必论是何妖怪,惟求神仙爷拿住他就是了。你老快将捉妖用的东西告诉我,好去速速备办。"王半仙道:"先取文房四宝过来。"小厮听说,急忙捧到桌上。王半仙举笔便写,先要了许多用不着的物件,然后取过两张黄纸,俱都扯成条儿,胡抹乱画,又闹了有两个时辰方完,对着老苍头说道:"这符已经画妥,你拿去从上房贴起,凡所有的房子,一个门上一张。贴完了,管保灵应。"苍头道:"你老画的这符,都是甚么字,这等乱糊?"王半仙

道："这都是老君秘诵的咒语，五雷八卦灵符，又经玉皇爷阅过、念过，一句一字都不能错。这才又交给掌教元始天尊。天尊又传与天师张道陵。因张天师同我那神仙师傅相好，常来谈道。那时我还年纪不大，张天师瞅着我长的爱人，遂同我师说道：'你这徒弟甚是灵透，将来必成正果。我有秘授宝藏的神符灵咒，从不传人，今儿看你面上，我传了你这徒弟，也不枉咱们相契一场。'言罢，都教给了我。我师傅令我受罢，叩谢已毕，张天师也就去了。我便一遍一遍，一句一句的通学会了。从此我师傅便叫我到各处遨游，捉妖治病，拯救万民，行功积德。我当时又下了许多死工夫，将这符咒温习熟了，才出来救人疾苦。这是我揭心窝的本领，再不传人的法术。无怪你们凡夫不识这等文字，上边有好些位天神哪。"

苍头道："这等说，灵符有这些来历，妖怪一定可捉成了。"忙伸手接将过来，去到各房门上去帖。凡前边宅内房子俱各贴到。此时天色堪堪已晚，老苍头复又举步，欲奔书房，刚走至书院之内，一抬头，见一个女子立在书斋门口。仔细一看，竟是那用鸟枪打的那个仙姑。老苍头不见犹可，一见了这女子，唬的连忙向回里而走。

不知老苍头如何告诉王半仙，且听下回分解。

第十二回　半仙周府粘符篆　众狐荆抽王道人

词曰：

　　狐媚群兴作耗，道人得便忙逃。山川满目路迢遥，仙境伊谁能到。

　　无计仍归道院，欲将众友相邀。撞钟击鼓又吹箫，反使妖魔见笑。

　　话说那玉面狐，自从将众妖安置在僻静之处，他却于周宅用隐身法等候王半仙。等至夕阳将落，老苍头已同王半仙进入大门。玉狐一见，即知道他并无真正法术。遂又跟在他身后，听他说些甚么。只见王半仙胡诌乱画，闹了许多时候，玉狐尽都看在心里。末后，王半仙叫行心院里门上贴符，玉狐即暗来对众狐如此这般说了一遍，复令众狐每一房门站立一个。玉狐却在书斋门外而站，等着王半仙来了好一同下手。这话按下不表。

　　且说老苍头在别的房门去贴符，未见有妖怪动静，心内念佛，以为这符定有些灵验。及至来到书院门上去贴，猛一抬头，见那被枪打的仙姑在那里站着呢。这苍头一看，吓的心悸身战，即忙复回，跑到王半仙面前，喘气说道："神仙爷，这灵符贴不成了！如何是好？"正说着，忽见先前贴的符，俱一阵风都飘送在王半仙眼前。王半仙连忙问道："你莫非打的面糊不稠，粘贴的不稳么？你看看，贴上的俱都被风刮下来咧！怨不的你说贴不成咧。"苍头听罢，说道："这事奇异，我方才贴的那几处，粘的甚是结实，怎么就能刮的下来？莫非个个屋内都有了妖怪？"

　　王半仙道："岂有此理！你再去贴他一回，准保妖精见了便跑。"苍头道："你老别说咧，适才我到书斋，将要拿符去贴，见那女妖在门外站着呢。求神仙爷自己亲手去贴罢。"王半仙道："你这是疑心生暗鬼。那有这等的事，你去贴符，可巧妖精就在那里？"苍头道："我是被妖精唬破了胆咧！这符是你老画的，你老暗念着那咒儿就可以贴上了。我实不敢再去。"王老道此刻亦是骑虎之势，只得仍旧装腔作势的将符要将过来，说道："你这等凡夫真是无用。你瞅着，待我贴去。"言罢，一同苍头往外便走。

及到门槛之外,王半仙向四下里一望,只见这宅内各房门外,俱站着个一样的美貌女子。自己看着,未免心内也是吃惊,想道:"这莫非就是妖精?不然贴上的符如何俱都揭将下来?待我不要言语,同这老头子先奔书房,若贴上书房的这张符,回来我就有的说了。"此时老苍头只顾低头前行,并未瞅见这边门外站的女子,遂问王半仙道:"我贴的已经刮下,咱是先贴何处呢?"王半仙道:"快领着我奔书斋,不要妖怪跑了,再拿就费周折了。"

看官,你知王老道这是怎么个心意?他想着周宅之内绝不能有这许多家眷。即便有这些女子,既为他们家捉妖,岂肯将符揭将下来?他猜度着这些妖精此刻必同离了书斋,至前边宅来搅乱。故此他欲趁这机会先奔书院,就免得遇见妖精了。你看他催着老苍头一齐来至书斋门外,正要叫苍头去刷面糊,他自己去要贴时,忽然从门里袅袅娜娜出来个美人。王半仙看罢,说道:"咱们快回避了罢,不要叫妇女冲了我的灵符,你必说我的法术不真。我没对你说过么?我的符最怕阴人。"

老苍头听说叫回避,猛一抬头,便忙嚷道:"神仙爷,不好了,这就是那妖怪!神仙爷快显大法力擒住他,千万不要令他逃跑了!"老苍头甚是着急,只听王半仙说道:"你别哄我咧,这分明是你们少奶奶,给你家公子作什么来咧。你叫我拿他当妖怪捉了,你家公子若是知道,不说咱们是玩笑,必说是我调戏有夫之妇。那时,倘若吵嚷起来,不用说我出家人担不起这个名声,还不定得个甚么罪过呢。你真把我瞅傻咧。"

苍头听罢,急的跺脚,说道:"神仙爷,别错了主意。这并不是我们少奶奶,这就是缠迷人的妖怪。快些动手罢!"王半仙道:"你敢做主么?"苍头道:"有了错处,老奴担当。"王半仙道:"你既然敢承当,瞅我的罢!"于是,将他那没锋刃的宝剑用手插在背后,又把他戴的那油纸如土似的道冠往上挺了两挺,脑门子上拍了三巴掌,又向东喷了一口气,便直着身子站在书斋门外,口中咕咕哝哝的念诵道:"天黄黄,地黄黄,灵符一道吐霞光。二十八宿齐下降,六丁六甲众天罡,快把妖精来擒去,从今后,再不许他们进书房。我奉太上老君命,急如律令敕。"念罢,又要拿符往门框上去贴。

玉面狐便暗用他那细细的一根荆条,轻轻向王半仙手内将那符一挑,往地下一摔。这新刷面糊的黄纸如何不沾了好些沙土?王半仙一见,知是不妥,遂故意嚷道:"你看如何?我这符咒极是灵的,凡是妖精一听见我念咒贴符,早躲的无形无影。就是怕逢阴人孕妇,一冲了这符便贴不住。我说的话,你一点又不听,只顾拿我取笑儿,把你们带肚儿的少奶奶告诉我是妖精。你瞅瞅,这符贴不上咧。你快叫他们小男妇女的躲开罢。"苍头此刻又是怕,又是急,忙道:"我的神仙爷,你老莫错认是取笑儿。他是千真万真的妖怪,我们公子尚未娶

亲，那里能有少奶奶？你老只管向着妖精耍戏，可就误了我们小主人的命了。虽说有你老在此，妖精不敢狠闹，也不如快用现成的宝剑将他杀了，除了根。"王半仙道："你也真说的容易。你看看，他长的这等细皮白肉儿，画儿画的这等好看。连我修炼了多少年的道行，心里还觉动火哪，怎好一宝剑将他斩了呢？少不得你们公子叫他闹的成了虚痨。再者，我要将他杀错了，公子不依，谁给偿命？"苍头道："你老杀了，老奴情愿偿命。"王半仙将嘴一撇，说道："这么着，我给你个便宜，你杀了他，我偿命，好不好呢？"苍头着急说道："你老既称神仙，是有法力的。老奴若能杀他，岂肯用千金谢礼奉请有道术的高人呢？你老速用宝剑斩他罢。事后谢仪，毫厘不敢缺少。有了错误，不干你老之事。"

这王半仙有心再推辞，因听着千金礼物，又觉动心。旁边苍头又直逼迫，只得无计奈何，挽了挽破道袍袖，抽出那没刃带锈的剑来，假装怒气冲冲，吹着胡子，鼓着两腮，青筋叠露，咬牙切齿的瞪着两只红眼，嚷道："你们闲人快要躲开，我可要擒妖精咧！这是真杀真砍，别当我是老谣。这剑上可没有眼睛，碰着可不是玩的。"这王半仙一面瞎诈着刺，一面便舞那卷刃不磨的宝剑，去玉狐要动粗鲁。

且说玉狐先前见王半仙这等捣鬼，又是暗笑，又觉暗恨。今又见他要来动手，不免微微的一笑，故意的轻移莲步，往后倒退，慢转柳腰，假做惊慌，说道："你是那里来的野牛鼻子？难道你不知王法？青天白日入人宅院，拿刀弄杖，威吓妇人。大约你要想行凶谋害，讹诈钱财呀！我实对你说罢，你这是困了。你在我跟前，闹这个缘故，岂不是班门弄斧，不知自量？"说着，暗运了丹田一股妖气，照王老道面上一直喷去。王老道觉着难以禁受，"哎哟"了一声，便跌了个倒仰。于是，撂下那宝剑，急忙爬起身来，欲要跑时，却被妖气迷漫，不得能够，遂睁着两个烂红眼，把脑袋往墙上撞，不防备去天灵盖上又碰了个大紫包。自己摸了摸，也不敢嚷疼。无计奈何，只得上前抓着苍头说道："这个黄毛儿丫头真正厉害，你快领着我出去换那锋快的刀去。回来我一定将他剁的煮饽饽馅的是的，方出我气。你快找着门，同我走呀。"

说罢，拉着苍头，刚要迈步，此时玉狐那里肯放，只听呼哨了一声，众妖烘然而至，玉狐便吩咐道："这样无知野道实在可恼。众姊妹同来收拾这杂毛儿，别要轻饶恕他，免的他常管闲事，诓骗愚民。"众妖答应一声，齐现了一样的面目形容，打扮的俱是百蝶穿花粉红袍儿，长短、肥瘦一般无二。王半仙一见，唬的就似土块擦屁股，迷了门了，真是：上天找不着路，入地摸不着门，迷离迷糊，站在那里与灯谜一般，贴墙而立，等着挨打。众妖全是满脸怒色，各持一根荆条。玉面狐上前，用手一指，说道："你别装憨咧，你也闹够了，也该我们收拾收拾你咧。"

说罢走过去，便先扯住道袍大领儿。王老道以抵对不敢支持，指望趁势一躺，将妖精撞个跟头，谁知妖精身体灵便，往后一闪，倒把自己摔了个仰八脚子。众妖见他跌倒在地，便去揪胡子的，撕嘴的，捏鼻子的，扯视的，先揉搓了一顿。然后拿起荆棍，一齐向他下半截"刷"、"刷"犹如雨点似的一般乱抽混打。王老道伏在地，四肢朝天，满口里破米糟糠只是乱骂。他见打的不甚很重，愈发不以为事，便放出来那光棍无赖调儿，说道："我把你们这些粉面油头，偷汉子的狐媚子，你们今儿既动了我王老头儿，咱爷们准准的是场官司。先前我看着你们是些女孩儿，嫩皮嫩肉儿，细腰小脚儿，常言说'男不与女斗'，所以我不肯奈何你们。那知你们竟是些臭婆娘淫娃子，大亢的真鸡屎呢。这可真是阴盛阳衰咧。你们生敢成群搭夥玩弄我王半仙。简直的说罢，既要打，可别心虚，绝没有哼哈字。我王老头儿再也不能不是个东西。若不信只管问去。幼年间没有底真，乱儿闯过多哩。爱招事，无人敢比。跌倒了，仍爬起。谁要同我争斗，我便敢与他拼命用刀劈。红通条都不惧，黑鞭子当儿戏，劈柴棍是常挨的，一咬牙便挺过去。不动窝从早晨能骂到日平西。有朋友，就完事，从不会斗经纪。说不了，打官司，衙门口去相抵。真无理，搅出理。四角台上，从来没有受过委屈。到今日，学老实不泼皮，或占卦，或行医，除妖怪，救人迷，迎喜观把身栖。为传名，不需利，我王半仙一生忠厚，倒被你们欺。这掸痒痒的荆条算甚事，指望着有人来劝就算完哩？既打我，咱们已是一场子乱儿事。说不得你们这些臭骨头，直不直？"

且说王老道骂的都是些市俗之话，说的都是些无赖子匪言。众妖一概不懂，只知他是骂人，便又把荆条加上力，抡圆了，没死活只是胡乱抽打。王老道只道先前荆条儿无甚力量，不大理论，所以还能够乱骂。次后觉着有些重势，那两条老腿，便不似起先那样四平八稳在地下放着不动咧，荆棍抽在身上一次，不是蜷回，就是伸去，不是旁闪，就是暗躲，堪堪的擎受不起，意思欲要告饶，又觉难以出口。因抬头瞅了瞅，老苍头一旁站着，离的甚远。只得老着脸说道："你们这些姑娘，难道真把王老头儿打秃了么？"玉狐听得此话，知他已是禁架不住，遂冷笑说道："你这打不死的杂毛老道，你不孤立了，你来这里治病，哄人钱财，尚还可恕。你又卖弄会捉妖。你看看这里谁是妖精？如今你既然怕打，暂且饶过你去。倘若仍然不改，再犯到我的手里，我也不费这个事打你，我叫我那些众妹子揪你这老杂毛的胡子。"

玉狐一句一句的数落了他半天，王老道一声也不敢言语。只听玉狐又吩咐道："众姊妹，咱们也将野道打乏了，咱们暂且回去歇息歇息，明日再来理论。"言罢，各将手帕一抖，展眼间俱都不见。

不知王老道如何，且听下回分解。

第十三回　王老道回观邀众友　老苍头书斋搭经台

诗曰：

只为玄门术太低，酿成祸患苦相欺。

顽皮道士遭羞辱，忠义苍头暗惨凄。

宝剑空持无用处，灵符已假便生迷。

群狐大逞妖魔技，须待纯阳到此携。

话说众妖狐闻听洞主吩咐住手，便一齐放下荆条，将各自拿的手帕俱都一抖，借遁光一齐回洞。王老道自觉羞愧，尚不敢抬头，先慢慢的偷眼看了看，一个个俱都不见踪迹，于是放开胆子，复又往四下里仔细一望，方知这些女子已皆去净。此时也不大声儿说话了，一面哼哼着向苍头说道："今日我可丢了人咧。你也不来劝解一声儿。"

老苍头走至近前，先用手将他搀起，说："我的道爷，你老还禁的住几荆条。我要将妖精劝恼了，若再打起我来，同你老一样，我可就早见了阎王爷了。快请起来，同我到前边用斋去罢。"王半仙道："我这嘴脸怎好前去见人？你快将门开放，当个屁放了我罢。"

老苍头听罢，不觉心如刀绞，忙将王老道扯住，说："如今神仙爷将妖精得罪了，妖精岂肯歇心饶恕我家？我的神仙爷，你老若再去了，谁还能保我们公子之命？今日你老虽然未能降了他们，咱们慢慢的再想主意。常言'胜败乃是常事'，你老倒不必如此愧怍。回来用斋已毕，奉求你老细细的写一道神疏，至诚向空焚化，哀告上天神圣怜悯老奴的愚衷，把我余生阳寿借与我家公子，我这把朽骨情愿抛残，留下小主人的性命，不灭周氏宗支。你老将此情达告过往神祇，奏与天曹俯垂鉴佑。你老虽体上天好生之德，大发慈悲呢。常言道'救人一命，胜造七级浮屠'，你老若一撒手而去，不但周氏断绝香烟，你老见死不救，未免也有过处。况出家人同有善念，你老若从此袖手旁观，我还往何处再能找似你老这等半仙之体去？还求神仙爷竭力搭救我一宅性命罢。"

此际，王老道见苍头凄惨悲声，实在的进退两难。自己心里暗想："妖精大约无别的本领，不过以多为胜。莫若我也多集几个道友，与他们一对一个，就许可以取胜了。"

遂望着苍头说道："你既然这等恳求，我只得仍给你们设法。适才我并不是要走。我想着要掏寻我师傅去，问问他，传授我这些符咒怎么捉妖治病倒不灵，挨打却这么快。倒是教的错了，还是学的差了？我挨顿打倒不要紧，叫人连我师傅的法术都瞅着不高。我若在深山古洞摸着了他，我老爷两个总得嚼会子牙呢。"苍头听说去找他师傅，连忙问道："令师是那位仙长？"王半仙道："你站牢稳了些，要提起我师傅，还唬你一溜跟头哪。"苍头道："是谁这样大名声？"王半仙道："叫甚么，'海里奔'。"苍头没听说过这名儿。王半仙道："不是'海里奔'，莫非是'虎里槟'吧！"苍头道："没有，没有。大概是吕洞宾老祖吧。"王半仙道："是他，是他！我是要试探你认得不认得。你敢则也知道这么一位有字号的好朋友哪。你可老实等着我罢。我找了我师傅来，咱大家夥儿同妖精打场热闹官司，准保万不含乎。我找我师傅可是找去，把妖精可是交给了你咧，要跑了一个，可向你要俩。你放心罢，这一件事全都在我姓王的身上就是咧。"说罢，假装没挨打似的，掸了掸尘土，摔着手一直的便出了周宅后门而去。

一面走，一面低头暗想道："我自身入道院，本来没学过一点法术。可巧今儿晦气，遇着这些恶妖怪，被他们羞辱了一场。早知如此，很不该应允。倘若素日有些功夫，借着纯阳老祖的名声，制服了妖精，不但受周宅千金谢礼，而且还为同道增光，也显自己的名。今反挨了这顿荆棍儿，岂不丢人太甚？这个脸须得想法找回才好。那怕到了观院里，给众道友磕头，也要叫他们帮扶我将妖赶跑了。不然，令外人知道，岂不轻薄于我？这个跟头实在栽的无味。但我到观内不可露受打的样儿，须得这般如此的说去，管保道友必来。"于是慌慌张张，假带满脸怒色，一径入了迎喜观内。

且说这个迎喜观，原是一座老道的长住处。地界宽阔房广多。其中居住的老道，聚集极众，虽无飞升的真仙，却有修炼的道客。此时大众俱在院内讲论道法，只见王老道带怒狼狈而归。大众看着他走至切近，一齐问道："王道友今日出去，生意可好？为何这等模样回来？"

王老道在路上已经安排妥了主意，今听大众一问，便故意叹气说道："众道友你们猜，周家是怎么宗事？原来竟是些年轻的女子混相窝反。我起初一去，老苍头说妖精闹的甚凶，我便连忙施展法力。那知刚到他们公子书房，便从里面风摆柳似的出来了好几个最美貌的姑娘。我恐是他们的内眷，正要躲开，老苍头说："那就是妖怪，快用宝剑捉罢。"并不是咱们攒细，果然是三头六臂，青脸红发的精灵，那怕咱与他拼了命呢，这都使得。我

399

想几个柔弱女子,怎好与他们相斗?常听人说'男女授受不亲',咱要与这些小娘们动手动脚,未免叫人瞅薄了。再者又怕染了咱的仙根,故此不肯同他们较量。谁知这周公子竟招的些个会武艺的女孩子,见了我这样年纪,以为可欺,便不知进退起来,暗中给我个冷不防,一齐上前,将我按倒,拿荆条棍倒把我好抽。将我抽急了,将要用宝剑乱砍。他们一展眼睛便都跑了。就象这么白打白散,咱这迎喜观岂不软尽了名头,令人耻笑?所以他们的千金谢礼,我也没要,总得找回这气来。我想我虽衰败无能,我这有法力的师兄弟多着哪。我们一笔写不出两个道字来,他们眼看着我跌了窝脖跟头,再无称愿之理。我回来时,已将这话发了出去。别管怎样,望求众道友有愿去的助我一膀之力,不欲去的帮我个妙计。等着报过这仇来,再与老苍头要谢仪。"

众道听王半仙之话,一齐信以为真,同动了不平之气,一个个发恨说道:"咱同是老君门下正派,王道友既然被欺,我等也无光彩。他们别说道教缺少人物,这等任他们放肆。要叫这些女子白欺负了,谁还敬咱迎喜观是有名的道院?咱去报仇,也不用与他们对打,等着这几个毛女儿出来,咱大众也不怎样他们,一齐将他们用绳捆上,两人抬一个,全弄在咱这观里来,重重羞辱他们一顿,再将他们放回去,叫他们不好见人。周公子若是知道,也就不要他们了,从此,那病也许好了。咱王道友这脸可就找回来咧。"

有两个年长的道士说道:"这么办使不得。这些女子准要是人,仗着道友众多,固可捉的住他们。然要弄在咱道院里来,未免叫人犯疑,说咱们作事不正经。再者,这些女子倘若真是妖精,咱要同他们动手,焉能准保敌得住他们?咱们先问到底的这些女子准是人、准是妖,再作定夺。"王老道听罢,说道:"我也辨不很准,要瞅他们一展眼走的那等快,多半是妖精。"众道士说道:"若是妖精,更觉可恶咧。他们既然修炼,应该敬重道教。他们见了王道友画符持咒,就当假装惧怕,速行躲避,这才是知时务的妖怪。他们反给道友个没意思,是何道理?如今咱也不必论他是人是妖咧。咱们给他个两全的道儿罢。"王老道听了,忙问:"怎个两全的法儿。"众道说:"咱们大众俱奔周宅,在他书院令人搭起一坐高台,咱们坐在上面,将《天罡》齐齐整整念七昼夜。这些女子要是人呢,见咱们眼目众多,大约也不敢再进书室;若不是人呢,咱们念的这《天罡》,慢说是妖精,就是得道的仙子也得远离。到那时,没有了别的动静,咱就说仍须大施法力,将妖精与他们剪草除根,好再多受用他们几天。然须先对周宅讲明,每日预备三餐,极要丰盛。你就说,我们俱是请来白帮助的,不图甚么,须得如此。然后,等着咱们回来时,再给王道友叫他们写千两银子的布施。你们说这个道儿好不好呢?"

王老道此刻已将挨荆条的难受撇在度外了,听见众道说的这法儿,又得吃喝,又得财帛,不觉心内暗喜,连忙对大众说道:"众位道友既有这等高见,务祈同我走这一次罢。"众道士说道:"咱们同是道门枝派,气体相关,不分彼此。王道友只管放心,不必游移,我等一定相帮。事不宜迟,速速到周宅说去罢。"王老道点头,急忙复至周宅。

进了门房,叫人回禀了一声。老苍头闻听,连忙迎接入了客位,问道:"神仙爷回来了,可曾请得令师尊下降?"王半仙道:"我为你们这事,可大费了力咧。我好容易到了海上仙山之处,找遍了三岛的仙境,末后在蓬莱岛内,方见了我师傅。我还未曾告诉他老人家,我师傅便早知道咧,先叫我坐在个神仙椅上,令仙童给了我一杯仙茶。我师傅对着我说道:'徒儿,你原来受了妖精的委屈了。这也是前生造定的因果,该有这场疼痛之灾。本当下凡给你此仇恨,无奈这几个毛崽子妖精也值不得我身亲临尘界。我今传授你个奇绝法,包管把那些毛妖精唬的他们尿流屁滚,连他姥姥家都认不得了。于是将诀法尽给了我。我忙着磕了个响头。我又想起,这诀法虽然学会,尚不知怎么施展,正想要说:'将用法亦求恩师赐教',我师又早明白我的心意,乃复行吩咐我道:'你回去,先到周宅派人搭起一座法台,愈高愈好,再叫周宅多备酒肉。你从此可要开荤破戒,将你们观里众道友邀上他十二位,我再赐你一部《天罡经》,连你共十三位,一齐念起。往来念他七昼夜,管把妖精净了。'说罢,还叫我'不许索讨钱财。等着完了,只叫周宅主人到观里五道庙前,写五百六十两银子布施。倘或周宅事毕之后负心不给,五道爷自必叫他们受报应,那可不是玩的。徒儿,你可记着。天也不早了,你下山去罢。'我就回来。这都是我师傅嘱咐的话,叫人不可不信。所以我连歇歇腿都没有,就忙找了你来了。"

此时老苍头已是心迷意乱,只得百依百随,忙说道:"令师既这等吩咐,岂敢不遵。"便急忙聚集众工人,搭台的搭台,备酒席的备酒席。不好拙比,就仿佛办丧事的一般掉起来。常言说"为人最怕挠头事",老苍头被妖搅的毫无主见,这王老道之言明明不近情理,他听着竟是实的一样,只求有人捉了妖精,就花费千金也不吝惜。正是所谓'得病乱投医'。

且说众工人将该预备的,件件俱都安排妥当焉,等这些嘴馋的老道好来吃这七天七夜。这王老道见法台搭起,酒席齐整,欣欣然便忙回了迎喜观见众道友,将周宅布置的话,俱都一一说明。众道听了也甚欢喜,以为这好酒席一定吃到嘴里咧。于是,忙差了四个伙工道士,挑着神像、疏表、香烛、供器、法衣、乐器等物,凡应用的,一概全都先送至周宅。随后,王老道领着那十二个道士,拿着踏罡步斗的宝剑一齐来到。又令当伙居道的铺垫在法台上,设摆整齐。

不知众道士如何做作,且听下回分解。

第十四回　群狐大闹撕神像
老祖令召吕真人

词曰：

> 几个雌狐便逞雄，无端作乱弄神通。
>
> 可怜众道难降伏，枉费苍头为主忠。

话说众道齐至周宅，令人在法台设了五个香案，桌儿正当中挂上老君、元始、通天三清神像。案上铺的俱是红毡，圆桌俱是黄缎。摆上炉瓶三式，备下香烛，列上诸天总圣牌位。法台四面悬起三教降世原流画轴，与那六丁、六甲、二十八宿、十二元辰、五雷、四帅、白虎、青龙、天蓬、黑煞、丧门、吊客许多的凶星恶像。又拉上彩绸，挂一百单八对旗幡。所用祭品俱摆在一张洁净桌上。台正中设下一张正印掌教的八宝如意床。床前桌上，放定牒文、敕旨、令牌、宝剑、九环铜铃、三厢手磬、朱笔、黄笺、施食、法水。两旁排开两行桌椅，桌上设放铙、钹、钟、鼓、笙、管、笛、箫。台上左右角儿，也摆两个桌儿，一边放着个黄布包裹，乃是《道德天罡》经卷，一边放着许多应用物件。这放黄包袱的桌旁坐位，是王道查阅众道念的是不是对的坐儿。从来僧道门中，大凡应事的揽头，就是这个坐位，只在上坐着看经，最是个清闲事儿。

且说伙居道士摆毕，这些众道俱大摆的先进了大厅，并不拘泥，一齐就位而坐。老苍头下拜见礼，泡茶饮毕，王半仙便说道："咱们先响响法器，通知通知妖怪。咱大家回来吃了斋，再去念先师的真经。"

说罢，王道先穿了法衣，领着众道冉冉的上了法台，一齐按位坐定，各就所长，将乐器拿起，便吹的吹打的打，犹如念经一样排场。将音乐吹打了几下，王老道便持起铜铃，哗啷声一响，众道一同止住乐器。于是王道宽了法衣，率领众道下了法台，连忙来至大厅，仍然归坐。

老苍头急忙派了厨役，排开桌椅，摆上酒席。众道此时闻着，真是扑鼻喷香，馋的暗

暗流涎，恨不能一时到口。正摆齐备，老苍头忙来相让。王半仙道："你不必来让。众道友全是知己，同没讲究，绝不能作客的。"老苍头去后，众道指望任性饱餐，吃个不亦乐乎，那知玉面狐自从将王半仙辱打之后，便归洞去歇息。及至王道叫搭台备酒席之际，玉狐早又派小妖儿巡了风去。所以，众道士响法器时，他早也就率领群狐而来，藏在暗处了。今见众道见了斋这等不堪，实在忍耐不住，便一团火性陡然而起，说道："众姊妹，你们瞧这伙诓嘴吃的杂毛野道真乃不知自羞，令人看着实不可容。"众狐说道："仙姑不要着急。等他们将酒菜吃上两嘴，尝着甜头，咱们再大展法力，闹他个望影而逃。叫这些馋痨道士酒不得饮，菜不得吃，干去难受。"玉狐听罢，说道："这等收拾他们，甚为痛快。"众妖计议已定，各用隐身法遮住身形，等候众道赴席饮酒。

且说众道俱各谦让了半天，方排定坐位，将拿起箸来，夹了菜，喝了两口酒，忽然见一阵旋风，卷土扬沙，刮的天昏地暗。众道士美酒佳肴将到口，一阵风沙起的甚邪：

法台中香烛灭，法器飞，旗幡裂，众神牌全折截。神像儿刮翻元始天尊掌教的老爷。桌椅歪，香案踅，飘朱笔，撕疏牒，箸与杯，满地撒。酒菜中，多尘屑，那饭内泥土更刮了好些。众道士，心胆怕，战兢兢，暗气噎，立不牢，脚趔趄，一个个皱眉登目，似傻如呆。道院饭，粗而劣，早就想，把馋解。这机会，得意惬，为甚么大风刮的这样各别？真是个，活冤孽，眼睁睁，难饱亇亚不亚，一如把命劫。这等摔碎了海碗冰盘，力白矣不。众道正然心痛恨，玉面狐已将神像扯了个尽绝。

且说众妖大展威风，真是刮了个凛烈烈，卷土飞尘，闹的众道有饭难吃，有经难唪。一切供器、法衣、圣像、神牌俱都摔坏，摆在满地，闹了个落花流水。

众妖犹未足性，在法台上闹够了，便又奔了摆酒席之处。只见众道尚在那里瞅着酒菜干生气，那玉面狐又吩咐一声，说道："这些野道未曾吃饱酒饭，众姊妹可将拳脚管饱了他们罢。"于是众妖一齐上前，拧嘴的，揪胡子、扯衣裳的，拳打脚踢，吓的众道东奔西逃，连那茶房与铺垫、伙居道士也有挨挂误打的，故此俱都不敢出头。

老苍头一见众道这等形状，不觉眼含痛泪，忙跪在法台之下，祷告众圣诸神，求公子病痊灾退。这也是忠心所感，义气动天。此时遂感动了上八洞的神仙、掌教的南极寿星老祖。这南极子正在静坐之际，只见一股妖气从下界直冲霄汉。急用慧目一观，早知其意。因想："这些妖狐真乃胆大，怎敢侮弄道门，残毁圣像，妄害人命，采补贪淫，作恶多端，未免可恼可恨。若田妖精这般胡为，不但将来道教令人轻视，而且周信主仆之命谅亦难保。"遂忙叫一声："白鹤童儿何在？"白鹤忙转至老祖面前应道："童儿在此伺候。"老祖吩咐道："你速到庐山之上，诏取纯阳子吕洞宾前来听令。"这才是：

白鹤应命把真形现，原来是顶如朱赤，身似雪团，腾空起，入云端，眼慧眼，看人间，叹尘世，特愚顽，利心重，被名缠，岂不知痴心到底也是徒然。总不如，全生命，保真元，超世外，入深山，苦修炼，炼汞铅，功行满，道心坚，祥云绕，瑞气攒，似我这虽非人类还列仙班。玉面狐，错了念，化人身，功非浅，阴阳气，炼成丹，生九尾，数千年，得正果，眼然间。为甚么清明佳节却又思凡？与周信，结姻缘，不勇退，更留连，害人命，罪如山。惊动了，大罗仙，定然是恨把妖魔一刻灭完。工夫废，道行捐，难再去，乐洞天，又不知何日轮回再得转圜。白鹤飞舞空中叹，不多时望见庐山在面前。

且说吕祖遨游仙岛，自在逍遥。这日正在庐山闲观山景，忽见白鹤仙童来到。吕祖未待白鹤开言，便知其意，遂言道："仙童至此，大约为妖狐作乱。此事我已知之。我与仙童速行可也。"于是，吕祖随着白鹤仙童，一齐来见寿星老祖。参拜已毕，寿星说道："下界青石山下，群狐作祟。有汝门徒王道，不能降服，反惹的妖狐肆虐，毁坏了圣像、经卷，辱打道教门徒，实系可恼。今遣汝速临尘界，至周宅诛妖馘怪，感醒世人，免致从此道教无人敬重。"

纯阳子喏喏连声，便领了寿星老祖法谕，急驾祥云，一直奔了太平庄村内。

不知吕祖如何捉拿妖怪，且听下回分解。

第十五回 吕祖金丹救周信
群妖法台见真人

诗曰：

> 妖魔集众势难当，虽是真人未易降。
> 仙发慈悲狐逞恶，神凭道理怪凭强。
> 物如害命多遭劫，罪若通天定受殃。
> 非是祖师无法力，群阴合聚胜纯阳。

话说众狐见这些无能的老道俱都躲藏，便任意在法台搅乱了个不堪。这话不提，且说纯阳子按落云头，直奔周宅书院。众狐一见大罗神仙来到，不免心中胆怯，忙借遁光回了磋砑古洞。纯阳子上了法台，一见神像、经卷已是践踏残毁，未免在那里心中叹惜。

老苍头忽然见一个道士在台上站定，便忙说道："我的道爷，你快下来罢，妖精刚走了，你怎么又去招惹？"此时王老道因藏在书院墙外柴草垛内，猛然听说妖精已去，便从草堆里连忙钻出，问道："你说甚么哪？"苍头道："你瞅你们那道友，妖精在这里他也不敢上台，妖精将去了也不知，就跑在台上作甚么？"王老道忽抬头一望，不觉哈哈的大笑，说道："老苍头，你快过来磕头罢。这是我师傅来了。"说罢，复又使起他那泼皮性子，破口大骂道："我说你们这些妖崽子跑了哪，原来瞅见我师傅来咧。你们如今倒是回来，咱老爷们到底见个真章儿，较量较量才算。要是这么撕了碎了一跑儿，姓王的不能这么好惹的。非得见个上下不成。"

老苍头见他说的这些话，疯不疯、傻不傻的，忙说道："既令师尊到来，自有擒妖之法，任凭老祖发落便了。"老苍头跪在法台之下，在那里候着。吕祖对着王老道说道："你快躲远些，不必在这里乱嚷。将这些伤了的物件，速派人送至迎喜观去罢，此处一概不用。"于是，王老道忙将这些茶房、伙居道士叫出来，一齐收拾净了，同着众道拜见真人，先回迎喜观去了。

此刻，惟有王老道以为吕祖是他师傅，须在这里伺候，仍然未去。纯阳子见这些器皿送走，遂对苍头说道："山人此来虽然为的降妖，须先救你主人性命要紧。待山人下台，你同着速去观看。"说罢，老苍头引路，一齐来至书房。老苍头将软帘卷起，真是满屋妖气。只见周公子一丝游气，身体枯干，二目紧闭，面色焦黄，悠悠的卧在榻上。凡作仙人的，都是意善心慈，用慧目一看，不由的叹惜说道："年轻的孺子，事务不谙，被妖狐缠的如此，尚不醒悟，未免无知太甚。"

苍头见仙真点头赞叹，以为公子料难救转，不觉泪眼愁眉。吕祖见他忧烦，忙说道："苍头，你不必如此。山人自有妙法搭救。"言罢，便回手取出一个锦袋，擎出一枚仙丹，名为九转还魂丹，递给了苍头，说道："你速用水调化，与你主人灌将下去。"老苍头接到手内，闻得冷森森一阵清香，连忙调好，送到周公子嘴边，拖着灌到腹内。这药真是仙家奥妙，不亚起死回生，登时之间，便回真阳，保住性命。吕祖又对苍头说道："公子之病，已是无碍。再取纸来，给他画道灵符贴在书房门上，日后纵有妖怪，也不敢再来。然从此不可自己胡思乱想，还得静养百日，真体方能复旧还原。"

这周公子自由病深之后，已是命在旦夕，所以王老道捉妖等事，已迷的一概不知。适才因吃了仙丹，腹中邪气散尽，元阳已自保住，虽一时身不自主，心里已明白了许多。今听书室有人说话，便慢慢的睁了睁眼。苍头一见，心中大悦，忙来至公子面前，如此这般，回禀了一遍："如今仙人现在，大约妖怪不敢再至。公子静心保养可也。"周公子听罢，也顾不的歪想，仍然合目而眠。老苍头拨了两名妥当仆人服侍伺候。诸事安排已毕，吕祖仍又吩咐道："苍头，你同山人仍上法台，急令仆人排开坐位，山人好画符，诏取妖狐至此，把这事解合。一者体上天好生之德，再者不伤我道教慈悲之念，三者不碍他万年修炼工夫。"

苍头闻听，忙派人安置停妥，请吕祖又上了法台，预备下朱笔，铺下黄纸。吕祖入了法坐，提笔写道：

纯阳子，谨遵南极仙翁命，为尔妖狐降下方。你等本是披毛类，原许你们恭修把道详。既然得入真门路，便应该遵正去循良。为甚么无故生邪念，因补纯阴去采阳？既然未遇雷击劫，须回洞，改恶于善把身藏。却偏要藕断丝连贪淫欲，恨不能把懵懂书生性命伤。至而今，虽然我门徒得罪你，并未将你怎样伤。尔等毫无忌惮多肆恶，经卷、神牌、残毁实不当。尔等只知利己损人虽得意，岂知是罪大如天自找灭亡。山人此来无别意，写这道解合的牒文尔等细详。若是遵依我教令，山人慈悲尔等不相戕。倘若是痴迷终不悔，山人怒，未免与尔等个恶收场。

吕祖爷书罢牒文，便一声唤道："当方土地何在？"土地连忙应道："小神在此伺候。不知大仙有何法令？"吕祖吩咐道："有一道牒文，尊神可送至青石山下磋砑洞内，传玉面狐前来见我。"土地接了牒文，领命而去。

且说玉面狐率众归入洞府，虽说扎挣不肯害怕，未免总带惊惧之色，坐在内洞，默默无言。别的妖狐见洞主如此，便你言我语商量，说道："仙姑也是几千年得道之体，何论甚么真人不真人呢？既然高兴，残坏了神像、经卷等物，惹下他们，便不怕他们。俗语说'打破了脑袋用扇扇'、'丑媳妇难免见婆婆'、'既作泥鳅，不怕挖眼'，总在洞里藏着，亦是无益。他是真人，也得讲理，莫若出去，看他怎样。他若是以强压弱，咱到底与他见见输赢。难道他是大罗神仙就无短处么？他当时也行过不正道的事，今日若将咱们赶尽杀绝，他也须得自己想想。"

众狐正在议论纷纷之际，忽听洞外有叫门之声，玉面狐以为吕祖来到，气的脸色焦黄，众妖道："洞主不必生气。吕洞宾今既找上门来欺人，未免不通情理。咱们正是一不作，二不休的时候。洞主想个奈何他的计策，先将他制服，羞辱了他，管保从今以后，道门再不敢轻易临门欺负咱们。即或他不肯干休，再来报仇，大约欲伤咱们也非容易。再者，到那时，料着不能取胜，便想个善全的法儿，躲避了他未迟。"玉面狐听罢，说道："事已至此，就按着这么行便了。"于是，玉狐结束停妥，方令小妖儿开了洞门。此时，土地随着便走将进去，到了洞内，对着妖狐，口称道："仙姑在上，当方土地稽首了。"玉面狐见是本方土地，这方将心放下。

看官，你道土地怎生模样？有赞为证：

见土地稽首哆嗦年衰迈，是一个白发蹀躞老头儿。荷叶巾儿扣顶门，面门儿上起皱纹，白胡须连着鬓儿，搭扣着两道眉儿。奢列着嘴唇儿，满面欢容笑弥嘻儿。躬了腰，控着背儿。上黄袍，是大领儿，香色绦，四头秋火，下腰系白绢裙儿，护膝袜抱着腿儿，登云鞋是圆蝙蝠的前脸，云头在后根儿。手执着过头棍儿，随脚步，能持劲儿，拄着他能歇腿儿，更为是保养路远走的精气神儿。谅土地多大职分儿，不过是管小鬼儿，住的是小庙儿。住家户儿，也尊其位儿，当地下受灰尘儿，头顶着佛爷桌儿。同说他最怕婆婆，就真是他怕婆儿，可总没见他骑过骡儿。土地爷眼望着妖狐说禀事儿："这是纯阳子亲笔写的牒文儿。"

玉面狐听说有吕祖的一道牒文，连忙令小妖接过，送到面前。玉狐拿在手内，从头至尾看了一遍，又递给众妖互相瞅罢，玉狐对着众妖说道："吕洞宾书写牒文，与咱们前去说合之意，我看并非是要动嗔痴与咱们较量。都是与他徒弟解合，令咱们悔过。这不过给

王半仙找找脸罢了。据我想来，这倒很好。趁着周公子未曾丧命，倒不如与他相见，息事罢词，仍自各不相伤，岂不两全其美。"

众妖听罢，俱各摇手说道："不可，不可。洞主岂不闻吕洞宾收柳树精时节，七擒七纵，或硬或软，用无限的机关，方把柳树精制服作门徒。这而今三眼侍者、飞絮真人飘遥海外，放荡天涯，谁不晓得？如今吕洞宾既差土地前来投此牒文，这叫做先礼后兵、调虎离山之计。指望把咱们诓去，先用话语压服。若与他顶撞，再施法术，制服咱们。仙姑断不可信他一束牒文，自己去找耻辱。况牒文上直骂咱们是披毛畜类，并无仙姑暗吃延寿儿一层公案。焉有人命关天之事，牒文上反不提起之理？可见是叶底藏花，虚言相诱。咱不可堕在他术内。"

玉狐听罢，微微笑道："众妹不必多言。洞宾此来，专为经卷、神像一事。他既以礼而来，我也以礼而去。若不分皂白，便去与他相持，未免咱们无礼。等着与他见了面，回来再作区处可也。"言罢，叫小妖儿取过文房四宝，提起笔来，在牒文后面写了八个细字，乃是："即刻便去，当面领教。"书毕，仍将牒文递与土地说："劳动你拿去交与吕纯阳，就说仙姑随后便至。"土地答应一声，接在手内，举步而回。

这些群狐一个个呆呆胆怯，说道："仙姑这事作的未免轻率，千万不要孤身去与吕洞宾会面。想洞主现已修成仙体，岂能受人当面挟制？倘一时言差语错，空身与他斗法，胜不了吕洞宾，这不是负薪投火，自烧其身么？今既批了牒文，说即刻便去，料难更改。然须商议个万全计策，莫要粗心轻敌方妥。我等想着，洞主若与吕洞宾前去相会，我们大众仍然同走一次，在那里等候。如若是讲合劝解，彼此不伤，作为无事。倘若你们一时反目，我们给他个一哄而上，一齐努力破了他，然后再作定夺。"玉狐被众妖怂恿不过，遂说道："这个主意也是。若有个不测，众妹好一齐帮助。"说罢，玉面狐先换了戎装，众妖打扮的轻衣短袖，更换完毕，齐借遁光，直扑周宅而去。

且说土地自磋砑洞回至法台之上，见了吕祖，呈缴牒文。吕祖接到案上，铺开一看，见牒文后面写着"即刻便去，当面领教"，看罢，不由拈髯微微冷笑，说道："这孽畜真是不知自愧，无理之至。"连忙把牒交掷在一旁，回头对土地说道："有劳尊神往复，且请回位。"土地打了个稽首，归位去讫。吕祖吩咐苍头，将王半仙叫到台上，对众言道："山人不动嗔痴之气，已五百余年。似此妖狐这等狂妄，将字批在牒文之上，定是善者不来，来者不善。未免又要山人动嗔痴了。这也是劫数宜然，料难自免。且待众妖来时，先以好言解释，他们如若执迷不悟，只得再用法术降他们便了。"说罢，又令王老道与苍头："若见妖狐一到，叫他们上法台来见我。"

老苍头与王老道一齐领命，走至门外刚一张望，早见对面来了几个女子。老苍头知是妖怪，却见他们都是月貌花容，天姿国色，改换了戎装，一个个打扮的齐齐整整，真是眉如黛翠，唇似涂朱，眼若秋星，腮含春色，一样装梳美丽，分不出伯仲妍媸。虽然令人瞅着怜爱消魂，淡雅之中却暗藏煞气。故此与人相接，惯能丧命亡身。老苍头看罢，暗说："一个妖精便闹了个翻江搅海，因这王老道，反招出一大群来。也不知这位吕祖师捉得了他们不能？"心中正在暗想，只听王半仙嚷道："妖精同来到了，我先跑罢！不看他们记着仇，再用荆条棍先打我一顿。"

　　老苍头听他一嚷，忙一抬头，见玉面狐虽然改了戎装，仍是胡小姐模样，花枝招展，已经来在门外。苍头因得罪过他一鸟枪，不免对面一看，也觉心中胆怯。又搭着玉面狐还带着好几个戎装的妖精，怎么能不唬的害怕？有心要同王老道事先跑了，又怕违了吕祖法令。无奈乍着胆子对妖精说道："吕仙今在法台有请。"众妖见苍头战兢兢的说话，便含笑说道："此来正要会会吕纯阳，你引路领我们前去相见。你就说：'玉面仙姑已至'。"于是，老苍头领着众妖进了大门，转变抹角，来到书院。苍头连忙先到法台之前，说是："回禀祖师，众妖俱到。"吕祖吩咐道："你暂且退后罢。"

　　只见不多一刻，众妖果然娇模娇样来至法台之下，一个个乱语纷纷。又听玉面狐说道："既然纯阳子以礼相请，众妹等也须遵奉牒文。咱并非惧怕谁，不能不奉元始天尊、太上老君、通天教主、变化三清之义。咱见了洞宾，也要分个次序，这截教、玄门同是一理。"众妖道："我等凭洞主调令便了。"玉面狐率众站在法台之旁，开声叫道："老苍头在那里？你速到台上，就说玉面仙姑在此行礼呢！"老苍头听罢，忙走至吕祖之前，说道："众妖要行礼呢。祖师怎样降他们？"吕祖拈着髭微笑道："你去对他们说去，就说山人在此迎接了。"苍头犹若惊弓之鸟，忙说："小人被妖吓破了胆哩！只为王半仙把小人闹苦了。有话神仙老爷自去说罢，小人肉眼凡夫，再不敢前去与妖说话了。"吕祖道："如此待山人自去便了。"知

　　不知吕祖见着妖怪何如，且听下回分解。

第十六回　法台上吕祖劝妖狐　半虚空真人斗道法

诗曰：

狐媚神能广，神仙法术高。

欲知谁胜负，邪者自难逃。

话说吕祖大摇大摆，慢慢的走至法台之前，用目观看，只见众妖狐一个个变化打扮的：眉如翠月，肌若凝脂，齿如瓠犀，手似柔荑。脸衬桃花片，鬓堆金凤丝；秋波淡淡妖娆态，春笋纤纤娇媚姿。说甚么汉苑王嫱，说甚么吴宫西施，柳腰微摆鸣金?，莲步轻移动玉肢。月里嫦娥堪比赛，九天仙子亦如斯。戎装巧样藏杀气，无怪凡情为若痴。

此时吕祖来至台前，妖狐也忙抬头而望，只见吕祖爷仙风道骨，儒雅斯文，暗里藏着威严可畏：

戴一顶，九梁巾，绣带垂，掐金线，灿生辉。太极图，居正位，蜀地锦，镶四围，紧扣着那无烦恼的头发，两鬓漆黑。穿一件，赭黄袍，绣立水，八吉祥，藏水内；织金片，龙凤飞，八卦文，阴阳配。这件袍，外道邪魔不敢披。系一条，水火绦，细丝累，蝴蝶钮，鸳鸯穗；真苎麻，绵而翠；淘洗过，天河水；织女编，绕来回，一条线无头尾，仿蛇皮白与黑，为的是，虚拢着无拘束的身儿，不往紧里勒。横担着一口剑号蛾眉，鞘儿窄，藏锋锐，斩妖魔，惊神鬼；在尘凡，还诛尽了丁血斑痕似湘妃泪，又在那老君炉内还炼过几回。足蹬着靴一对，方是头，圆是尾，步青云，绝尘秽，朝玉帝，随班队，赴王母，蟠桃会，不似那化双凫的云鞋任性儿飞。面庞儿也不瘦，也不肥，如古月，有光辉；衬三山，眼与眉，鼻如胆，耳有垂，唇上须，掩着嘴，颏下的长髯墨锭儿黑。八仙中，吕祖虽然不是领袖，较比那七位神仙还时道当为。

吕祖与妖狐彼此看罢，玉面狐已被大仙正气所逼，倒退了几步，方望着台上说道："仙真不必劳动，仍祈请允我等在此伺候便了。"于是吕祖吩咐苍头，叫派人在台下摆上座位，

众妖一齐归坐。吕祖也将桌椅令人移在法台之前，方在座位坐定，遂拈须对众妖言道："适发小诏，深幸不违。今山人有几句良言，欲对尔等陈其颠末。不知你等肯听否？"

玉面狐道："既蒙仙真见诏，有甚么吩咐，请说便了。"吕祖道："夫玄门、截教虽非同类，实属一理。太上老君、元始天尊、通天教主，变化三清，本乎一气相传至道。俟后又经历劫数至今。你我之根基虽有人畜之别，你我之功业无毫发之分。莫不本乎人心，合乎天理，以慈悲为修行之正务；以杀害为参悟之戒端。你等素具性灵，久慕人道，礼星拜斗，食露吸风，并非一朝一夕的功夫，脱出皮毛之丑，得化人身之尊。倘能倍加奋勉，何愁身入仙区。乃无故动狂荡之邪心，与周信嘲风弄月；破残害之杀戒，将延寿粉骨碎身；毁天尊之宝卷，撕诸圣之金容。应犯天诛，罪在不赦。山人姑念尔等潜修不易，倘一旦身遭天谴，尽弃前功，深为可惜。故发牒文一道，特诏尔等前来。果能痛改恶愆，尚还不晚。如若心为不然，我山人的道术，谅尔亦所素晓。断不能容留宽恕！"

玉面狐听罢，虽觉无言可答，但听到甚么非类，又甚么脱去皮毛咧，分明是詈他们为畜牲，不觉羞恶之心便难按纳。于是，杏眼含嗔，双蛾紧皱，用手往桌案上一拍，对着吕祖娇音咤叱的说道："吕纯阳你且住口！你说的这些话，未免过觉刻薄。你既用牒文将我等诏来，就应用善言解合。作甚么讲根柢，兜我们的短？扬人之恶，并不隐言。当着我这些同气连枝的众姊妹，竟用这些大言铺派羞辱于我。你想想，这些话叫人听的上听不上？我今日要受了你的这口气，我这玉面仙姑的名儿谁还当个甚么？你未从褒贬我，你也把自己行藏想想，再说别人。你的出身，原是黉门一秀士，赴科场，名落孙山。既读孔孟之书，就不该弃儒入道。大概因着学问浅薄，不敢再奔功名。然既归了道教，应该行些正事，谁知你仍然品行污浊：岳阳楼贪杯滥醉戏牡丹，破了真元，那时你也是犯了天谴，险些儿作不成神仙。幸尔汉钟离给你出了个坏主意，打下了成胎的婴儿，化为乌有，方保住你的性命。难道说你这不是伤害人命，破了杀戒么？洛阳修桥，观音大士变化美女，在采莲船上歌唱，言'有以金、银、财宝打中者，愿以身归之。'这原是为的蔡状元力孤，工程浩大，故此菩萨设法攒凑财帛，资助鲁班以成功效。你一知道，便陡起邪心，便去把菩萨调戏，以致菩萨一见，飘然遐举。游黄龙寺，你又卖弄法术，无故飞剑去斩黄龙。身列仙班，虽说应该下界度人，但你不是卖墨，便是货药。又用瓦罐贮钱，令凡人看着虽小，到底投之不满。难道你这不是幻术惑人，嗔痴不断么？你的这生平履历，我看着酒、色、财、气，般般都有。你还是大罗神仙，尚且如此。我虽行的错误，与你并不相干。你说仙姑是邪魔外道，护着你那无用的门徒，你焉知仙姑也不是好惹的呢！"

这妖狐说的一片言词虽属荒唐，亦有毫厘实事，但他将实事说的截头去尾，倒仿佛吕

祖真是如此是的。岂知吕祖有慧剑三：一断烦恼，二断色欲，三断贪嗔。焉有神仙如吕祖而烦恼、色欲、贪嗔不尽断绝之理？凡玉面狐说的戏牡丹之事，与洛阳桥打采莲船，俱是齐东野人之语，无可考较之言。至于飞剑斩黄龙，更是伪撰妄言，虚无缥缈。不过妖狐觉着对答不来吕祖之话，故杜撰出这等幻异之说，以诬吕祖。那知神仙已是火气消除殆尽，方证无上妙果，再若能有可原谅之处，总是涵养着，不妄动嗔怒之气。所以吕祖听罢这些无影响的话语，仍然不动声色，只是拈髯微笑。暗想："妖狐真是嘴巧、竟敢与我开这一番议论。似此无稽之谈，倒不必与他分辩。我仍把正教、邪教，分析明白，叫他自己斟酌。若能悔过醒悟，就便两免嗔痴。"又对着妖狐说道："玉面狐，你造作谣言，山人也不与你计较。我劝你改过收心，弃邪归正，皆是善意。你果能蠲免了那瓷情纵欲之心，消除了那肆恶逞凶之性，改了截教中之匪气，顺了我存心见性、为善行慈玄门中的道理，自然日后修到了天狐地位。"

这玉面狐听到此处，又不待吕祖说完，便将身站起，说是："好个纯阳子吕洞宾，你倒不必绕着弯儿倚你们是玄门正教，暗讽我们是截教旁门，来拿这话压人。你也不必绕舌，错了念头。你既说仙姑是旁门，索性与你分个胜负，咱们见个高低，看看截教、玄门谁强谁弱便了。"说罢扭项回头说："众妹，你们看这野道实在欺人太甚！咱大众一齐动手，看他有何能为？"

且说这些众狐本是野性不退的妖魔，见吕祖这样说话，早就不怀好意。今听玉面狐吩咐，便齐抖精神，要闹个武不善作。你看一个个紧了紧头上罩的弹花帕，搓拳捋袖，直奔法台。玉面狐更是心中冒火，一纵身形，先来至吕祖法坐之前，踢翻桌案，又往西北上一指，口中念念有词，登时之间起了一阵狂风，尘沙乱滚，烟雾迷漫，满院里乒乒乓乓，真是刮的昏昏黑黑，怒号跳叫，亚似撼天关、摇地轴，指望把真仙眼目迷遮住了，好上前动手。

那知吕祖见妖精如此无理，便一挥手拔出宝剑，按在手中，向乾天一指，叱曰："风伯等神，速将此风止息。"那风须臾之间就停住了。这些妖精起了妖风之后，便用遁法腾空，站在云端之上，暗暗的看着吕祖。只见风虽利害，法台并未折倒，吕祖亦仍在那里稳坐。又见他用宝剑一指，风便息了。玉面狐已知破了他的法术，不觉脸上一羞，倍加恼怒，遂大声嚷道："吕洞宾，你敢到空中与仙姑比拼，方算你是仙人领袖。"

吕祖见妖精甚是不知进退，手持锋刃在空中讨战。吕祖一想："这等泼魔，若不与他个利害，终难降伏了事。"于是将身一动，足下便生了几朵金光灿烂的莲花，捧着化身忽忽悠悠，往上而起五彩祥光，来到空中，仍凑合在一处，犹如履平地一般。堪堪离着玉面狐切近，一回手由背上亮出峨眉宝剑，用剑一指，言道："我把你不知死活的畜类，实实可恼。

有心将尔等一剑挥为两段，又怕污吾宝剑。"

此时玉面狐见吕祖来至近前亮出宝剑，以为是要厮杀，也听不见吕祖说的话是甚么，便把手中的兵刃迎着吕祖砍来。吕祖连忙用宝剑架住，说道："山人若与尔等动手相拼，大失仙家雅道。"言罢，用手中峨眉剑向着众狐一掷，顷刻间变出无数的峨眉，如剑林一般，将众狐一齐围裹。这些众狐俱恐宝剑伤着，各以兵刃遮架，闹的空中叮当乱响。惟有玉面狐冷笑说道："众妹不必惊恐，此乃凡间剑客之火，不足为奇。待我用术破他便了。"说罢，运动丹田的三昧真火，向四面喷去，飞剑俱不能近，此乃火能克金之故。又连喷了几口，凡变化的众剑，反俱都熔化，只剩了一把峨眉剑的本体，此又是真金不怕火炼之故。

吕祖一见，忙把峨眉剑取在手内，刚要另想别的法术降他，只见玉面狐趁着那野火烧广之势，又把樱桃小口一张，吐出那月下炼成的一粒金丹，随着那三昧真火，一齐喷去，要伤吕祖。这丹乃是妖精炼成的真宝，虽说仙人不惧，也得真的留神。吕祖用慧目一观，只见一片火内裹着有大如明珠一块宝玉，内含着无限光芒，滴溜溜又似风车轮一般回环旋转。吕祖乃唐朝进士，又修成神仙之体，岂有不谙卦理生克之术？知道阴气多，阳气少，阳衰阴盛，惟水乃能克火。但凡间之水恐难敌妖精的真火。想罢，说："有了，我何不将银汉天河之水取来一用？"于是念动真言。仙家法术果然奇妙，展眼之间，半空中波浪滔天，竟把那些狐火妖丹俱都扑灭。

玉面狐见破了他们的丹火，欲想再以法术相较恐怕不能取胜，只得又吩咐道："众妹不必着忙。料这野道也无计奈何咱们。何不将咱的防身法施展出来，再敌这野道？"众狐听罢，各放出腥臊之气，把吕祖围住。凡仙家最怕沾染不正之气，吕祖觉着妖邪放出恶气，连忙回身躲避。

众狐见吕祖远避，觉着正合其意，遂趁便离了云端，一齐都回了磋砑洞内。吕祖见众妖已去，并不追赶，惟恐邪气冲了身体。忙用天河水沐浴了，然后将水又送回银汉之内，方按落云头。来至周宅法台之上，就便坐下。

不知以后如何，且听下回分解。

第十七回　吕真人净室请天兵
托天王兵临青石山

词曰：

却嗔狐媚，特地兴妖作罪。真人虽欲慈悲，妖反不知自悔。违背，违背，神仙也觉无味。无知异类，辜负仙真教诲。天心尚有挽回，妖怪偏不速退。琐碎，琐碎，把天神约会。

话说吕祖恐邪气沾身，用天河水净体已毕，仍放还银汉之内。此时众妖已是得便而逃。吕祖按落祥云，落在周宅法台之上。苍头一见，连忙叩头问道："神仙爷在空中与妖精打仗，可将妖精捉净了？"吕祖道："你不必多问，速速去收拾一间洁净房屋，内中放下一桌一椅，再备砚台一块，新笔一支，黄纸一张，净水一盂，杨柳枝数株，长香三炷，素烛一对，一齐预备，送到净室之内听用。"苍头连忙答应，备办俱妥，忙将吕祖引至净室之中，坐在椅上。吕祖复吩咐道："苍头，你可晓谕家下人等，一概不许于窗外喧哗、窃听、偷看，倘若违背，冲撞了天神，可是于自己大无益处。"苍头听罢，忙对众人言明，自去守候公子。

这里吕祖闭目定性，约未半刻，便在房内拈香已毕，复又掐诀叠印，念咒画符，又用杨柳枝调钵中净水，遍把尘中俗气挥洒干净，然后在烛前用火将灵符焚化。这一片至诚真心，顷刻感动天上神祇。值日功曹闻着信香之气，不敢怠慢，连忙顺着香气冉冉从空而降，来至吕祖法座之前，拱手躬身而立。你道那值日功曹怎样打扮？有词为证：

这尊神躬身站在净室之内，和容悦色，满面堆欢。论起来本不凡，专管查恶与善、忠与奸。每日里，不得闲，尘环中，遨游遍。居此位，忠心正直更有威严。戴一顶累丝冠，珠宝嵌，红真缨微微颤。银盘脸多丰满，眼灿星，鼻悬胆，两撮儿掩口微须在唇上边。穿一件黄金铠套连环，鱼仁之光灿烂宝带紧。挂着剑，左右分；裙两扇，相衬着薄底战靴五彩鲜。启文簿一篇篇，人间事记的全。一件件，每日在天曹启奏一番。

因纯阳祖的信香升上界，请到了值日功曹在香案前。值日功曹立在法座之前，吕祖

亦将身站起，说道："无事不敢劳动尊神。今有一道文疏，祈上神投到托塔李天王圣驾之前。"功曹神领命，接过文表，复又回转天庭，将文疏投与天王去了。吕祖见功曹神去后，连忙步出净室，命苍头把香案撤了，打扫法台伺候，待捉住妖怪，好来此审问发落。山人先到青石山去等着天神到来，共围磋砑古洞。苍头领命去讫。吕祖驾着云头，方离了周宅之内。

且说玉面仙姑自从令众狐齐发腥臊之气，吕祖躲避之时，俱都得便归洞。玉狐来在洞内，自思："今日之事虽然彼此未曾伤碍，大略吕纯阳不肯相容，一定约请天神来此打仗。倘那时，众寡不敌，如何是好？不知小妖儿请的云萝、凤箫二位仙妹为何不来？莫非他们见我所行不正，恐殃及他们身上？然结拜之时曾说过患难扶持。难道此时背盟负约不成？若真如此，世界上凡结拜的兄弟姊妹，全是不关痛痒，有福自享，有祸自挡便了。素日说的甜言蜜语，竟是平安之日为的来往吃喝热闹而已。罢！罢！罢！这些没良心的势力小人。从此我被天神杀了便罢，若是再能有个生发，一定与他们断绝。"

玉狐正在洞内怨恨盼望，忽听小妖儿报道："二位仙姑到了！"玉面狐此时听见来了两个帮手，真是喜从天降一般，慌忙迎接进去，一齐坐定。云萝仙子问道："不知贤姊见招有何吩咐？"玉面狐遂将如何与周公子来往，怒吃延寿，如何辱打王老道，大闹法台，如何得罪吕洞宾，现今他去约请天神，不肯罢休的话，前前后后如此这般说了一遍。云萝听罢，说道："这事据贤姊说来，吕洞宾本来道法颇高，今又邀请天兵天将，大约料难是他们的对手。常言'寡不敌众，弱不敌强'，倘若与他对垒相抗，那时被他擒住，吕洞宾焉肯轻易发放？据愚妹想来，莫若避其锋锐，将众妹等一齐迁在别处。贤姊居在愚妹之洞或凤箫贤妹之洞，痛改前罪。吕洞宾虽知在我们洞内，他晓得仙姊改过自悔，大略不肯再究。等着这事冷淡了，谁还肯再来多管？"凤箫公主亦说道："这主意却很好，倒免的彼此不安。"

此时玉面狐似有允意。这些未修成的众狐仍然野性不退，一齐说道："二位仙姑说的虽然不错，无奈吕洞宾欺人太甚！当面羞辱洞主。我们洞主也是修成的仙体，岂肯白受他野道这口气。常言'他有他的登云法，我有我的入天梯'，我们定与这野道势不两立。"这也是众狐的劫数难逃，所以玉面狐听了这派话，登时火性又复冒起，遂决意说道："二位仙妹不必相劝。我若一躲避吕洞宾，岂不今天下同类耻笑，丢了我玉面仙姑的声名？求二位仙姑竭平生术助愚姐一场，与这些毛神见个高低，再作定夺。"

凤箫公主、云萝仙子两个听罢，心内虽不乐意，到底同类怜同类。况且既来至此，若不相帮，恐伤了同类义气。故此，觉得不好推辞，只得答道："诸事听凭仙姊吩咐便了。"言罢，玉面狐连忙说道："事不宜迟，吕洞宾若将天神请到，必来堵住洞门。咱趁早出去要

紧。”于是将那洞内大小群妖以至豺狼獐鹿，俱安排在丛林密树之中，调开队伍，整顿旗枪，专等天兵一到，好去冲锋打仗。这话按下不表。

且说吕祖来至青石山下，远远望见祥云缭绕，瑞霭缤纷，知是天王来到。忙把赭黄袍一抖，两足生云，起在空际迎候。只见天门开处，旌旗招展，托塔天王率领天将天兵，排着队伍，冉冉从天而下。内有六丁、六甲、马、赵、温、刘四面护卫，二郎、哪吒分为左右，十二元辰为后队，二十八宿押阵角。带着天罗地网，各持弓箭刀枪，真是簇簇森森、威威武武。又有一面坐纛大旗拴着豹尾，一齐奔到青石山的境界。

吕祖在云端里看着天神渡过天河，堪堪离得切近，速又复起云头，迎至天王驾前，躬身稽首。天王亦连忙离鞍下马，彼此相见。礼毕，吕祖道：“尘凡下界妖狐作乱，搅扰乾坤，残害民命，毁坏神像，亵辱玄门。贫道因奉南极仙翁法令，动救世之苦心，欲将群妖降伏，致劳天王神威圣驾，故此谨具表文，通诚奉请。”天王道：“下界妖氛甚盛，金星已表奏天庭。玉帝正要诏遣天兵诛馘妖孽，适值监察神值日功曹将上仙牒文捧到。狐媚猖狂，皆由我辈失察之过。适才至玉帝案前请罪，即蒙敕旨，令我等下界擒妖，剿除恶孽，与民除害。请上仙稳坐法坛。降妖乃我等天曹分内之事。”吕祖道：“如此，请天王乘骑便了。”天王道：“便与上仙携手而行，同到青石山界，岂不甚好。”说罢，按落祥云，来在磋硪洞外。

天王于是调开了天将天兵的队伍，先堵挡了妖狐洞门，又吩咐众神在洞外即刻讨战。只见嚷闹了多会，并无妖精的动静。哪吒便走过来回禀天王，说是：“妖精藏在洞内不肯出来，如之奈何？”二郎道：“不如咱先进洞巡察一回，然后绝其巢穴。”哪吒道：“咱就进洞。”二神各持兵器，在洞内周围找了一次，并无妖狐下落。回来将要用火焚洞，忽听密树林中有操演兵刃之声。二郎、哪吒来在高处一望，只见妖精一齐聚在那里排队呢。二郎、哪吒正在看视，有几个小妖也都看见了天神，一齐来至玉面狐近前嚷道：“天兵天将来了，请洞主分拨我等，快出去打仗争战罢。”

玉面狐听罢，正是无可奈何之际，欲罢不能之时，只得出去抗违天命，舍死忘生的与众神交战去了。

不知谁胜谁败，且听下回分解。

第十八回 天兵大战众妖狐 识天机云凤归山

词曰：

变化多端，狐媚无羞真不堪。强把神通展，无计外乎天。

反惹泼缠，愈增过愆。到头来，雨覆云翻，只落得万年道术一时捐。

且说玉面狐凑了些成精的走兽，也是甚么智谋参军，动不动便用计策；也是甚么威武偏将，直不直就要厮杀。巡逻的找了几个快腿的野走狗；作马的寻了些个吃人的饿急狼。兔子摇旗，猴儿开路，一齐乱嚷，各拿防身兵器。簇拥着几个妖狐都是女将打扮，都有千百年的修炼，一个个变化人身，各自有各自的形容，花枝招展，燕语莺声，催领着一群狼虫虎豹，也是旌旗高举，剑戟如林。一团阴气就地乱滚，犹如浓烟密雾，黑漫漫的遮蔽红日，闹嚷嚷的各逞凶威，有如潮涌一般厉害。玉面狐又派云萝、凤箫道："二位仙妹先在旁边掠阵，如若愚姐不能取胜，二位仙妹再相帮扶可也。"凤箫、云萝各自应诺，随在阵后。于是，众狐又相拥玉面狐一齐飞奔对阵。天兵大队摆开阵热，压住阵角。群狐往两边一分，正中显出了玉面狐的容貌。此刻妖狐又是一番模样：直立着两道似蹙非蹙的蛾眉，圆睁一双似水如星的杏眼，包含着一派杀气，铺堆着无限威风。裙下双钩按丁字步儿站住，手中宝剑照八字势儿分开，满面嗔怒，手拿雌雄剑一指，大声叱道："天兵中的领袖，神将内的班头，速去报与李大王、吕洞宾知道，就说玉面仙姑前来讨战。"

此时天王与吕祖正在青石山顶之上稳坐，只见众妖乱哄哄的出来讨战，天王便哈哈大笑，说道："这些妖狐如此伎俩，便敢平地起风波，真是无羞无耻，背逆天命，该当万死。狐假虎威，抗拒天将，这等目无法纪，实是死有余辜。待吾神命旗，诏取五雷、四帅，布稠云，展利电，霹雳一声击了，这些众孽畜准保有翅难逃，皮囊化为灰烬。"

吕祖听罢，连忙摇手，说是："天神休得如此，暂且息怒。这些妖狐虽然抗拒天兵，应该用雷击死。但可怜他万载修行，莫若将他生擒，先审问他一番。他若悔恶向善，便治他

个轻罪发落,教他改过自新。他若痴迷不醒,再将他处死不迟。常言'天有好生之德',求天神体天而行可也。"天王拈髯点首说道:"到底上仙慈悲宽恕,度量广大。既然如此,待我令众神兵擒他便了。"说罢,天王将手中宝塔向上一举,塔上第一层金铃响动,乃是诏取丁、甲、元辰的号令,只见六丁、六甲与十二元辰一见金铃摇动,俱都不敢怠慢,迎下山来便要与妖精交战。各物方欲上前抖擞神威,玉面狐见丁、甲、元辰迎将下来,忙传了一声号令说:"谁去与这几个天神对敌?"言罢,从背后转过天马狐精与混肫狐精说道:"我两个愿去挡这头阵。"玉面狐吩咐道:"须要仔细。"二妖说是"晓得"。便跨上异兽,冲出阵来,也不答话,两下里便动起手来。二妖与天神战未五六回合,天神势众,一齐便将两个狐精围裹住了。丁、甲、元辰将要并力擒捉,忽见二妖一齐将嘴张开,运动丹田的阴气,向外乱喷。丁、甲、元辰觉得阴邪之气扑来,俱恐被其所侵,连忙败出阵外躲避了,不敢与妖抵对,抽身归了本位。

两个狐精见天神战败,更加耀武扬威,乱嚷道:"有那个毛神再敢出来比拼?"此刻天王在山顶石上坐着观阵,看的真切,不觉心中恼怒,说道:"这些泼怪真乃万恶。若这等叫他们容留长智,何时方将他们剿灭得平?"说罢,满脸含嗔,把宝塔高高举起,用力晃了一回,只听十三层宝塔金铃一齐如雷响动。众天神一见,个个惊异,遂率领天兵,两下里分头将妖围住。众妖见天神势众,也破着死命互相乱战。这一阵,真是杀了个天昏地暗。

二郎爷心中大恼,用三尖刀先斩了些獐、狼、豹、鹿,然后冲过阵内,专要将玉面狐生擒活捉。两个并不答话,一齐刀剑并举,各展神通,杀在一处。这一交手,更是历害:

二郎神直用刀砍,玉面狐忙用剑迎。刀砍霜光喷烈火,剑迎锐气起愁云。一个是青石山生成的妖怪,一个是灵霄殿差的天神。那一个逞凶任性欺天律,这一个御害除妖救世心。二神使法身驱雾,狐怪争强地滚尘。两家努力争胜负,恨不能谁将谁来一口吞。

且说二郎神与妖狐大战多时,哪吒同众天神已将群妖首级挥杀了许多,所剩下能变化的众狐唬的魂飞魄散。玉面狐此时也是杀的香汗淋漓,筋骨酸痛,又见众妖伤了甚多,心内一觉恐惧,更是遮架不来。只得吩咐一声,令众妖各运起防身法宝,放了些不正之气,趁便败下阵来,领着众狐逃出重围。小妖死的已是堆积如山,玉面狐看着,不敢恋战,仍复奔了密树林内。

二郎神见玉面狐逃奔丛林密树,仍是不舍,便要追赶。哪吒道:"咱们暂且穷寇莫追,待布下天罗地网,再去将他们围绕。不然,此时将他们追急了,可就许逃跑藏起。"二郎道:"也是。咱先令丁、甲众神将天罗地网四面密布。"

且说云萝仙子、凤箫公主见玉面狐劝不回头,本心不欲相随打仗。因玉面狐分派了,情面上不好推诿，只得跟着前来掠阵。这两个虽也是与玉面狐同类，然自己颇知纯修苦炼，不肯妄作非为，且能知过去未来之事，若论道行，较玉面狐还高一层，虽也是幻化美女，常出洞游玩，从无迷人害命。今见玉面狐抗拒天神，早料着不能取胜，一定遭擒。所以只管随着阵队，并未曾与天神动手。以后见彼此乱战，云萝仙子早见天神手内持着天罗地网，遂默对凤箫道："玉面仙姊不听良言，恐怕难逃劫数。到那时玉石俱焚，咱两个岂不枉修炼了一场？莫若趁此机会回洞罢。"凤箫公主道："要走，咱便速速起身。不然众天神布上了天罗地网，再要脱离可就难了。"两个商量已定，齐借遁光而去。回至洞内，各自闭洞潜修。以后两个俱修的到了天狐地位。此话按下不表。

且说众天神布妥天罗地网，哪吒道："此时妖狐料必力竭势危。咱布了这四面的罗网，大约一个不能脱逃。趁着此刻他们尚无着落，速去四面围住，与他个卷饼而归。"二郎道："这几个毛狐，何用许多天神动手？待我自己前去，管保手到擒来。"说着，便一直的扑了密树林内。这玉面狐正要率众妖用遁法逃去，忽见二郎爷携着金毛童子、吼天犬、粉翅银雕的神鹰，威风凛凛的去看过来。看官，你道二郎神怎个圣相？有词为证：

二郎爷生来圣像多端正，丰满满的容光亮彩似银。三山帽，朱缨衬，金丝累，珍玉润，扣顶门，压两鬓，双展翅，盘龙滚。起祥光，绕瑞云，天神队，分职品。鹅黄色的飘带在背后分，穿一件淡黄袍紧随身，团龙绣起金鳞；镶领袖回文锦，更衬着百蝶穿花的藕色战裙。系一条丝蛮带缠腰紧，蝴蝶扣穗缤纷，杏黄色似赤金。玉连环夔龙吻，挂宝剑多锋刃，能叫那妖怪邪魔不敢侵。足下蹬战靴新，升云路走天门，随步稳五色分，底儿薄任疾巡，这双靴多行天界不踏世尘。手中擎三尖刀双面刃，双龙缠护口分，斩妖魔临军阵，曾在那水帘洞外大战过猴狲。金毛童是从身，弓是金弹是银，年纪小正青春，跳蹿蹿架鹰牵犬在后面随跟。

玉面狐看罢清虚妙道二郎神相，不觉的心中惊恐，欲看真魂。

且说二郎爷赶到树林之处，正要着金毛童子放鹰犬捉拿众狐，众狐忽然齐现原形，露出本相，迎近前来，反把二郎爷围住。一个个俱运足阴邪腥臊之气，向二郎神喷吐。二郎神忙睁慧目一看，但见众妖全不似先前娇娆美女之样，俱仍化成奇形异状凶恶的狐身。有几个天马狐，长毛雪白；有几个混肷狐，毛色花斑，金腿挺见，皮毛光亮；乌云豹黑白斑烂；染狸子栽针刺猬一样；烙铁印、倭刀腿、异色酷灰、满地毛团，实在令人难看。二郎神见众妖幻化这等形状，连忙用三尖刀挨次砍去。砍了几个，俱都无骨无血，软微微的竟是些皮毛堆在那里。二郎神心中纳闷，又不知哪是玉面狐的原形。于是令金毛童拽开弓，用银弹子打去。哪知打着了软滑滑的皮毛，反把银弹子碰落。又将铁爪铜嘴喙的神鹰放

出去抓时,鹰到跟前,捉住了一个,觉着滑溜溜,无骨无血,虽然掐住,提不起来。鹰又一缓爪,仍然逃跑,反将神鹰羞的飞回来了。金毛童见鹰不能捉拿,复将吼天犬脖卡打开撒去,那知这犬尚未追上众狐,便闻着腥臊气味,并不敢近前,竟又去而复返。

二郎爷虽有神通,无法可使,正在思想主意,哪吒忽从背后转过。二郎一见,忙将适才众狐幻化之相说了一遍。哪吒道:"这不算甚奇,这是妖狐用的截教中旁门左道,名曰:'移花接木、抽骨遗囊'。他们运出魂灵,抽去胎骨,专用毫毛皮袋围裹。我等刀砍鹰抓,全伤不着他们的真体。他们用这抽身离魂邪术,无非欲要弃舍了臭皮囊壳,指望得便逃去。从愚见,虽然妖狐这个计策不错,无奈此刻已晚。咱们现撒布了天罗地网,他们也是空用了一番的法术。"二郎道:"原来如此。想不到我被这些脱了皮毛、专用虚假的东西难住,空与他们无血骨的皮桶打仗。这些妖精,实在可恼。"说罢,怒发冲冠的道:"我非得将他们的尸灵皮斩尽不可。"哪吒道:"不必如此着恼,待我将这些毛团一齐葬送了他们的性命。"于是,一伸手从兜肚中一个锦袋里把九龙神火罩取出,托在掌上,口中又将太乙真人传授的六字真言连念了三遍,真是神仙法宝奥妙无穷,那神火罩登时之间骤然向空飞起。

不知这罩落下,众狐可能脱逃不能,且听下回分解。

第十九回　青石山众妖遭焚
玉面狐变蚊脱罩

诗曰：

> 铺地遮天设网罗，妖狐虽媚可如何。
> 二郎变化无穷妙，哪吒神通妙用多。
> 吕祖终须施恻隐，天王欲待斩邪魔。
> 仙姑从此宜深省，日月壶中再炼磨。

话说众狐见了二郎神威实可畏，俱都着忙，于是用金蝉脱壳的法儿，脱胎换骨留下皮，欲要乱纷纷的混住二郎，大众得便好将真身暗遁，剩下这毛团皮袋，便可一任残伤。哪知向四面一看，已布下了通天罗网，无法逃遁，未免丧魄惊魂。玉面狐此时觉着难顾众狐，自己思想："何不趁这幻化之际难分难辨，先藏在青石山隐僻之处，歇息歇息再作道理。"想罢，变了一个极微的飞虫，奔往青石山洞后去了。其余这些众狐也想着东窜西遁，无奈天兵已围绕将来，只得仍在一处相聚。此话按下不表。

且说哪吒这九龙神火罩，本是太乙真人炼成的仙家奇宝，因哪吒拜过真人为师，故此将这神罩赐与他。听说这宝物拿在手内，瞅着不足半寸之大，及飞到空中，便有万丈之余。何以见得？有词为证：

这神罩，仙家的至宝难窥测。起到空中甚觉神奇，滴溜溜按太极乱转移。遵的是八卦理，炼的是阴阳气，成奇偶，分男女，济与不济，化出了四像才生出两仪。丹炉炼火候齐，论抽添全终始，熔造成不透气，能大小善伸屈，一体有千钧力，虽无翅翼翎毛，能起到空虚。九条龙，盘香势，光不漏，一处集，从上面，至到底，尖是头，圆是尾，按周围，分层次，象一个严丝合缝乱转的螺蛳。火焰飞，金光起，风雷响，闪电急，一层层鱼鳞密，空中响似驱车，就便是金刚体，若被罩住也化为泥。这便是九龙神罩的真妙用，展眼间，定把群妖俱吓迷。

且说哪吒见众妖聚在一处，忙念咒语，将神罩祭在空中，指望一齐把群妖罩住，再用法力擒捉。谁知睁慧目仔细一看，变化的群狐乱纷纷的，只不见有玉面狐的原形。遂忙起至虚空，又向四面一望，忽见青石山后悬崖之处、石头窟穴有妖气旋绕。看罢，仍落到山坡之下，对众天神道："我知有这天罗地网，妖狐不能远遁。如今这些小妖我已用神火罩在空中将他们罩住。须将九尾狐也诱到此处，一同罩在里面，免的再与他交手。"二郎道："咱须回明了，再去到山上诱他。"哪吒道："我替父王传出号令可也。"于是高声吩咐道："众天神须要各按方向，振起精神，把守这些群狐，勿致散乱窜避。我等要到山崖石穴之中，捉拿九尾妖狐去了。"言罢，身驾祥云，直奔了青石山后，来寻觅九尾妖狐。

且说这玉面狐藏在山窟窿之内，以为众天神闹攘攘的决不理论自己。正想："我虽暗遁出阵来，不知这些众妹已是如何？莫若仍变个飞虫，起在空中看望一回。"想罢，刚要幻化，忽见祥云盖顶，哪吒、二郎堪堪来到面前。妖狐见天神来此搜寻，不觉心中又急又恨。你看他仍变成美女模样，咬牙切齿，用手把雌雄宝剑一分，迎下了山坡，那光景真是要拼命一般。

哪吒见九尾狐下了山坡，忙对二郎道："咱快忙按落云头，我好与他交战，诱他到九龙神火罩下。"说罢，一齐身落平地。玉面狐一见，迎至近前，娇声喝道："毛神休逞威能，欺灭截教。仙姑来也！"说罢，一双玉腕用雌雄剑照着天神竭力砍来。哪吒一见，奋勇当先，骂道："妖狐少要猖獗！看吾神取你的首级。"于是脚下蹬开风火轮，手持火尖枪，看着真是威武无比。怎见得？有词为证：

玉面狐思把天神来抗拒，只见那三太子的威风果是超群。在上界，镇天门，正英年，真斯衬。美丰姿骨格俊，莲花朵化作身，天生就离却游泥不染尘。芙蓉面似银盆，二眸子黑白匀，双眉秀大耳轮，更相衬雪白银牙通红的嘴唇。双丫髻日月分，赤金箍扣顶门，孩儿发黑々，满脸上常堆着欢悦无有动嗔。荷叶衣双肩衬，水火绦紧束身。系两片水波裙，脚底下大红鞋，登定了风火二轮。火尖枪多锋刃，金刚圈把乾坤镇。混天绫随心运，绣球儿更得劲。真法宝一经施展惯通神。生骨肉本世尊，降魔怪转法轮，灵通广变化真，威声显大将军，玉帝封天师领袖、护驾的亲臣。九龙罩荡浮云，妖魔见冒真魂，若罩住被火焚。这宝物赐给他的原是太乙真人。自幼儿有慧根，移星斗转乾坤，能入海把龙擒，踏盘石吐青云，降了众妖氛，那石矶娘娘的童子还被他殒身。今日里青石山前来交战，定要与玉面仙姑把胜败分。

且说哪吒与玉面狐两个交上手，真是恶战仇敌，难分难解，杀的尘沙滚滚，日月无光。二人且杀且走，玉面狐已来到九龙神火罩下。此时哪吒正想将自身脱开，把罩落下，不料

众妖狐看见玉面狐又在那里打仗，便哄的一声，齐都窜将出来助战。众天神先未防备，反被他们冲倒些个天兵。众天神看罢，恐三太子见怪，复又连忙围裹上来，互相乱战。这一次更是厉害，众妖俱破出死命争斗，一个个齐吐妖氛，各放阴气，但见：

冥冥??，比蚩尤迷敌的大雾；昏昏黑黑，例元规活人的飞尘。飞来飞去，却似那汉殿宫中结成的黑块；滚上滚下，又如那泰山崖里吐出的烟云。正是妖狐喷吐阴邪气，千里犹闻膜与腥。

众天神闻着不正之气，俱怕沾染，然又无法可遏。此时吕祖正坐在山石之上，同天王谈笑，忽然也觉闻着腥秽。吕祖便道："这些妖狐又放了腥臊气味。待我用纯阳之气吹散他们的阴气，以止其秽可也。"于是，呼一口仙气吹将出去，便觉腥秽消了许多。

玉面狐见有人破了他们的防身之术，心虚胆怯，恨不能一时将哪吒打败。众狐见他们洞主拼命攻战，也都呐喊踊跃，说道："咱们若要败了，必定死无遗类。须要尽力与这些毛神共决雌雄，千万不可生怯。"玉面狐听罢，更又振起精神，狠命与哪吒抗拒。这场大战，但见又杀的愁云蔽日，杀气漫空，地覆天翻，神愁鬼哭：

神师无边法力，妖精许大神通。一个万仞山中的狐怪舞剑如龙，一个九重天上的太子飞刀似电。一个愤愤威威精神振抖，一个变变化化手段高强。一个呵一口妖气雾涨云迷，一个吹一口仙风天清气爽。一个有狐党狐朋助他耀武，一个有天神天帅助他扬威。一个领狐妹狐姊战真神，恰好似八十万曹兵临赤壁，一个同神兵神将收妖孽，却好似二十八汉将闹昆阳。一个是妖怪中数他作班头，一个是神仙中推他为领袖。一个要为自己争个名声，一个要为生民除却祸害。正是两边齐用力，一样显神机。到头分胜负，毕竟有输赢。

却说玉面狐奋死战住了哪吒，众狐党也俱舍死忘生，混战天兵天将。无奈众狐外势虽然奋力拒捕，终是心中惧怯，不能敌得过众多的天神，被众天神仍然将这些狐党团团裹住。玉面狐此时也被哪吒战的气喘吁吁，披头散发，粉汗淫淫，裙开衣卸。看那光景，已是灰透了贪淫恋爱之心，伤尽了兴妖作怪之性。有心想着夺路逃生，知道已布下天罗地网。料着不得能够，未免心中自叹："悔恨从前不该引诱周信，得罪纯阳，致今日被众天神所困。虽说有几千年修炼的道术，暂且无妨，但理有邪正，万难取胜。况且哪吒正在青年，最是好胜，若要伤着他，众天神若是一怒，岂不目下就要废命？真是前进无路，后退无门，左右为难。"玉面狐且战且想，倒把个极聪明的妖媚弄的无了主意。

那哪吒的一条火尖枪，原是追魂取命，今见玉面狐双剑松乱，知道他无处逃走，故意的与他来往盘旋，长征耐战，指望叫他无隙腾挪，好用法宝将他罩住，以便擒捉。此时，那

神罩在空中如轮乱转，已将所有的妖群狐党尽皆罩在下面。四外是天兵天将围的风雨不透，到底玉面狐修行的年久，根深蒂固，眼快心灵，正在与哪吒招架之际，忽听空中风雷乱响，如连磨驱车。连忙抬头一看，未免吃一大惊，认得这法宝是九龙神火罩，若被罩在底下，顷刻亡身。你看他心急计生，也不顾大小群狐，与哪吒虚砍了两剑，便败下阵来，就势向天神队里一冲，随机应变，变了个小心蚊虫，分开两翅，没命的飞起，逃出神罩的火光之外，落在树梢之上，那里偷眼暗看。

且说哪吒用锐进迟退之法，与玉面狐厮杀多会，见妖狐只有遮架之功，已无还手之力。正想暗念真言，运用法宝，忽然妖精败下阵来，便即不见。心中登时大怒，说道："这些妖狐，真是可恼。不说及早投降，反要化身暗遁。"说罢，连念三遍咒语，催的神罩直往下落，竟把一群狐朋狗友的妖精同罩在里面，片刻工夫，一齐烧死。可怜连根带蔓狐妖辈，罩下须臾被火焚。

不知玉面狐如何下落，且听下回分解。

第二十回 天将妖狐斗变化 神鹰仙犬把妖擒

诗曰：

　　堪叹妖狐枉炼修，虽多变化尚遭囚。

　　当时若肯心归正，何至今朝两泪流。

　　话说玉面狐化了个小小蚊虫，躲在树梢之上，眼瞅着众狐被神火罩俱都罩住，又猛听"哗喇"的一响，这罩落将下去，须臾之间，这些众妖皮囊胎骨俱成灰烬，凑在一堆，随风宛转而散。

　　玉面狐看罢，惊的魂不附体，眼泪汪汪，失声叹惜："想众姊妹并未惹事生非，都因我遭此再劫，叫我又无法将他们相救。我自己幸变蚊虫，逃出罩外，不然也是顷刻亡身。"玉面狐正在悲叹，忽然被二郎圣目瞅见。二郎爷本有七十二般变，今见妖狐变化蚊虫，在树上落着，连忙按生制克化之理，一时变化了个蜘蛛，结网欲把蚊虫网住。玉面狐也知是二郎变化赶来，料想难以遁去，将身一幌，又化了个红冠锦翅、长翼飘翎的雄鸡，扇着翅膀，打着鸣儿，直扑蜘蛛，用嘴便。二郎爷也将身形一幌，化了个满银毛、堆金线、嘴尖耳小、利齿灵牙的黄鼠狼，要来哑雄鸡的血脉。妖狐着忙，又化了一条菜花蛇，要缠住黄鼠狼，吃他的脑髓。二郎神与妖狐变化，都按一物降一物的克制。今见玉面狐变化多端，二郎神心内着急，遂化了一个红顶雪毛的白仙鹤，赶上菜花蛇，先用爪踏住头脑，令其缠在腿上，用长嘴要将菜花蛇劐为数段。

　　玉面狐见二郎变化奇妙，忙一挣撮，仍化现女相，抢动雌雄宝剑，以死相拼，前来决战。二郎神也复了圣相，用三尖刀狠命劈来。战未数合，玉面狐便觉玉腕难抬，抵敌不住。欲想得便逃生，四面八方撒着通天罗网，焉能遁到天地之外？事已至此，若要保全性命，除非仍与天神斗变化，再无别的门路可以延缓时刻。正在踌躇之间，哪吒也来围住，用火尖枪夹攻。

玉面狐一见，料着一个天神尚难支架，今又添上位，不觉心胆皆裂。急又摇身一变，变了六个婴儿。这六个婴儿号叫六贼，当初曾魔过弥勒佛的金身，亦甚厉害。但见妖狐化的六个婴儿，喜笑怒骂，连哭带喊，就是铁打的心肠，都不忍伤害。二郎神看罢，早知其意，对哪吒太子说道："妖狐这等伎俩，也来哄弄我等，真正可笑。不免咱们与他比较，叫他心服。"二神言罢，齐幌身形，仍按阴阳生克至理，登时化作了六个乳母，一个个大肚子抡墩，敞着衣襟，胸脯上露着两向下垂的 RU 头。常言说"孩子见了呵呵，一齐来叫妈妈；孩子见了乳母，一齐止住痛哭"。二神变的六个乳母赶上前去，便要抱那六个婴儿。

玉面狐见天神识破，恐怕被擒，连忙又改了变化，化了五个恶鬼。这五鬼分五色，按着青、黄、蓝、白、黑，分五字，乃是杀、盗、淫、妄、酒。这五鬼也甚厉害，不论道教、佛门，若是沾惹着这五样是非，便能亏损道法。妖狐变这五鬼，以为天神忌讳，不肯上前，便可设法窃遁。岂知二郎神一见，眼望哪吒太子，带笑说道："妖狐大概力穷技尽，故用这些障眼法鬼混。待我等变化个降鬼之神，暗暗的捉他。"于是二郎爷将身一幌，便化成专食恶鬼的钟馗，左手执着牙笏板，右手托着金镶白玉的酒杯，虬髯乱乍，笑微微的眼望着五鬼，用板便指。哪吒太子见二郎爷化了个醉钟馗，也把身形忙着一幌，变了个武判官形象，犹如火炭朱砂染的一般，天生恨福来迟的恶貌，皱着双眉，瞪着两眼，对着五鬼举着宝剑，真是雄威可怕。

玉面狐见二神变化二判，要捉他变化的五鬼，心里觉着仍难脱身，便又复了蛾眉女相，与二神对垒相敌。二神也复原相，举兵刃努力齐攻。刚刚战了五六回合，玉面狐更觉力软筋麻，实难扎挣，将双蛾一皱，无奈又嗪真言，再赌法力。这一变化较从前大有作为。只见：

浓雾遮漫，乾坤墨黑；黄沙滚滚，风卷迷人。雷声响的若山崩地动；雨声响的如瀑布流泉。玉面狐变的是三头连着六背，六只手持着六样刚锋，三个头俱藏着金盔。身体魁伟，穿着铁甲，恶狠狠的直奔了天神队里交锋。

二郎爷见妖狐又改变的如此，便要化作四头八臂的再与斗胜。一旁里哪吒忙道："若与他如此变化，何时是了？待我仍把九龙神罩祭起结果他的性命，岂不省事。"二郎道："不如拿活的，咱好交法旨，亦可究问情由，使万民知晓他的罪恶。"哪吒道："既如此，我上前去捉他。"说罢，便将法身长起六丈，三头六壁，九眼如灯，首戴金轮，大喝一声，风止沙沉，云收雨散。又呵口气，金光罩世，妖气全消。手擎法宝，扑到玉面狐变化之处，用枪便刺。

玉面狐见哪吒又识破他的变化，未免心中忙乱，不敢撄锋近前冲撞。又想："众天神

将天罗地网围了个严密，纵然变化，也难脱身。不如化个温柔绝美、绰约凌波的娇女，用媚言望与众天神乞怜，看他们如何捉我。"主意想妥，顷刻仍复成胡小姐的模样，那等好看，真似生来的秋水为神玉为骨，芙蓉如面柳如眉，整注游龙不足比喻。你看他带着娇羞，将要用呖呖春鸟的声音，对着天神献媚说话。那知哪吒、二郎一齐识破这等意见，忙吩咐众天神四围旋绕，又令金毛童动手。金毛童听令，便将金弓扯开，暗暗的对准了，只听"叭"的一声，放出的银弹子恰打在玉面狐的左目上。玉面狐猛一吃惊，两眼一黑，二郎趁着此际，又将吼天神犬放出，赶上去扯住后腿。那铁嘴神鹰早在空中浮着，盘垂着翅，一见神犬拉住妖狐后腿，也忙飞赶下来，两爪抓住脖

颈皮肉，一嘴叼着头发，两个鹰犬一齐将妖狐按在山坡之下。可怜玉面狐万载修炼之功，今日落在鹰犬之手，一毫不能扎挣。

　　且说金毛童见鹰犬捉下妖狐，忙走到跟前，架起神鹰，喝开神犬。众天神一齐来前，用红绒套索将玉面狐牢拴。哪吒、二郎又命天兵撤去通天罗网，吹散了那一天尘氛，现出了光天化日。金毛童牵着玉面狐，二神跟随在后，来见天王。此时玉面狐遭擒被拴，自觉置身无地，一面前行，心中无限酸痛后悔，杏眼含悲："自恨自己错了主意，无故思凡，以至被痴情缠住，邪念丛生。今日看来，这何尝是前生恩爱，直是要命冤家。回思当日若在洞内藏修，何能遇着可怜可爱的周公子？若不与周公子留恋，何致一时怒伤了小延寿性命，羞辱王半仙，撕毁经卷、圣相，吕纯阳请天神下界相捕？可叹众姊妹为我亡身，无故遭劫。从前若听云萝、凤箫二妹之言，何致被捉遇祸？此刻既被缚获，料着一定遭诛，但因不值的缘由情节，竟把一命呜呼！可惜空修了一场，竟成画饼；将成的大道，废在半途。"这玉面狐心内一而二、二而三，逐件的自悔自怨，万种伤情，百般惨痛，未免二目纷纷落泪。哪吒一见，大声叱道："你这无耻的妖狐，有其此际悔恨哭泣，当初何必胡行？快着走罢！"

　　玉面狐战战兢兢，项带红绒套索，有心不肯被牵而行，又怕哪吒、二郎不允，只得任金毛童拉拉扯扯前来。少顷到了天王之前，二郎与哪吒交令。玉面狐站在旁边，羞答答的偷眼观看天王的圣像，真觉威严齐整。

观圣像，上界的元勋另是一样。他的那仪容齐整带着雄威，面方大赤微微，明星眼衬浓眉，鼻端正耳轮垂，最美的，须髯五缕墨锭儿黑。戴一顶七宝镶太师盔。盔头上朱缨缀插豹尾，双凤翅左右飞。顶门上罩一层珍珠？钉金钉，遮且护项在脑后围。穿一件连环甲鱼鳞萃，螭虎口含玉坠，夔龙式宝剑佩，多锋利藏鞘内，挽手绦双排穗，更有领绣立蟒的红袍，一半遮藏一半披。一杆枪锋尖锐，手中擎真无对，映日色起光辉，临军队随心摆舞、任意挥。托宝塔层层累，十三级金铃缀，响声儿，惊神鬼，火焰飞，降妖魅。为号令把神催，铃声响孰敢违？但要是一经摇动便起风雷。他本是总领那三十三天的众神将，翠云宫中的一位帅魁。

却说玉面狐瞻仰天王仪表神威，不觉心中畏惧，战哆嗦的俯伏山坡之下，痛泪交垂，不敢仰视。

天王记下了二郎、哪吒的功劳，然后向吕祖说道："妖狐就擒，群魔俱灭，从此妖气净尽，此处清平矣。这个九尾狐交与上仙发落便了。"吕祖答道："多蒙天神大施法力，广展神通，荡清此方的妖气。仰仗天王的威灵，保全此地的民命。这青石山四面的百姓，此后安居乐业，都是天王今日降魔的力量所赐。山人毫无功绩，这妖精还是天王将他判断责罚可也。"天王道："妖狐作耗，扰乱居民，伤残民命，我等上居天宫，不能查拿，已有失察之过。上仙邀我等下界降妖，乃是我等天曹神将应然之事。至于定罪行罚，或诛或释，仍应上仙酌量发落。祈上仙不必推辞为是。"吕祖道："适才山人已吩咐周家苍头打扫法台。山人便与上圣同至周宅，共议妖狐罪案何如？"天王道："如此却可。正好叫那些下界凡夫，知道了感荷天恩，不敢为恶。"于是吩咐了天兵天将排开队伍，簇拥着玉面狐，金毛童仍牵着红绒套索，一齐扑了周宅书院之内。天王与吕祖也一同起驾。只见满路上祥云缥缈，瑞气缤纷。老苍头捧着香烛，率领众仆人都跪在大门之外迎接。

不多时，天王与吕祖齐到法台，在正中并肩而坐。众天将一对一对俱在法台之下围着。只听吕祖吩咐一声说："带妖狐！"金毛童连忙将玉面狐牵在台下。玉面狐将要跪下，二郎神便走将过来，大声叱道："孽畜！还不与我化现原形。"此时玉面狐吓的无了筋骨一般，闻听二郎神叱他，急忙忍气吞声，仍化现为狐形模样，抿耳攒蹄的跪在地上，连动也不敢动。

不知吕祖爷如何审问，且听下回分解。

第二十一回　太平庄真人审妖
李天王回归金阙

词曰：

　　妖狐战败，枉自逞凶作怪，明明有仙真，更有天神在。危殆危殆，险把身形损害。摇尾恳哀，多情周子伤怀。天王欲除害，仙道善门开。合该，合该，今生种下将来。

　　话说玉面狐跪在法台之下，就似人犯王法身无主的样式，低头而伏，连动也不敢动。吕祖见他如此，用手一指，说道："你这孽畜实该诛戮。无故兴邪，采阳补阴，伤害人命，残毁圣像、经卷，与山人抗衡。你想想，山人说你应犯天诛，罪在不赦，是也不是？那延寿儿，老苍头只此一子，你将他吃了，难道你也忍心？周信被你摆弄的，若非山人九转金丹，此时早作短命之鬼。你看看他那虚怯之态，尚在未痊。"说着，又吩咐苍头道："你到书房唤出周信，叫他来看看他这千金小姐。"

　　这周信听苍头叫唤，连忙扶着仆人来到法台之前，双膝跪倒叩头，拜谢神仙除妖救命之恩。拜罢，猛一抬头，不觉唬了一跳。只见红绳拴着一个煞白的脸、九节尾、毛烘烘的狐狸。这九尾狐见周公子，不觉形相带愧，就似恨不能要钻地窟窿是的。你看他虽是披毛戴角的畜类，也会伤心滚泪。那光景，仿佛思量："周公子当初原是气壮神足的风流子弟，如今剩了一把骷髅细骨，皆是因我采补，受了亏损。"满心里虽是后悔心疼话语，却是说不出来。周公子乍一看见，本是一心的害怕。如今又仔细一瞧，项披红绒套索，拴在那里，一堆毛团似的跪着，抿耳受死，摇尾乞怜，那样儿直不及猪狗。又见那二目，泪痕满面，一肚子的羞愧伤情，竟似有无限的留恋悔恨，不能出口的样儿。周公子看罢，心内实在不忍，早把恨怨妖精、惧怕狐狸凶恶的本相置之度外，化为乌有，反生出一种怜惜疼爱之心，竟想当时化胡小姐的模样，那些恩情欢爱："今日遭擒如此，虽然难看，大概既能幻化人身，必定还通人性。我何不哀求众神免他一死，也不枉与他同衾相好一场。"

　　看官，你道这玉面狐见了周公子悲伤落泪，周公子欲与妖狐乞命求情，便仍是情缘不断，冤债未清，割舍不开，循环道理。且说周公子思前想后，于是扎挣着病躯，打叠起至诚心意，向着法台复又磕头，连连哀告道："天神上圣，此事乃是弟子周信年幼无知，引火焚身，开门揖盗，自招其害。既然神圣不究周信违礼犯法，恕弟子苟合私通贪淫之罪，恩赐金丹，得全性命。也求道祖、天神格外施恩，再恕妖狐迷人之小过，表天地好生之大德，免其废命诛首之劫，惜其参星拜斗之功。冤可解而不可结，量神圣必达此理。"说罢，俯首在地，两泪交流。

　　吕祖听罢，尚未言语，天王便大怒，用手将周信一指，说道："你这无决断的孺子，恋情欲的痴儿，真是愚蒙不讲道理。你得了性命，尚未复旧还原，便忘了妖精害你的仇恨。常言说以直报怨，看你竟是以德推怨。当初妖狐何尝待你有真情实意，你反这么与他讲情。大丈夫从来恩怨分明。妖精与你有杀身之恨，伤害你家婴儿，你应该将他恨入骨髓，食其肉寝其皮，才是大丈夫所为。你看看众天神费尽龙虎之力，好容易方将他擒住，你这不知事的呆孺，轻言将他放了。你真是枉读了诗书，呆？之辈。他对着你流泪，这正是猫儿哭鼠假慈悲。你趁早躲开，不必哀怜求告。这等万恶妖邪，诛馘他准保他心服口服。"周公子听了天王之话，并没松放之意，正要再往下哀告，只见天王已将宝剑亮出，唤了一声："丁甲天神，即早与我将妖狐斩首。"众天神忙遵法旨，接过天王宝剑，答应一声，便要将玉狐问斩。唬得九尾狐与周信两泪交流，一齐叩首。周信再三祷告求说道："天神、上圣大发弘慈，饶放妖狐之命罢。"

　　此时，纯阳大仙见周信与妖狐如此可怜，心中十分不忍，口中说是"善哉，善哉！"忙道："剑下留情。且请天王息怒。"天王见纯阳大仙阻住斩妖，忙道："上仙不必怜他。看这样淫邪滔天之恶，实难饶恕。这周信孺子与他讨情，岂非无知之甚。"吕祖道："周信固是恩怨不明，不合中道。但看他这等恳求，其心真而且诚，尚可原谅怜悯。此乃是藕断丝连的情根缱绻，柳沉絮起的孽债变迁，以后自有应验。从来仙道总以慈悲为主。"

　　这纯阳老祖到底出家人的心性，慈祥善念，见玉狐有痛自改悔之意，便欲开脱释放，故此讲这天数难移，循环之理，以验前因后果，变迁之道。岂知天王心中不以为然，听罢吕祖之言，说道："上仙若因他们哀告，将妖狐赦放，何以表天理昭彰，轮回报应，以警将来妖怪效尤？上仙若说可怜他修炼的功夫，诛之不忍，悯他此刻悔恨，灭之不安，何不想想老苍头之子被他这恶狐伤害？人命至重，应犯天诛，早就应该诏取应元普化天尊，霹雳一声，劈了这逞邪肆凶的妖怪。如今既擒住他，复赦放去，岂不是无了果报循环的天理？莫若将他诛戮了，以快人心，以昭天道。"吕祖道："上圣说的固是天心正道、报应至理，无奈

山人既要释放妖狐,定不敢灭其天理,致延寿儿之命枉死冥途。自然与他解释开了冤孽,令延寿起死回生。"天王道:"上仙之言差矣。常言说人死不能复生,何况延寿儿被妖狐害的碎尸粉骨,狼藉不堪,焉能再返人世?"吕祖道:"此术在别的教中自然未有,惟我玄教却有这等法术。山人欲学庄周,运玄机的姑莱,点化骷髅之骨,将延寿救活,以免此后冤冤相报。"天王道:"上仙虽如此,但到底不合赏善罚恶的至理说。然上仙用术救活了延寿,难道妖狐残毁神像、圣经,迷惑周信,以至九死一生,就不算过恶了?还是将他残灭,以彰天讨,免的将来再有妖魔援此为例,乱作胡行。"吕祖道:"上圣不必如此拘泥。焉有妖怪再敢这等兴邪作耗?"天王听罢,并不作声,那意见务要将妖狐除灭,觉得方合天道曲直。

吕祖是修炼过来的大仙,知道修炼工夫不易,所以欲发一片兹心,并非偏护妖狐。彼在法台上谈论,天王是要活除怪,遵神道的赏罚分明;吕祖是欲妖狐改恶从善,彰仙道的方便慈悲。天王与吕祖口角言词之间,似浮露着有些参差不合之意。总而言之,神道与仙道通不能悖违天理。天王奉昊天敕命,欲将九尾狐置之死地,吕祖本当与天王分辩,无奈干碍着天王是自己请来捉妖的天神,不能相与执谬争论。再者天王倘若一怒,执意不从,当时将玉狐斩首,岂不是欲赦其死,更速其死么?那时,纵然可惜他成了丹的大道也无益了。"不如趁着周公子哀怜之际,妖狐未斩之时,将众天神齐送归天,免的天王不依,一怒之间,丧了妖狐性命。"吕祖想罢,于是便忙吩咐苍头:"取朱笔、黄纸伺候,待山人画符送圣。"苍头设摆已毕,吕祖将黄笺铺在案上,笔蘸清泉,砚磨朱敕色,闭目含睛,掐诀念咒,秉虔心,按着先天神人法书,便画雷霆牒印。一笔笔字走龙蛇,写罢递给苍头说:"速去法台前焚化。"

苍头领命焚讫,只见咻溜溜一股清烟冲空而起,果然仙家敕令神奇奥妙,登时天际稠云铺灭,黑漫漫的遮住世欲之人眼目,忽又一阵雷雨,天神便一齐升天。吕祖在法台控背躬身,送神归位之后,登时祥云四散,众神已到天庭灵霄殿上。天王奏明玉帝,言妖狐已归道教发落。玉皇爷准奏,记下了天王讨妖降怪的功勋,又发下一道诏旨,令太白金星敕命四位功曹,捧到尘界,交纯阳子吕洞宾开读。

太白金星领了御旨,传与值日功曹,功曹神即捧天诏,驾着祥云,径往下界太平庄法台而来。此时吕祖送天神尚未归坐,只见一朵祥云自天而下,降到法台之上。吕祖识是值日功曹,连忙恭身迎接。功曹道:"小神奉玉帝敕命,赐上仙保诏。上仙可备香烛,俯伏案下,以听宣读。"吕祖连忙令人备办妥当,跪在香案之下。功曹神捧诏读曰:

人诏纯阳子吕洞宾,卿在尘界之中,梦醒黄粱,积修至道。天经地纬,悉已人通;万法千门,罔不尽历。救灾拔难,除害荡妖,功济生灵,名高玉籍。今妖党既已授首,百姓法此

安生。敕卿为中八洞群仙领袖。所余未诛的九尾妖狐,任卿按天律处置。钦哉!诏书到日,信诏奉侍。

功曹神读罢,吕纯阳再拜,受诏已毕,功曹神仍复驾云升天,回缴太白金星,奏明玉帝而去。这话按下不表。

且说托塔天王率众神升天之际,一阵子风云雷雨,众仆人与长工佃户俱都躲在房屋之内去避雷雨。法台之下,只剩了痴情周信与九尾妖狐,跪伏在雨水泥泞之中,淋的身躯如水鸡一般,还兢兢战战向着台上磕头哀告。好容易盼的雨止云收,可巧功曹神又至,更复迟延了多时,那周信尚还不肯起来,只是那里陪着妖狐悲啼。

此时吕祖在法台坐下,见他两个如此缠绵留恋,心中实不忍看。想着:"似这等情痴恩爱,纵有利刀慧剑,也难斩断这样的情根。人畜虽然别,看这点真情割舍不开的意思,却与人一样。这光景是,若死须在一处,绝不各自偷生,犹如捉对的蚕蛾,至死不放一般。就是比较起人间的真夫妇来,尚还不及他俩情意恳切呢。莫若山人开一线之路,再看他将来修炼何如。倘若妖狐回头苦炼,向善改恶,山人今日一施恩惠,便可保住了金丹大道。若是仍然不息邪念,再犯了罪恶,那时再行诛灭他不迟。"这是吕祖怜惜修行苦处,恐将玉面狐万载道术一朝消灭,故于天王未去之际,便替玉面狐开通活路。再者,纯阳老祖昔日也系秀才出身,今见周信斯文一脉,不觉也是怜惜,所以先用金丹延他的性命,知道他与玉面狐有前因后果的姻缘,欲成就他两个的感应之数。况且周公子为玉面狐哀求免死,那等真实意,惭㤞悲哭的样儿,令人看着悯恻不忍。又见妖狐那光景,已是良心发现,似甚痛惜周公子病体支离。虽有人身、畜类的分别,看他两个却倒一般爱厚恩深。

吕祖爷想罢,把惊醒木一拍,厉声断喝道:"你这弄娇媚的妖狐,前者山人用善言将你教化,你反敢违背我的牒文,抗拒我的法命。今天神降世捉你,不说早早投降,你竟敢率众妖前来拒捕,罪犯天条,定难轻赦。今被擒获,尚有何说?"此时玉面狐听着吕祖一问,唬的魂不附体,虽然不能说话,却直是磕头,叩首碰地,如捣蒜一样,那意思也是要求着赦罪不究的样儿,畏惧之甚,眼泪直倾。一旁里周公子惟恐吕祖叫玉面狐伏诛,听罢吕祖之话,便放声大哭,哀求道:"祈上仙大开法网,饶放妖狐一死罢!这事是弟子周信枉自读书,自招的祸患,飞蛾投火,自找焚身。妖狐虽然有过,却因弟子而起。上仙剑下留情,恕了妖狐,请将弟子诛戮,弟子无恨怨。我周信今日一死,明日就可转生;倘若是上仙今日斩了妖狐,岂不枉了他数千年的修行,再也无时可补了。"

吕祖本来并无残灭玉狐之心,今又听了周信这派言词,想道:"此子说的话,却倒是玄机至理,爽快丈夫。却并不是专贪情欲,偏护狐精,倒是一位仁厚至诚君子之心,不念旧

恶之意。看来此子根底不俗，日后一定福禄祯祥，身名荣贵。倒不如山人显显后能，开放了妖狐，救活了延寿，免的因迎喜观道士受辱，令人日后轻视了玄门仙教。"

于是，吕祖望着周信说道："看苦苦的哀乞，自有一定发落处分。你且不必跪着，山人有话相劝于你。"周公子闻听，磕了个头，战摇摇的慢慢爬起，躬身控背，听吕祖吩咐。纯阳老祖一见周信人物整秀，标格不俗，不禁叹惜说道："周信，你自清明与妖狐相遇，原是一念之差。从来拈花看草，青春子弟往往皆然。少年儿女时节，不免花前月下；美貌才子佳人，难免伤风败化。何况妖狐最淫之性乎？但人生之精神有限，幽期密约，欢会无穷。岂知淫欲过度，即便病入膏肓，为欢无几，即便亡身废命。似你若不遇山人，岂不几几乎与鬼为邻了？山人劝你从今须要养气读书，光前裕后，发觉悟之心，破色迷之障，痛改前非，尚未为晚。从今后病体一好，休妄动，再不可无故闲游，去惹妖狐。弱身躯，须滋补，调饮食，气养足，莫妄想，把药服，百日后方保精神复旧如初。身体健，再读书，欲潜修，须闭户。文与诗，词与赋，用心思，宜纯熟。须知皇天不负苦功夫。文锦绣，字贯珠，登云路，出泥涂，前程远，志气舒。到那时，功名成就，岂不自如。山人的金石良言你须切记，仿学正心诚意千古的大儒。

却说吕祖吩咐周信已毕，复向玉面狐说道："你这妖狐既然拜斗参星，修行炼道，得化人身，应知法律。虽系周公子与你调情，有失正士之规，你引诱他，有负修炼之正道。然此不过夜去明来，携云握雨，犯了淫戒，还不算你作畜类的大罪恶。似那延寿儿，原是无知的顽童，与你有甚么仇恨干碍之处？你这妖狐竟将他嗑嚼个稀烂，致使老苍头绝后，孤独无依。你的恶处虽是一言难尽，但别的众过俱尚可恕，惟这一件，你想想，自古及今，杀人者偿命，你既犯了这人命关天的杀戒重情，实是非同小可，便应授首伏诛。"

这玉面狐自从吕祖数落之际，就如世人失了魂一般，昏昏沉沉，不言不语，也不知纯阳剑下饶命不饶。今忽又听提起延寿儿一件公案，更似五雷轰顶，吓的浑身乱战，软瘫在地。大凡畜类，虽不能说话，他要作了歹事，有人处置他，他心里也知是自己过恶，便也能低头领罪。所以玉面狐听着吕祖说的他情实罪当，惟有哽噎悲塞，伏首点头而已。

吕祖爷将妖狐断喝了几句，复又吩咐苍头道："你速去将长工、佃户传来伺候。待山人运展法力，将婴儿救转，与你们解冤释怨。"苍头应命，连忙将众人传唤齐备，敬候纯阳老祖命令。

不知延寿儿可能还阳不能，请看下回分解。

第二十二回　运玄机重生小延寿
怜物命饶放玉面狐

词曰：

> 从来仙道，晴里玄机妙。惜修炼劳劳，赦狐罪不较。莫笑，莫笑，到底真人深奥。
>
> 纯阳阐教，王道来寻闹，周信悟痴迷，延寿醒了觉。周到，周到，大德重生再造。

话说吕祖见众长工、佃户齐到台前伺候，连忙说道："苍头，你速领尔等到果木园中，将延寿儿之骨细细搜寻齐备，莫要粗心失落一块，凑在一处，捧来送到这里，待山人施展道术。"众人应命，去不多时，便都回转，持着尸骨，一块一块的通交到吕祖之前。吕祖在法台上将三百六十根骨节，按着次序一齐排就；又令人取了一碗净水，先吹了三口仙气，用杨枝洒在尸骨之上；又叫人捧来一撮净土，也放在骨节之中；又令人将他当初扯破的衣裳取来，蒙盖上头。安排已毕，纯阳老祖坐在椅上，闭目合睛，运出了元神，立在云端，睁慧眼四面一看，只见那延寿的真魂，尚在那园墙之外，化成一个旋风儿滴溜溜的乱转呢。

但凡阳间之人，若是寿终天年的，魂魄是悠悠荡荡的，便随着清风散漫。惟这不得其死、夭年暴亡，或是着枪中箭，或是自刎悬梁，一旦的冤怨未明，这口气凝情住，再也不能解化的。气不能解，三魂七魄便不能消，渺渺无个着落。所以他若死在那里，魂魄便在那里团聚不散。这延寿儿本是一肚子冤屈，小小年纪，无故废命，他的魂灵儿飘飘摇摇，总在围墙左右那里啼哭。

吕祖看罢，心中不忍，连声赞叹说："这孩子死的真正可惨！似这样浑身并无筋肉，旋风儿内裹着直挺挺的数根干骨架，直是雪霜白的人幌子一般，实是令人难看。可惜老苍头一生忠直，婴儿反平白的遭屈被害，纵有奇冤，也无处伸诉。若非山人搭救，岂不苦了年老的苍头？小孩子人事不知，便横死在阴界，魂灵不得脱生。看起来，山人之救转孩儿，还是老苍头的忠正之报呢！"吕祖睁慧眼在云端里叹息了一回，复按落祥云，一抖袍袖，便揽着延寿的阴魂，兜回法台之上，向那一堆白骨仍又一抖，延寿的魂魄附在尸骨，入于壳内。吕祖连忙复归坐位，口念真言。须臾之间，那水土便能合成筋肉，骨节活动，脉络贯通，可见仙家法力如神

异。只见延寿先动弹了两次，忽然将衣服用手一推，这孩子竟赤条条精光着身体爬将起来，坐在法台板上，一壁里揉着眼，一壁里要穿他那衣裳。只见复又坐在那里。

这便是仙人起死回生之法，袖里乾坤、包罗万象之能。顷刻间，延寿儿还阳，便能举动行坐。况且延寿又系童子之身，元阳未破，血气又足，故此便觉容易，不似周公子空虚身体，服了九转金丹，还得百日调养。此时，老苍头一见延寿儿复活，喜不自胜，忙着便去与他找衣裳袜履。这话暂且按下。

且说吕祖见延寿已是坐在那里，吕祖用宝剑亮出，把玉面狐一指，叱道："你这孽畜实实可恨。你想想，若非山人来此，两条性命死在你手。虽说周公子自愿与你假香倚玉，也实因你见他气爽神足，兴了邪念，欲盗他的真元。花言巧语，勾情引诱，每夜偷着找上门来，几个月的工夫，便将他的精气神伤到这步田地，差点儿作了幽冥之鬼。你竟图了你这孽畜的淫兴，几乎断了周氏香烟。王道来捉你，你打我门徒，这还犹可。你不该撕扯神像、真经。天兵下界，你应自投，请命领罪，你反招了一大群山精，与天神相抗。你还逞妖术，施展许多变化，胆大不遵天命，是你自己遭的伏诛之祸，你休屈心恨怨山人。山人若是将你轻放，恐你复生祸害。"言罢，走下法台，说道："我看周公子与你乞怜，暂赦一命。但饶了你这孽畜的死罪，活罪却是难恕。你这几个尾巴，乃一千年修成一个。今已修成九个，再一千年，将十尾修全，黑色化为白色，便可名登天府，身列仙阶。一旦任情胡为，行淫害命，无故将数千年道力化为子虚，岂不可惜？今割去你八条尾巴的灵根，以偿你从前的罪业。与你留下当中的一条，放你再去修炼。倘能自赎前愆，诚心补过，也不枉山人慈悲于你。若是再蹈前辙，那时犯到山人之手，一定诛戮不贷。"言罢，将妖狐八根毛尾一齐割断，疼的个玉面狐两眼泪滴，热汗蒸腾。割毕，将项上红绒套索解落，又用剑把儿在脊背上一敲，玉面狐便就地一滚，仍变作清明闲游胡小姐模样：

真道力，割断了情根之慧剑，玉面狐仍幻化当初玉美人，可容光损，雪白的唇，羞满面，愧填心，秋波涩，眉黛攒。比从前减却了悦色和容的精气神。其心内痛十分，包藏一团的恨不敢萌，吞气忿那样儿谁见过，当初的西子带病捧心。发蓬松，乱云鬓，粉汗湿，衣染尘，惊慌态，战栗身，这一种，含愁模样，更觉可人。玉面狐幻化已毕在台前站，深深拜，感谢真仙留命的厚恩。

却说玉面狐虽然去了八条尾巴，尚可变化人身，故将身一抖，仍化作小姐模样，向着吕祖深深的道了几个万福，谢上仙活命之恩。吕祖说道："玉狐，山人因你有痛自改悔之心，故将你不斩。周公子福田深厚，山人已救他不死。延寿的性命冤屈，山人展运道术，将他起死回生。山人既将他们的性命救度，岂肯独丧你的残生？再者，山人并非私蹈红尘，是奉南极仙翁寿星之命。虽说令山人降妖捉怪，并未明言叫我斩恶除凶，山人何必灭

残生命,伤天地好生之德?故此山人与你等排难解围,释冤分怨,全不有伤。你与山人的门徒王道,尚有些个小怨,趁着山人在此,也与你们分说干净。"言罢,回头吩咐仆人:"速到迎喜观将王道传来,听候发落。"苍头应命,忙着差人而去。

　　且说延寿儿见他父亲送到衣服,连忙自己穿上。他也不先给吕祖谢恩磕头,一举首瞧见是那日吃他那个小姐,他便咬牙切齿,大喝:"妖精休走!"赶下法台,便用手抓住玉面狐的衣衿。可笑小孩子,真是不知死活,才得了活命,并不理论别的,便满脸喷怒骂道:"你这妖崽子,那一天将我嚼吃了。我早把你的小样认准咧。你打算我不记得你呢?今日可巧咱俩撞见,我也该报报仇了。我虽不能活吃,我也扯你的皮肉,抽你的筋,将你的血熬成豆腐块,喂我们那几个大狗。自古说一报还一报,你想想,无故的为甚么将我吃了?你别说你长的俊俏,我们公子爱你,心疼你,你自找上门来图快乐,有仗恃。我可不能瞧着你俊俏,叫你白害我一回,饶了你。快伸过你那脖子来,我先咬一口,尝尝你这狐狸变化美人的标致肉的咸是淡?你不用假装憨,当作没听见。快快的将白脖子露出来罢。不然,可是你那日怎么整治我,我可也便怎么整治你。难道说你应该是仗着好模样儿,满街上白吃人么?你自说罢,又在这里要白吃谁呢?"这延寿正在与玉面狐闹的高兴,难分难解之时,只见仆人已众迎喜观将王老道领来。

　　却说这王半仙自吕祖与狐精在空中斗法力,他一害怕,便跑了。今听周宅遣人找他,以为要答谢他,便慌忙随着仆人而来,走近书院,只见吕祖尚在法台稳坐,便先去对着吕祖打了个稽首,刚要说话,一回头忽见延寿儿按着妖狐在那里乱撕乱扯,玉面狐一声也不言语。你看他,瞧着似觉便宜似的,也跑到近前,趁延寿儿在那里揪着,便挽了挽袖子,抢开五指,照着玉面狐就是一巴掌,打的个玉面狐满脸冒火,批一掌刚去,又要伸手。只听延寿儿怒声说道:"你这野道是那里来的?你趁早将巴掌与我撤回去,好多着的呢。你怎么偌大年纪这么浑浊。我揪着,你为何来打?倘打出祸来,算谁的乱儿?象这快活拳,敢则便宜。你趁早躲开,咱似无事。"王半仙道:"我与他有仇。"说着,仍要动手。小延寿一见,不觉怒气冲冲说:"你这野道真是无礼!索性咱两先试试就完咧。"说着,一伸小手儿,将王道胡子抓住,骂道:"我非将你这老杂毛的胡须揪下来不可。"一使劲,连腮代须真揪下好几根胡子来。王老道觉着疼痛难忍,便大声嚷道:"你们真是反咧!饶不谢我,今儿反倒打起我来。我为你们家挨了一顿荆条,你们竟这等谢我。咱们到当官说说理去。"老苍头将延寿吆喝开了,忙过来与他赔礼。那知他明白了是苍头孩子,他更无明火起的闹起,说道:"你纵放你儿子揪我,咱两就是先破着这命拼一拼。我瞧着咱两个也却倒人对马对,你们倒看看王老头儿是好惹的不是?"说罢,便抖精神将胡子一挽,解了道袍,摘下道巾,一齐撂在地下,奔着苍头便来动手。

此时，吕祖见王道闹的不雅，连忙断喝，说是："你等休要无礼！延寿也不许罗唣，快快的放手。待山人与你们说说因果，好解释了你等的冤怨。"王老道、延寿儿一齐止住。老苍头与王老道拾起衣巾，劝他穿戴已毕，又替延寿儿作揖赔了不是。王道这才将胡子不挽着了。

吕祖见他们俱都安静，便念了声："善哉，善哉！玉面狐你看见了？天网恢恢，疏而不漏。有因必有果，有感有应。前日你将延寿吃了，今日他要你偿他的性命。你将王道痛打一顿荆条，今日他给你一掌。循环果报，俱有前因，丝毫不错。若不遇山人与尔等分解，你等这些冤仇孽债不知何日方是个了期。如今既已彼此准折，料无干碍了。玉面狐你还归青石山石洞，再去修炼去罢！日后周公子还有借助你处，至那时，再有你两个的奇缘。如今不可再惹事，连累山人有轻放你之过。速速去罢。玉面狐闻听吕祖之话，慌忙跪倒尘埃，恭恭敬敬的向着吕祖稽首而拜。此时已复人身，便能说话，一面跪拜，一面樱唇慢启说道："上仙留命之恩，小畜铭心刻骨，不敢忘慈悲大德。上仙药石良言小畜敢不谨记遵行？有负上仙放生善念，日后定遭雷击之劫。"说着，又深深的福了几福。拜罢吕祖，羞答答的一回头，看见周公子在那里扶着拄杖站着，不觉一阵辛酸，满眼含泪，说道："公子从此须要自己保重。咱俩虽非同类，耳鬓厮磨，算来也有数日之久。自蒙恩爱，足知公子并无憎恶之心。无奈恩爱愈深，所以精神愈损，奴家何尝要结果你的性命？你的家人见你支离危殆，以为是奴安心害你，便备下许多长工佃户谋害于我，一鸟枪几乎将我命丧；又请王半仙来擒拿我，以致奴撕毁神像、经卷，惹恼天仙圣神。那不是为咱俩牵情恋爱使奴造下罪孽通天？可惜我万载将成的大道，一旦化作灰尘。奴若是早早急流勇退，何致今日如此收场？这还亏公子念香火之情，竭力哀求护庇，幸上仙施高厚之德，原情赦放残生。不然，如此房帏细事，连性命保住都难。恨当初，奴家若不被痴情缠绕，焉能含羞忍耻，后悔无及？皆因奴家虽是畜类，也知盟誓俨然，以致牵连招祸，夫复何言？但愿公子将来富贵寿考，福禄绵长。今日代奴乞命深恩，不知何日方能图报？从此谨慎自爱，切莫关情于奴。"玉面狐正自与周信难分难别，往下诉说，只听吕祖在法台之上一声断喝，说是："玉面狐不必留连，你今生的情缘与周信已满，还说甚么？快快的与我速退便了。"此时，周公子见玉面狐留恋之情现于声色，心中更是难受。有心想着仍到书斋欢叙一时，又不敢违背仙人法令。今听吕祖催着玉面狐速去，也只得眼含两泪，暗暗的看玉面狐重复拜辞了纯阳老祖，又对着他用秋波转了两转，含情蹙眉而去。

这玉面狐仍借遁光回归洞府，潜心修炼。那知他自与周公子缠绵之后，便不似先前修行那等心静神安，兼着先前众狐俱都残灭，只有自己孤孤伶伶，更是行坐不安，心绪不定。所以仍是常常的化成美女，在外游览山景，可也不敢滋生事端。又每逢想起与周公子那等热情，便就心惊肉跳。又想着："被天神捉住之时要丧性命，亏了周公子求情乞命，

不然已是一死。这样恩情怎能叫我放得下？不如我去轮回一次，转生世间，将这救命恩情补满，再行斩断尘缘，一头向道，苦炼纯修，专心致志，免的此时收不住心猿意马，空受此凄凉况味。"大凡修行之道，最怕情欲二字。若是一被所缠，饶你怎样勉强按捺，也不能坦然安定，人与物同是一理。所以，这玉面狐虽想着沉心息虑，到底心中不能熨帖安稳，竟仿佛时时刻刻的有个周公子在心上似的。真是：欲把禅心消此病，破除才尽又重生。玉面狐因此安定主意临凡转世，与周公子再结姻缘，以补此生救命恩情。到后来果然投生于光禄大夫李氏之宅，名唤玉香小姐。仍生了个天资国色，与周公子结为夫妇十数余年。此是后话，暂且不提。

且说吕祖将玉面狐发放已毕，又对着周公子说道："山人看你倒不是偏护妖狐，却是怜其数千年修行不易，求着恕其过恶。据此事看来，足见你是忠厚仁人。但你虽然不念旧恶，却应该恩怨分明。妖狐与你无恩，你尚涕泪滂沱，代他跪着求情。似老苍头代你担惊受怕，求人与你治病除妖，舍命祷天，情愿灭自己的余年，增你的寿算；不顾自己亲生之子，为幼主熬药煎汤，跪拜神明；受你喝叱，不惜劳苦，竭力尽心。你这个病消灾退，全亏这样义仆忠直。山人劝你从此须要另眼看待，报他的大德，才是圣人之以直报怨，以德报德，大概你总知道的。莫以他是你奴仆，以为分所当然，这便是你的好处了。"

这周公子自从吕祖吩咐他，吕祖说一句，他忙答应一声。今听吕祖说完，不禁感慨的纷纷流泪，连忙给吕祖恭恭敬敬的叩了头，说道："弟子周信蒙大仙金丹救活性命，弟子粉骨碎身，也难报天高地厚之德。大仙的玉言，弟子岂敢不遵教令，以取罪愆？"说罢一转身，又向着苍头说道："我周信年幼无知，糊涂特甚，冷言冷语，辜负你的忠心。望你担待我年轻病迷。我周信若是忘了你的重生的恩德，日后身不发达，子孙不昌。"说着便跪将下去，慌的老苍头连忙来至近前，也就跪下将周公子搀住，说道："公子是要折受死老奴了。老奴受恩主付托，职所应该。效忠尽力，扶持伺候。公子说的这话，行的这礼，叫老奴如何当得起？但愿公子身体康健，功名显达，就不枉老奴受故去的恩主寄托之重了。"说罢，二人一齐站起。

老苍头后又跪下叩拜吕祖，说道："弟子李忠率众佃户长工给大仙叩头。此方若非大仙慈悲，不知妖精闹到何时，害多少人的性命。我李忠只这一子，被妖伤命，若不是大仙大施法力，将婴儿起死回生，岂不断绝我李氏宗支？我的幼主，若非大仙救转，岂不断了周氏香烟？我李忠若非大仙将他二人救活，老奴也只是一命而亡。我三人性命尚存，皆是大仙所赐这余生也。大仙为此处除了一方祸害，百姓俱可从此安定。大仙的深恩似海，大德如山。我们众人无什么报答，但愿大仙的封赠，玉帝早加。晨昏草香一炷，以表我等寸心而已。"说罢，一齐拜跪而起。

老苍头正要令延寿也过来叩谢，只见延寿儿在一旁听了这半天，已知道他的小命是神仙将他搭救还魂，不觉天真发动，号啕大哭，跪倒在地，不住叩头，说道："我延寿儿被妖所吞，敢则是神仙爷将我救转，再返阳世。我这是死去活来，算两世为人。可叹我这小命，若非神仙爷，那里还有我的命去？我是小孩子，心有良心，也无甚么可敬神仙爷，我只得多磕几个头罢了。"说着，将头磕了有数十个方才起来。

众人俱都给吕祖爷叩首谢恩已毕，末了王老道也跪在地下说道："我的师傅，你老若是不来，徒弟可就白挨了妖精的荆棍，竟白叫妖精糟蹋了好酒席，我们全白没吃着。经卷、神像全白叫妖精撕了，徒弟也不过白赔本儿。如今你老将妖狐拿问，割了他的尾巴，给咱们爷们争了光了，给徒弟也出了气啦。徒弟响当当的给师傅磕个响头，叫他们到底瞧着咱爷两个比别人靠近罢。"这王老道嘴里胡嚼乱道，吕祖并不理他，只望着法台下对众人说道："如今妖狐已是灭者灭，降者降。尔等俱得安居乐业，须要好好的各守本分，仰答天恩，不可胡行人事，作恶为非，以致上天降灾。总要以孝、悌、忠、信、礼、义、廉、耻居心。常言说，为善降祥，作恶降殃。尔等自求多福，以乐余庆可也。"言罢，便对王半仙说道："你从此也将你这昏醉沉迷节制节制。既要入道，应该守戒。你看看世界上那有你这样的老道，终日饮酒、食肉？你若能自己谨慎，改去野性，将来尚要度化于你。速回迎喜观修道去罢。山人要缴南极仙翁的法旨去了。"于是吕祖站起身来，叫了一声周信，说是："你祖上的阴德，生代的栽培，俱都甚好，你的根底亦甚不俗。从此果能洗心涤虑，将来必定名登金榜，位列三台，耀祖光宗，封妻荫子。须要谨记吾言，日后俱有应验。"说罢，吕祖离了法台，向外便走，周公子与延寿正要上前扯住，吩咐备斋，吕祖已走的无踪无影。这正是：如野鹤闲云，飘然遐举，去缴了寿星的法令，仍去在阆苑仙山、洞天福地居住去了。

周公子自从吕祖去后，便回到书房抚养身体，过了百日，果然从此目不窥户，至诚读书。三年之后应试，便得了魁元，定了一房亲事，乃系吏部尚书吴大人之女彩雯小姐。这小姐琴、棋、书、画无所不通。周公子自从与这彩雯小姐结成亲，夫妻亦甚相得。但这小姐虽然也生的人才秀丽，到底不及玉面狐幻化之美。这周公子妙年登弟，心满意足，因家业富厚，年纪尚少，不肯便出仕做官，每日在房中与彩雯小姐谈笑吟咏。若是偶然想起先前与玉面狐恩爱，便惚惚不乐。吴小姐也摸不着他的心事，亦不便解劝讯问。过了几年，彩雯小姐生了一男一女，男唤名云佩，女唤名清玉，夫妻二人爱如掌上明珠。此时周公子功名、子女遂心如意，真似富贵神仙。认知泰极生否，乐极生悲，周公子忽然行了几年晦运，闹了个心迷意乱。凡人之运限衰旺，那也是一定之理，万不能躲得过的。此乃后事，不必多叙。

且说老苍头见公子病愈，延寿儿复生，心中甚是感念纯阳老祖，因扫除了一楼净室，立

下吕祖牌位，每日清晨沐浴焚香，答谢降妖救命的恩惠仁德。又因王半仙曾为捉妖受打，施了五百两白银，亲身送到迎喜观内，以报妖狐撕毁的那些物件。这王半仙从吕祖去后，他见当时长工、佃户看热闹的百姓人等甚众，恐怕传扬他被妖精辱打，又兼吕祖曾嘱咐他不准妖言惑众，以假术骗人财物，所以他当下并未敢说甚么布施，要多少银，就随着众人散了，出离周宅，回到迎喜观来。今见老苍头来与他送银子，不觉脖子后头都是喜欢。及苍头掏将出来，说道："这是五百两纹银，奉送道爷作个小小的功德便了。"这王半仙听说只送银五百两，登时又哭丧起脸来，将两个酒烧透了的红眼一瞟，说道："这银子都是送我王半仙的，我王半仙为你们捉妖降怪，挨荆棍，忍饥饿，上天请我师傅拘神遣将，还请道友，还叫那妖崽子毁了我们好些器物。你家预备的丰盛好斋，我们还没吃上。这一概的功劳，难道说就值五百两银子？我看你们那家当，五万两都拿的出来。你这么大年纪，难道你还不知'刻薄成家，理无久享么？你快收回，我也不用银使用，你心里过的去罢啦。"

老苍头见他这等样式，知道他是嫌少，连忙赔笑说道："这银两本自不多，但此刻宅内不甚方便，求道爷暂且收下。俟老奴主人身体健壮，请他亲身到观里来布施。再多奉补可也。"王半仙听着还来补复，这方又有了笑容，说道："你既这么说，我王半仙先闭闭眼收下就是啦。"老苍头见他收下，回到宅内，禀明公子。复又将延寿找到眼前，吩咐道："你从此须要好好伺候书房，不准在外头仍去淘气乱跑。倘要再叫妖精伤害，那可再也不能死而复生了。"小延寿连忙答应而去。

且说这延寿儿自吕祖将他救转还魂之后，一切模样儿、说话、行事与先大不相同，又安稳，又爱干净，也不去登墙爬树，也不去拜土扬尘，面貌长的甚是清秀，言语对答更加灵透，动作行为全都妥当了许多。而且还知道孝顺，老苍头怎么说他便怎，绝不似先前那等悖逆。他也知是吕祖将他生死人而肉白骨，每日同着他父亲到吕祖牌位前焚香叩头。真是要较比当初他那样儿有天渊相隔之异。到后来随着周公子读书，也认了许多的字，能会吟诗作赋，帮着周公子办理一切内外之事，无不辛勤谨慎，精明干练。老苍头为他娶了一房媳妇，情性亦甚贤淑。两人也是恩情美满，育女生男。老苍头寿至七十余尚还康健。这是《青石山狐狸缘全传》的收缘。要知周公子求名出仕，彩雯小姐病故，玉面狐转生李玉香与周公子再结前缘，云萝、凤箫二狐落凡投胎，小延寿与老苍头庆寿，吕祖度脱王半仙，周云佩下考招亲，周公子为清玉小姐选婿，玉帝加吕祖封号一切热闹节目甚多。不能一一尽述。看官如不嫌琐屑，请阅《续狐狸缘后传》便见分明。